FANTASY

*Buch*

Der junge Prinz Arthur und Morgan, die Tochter des Zauberers Merlin, verlieben sich ineinander, ohne zu ahnen, daß sie Geschwister sind. Morgan bekommt ein Kind von ihrem Geliebten, läßt es aber von ihrer Schwester Morgause als deren eigenes aufziehen. Arthur weiß nicht, daß er einen Sohn hat, als er den Thron von England besteigt. Um die Thronfolge zu sichern, heiratet er die schöne Gwenhwyfar von Gwynedd. Doch Arthurs Herz gehört einzig seiner größten Liebe ...
*Der Weg nach Avalon* von Joan Wolf ist eine bewegende Neuerzählung der Artus-Legende, in deren Mittelpunkt die Liebesgeschichte von Arthur und seiner Schwester Morgan steht – eine Liebe, die unmöglich scheint und doch Verrat, Intrigen, Schlachten und schließlich sogar den Tod überdauern wird ...

*Autorin*

Joan Wolf vereint in ihren Romanen Phantasie und ausführliche Recherchen zu dramatischen Geschichten, die von der Kritik durchweg hoch gelobt wurden. Sie gilt als eine der ganz großen amerikanischen Autorinnen historischer Romane. Mit ihrem Mann und zwei Kindern lebt sie in Milford im Nordwesten der USA.

*Bei Goldmann sind*
*von Joan Wolf außerdem erscheinen:*

Unter dem Rentier-Mond. Roman (41579)
Die Tochter des Hirsch-Clans. Roman (43474)
Tochter der Kelten. Roman (42476)
Herrin der Pferde. Roman (42478)
Entscheidung des Herzens. Roman (43980)

# Joan Wolf

# Der Weg nach Avalon

Roman

Aus dem Amerikanischen
von Karin König

GOLDMANN

Die amerikanische Originalausgabe erschien 1989
unter dem Titel »The Road To Avalon«
bei Onyx Books, New York

*Umwelthinweis:*
Alle bedruckten Materialien dieses Taschenbuches
sind chlorfrei und umweltschonend.
Das Papier enthält Recycling-Anteile.

Deutsche Taschenbuchausgabe 2/99

Umschlaggestaltung: Design Team München
Umschlagillustration: F. Regös
Satz: IBV Satz- und Datentechnik GmbH, Berlin
Druck: Elsnerdruck, Berlin
Verlagsnummer: 24854
Redaktion: Antje Hohenstein
V. B. · Herstellung: Peter Papenbrok
Printed in Germany
ISBN 3-442-24854-X

1 3 5 7 9 10 8 6 4 2

# I
# Morgan
(446–452)

## 1. KAPITEL

Während des Tages hatte es geregnet, aber mit der Dämmerung dieses kalten Frühlingstages begann der Himmel aufzuklaren. Laternen brannten an der Kolonnade des Forums, als Merlin in die Hauptstraße von Venta einbog. Die Römer hatten Britannien schon vor vielen Jahren verlassen, aber Venta war noch immer eine sehr römische Stadt. Das Prätorium, auf das Merlin zuritt, war jedoch nicht mehr das Hauptquartier des römischen Statthalters, sondern das des britischen Hochkönigs.

Der Hof vor dem Prätorium war gepflastert. Wachen waren auch jetzt in den Schilderhäusern postiert. Einer der Wächter trat sofort vor, um den Fremden anzurufen, der da hereingeritten war. Er brach jedoch mitten im Satz ab, als er das von seiner Laterne beleuchtete Gesicht sah.

»Mylord Merlin!«

Merlin nickte. »Ja. Ich bin gekommen, um den König zu sehen.«

»Laßt mich Euer Pferd nehmen, Mylord.«

Merlin stieg ab, übergab dem Wachposten die Zügel und stieg die Stufen zum Prätorium hinauf. Wenige Minuten später wurde er in den mittelgroßen, behaglich eingerichteten Raum geführt, der als Empfangszimmer an die Privaträume des Königs grenzte. Der Mann in diesem Raum war allein. Er saß neben einer gegen die Kühle der Frühlingsnacht anbrennenden Holzkohlenpfanne. Er war stattlich, und das dunkle Haar war noch nicht von Grau durchzogen. Die Linien um Augen und Mund verdeutlichten jedoch seine einundvierzig Jahre. Er war auf britische Art gekleidet und trug über lohfarbenen, wollenen Kniehosen eine purpurfarbene Tunika. Er blieb stumm, während der ältere Mann den Raum betrat.

»Guten Abend, Uther«, sagte Merlin in lateinischer Sprache.

Die Augen des Königs, die unter schwarzen Brauen und Wimpern von einem erschreckend hellen Grau waren, betrachteten ihn ausdruckslos. »Merlin«, sagte er schließlich. »Das ist eine Überraschung!« Er deutete auf einen hochlehnigen, rot gepolsterten Stuhl. »Setzt Euch.« Dann, als sein Schwiegervater seiner Aufforderung gefolgt war: »Igraine ist nicht hier. Sie ist noch immer in Durovarium. Sie war dieses Mal sehr krank. Die Ärzte fürchteten um ihr Leben.«

»Das weiß ich.« Merlin sprach mit ruhiger Stimme. »Daher war ich überrascht, als ich hörte, daß Ihr nach Venta gekommen seid. Gibt es Schwierigkeiten?«

Der König zuckte müde die Achseln. »In dieser Jahreszeit gibt es immer Schwierigkeiten. Der Frühlingswind ist ein angelsächsischer Wind. Das solltet Ihr inzwischen wissen.«

»Ja.« Beide Männer sprachen die lateinische Sprache fließend und ohne die geringste Spur eines britischen Akzents. »Uther«, sagte Merlin vorsichtig, »ich bin zu Euch gekommen, weil es an der Zeit ist, über Eure Nachfolge zu sprechen.«

Das Gesicht des Königs verhärtete sich. Es herrschte Stille, die so schwer auf ihnen lastete, als würde die Zeit stillstehen. Dann: »Ja. Es ist wohl an der Zeit.«

»Britannien kann sich keinen Bürgerkrieg um die Frage leisten, wer nach Euch das Hochkönigsamt antreten soll.« Merlin beugte sich drängend ein wenig vor. »Gott weiß, ich hoffe, daß Ihr noch weitere zwanzig Jahre regiert. Aber wir müssen Vorkehrungen treffen, Uther. Die Angelsachsen werden bei dem geringsten Zwiespalt unsere Einheit zu sprengen versuchen.«

Daraufhin erhob sich der König. Er war kein großer Mann, aber seine Schultern und Arme waren sehr muskulös. Er war der Sohn eines Römers, und ein Römer blieb er, sowohl vom Aussehen her als auch im Herzen. »Ich weiß«, sagte er. Seine Stimme klang jetzt verbittert. »Aber was sollen wir tun, Merlin? Gott weiß, die Kelten werden sich niemals unter einem Regenten aus ihren eigenen Reihen vereinen. Ihr Mißtrauen würde das Land entzweireißen. Und wie das den Wölfen gefallen würde!«

Merlin nickte zustimmend. »Darum ist es so wichtig, daß einer Eurer Söhne erbt. Euer Sohn wäre sowohl Römer, durch Euch, als auch Kelte, durch Igraine. Ein geborener Führer Britanniens.«

»Bei der Liebe Gottes, Merlin, ich habe keinen Sohn! Das wißt Ihr nur zu gut!« Uther rieb sich die Stirn, als verspüre er dort Schmerzen. »Ein weiteres totgeborenes Kind«, sagte er düster. »Es ist, als hätte Gott uns verflucht. Vielleicht hat er das auch getan. Wegen der Art, wie wir zusammengekommen sind.«

»Ihr habt einen Sohn«, widersprach Merlin. »Habt Ihr das vergessen? Da ist immer noch Arthur.«

Uther wurde sehr ruhig. Merlin beobachtete, wie sich der Rauch über der Kohlenpfanne kräuselte, und wartete ab. »Wir haben Arthur fortgeschickt und verkündet, er sei tot. Das wißt Ihr. Es ist zu spät, jetzt an Arthur zu denken.«

Merlin blickte Uther wieder offen ins Gesicht. »Wir haben Arthur fortgeschickt, damit er Euren echten Söhnen nicht im Wege steht. Aber Ihr habt keine echten Söhne. Keine *weiteren* echten Söhne. Arthur ist kein Bastard. Denn schließlich wurde er ehelich geboren.«

Der König setzte sich jäh wieder hin. »Ja. Er wurde drei Monate nach unserer Hochzeit geboren. Und davor war Igraine mit einem anderen Mann verheiratet. Die Vaterschaft war bei diesem Kind sehr fraglich, Merlin.« Er machte eine rasche Geste, als er Merlins Augen aufblitzen sah. »Oh, nicht für mich. Igraine schwor, daß er mein Kind ist, und ich glaubte ihr. Aber die Tatsache bleibt, daß sie mit Gorlois verheiratet war, als er empfangen wurde.«

»Ihr habt Gorlois im Zweikampf getötet und dann Igraine geheiratet, obwohl sie offensichtlich schwanger war. Das hättet Ihr doch nicht getan, Uther, wenn Ihr nicht sicher gewesen wäret, daß das Kind Eures ist.«

Uther fuhr sich mit einer Hand durch das schwarze Haar. »Aber es wird immer eine fragwürdige Angelegenheit bleiben. Ihr selbst habt das gesagt.« Ein bitterer Unterton schwang in der Stimme des Königs mit. »Als Ambrosius starb und ich König wurde, wart Ihr es, der vorschlug, daß Arthur fortgeschickt werden sollte.«

»Ich weiß. Aber Igraine war erneut schwanger...« Merlin seufzte. »Wer hätte all diese Totgeburten vorhersehen können?«

Uther schaute unter seinen dunklen Brauen hervor auf. »Was schlagt Ihr vor, was ich tun soll?« fragte er, und noch immer klang Verbitterung in seiner Stimme mit.

»Ihr braucht gar nichts zu tun. Ich werde nach Cornwall reisen, den Jungen holen und ihn mit nach Hause, nach Avalon, bringen. Er ist jetzt wohl neun Jahre alt und hat noch Zeit genug zu lernen, daß er ein Römer ist und ein König sein wird.«

»Ihr erinnert Euch, wo er sich befindet?«

»Ich erinnere mich, wohin ich ihn gebracht habe. In Malwyns Dorf. Ich nehme an, er ist noch immer dort?«

»Ja. Ich schicke Malwyn jedes Jahr etwas. Sie wird sich gut um ihn gekümmert haben. Sie war immer mehr seine Mutter als Igraine.« Er hielt inne, während sie sich beide Igraines hartnäkkige Erklärungen in Erinnerung riefen, daß sie mit ihrem erstgeborenen Kind nichts zu tun haben wollte.

»Igraine hat in ihm immer nur das sichtbare Zeichen für ihren Ehebruch gesehen«, sagte Merlin nüchtern. »Seine Existenz war eine ständige Geißel ihres Stolzes.«

»Nun, es hat keinen Sinn, jetzt alte Sünden anzuprangern.« Uthers Stimme klang hart. »Damals schien es vernünftig, den Jungen fortzuschicken. Wir wußten, daß für ihn gesorgt sein würde, und Malwyn konnte man vertrauen, daß sie das Geheimnis seiner Geburt bewahren würde. Aber Ihr habt recht, Schwiegervater. Die Dinge haben sich geändert.« Uther straffte seine breiten Schultern, und seine Stimme nahm unüberhörbar Autorität an. »Reist nach Cornwall und holt den Jungen, aber sagt weder ihm noch sonst jemandem, wer er ist. Laßt uns zunächst sehen, ob er das Zeug zu einem König hat.«

Auch Merlin hatte sich gestrafft. »Das werde ich tun«, erwiderte er.

»Und« – Uthers helle Augen hielten Merlins Blick fest –, »wir werden Igraine nichts davon sagen.«

Nach kurzem Zögern nickte Merlin.

»Gut.« Uthers Feststellung war sowohl als Zustimmung als auch als Verabschiedung gedacht.

Am darauffolgenden Morgen verließ Merlin Venta und ritt gen Westen, nach Cornwall. Es war die gleiche Reise, die er mehr als acht Jahre zuvor unternommen hatte, als er eine Frau und ein Baby ins Exil geleitet hatte.

Malwyns Dorf lag mehrere Meilen östlich von Tintagel, und von Venta bis hierher war es ein langer, ermüdender Ritt. Merlin nahm römische Straßen, bis er Isca Dumnoniorum erreichte, und von dort aus wählte er die jeweiligen Landwege. Einmal machte er an einem Wirtshaus Rast, errichtete sich aber ansonsten ein Lager im Freien. Er war sechsundfünfzig Jahre alt, aber er war unter Uthers Vater, Constantinus, Soldat gewesen und hatte seine Fertigkeiten nicht verlernt.

Malwyns Dorf war, wie die meisten der Dörfer, die über die kornische Halbinsel verstreut lagen, rein keltisch. Die römischen Legionen, die Britannien so viele Jahrhunderte lang besetzt gehalten hatten, hatten jenseits des Tamar kaum ein Zeichen hinterlassen. Es war früher Nachmittag, als Merlin in den Kreis von Steinhütten einritt, der das Dorf bildete. Die Sonne war warm, und er sah mehrere kleinere Kinder und Ferkel, aber keine Erwachsenen. Schließlich trat eine ältere Frau aus einer der Hütten heraus und blinzelte ins Sonnenlicht. Merlin rief sie an, und sie wartete, während er abstieg. Der Schlamm quatschte unter seinen Füßen, als er auf sie zuging. »Welches dieser Häuser gehört Malwyn?« fragte er in britischer Sprache.

Ein leerer Blick war die einzige Antwort. Er versuchte es erneut, und sprach diesmal langsamer. »Malwyn«, wiederholte die alte Frau. Sie blinzelte zu ihm hinauf, denn ihre Augen waren in einem Kranz von Falten fast verborgen. »Ist sie die mit dem Bastard?«

Sie hatten es damals für das beste gehalten, daß Malwyn Arthur als ihr eigenes Kind ausgeben sollte. Merlin verzog die Mundwinkel. »Ja«, sagte er.

»Sie ist tot.«

»Tot?«

»Ja. Sie starb vor mehreren Jahren.« Das erfüllte die alte Frau offenbar mit Befriedigung. »Sie war eine von diesen Christen«, fügte sie hinzu, als könne das die Angelegenheit erklären.

»Wenn sie tot ist, wo ist dann der Junge?« fragte Merlin.

»Er lebt bei Esus. Ihrem Bruder.«

»Und welches Haus gehört Esus?«

Die alte Frau zeigte es ihm, und Merlin wandte sich um und ging durch den Schlamm auf die Hütte zu. Er beugte seinen Kopf zur Tür und rief, aber er bekam keine Antwort. Er duckte sich einen Moment hinein, lang genug, um die Ärmlichkeit zu erkennen, den Geruch von Tieren zu riechen und sich zu vergewissern, daß der Raum leer war.

Wieder draußen, atmete er tief durch. Er hatte vergessen, wie es hier aussah. Offensichtlich waren einige der Kinder zu ihren Müttern gelaufen, denn während er dort stand und unsicher war, wo er als nächstes nachsehen sollte, erschienen hinter einem kleinen Hain zwei junge Frauen mit Kindern auf den Armen und an ihren Rockzipfeln. Merlin führte sein Pferd auf sie zu. »Ich suche Esus«, sagte er langsam. »Wißt ihr, wo er ist?«

Die Frauen tauschten Blicke, und schließlich erklärte die kleinere von beiden: »Auf den Feldern, mit den anderen Männern.«

»Und Esus' Frau?«

Ein überraschter Blick. »Esus hat keine Frau.«

Merlin atmete tief ein. »Und der Junge?«

Die Frauen sahen einander erneut an, und dieses Mal antwortete ihm die größere der beiden. »Der Junge ist bei den Schafen, wie gewöhnlich.«

»Wo sind die Schafe?« fragte Merlin, und die beiden deuteten auf einen grasbewachsenen Hügel in ungefähr einer Meile Entfernung. Merlin ritt langsam auf den sanft abfallenden, grünen Hügel zu, auf dem die Schafe des Dorfes weideten. Ihn bewegten düstere Gedanken. Sie hatten es nicht richtig gemacht mit diesem Jungen, er und Uther. Jemand hätte während all dieser Jahre herkommen und nachsehen müssen, wie die Dinge standen. Uthers Sohn. Sein eigener Enkel. Lebte in dieser stinkenden Hütte. Wie lange war Malwyn wohl schon tot?

Die Schafe grasten auf dem Hügel, und unter einem Weißdornbusch saß ein Junge, der mit einem Messer ein Stück Holz bearbeitete. Merlin lenkte sein Pferd langsam auf das Kind zu und stieg dann ab, als er sich fast vor ihm befand.

»Arthur?« fragte er, und seine Stimme klang nicht so fest, wie es ihm lieb gewesen wäre.

Der Junge hatte Merlin herankommen sehen. Als er seinen Namen hörte, nickte er mißtrauisch, legte seine Schnitzerei beiseite und stand auf. Etwas an ihm erinnerte Merlin stark an ein Tier in Bedrängnis.

»Du brauchst keine Angst zu haben«, sagte er sanft. »Ich werde dir nichts tun.«

Der Junge zeigte einen verwirrten und verschlossenen Gesichtsausdruck. Er sagte nichts. Merlin streichelte sanft die Nase seines Pferdes und betrachtete seinen Enkelsohn.

Der Junge war Uthers Sohn, daran konnte kein Zweifel bestehen: das tintenschwarze Haar, die dunklen Brauen und Wimpern, die hellgrauen Augen. Aber seine Knochenstruktur hatte er von Igraine. Er war wie ein Bauer gekleidet, sein Haar war fettig, und ein Schmutzfleck prangte auf einem Wangenknochen, aber er trug sein Erbe in jedem Zug seines Gesichts.

Merlin suchte nach Worten. Dieser verwirrte, verschlossene Blick wies ihn zurück, bevor er auch nur begonnen hatte.

»Arthur«, begann er entschlossen, »ich bin hier als Abgesandter deines Vaters.«

Der Junge schwieg. Der Ausdruck auf seinem Gesicht änderte sich nicht.

»Er... er wußte nicht, daß deine... daß Malwyn tot ist.«

Noch immer nichts.

»Wie alt warst du, als sie starb?«

Ein langes Schweigen entstand. Merlin begann sich bereits zu fragen, ob der Junge ihn verstehen konnte, als Arthur schließlich sprach. »Ich weiß es nicht.« Sein Britisch war vom Dialekt gefärbt, und seine Stimme klang schwermütig.

Merlin sah seinen Enkel ratlos an. Schließlich sagte er offen: »Ich bin gekommen, um dich mitzunehmen.«

Irgend etwas flammte kurz hinter diesen grauen Augen auf, bevor sie wieder diesen verschlossenen Ausdruck annahmen. Aber es war eine Reaktion. Ermutigt fuhr Merlin mit der Geschichte fort, die er während seiner Reise nach Cornwall ersonnen hatte. Sie hatte mit einem erfundenen Vater von Arthur zu tun, mit dem ihn aus Heereszeiten eine alte Freundschaft verband. Flavius nannte er ihn. Flavius sei verheiratet gewesen und habe daher, wie er dem Jungen sagte, Malwyn nicht heiraten können. Aber er habe immer nach Arthur schikken wollen. Als Flavius vor wenigen Monaten gestorben sei, habe Merlin versprochen, den Jungen zu suchen. Und jetzt sei er da, um Arthur nach Hause zu holen.

Die Geschichte hatte auch schon nicht sehr glaubhaft geklungen, als er sie ersonnen hatte. Und sie klang jetzt, wo er sich dem stillen, verschlossenen Gesicht seines Enkels gegenübersah, noch weniger glaubhaft. Nein, dachte Merlin düster, sie hatten es mit Arthur überhaupt nicht richtig gemacht.

Zum ersten Mal sprach der Junge freiwillig. »Wird er mich gehen lassen?« fragte er.

»Du meinst Esus?«

»Ja.«

»Ich habe noch nicht mit ihm gesprochen. Aber er hat keinen Anspruch auf dich, Junge. Er muß dich gehen lassen.«

Eine Brise drang raschelnd den Hügel herauf und wirbelte Merlins Umhang hoch, hob das wirre, schwarze Haar auf Arthurs Stirn an. Es war sicherlich ein wunderschönes Gesicht, dachte Merlin, aber es war von diesem verdrießlichen, verschlossenen Ausdruck gezeichnet. »Komm«, sagte er entschlossen. »Wir werden Esus suchen.«

Die Aufgabe, Arthur von seinem Vormund fortzunehmen, war tatsächlich nicht ganz so einfach, wie Merlin angenommen hatte. Esus, groß, mit grimmigem Gesicht und streitsüchtig, war nicht geneigt, den Jungen so leicht aufzugeben. Es war eine Angelegenheit der jährlichen Zahlungen von Uther, wie Merlin sich letztendlich sagte. Er bekam Arthur schließlich, weil er war, wer er war. Sogar in Cornwall kannten sie Merlin, den römisch-keltischen Fürsten, der einer von Constantinus' Führern gewesen war und der der Vater der Königin war. Er bekam Arthur, obwohl es Esus nicht gefiel. Während des ganzen langen Streitgesprächs hatte der Junge abseits gesessen und nichts gesagt. Als ihm das Ergebnis des Gesprächs mitgeteilt wurde, hatte er seine Habseligkeiten zusammengepackt und war Merlin gefolgt. Er hatte beim Abschied kein Wort zu Esus gesagt.

Es war später Nachmittag, als sie das Dorf verließen, aber Merlin war nicht gewillt, in dieser ungastlichen Umgebung zu bleiben. Er wollte lieber unter den Sternen schlafen, als in dieser runden Hütte mit dem Rauch und den Schweinen und Esus' Feindseligkeit schlafen zu müssen.

Sie lagerten neben einem kleinen Fluß, und Merlin schoß mit seinem Bogen ein Kaninchen. Der Junge aß die Mahlzeit hungrig auf und legte sich auf Merlins Aufforderung gehorsam hin. Er schlief fast augenblicklich ein.

Merlin betrachtete das zerzauste Haar seines schlafenden Enkels, der vom ersterbenden Feuerschein angestrahlt wurde. Der Junge war nicht schmutziger als die meisten Dorfbewohner, aber es war ein weiter Weg von diesem Bild zu Merlins anspruchsvollen römischen Vorstellungen von Sauberkeit. Morgen, dachte er, würde er Arthur im Fluß baden lassen. Er hatte in seiner Satteltasche frische Kleidung für den Jungen mitgebracht. Mit einem Bad und sauberer Kleidung würde der Junge so annehmbar aussehen, daß er ihn nach Avalon bringen konnte.

Arthur widersprach nicht, als Merlin seine Absichten am nächsten Morgen verkündete. Die Sonne war hell und warm, und Merlin ging sogar soweit, sich selbst auszuziehen und in das kalte, fließende Wasser zu steigen. Arthur folgte seinem Beispiel ein wenig zögernd. Baden war eindeutig keine Beschäftigung, die ihm vertraut war. Die Sonne fiel schräg durch die Bäume, warf Licht- und Schattenflecke auf das Wasser und auf ihre nackten Körper. Merlin beobachtete Arthurs zaghaftes Planschen und streckte die Hand nach dem Jungen aus, um seine Haare naßzumachen. Arthur sprang wie der Blitz aus seiner Reichweite. Merlin war so verdutzt, daß er fast das Gleichgewicht verloren hätte.

Der Junge stand vor ihm mit erhobenen Fäusten, und sein ganzer, dünner Kinderkörper war angespannt. »Rührt mich nicht an«, fauchte er.

Merlin betrachtete ihn, wie gelähmt durch den Ausdruck auf dem Gesicht des Jungen. Als er sich wieder gefangen hatte, sagte er ruhig: »Ich wollte dir nur die Haare waschen.«

»Das werde ich selbst tun«, sagte Arthur. Dann: »Ich mag es nicht, wenn man mich anrührt.«

»In Ordnung«, erwiderte Merlin mit soviel Haltung wie er aufbringen konnte. »Dann tu du es.«

Als sie ihr Bad beendet hatten und Arthur trocken war, zog Merlin die Kleidung aus seiner Satteltasche. »Für dich«, sagte er. Er versuchte nicht, sie dem Jungen auszuhändigen, sondern legte sie hin und trat zurück, so daß Arthur sie selbst aufheben konnte.

Der Fleck auf seiner Wange war kein Schmutz gewesen, sondern eine verblassende Prellung. Und als sich Arthur im Fluß gewaschen hatte, hatte Merlin deutlich die dünnen weißen Narben gesehen, die kreuz und quer über den Rücken des Jungen, über das Gesäß und die Oberschenkel verliefen.

Kein Wunder, daß Arthur sich nicht darüber beklagt hatte, daß er Esus verlassen sollte.

Merlin hegte freudlose Gedanken, während er das Lager abbrach und sich bereitmachte, nach Nordosten aufzubrechen. Ob Arthur zum König ernannt würde oder nicht, er war froh darüber, daß er nach Cornwall gekommen war und seinen Enkel gesucht hatte. Er hoffte nur um ihrer beider willen, daß er nicht zu spät gekommen war.

## 2. KAPITEL

Merlin besorgte ihm ein Pony. Es gab nur zwei Pferde in dem Dorf, und Arthur hatte sie niemals geritten, aber das sagte er Merlin nicht. Statt dessen beobachtete er genau, wie Merlin aufstieg und machte es ihm dann nach.

Das Pony war großartig. Arthur ließ seine Beine hinabbaumeln und paßte sich den Bewegungen des Tieres an. Er spürte das Spiel der Muskeln direkt durch den Sattel hindurch.

Der Mann, Merlin, erklärte: »Wir reisen zu meinem Landhaus in Avalon. Avalon wird dein neues Zuhause sein. Ich glaube, du wirst es mögen. Es wird wegen seiner Apfelgärten Avalon genannt. Es ist berühmt für seine Apfelgärten.«

Der Mann sprach sanft, freundlich und klar. Als spräche er zu einem Schwachsinnigen, dachte Arthur. Unter gesenkten Lidern warf er einen Blick zu Merlin hinüber. Er wußte nicht, aus welchen Motiven heraus der Mann handelte, aber er traute ihm nicht. Es war wenig wahrscheinlich, daß er den weiten Weg nach Cornwall hinein geritten war, nur um den Sohn eines »alten Freundes« aufzulesen.

»Es war einst eines der berühmtesten Häuser im Land«, fuhr der Mann fort. »Meine Familie waren Fürsten des Durotrigestammes, die ihre Landhäuser wie Paläste erbauten.« Der alte Mann sah ihn bittend an. »Es ist kein Palast mehr, Arthur. Dort wird jetzt gearbeitet. Und es ist in diesen schweren Zeiten vermutlich schon ein Luxus, alles zur Verfügung zu haben, was man braucht.«

Fürsten des Durotrigestammes. Arthur wurde noch mißtrauischer. Was konnte dieser Mann mit ihm vorhaben? Ein Gedanke schoß ihm durch den Sinn. Er hatte von dem gehört, was manche Männer mit Jungen taten. Seine Nasenflügel zitterten ein wenig, während er den ernsten Mann betrachtete, der neben ihm ritt.

Eisengraues, noch immer sehr dichtes Haar. Edel geschnittene Züge. Blaue Augen. Der rote Umhang wurde an der Schulter von einer offensichtlich wertvollen Spange zusammengehalten. Arthur entspannte sich ein wenig. Ein solcher Mann brauchte sich keinen unbekannten, kornischen Jungen zur Befriedigung seiner besonderen Vorlieben zu suchen.

Merlin sprach noch immer über dieses Avalon. »Außer mir leben noch einige andere Menschen in dem Haus. Zunächst Ector, mein Verwalter und mein Freund. Zu Ambrosius' Zeit war er Soldat, bis er verwundet wurde. Er hat einen Sohn, der ebenfalls in Avalon lebt. Caius, oder Cai, wie er immer genannt wird. Ihr könnt gemeinsam unterrichtet werden. Er ist ungefähr in deinem Alter.«

Arthur war sich wegen seines Alters nicht sicher. Während er starr nach vorn schaute, sagte er: »Wie alt ist dieser Cai?«

»Zehn Jahre alt. Ein Jahr älter als du.«

Neun. Der alte Mann war sich offensichtlich sehr sicher. »Er ist groß für sein Alter«, fuhr Merlin fort, »aber sehr nett. Du brauchst dir wegen Cai keine Sorgen zu machen.«

Wegen eines Jungen machte sich Arthur bestimmt keine Sorgen. Er hatte schon vor langer Zeit gelernt, in Gegenwart anderer Jungen auf sich selbst aufzupassen. Ein wenig mürrisch sagte er: »Ich kann nicht lesen. Und nicht schreiben.«

»Natürlich nicht. Woher solltest du lesen und schreiben können?« erwiderte Merlin leichthin. »Das ist natürlich vorrangig. Ich denke, ich werde dich zusammen mit Morgan unterrichten. Morgan ist meine Tochter. Sie ist acht Jahre alt, und es wird Zeit, daß auch sie lesen und schreiben lernt.«

Unterricht mit einem Mädchen. Nun, er würde sich mit einem Hund zusammen unterrichten lassen, wenn es sein mußte. Er würde alles tun, um lesen zu lernen.

Und gleichgültig, was geschah oder welche Beweggründe der alte Mann hatte, Merlin hatte ihn zumindest von Esus fortgebracht.

Spät am Nachmittag eines goldenen Frühlingstages sah Arthur Avalon und die Apfelbäume zum ersten Mal. Die Bäume standen in Blüte, und sie ritten unter einem prachtvollen, sich rosafarben und weiß vom grünen Gras und dem kobaltblauen Himmel abhebenden Blütenbaldachin dahin. Einen kurzen Augenblick fragte Arthur sich, ob der alte Mann vielleicht ein Angehöriger des Feenvolkes war, der ihn in eine verzauberte Welt unter der Erde führte.

Merlin beobachtete sein Gesicht. »Arthur«, sagte er sanft. »Lächelst du niemals?«

Arthur erstarrte, und genau in diesem Moment kam das Landhaus in Sicht.

Es war wie ein Palast erbaut worden, hatte Merlin ihm erzählt, und es sah für Arthur auch aus wie ein Palast. Das einstöckige Haus war aus grauem Stein erbaut worden und umschloß an drei Seiten einen gepflasterten Hof. »Der Gebäudetrakt vor uns ist der Hauptteil des Hauses«, erklärte Merlin, während sie in den Hof einritten. »Dieser Trakt«, und er deutete nach rechts, »enthält hauptsächlich Schlafräume und der gegenüberliegende Trakt die Bäder.« Er zügelte sein Pferd und rief. Sofort kam ein Mann herbei.

»Willkommen daheim, Mylord.«

»Ich danke dir, Marcus. Bring die Pferde bitte in den Stall.«

Der stämmige, braunhaarige Mann nickte und nahm dann beide Zügel auf. Er musterte Arthur kurz, bevor er die Tiere fortführte. »Komm«, sagte Merlin und schritt auf die große Haustür zu. Arthur folgte ihm.

Die wuchtige Doppeltür öffnete sich zu einer eindrucksvollen Halle. Jenseits der Halle befand sich ein großer, mit einem Mosaik ausgelegter Raum, an dessen Ende ein Marmorpodest zu sehen war. Der Thronsaal der Fürsten der Durotriges, dachte Arthur mit einer Mischung aus Hohn und Scheu. Er folgte Merlin durch den Raum hindurch in einen weiteren Raum, der bedeutend kleiner und gemütlicher war. Die Einrichtung bestand aus Korbsesseln und Lederstühlen, und eine alte Couch stand an der hinteren Wand. Auch hier war der Boden mit einem bunten Mosaik ausgelegt.

»Setz dich«, sagte Merlin und deutete auf einen der Korbsessel. »Ich werde Ector suchen und gleich zurückkommen.«

Arthur setzte sich vorsichtig auf den Rand des ihm zugewiesenen Sessels.

Viel Zeit schien zu vergehen. Dann sprach ihn vom Eingang her eine Stimme auf Lateinisch an, und er schaute auf und sah ein kleines Mädchen, das ihn ernst betrachtete.

»Ich spreche kein Lateinisch«, sagte er kurz angebunden.

Das Kind betrat den Raum. »Ich bin Morgan«, sagte sie auf Britisch. »Wer bist du?«

»Arthur«, erwiderte er und musterte Merlins Tochter. Ihr Kleid hatte am Rock Grasflecke, und ihr Haar hing ihr unordentlich den Rücken hinab. Es war hellbraun und bedurfte dringend eines Kamms. Er betrachtete ihr Gesicht und begegnete den größten, glänzendsten braunen Augen, die er jemals gesehen hatte. Das Kind durchquerte den Raum und zog sich einen Stuhl neben Arthurs Sessel. »War das dein Pony, das Marcus in den Stall gebracht hat?« fragte sie und setzte sich.

»Ja.«

»Es ist hübsch. Wir können ihm später einen Apfel bringen, wenn du magst.«

Er wußte nicht, daß Ponies Äpfel mochten. »Ihr müßt eine Menge Äpfel übrig haben«, bemerkte er, und sie lachte.

Schwere Schritte erklangen vor der Tür, und dann trat Merlin ein und brachte einen großen, breitschultrigen Mann mit bereits ergrauendem braunen Haar mit sich, der auffällig hinkte. »Oh, hier bist du, Morgan«, sagte ihr Vater. »Hast du Arthur schon kennengelernt?«

»Ja.« Morgan küßte ihren Vater auf die Wange, und Merlin sagte: »Ector, dies ist Flavius' Sohn. Sein Name ist Arthur.«

Der Mann schenkte ihm ein Lächeln und sagte freundlich: »Willkommen in Avalon, Arthur.«

Arthur beobachtete die beiden Männer mit stetem, furchtlosem Blick und nickte.

»Es ist fast Zeit zum Essen«, sagte Merlin heiter. »Ich möchte jedoch zunächst noch ein Bad nehmen. Die Straßen sind noch immer voller Schlamm. Ich zeige dir deinen Schlafraum, Arthur, und dann kannst du dich umziehen.«

Der Junge verzog keine Miene, aber er trat einen Schritt vor. Auf einmal spürte er, wie eine kleine Hand in seine schlüpfte. »Ich werde ihn ihm zeigen, Vater«, bot Morgan an. »Er kann den Schlafraum neben meinem bekommen.«

Sie schwiegen, und dann antwortete Merlin: »Sehr gut. Zeige Arthur den Schlafraum, und dann kannst du ihn zu den Bädern führen, wenn er will, Morgan.«

»Ich will.« Arthur spürte, wie er fest am Arm gezogen wurde. »Komm mit, Arthur«, sagte Morgan. Dann, als sie einen Raum weiter gelangt waren: »Ich möchte dir meinen Hund zeigen.«

Morgans Hund war ein Mischling mit einem halb abgebissenen Ohr. »Ist er nicht wundervoll?« fragte sie, als der Hund seine Schnauze zutraulich in ihre Hand schob. Ihre braunen Augen betrachteten Arthur vollkommen natürlich und vertrauensvoll. Sie hatte das Gefühl, ihn schon ihr ganzes Leben lang zu kennen.

Arthur hätte erwartet, daß die Tochter eines solchen Hauses einen reinrassigen Hund besäße. Er streichelte dem Hund sanft den Kopf und fragte: »Wie heißt er?«

»Horatius.«

»Hallo, Horatius«, sagte der Junge und hockte sich geschickt auf die Fersen. Der Hund schmiegte sich an ihn.

»Ich habe ihn eines Tages im Wald gefunden«, erklärte Morgan. »Er war hungrig und hatte offensichtlich viele Kämpfe bestritten. Hast du einen Hund?«

Er schüttelte den Kopf. Er hätte keinem Hund das Zusammenleben mit Esus zumuten wollen.

»Horatius mag dich. Du kannst dich auch um ihn kümmern, wenn du magst.«

Er hob ruckartig den Kopf und sah sie an. »Warum solltest du deinen Hund mit mir teilen?«

Die großen braunen Augen erwiderten seinen Blick ernst. Keine Augen hatten ihn jemals zuvor so angesehen, als sähen sie ausschließlich *ihn* an, und als gefiele ihnen, was sie sahen. »Weil er dich mag«, antwortete sie einfach. »Vor den meisten

Menschen hat er Angst. Ich glaube, er ist früher grausam mißhandelt worden. Aber dich mag er.«

Ihre Worte riefen ein seltsames Gefühl in ihm wach. »Dein Schlafraum ist nebenan«, sagte sie. »Ich werde ihn dir zeigen.«

Sein eigenes Zimmer. In dem Raum stand ein Bett, eine hölzerne Plattform mit einer Matratze und Decken und Kissen. Der Boden war rot gefliest. Eine Kohlenpfanne verströmte Wärme.

»Er ist sehr hübsch«, brachte er hervor.

Sie betrachtete ihn ernst. »Wirst du jetzt hier leben, Arthur?«

Er antwortete vorsichtig. »Ja. Das werde ich.«

Sie lächelte. Er hatte noch niemals ein solches Lächeln gesehen. »Oh, gut«, sagte sie. »Dann kannst du mein Freund sein.«

Diesen strahlenden Blick konnte man unmöglich unerwidert lassen. »Ja«, sagte er. Und spürte, wie sich etwas Hartes und Festes und Schmerzhaftes in seiner Brust lockerte.

Beim Essen traf er Cai, einen großen, grobknochigen Jungen mit haselnußbraunen Augen, die ihn unverwandt ansahen. Mit Rücksicht auf Arthur sprachen sie alle Britisch. Sie waren auch auf britische Art gekleidet und saßen auf britische Art auf Bänken am Tisch, aber Arthur spürte, daß dies kein wirklich keltischer Haushalt war.

Ihre übliche Sprache war offensichtlich Lateinisch. Und das Haus hätte nicht von einem Kelten erbaut worden sein können. Ein ganzer Gebäudetrakt war ausschließlich Bädern vorbehalten! Die Fürsten der Durotriges hatten Rom unzweifelhaft tief in ihr Herz geschlossen.

Morgan saß neben ihm auf der Bank, jetzt mit einem sauberen blauen Kleid und einer weißen Wolltunika bekleidet. Ihr Haar war sorgfältig gekämmt worden und hing ihr den Rücken hinab bis zur Taille. Ihre kleine Hand mit dem zerbrechlichen Handgelenk senkte sich auf die Fleischplatte. Arthur folgte ihrem Beispiel.

Merlin sprach. »Cai kann dich morgen auf unserem Besitz herumführen, Arthur. Dir die Farmen, die Ställe und die Plantage zeigen, all das.«

Cai nickte. »Gern«, sagte er freundlich zu Arthur. Merlin sah seinen Enkel ebenfalls an. Das Gesicht des Jungen blieb vollkommen ausdruckslos.

»Kann ich auch mitkommen?« fragte Morgan.

Cai seufzte. »Morgan, wann immer du mit mir irgendwo hingehst, findest du mit Sicherheit einen flügellahmen Vogel oder eine verletzte Katze, und dann müssen wir wieder nach Hause gehen, damit du dich darum kümmern kannst.«

»Nun, du würdest auch kein verwundetes Tier zurücklassen, Cai«, sagte Morgan vernünftig.

»Nein. Aber warum mußt *du* sie immer finden?«

»Ich weiß es nicht.« Morgan war offensichtlich selbst erstaunt darüber. »Es ist einfach so.« Sie fragte erneut. »Bitte, Cai, kann ich mitkommen?«

Cai sagte: »Oh, ich denke schon«, während Merlin Arthur erneut verstohlen betrachtete.

Der Junge beobachtete Morgan, und um seinen Mund erschien ein ganz schwaches Lächeln.

## 3. KAPITEL

Merlin betrachtete die drei Kinder, die an dem großen Bibliothekstisch aus poliertem Holz saßen. Die Frühlingssonne schien durch das Fenster herein und sammelte sich auf dem dunkleren Furnier vor Arthur. Staubteilchen tanzten in der Luft, von Morgans Blicken mit aufmerksamem Interesse verfolgt. Die beiden Jungen beobachteten Merlin. Als Merlins Blick Arthurs Gesicht streifte, bemerkte er ein wenig erschreckt, daß der Tag, an dem er den Jungen nach Avalon gebracht hatte, schon fast zwei Jahre zurücklag.

In diesen zwei Jahren hatte dieser störrische junge Wilde große Fortschritte gemacht. Er hatte fließend Lateinisch sprechen, lesen und schreiben gelernt und begann jetzt das zu lernen, wofür er nach Avalon gebracht worden war. Merlin wollte seinen Enkel lehren, Menschen zu führen.

Cai sollte ebenfalls an diesem Unterricht teilnehmen. Merlin mochte Ectors Sohn, und zudem hätte es seltsam ausgesehen, wenn er Arthur als einzigem besondere Aufmerksamkeit zukommen ließ. Es ging bereits das Gerücht, daß Arthur Merlins Sohn sei. Wobei es nicht schlecht war, wenn der Junge dies glaubte. Und es war auch nicht weit von der Wahrheit entfernt.

Merlins Blick schweifte von Arthurs Gesicht zu Morgan. Es war natürlich absolut unangemessen, daß seine Tochter an diesem Unterricht teilnahm. Sie sollte eigentlich bei den Frauen sein und Weben und Nähen lernen. Aber sie wollte alles das tun, was Arthur tat, und Merlin hatte ihr ziemlich widerspruchslos nachgegeben. Arthur war zweifellos leichter zu führen, wenn Morgan in der Nähe war. Allein war er zurückhaltend, fast unnahbar. In Morgans Gegenwart dagegen war er ganz anders: entspannt und zugänglich. Und daher saß sie hier, ein zehnjähriges Mädchen, um zu lernen, wie man Menschen führt.

Die Jungen beobachteten ihn noch immer. »Heute«, sagte er heiter, »werden wir mit einer Reihe von Unterrichtsstunden beginnen, die euch beide«, er konnte Morgan nicht ernsthaft in diese Unterhaltung mit einbeziehen, »lehren werden, wie ihr eurem Land am wirkungsvollsten dienen könnt.« Er hielt inne. »Der Hochkönig bekämpft die Angelsachsen jetzt schon seit über elf Jahren, und sie drängen noch immer nach, stoßen von Osten vor und versuchen uns zu überwältigen und Britannien für sich selbst zu erobern. In wenigen Jahren werdet ihr Jungen im richtigen Alter sein, zu kämpfen. Schön und gut. Aber der Hochkönig braucht nicht nur Krieger. Er braucht auch Anführer. Männer, die gelernt haben, andere Menschen zu befehligen.

Das möchte ich euch lehren, die Kunst sachkundiger Führerschaft.« Er begegnete Cais ernsten, haselnußbraunen Augen und dann dem kühlen, grauen Blick seines Enkels. »Ich habe die Führerschaft selbst bei einem Meister erlernt«, fuhr er fort. »Ich habe sie bei Constantinus gelernt, dem Comes Britanniarum, dem Fürst von Britannien, einem der großartigsten römischen Soldaten.«

Die Kinder hatten schon oft genug von Merlins altem Befehlshaber, dem Fürst von Britannien, gehört.

»Dürfen wir Fragen stellen, Sir?« Es war Arthurs Stimme, noch immer die Stimme eines Jungen, aber mit einem kühlen und distanzierten Unterton, der sie klingen ließ, als gehöre sie zu jemand wesentlich Älterem.

»Ja.«

»Ich habe mich gefragt, wie das Imperium Constantinus Britannien überlassen konnte, wenn er ein so großartiger Soldat war.« Merlin lehnte sich auf seinem Stuhl zurück und straffte die Schultern. »Eine angemessene Frage«, stimmte er zu. »Britannien war immerhin wohl kaum eine der ersten Prioritäten des Imperiums. Warum sollte Rom uns dann, so fragst du dich, einen ihrer besten Soldaten übersenden?«

Auf Arthurs fast unmerkliches Nicken hin, fuhr er fort. »Also gut. Ich kann genausogut mit Constantinus beginnen, wie mit jedem anderen.« Er runzelte die Stirn, richtete seinen Blick auf den kleinen Flecken Sonnenlicht auf dem Tisch und begann. »Constantinus stammte aus einer berühmten römischen Soldatenfamilie. Als er ungefähr in deinem Alter war«, und sein Blick erfaßte kurz das höflich aufmerksame Gesicht seines Enkels, »wurde er nach Konstantinopel gesandt, um die Imperiale Schule des Kaisers Theodosius zu besuchen. Das war eine Schule für zukünftige römische Feldherren, und dort waren die edelsten, hochgeborenen fremden Fürsten und auch Römer wie Constantinus zu finden. Alarich der Gote war einer der Schüler.«

»Alarich!« Von Cai kam dieser schnelle Ausruf. »Meint Ihr den Alarich, der Rom erobert hat?«

»Ja«, sagte Merlin trocken. »Den meine ich.«

»Er hat seine Lektionen nur zu gut gelernt«, sagte Morgan. Sie sah jetzt ihren Vater an, das schmale Kinn auf die Hand aufgestützt. Sie war sehr aufmerksam, seit Merlin über Constantinus zu sprechen begonnen hatte.

»Es scheint so«, murmelte Arthur und warf ihr einen liebevoll belustigten Blick zu.

Merlin richtete seinen Blick erneut auf den Flecken Sonnenlicht. »Die Imperiale Schule gedieh bis zum Jahre 394«, fuhr er fort. »Das war das Jahr der Schlacht von Aquileia gegen den Verräter Arbogast. Zusammen mit den anderen Absolventen der Schule kämpfte Constantinus in dieser furchtbaren Schlacht.« Er schaute von dem Sonnenfleck zu Cai und dann zu Arthur. »Wir werden uns diese Schlacht eines Tages genauer ansehen«, versprach er.

Arthurs schwarze Augenbrauen hoben sich schnell, und er nickte. Merlin fuhr fort. »Constantinus' tapfere Führerschaft in Aquileia erregte die Aufmerksamkeit des berühmten römischen Feldherrn Stilicho. »Er wurde Stilichos Schützling und stieg in den Rängen des Heeres hoch hinauf. Dann, im Jahre 408, wurde Stilicho von Kaiser Honorius heimtückisch ermordet, und Constantinus wurde aus Rom verbannt. Im Jahre 410 eroberte Alarich, wie du weißt«, er hob eine Augenbraue in Morgans Richtung, »Rom. Die letzten unserer eigenen Legionen wurden von Britannien abberufen, und wir waren gezwungen, uns so gut wie möglich gegen die Angelsachsen und die tätowierten Barbaren aus dem Norden zu verteidigen. Britannien bat das Reich jedoch ständig um Hilfe, und im Jahre 415 schuf Honorius den Rang des Fürsten von Britannien. Die Aufgabe des Fürsten bestand darin, den eingeborenen britischen Stämmen in dem Versuch beizustehen, die Überreste Roms in Britannien zu verteidigen. Um dies erreichen zu können, erhob Honorius ein mobiles Feldheer aus seinen Legionen in Gallien und sandte es unter dem Kommando des Fürsten nach Britannien.«

Merlin hob eine Augenbraue. »Der Posten des Fürsten von Britannien war, wie du richtig vermutet hast, Arthur, wenig begehrt, und so wurde er einem Mann übertragen, der die Gunst des Reiches verloren hatte: Constantinus.«

»Hat Constantinus die Barbaren erfolgreich zurückgedrängt?« fragte Morgan.

»Er war gegen die Angelsachsen erfolgreich, aber dann fielen die tätowierten Barbaren über den Wall ein. Wir zogen nach Norden, um sie zurückzuschlagen...«

Merlin brach ab. Selbst nach all diesen Jahren schmerzte es ihn noch, über diese furchtbare Zeit zu sprechen. Er war achtzehn Jahre alt gewesen, als er sich Constantinus zum erstenmal angeschlossen hatte, und er hatte den Römer mehr geliebt als jeden anderen Menschen auf der Welt. »Constantinus wurde verraten«, sagte er mit harter, kalter Stimme. »Es hieß, daß er bei einem Überfall der Pikten getötet worden sei, aber das stimmte nicht. Es waren die Kelten. Er wurde von einem von Vortigerns Männern getötet. Ich konnte es niemals beweisen, aber ich weiß, daß es so war. Die Kelten befürchteten, daß Constantinus das Imperium in Britannien wiederherstellen würde, und so töteten sie ihn und stellten einen ihrer eigenen Leute, Vortigern, als Hochkönig auf. Wenn ich Constantinus' Söhne, Ambrosius und Uther, nicht nach Armorica gebracht hätte, wären auch sie getötet worden.«

Die restliche Unterrichtsstunde verging mit der Erzählung der Geschichte von Vortigerns Herrschaft und Ambrosius' triumphaler Rückkehr. Die Kinder waren ausreichend aufmerksam, und Merlin entließ sie zwei Stunden vor dem Essen.

Morgan und Arthur besuchten gleich ihren Lieblingsplatz am Fluß. Im vergangenen Jahr hatten sie in einer Buche eine Plattform errichtet, und sie liebten es, dort zu sitzen, hoch über dem Boden, von den Ästen der Buche vor Sicht geschützt, und den Fluß zu beobachten, zu lesen oder zu reden. Die jetzt mit Hosen bekleidete Morgan und Arthur saßen nun mit gekreuzten Beinen dort oben, würfelten und redeten.

»Armer Vater«, sagte Morgan, während sie den Würfel müßig in ihrer Handfläche umherrollen ließ. »Ich glaube, es belastet ihn sehr, daß er mit Uther nicht besser steht.«

»Das glaube ich auch«, erwiderte Arthur. Sie sprachen Britisch, wie sie es stets taten, wenn sie allein waren. Arthurs dichtes schwarzes Haar fiel ihm in die Stirn, und er schob es mit einer schnellen, charakteristischen Geste zurück. »Warum gelingt das nicht?«

Sie hob den Kopf, und die durch die Blätter des Baumes hindurchscheinende Sonne verteilte Lichtflecke auf ihrem Haar und Gesicht. Ihr Haar war gerade erst geschnitten worden und hing ihr halb den Rücken hinab. Fast unbewußt streckte Arthur die Hand aus und berührte die glänzenden, gleichmäßig geschnittenen Spitzen. Morgan sagte ernst: »Es war, glaube ich, besser, bevor er meine Mutter geheiratet hat.«

Arthur rieb mit dem Daumen sanft über die Locke in seiner Hand. »Was meinst du damit?«

»Ich habe das von Justina gehört, verstehst du«, warnte sie belustigt. Justina war ihre Kinderfrau und eine begeisterte Klatschbase.

Arthurs Blick spiegelte den Ausdruck in ihren Augen wider. »Erzähl weiter«, sagte er schnell. Er ließ ihr Haar los, und sie lehnte sich gegen den Baumstamm und schlang die Arme um die hochgezogenen Beine.

»Laut Justina«, begann sie, »sollen mein Vater und Uther dicke Freunde gewesen sein. Auch mit Ambrosius war mein Vater befreundet. Als Ambrosius starb und Uther König wurde und Igraine heiratete, war mein Vater sein engster Berater. Dann heiratete Merlin meine Mutter, und Uther und Igraine wandten sich gegen ihn.«

Arthur runzelte seine Stirn. »Aber warum?«

»Nun, Nimue, meine Mutter, war eine Enkelin von Maximus, dem Maximus, den britische Legionen zum Herrscher erhoben. Uther befürchtete, daß Merlin ein Königshaus errichten könnte, das mit ihm rivalisieren könnte.« Morgan scheuchte ein Insekt von ihrem Gesicht. »Tatsächlich behauptet Justina, daß Igraine mehr Verantwortung für den Streit habe als Uther.« Sie zuckte die Achseln. »Auf jeden Fall beharrten Uther und Igraine beide darauf, daß Nimue eine Zauberin sei, weil sie meinen armen alten Vater zur Ehe verführt hatte. Vater war zornig, wie du dir wohl vorstellen kannst. Er hält sich nicht für alt.«

Arthur grinste. »Das tut er wahrhaftig nicht«, stimmte er zu.

Morgan fuhr nüchtern fort: »Dann wurde ich geboren, und meine Mutter starb. Vater und Uther versöhnten sich nach einiger Zeit wieder, aber ich glaube, daß Vater Igraine niemals ganz vergeben hat.«

»Sie kommt ja auch niemals hierher.« Arthur brachte zwei Birnen zum Vorschein und gab eine Morgan, die herzhaft hineinbiß.

»Ich bin ihr einmal begegnet«, sagte sie mit vollem Munde, »als ich klein war und meine Schwester Morgause heiratete. Sie kam zu der Hochzeit und verließ uns fast sofort wieder.« Morgan kaute zu Ende und sagte zerknirscht: »Ich sollte nicht herzlos sein. Igraine hatte bisher ein sehr trauriges Leben. All diese Totgeburten!«

»Du warst noch niemals in deinem Leben herzlos«, sagte Arthur. Seine kräftigen jungen Zähne bissen in die Birne.

»Aber ist das nicht traurig, Arthur?«

»Es ist vermutlich traurig für Igraine.« Arthur biß noch einmal in die Frucht. »Aber es ist noch trauriger für Britannien. Uther hat keinen Sohn, der ihm als Hochkönig folgen könnte.«

»Justina sagt, das sei eine Strafe für Igraine, weil sie ihren ersten Mann, Gorlois, betrogen hat.«

Arthurs Nasenflügel vibrierten spöttisch. »Justina muß es wissen.« Er aß seine Birne zu Ende, nahm die drei Würfel auf und ließ sie in seiner Handfläche umherrollen.

Morgan betrachtete seine schmale braune Hand, während ein Stirnrunzeln ihre Brauen zusammenzog. »Ich glaube, Vater hat seine eigene Imperiale Schule errichtet«, sagte sie nach kurzem Schweigen. Ihr Blick ruhte noch immer auf seiner Hand. »Und das tut er nicht für Cai.«

Die Hand hielt inne. »Ich weiß«, sagte Arthur, und sie sah ihn an. Sein Haar war ihm wieder in die Stirn gefallen, fast bis zu der geraden, schwarzen Linie seiner Brauen herab. Ihre Blicke trafen sich. »Er hat etwas mit mir geplant. Ich würde wirklich gern wissen, was es ist.«

»Jedermann glaubt, daß es so ist, weil du sein Sohn bist.«

»Nun, das bin ich nicht.« Sie hatten schon früher darüber gesprochen. »Meine Mutter hat mir zu oft erzählt, daß ich genauso aussehe wie mein Vater. Aber ich sehe überhaupt nicht wie Merlin aus.« Zwei scharfe Linien erschienen zwischen seinen Brauen. »Meine Mutter hat bestimmt nicht gelogen.«

Morgan nickte ernst und biß ein letztes Mal in ihre Birne. »Wir werden eines Tages herausfinden, wer du bist.« Sie warf das Kerngehäuse vom Baum hinab und sah Arthur heiter an. »Es hat mir besser gefallen, als wir Virgil gelesen haben.«

Das Stirnrunzeln schwand von Arthurs Gesicht. »*Pius Aeneas*«, sagte er. »So edel. Und so langweilig.«

»Laß das nicht Merlin hören«, warnte sie, und er lachte.

»Niemals!« sagte er auf Lateinisch. Dann, während er aufstand: »Es wird spät. Wir werden das Essen verpassen, wenn wir uns nicht beeilen.«

Die beiden Kinder kletterten von dem Baum hinab, Morgan genauso gewandt wie Arthur, und gingen Hand in Hand zum Haus zurück.

Morgan nahm weiterhin an Merlins Unterrichtsstunden teil, überließ die Jungen aber sich selbst, wenn sie zum Übungsplatz gingen, um die praktische Kriegskunst zu erlernen. Zunächst war Ector ihr Hauptlehrmeister. Dann, als die Jungen Fortschritte machten, brachte Merlin eine Reihe von »Experten« an, die sie in den verschiedenen Disziplinen der Kriegsführung und der Führerschaft unterrichteten. Während der Jahre gewöhnte sich Avalon an den Aufmarsch seltsamer Männer, die sich immer nur wenige Monate um die Unterweisung von Arthur und Cai kümmerten, bevor sie genauso lautlos wieder verschwanden, wie sie gekommen waren.

Die Jungen lernten den richtigen Gebrauch der Lanze, der Pike, des Langschwertes vom Pferderücken aus und des Kurzschwertes zu Fuß. Sie lernten alles über Belagerungsgeräte und Umwallung und Verschanzung. Sie lernten ihre Stimmen so zu gebrauchen, daß sie jeden Winkel eines Schlachtfeldes erreichen und noch immer verstanden werden konnten. Und jeden Tag ließ Ector sie auf dem Gras ringen. Dieser Wettbewerb, den Arthur und Cai einst lediglich als Ventil für überschüssige, knabenhafte Energie ausgetragen hatten, wurde jetzt zu einer täglichen, erzwungen vortrefflichen Tätigkeit.

»Vortrefflichkeit« war Merlins Lieblingswort. »Eure christliche Religion lehrt euch, warum ihr auf dieser Welt seid: um Gott zu dienen«, belehrte er sie. »Aber ihr müßt euch selbst beibringen, daß der höchste Dienst in der Vortrefflichkeit liegt. Sich in allem auszuzeichnen, das allein ist der Grund, warum ihr in diese Welt geboren wurdet. Wenn ihr euch nicht auszeichnet, seid ihr umsonst geboren worden.«

Merlins Lektionen waren stets unparteiisch an beide Jungen gerichtet, aber Arthur wußte, daß der alte Mann vor allem ihn meinte. Warum das so war, wußte er nicht. Aber daß es so war, dessen war er sich sicher.

Und es lag in seiner Natur, sich auszuzeichnen. Er konnte es in sich spüren, während er die von seinen Lehrmeistern gestellten Herausforderungen ständig neu annahm. Sogar das Ringen mit Cai wurde zu einer Herausforderung, und schon bald hatte Arthur gelernt, Hebelkraft einzusetzen, um sein geringeres Gewicht auszugleichen.

Er konnte auch besser reiten als Cai. Er konnte sogar besser reiten als der Kavallerist, den Merlin nach Avalon brachte, um sie zu unterrichten. Der Einsatz von Pferden in der Schlacht interessierte Arthur am meisten. Er las alle Erläuterungen Xenophons zum Thema Kavallerie, und er fragte Merlin unaufhörlich aus, wie Constantinus Pferde eingesetzt hatte.

»Die Schlacht von Adrianopel hat die Bedeutung schwerer Kavallerie endgültig festgelegt«, lehrte Merlin seinen Schüler. »Es war eine der schlimmsten Niederlagen des römischen Heeres. Die Kavallerie der Goten riß die Legionen in Stücke. Von Adrianopel an bildete die Kavallerie einen wichtigen Teil des römischen Heeres. Stilicho setzte sie in Aquileia ein, als er Arbogast besiegte.«

Arthur zog jedoch seine eigenen Schlußfolgerungen aus Merlins Erzählungen. »Mir scheint, daß die Römer den richtigen Einsatz schwerer Kavallerie niemals gelernt haben«, sagte er an einem frostigen Wintertag zu Cai, während die Jungen nach anstrengender Arbeit mit den Lanzen badeten. »Constantinus hatte leichte Kavallerie, aber er hat sie niemals beim direkten Angriff eingesetzt.«

»Erzähl das nicht Merlin«, erwiderte Cai humorvoll. »Du weißt, wie er allem Römischen gegenüber empfindet.«

»Ich weiß.« Arthur tauchte unter und kam wieder hoch, der dunkle Kopf glänzend wie der eines Seehunds. »Das Imperium ist eher seine Religion als Christus.«

Cai saß auf dem Badewannenrand. Er war sehr groß für seine vierzehn Jahre, mit Schultern, die eines Tages genauso wuchtig sein würden wie die seines Vaters. Zur Zeit wirkte sein Körperbau jedoch noch unvollendet. Er war so schnell gewachsen, daß der restliche Körper seiner Größe noch nicht entsprach. Er war intelligent, freundlich und stetig wie ein Fels. Er war ein Jahr älter als Arthur, hatte sich aber ohne Groll der Tatsache gefügt, daß er mit dem Jüngeren niemals wirklich würde mithalten können.

Arthur stieg aus der Wanne und trocknete sich die Haare. Cai nutzte die Gelegenheit, die Narben auf dem Rücken des anderen Jungen zu betrachten. Wenn Arthur merkte, daß er sie sich ansah, würde er ärgerlich werden. Er haßte es, wenn jemand seine Narben beachtete, und er hatte eine ganze Sammlung davon. Eine befand sich über seiner rechten Augenbraue, eine seitlich des Kinns und eine besonders übel aussehende auf seinem linken Knie. Cai hatte ihn einmal danach gefragt. Damals hatte er entdeckt, daß Arthur die schlimmsten Flüche kannte, die er jemals gehört hatte. Er hatte von Ector erfahren, wie jene Narben entstanden waren und hatte Arthur seine schlechte Laune sofort vergeben. Während der Jahre waren seine Gefühle für den Jüngeren zu einer Mischung aus Stolz, Bewunderung und Fürsorge verschmolzen – die Gefühle eines großzügigen, älteren Bruders gegenüber einem besonders begabten, jüngeren Geschwisterkind.

Arthur schob sich das Haar zurück und trocknete mit einem weiteren Handtuch seine Schultern ab. Mit seinen dreizehn Jahren hatte er bereits den Körper eines Tänzers, leicht gebaut, anmutig, schnell.

»Irgendwie hat Merlin recht«, sagte er zu Cai, während er sich anzuziehen begann. »*Romanitas* steht noch immer für Kultur.

Es steht für eine ausgewogene Regierung und die Freiheit, in Frieden zu leben. Aber das Imperium selbst zerfällt. Wir in Britannien bestreiten nur einen kleinen Teil des Kampfes gegen die Dunkelheit.«

Cai begann sich anzuziehen. »Mein Vater sagt, daß sich die Angelsachsen für einen Frühlingsangriff sammeln. Der Hochkönig versucht, dagegen die keltischen Fürsten unter seinem Banner zusammenzuschließen.«

Arthur betrachtete ihn, und eine messerscharfe Linie erschien zwischen seinen geraden, schwarzen Brauen. »Wenn ich nur nicht so jung wäre!«

Cai streckte eine Hand aus und legte sie auf die Schulter des anderen. »Mach dir keine Sorgen«, sagte er tröstend. »Die Angelsachsen werden auf dich warten, Arthur.« Und er griff nach seiner Tunika.

## 4. KAPITEL

»Führerschaft ist immer Menschenführung«, sagte Merlin. »Ein Versagen in der Menschenführung kann nicht durch Erfolg in anderen Dingen ausgeglichen werden. Ein Führer muß sich seiner öffentlichen Funktion stets bewußt sein. Er darf seine Angelegenheiten nicht als etwas Persönliches verstehen, auch nicht sich selbst gegenüber.«

Das Fenster war geöffnet, und die sanfte Juliluft wehte herein. Merlins Schüler schien aufmerksam zuzuhören, aber Merlin war sich sicher, daß seine Gedanken woanders waren. Helles Lachen drang mit der Brise durch das Fenster herein, und Merlin schaute in den Hof hinaus und sah seine Tochter. Sie trug einen Korb voller Beeren, und ihr Pony folgte ihr und versuchte die Beeren zu fressen.

Arthur war jetzt Merlins einziger Schüler. Es war schon sehr lange her, daß Morgan in den Unterricht gekommen war, und Cai, jetzt sechzehn Jahre alt, war dem Heer des Hochkönigs beigetreten. Die Angelsachsen wurden immer aggressiver, und Uther hatte große Mühe, sie im Zaum zu halten.

»Die keltischen Fürsten bedauern jetzt ihren Irrtum, Hengist und seine Leute dazu aufgefordert zu haben, in Britannien zu siedeln«, sagte Merlin und nahm den Faden wieder auf. Er sah Arthur an und forderte ihn zu einer Antwort heraus.

Die langen Wimpern des Jungen senkten sich und verbargen seine Augen halb. »Vortigern war vielleicht ein Kelte, aber er folgte gutem römischen Beispiel«, antwortete er. »Die tätowierten Barbaren des Nordens drangen über den Wall, und Vortigern konnte sie nicht aufhalten. Also forderte er eine Gruppe von Barbaren heraus, um die andere zu vernichten.« Er hob die Wimpern und sah Merlin an. »Damit war Rom ausreichend oft erfolgreich.«

Merlin erwiderte den Blick der hellen Augen seines Enkels und betrachtete sein tiefgebräuntes Gesicht. Selbst jetzt, nach sechs Jahren, war es noch schwer für ihn, herauszulesen, was Arthur dachte. »Rom war damit erfolgreich, aber nicht Vortigern. Warum, Arthur?«

Der Junge hatte die Antwort offensichtlich schon lange parat, er mußte nicht einmal darüber nachdenken. »Vortigern hatte weder Roms Findigkeit«, sagte er, »noch verstand er in irgendeiner Weise, was in der Welt um ihn herum vorging. Die barbarischen Stämme waren bereits hundert Jahre vor dieser Zeit auf dem Marsch: die Hunnen, die Goten, die Allani, die westwärts, stets westwärts drängten.« Arthurs schlanke, gebräunte Finger spielten mit dem Stift in seiner Hand. »Vortigern öffnete einem Teil dieser Massenwanderung von Menschen, den Angelsachsen, unwissentlich die Tür zu Britannien.« Er legte den Stift hin. »Er ließ den Wolf in den Hühnerstall«, schloß er nüchtern, »und jetzt kommen sie zu Tausenden, drängen sogar noch weiter von der Küste herein, nehmen unsere Städte ein und legen das Land brach, vernichten unser Volk, wie Wölfe in Hungerszeiten die Schafe vernichten.«

»Eine sehr gute Analyse«, sagte Merlin nach einem Moment. »Die keltischen Fürsten sahen ihren Fehler erst ein, als es zu spät war. Dann töteten sie Vortigern, hießen den von Armorica zurückgekehrten Ambrosius willkommen und ernannten ihn zum Hochkönig. Sie erkannten schließlich doch noch, daß römische Führerschaft und römische Fähigkeiten die einzige Hoffnung Britanniens gegen die Angelsachsen sind.«

Das war der Grundsatz, den er Arthur in sechs langen Jahren eingebleut hatte. Dieses Mal antwortete Arthur ihm ruhig, fast beiläufig: »Die einzige Hoffnung liegt für uns darin, daß wir vergessen, daß wir Kelten oder Römer sind und uns nur daran erinnern, daß wir Britannier sind.«

Merlin betrachtete das Profil seines Enkels, als Hundegebell vom Hof her erklang. Ein Lächeln erschien um Arthurs Mund. »Horatius hat Morgan wiedergefunden«, sagte er.

»Dann lauf«, sagte Merlin jäh. »Es ist ein zu schöner Tag, um drinnen zu bleiben.«

Kaum zwei Minuten später sah er, wie Arthur im Hof zu Morgan lief.

*

Sie nahmen ihre Ponies und ritten in freies Gelände, fort von dem Tal von Avalon und in die Hügel hinein. Es gab einen besonderen Ort, den sie häufig besuchten, eine wildwüchsige Tallandschaft mit reichem Blumenwuchs und Büscheln Heidekraut, und dort hielten sie inne und sattelten ihre Pferde ab, um sie grasen zu lassen. Horatius streckte sich im Schatten neben Morgan aus, und Arthur tat es ihm gleich, legte seinen Kopf auf ihren Schoß, während sie sich an eine Tanne lehnte. Es war kühl hier im Schatten, und er schloß erfreut die Augen, vertraute das Gewicht seines Kopfes mit langgewohnter Leichtigkeit Morgan an. Sie legte eine Hand auf sein schwarzes Haar, das von dem Ritt zerzaust war und jetzt ihre Knie bedeckte.

»Vater war heute morgen ungewöhnlich einsilbig«, sagte sie.

»Er kann mich nichts mehr lehren.« Er klang sehr nüchtern. Schläfrig. Offensichtlich genoß Arthur die Berührung ihrer Hand. »Er hat sein Instrument, vollständig gestimmt und bereit. Jetzt müssen wir abwarten, was er damit vorhat.«

»Du bist erst fünfzehn«, sagte sie.

Er schaute in ihre braunen Augen hinauf. »Ich werde nächstes Jahr fortgehen«, sagte er. »Ich muß es tun. Cai ging mit sechzehn.«

»Ich weiß.«

Er zog ihre Hand einen Augenblick zu seinem Mund herab und setzte sich dann auf. »Ich bin zu jung!« sagte er ungestüm. Seine Augenbrauen waren zusammengezogen. »Zu jung, um in den Krieg zu ziehen, zu jung, um dich zu heiraten. Aber ich fühle mich nicht jung, Morgan. Ich fühle mich...« Er fuhr sich mit einer Hand durch das zerzauste Haar. Seine friedliche Stimmung war verflogen. Seine Nasenflügel waren zusammengekniffen und seine Augen verengt.

Morgan neigte den Kopf. »Ich weiß«, sagte sie erneut.

Er schaute zu ihr hinüber. Ihr hübscher Kopf mit dem langen, gleichmäßig geschnittenen, seidigen Haar, war gesenkt. Wo sich das Haar teilte, konnte er ihren Nacken sehen. Er war milchigweiß, anders als die gebräunte Haut ihrer Wangen und ihrer Stirn. Er konnte die Weichheit ihres Nackens fast unter seiner Hand spüren.

Morgan gehörte ihm, und er gehörte Morgan. Wenn sie nur nicht so jung wären!

Morgan bewegten wie immer, die gleichen Gedanken. »Versprich es mir«, sagte sie, »versprich mir, daß du mich heiraten wirst, bevor du fortgehst.«

Sie sahen einander an, und während sie dies taten, fiel die Hülle der Kindheit von ihnen ab. Niemand, der sie kannte, hatte zuvor jemals den ernsten und erwachsenen Ausdruck auf den beiden jungen Gesichtern gesehen.

»Wird er es zulassen?« fragte Arthur. »Du bist seine Tochter, und Gott allein weiß, wer ich bin.«

»Ich weiß es nicht. Es ist mir gleichgültig. Wir werden es in jedem Fall tun.«

Er setzte sich neben sie, legte einen Arm um ihre Schulter und hielt sie an sich gedrückt. Er staunte immer wieder über die Kraft und Beweglichkeit ihres zarten, jungen Körpers. »Ja«, sagte er. »Wir werden es in jedem Fall tun.«

»Jetzt kommen die jungen Leute«, sagte Ector herzlich, als Arthur und Morgan den Eßraum betraten. Er mußte über die beiden lächeln, als sie ihre Plätze einnahmen.

Ector war bei weitem das unkomplizierteste Mitglied des Haushalts von Avalon. Er war fast so begeistert von Arthur und Morgan wie von seinem eigenen Jungen, und in seinen Augen waren sie immer noch Kinder. Besonders Arthur und Morgan. Sie streiften noch immer auf ihren Ponies durch die Wälder, verbrachten Nachmittage hoch in ihrem Baumhaus verborgen und kümmerten sich um Morgans viele Tiere.

Der alte Verwalter betrachtete jetzt Morgan, die rechts von ihm saß. Sie benutzte geschickt ihr Messer, und wenn er sprach, hob sie zum Antworten den Kopf, wobei ihre Zähne in ihrem schmalen, sonnengebräunten Gesicht weiß aufblitzten. Er beobachtete sie, während sie das Essen in sich hineinstopfte wie ein hungriges Kind und dachte nicht zum ersten Mal, daß sie eines Tages eine wunderschöne Frau sein würde. Sie war bereits wunderschön, mit ihrem langen braunen Haar, das hinter ihre kleinen Ohren zurückgestrichen war und sich als glatter Fächer bis auf ihre Taille ergoß. Ihre auffälligen, braunen Augen waren jetzt auf ihren Teller gerichtet, aber er wußte nur zu gut, wie sehr sie das kleine, vollkommene Oval ihres Gesichts dominierten.

Kleine Morgan, dachte er liebevoll. So ernst, so sanft, ein Rudel verwundeter, verlassener Tiere um sich sammelnd, alle Schnitte und Kratzer, die die Jungen sich zuzogen, verbindend. Neben ihm streckte sich ihre Hand nach einem weiteren Fleischstück aus. Das zerbrechliche Handgelenk war an der Stelle, wo ein Dornenbusch es erwischt hatte, zerkratzt, ein Finger hatte eine verschorfte Narbe, und zwei andere waren gelb von der Farbe, die sie an diesem Morgen benutzt hatte.

Sie war vierzehn. In einem oder zwei Jahren, wenn es für sie an der Zeit sein würde zu heiraten, würde Merlin vielleicht Cai in Betracht ziehen. Cai würde das gefallen, wie sein Vater wußte. Abgesehen davon, daß es eine gute Verbindung wäre, hatte Cai Morgan schon immer sehr gemocht.

Merlins Stimme erklang von der anderen Seite des Tisches. Er stellte Ector eine Frage, und der holte seine Gedanken wieder in die Gegenwart zurück und antwortete.

Zwei Tage später brach Merlin nach Venta auf. Er hatte Uther mindestens einmal im Jahr besucht, seit Arthur nach Avalon gekommen war, aber jetzt wollte er den Hochkönig aus einem besonderen Grund aufsuchen. Arthurs Erziehung war beendet, und die Zeit war gekommen, daß Uther seinen Erben anerkannte. *Wie alt er geworden ist.* Das war Merlins erster Gedanke, als er zu Uther geführt wurde. Die Sonne schien, und der Tag war warm, aber der Hochkönig hatte eine Kohlenpfanne entzünden lassen und saß daneben, zusammengekauert wie ein alter Mann.

»Geht es Euch gut, Uther?« fragte Merlin scharf.

Uthers dunkle Haut wirkte sehr blaß. Grau zeigte sich an den Schläfen. »Ich hatte eine Erkältung«, sagte er. »Aber es wird schon besser. Setzt Euch, Merlin.« Er deutete ungeduldig auf einen Stuhl. Dann, als der alte Mann saß: »Nun?«

Merlin erlaubte sich ein Lächeln. »Er ist bereit.«

»Ach.« Uthers adlerartige Nase stand stärker hervor als früher. Er lehnte sich auf seinem Stuhl zurück. »Erzählt mir von ihm«, sagte er.

Merlin hatte natürlich schon zuvor von Arthur gesprochen, von seinen Fortschritten und von seiner Intelligenz. Jetzt sagte er, was er wirklich dachte. »Dieser Junge ist wie ein gezogenes Schwert, Uther. Ich glaube schon seit mehreren Jahren, daß der Grund, warum Ihr und Igraine keine weiteren Kinder habt, darin liegt, daß Gott Arthur als unseren König ausersehen hat. Ich glaube, er wurde für Britannien geboren, Uther. Geboren, um uns aus der Dunkelheit des fremden Alptraums herauszuführen. Ich glaube, er wird ein König sein, wie wir ihn in diesem Land noch niemals gehabt haben.«

Uther starrte ihn an, denn Merlin schwelgte nicht oft in Übertreibungen. »Ist das Euer Ernst?« fragte der König schließlich.

»Ja.«

Trotz der Hitze im Raum trug Uther einen Umhang, den er jetzt noch fester um sich zog. »Er ist fünfzehn«, sagte er grimmig. »Noch zu jung.« Sein Gesicht wurde noch härter. »Ich hoffe bei Gott, daß ich ihm noch einige weitere Jahre geben kann, Merlin.«

»Seid Ihr so krank?«

»Ich fühle mich elend«, erwiderte der König offen. »Die Ärzte sagen jedoch, ich würde mich wieder erholen, so daß Hoffnung besteht.«

»Soll ich den Jungen nach Venta bringen?«

»Nein. Noch nicht.« Uthers Hände umklammerten die Lehnen seines Sessels. »In Avalon ist er in Sicherheit. Im Moment sollten wir ihn dort lassen. Ich werde in diesem Herbst noch eine Schlacht im Norden schlagen, aber ich traue meinen Verbündeten nicht. Es gibt zu viele unbedeutende Könige, die zum nächsten Hochkönig ernannt werden wollen, und nicht erfreut sein werden, wenn sie entdecken, daß ich einen Sohn habe. Ich könnte ihm in Venta vielleicht keine Sicherheit bieten.«

Merlin runzelte die Stirn und nickte. Er erinnerte sich an Constantinus.

»Ich würde ihn allerdings selbst gern sehen«, sagte Uther, und zum ersten Mal war eine Regung auf seinem Gesicht erkennbar. »Ich werde nach Avalon kommen.«

Merlin wandte den Blick von der Sehnsucht in den Augen des Königs ab und schüttelte langsam den Kopf. »Nicht bevor Ihr bereit seid, ihn anzuerkennen.«

Uthers helle Augen loderten. »Wenn ich ihn sehen will, werde ich ihn sehen. Das ist nicht Eure Entscheidung.«

Merlin wandte den Kopf und begegnete diesem flammenden Blick. »Uther, der Junge sieht Euch zu ähnlich. Jetzt glaubt er noch, ich sei sein Vater, aber wenn er Euch erst einmal sieht...« Es war schmerzlich, Uthers Gesichtsausdruck zu betrachten. »Er sieht mir ähnlich?«

»Ja. Euer Haar. Eure Augen. Sogar seine Augenbrauen sind so gewachsen wie Eure. Er hat Euren Teint. Die Ähnlichkeit ist zu auffällig, als daß sie unbemerkt bleiben würde. Wir haben dieses

Geheimnis zu lang bewahrt, als daß es jetzt vorzeitig bekannt werden sollte.«

Uther betrachtete eingehend seine Hände. »Und niemand hat jemals Vermutungen geäußert, wessen Sohn er wirklich sein könnte?«

»Niemand in Avalon kennt Euch. Außer Ector natürlich. Ich glaube, Ector hegt Vermutungen, aber er würde niemals etwas sagen. Und der Junge selbst hat keine Ahnung. Wie ich bereits sagte, in Avalon hält man ihn für meinen Sohn. Und dabei sollten wir es im Moment auch belassen.«

»Ja.« Die Zustimmung kam offensichtlich nur widerwillig. »Ja, Ihr habt recht, Schwiegervater. Das Wichtigste ist, daß er in Sicherheit bleibt, bis ich ihn brauche.«

Merlin sprach noch einige weitere Minuten mit dem König und verließ Uther dann, um die Räume seiner Tochter Igraine, der Königin, aufzusuchen.

Igraines Zimmer im Prätorium waren üppig ausgestattet, mit Lampen und Teppichen eingerichtet, die einst aus Rom herangebracht worden waren. Sie war gerade mit ihren Frauen beim Nähen, als Merlin angemeldet wurde, und sie streckte ihrem Vater die Hand hin und bot ihm die Wange zum Kuß.

Er kam ihrer Aufforderung nach und setzte sich auf den ihm angebotenen Platz. Sie faltete ihre Arbeit im Schoß zusammen und fragte liebenswürdig: »Was führt dich nach Venta, Vater?«

Merlin betrachtete seine Tochter abschätzend, bevor er antwortete. Sie war mehrere Jahre jünger als ihr Mann, und als sie Uther geheiratet hatte, war Igraine die schönste Frau Britanniens gewesen. Ihr schwarzes Haar war noch immer nicht von Grau durchzogen, aber deutliche Linien waren seitlich ihrer dunkelblauen Augen und an den Mundwinkeln zu sehen. Ihre Haut hatte vielleicht ihre jugendliche Spannkraft verloren, dachte Merlin, aber gleichgültig wie alt sie war, so würde sie niemals die Schönheit ihres Körperbaus verlieren. Diesen Körper hatte sie an ihren Sohn weitergegeben.

Merlin schenkte ihrer höflichen Frage keine Beachtung und sagte offen: »Uther sieht schlecht aus.«

Ein Schatten überzog Igraines Gesicht. Seine Tochter war niemals eine mitfühlende Frau gewesen. Sie hatte Gorlois, einen Mann, der dreimal so alt war wie sie, mit kühler Berechnung geheiratet. Sie hatte Herzogin von Cornwall werden wollen. Sie hatte ihren Sohn kaum angesehen und in all den Jahren, seit er fortgesandt worden war, hatte sie nicht einmal nach ihm gefragt. Alle ihre vorhandenen Gefühle waren auf Uther gerichtet. Für ihn hatte sie ihren Ehemann betrogen und sich und ihrer Familie öffentlich Schande zugefügt. Für ihn und sein Königsamt hatte sie rücksichtslos mit ihrem Vater und dessen zweiter Frau gebrochen. Was Uther betraf, traute Merlin seiner Tochter sogar einen Mord zu. Und Uther empfand dasselbe für sie. Sie hatte ihm kein lebendes Kind gebären können. Er hätte allen Grund gehabt, sie fortzuschicken und erneut zu heiraten. Aber er hatte es nicht getan.

»Er war krank«, erwiderte sie jetzt kurz angebunden. »Aber er ist auf dem Wege der Besserung.« Ihre wunderschön geschwungenen Brauen zogen sich zusammen. »Sein Leben wäre um so vieles leichter, wenn er sich nicht ständig Sorgen wegen seiner Verbündeten und wegen der Angelsachsen machen müßte.«

»Unter den Kelten herrschten schon immer Ruhelosigkeit und Ehrgeiz«, sagte Merlin. »Gibt es noch ein besonderes Problem?«

»Ja.« Igraines Stimme klang hart und sehr kalt. »Der Mann meiner Schwester, Lot. Uns wurden Gerüchte zugetragen, daß er sich für den nächsten Hochkönig hält.«

»Lot!« Merlin war sehr erstaunt. »Lot hat keinen Anspruch auf die Hochkönigschaft. Vortigern konnte zumindest behaupten, eine von Maximus' Töchtern geheiratet zu haben. Lot ist nur König eines besonders armen nördlichen Königreichs.«

»Lot ist ehrgeizig«, sagte Igraine verbittert. Kurz darauf fügte sie leise hinzu: »Außerdem hat er drei gesunde Söhne.«

Merlin antwortete nicht. Er hatte mit Igraine niemals über ihre Kinderlosigkeit sprechen können. Es gab unglücklicherweise nichts, was man dazu hätte sagen können.

Eine kurze Pause entstand. Igraine betastete die Edelsteine an ihrem Hals. »Ich könnte mir vorstellen, daß Morgause gern Königin wäre.« Die Linien in ihrem Gesicht waren jetzt deutlicher zu sehen. Sie sah plötzlich so alt aus wie Uther.

»Morgause hat keinen Ehrgeiz«, erwiderte Merlin. Er hob humorvoll eine Augenbraue. »Morgause denkt nicht so weit voraus, Igraine. Das weißt du doch.«

Igraines Gesichtsausdruck zeigte keinerlei Humor. Humor war niemals ihre herausragendste Charaktereigenschaft gewesen. Morgause hatte Humor, dachte Merlin. Humor und Wärme. Igraine hatte keines von beidem. Igraine war jedoch erstaunlich scharfsinnig. Sie kannte ihre Schwester zu gut, um ihr ein Komplott zuzutrauen. Morgause trieb nur dahin und tat, was immer das Leichteste war. Wenn Lot einen Aufruhr anzetteln wollte, würde sie ihm wahrscheinlich überall hin folgen. Aber Morgause würde niemals anführen.

»Du und Uther, ihr seid vollauf in der Lage, mit Lot fertigzuwerden«, sagte Merlin. »Die Bewohner des nördlichen Teils des Landes folgen ihm vielleicht, aber Cador und Maelgwyn und die Könige des Südens werden Lot niemals als Hochkönig akzeptieren.« Igraine betrachtete die Näharbeit auf ihrem Schoß. »Ich weiß. Aber es ist eine weitere Sorge für Uther, und das zu einer Zeit, wo er sich nicht gut fühlt...« Sie strich über den Stoff auf ihrem Schoß. Er konnte fast sehen, wie sie all ihre Kraft zusammennahm. Als sie aufschaute, war ihr Gesicht unbewegt. »Und wie geht es meiner jüngsten Schwester?« fragte sie. »Wir müssen allmählich an eine Heirat denken.«

Merlin dachte über seine Töchter nach, während er am darauffolgenden Tag von Venta nach Hause ritt. Igraine und Morgause waren die Kinder aus seiner ersten Ehe. Sie waren mit acht Jahren Abstand geboren und niemals Freunde gewesen. Sie waren zu gegensätzlich.

Igraine hatte Morgauses Heirat mit Lot arrangiert. Der König von Lothian wäre Merlin niemals als möglicher Kandidat für die Hand seiner Tochter in den Sinn gekommen. Lothian lag weit im Norden, außerhalb der Reichweite Roms, und war Merlins Meinung nach kaum zivilisiert. Lot war ein keltischer König. Er trug gemusterte, bunte Umhänge und behängte sich mit protzigen Edelsteinen. Er war groß und blond und anmaßend, und Morgause hatte ihn vom ersten Augenblick an unbedingt haben wollen.

Merlin hatte zugestimmt. Er hatte Morgauses Begeisterung nur zu gut verstanden. Trotz seines barbarischen Aufzugs, oder vielleicht gerade deswegen, war Lot ein herrliches Beispiel für einen Mann. Er würde Morgause im Bett glücklich machen und ihr Kinder schenken, und mehr brauchte Morgause nicht vom Leben.

Igraines Beweggründe dafür, daß sie Morgause und Lot miteinander bekanntgemacht hatte, waren weitaus subtiler gewesen. Merlin hatte sie noch immer nicht durchschaut – es sei denn, daß sie ihre Schwester einfach aus dem Weg haben wollte. Es schien jetzt, als bedaure Igraine ihre Wahl.

Die Apfelgärten von Avalon kamen in Sicht, und Merlins Gedanken wandten sich schließlich seiner dritten Tochter, seinem jüngsten Kind, zu. Er lächelte. Die beste von allen, dachte er erfreut. Niemals würde er Morgan so weit von sich fort verheiraten. Und er würde es auch nicht zulassen, daß Igraine den Ehemann ihrer Schwester auswählte.

Es bestand keine Eile, dachte er. Morgan war erst vierzehn Jahre alt. Noch viel Zeit, sich Gedanken über eine Heirat zu machen. Es war wirklich bedauerlich, dachte er müßig, während er in den Hof des Landhauses einritt, daß sie niemals Arthur heiraten konnte.

## 5. KAPITEL

Der September war in diesem Jahr vollkommen, und die Äpfel hingen in den Obstgärten Avalons schwer von den Bäumen herab. Ector mußte Wagenladungen der Früchte zur Herbstmesse nach Glevum bringen, und Merlin erlaubte Arthur und

Morgan zum ersten Mal, seinen Verwalter auf dieser alljährlichen Reise zu begleiten. Merlin selbst konnte nicht mitfahren, aber er sandte Justina mit, damit sie sich um Morgan kümmerte, und erteilte Ector strikten Befehl, gut auf Arthur aufzupassen. Er hatte Arthur die Erlaubnis, die Ländereien Avalons zu verlassen, nur zögernd erteilt, aber beide Kinder hatten ihn so sehr gebeten, daß er schließlich nachgegeben hatte. Die Messe in Glevum war so nahe an Wales, dachte er, daß es wenig wahrscheinlich war, daß jemand die Ähnlichkeit des Jungen mit dem Hochkönig bemerken würde.

Am Morgen ihres zweiten Tages auf der Messe ließ Arthur Morgan an einem Stand, an dem Kräuter und Heilmittel verkauft wurden, zurück und ging davon, um auf eigene Faust Erkundungen anzustellen, versprach aber, innerhalb einer Stunde zurück zu sein. Morgan war tief in eine Unterhaltung mit der alten Frau, die den Stand beaufsichtigte, versunken und unterbrach die Unterhaltung nur gerade so lange, daß sie ihm halbherzig zulächeln und sagen konnte: »Geh nur. Ich komme allein zurecht.«

»Die junge Dame ist sehr verständig«, sagte die alte Kräuterverkäuferin mit offensichtlichem Erstaunen.

»Danke«, erwiderte Morgan bescheiden. »Nun, was empfehlt Ihr gegen Furunkel?« Arthur grinste und schlenderte dann zu den Viehverkäufern hinüber. Er strebte unmittelbar auf den Teil des Marktes zu, wo die Pferde standen. Die meisten der Pferde waren Gebirgsponies, klein und robust, genau wie die Pferde in Avalon. Arthur schritt vor ihnen auf und ab, betrachtete sie und schüttelte den Kopf, wenn er gefragt wurde, ob er kaufen wolle. Als er ans Ende der Reihe kam, blieb er stehen und schaute zurück, eine schwache Linie zwischen den schwarzen Brauen. Gab es in ganz Britannien überhaupt ein Pferd, das als Kavalleriepferd geeignet sein würde?

»Du siehst nicht so aus, als hättest du Interesse an unseren Ponies.« Die Stimme sprach Britisch mit einem leicht walisischen Akzent, und Arthurs Kopf fuhr herum. Ein junger Riese stand neben ihm. Arthur schaute auf und begegnete den strahlend blauen Augen eines jungen Kelten mit hell goldfarbenem Haar. Die blauen Augen schauten nicht besonders freundlich drein.

Arthur antwortete zurückhaltend. »Es sind hübsche Ponies.«

»Aber deinem Gesichtsausdruck nach zu urteilen, nicht hübsch genug für dich.« Die Stimme des Jungen war weich, aber sie drückte genausoviel Unfreundlichkeit aus wie sein Blick.

»Ich suche nach etwas Größerem«, sagte Arthur.

»Du?« Die blauen Augen maßen ihn spöttisch.

»Ja.«

Der Blonde warf den Kopf zurück. »Ich habe ein Pferd, das dir vielleicht gefallen könnte.« Er lächelte boshaft. »Es ist groß. Sehr groß. Und ein Hengst. Willst du ihn ausprobieren?«

»Ja«, sagte Arthur ohne Zögern. »Das will ich.«

Er folgte dem großen Kelten, der ihn zu einem Platz führte, der offensichtlich ein Lager darstellte. »Dort drüben«, sagte der Junge über die Schulter hinweg und führte ihn zu einem allein angepflockten Pferd. »Sodak«, sagte er weich, und ein schwarzer Kopf hob sich vom Gras.

Arthur stand starr wie eine Statue und schaute. Der Schwarze war das großartigste Tier, das er jemals gesehen hatte: riesig, muskulös, das Fell glänzend wie Seide im hellen Sonnenlicht.

»Willst du ihn reiten?« fragte der blonde Junge.

Arthur nickte stumm.

Der andere Junge mißverstand sein Schweigen und lächelte. »Ich werde ihn für dich satteln«, sagte er.

Der Hengst legte die Ohren an, sobald sich der Junge mit dem Zaumzeug näherte, und sie mußten beide zupacken, um ihn zu satteln. »Fertig?« fragte der Blonde, legte seine Hände unter Arthurs Knie und hob ihn in den Sattel.

Der Schwarze riß den Kopf hoch, und Arthur konnte spüren, wie sich all seine Muskeln anspannten. Der Hengst fühlte sich unter ihm an wie eine zusammengerollte Sprungfeder. Bevor er jedoch den Kopf senken und buckeln konnte, schlug Arthur auf seine Kruppe. Er schlug fest zu, und der Hengst änderte seine Meinung, sprang vorwärts und schoß davon.

Hinter dem Lager befand sich ein Feld, und Arthur hielt darauf zu, lehnte sich auf dem Pferderücken vor, fast in der fliegenden schwarzen Mähne verloren.

Noch niemals hatte er solche Kraft gespürt. Nach wenigen Runden um das Feld verlangsamte der Schwarze den Schritt, und Arthur spürte, daß er weicher im Maul wurde. Er führte den Hengst mit Schenkeldruck nach links, und das Tier folgte seiner Aufforderung gehorsam. Arthur lachte laut auf. Es war einfach herrlich.

Äußerst widerwillig brachte er den Hengst schließlich in langsamem Schritt wieder zu seinem Besitzer zurück. Der blonde Junge nahm die Zügel entgegen und grinste zu Arthur hinauf, die blauen Augen voll unverhüllter Bewunderung. »Es tut mir leid«, sagte er. »Götter, kannst du reiten!« Während Arthur zu Boden glitt, setzte er hinzu: »Mein Name ist Bedwyr. Wie heißt du?«

»Arthur«, erwiderte Arthur und erwiderte das Grinsen. »Welch ein Pferd! Ist es zu verkaufen?«

Ein Schatten überzog Bedwyrs Lächeln. »Nein. Und es ist auch nicht mein Pferd. Es gehört meinem Vater.« Er betrachtete das schwitzende Tier. »Ich werde Schwierigkeiten bekommen, wenn mein Vater ihn so sieht. Ich hätte dich niemals auf ihm reiten lassen dürfen.«

»Du dachtest, er würde mich einfach abwerfen und dann weiter grasen«, sagte Arthur amüsiert.

Bedwyr nickte. »Du sahst nicht so aus, als könntest du ihn reiten«, erwiderte er.

»Ich werde dir helfen, ihn trockenzuführen«, bot Arthur an, und die beiden Jungen sattelten den Hengst ab, wobei sie den auskeilenden Hufen geschickt auswichen, und begannen ihn dann langsam um das Feld herumzuführen, wobei Bedwyr die Zügel hielt und Arthur auf der anderen Seite des Pferdes ging.

»Wo hat dein Vater ein solches Pferd gefunden?« fragte Arthur.

»Es stammt aus Gallien. Mein Vater hat es vor einigen Jahren von einem Goten gekauft, um unseren Bestand zu verbessern.«

»Er kreuzt ihn mit den Ponies?« fragte Arthur erstaunt.

»Nein.« Bedwyr grinste spöttisch. »Wir haben zu Hause einige gute Stuten. Sie«, damit deutete er in Richtung auf die Ponies, »gehören zu dem Bestand, den wir loswerden wollen.«

»Und du warst beleidigt, als ich sie nicht kaufen wollte«, sagte Arthur trocken.

Bedwyrs weiße Zähne blitzten auf. »Na ja«, sagte er. Und zuckte die Achseln.

»Wo leben deine Leute?«

»In Dyfed. Mein Vater ist König Ban.«

So. Dieser blonde Junge mit dem großartigen Pferd war ein Prinz. Das erklärte auch, dachte Arthur, die offensichtlich wertvollen Armreifen, die Bedwyr trug. Arthur streckte eine Hand aus, um den muskulösen Hals des Hengstes zu tätscheln, und das Pferd wandte sich ihm mit entblößten Zähnen zu. Arthur zog den Arm aus der Reichweite der zuschnappenden Zähne zurück und sagte zu Bedwyr: »Ist er immer so böse?«

»Auf dem Schiff von Gallien hierher hat er einen Mann getötet«, erwiderte Bedwyr mit Stolz in der Stimme. »Er ist ein heimtückisches Tier, aber seine Fohlen sind prachtvoll. Mein Vater hat mir in diesem Frühjahr eines von ihnen geschenkt.«

Als der Hengst wieder ruhig atmete, striegelten sie die Sattelabdrücke glatt und pflockten ihn auf der Wiese an. Während sie zusammen auf die Messe zugingen, sagte Arthur: »Ich muß mich mit meinem Freund treffen.«

»Ich komme mit dir«, bot Bedwyr an, und Arthur nickte. Die beiden Jungen hatten das Messegelände erreicht und bahnten sich ihren Weg eine enge Straße hinter einer Reihe von Ställen hinauf, als hinter ihnen plötzlich Fußschritte erklangen und Bedwyr von vier Männern umringt wurde. Arthur war ein kleines Stück vorausgegangen, und als er Bedwyr schreien hörte, wandte er sich um. Die Männer griffen nach Bedwyrs Armreifen, aber der blonde Junge wehrte sie mit erstaunlicher Wildheit ab. Ohne einen Moment des Zögerns eilte Arthur ihm zu Hilfe.

Bedwyr war außergewöhnlich kräftig, und zwei der Männer, die sich von seinen Schlägen erholt hatten, wandten sich dem kleineren, leichteren Jungen zu, der zurückgekommen war, um seinem Freund beizustehen. Einer von ihnen fand sich gleich darauf über Arthurs Schulter geworfen wieder. Ein anderer, der mit erhobenen Fäusten auf ihn zugekommen war, erhielt einen Schlag seitlich an den Hals, der ihn sofort aufhielt. Bedwyrs Faust ließ einen dritten Mann durch die Luft segeln. Gleich darauf waren die Jungen wieder allein.

Sie sahen einander mit beiderseitiger Zufriedenheit an. »Du solltest auf einer Messe nicht solch edlen Schmuck tragen«, sagte Arthur tadelnd.

Bedwyrs blaue Augen glänzten. »Götter«, sagte er. »Wo hast du so kämpfen gelernt?«

»Zu Hause«, erwiderte Arthur lakonisch. »Komm mit. Ich bin schon spät dran für mein Treffen mit Morgan.«

Morgan saß auf einem seltsamen Sattel vor dem Stand der Kräuterfrau, als sie ihn auf sich zukommen sah. Er wurde von einem großen Jungen mit langem silberblonden Haar begleitet. »Es tut mir leid«, rief Arthur, sobald er in Rufweite war. »Ich bin aufgehalten worden.«

»Ist schon in Ordnung«, erwiderte Morgan ruhig und stand auf. Bedwyr starrte das kleine, zerbrechlich wirkende Mädchen an. »Ist das dein Freund?« fragte er Arthur.

Bevor Arthur jedoch antworten konnte, redete Morgan. »Gegen wen habt ihr gekämpft?« fragte sie Arthur und betrachtete resigniert das Blut auf seinen Lippen.

»Einige Männer haben uns angegriffen«, antwortete er fröhlich. »Sie wollten Bedwyrs Armreifen. Morgan, dies ist Bedwyr. Er hat das großartigste Pferd, das ich jemals gesehen habe. Du mußt es dir ansehen.«

Morgans braune Augen richteten sich auf Bedwyr. »Hallo, Bedwyr«, sagte sie. »Hast du etwas dagegen, wenn ich mir dein Pferd ansehe?«

Bedwyr lächelte sie unwillkürlich an. »Du mußt vorsichtig sein«, warnte er sie. »Es ist gefährlich.«

Morgan nickte verständig. »Aber vielleicht solltest du diese Armreifen abnehmen, bevor wir gehen.«

Bedwyr grinste, kam ihrer Aufforderung nach und ließ die Armreifen in seiner Tunika verschwinden. Er hätte sie niemals abgenommen, wenn jemand anderer es ihm vorgeschlagen hätte, dachte Arthur belustigt, während sie sich durch die Stände hindurchschlängelten. Wenn er Morgan erst mit seinem bösartigen Hengst sah!

Sie gingen an Ständen vorbei, an denen Essen angeboten wurde, und die Menge wurde dichter. Arthur nahm Morgan bei der Hand. »Du gehst vor, Bedwyr«, sagte er, während er Morgan geschickt zwischen den Kelten und sich selbst zog. »Du bist der größte von uns.«

Der Schwarze graste noch immer, als sie das Dyfedlager wieder erreichten. Er hob den Kopf und sah sie mißtrauisch an, während sie sich ihm näherten.

»Oh, Arthur«, hauchte Morgan.

Arthur nickte angespannt. »Bedwyr sagt, er stammt aus Gallien.«

»Hallo, mein Schöner«, sagte Morgan und ging auf das Pferd zu.

»Vorsicht!« Bedwyr streckte die Hand aus, um sie aufzuhalten, wurde aber selbst ergriffen und von stahlharten Fingern zurückgehalten.

»Warte«, sagte Arthur. »Sieh hin.«

Bedwyr stand still, staunte über die Kraft der schlanken Finger und tat, wie ihm geheißen. Der Hengst beobachtete, wie Morgan herankam, und seine Ohren zuckten vor und zurück. Bedwyr sah erstaunt, daß er zitterte. Das Mädchen sprach gurrend und mit weichen Tönen, wie sie der Kelte noch niemals gehört hatte, auf das Tier ein. Sie erreichte den Hengst und stand ruhig vor ihm. Dabei sprach sie unaufhörlich auf ihn ein. Er schnaubte, aber sein Blick ließ sie nicht los. Dann hob sie eine Hand und tätschelte seinen Hals. Einen Moment blieben die beiden so stehen, als seien sie in Marmor gehauen, dann senkte der Hengst den Kopf, und sie rieb seine Stirn. Er drückte sich an ihre Kleidung.

»Ich glaube es nicht. Ist das Magie?« Bedwyr wandte sich zu

Arthur um und sah überrascht den Gesichtsausdruck des anderen Jungen. Oh, dachte Bedwyr, so ist das also. Dann war der Ausdruck verschwunden, und Arthur sagte zu ihm: »Keine Magie, einfach Morgan. Sie kann mit einem Tier alles anstellen.«

»Es ist erstaunlich«, erwiderte Bedwyr verblüfft und betrachtete erneut gedankenvoll das Mädchen, das das bösartige Pferd seines Vaters liebkoste. »Wo kommt ihr beide her?« fragte er.

»Aus Dumnonia«, erwiderte Arthur. »Aus dem Hause Avalon.«

Bedwyr kannte den Namen Avalon. Er riß den Kopf herum. »Aus Merlins Landhaus?«

»Ja.« Arthurs Gesichtsausdruck war undurchschaubar.

»Aber wer bist du?« fragte Bedwyr verwirrt.

»Morgan ist Merlins Tochter.« Ein kaum wahrnehmbares Schweigen entstand. »Und er ist mein Vormund«, fügte Arthur hinzu.

»Ich verstehe«, sagte Bedwyr, obwohl das nicht der Fall war.

Arthur beugte unbewußt sein schmales, braunes Handgelenk. »Wir sind hierher gekommen, um unsere Waren auf der Messe zu verkaufen.« Morgan kam jetzt wieder zu ihnen herüber und schaute auf. Sie reichte Arthur bis in Augenhöhe, aber Bedwyr ragte hoch über ihr auf. Die Sonne schien auf ihre pfirsichfarbenen Wangen.

»Dein Traumpferd«, sagte sie zu Arthur. Dann wandte sie sich an Bedwyr und fragte: »Gibt es noch mehr wie ihn?«

»Seine ältesten Nachkommen sind jetzt drei Jahre alt«, erwiderte Bedwyr.

»Aber in Gallien gibt es noch mehr?« Diesmal kam die Frage von Arthur.

»Vermutlich. Bei den Goten auf jeden Fall.« Er sah die beiden verwirrt an. »Warum ist das so wichtig?«

Arthurs in seinem tief gebräunten Gesicht so eindrucksvoll helle Augen maßen Bedwyr von oben bis unten. Bedwyr hielt den Atem an. Es war plötzlich lebenswichtig für ihn, das Vertrauen dieses schwarzhaarigen Jungen zu gewinnen.

Arthur hatte sich seine Meinung gebildet. Er lächelte Bedwyr an und sagte beiläufig: »Eines Tages möchte ich eine Kavallerieeinheit aufstellen und die Angelsachsen bekämpfen.«

Die blauen Augen glänzten. »Eine Kavallerieeinheit? Wie die Goten?«

»Ja«, sagte Arthur. »Schwere Kavallerie. Wie die Goten.«

Bedwyrs strahlendes Gesicht war vollkommen ernst. »Wenn du bereit bist, deine Kavallerieeinheit aufzustellen«, sagte er, »dann schick nach mir.«

»Ja«, erwiderte Arthur gleichermaßen ernst, »das werde ich.« Und sie hielten es beide nicht für seltsam, daß sich Bedwyr, der Prinz, dem Befehl des anderen unterstellt hatte.

Während dieses Winters begann Horatius schwächer zu werden. Jegliche Bewegung war offensichtlich sehr anstrengend für ihn, und so blieb er stundenlang in Morgans Zimmer neben der Holzkohlenpfanne liegen und beobachtete sie aus verträumten, halbgeschlossenen Augen. Mehrmals am Tag trug Arthur ihn auf das Gras hinter dem Haus hinaus und dann wieder in Morgans Zimmer zurück.

Im März begann er das Futter zu verweigern. Merlin wollte ihn einschläfern lassen, aber Morgan weigerte sich und sagte, er habe keine Schmerzen. »Wir sollten ihn auf seine Weise sterben lassen«, sagte sie zu Arthur.

An einem frühen Frühlingstag, bei schwachem Sonnenschein, trug Arthur Horatius zum letzten Mal aufs Gras hinaus. Morgan saß bei ihm, während er mit dem Kopf auf den Vorderpfoten dalag, die Augen getrübt, die Flanken bei jedem Atemzug zitternd.

Er lebte noch, als Arthur nach seinen morgendlichen Übungsstunden mit den Waffen zurückkam, und so waren beide Kinder bei ihm, als er starb.

Sie sagten es zunächst niemandem. Arthur hob in den Wäldern hinter dem Haus ein Grab für ihn aus und trug ihn dorthin. Es wurde ein langer Weg mit Horatius' vollem Gewicht als Last. Morgan streute etwas Heu auf den Boden des Grabes, um es auszupolstern, dann legten sie den Hund hinein und bedeckten ihn.

»Wie geht es Horatius?« fragte Merlin seine Tochter beim Essen. Arthur antwortete für sie. »Er ist heute nachmittag gestorben, Sir. Wir haben ihn in den Wäldern begraben.«

»Ich verstehe«, sagte Merlin leise. Er betrachtete das abgewandte Gesicht seiner Tochter und schwieg.

Nach dem Essen schlüpfte Morgan davon, um nach Horatius' Grab zu sehen. Dann führte sie ihr Pony zu dem Baumhaus hinaus, wo sie sich an den Stamm kauerte und die Weiden am anderen Ufer anstarrte, die gerade grün zu werden begannen.

Zehn Minuten später hörte sie Arthur ihren Namen rufen. »Hier!« rief sie zurück.

Sie hörte sein Pony durch die Wälder herankommen, schaute aber nicht über den Rand der Plattform hinab. Er schwang sich auf die Bretter, hielt dann inne und sah sie ernst an.

Eine Locke seines schwarzen Haars fiel ihm in die Stirn, und er strich sie zurück.

»Es ist albern, seinen Tod zu betrauern, ich weiß«, sagte sie. »Er war bereit dazu. Aber, o Arthur, ich werde ihn so vermissen!«

»Es ist nicht albern, den Verlust eines geliebten Wesens zu betrauern«, erwiderte er und nahm sie in die Arme, nachdem er sich neben sie gesetzt hatte. Sie schmiegte sich an ihn, ihr Kopf sank gegen seinen Arm, und sie vergrub ihr Gesicht an seiner Schulter. Sie weinte, und er hielt sie fester, während sein Herz blutete. Er legte seine Wange an ihr seidiges Haar.

Ihre Tränen versiegten, aber sie umarmten sich noch immer. Arthur spürte, so weich und warm wie sie war, war sie der Mittelpunkt seines eigenen Daseins. Er wandte den Kopf, so daß sein Mund ihr Haar berührte. Sie stieß einen langen, rauhen Seufzer aus, setzte sich auf und betrachtete ihn. Ihr Gesicht war jetzt nah an seinem. Noch immer waren Tränen auf ihren Wangen zu sehen, und er berührte eine davon mit vorsichtiger, zarter Geste.

»Morgan«, hauchte er. Ihre Augen waren so dunkel und doch

so leuchtend. Er beugte sein Gesicht näher heran und berührte mit seinem Mund ganz sanft ihre Lippen.

Es war ein sehr zarter Kuß, sehr zaghaft. So nah, wie sie sich all die Jahre über gewesen waren, hatten sie dies zuvor doch niemals getan. Ihre Lippen trennten sich, und zwei Paar Augen, eines dunkel und eines hell, suchten einander. Dann, ganz im Einklang miteinander, sanken sie sich erneut in die Arme. Dieses Mal küßte er sie mit bebender Wildheit, sie legte die Arme um seinen Hals, und ihr Haar ergoß sich wie ein seidener Mantel über seine Handgelenke und die Holzbretter des Baumhausbodens.

## 6. KAPITEL

Am entgegengesetzten Ufer des Flusses Camm, an der nördlichsten Grenze von Avalon, lag der Wald. Morgan ging häufig zum Beerenpflücken dorthin und brachte dem Koch körbeweise blaue und rote und purpurfarbene Beeren ins Haus, die er in Brote einbuk. Sie sammelte auch Kräuter, denn inzwischen wurde sie immer geschickter darin, Arzneien herzustellen. Die einzige Bedingung, die Merlin stellte, wenn sie in den Wald ging, war, daß Arthur mit ihr gehen und ein Messer bei sich führen sollte.

Die Beerenernte war in diesem Frühjahr besonders gut. Arthur und Morgan kamen an einem besonders warmen Nachmittag mit vollbeladenen Körben aus dem Wald zurück, aber die gewohnte Harmonie zwischen ihnen fehlte an diesem Tage. Arthur sah Morgan wiederholt besorgt an, während sie schweigend auf den Fluß zugingen. Das kleine Boot, mit dem sie gewöhnlich den Fluß überquerten, war an einer Buche festgebunden, und beide Kinder sprangen mit der Leichtigkeit langer Übung hinein. Arthur nahm die Ruder auf, und in weniger als zwei Minuten hatten sie das entgegengesetzte Ufer erreicht. Arthur band das Boot an einem Holzpfahl fest und hob die Beerenkörbe heraus.

»Wir brauchen nicht sofort zurückzugehen«, sagte er über die

Schulter zu Morgan, während er seine Tätigkeit beendete. »Wir haben Zeit.«

Sie nickte und sank auf das Gras. »Ich glaube, ich habe einen Stein im Schuh«, sagte sie und zog einen ungegerbten Ledermokassin aus. Sie stellte den Schuh auf den Kopf, zog dann auch noch den anderen aus und wackelte erfreut mit den bloßen Zehen. Ihre Füße waren klein und schmal mit hohem Spann. Sie waren vom Durchstreifen des Waldes schmutzig. Ihre kurzärmelige, safrangelbe Tunika war ebenfalls schmutzig. Arthur setzte sich neben sie. »Wie viele Kratzer hast du abbekommen?« fragte er und streckte seinen Unterarm aus, um ihr die langen roten Linien zu zeigen, die die tiefe Bräune durchzogen. Morgan hob als Reaktion auch ihren Arm an und zeigte ihm zwei tief karmesinrote Verletzungen der seidigen, weißen Haut am Handgelenk. Er umschloß das Handgelenk mit seinen Fingern und sah ihr in die Augen. »Was ist los?« fragte er sanft. »Du bist schon den ganzen Tag bedrückt.«

Sie wich seinem Blick aus. Ihr Gesichtsausdruck war düster und erstaunlich reif, ganz anders als der Ausdruck, den sie den Erwachsenen zu Hause gegenüber zeigte. »Nächsten Monat«, sagte sie, »wirst du sechzehn.«

Er atmete aus. »Wir können nicht immer Kinder bleiben.« Er versuchte, weiterhin unbeschwert zu klingen.

»Ich wünschte, wir könnten es.«

»Ich nicht.« Die Unbeschwertheit war fort. Seine Stimme klang jetzt angespannt und fast grimmig. »Verstehst du nicht?« fragte er. »Spürst du nicht, wie schwer es ist, jung zu sein?« Er verstärkte seinen Griff um ihr Handgelenk. »Alles, was ich will, ist da, ich bin für alles bereit, aber ich bin zu jung.«

Sie sah ihn an, aber ihre braunen Augen blieben ernst. »Ja«, sagte sie schließlich. »Ich verstehe. Aber ich bin nicht so mutig wie du. Ich habe Angst...« Sie zitterte, die Hand um ihr Gelenk zog sie näher heran, und dann lag sie in seinen Armen. Sie schloß die Augen und lehnte ihre Wange an seine Schulter, spürte seinen harten, jungen Körper gegen ihren drängen. Sie wollte ihn auf ewig so hier neben sich behalten, und sie hatte

Angst, weil sie wußte, daß sie es nicht konnte. Kurz darauf ließ er sie los und sagte mit rauher Stimme: »Wir sollten lieber zurückgehen.«

Am nächsten Tag regnete es. Es war ein sanftes Nieseln, das nur zeitweise aufhörte. Arthur lernte an diesem Morgen mit Merlin in der Bibliothek Geschichte und suchte dann Morgan. Sie war nicht im Haus und auch nicht im Kräutergarten, und daher nahm er ein Pony und ritt hinaus, um ihre üblichen Lieblingsplätze abzusuchen. Sie war nicht im Baumhaus. Sie sah weder dem Tischler noch dem Schmied zu. Sie war nicht im Tal. Die Luft war schwer und grau vor Nebel, als Arthur zurückritt. Er befand sich auf halbem Weg nach Hause, als das Nieseln in heftigen Regen umschlug. Das Lagerhaus, in dem das Korn aufbewahrt wurde, war nahe, und so suchte er dort Schutz. Er führte sein Pony hinein und band es an. Er war erst fünf Minuten in der Scheune, als sich die Tür erneut öffnete und Morgan hereinkam.

Sie erkannte sein Pony sofort. »Arthur?« rief sie.

Sein Kopf erschien über der Seitenwand des Heubodens. »Hier,« antwortete er. »Ich habe dich gesucht. Wo warst du?«

»Oh, hier und da«, antwortete sie ungewiß und kletterte zu ihm auf den Heuboden hinauf. Arthur hatte es sich auf einem Nest aus alten Säcken bequem gemacht. Oben unter dem Dach war es düster, und erst, als sie sich neben ihn setzte, bemerkte er, wie naß sie war.

»Morgan!« Er war halb belustigt und halb besorgt. »Du bist ja ganz durchnäßt!«

»Es regnet«, erwiderte sie. »Gib mir einen dieser Säcke, damit ich ihn um mich herumwickeln kann.«

Er kam ihrer Bitte nach, und sie drapierte den Sack wie einen Schal um ihre Schultern. Sie zitterte, und er legte einen Arm um sie und zog sie an sich. Ihr Kopf sank an seine Schulter. Der Regen trommelte auf das Scheunendach. Unter ihnen hörten sie das Pony schnauben. Der Geruch des Korns erfüllte ihre Nasen. Als er den Kopf suchend zu ihrem Mund herabsenkte, erwartete sie ihn bereits.

Ihre Fähigkeit zu küssen war während des letzten Monats vervollkommnet worden, aber da war jetzt etwas zwischen ihnen, was zuvor nicht dagewesen war. Alles, was ich will, ist da, alles, ich bin für alles bereit, hatte er gestern zu ihr gesagt, und sie hatte verstanden, was er meinte. Sie ließ ihre Hände seinen Rücken hinaufgleiten und spürte die harten, jungen Muskeln. Die Hitze seines Körpers wärmte ihre fröstelnde Haut.

»Willst du dein nasses Kleid ausziehen?« Seine Stimme klang fremd. Sie nickte und zog sich den nassen Stoff über den Kopf. Er berührte sie voller Staunen. Ihre Haut fühlte sich unter seinen rauhen, schwieligen Fingern wie Seide an. Leidenschaft stieg heftig in ihm auf, unleugbar, wie das Klingen einer großen Bronzeglocke in ihm. Sie war so weich… die Macht in ihm so unwiderstehlich. Er beugte sich über sie und schaute ihr ins Gesicht. Sie legte die Arme um seinen Hals, und sein Herz entflammte freudig. Sie war so wunderschön, sie bedeutete solch erlösende Wonne… sie war seine Liebe.

Beim Essen sprachen Merlin und Ector über den neuen Angriff der Angelsachsen, und Arthur, der normalerweise aufmerksam zugehört hätte, hörte kaum ein Wort ihres Gesprächs. Sein ganzes Sein war statt dessen auf das Mädchen gerichtet, das ihm am Tisch gegenübersaß. Ector und Merlin hätten Geister sein können, so unwirklich schienen sie ihm jetzt.

Ector unterbrach das Gespräch, um etwas zu Morgan zu sagen, und sie lächelte und zeigte ihm die Maske eines glücklichen und unbeschwerten Kindes. Als sie sich von Ector abwandte, begegnete sie Arthurs Blick, und was zwischen ihnen war, hatte nichts Kindliches mehr.

Merlin sagte etwas. Dann setzte er leicht gereizt hinzu: »Arthur. Ich spreche mit dir.«

Sowohl Arthur als auch Morgan wandten sich mit gleichermaßen bestürztem Gesichtsausdruck seiner Stimme zu. Dann sagte Arthur ruhig: »Es tut mir leid, Sir. Ich habe nicht zugehört. Was habt Ihr gesagt?« Auf der anderen Seite des Tisches senkte Morgan den Blick und aß ihr Wildbret.

Es war nicht schwer für sie, ihre Spuren zu verwischen. Sie waren seit ihrer Kindheit ständig zusammen gewesen, und es wäre Merlin niemals in den Sinn gekommen, daß die Beziehung zwischen seiner Tochter und seinem Enkel anders sein könnte als die zwischen Bruder und Schwester. Sie hatten viele lange Nachmittage allein miteinander, und das Wetter war wunderschön.

»Wach auf, Arthur! Schau dir den Vogel an!« Morgan zog an der Locke schwarzen Haars, die ihm anscheinend immer in die Stirn fiel, und er hob schläfrig die Lider.

»Was?«

»Sieh. Dort drüben.« Er folgte ihrem ausgestreckten Finger und sah einen wunderschönen, gelb und schwarz gefiederten Vogel aus dem Weißdornbusch in ihrer Nähe aufsteigen.

»Ich sehe ihn.« Er verengte die Augen gegen das blendende Sonnenlicht und sagte leicht vorwurfsvoll: »Ich habe geschlafen.«

»Das weiß ich.« Sie beugte sich über ihn, so daß ihre Haare seine bloße Brust kitzelten. »Du hast geschnarcht.«

Seine grauen Augen lächelten. »Tatsächlich?«

»Nein.« Sie setzte sich wieder auf. »Aber es wird spät. Sie werden uns suchen.«

Sie. Die unwirklichen Geister von Merlin und Ector und Justina und den anderen, tatsächlich von allen außer Arthur und Morgan. Er seufzte und richtete sich mühsam in eine sitzende Position auf. Er trug nur braune Wollhosen und sah sich jetzt nach seiner Tunika um. Er rieb sich den Kopf.

Morgans auf ihn gerichteter Blick war von Zärtlichkeit erfüllt. Er wandte sich zu seiner Kleidung um, und die Zärtlichkeit schwand. Sehr sanft streckte sie eine Hand aus und zog die Linie einer Narbe auf seiner Schulter nach. Sie spürte, wie sich die Muskeln unter ihren Fingern anspannten.

»Du wirst sie das ganze Leben lang auf deiner Haut tragen«, sagte sie. »Ich wünschte, ich könnte etwas tun, um sie aus deinem Geist zu tilgen.«

Er wandte sich um und betrachtete sie. Die Haut unter seinen

Augen wirkte plötzlich dunkel. Sie war die einzige, mit der er jemals über Esus gesprochen hatte. »Es war nicht der Schmerz«, sagte er. »Damit konnte ich leben. Es war die Scham, daß ich es zugelassen habe, daß er mich so behandeln konnte. Daß ich es erlaubt habe.«

»Arthur...« – ihre Stimme klang nüchtern und gab nichts von dem furchtbaren Mitleid preis, das sie ergriffen hatte – »du warst doch noch ein Kind. Du warst hilflos. Du hättest nichts dagegen tun können.«

Die Düsterkeit um seine Augen schwand jedoch nicht. »Ich denke nicht darüber nach«, sagte er.

»Du träumst manchmal davon.«

Er sah sie an, und seine Gedanken waren für sie deutlich aus seinem Gesicht lesbar.

Sie zwang sich fortzufahren. »Gib Esus die Schuld. Er war ein böser, grausamer Mann. Aber gib nicht dir die Schuld. Du hast keinen Fehler gemacht.« Ihre Ruhe schwand, und sie sagte grimmig: »Ich würde am liebsten einen Dolch in sein schwarzes Herz stoßen.«

Ein wenig der Dunkelheit wich von der Haut unter seinen Augen. »Du«, sagte er. »Du würdest wahrscheinlich Mitleid mit ihm haben.«

»Niemals.« Sie machte eine zustoßende Handbewegung. »Niemals würde ich mit diesem Mann Mitleid haben.«

Die Andeutung eines Lächelns erschien um seinen Mund. »O Morgan«, sagte er. »Wie ich dich liebe. Komm her.«

Seine Tunika war vergessen, als sie sich zusammen auf die Satteldecke, die Arthur ausgebreitet hatte, zurücklegten. Er ließ seine Hände über die ihm inzwischen so vertraute Haut gleiten. Er kannte ihre ganze weiche Seidigkeit, wußte, wo sich die Kratzer und Schnitte befanden, wo sie am liebsten berührt wurde. Während der letzten Monate hatten sich ihre Körper sehr gut kennengelernt.

Danach, auf dem Weg zurück zum Haus, stellten sie ihre Gesichter sorgfältig wieder darauf ein, den Geistern zu begegnen, die sie erwarteten.

An seinem sechzehnten Geburtstag wollte Arthur mit Merlin über die Hochzeit mit Morgan sprechen. Aber an seinem sechzehnten Geburtstag befand sich Merlin nicht in Avalon. Er war nach Venta gereist, um den König aufzusuchen.

Uther sah nicht gut aus. »Es ist soweit«, sagte er fast unmittelbar, nachdem er seine Diener entlassen hatte, zu Merlin. »Ich glaube nicht, daß ich noch lange leben werde.«

Merlin sah ihn lange Zeit schweigend an. Dann sagte er nur: »Wann? Und wie?«

»Ich habe für einen Zeitpunkt in drei Wochen ein Konzil einberufen. Die Botschaft ist allen Königen und Prinzen Britanniens überbracht worden. Ich habe als Zweck des Konzils angegeben, meinen Erben benennen zu wollen.« Ein etwas höhnisches Lächeln überzog Uthers schmales Gesicht. »Das wird sie alle eiligst hierherführen.« Er lehnte sich in seinem Sessel zurück. »Dann werden wir es bekanntgeben.«

Merlin nickte. Dann sagte er versichernd: »Er ist bereit, Uther.«

Die Augen verrieten etwas von dem alten Eifer. »Ich will ihn vor dem Konzil sehen, Merlin. Bringt ihn nach Venta.«

»Ja«, sagte Merlin. »Das werde ich tun.«

»Weiß... weiß er es schon?«

»Arthur weiß nichts.« Ein Schweigen entstand, und dann fragte der ältere Mann: »Soll ich es ihm vorher sagen? Oder wollt Ihr das tun?«

Uther hob eine Hand an die Stirn. Die Knochen seiner Schläfen standen deutlich aus seinem verbrauchten Gesicht hervor. »Sagt Ihr es ihm«, entschied er. »Ihr kennt ihn. Ihr werdet wissen, wie es am besten geschehen soll.«

»Ich kenne ihn so gut wie jeder andere, denke ich«, sagte Merlin ein wenig zweideutig. »Gut, ich werde es ihm sagen.«

»Bringt ihn sofort hierher.« Uther ließ die Hand sinken. »Er braucht nicht hierzubleiben. Tatsächlich wäre es das beste, wenn er das nicht täte, wenn er bis zum Konzil nach Avalon zurückkehrte. Die Überraschung ist unser Vorteil. Aber ich möchte ihn zunächst sehen.«

Merlin betrachtete den König. »Weiß Igraine schon davon?« fragte er.

»Nein.« Uther wirkte jetzt noch verbrauchter. »Ich werde es ihr sagen.«

Merlin erhob sich. »Ich kann ihn morgen herbringen.«

»Gut. Ich werde warten«, sagte Uther, und Merlin wandte den Blick von dem hungrigen Glanz in den Augen des Hochkönigs ab.

Merlin kehrte erst spät nach Avalon zurück. Dennoch wurde der Himmel noch immer von der untergehenden Sonne erhellt. Er war müde und dachte, daß er sofort einschlafen würde, wenn sein Körper die Bequemlichkeit seines eigenen Bettes spüren würde, aber er mußte feststellen, daß sein Geist zu sehr beschäftigt war.

Wie sollte er Arthur begegnen?

Sie würden schon am nächsten Tag nach Venta aufbrechen. Sollte er es dem Jungen vorher sagen oder warten, bis sie unterwegs waren?

Nach vielem Hin- und Herüberlegen beschloß Merlin, den geeigneten Augenblick abzuwarten. Wenn er es Arthur hier in Avalon sagte, würde auch Ector es erfahren. Und Morgan. Und alle anderen im Haus. Er sollte dem Jungen wohl besser die Gelegenheit geben, zuerst Uther kennenzulernen. Erst als diese Entscheidung getroffen war, konnte Merlin einschlafen.

Er verschlief am nächsten Morgen und war verärgert, daß niemand ihm sagen konnte, wo Arthur war. Schließlich fand er den Jungen mit Morgan unten bei den Ställen. Die beiden Kinder bereiteten sich auf einen Ausritt vor, und als Merlin Arthurs Namen rief, wandten sie sich ihm erstaunt und verwirrt zu.

»Hallo, Vater«, sagte Morgan schließlich. »Ich hoffe, du hattest eine angenehme Reise.«

»Ihr habt geschlafen, Sir«, sagte Arthur, »daher dachten wir, wir könnten einen Ausritt machen.«

»Du wirst einen Ausritt machen, aber mit mir«, sagte Merlin. »Wir reiten nach Venta, Arthur. Komm und zieh dich um. So kannst du dem Hochkönig nicht gegenübertreten.«

»Dem Hochkönig gegenübertreten?« fragte Arthur. Seine grauen Augen erforschten Merlins Gesicht. »Heute?«

»Heute. Ich würde gern rechtzeitig ankommen, um einen ausreichend langen Nachtschlaf zu bekommen, also komm bitte mit.« Irgend etwas am Gesichtsausdruck des Jungen störte ihn, und Merlin sprach schärfer, als er beabsichtigt hatte.

Arthur sah Morgan an. »Es gibt etwas, worüber ich mit Euch sprechen wollte, Sir«, begann er, aber Merlin unterbrach ihn.

»Nicht jetzt. Wir haben keine Zeit.« Die Kinder sahen einander erneut an. Morgan hatte wahrscheinlich ein Wolfsjunges gefunden, das sie aufziehen wollte, dachte Merlin ungeduldig. »Er wird morgen zurücksein, Morgan«, sagte er zu seiner Tochter. »Was immer es ist, wird bis dahin warten müssen.«

Die Erleichterung in ihren braunen Augen war unübersehbar. »Natürlich, Vater.« Sie berührte Arthurs Hand. »Geh nur«, sagte sie. »Und denke daran, deine neue weiße Tunika mitzunehmen.« Ihre Blicke trafen sich und hielten einander fest, und dann nickte Arthur fast unmerklich, bevor er sich umwandte und Merlin folgte.

Um die Mittagszeit befanden sie sich auf dem Weg nach Venta. »Uther ist gerade aus dem Norden zurückgekehrt«, hatte Merlin Ector erzählt, »und das ist eine gute Gelegenheit für Arthur, ihn kennenzulernen.«

»Ist das Heer auch nach Venta zurückgekehrt?« fragte Ector, und Merlin hatte gelächelt und geantwortet: »Ja. Und ich verspreche dir, daß ich Cai zu einem Besuch mit nach Hause bringen werde, wenn ich kann.«

An diese Unterhaltung dachte er jetzt, als er zu Arthur sagte: »Es wird gut sein, Cai wiederzusehen.«

»Ja«, sagte Arthur.

Der Junge machte es ihm nicht leicht. Er hatte höflich auf alle Bemerkungen Merlins geantwortet, aber sein Gesicht zeigte einen abwesenden Ausdruck, der verriet, daß er den Worten seines Großvaters nicht viel Aufmerksamkeit schenkte. Nichts an ihm ließ darauf schließen, wie er auf die Neuigkeit reagieren würde, die Merlin ihm mitteilen mußte. Du kennst ihn, hatte Uther gesagt. Merlin dachte, daß er seinen Geist kannte. Er kannte die geübte Fertigkeit dieses jungen Körpers. Aber er kannte Arthur nicht. Er bezweifelte, daß irgend jemand ihn kannte. Außer natürlich Morgan.

Merlin räusperte sich. »Arthur«, begann er entschlossen, »es ist an der Zeit, über deine Herkunft zu sprechen.« Merlin betrachtete angestrengt die Straße vor ihnen, nicht den Jungen neben sich. Arthur antwortete nicht. »Ich weiß, du denkst, du seist mein Sohn«, fuhr Merlin fort, »und tatsächlich hast du Grund, so zu denken...« Arthur machte eine Bewegung, und Merlin wandte sich um.

Die grauen Augen des Jungen zeigten keinerlei Regung. »Aber ich habe niemals gedacht, ich wäre Euer Sohn.«

Irgendwie klang diese Enthüllung fast warnend. Merlin versuchte dieses Gefühl abzuschütteln. »Dann bist du vielleicht der einzige Mensch in Avalon, der so denkt«, sagte er in dem Versuch, trockenen Humor zu beweisen. Arthurs Gesichtsausdruck änderte sich nicht. »Warum hast du das nicht geglaubt?« fragte Merlin interessiert.

»Ich kann mich gut daran erinnern, daß meine Mutter mir immer erzählt hat, ich sähe meinem Vater ähnlich«, erwiderte der Junge. »Ich sehe nicht aus wie Ihr.«

Ach du lieber Gott, dachte Merlin ungewohnt gotteslästerlich. »Wessen Sohn glaubtest du zu sein?« fragte er schließlich.

»Ich weiß es nicht.« Arthur sah ihn an. »Werdet Ihr es mir sagen?«

»Ja. Nun...« Merlin atmete tief durch. »Malwyn hat die Wahrheit gesagt, als sie dir sagte, du sähest deinem Vater ähnlich. Du wirst es bald selbst sehen, obwohl die Ähnlichkeit nicht so deutlich zutage tritt, weil er krank geworden ist. Arthur...« Hier zügelte er sein Pferd. Arthurs Pony blieb ebenfalls stehen. »Dein Vater ist Uther Pendragon, der Hochkönig von Britannien.« Keinerlei Regung zeigte sich auf dem Gesicht des Jungen. »Hast du mich gehört?«

»Ja. Ich habe Euch gehört.« Dunkle Schatten erschienen

plötzlich unter Arthurs Augen. »Also ist er derjenige, der meine Mutter nach Cornwall geschickt hat.«

»Nein.« Merlin beugte sich in dem Bemühen, eine Erklärung zu geben, ein wenig vor, und sein Pferd, das die Gewichtsverlagerung spürte, trabte an. Merlin zügelte es. »Du verstehst nicht, Arthur. Malwyn war nicht deine Mutter. Sie war Igraines Dienerin, und als es für notwendig erachtet wurde, dich fortzuschikken, nahm sie die Stelle deiner Mutter ein. Aber Igraine ist die Frau, die dich geboren hat. Du bist der Sohn von Uther und Igraine, Arthur. Der rechtmäßige Sohn, der drei Monate nach ihrer Hochzeit geboren wurde. Und du bist der Erbe des Hochkönigsamtes von Britannien.«

## 7. KAPITEL

Es war noch hell, als sie in Venta einritten, aber obwohl dies Arthurs erster Besuch einer Stadt dieser Größe war, nahm er seine Umgebung kaum wahr. Säulen stützten die Front des Hochkönigshauses, und Soldaten bewachten das Tor. Dann wurde er zu einem Schlafraum geführt und angewiesen, er solle warten, bis nach ihm geschickt würde. Arthur nickte nur und stand da, angespannt und wachsam, bis sich die Tür hinter seinem Großvater schloß.

Dann durchlief ihn ein Zittern der Erleichterung. Allein. Er begann über den Mosaikboden hin- und herzulaufen, im vollen Bewußtsein, daß er jetzt nicht mehr all seine Energie darauf verwenden mußte, auf seinen Gesichtsausdruck zu achten.

Er war der Sohn von Uther und Igraine. Eines Tages würde er König sein. Er konnte es nicht begreifen.

Er sehnte sich verzweifelt nach Morgan. Ihre ruhige Vernunft würde ihm helfen, seine verwirrten Gefühle zu klären. Sie würde ihm in dieser Angelegenheit helfen.

Der Sohn von Uther und Igraine. Arthur blieb jäh stehen, das Kinn angehoben, während ein Gedanke ihn durchfuhr. Morgan war Igraines Schwester.

Das kann nicht sein, dachte er. Gerate nicht in Panik. Denk darüber nach. Er starrte blind vor sich hin und wurde unter seiner Sonnenbräune sehr blaß. Nicht ihre Schwester, ihre Halbschwester. Sie hatten verschiedene Mütter. Das bedeutete … ihr einziger gemeinsamer Verwandter war Merlin. Merlin: sein Großvater, Morgans Vater.

Die Blutsbande waren nicht so eng, sicherlich nur wie bei Cousin und Cousine ersten Grades. Arthurs Beine trugen ihn wieder vorwärts, doch dann setzte er sich kraftlos auf die Bettkante. Er und Morgan würden es schaffen. Innerhalb der verschiedenen Stämme Britanniens heirateten Cousins und Cousinen ersten Grades laufend.

Er und Morgan würden es schaffen. Immerhin, wie könnte Merlin dem Hochkönig von Britannien ihre Hand verweigern?

Der Hochkönig von Britannien. Er kam wieder auf den Punkt. Konnte es tatsächlich wahr sein?

Das Fenster war geöffnet, um warme Luft in den Raum hereinzulassen, und Arthur stand auf und trat an dieses Fenster, um die Landschaft zu betrachten. Die Sommersonne begann bereits unterzugehen, und der Himmel war von leuchtenden Farben erfüllt. Vor dem Hintergrund der Orange- und Rottöne hob sich der Säulengang des Forums mit einer reinen Schönheit ab, die er sonst nicht besaß. Während Arthur dort stand und den Himmel betrachtete, verblaßten die Farben allmählich und schwanden. Und mit dem verblassenden Sonnenuntergang kam die Erkenntnis.

Es mußte stimmen. Darauf hatte Merlin ihn all die Jahre vorbereitet. Darum war er aus Cornwall heraus in die Sicherheit Avalons gebracht worden. Merlin hatte nur auf diesen Tag gewartet. Dieser Tag. Der Tag, an dem er seinem Vater begegnen sollte. *Ich kann nicht.* Er atmete ungleichmäßig durch zusammengepreßte Nasenflügel. Die Landschaft vor ihm verschwamm. *Er hat die Chance gehabt, sich darauf vorzubereiten. Ich nicht.*

Uther. Sein Vater. Der Mann, der ihn Esus überlassen hatte.

»Arthur.« Die Stimme an der Tür gehörte Merlin. Arthur stand starr am Fenster, die Fäuste seitlich so fest geballt, daß die Knöchel weiß durch die Haut schimmerten. »Komm mit mir«, sagte Merlin von der Tür her, und Arthur zwang sich, vorwärtszugehen. Während sie auf dem Weg zu Uthers Räumen den Gang durchquerten, beobachtete Merlin den Jungen unaufhörlich aus den Augenwinkeln. Arthurs Gesicht zeigte einen Ausdruck, den Merlin fast fürchtete: Zurückhaltung, In-sich-Gekehrtsein, fast Feindseligkeit. Wenn Arthur diesen Gesichtsausdruck zeigte, dachte sein Großvater verzweifelt, konnte man nicht an ihn herankommen. Uther würde es nicht leicht haben.

Sie erreichten die Tür zum Raum des Königs. »Geh hinein«, sagte Merlin. »Er erwartet dich.« Er berührte den Jungen kaum, nichts an Arthur verleitete jemals zu Berührungen, aber er legte unwillkürlich eine beruhigende Hand auf die Schulter seines Enkels. Die Muskeln unter seinen Fingern waren hart vor Anspannung. Arthur entzog sich nicht, aber er wandte sich um und warf ihm einen schnellen, fragenden Blick zu. Merlin lächelte beruhigend. »Es wird alles gut werden«, sagte er. »Geh nur hinein.«

Arthur öffnete die Tür und trat ein.

Uther war allein. Er saß in einem Sessel an der Rückseite des Raumes. Draußen war die Sonne fast vollständig untergegangen, aber der Raum war von Lampenlicht erhellt. Arthur blieb unmittelbar hinter der Tür stehen, den Blick auf den Mann gerichtet, der ihn so intensiv betrachtete.

Uther hatte immer wie ein König ausgesehen. Sein dunkler Schopf, der jetzt so großzügig von Silber durchzogen war, wurde von allem Bewußtsein seiner Macht aufrechtgehalten. Er trug eine weiße Tunika mit dem königlichen Purpur, und um seine dunkle Stirn den schmalen Goldreif seines Amtes. »Komm her«, sagte er jetzt mit tiefer, ruhiger Stimme. Arthur durchquerte langsam den Raum.

Als er den König erreicht hatte, blieb er stehen. Dann ließ er sich, in Erinnerung an Merlins Anweisungen, auf die Knie nieder, senkte den Kopf und sagte: »Mylord.«

»Erhebe dich, Arthur«, erwiderte der König. Für Arthur klang die Stimme abweisend. Nur Uther wußte, daß er in der edlen Wolle seiner wunderschönen Tunika zitterte. »Ich möchte dich ansehen«, sagte er und ließ seinen Blick begierig über die junge Gestalt vor ihm wandern.

Das dichte, glatte Haar des Jungen war sein eigenes, ebenso wie die Augen und die Stirn. Aber das Gesicht… es war, als würde eine Klinge in Uthers Herz gedreht. Das feinknochige, wunderschöne Gesicht, das ihn mit solch beherrschter Unbeweglichkeit ansah, war Igraines.

»Du wirst noch vor Jahresende zum König ernannt werden«, sagte er zu dem ruhigen Gesicht. »Bist du dazu bereit?«

Die Beherrschtheit des Jungen entsprach der Herausforderung. Seine grauen Augen begegneten denen seines Vaters und wichen nicht aus. »Ich weiß es nicht«, sagte Arthur. »Ich habe mich noch nicht ganz an meine neue… Identität gewöhnt.«

Seine Stimme klang kühl und klar und ein wenig ironisch. Er spielte seinem Vater kein Interesse vor. Nur zu ehrlich, dachte Uther schweren Herzens. Laut sagte er nur: »Merlin sagte, du seist bereit. Er erzählte mir bereits im letzten Jahr, du seist bereit gewesen, aber ich wollte nicht voreilig handeln. Ich wollte dich so lange wie möglich in Sicherheit wissen.«

Ein kaum wahrnehmbares, spöttisches Schimmern erschien in Arthurs grauen Augen, bevor er die Wimpern senkte, um es zu verbergen. »Ich verstehe«, sagte er höflich.

Uther klammerte sich an die Sessellehne, um das Zittern seiner Hände zu verbergen. »Du brauchst mir nicht zu sagen, daß du als Prinz hättest aufwachsen sollen und nicht all diese Jahre in Avalon verborgen«, sagte er rauh. »Aber es geschah zu deiner eigenen Sicherheit, Arthur.«

»Oh, ich verstehe, Mylord.« Die grauen Augen richteten sich erneut auf Uthers Gesicht. »Und ich war recht zufrieden… in Avalon.«

Der Junge konnte seine Stimme wie eine Waffe gebrauchen, dachte Uther. Ihr kühler, klarer Tonfall klang, oberflächlich betrachtet, sehr ehrerbietig, ließ aber unterschwellig Verachtung deutlich werden.

Uther trat der unausgesprochenen Herausforderung entgegen. »Dies ist keine Entschuldigung«, sagte er. »Es gibt keine Entschuldigung für das, was geschehen ist, als du noch ein Kind warst.« Der blitzartig auf dem Gesicht des Jungen erscheinende Ausdruck veranlaßte Uther, seine Hände in dem Sessel zu Fäusten zu ballen. Er zwang sich, ruhig fortzufahren. »Aber ich will dir erklären, warum ich auf diese Weise gehandelt habe.«

Er atmete tief durch. »Hat Merlin dir erzählt, wann du geboren wurdest? Daß Igraine und ich erst drei Monate verheiratet waren?«

Arthur nickte. Er wirkte blaß um die Lippen und die Nase. Uther fuhr fort. »Dann weißt du auch, daß immer Zweifel an deiner Herkunft hätten laut werden können. Igraine war vorher mit Gorlois verheiratet gewesen. Die Könige von Britannien hätten Gorlois' Sohn niemals als ihren Hochkönig akzeptiert. Zu viele von ihnen maßen sich selbst größere Bedeutung zu als einem einfachen Herzog von Cornwall.

Zu jener Zeit, das mußt du verstehen, gab es keinerlei Grund zu der Annahme, daß Igraine und ich nicht noch weitere Söhne haben würden.«

Der Kopf des Jungen war gesenkt, das dichte schwarze Haar war nach vorn gefallen und verdeckte sein Gesicht, aber Uther konnte merken, daß er aufmerksam zuhörte. »Ich wußte, daß du mein Sohn warst«, fuhr er finster fort. »Ich kann nicht behaupten, es nicht gewußt zu haben. Aber es war eine staatliche Entscheidung, dich aus der Position des Erben zu entfernen und ein Kind an deine Stelle zu setzen, das von makelloser Geburt sein würde. Du mußt verstehen, Arthur, daß Britannien keinen Bürgerkrieg überstehen konnte. Um die Achselsachsen bekämpfen zu können, mußten wir vereint sein.

Ich habe nicht als Vater gehandelt. Ich habe als König gehandelt. Und halte auch nicht für falsch, was ich getan habe. Falsch war es, dich nicht mit dem angemessenen Wissen über deine Herkunft auszustatten. Ich wußte, daß Malwyn sich gut um dich kümmern würde. Sie liebte dich, als seist du wirklich ihr Kind. Aber ich habe das nicht nachgeprüft. Ich wußte nicht, daß sie gestorben war und ihr Bruder die Aufsicht über dich hatte. Diesbezüglich habe ich mich schrecklich geirrt. Ich wünschte, ich könnte darin noch einmal von vorn beginnen. Aber das kann ich nicht.«

Die Anstrengung, die ihn diese Rede gekostet hatte, ging fast über Uthers Kräfte. Er lehnte sich jetzt erschöpft in seinem Sessel zurück. Wenige Sekunden lang schloß er die Augen. Als er sie wieder öffnete, bemerkte er, daß sein Sohn ihn leicht stirnrunzelnd betrachtete.

»Geht es Euch gut, Mylord? Darf ich Euch ein wenig Wein eingießen?«

»Ja«, sagte Uther. »Danke, Arthur.« Er zwang seine Hand zur Ruhe, während er den Kelch von dem Jungen entgegennahm. Er trank die Hälfte des Weins und lehnte sich dann erneut zurück. »Als deutlich wurde, daß Igraine und ich keine weiteren Kinder haben würden, brachte Merlin dich nach Avalon. Er und ich wissen als einzige, wer du bist. Wir haben das Geheimnis bewahrt, Arthur, weil es Menschen gibt, die nicht besonders glücklich sein werden, wenn sie erfahren, daß der Hochkönig einen Sohn hat.«

Der Junge stürzte sich sofort auf den einen Punkt, den Uther so gern umgangen hätte. »Die Königin wußte nicht, daß ich nach Avalon gebracht worden war?«

Uther konnte dem Blick seines Sohnes nicht begegnen. »Nein«, sagte er. »Sie wußte es nicht.«

Durch das Fenster drang nur noch ein Hauch von Licht herein. In dem folgenden Schweigen nahm Uther noch einen Schluck Wein. »Wer würde denn ungern erfahren, daß Ihr einen Sohn habt, Mylord?« fragte Arthur liebenswürdig. »Lot von Lothian?«

Uther betrachtete das gefaßte, junge Gesicht vor sich. »Lot, ja. Lot hauptsächlich. Er will zum Hochkönig ernannt werden. Er wartet nur auf meinen Tod, um zum Zuge zu kommen.«

»Hat er Unterstützung?«

»Ja. Im Norden zumindest.« Uther setzte den Kelch ab. »Du mußt verstehen, Arthur, daß das Hochkönigsamt wichtig ist.

Auch der unabhängigste der keltischen Fürsten erkennt das an. Es wird ein neuer Hochkönig gewählt werden, weil ein Führer im Kampf gegen die Angelsachsen gebraucht wird. Aber Britannien wird sich selbst spalten, wenn ein keltischer König Vorrang vor den anderen zu haben versucht. Darum mußt du der Hochkönig werden. Du bist zumindest Römer, Arthur. Constantinus' Enkel. Und doch bist du durch deine Mutter auch Brite. Du mußt Hochkönig werden.«

Arthur nickte ruhig, kühl und nüchtern. Erstaunt erkannte Uther, daß der Junge den schmerzlichen persönlichen Aspekt ihrer Beziehung vollkommen beiseite geschoben hatte. Er dachte über die Fakten nach, die Uther ihm gerade genannt hatte.

Plötzlich bemerkte Uther, daß Arthur noch immer stand. »Bring jenen Stuhl herüber«, sagte er.

Arthur gehorchte und setzte sich dann, ganz natürlich, vor Uthers Sessel hin. Der Junge runzelte konzentriert die Stirn. »Wie groß ist Euer Heer?« fragte er seinen Vater. »Ich meine das Heer ohne das Aufgebot der Könige und Fürsten. Wer sind Eure Befehlshaber? Könnt Ihr auf ihre Treue zählen? Welche der Könige unterstützen Euch? Welche unterstützen Lot? Welche müssen für uns gewonnen werden…«

»Einen Moment«, unterbrach Uther ihn atemlos. »Immer nur eine Frage auf einmal.«

Eine weitere Stunde verging, bevor Arthur den Raum des Königs schließlich verließ. Er betrat seinen Schlafraum, sein Geist war von all dem Neuen verwirrt, und er lag die halbe Nacht lang wach, um es zu ordnen. Schließlich schlief er tief und traumlos.

Uther war noch keine fünf Minuten allein, als Merlin angemeldet wurde. »Nun?« fragte der Ältere, sobald er die Schwelle überschritten hatte. »Wie denkt Ihr über ihn?«

Uther lachte. Seine Augen strahlten aus der verbrauchten Fahlheit seines Gesichts heraus. »Er wird ein wahrer König sein«, sagte er. »Ich glaube nicht, daß mein Geist jemals stärker gefordert worden ist.«

Merlins Gesichtszüge entspannten sich. »Als ich ging, hatte ich Angst, ihn mit Euch allein zu lassen«, gestand er. »Arthur ist nicht immer der... zugänglichste Junge.«

Das Strahlen in den Augen des Königs verblaßte. »Ich denke, wir verstehen uns«, sagte er. »Wir haben beide eine Aufgabe zu erfüllen, und wir werden sehr gut zusammenarbeiten.«

»Es ist eine Freude, mit Arthur zu arbeiten«, sagte Merlin. »Unglaublich fordernd, weil er so intelligent ist, aber eine Freude.«

»Wenn die Zeit kommt, wird er bereit sein.« Uther wirkte plötzlich erschöpft.

Merlin wurde direkt. »Weiß er, daß Ihr sterben müßt?«

Uther hob spöttisch eine dunkle Augenbraue. »Oh, ja. Er wollte wissen, wieviel Zeit ihm noch bleibt.«

Sie schwiegen. Dann sagte Merlin zögernd: »Es ist schwer für ihn zu vergeben, was wir ihm angetan haben.«

Uther schüttelte den Kopf. »Seltsamerweise glaube ich überhaupt nicht, daß es das ist. Ich glaube, er hat einfach beschlossen, mich zu akzeptieren, nicht als Vater, sondern als Mann, dessen Tätigkeit er erlernen muß. Er mußte wissen, wieviel Zeit er zum Lernen hat, und daher hat er gefragt.« Die Augenbraue wurde erneut angehoben. »Ich kann kaum erwarten, daß er mich liebt, Merlin.«

»Nein.« Merlin schaute von Uthers Gesicht fort. »Nein, das konnte man wohl kaum erwarten.« Er betrachtete ihn erneut. »Was sollen wir also als nächstes tun?« fragte er lebhaft. »Nach Avalon zurückkehren?«

»Ja. Bringt ihn bis zu dem Konzil nach Avalon zurück. Ich werde Euch Claudius mitgeben. Er ist schon seit Jahren mein stellvertretender Befehlshaber. Er kennt unsere Truppenaufstellungen und die Befestigungsanlagen besser als jeder andere. Er wird Arthur helfen können.«

Merlin nickte. »Eine gute Idee.«

»Brecht früh auf«, fuhr Uther fort. »Je weniger Leute ihn sehen, desto besser. Man sieht ihm nur allzu deutlich an, wessen Erbe er ist.«

»Ich habe Euch gesagt, daß er Euch sehr ähnlich sieht.«

»Nein«, erwiderte Uther. »Er sieht Igraine ähnlich.«

Der Name fiel mit dem Kratzen eines schrillen Lautes entlang bloßliegenden Nerven in den Raum. »Ihr sagtet, wir sollten früh aufbrechen«, sagte Merlin vorsichtig. »Sicherlich möchte Igraine ihn sehen, bevor wir gehen.«

Das Lampenlicht fiel flackernd über Uthers eingefallenes Gesicht. »Das glaube ich nicht«, sagte er kurz darauf. Dann: »Sie war nicht erfreut, als sie erfuhr, daß ich all diese Jahre ein Geheimnis vor ihr verborgen habe.«

Merlin trat zwei Schritte vor: »Sie muß ihn sehen, Uther!« Seine Stimme hatte einen harten Klang. »Was wird Arthur denken, wenn sie ihn nicht sehen will?«

»Weiß er, daß sie in Venta ist?«

»Ja.«

»Woher?«

»Er hat mich gefragt, und ich habe es ihm gesagt.« Erneutes Schweigen entstand, und dann sagte Merlin: »Es gibt keinen Grund, Uther, warum sie sich weigern sollte, ihn zu sehen. Sicherlich keinen Grund, den ich Arthur vernünftig erklären könnte. Meiner Meinung nach mußten wir Arthur bereits viel zuviel erklären.«

Überraschung zeigte sich auf Uthers Gesicht. »Ihr liebt ihn«, sagte er mit einem seltsamen Unterton in der Stimme.

»Ist das so verwunderlich?«

»Ihr habt immer so... sachlich über ihn gesprochen. Ich habe es nicht bemerkt. Das ist alles.«

Merlin mied Uthers Blick. »Er ist ein schwieriger, heikler, verschlossener junger Teufel, aber ja, ich liebe ihn.« Er schaute zum König hoch. »Er fasziniert mich«, bekannte er. »Es ist etwas so Zwingendes an ihm...«

»Wie an meinem Vater.«

»Sogar noch mehr. Und Arthur ist erst sechzehn. Wie wird er sein, frage ich mich, wenn er dreißig ist?«

Stille umgab sie. Von draußen hörten sie die Stimmen der Wächter bei der Wachablösung. Dann sagte Uther: »Ich werde

Igraine bitten, ihn zu empfangen, bevor Ihr morgen früh aufbrecht.«

»Ich glaube, das verdient er.«

»Ja.« Uthers verhangener Blick wirkte besorgt. »Ich hoffe, er erwartet keine zärtliche Wiedervereinigungsszene.«

»Macht Euch keine Gedanken darüber. Er wäre entsetzt, wenn Igraine das versuchen sollte. Arthur ist genauso gut wie sie darin, Gefühle nicht zu zeigen.«

»Ja«, sagte Uther trocken. »Das habe ich bemerkt.«

## 8. KAPITEL

Sehr früh am nächsten Morgen wurde Arthur zur Königin gerufen. Merlin, der seinen Enkel zu Igraines Räumen geleitete, spürte einen Augenblick lang Angst in sich aufsteigen. Diese Begegnung war sein Werk. Vielleicht hätte er es lieber nicht tun sollen. Eine Dienerin öffnete auf sein Klopfen hin die Tür und eilte dann hinaus, während sie eintraten und die Tür hinter ihr schlossen. Der Raum war leer bis auf die Frau am Fenster, die in einem mit Schnitzereien versehenen Stuhl lehnte. Ihr Gesicht wurde von dem unbarmherzigen Morgenlicht direkt beleuchtet. Welche Fehler sie auch haben mochte, dachte Merlin, während er eine Hand um Arthurs Ellbogen legte, um ihn durch den Raum zu führen, Eitelkeit gehörte nicht dazu.

»Guten Morgen, Vater.« Igraines Stimme klang kühl. Sie begrüßte Merlin, aber ihre dunkelblauen Augen waren auf Arthur gerichtet.

»Guten Morgen, Igraine«, erwiderte Merlin. Und dann: »Ich habe dir deinen Sohn gebracht.«

»Arthur.« Igraines Blick war genauso kalt wie ihre Stimme. Sie hatten ihren Stuhl erreicht, und Merlin übte Druck auf den Ellbogen seines Enkels aus.

Der Junge kniete sich hin. »Mylady«, sagte er und hob das Gesicht dem seiner Mutter entgegen.

Merlin beobachtete Arthur, nicht Igraine, und war erleichtert, als er sah, daß das Gesicht des Jungen nicht den Ausdruck zeigte, den er am meisten fürchtete. Statt dessen blickte Arthur seine Mutter direkt an, die geraden schwarzen Brauen leicht zusammengezogen, das Profil angespannt und konzentriert. Er schien im Gesicht seiner Mutter nach etwas zu suchen.

»Du darfst dich erheben«, sagte die Königin, und Arthur stand auf. Sein Gesicht wirkte jetzt gelassen, sein Blick ruhig. Alle Linien auf Igraines Haut waren in dem Licht, das durch das Fenster hereinströmte, deutlich sichtbar. Linien oder nicht, dachte Merlin, sie war noch immer die schönste Frau, die er kannte. Jedesmal, wenn er sie sah, wunderte er sich erneut darüber, daß sie eine seiner Töchter war. Die Königin blickte von ihrem Sohn zu ihrem Vater. »Du hast nicht erwogen, mir zu erzählen, daß er all diese Jahre in Avalon gelebt hat?«

»Uther wollte nicht, daß du es weißt.«

Sie sprachen über Arthur, als sei er nicht anwesend, aber er stand ruhig da, und es schien ihm nichts auszumachen. Igraines lange Finger trommelten unruhig auf den Stuhllehnen. Ihr goldenes Gewand ergoß sich bühnengerecht über das dunkle Purpur des Bezuges. »Uther hat ein Konzil einberufen, um ihn als seinen Erben einzuführen«, sagte sie und betrachtete ihren Sohn wenig freundlich. Sie erhob sich, rauschte an Arthur vorbei, als sei er ein Diener, und begann hin und her zu gehen. »Es ist nicht notwendig«, sagte sie über die Schulter zu Merlin. »Noch nicht. Es könnte ohne weiteres einen Bürgerkrieg auslösen. Lot wird diesen Jungen niemals als Uthers Erben anerkennen. Das weißt du doch, Vater!«

Merlin war entsetzt. Es war schlimmer, als er es sich jemals vorgestellt hatte. Er schaute besorgt zu Arthur und erwartete, dessen verschlossensten Gesichtsausdruck zu sehen. Statt dessen betrachtete der seine Mutter mit einem Ausdruck höflicher Neugier. Merlin sagte barsch: »Niemand kann Arthurs Geburt leugnen, Igraine. Beim Blute Christi, du mußt dir nur sein Gesicht ansehen!«

Doch dann sprach Arthur. »Ich fürchte, Mylady, Ihr müßt mich ertragen. Mangels eines geeigneteren Kandidaten.«

Der Klang seiner Stimme verriet nichts als vollendete Höflichkeit. Igraine hielt inne und betrachtete ihn lächelnd.

Merlin seufzte erleichtert. Plötzlich kam es ihm so vor, als sei Igraine die Verletzlichere von beiden. »Du verstehst nichts davon«, sagte sie gepreßt zu ihrem Sohn.

»Im Gegenteil, ich verstehe sehr gut. Der König braucht mich. Britannien braucht mich. Nicht, weil ich Arthur bin, sondern weil ich der Sohn von Uther und Igraine bin.« Sie stand fast an der anderen Seite des großen Raums, aber seine anpassungsfähige Stimme drang mühelos zu ihr hinüber. »Uther hat Britannien jahrelang zusammengehalten. Er war der einzige, der dies tun konnte, der die Kelten und die Römer in einem Kampf gegen die Angelsachsen zusammenschließen konnte. Er wird Hochkönig genannt, aber in Wahrheit ist er der Kriegsführer, der Comes Britanniarum, wie sein Vater es war. Er braucht einen Sohn, weil Britanniens einzige Hoffnung auf Einheit in der Weiterführung dieses Amtes liegt.«

»Damit erzählst du mir nichts, was ich nicht schon wüßte.« Sie musterte ihn mit gemischten Gefühlen wie einen Falken im Käfig. »Ich befürchte nur, daß er mit deiner Anerkennung genau jene Spaltung auslöst, die er so verzweifelt vermeiden will.«

»Lot muß man sich früher oder später stellen. Der König weiß das.« Die Stimme des Jungen klang geduldig und, wie Merlin erstaunt erkannte, freundlich. »Er ist müde, Igraine. Er hat diese Last viele Jahre lang getragen. Es ist an der Zeit, daß er einen Teil davon abgibt.« Und dann nannte er ihre wirkliche Angst beim Namen. »Wenn Lot sich mir entgegenstellt, werde ich mich um ihn kümmern.«

Igraine kam auf ihn zu. »Du?« fragte sie. »Du bist noch ein Junge.« Aber ihre Stimme klang verändert.

»Ich bin ein Junge«, stimmte er ihr zu. »Aber ich habe nichts Besseres zu tun.«

Sie war neben ihn getreten. Sie war eine große Frau, fast so groß wie ihr Sohn. »Versprich mir, Arthur«, sagte sie heftig, »versprich mir, daß du ihn nicht in den Kampf gegen Lot ziehen lassen wirst.«

»Ich verspreche es«, erwiderte er, und Merlin sah, daß Igraine zufrieden war.

Die Begegnung war ganz anders verlaufen, als Merlin zuvor gedacht hatte. Bis sie wieder auf dem Weg nach Avalon waren, hatte er keine Gelegenheit, mit Arthur allein zu sprechen. Sie reisten zusammen mit Claudius Virgilius, Uthers Feldherrn, und mit Cai, aber die beiden Soldaten blieben pflichtbewußt zurück, als Merlin erkennen ließ, daß er mit seinem Enkel allein sprechen wollte.

Die Straße war staubig, und die Hufe ihrer Pferde wirbelten kleine braune Staubwolken auf, während sie zügig voranritten. Als die anderen außer Hörweite waren, fragte Arthur: »Was genau fehlt dem König?«

»Es ist sein Herz.«

»Ich verstehe.«

»Ja. Wie jeder andere auch. Nur Igraine offenbar nicht.«

»Sie sieht in mir eine Bestätigung seines bevorstehenden Todes.« Arthur hatte die Augen gegen die Sonne ein wenig geschlossen.

»Ich fürchte, du hast recht.« Merlin sprach langsam und prüfte jedes Wort. »Jetzt, nachdem du ihr begegnet bist, kannst du sie vielleicht besser verstehen. Es stimmt, daß Igraine sich nicht um dich gekümmert hat, als du ein Kind warst. Aber sie hat sich niemals um jemanden gekümmert, mein Junge, außer um Uther. Für ihn ist sie eine wahre Glut an Gefühlen.« Merlin seufzte. »Ich habe Angst um sie, wenn Uther stirbt. Nichts wird sie trösten können.«

»Vielleicht nicht. Aber Überlegungen, wie Lot und Morgause von ihrem Thron fernzuhalten sind, werden sie zumindest beschäftigen.« Ein Anflug von Spott erschien auf Arthurs Gesicht, als er die Brauen anhob. Merlin blickte ihn an und wußte nichts zu erwidern.

Der Wind fuhr durch das schwarze Haar des Jungen, und sein Gesichtsausdruck veränderte sich plötzlich. Er wandte sich mit einem kaum noch jungenhaften Lächeln Merlin zu und fragte leichthin: »Was glaubt Ihr, was Morgan zu den Neuigkeiten sagen wird?«

Arthurs Stimme veränderte sich, wenn er Morgans Namen aussprach. Es gab eigentlich keinen Grund dafür, dachte Merlin, daß dieser Klang sein Herz besorgt erschaudern ließ.

Als sie sich Avalon näherten, wurde die Landschaft um sie herum flacher und nur noch sanft hügelig. Cai drängte sein Pferd neben Arthur, und Merlin blieb taktvoll zurück, um den Jungen die Gelegenheit zu einem Gespräch zu geben.

Arthur betrachtete seinen Freund von Kopf bis Fuß. »Du bist sogar noch größer geworden als Ector«, stellte er fest. »Womit ernähren sie dich im Heer, Cai?«

Cai lachte. »Nichts, was man herausstreichen könnte. Ich freue mich schon auf die Küche von Avalon.«

Arthur wurde ernst. »Wie ist dieser letzte Feldzug in den Norden verlaufen?« fragte er und hörte aufmerksam zu, während Cai berichtete.

Als Arthurs Wissensdurst endlich gestillt war, hatte Cai eine persönliche Frage. »Wann wirst *du* dich dem Heer anschließen, Arthur? Ich dachte, ich würde dich vielleicht irgendwann in diesem Sommer in Venta sehen.«

Arthur verzog die Mundwinkel. »Eigentlich kann man sagen, daß ich mich dem Heer bereits angeschlossen habe. Claudius Virgilius kommt mit nach Avalon, um mich zu unterweisen.« Cai sagte nichts, sondern sah ihn nur an. Arthur schaute starr geradeaus. »Weißt du, Cai«, erklärte er fast entschuldigend, »es hat sich herausgestellt, daß ich Uthers Sohn bin.«

»Du siehst ihm ähnlich.« Cai klang nicht überrascht. »Als ich Uther zum ersten Mal sah, dachte ich: Bei Gott, er sieht aus wie Arthur. Und dann begann ich, mir einiges zusammenzureimen. Ich wußte immer, daß du von bedeutender Herkunft warst. Für Merlin mußtest du es sein, wenn er soviel Mühe auf sich nahm. Genau wie jeder andere habe ich immer angenommen, daß du sein Sohn seist. Aber als ich den Hochkönig sah, begann ich anders darüber zu denken.«

Arthur betrachtete ihn. »Du hättest es mich wissen lassen können«, sagte er verärgert.

»Es war nur ein Verdacht. Ich hatte keinen Beweis dafür.«

»Für mich war es vierundzwanzig Stunden lang die Hölle«, sagte Arthur. Es war gut, Cai hier zu haben. »Zuerst sagt Merlin mir, daß ich der Sohn des Hochkönigs sei, und dann wirft er mich in die liebenden Arme meines Vaters und meiner Mutter. Ich fühle mich, als hätte ich am falschen Ende einer Belagerungsmaschine gestanden.«

Cai grinste. »Eines wird Claudius dir über das Heer nicht beibringen«, sagte er. »Wir könnten schwere Kavallerie gebrauchen.« Die grauen Augen strahlten, und Cais Grinsen wurde breiter. Er kannte Arthur. Während des restlichen Rittes sprachen die beiden Jungen über Pferde.

Avalon mit den Apfelbäumen. Arthur fühlte sich, als wäre er Jahre fort gewesen anstatt nur eine Nacht. So vieles war geschehen. Er war als namenloser Bastard davongeritten und kehrte als Erbe Britanniens zurück. Seine grauen Augen glänzten, als er in den Hof des Hauses einritt. Er konnte kaum abwarten, daß Morgan davon hörte!

Ector kam zu ihrer Begrüßung heraus, und Merlin führte sie alle in den großen Empfangsraum, der, soweit Arthur sich erinnern konnte, niemals zuvor benutzt worden war. Merlin schickte nach Wein.

»Wo ist Morgan?« fragte er und ersparte so Arthur die Notwendigkeit, nach ihr zu fragen.

»Ich weiß es nicht«, erwiderte Ector, und Merlin runzelte die Stirn und schickte einen Sklaven hinaus, sie zu suchen. Der alte Soldat Claudius, dessen Vater mit Constantinus von Rom hierhergekommen war, betrachtete den Raum unverhohlen voller Bewunderung. Es war schon immer einer der klassischsten römischen Räume in Britannien gewesen: Der Boden bestand aus einem Mosaik, dessen Steine einen kräftigen Aeneas darstellten, der seinen betagten Vater sicher von einem brennenden Wagen forttrug, der Marmor der Säulen stammte aus Carrara in Italien, wie auch ein großer, mit Marmor eingelegter Tisch mit wunderschön geschnitzten Beinen. Die kleine Gesellschaft hatte sich auf Stühlen mit den hohen Rückenlehnen rund um das Podium niedergelassen, obwohl die vergoldeten Couchen im römischen Stil, die an den Wänden standen, weitaus bequemer wirkten.

Ein Sklave brachte Wein, und während dieser serviert wurde, erschien schließlich Morgan. »Ich wußte, daß du zurückgekommen bist«, sagte sie zu Arthur, nicht zu ihrem Vater. Sie trug ein gelbes Kleid, das von ihrem schlanken Hals und den zarten Handgelenken weich herabfiel. Sie war offensichtlich im Garten gewesen, denn der Rock ihres Kleides war vom Knien in der Erde schmutzig, und auf ihrer kleinen geraden Nase war ein Fleck zu sehen.

Cai machte eine Bewegung, und sie schaute zu ihm hinüber. »Cai!« sagte sie, ging zu ihm und küßte ihn auf die Wange. Cais ernste, haselnußbraune Augen betrachteten sie liebevoll.

»Setz dich, meine Tochter«, sagte Merlin, und Morgan nahm sich einen vergoldeten Stuhl und setzte sich neben Arthur. Sie tauschten einen schnellen Blick, bevor sie sich ihrem Vater zuwandte, der offensichtlich bereit war, zu ihnen zu sprechen.

»Ich möchte euch eine Geschichte erzählen«, begann Merlin. »Einige von euch kennen ihr Ende bereits, aber ich werde am Anfang beginnen und sie vollständig erzählen. Ich möchte bei meiner Tochter Igraine anfangen, die sich in Uther Pendragon verliebte, als sie noch mit Gorlois verheiratet war...«

»Und daher«, sagte er einige Minuten später, »reiste ich nach Cornwall, um den Jungen zu holen und ihn nach Hause, nach Avalon, zu bringen. Der Rest der Geschichte ist euch bekannt. Arthur ist dieser Junge, der Sohn von Uther und Igraine. Er wird in drei Wochen vor einem Konzil der Könige und Fürsten Britanniens zu Uthers Erben ernannt werden.« Merlin hielt inne, nippte an seinem Wein und beobachtete seine Tochter.

Morgan saß steif auf ihrem Stuhl und starrte geradeaus auf die Büste des Kaisers Hadrian, die den großen Marmortisch auf der entgegengesetzten Seite des Raumes schmückte. Arthur beobachtete sie ebenfalls, wie Merlin auffiel.

»Ich habe schon immer gedacht, daß der Junge Uther ähnelt«, sagte Ector lächelnd. »Aber ich habe die Wahrheit nicht geahnt. Es hieß, daß der Sohn der Königin gestorben sei.«

»Nun«, sagte Merlin, »wir wollten nicht, daß Uthers Feinde Arthur suchten, um ihn vielleicht sogar gegen seinen Vater aufzuhetzen. Es war das beste, wenn jedermann ihn für tot hielt.«

Schließlich sprach Morgan. »Willst du damit sagen, daß ihr ihn all die Jahre bewußt mit diesem Mann alleingelassen habt?«

Alle Blicke im Raum wandten sich erstaunt ihr zu. Niemand hatte Morgan jemals in diesem Tonfall sprechen hören. Arthur konnte so klingen, aber nicht Morgan.

»Das war wahrhaft unverzeihlich«, sagte Merlin schließlich sehr ernst.

Morgans Gesicht war starr vor Empörung. »Unverzeihlich!« begann sie.

Nur Merlin sah, daß Arthur eine Hand um eine Haarsträhne von Morgan legte und einmal schnell daran zog. Morgan wandte sich nicht zu ihm um, behielt aber für sich, was immer sie noch hatte sagen wollen.

Arthur unterbrach das plötzliche, verlegene Schweigen. Er wandte sich an Ector. »Der König hat Claudius Virgilius mit uns gesandt, damit er mich über den gegenwärtigen Zustand des Heeres und der Befestigungsanlagen unterrichtet, Sir.«

»Nun, Ihr werdet einen willigen Schüler vorfinden, Claudius Virgilius«, sagte Ector herzlich. »Und Ihr werdet mit Arthurs Kenntnissen über militärische Angelegenheiten sicher zufrieden sein.«

»Dessen bin ich sicher, wenn Ihr sein Lehrer wart«, erwiderte der grauhaarige Veteran aus dreißig Jahren Krieg gegen die Angelsachsen höflich. Er kannte Ector schon aus der Zeit vor jener Verwundung, die ihn dazu gezwungen hatte, sich aus dem Heeresdienst zurückzuziehen.

Wein wurde nachgeschenkt, und dann suchten Merlin und Claudius und Cai die Bäder auf, um den Straßenstaub abzuwaschen. Arthur sagte, er wolle sie begleiten, aber statt dessen gingen er und Morgan zum Fluß.

»Du bist sehr still«, sagte er, nachdem sie ihre Ponies zum Grasen angepflockt hatten und Seite an Seite auf einem dicken Teppich aus Gras und Wildblumen saßen.

»Sie haben dich einfach dort gelassen!« Ihr Profil war vor Zorn starr. »Wie konnten sie so etwas tun?«

»Morgan«, sagte er. »Nicht.« Sie wandte sich zu ihm um. »Es nützt nichts, alten Groll zu hegen.«

»Hier steht etwas mehr zur Debatte als Groll«, antwortete sie, aber ihre braunen Augen forschten in seinem Gesicht. »Ich wußte, daß etwas geschehen war«, sagte sie. »Ich konnte es spüren. Du warst aufgeregt. Was ist geschehen? Hast du Uther und Igraine gesehen?«

»Ja.« Sie konnten ein kleines Tier im hohen Gras rascheln hören. Er sah sie traurig an. »Merlin wartete, bis wir auf halbem Weg nach Venta waren, bevor er mir sagte, wer ich bin. Dann, fast unmittelbar nach unserer Ankunft, mußte ich Uther aufsuchen.« Er pflückte einen Grashalm, nahm ihn zwischen die Zähne und schaute blinzelnd auf den Fluß hinaus. »Man kann wahrhaftig sagen, daß ich aufgeregt war. Tatsächlich«, und er warf ihr einen schnellen Blick zu, »wollte ich sofort hierher zurückreiten und meinen Kopf in deinen Schoß legen. Ich wußte nicht, wie ich empfinden würde, verstehst du? Ich hatte keine Zeit, um über all das nachzudenken.«

»Ich glaube, Vater muß verrückt sein«, stieß Morgan heftig hervor.

Arthur schüttelte den Kopf. »Nein. Nicht verrückt. Einfach nur zu klug.« Eine leichte Brise wehte vom Fluß heran und kräuselte das Haar auf seiner Stirn. »Dann stand ich da«, sagte er. »Und dort war er. Aber es war nicht so schlimm, wie ich befürchtet hatte.« Er runzelte die Stirn und versuchte es ihr zu erklären. »Es war keine persönliche Angelegenheit. Ich konnte ihn als Mensch ansehen, nicht als Vater. Als Mensch und als König.« Sein Mund wurde um den Grashalm herum zu einer grimmigen Linie. »Er hatte kein leichtes Leben, Morgan. Er hat gegen die Angelsachsen gekämpft, seit er ein Junge war. Er ist ausgelaugt. Tatsächlich«, und jetzt wirkten seine grauen Augen genauso grimmig wie sein Mund, »stirbt er bald. Er sagte, ich würde noch vor Jahresende zum König ernannt werden.«

Morgans braune Augen schienen ihr ganzes kleines Gesicht einzunehmen. Arthur lachte, doch es klang nicht sehr froh. »Ja«, sagte er. »König.«

»König«, wiederholte sie. »Darüber hatte ich noch nicht nachgedacht.«

Sein Blick wurde weicher. »Du warst zu sehr damit beschäftigt, dich über mein Schicksal zu erzürnen.«

»Was hältst du von Igraine?« fragte sie plötzlich.

»Oh, es war nicht schwer, ihr zu begegnen. Für mich wird sie niemals meine Mutter sein. Malwyn war meine Mutter.« Er legte sich auf den Rücken und schaute in den Himmel hinauf. Wolken zogen schnell dahin und verdeckten die Sonne. »Sie sieht dir überhaupt nicht ähnlich.«

Morgan hatte plötzlich das Gefühl, als würde alle Luft aus ihren Lungen gepreßt. »Arthur«, sagte sie, »Igraine ist meine Schwester!«

»Ich weiß. Ich habe daran gedacht.« Sie wirkte weiterhin beunruhigt, und er setzte sich auf. »Mach nicht solch ein Gesicht, Morgan. Es wird alles gut werden. Ich habe alles durchdacht. Sie ist nur deine Halbschwester. Du und ich, wir sind nicht näher miteinander verwandt als Cousin und Cousine ersten Grades. Und die heiraten ständig.«

Ihre braunen Augen schauten nachdenklich drein. »Das stimmt.«

»Unser Verwandtschaftsverhältnis stellt kein Problem dar«, sagte er voller Zuversicht.

»Unser Verwandtschaftsverhältnis.« Sie betrachtete ihn wütend. »Aber Arthur... ich bin deine Tante!«

Er grinste. »Halbtante.« Sein Tonfall änderte sich, und seine Stimme klang betont besorgt. »Und wie fühlst du dich heute, mein altes Mädchen?«

»Du bist so witzig...« Sie streckte die Hand aus, um ihn an

den Haaren zu ziehen, und dann lagen sie beide im Gras und trugen einen spielerischen Ringkampf aus. Er ließ sich absichtlich von ihr überwältigen, lachte und duckte sich gespielt ängstlich. Er liebte das Gefühl ihres geschmeidigen Körpers an seinem. Dann rollte er herum, so daß sie unter ihm lag. Ihre lachenden Gesichter waren sich sehr nahe.

»Küß mich«, flüsterte er, und sie legte ihre Arme um seinen Hals und zog ihn zu sich herab.

## 9. KAPITEL

Regen setzte ein, bevor Arthur und Morgan das Haus erreicht hatten. Sie trafen Claudius und Merlin auf dem Flur, als sie ihre Schlafräume aufsuchten, um sich umzuziehen.

Claudius betrachtete die beiden Kinder und lächelte erfreut. Morgans Gesicht war vom Regen gerötet und frisch und taugleich wie eine neu aufgebrochene Blüte. Arthurs schwarzes Haar lag glatt am Kopf an, und seine nasse Kleidung unterstrich nur die edlen Linien seiner Knochen und Muskeln. Er würde niemals ein sehr großer Mann werden, dachte Claudius, dessen Blick abschätzend über den jungen, männlichen Körper wanderte, aber er bewegte sich mit der Anmut und Harmonie einer Katze.

»Als ihr sagtet, ihr wolltet ein Bad nehmen, dachte ich nicht, daß ihr es im Regen nehmen wolltet«, sagte Merlin.

Arthur grinste. Er wirkte vor Glück erleuchtet, dachte Claudius. Er konnte nur schwer den Blick abwenden.

»Ich wollte mit ihm sprechen«, gab Morgan ihrem Vater zur Antwort.

»Ich hoffe, ihr habt alles besprechen können«, erwiderte Merlin ernst. »Arthur wird während der nächsten Wochen zuviel zu tun haben, um mit dir durch Avalon streifen zu können, Morgan.«

Merlins Worte erwiesen sich als wahr. Arthur war den größten Teil des Tages mit Claudius Virgilius allein und studierte

Listen und Landkarten und Heerespositionen. Claudius war beeindruckt von seinem Schüler. »Er hat ein für einen so jungen Menschen erstaunliches Verständnis für Taktiken«, erzählte er Merlin und Ector. Die beiden Alten waren erfreut. Sie betrachteten Arthur als ihr persönliches Werk und drängten ihn jeden Tag, Uthers Feldherrn auf dem Übungsplatz sein überragendes Können zu zeigen.

Arthur stellte sein Können widerspruchslos zur Schau. Eines Nachts erklärte er es Morgan: »Ich brauche Claudius Virgilius. Ich brauche Uthers Offiziere. Alle. Ich kann kein Heer befehligen, wenn ich mir nicht der Loyalität seiner Anführer sicher sein kann. Wenn Merlin glaubt, daß ich für Claudius tanzen soll, dann werde ich tanzen.« Sie befanden sich in Morgans Zimmer, in Morgans Bett. Zum ersten Mal hatten sie Vorteil aus der Tatsache gezogen, daß ihre Schlafräume nebeneinander lagen. Arthurs Tage ließen keine freie Zeit mehr zu.

Arthur hatte mit seinem Großvater noch nicht über die Heirat mit Morgan gesprochen. Sie wollte, daß er bis nach dem Konzil damit wartete. Tief im Herzen war Morgan nicht so zuversichtlich wie Arthur, daß ihrer Heirat nichts im Wege stehen würde. Sie wollte die Dinge so belassen, wie sie waren... auf jeden Fall noch eine kleine Weile lang.

Was würde sie tun... was würde Arthur tun... wenn Merlin gegen ihre Heirat war? Vorher hatte es keinen Zweifel gegeben. Als sie einfach Arthur und Morgan gewesen waren, hätte nichts und niemand sie trennen können. Vorher. Bevor Arthur Britanniens zukünftiger König geworden war.

Erstaunlicherweise schien Arthur keine Zweifel zu hegen. Seine größte Angst war immer gewesen, daß seine Herkunft nicht gut genug für sie wäre, und jetzt, wo er dieser Sorge enthoben war, glaubte er, daß ihre Zukunft gesichert sei. Er wollte mit Merlin sprechen, wollte alles offenbaren. Sie mußte ihn lange bitten, bis er sich schließlich bereit erklärte, damit zu warten.

Kurz bevor sie zum Konzil nach Venta aufbrachen, überreichte Merlin Arthur ein Schwert.

»Eines Tages wirst du das Schwert deines Vaters bekommen«, sagte er zu dem Jungen. »Constantinus' Schwert. Aber dieses wurde für dich allein geschmiedet.« Alle Hausbewohner waren im Empfangsraum des Hauses versammelt, und in der Stille konnte man deutlich hören, wie alle den Atem anhielten, als Merlin seinem Enkel das Schwert übergab.

Es paßte sich Arthurs Hand so natürlich an, als sei es hineingewachsen. Arthur beugte das Handgelenk, und das Licht wurde gleißend von der Klinge zurückgeworfen. Der Knauf war mit einem prachtvollen Rubin besetzt. »Kaiser Hadrian hat diesen Rubin meinem Vorfahren geschenkt«, erzählte Merlin Arthur. »Es ist angemessen, daß das Geschenk eines Kaisers das Schwert des Hochkönigs von Britannien ziert.«

Arthurs dunkles Gesicht wirkte sehr still. Dann schaute er strahlend auf. »Danke, Sir«, war alles, was er sagte, aber Merlin war zufrieden.

»Ich habe auch ein Geschenk für dich«, sagte Morgan und lief aus dem Raum. Sie war nach einer Minute zurück und trug einen weißen Welpen herein. »Hier, Arthur« – sie legte ihm den Welpen in die Arme – »für dich.« Der Welpe leckte ihm sofort das Gesicht.

»Hast du ihm schon einen Namen gegeben?« fragte Arthur Morgan.

Sie schüttelte den Kopf. »Nein. Das mußt du tun.«

»Ich werde ihn Cabal nennen«, sagte Arthur und streichelte die Nase des Welpen. »Wie typisch das ist«, murmelte er ein wenig atemlos zu dem grinsenden Cai hinüber. »Merlin schenkt mir ein Schwert, und Morgan schenkt mir einen Hund!«

Cai und Ector lachten, und gleich darauf fiel auch Claudius Virgilius in das Gelächter ein.

Die Könige und Prinzen Britanniens waren in Venta versammelt, als Merlins Troß am Vorabend des Konzils hereinritt. Venta war schon seit den Tagen römischer Herrschaft Gebietshauptstadt, und das Konzil sollte in dem Gebäude stattfinden, in dem einst die Civitates, die örtliche gesetzgebende Versammlung, zusammengekommen war. Als sich Merlins Trupp der Stadt näherte, bemerkten sie als erstes ein Heer von Menschen, die in Zelten in der näheren Umgebung lagerten. »Es sind Nordbewohner«, sagte Claudius grimmig. Und tatsächlich war es einfach, die Barbaren an dem Karomuster ihrer Kleidung zu erkennen. »Lots Männer«, fügte Claudius hinzu und schaute schnell zu Arthur hinüber.

Das dunkle Gesicht des Jungen wirkte gelassen. »Für ein Konzil hat er ziemlich starken Geleitschutz mitgebracht.«

»Es ist eine Darstellung der Stärke«, sagte Ector, und Arthur nickte.

»Ich frage mich, ob Lot Morgause mitgebracht hat«, sagte Morgan.

Die Männer sahen sie an. Merlin erklärte: »Wenn Lot kämpfen will, wird er kaum riskieren, seine Frau als Geisel zu sehen.«

Morgans braune Augen weiteten sich. »Oh«, sagte sie. »Will er kämpfen? Ich dachte, er geht davon aus, daß das Hochkönigsamt ihm übertragen wird.«

Arthurs Blick zeigte Verständnis. »Nicht so abwegig, denn eine fruchtbare Frau und drei gesunde Kinder sind ein entscheidender Faktor. Besonders, wenn die Frau die Schwester der gegenwärtigen Königin ist.«

»Oh«, sagte Cai, als auch er verstand. »Ich verstehe, was du meinst. Und Lot weiß natürlich nichts von Arthur.«

Arthur lachte. »Sollen wir wetten, Cai, daß wir eine ganze Brut von Lothianern in Venta vorfinden werden?«

»Das ist nicht lustig«, fauchte Merlin.

»Wahrhaftig nicht.« Claudius runzelte besorgt die Stirn.

Arthur blinzelte Morgan zu, und sie mußte fortschauen, um ernst bleiben zu können.

Fast die ersten Worte von Uther, als er seinen Sohn und seinen Schwiegervater eine Stunde später begrüßte, waren: »Lot hat Morgause und seine Söhne mitgebracht.«

»Wir müssen Morgan in das Konzil aufnehmen«, murmelte Arthur Merlin leise zu.

Merlin sah ihn an. Er hatte das Gefühl, daß Arthur diese neue Entwicklung viel zu leicht nahm.

»Ich mußte sie alle in unser Haus aufnehmen.« Igraine war zornig. Eine gemütliche Familienfeier, dachte Arthur und schaute zu Boden, damit niemand die Belustigung in seinen Augen sehen konnte.

»Natürlich«, sagte Merlin. »Lot weiß noch nichts von Arthur.«

Uthers Gesichtsausdruck war äußerst höhnisch. »Das war wohl als kluger Schachzug gedacht«, gab er zu. »Daß Morgause bereits im Prätorium wohnt, ist gar nicht so abwegig, wenn man davon ausgeht, daß Lot als der nächste Hochkönig ebenfalls dort einzieht.«

Igraines wunderschönes Gesicht war von Zufriedenheit gezeichnet. »Nun, diesmal hat er sich selbst überlistet«, sagte sie. »Uther hat bereits einen Erben.«

Arthur, der bisher geschwiegen hatte, warf seiner Mutter einen Blick zu, der dem seines Vaters entsprach.

Merlin spann daher schnell den Faden weiter. »Man könnte sagen, daß Lot uns tatsächlich in die Hände gespielt hat. Er wird keinen Kampf riskieren, bis er seine Familie sicher zu Hause in Lothian weiß.«

Igraines Stimme klang scharf und kalt wie ein Eiszapfen. »Sie werden nicht nach Lothian zurückkehren. Hast du den Verstand verloren, Vater? Sie werden genau hier bleiben, als Geiseln, um ein angemessenes Verhalten von Lot zu garantieren.«

Merlin starrte seine Tochter an. »Ist das dein Ernst, Igraine? Morgause ist deine Schwester!«

Arthur sprach jetzt zum ersten Mal. »Die Königin denkt immer praktisch.«

Igraine warf ihrem Sohn einen langen, harten Blick zu. Arthurs graue Augen blickten arglos. Merlin spürte gereizt, daß dem Jungen das Ganze Spaß machte.

»Es war dumm von Lot, sie hierher zu bringen«, sagte Igraine zu Arthur, »und wir wären Narren, wenn wir keinen Vorteil aus seinem Fehler ziehen würden.«

Alle schauten jetzt Arthur an. Erst später sagte sich Merlin, wie seltsam es gewesen war, daß sie sich alle drei so selbstverständlich an ihn gewandt hatten. Aber auch Arthur schien es nicht außergewöhnlich zu finden, daß er dazu Stellung nehmen sollte. »Wenn sie nun schon einmal hier sind«, sagte er freundlich, »wäre es schade, wenn wir Morgauses Gesellschaft zu schnell aufgeben würden. Könnt Ihr Euch nicht vorstellen, daß sie gern einige Zeit in Avalon verbringen würde?«

Zum ersten Mal betrachtete Igraine ihren Sohn voller Anerkennung. »Sehr gut. Wir können verkünden, daß Morgause ihr ehemaliges Zuhause besuchen möchte.«

Uther runzelte die Stirn. »Das ist eine gute Idee.« Er verlagerte sein Gewicht im Sessel, als sitze er unbequem, und zog damit sofort Igraines Aufmerksamkeit auf sich. Er lächelte sie vage beruhigend an, bevor er fortfuhr. »Wir werden Morgause und die Jungen morgen, sobald das Konzil beginnt, sofort losschicken. Wir sollten Lot keine Zeit zum Handeln lassen.«

»Sollen wir sie etwa tretend und schreiend davontragen?« fragte Merlin verärgert.

»Natürlich nicht, Vater. Wir werden es geschickter anfangen. Ich werde mir irgendeine Geschichte ausdenken, um Morgause davon zu überzeugen, daß es Lots Wunsch ist, daß sie geht. Sie wird das sicherlich schnell glauben.« Igraine hob eine gut gepflegte schwarze Augenbraue. »Ich wette, daß sie in Wirklichkeit mit Freuden gehen wird. Einige Wochen Aufschub, bevor sie sich wieder den Härten des Nordens stellen muß, werden meiner lieben Schwester sehr verlockend erscheinen. Sie hat heute nachmittag zwei Stunden im Bad verbracht. In Lothian müssen sie sich mit einer elenden Zinnwanne vor einem Feuer begnügen.«

»Es ist nur für kurze Zeit, Sir«, beruhigte Arthur seinen Großvater. »Nur bis Lot und seine Männer wieder wohlbehalten in Lothian angelangt sind. Dann können Morgause und ihre Söhne nach Hause reisen.«

Merlin seufzte. »Oh, sehr gut. Aber ich möchte nicht, daß Morgause oder die Kinder erschreckt werden.«

»Wir auch nicht«, sagte Uther. Er hielt einen Moment inne, bevor er ein anderes Thema anschnitt. »Was nun morgen betrifft...«

Der Sitzungssaal der Civitas war voll besetzt, als Merlin am folgenden Morgen eintrat, um seinen Platz auf einer der Bänke beim Podium einzunehmen. Er hatte Cai und Ector mitgebracht, obwohl sie nicht stimmberechtigt waren. Er dachte, Arthur würde sich sicherlich freuen, einige vertraute Gesichter in der Menge zu sehen. Der Mensch jedoch, den er, wie Merlin wußte, am liebsten hiergehabt hätte, war von dieser Versammlung der Männer ausgeschlossen. Tatsächlich würde Morgan nicht einmal mehr in Venta sein, wenn dieses Treffen beendet war. Sie hatten in der letzten Nacht beschlossen, daß sie Morgause und ihre Söhne nach Avalon begleiten sollte.

Der Sitzungssaal der Civitas war eine kleinere und ärmlichere Ausgabe des Senatsgebäudes in Rom. Der Saal war ein rechteckiger Raum, der im Winter durch die Wärme aus einem Heizraum, einem typischen Hypokaustum, geheizt und im Sommer durch eine Reihe kleiner Fenster hoch oben in den Mauern der längeren Seiten des Gebäudes kühlgehalten wurde. An der Stirnseite des Raumes befand sich ein Podium mit einem Platz für den Vorsitzenden Offizier. In römischen Zeiten war der Offizier der Statthalter gewesen, der *Vicarius*. Heute war es der Hochkönig.

Der Haupteingang des Gebäudes befand sich auf der Seite, die dem Podium gegenüberlag, und durch diese Tür traten Merlin und seine Gefährten ein. Es gab eine weitere, kleinere Tür hinter dem Podium, die dem Statthalter die Möglichkeit gewähren sollte zu entkommen, ohne sich den Mitgliedern der Civitas auf seinem Weg zur Tür stellen zu müssen. Einst hatte eine purpurfarbene Schiebetür den Ausgang verborgen, aber die war verschwunden, lange bevor die letzten Legionen Britannien verlassen hatten.

Entlang der langen Wände des Raumes standen Bänke, auf denen die Könige und Prinzen und Fürsten der verschiedenen

Königreiche und Stämme Britanniens saßen. Während Merlin Platz nahm, wanderte sein Blick die Bänke entlang. Er merkte sich im Geiste, wer anwesend war, und überlegte, wer sich als Freund oder als Feind erweisen würde.

Die drei walisischen Könige waren da, Maelgwyn von Gwynedd, Magach von Powys und Ban von Dyfed. Sie alle drei hatten ihre Söhne mitgebracht, die Prinzen ihrer Linie. Merlins Blick wurde besonders von einem von Bans Söhnen angezogen. Er sah großartig aus: groß, blond, blauäugig, ein reiner Kelte. In Dyfed hielt man sehr viel von der alten Art. Es war eines der wenigen Gebiete Britanniens, das noch immer nicht christlich war.

Weiter unten auf der Bank saß Gwyl von Elmet neben einigen Stammesfürsten, die Merlin nicht kannte. Merlin betrachtete das schlaue, wettergegerbte Gesicht des Königs von Elmet. Gwyl hatte Uther immer unterstützt, aber in letzter Zeit schien er Lot sehr nahezustehen. Dann war da Urien von Rheged, der neu in seinem Amt war und über dessen Position Merlin nichts wußte, und Edun von Manau Guotodin, der sicher unter Lots Kontrolle stand.

Auf Merlins Seite des Raumes saß Cador von Dumnonia, bei dem man sich wie bei dem Waliser wahrscheinlich darauf verlassen konnte, daß er Arthur unterstützte. Cador runzelte die Stirn und schaute ungeduldig zur Tür. Der einzige König, der noch fehlte, war Lot, wie Merlin bemerkte.

»Wo ist…?« flüsterte Cai ihm ins Ohr, als an der Tür Bewegung entstand und Lot eintrat.

»Ein guter Auftritt«, murmelte Ector leise Merlin zu.

Sie beobachteten, wie Lot innehielt und sich in dem Raum umsah, um zu sehen, wer anwesend war. Als er Merlin sah, kam er zur Begrüßung herüber.

»Gestern abend habe ich Morgause gesehen, und meine Enkel«, sagte Merlin als Antwort auf den Gruß des Königs von Lothian. »Aber du nimmst Uthers Gastfreundschaft nicht in Anspruch?«

Lot lächelte milde. Er war unübersehbar ein Kelte, genau wie der junge Prinz von Dyfed. Sein großer, breitschultriger Körper war in den mit hellen Karomustern versehenen Stoff gekleidet, den sie im Norden woben. Er trug einen auffallenden, goldenen Halsreif, und auch seine muskulösen Arme waren mit Bronze- und Goldreifen geschmückt. Anders als die glattrasierten, romanisierten Südbewohner, trugen die Männer des Nordens Bärte. Lots Bart war von dem gleichen Dunkelblond wie seine Haare. Er lächelte milde, doch seine blauen Augen spiegelten dieses Lächeln nicht wider. »Ich bin bei meinen Männern geblieben«, sagte er. »Um sicherzugehen, daß sie sich angemessen benehmen.«

»Halb Lothian scheint vor Venta zu lagern.«

Lot ließ gesunde Zähne blitzen. »Nicht die Hälfte, Schwiegervater. Zu Hause habe ich noch weitaus mehr Männer. Aber die Straßen sind heutzutage gefährlich. Man kann nicht vorsichtig genug sein.«

»Das ist wahr«, sagte Merlin. Er erwiderte Lots Lächeln nicht. »Man kann nicht vorsichtig genug sein.«

Ein Junge in einer weißen Tunika, die auf der Schulter ein gestickter scharlachroter Drache schmückte, erschien am Haupteingang. »Werte Herren«, verkündete er mit lauter, klarer Stimme, »der Hochkönig von Britannien, Uther Pendragon.« Lot eilte zu seinem Platz, und die restliche Versammlung erhob sich, als Uther den Raum betrat und voller Würde zum Podium schritt. Er ging langsam, hielt sich aber vollkommen aufrecht. Er war mit jedem Zoll ein Römer, dachte Merlin stolz, während sich der König niederließ und allen anderen bedeutete, sie sollten ebenfalls wieder ihre Plätze einnehmen. »Ich muß Euch allen danken, werte Herren«, sagte Uther, als sie saßen und ihn mit unverhüllter Erwartung ansahen, »daß Ihr meinem Ruf so prompt gefolgt seid. Wir haben in diesem Konzil wichtige Dinge zu besprechen, und ich schätze es, daß Ihr Euch bemüht habt, Venta pünktlich zu erreichen.«

Es war vollkommen still im Raum. Uthers Stimme war schwach, aber klar, als er sein Publikum von dem Podium aus ansprach. »Ich bin seit sechzehn Jahren Hochkönig«, sagte er, während sein Blick den Raum durchstreifte, »und während dieser Zeit haben wir es geschafft, die Seewölfe fernzuhalten. Aber der Kampf ist noch nicht vorüber. Tatsächlich hat er gerade erst begonnen.« Er hielt inne, und Merlin konnte erkennen, daß er nach Atem rang. Alle warteten.

Uther sammelte sich. Niemals war Merlin deutlicher aufgefallen, welche Willenskraft er besaß. Als er wieder sprach, war seine Atemlosigkeit geschwunden. »Wir haben in diesem Frühjahr den Angriff der Angelsachsen unter Cerdic im Norden abgeschlagen, aber sie sind nur verwundet, nicht besiegt. Cynewulf wird von den Grenzen Kents nicht aufgehalten werden und auch Offa von den Grenzen von Sussex nicht. Der junge Cerdic war nur ihr Sprachrohr. Sie werden zurückkommen, wieder und wieder und wieder. So kommt jedes Frühjahr die Flut aus Germanien und bringt noch mehr von denen heran, die uns aus unserem Land vertreiben wollen.«

Merlin konnte die glühend blauen Augen des jungen Prinzen von Dyfed durch den Raum hindurch erkennen. Er sah Uther mit angespannter Aufmerksamkeit an. Uther fuhr fort: »Wir müssen ihnen standhalten! Sie sind nicht wie die Goten oder die Visigoten oder die anderen Völker des Imperiums, die Christen und somit zivilisiert sind. Diese Angelsachsen sind tatsächlich wie Wölfe, wie wir sie ja nennen: Barbaren, Heiden, dunkle Schatten, die alle Lichter der Zivilisation in Britannien auslöschen würden, wenn sie hier jemals die Kontrolle erlangten.«

Uthers Blick hielt den Raum in seinem Bann. »Wir *müssen* zusammenhalten. Darum wurde das Hochkönigsamt eingerichtet. Ein Mann muß führen, sonst zerfällt Britannien. Und in kleinen Stücken werden die Wölfe uns verschlingen.«

»Ihr sagt die Wahrheit, Uther.« Es war Lots kräftige, klingende Stimme. Zustimmendes Murmeln stieg aus den Reihen auf, aber auf der gegenüberliegenden Seite sah Merlin die walisischen Könige die Stirn runzeln.

Uther wartete auf Ruhe. »Wie Ihr alle wißt, hat meine Familie Britannien viele Jahre lang gedient. Mein Vater, Constantinus, war der letzte von Rom ernannte Kriegsführer, der *Comes Bri-*

*tanniarum.* Mein Bruder Ambrosius wurde als erster zum Hochkönig gewählt.« Es war totenstill im Raum. »Ich bin kein gesunder Mann«, sagte Uther. »Und es ist an der Zeit, daß ich meinen Erben benenne.«

Merlin hörte Cai neben sich auf der Bank tief Luft holen. Neben der Tür machte Lot eine plötzliche Bewegung, als wollte er sprechen, blieb dann aber doch stumm.

Uther sprach jetzt lauter. »Vor sechzehn Jahren bekamen die Königin und ich einen Sohn. Er wurde drei Monate nach unserer Heirat geboren, und weil wir befürchteten, daß Zweifel über seine Herkunft aufkommen könnten, schickten wir ihn fort. Als deutlich wurde, daß die Königin keine lebenden Kinder mehr gebären würde, kümmerte sich Fürst Merlin um die Erziehung dieses Jungen. Es kann kein Zweifel daran bestehen, daß er mein Sohn ist. Ihr werdet dies selbst feststellen, sobald Ihr seiner ansichtig werdet. Werte Herren, dies ist der Erbe, den ich Britannien vorschlage. Arthur«, und seine Stimme vibrierte plötzlich vor Kraft und Vitalität, »tritt vor.«

## 10. KAPITEL

Arthur trat aus dem Schatten hinter dem Podium hervor. Sogar Merlin, dem der Plan bekannt war, hatte den Jungen nicht durch die Tür hereinschlüpfen sehen, so wirkungsvoll hatte Uther die Aufmerksamkeit im Raum auf sich gezogen.

Es war ein Auftritt, der den von Lot um eine römische Meile schlug, wie Cai später sagte. Plötzlich war Arthur da, stand neben seinem Vater, aufrecht und doch fast völlig natürlich, voller Bereitschaft. Er betrachtete das versammelte Konzil.

Tumultartiger Lärm brandete in dem Raum auf. Darüber hinweg erhob sich Lots Stimme, der verärgert rief: »Welch ein Trick ist das, Uther?«

»Kein Trick«, erwiderte Uther, aber seine Worte gingen im Lärm unter. Lot stand da, und einige Männer mehr begannen ebenfalls aufzustehen.

»*Ruhe.*« Das Wort wurde nicht gerufen, aber sein beißender Tonfall schnitt leicht durch das Stimmengewirr. Schweigen senkte sich sofort auf die Menge herab. Arthur sagte: »Ich glaube, der Hochkönig wünscht zu sprechen«, und wandte sich seinem Vater zu. Merlin betrachtete seinen Enkel. Das schwarze Haar des Jungen war ordentlich aus der Stirn gekämmt, und er trug seine beste, lohfarbene Wollhose und eine weiße Tunika. An seiner Schulter war eine Spange zu sehen, die Merlin als Uthers Eigentum kannte. Jeder der Anwesenden mußte sie erkennen, dachte er. Uther war selten ohne sie zu sehen gewesen.

»Ich weiß, ich hatte damals verkündet, er sei tot«, sagte Uther gerade zu Lot. »Denn welcher vernünftige König würde einen zukünftigen Erben wohl schutzlos seinen Feinden ausliefern, damit sie ihn gar gegen ihn aufhetzen?«

»Feinde?« rief Lot. »Welche Feinde? Ihr habt keine Feinde, Uther. Unser Feind sind die Seewölfe, und ich sage, wir brauchen einen geübten Kriegsführer als Hochkönig, nicht einen unerfahrenen Jungen, welcher Abstammung auch immer er sein mag.«

»Er trägt seine Abstammung im Gesicht.« Ban von Dyfed hatte gesprochen, ein großer Mann mit struppigem, blondem Haar. »Ihr müßt Euch den Jungen nur ansehen, Lot, um festzustellen, daß er der Sohn des Hochkönigs ist.«

Unter seinen dichten blonden Augenbrauen brannten Lots blaue Augen vor Zorn. »Vielleicht ist er Uthers Sohn. Aber er ist noch ein Junge. Ich wiederhole: Wir brauchen für diesen Kampf gegen die Angelsachsen einen geübten Führer.«

»Wie Ihr es seid?« Ban feuerte diese Worte mit harter, ärgerlicher Stimme durch den Raum.

Lot hatte noch nicht wieder Platz genommen und baute sich jetzt zu seiner ganzen beeindruckenden Größe auf. »Ja«, erwiderte er herausfordernd. »Wie ich es bin.«

»Der König von Lothian erzielt einen wertvollen Punkt.« Alle Köpfe im Raum wandten sich ruckartig dem Sprecher zu. Arthur hatte eine Hand leicht auf die Rückenlehne von Uthers

Stuhl gelegt, aber ansonsten stand er genauso wie zuvor. Die schräg durch die hochgelegenen Fenster hereinfallende Sonne warf Lichtblitze von der Spange an seiner Schulter zurück. Arthur fuhr fort: »Der Hochkönig ist, vor allem anderen, der Kriegsführer. Unser aller Überleben hängt von seinem Erfolg in dieser Rolle ab.« Er nahm seine Hand von Uthers Stuhl und trat von seinem Vater fort. Er verschränkte die Hände leicht hinter dem Rücken und sah sich langsam im Raum um. Er ließ seinen Blick von Gesicht zu Gesicht wandern, während er sprach, um jedem Mann das Gefühl zu geben, er werde persönlich angesprochen.

»Der König von Lothian meint, ich sei in Kriegsdingen unerfahren«, sagte Arthur. »Das ist nicht der Fall. Während der letzten sieben Jahre bin ich von meinem Großvater, Fürst Merlin, ausgebildet worden, absolut unerbittlich, wie ich Euch versichern kann. Ich kann mit meinen Kriegskenntnissen gegen jeden anderen Mann in diesem Land antreten.«

Die grauen Augen hielten bei Lots Gesicht inne. »Soll ich Euch sagen, meine Herren, was die wichtigste Lektion war, die ich während all meiner Ausbildungsjahre gelernt habe?« Arthurs klare, geschmeidige Stimme erreichte die vollkommene Aufmerksamkeit aller Anwesenden. »Es ist das, was mein Vater gerade schon erwähnt hat. Wir müssen, vor allem anderen, zusammenstehen. Die christliche Bibel sagt uns, daß ein geteiltes Haus nicht bestehen kann, und das gilt auch für Britannien.« Er musterte Lot. »Der Ehrgeiz der Fürsten darf uns nicht spalten«, sagte der schwarzhaarige Junge zu dem König.

Lot warf seinen löwenähnlichen Kopf zurück. »Du bist nicht berechtigt, über den Ehrgeiz der Fürsten zu sprechen«, spottete er.

»Vielleicht nicht.« Arthur trat einen Schritt vor, und das Sonnenlicht vom Fenster überflutete ihn. »Ich bin ehrgeizig«, sagte er. »Ich bin es für Britannien. Ich möchte dieses Land erneut vereint und blühend sehen und nicht, daß es sich aus Angst vor der Bedrohung durch die Angelsachsen zusammenkauert. Ich möchte unsere Städte wachsen sehen, wie es einst der Fall war, unsere Felder üppig gedeihen sehen, die Schiffe mit Gold, Eisen, Silber, Zinn, Häuten und Korn gefüllt die britischen Häfen verlassen sehen. Ich strebe ehrgeizig nach Frieden, meine Herren, denn nur im Frieden kann eine Nation wachsen und gedeihen.«

Während Arthur sprach, sah sich Merlin im Raum um. Alle Blicke waren auf Arthur gerichtet, keiner auf Lot. Cador von Dumnonia nickte wie zustimmend.

»Wir alle wollen Frieden!« rief Lot jetzt, als er seine Felle davonschwimmen sah, als er spürte, wie die Aufmerksamkeit sich auf den Jungen konzentrierte, der ihn von oben herab ansah. »Aber der einzige Weg zum Frieden ist der Sieg über die Angelsachsen«, sagte er zu den Männern, die sich heute hier versammelt hatten, um über die Zukunft des Hochkönigsamtes zu entscheiden. »Und der einzige Weg, die Angelsachsen zu besiegen, ist die Wahl eines erprobten Kriegsführers, nicht eines unerfahrenen Jungen, dem erst noch ein Bart wachsen muß.«

»Um die Angelsachsen besiegen zu können, müssen wir vereint sein«, wiederholte Arthur, »und dafür braucht Ihr mich.« Eine scharfe Linie zeigte sich zwischen seinen schwarzen Brauen, und er wirkte in diesem Moment überhaupt nicht mehr jung. »Ihr braucht mich, weil ich Uthers Sohn und Constantinus' Enkel bin, weil ich keine Bindungen an den Norden oder an den Süden oder an Wales habe, sondern nur an Britannien. Wenn Ihr mich zum Hochkönig wählt, wählt Ihr nicht Lothian oder Dumnonia oder Dyfed. Ihr wählt einen *Comes Britanniarum*. Und ich verspreche Euch, meine Herren, daß ich Euch zum Sieg führen werde.«

Sie glaubten ihm. Merlin konnte es spüren, während er sich zum wahrscheinlich hundertsten Male an diesem Nachmittag in dem Raum umsah. Arthur besaß eine Fähigkeit, die er wieder und wieder bemerkte und die ihn doch auch stets erstaunte, die Fähigkeit, Menschen zu bewegen und anzuspornen. Dies geschah nicht durch seine Worte. Andere Männer konnten dieselben Worte aussprechen und gar keine Wirkung damit erzielen. Es war etwas in ihm, eine Eigenschaft in seinem innersten

Selbst, nicht greifbar, aber vollkommen beherrschend. Constantinus hatte diese Eigenschaft auch in einem gewissen Grad besessen. Bei Arthur war sie überragend.

Cador von Dumnonia erhob sich. Er war klein und korpulent, mit breitem Nacken und tiefliegenden dunklen Augen. »Meine Herren«, sagte er mit seiner tiefen, polternden Stimme, »ich schlage vor, daß wir Uthers Entscheidung, Arthur zu seinem Erben zu ernennen, akzeptieren.«

Als die Abstimmung vorüber war, ging Lot zu seinem Lager zurück und versammelte seine Männer um sich. Er ließ im Prätorium Bescheid geben, daß Morgause sich zum Aufbruch bereitmachen solle.

Diese Botschaft wurde Uther überbracht, als dieser sich im Empfangsraum seiner privaten Gemächer mit seiner Frau und seinem Schwiegervater beriet. Uther bat den Mann, draußen auf eine Antwort zu warten, und sie alle drei sahen einander an, während der Bote den Raum verließ.

»Er ist verärgert«, sagte Merlin zu Uther und Igraine, sobald sich die Tür geschlossen hatte. »Ausreichend verärgert, um Avalon zu stürmen und die Auslieferung seiner Frau und seiner Söhne zu fordern.«

»Das glaube ich nicht«, erwiderte Uther. »Ich habe eine ganze Kohorte unter Claudius mit dem Befehl ausgesandt, Avalon zu schützen. Er wird es nicht riskieren, daß Morgause oder die Jungen verletzt werden.«

Merlin schaute noch immer besorgt drein. »Ich würde mich nicht zu sehr auf Lots weiches Herz verlassen.«

»Ich auch nicht.« Igraines Stimme klang trocken. »Aber Morgause ist seine Verbindung zum Hochkönigsamt. Und seine Söhne. Ohne sie hat er nicht mehr Anspruch darauf als alle anderen keltischen Könige.«

»Igraine hat recht«, sagte Uther. »Ich werde ihm antworten, daß sich Morgause in Avalon befindet und jetzt noch nicht nach Lothian zurückzukehren wünscht. Er wird ihretwegen nicht hierbleiben.«

»Stimmt.« Merlins Gesicht entspannte sich. »Die Dinge haben sich nicht so entwickelt, wie er es erwartet hatte.«

»Sie haben sich auch nicht so entwickelt, wie ich es erwartet hatte«, sagte Uther offen. »Ich hätte niemals erwartet, daß Lot als einziger gegen Arthur stimmen würde.«

Der König wirkte erschöpft, und Igraine fragte Merlin: »Wo ist Arthur? Es war seine Idee, Morgause nach Avalon zu schikken. Also soll er mit Lot verhandeln.«

»Ich habe Arthur zum letzten Mal gesehen«, erwiderte Merlin trocken, »als er von Cai und einem blonden Riesen aus Wales flankiert mit bewundernswerter Geduld dem gegensätzlichen Rat von fünf verschiedenen Königen und Prinzen lauschte.«

Uthers schmales, fahles Gesicht verzog sich zu einem Lächeln. »Ich wünschte, du hättest bei dem Konzil dabeisein können, Igraine«, sagte er zu seiner Frau. »Der Junge war großartig.«

»Ich bin froh«, sie warf ihrem Vater einen strengen, bedeutungsvollen Blick zu, bevor sie fortfuhr, »ich bin froh, daß du einen so fähigen Sohn hast, mein Liebling. Ich bin ziemlich sicher, daß mit Arthur und Vater hier alle allein zurechtkommen, während du dich ein wenig ausruhst. Du siehst müde aus.«

Merlin erhob sich. »Igraine hat recht, Uther. Ihr müßt Eure Kräfte sparen. Ich werde Lot die Nachricht überbringen lassen.«

»In Ordnung.« Die Haut des Königs wirkte grau, und sein Atem war deutlich hörbar. Seine halbgeschlossenen Augen wandten sich Merlin zu. »Morgen«, sagte er, »werde ich Arthur dem Heer vorstellen.«

Merlin nickte. »Ich werde mit ihm sprechen. Ruht Euch jetzt ein wenig aus, Uther.« Als er sich zum Gehen wandte, sah er, wie sich Igraine über ihren Mann beugte. Sie sagte etwas zu ihm, und ihre Stimme war von überwältigender Sanftheit. Merlin spannte den Kiefer an. Dann trat er in den Gang hinaus, um mit Lots Boten zu sprechen.

Als Lot von den Plänen seiner Frau und seiner Söhne erfuhr, schrie und tobte und drohte er, doch schließlich führte er seine Männer nordwärts nach Lothian zurück. Wie Merlin gesagt hatte, waren die Dinge nicht so gekommen, wie er erwartet hatte, und er war bestrebt, seine Pläne neu zu überdenken.

In Venta herrschte eine triumphierende Stimmung. Die Frage der Nachfolge hatte während der letzten Jahre wie eine düstere Wolke über dem Land gelegen, und die Einführung des jungen Prinzen machte jedermann Mut. Arthurs formelle Vorstellung beim Heer war am folgenden Tag eine Gelegenheit für unbeschwertes Feiern. Uther hatte eine Parade die Hauptstraße Ventas hinab arrangiert, die von ihm und Arthur angeführt werden sollte. Die Soldaten und die Offiziere der niederen Ränge säumten die Straße auf beiden Seiten, um einen Blick auf ihren neuen Prinzen erhaschen zu können. Die Könige und Prinzen Britanniens ritten, zusammen mit Uthers wichtigsten Befehlshabern, feierlich hinter ihnen.

Merlin nahm nicht an der Parade teil, sondern war statt dessen damit beauftragt worden, den Hochkönig und seinen Sohn im Säulengang des Prätoriums willkommen zu heißen. Dort stand er jetzt und schaute über den Hof hinweg zur Straße, auf der die Prozession herannahen würde. Er mußte Arthur nicht sehen, um zu wissen, wie er heute aussah. Er hatte dem Jungen früh am Morgen persönlich beim Anziehen geholfen, als er eine Ledertunika über seine weiße Tunika und einen neuen Harnisch wiederum darüber gezogen hatte. Der Harnisch wurde in der Taille von einem Ledergürtel gehalten, der in Avalon speziell für sein Schwert angefertigt worden war. Merlin selbst hatte das Schwert mit Hadrians Rubin in die Scheide gesteckt und hatte Arthur seinen ovalen Schild mit dem roten Drachen, den Uther vor langer Zeit als sein Emblem gewählt hatte, übergeben. Arthur war heute wie ein Soldatenkönig gekleidet. Der zu sein er ja geschworen hatte.

Mit der Prozession drangen auch die Hurrarufe weiter durch die Stadt heran, und Merlin hörte es, lange bevor die Parade für ihn in Sicht kam. Zunächst war es nur ein brausender Klang, wie ein Donnergrollen, das ein Flußtal herabläuft. Dann war es Arthurs Name, den er wieder und wieder rufen hörte.

Der Lärm kam jetzt näher, und schließlich konnte Merlin die Gestalt des Jungen ausmachen, der die Prozession neben Uther anführte. Die Sonne glitzerte auf dem schimmernden Ebenholz von Arthurs ungeschütztem Kopf. Er ritt einen großartigen Rappen, den er gestern von Bedwyr, dem großen blonden Sohn des Königs Ban von Dyfed bekommen hatte. Das Pferd schwitzte vor Aufregung, aber der Junge hielt es sichtlich ohne Mühe unter Kontrolle. Hinter den beiden Führenden ritten die Könige von Gwynedd, Powys, Dyfed, Elmet, Rheged und Dumnonia, und hinter diesen eine Abordnung niederer Fürsten und Anführer heran. Edun von Manau Guotodin war, wie Merlin sofort bemerkte, nicht anwesend.

Schließlich erreichten die Pferde den Hof des Prätoriums, und Merlin stieg die Stufen hinab, um die Reiter formell zu begrüßen. Arthurs Gesicht zeigte eifrigen Ernst, während er seinem Großvater antwortete, aber seine Augen strahlten.

Im Empfangsraum des Prätoriums wurde Wein serviert, und während Diener die Pferde übernahmen, begaben sich die verschiedenen Teilnehmer der Prozession in das Haus. Bald darauf war jeder Quadratmeter des Mosaikbodens von einem König, einem Fürsten, einem Anführer oder einem Heeresoffizier besetzt. Und sie alle wollten mit Arthur sprechen.

Merlin stand etwas abseits und beobachtete die Szene. Uther saß am entgegengesetzten Ende des Raumes auf seinem Platz auf dem Marmorpodium, und doch war heute nicht der Hochkönig Mittelpunkt des Interesses. Die Menschen sprachen mit Uther, mit Merlin, miteinander, lauschten aber dabei ununterbrochen der Stimme des schlanken, schwarzhaarigen Jungen, der mit ruhiger Zuversicht unter ihnen wandelte.

»Der Junge macht das ausgezeichnet.« Ector war neben ihn getreten, und Merlin wandte sich lächelnd um.

»Das ist wahr.« Er schaute wieder zu Arthur zurück. »Und es scheint, als hätten sich Cai und der Prinz von Dyfed zu seinen persönlichen Leibwächtern ernannt.«

Das hatte Merlin fast sofort bemerkt: Wo immer sich Arthur befand, die großen, breitschultrigen Körper Cais und Bedwyrs waren unmittelbar hinter ihm. Beide Jungen beobachteten ständig die Menge. »Sie haben sich jedoch nicht grundlos angeboten. Es wäre nur allzu leicht für jemanden, in einem Gedränge wie diesem einen Dolch gegen Arthur zu erheben.«

»Ich weiß«, sagte Ector. »Darum habe ich Cai gesagt, er solle dicht bei ihm bleiben.«

Merlin legte seinem Verwalter eine Hand auf den Arm. »Guter Mann.« Sein Gesicht wirkte plötzlich älter. »Ich habe ihn während der letzten sieben Jahre auf dieses Ziel hin ausgebildet, Ector. Warum wünsche ich mir plötzlich, daß er wieder ein Junge sein könnte und sich sicher in Avalon aufhalten dürfte?«

»Ich weiß«, erwiderte Ector. »Ich kann mich gut an den ersten Tag erinnern, an dem ich sie mit auf den Übungsplatz genommen und ihnen gezeigt habe, wie man ein Schwert hält.«

Sie sahen einander wehmütig an. »Wir werden alt, mein Freund«, sagte Merlin, und Ector seufzte.

»Mylord Merlin«, sagte eine Stimme hinter ihnen, und beide Männer wandten sich erleichtert zum König von Elmet um, der gekommen war, um mit ihnen zu sprechen.

## 11. KAPITEL

Seine Augen glänzten unter den langen Wimpern hindurch wie Silber. »Brauchst du einen Geistlichen, um dich mit mir verheiratet zu fühlen?«

»Nein.« Ihre Lippen formten das Wort, obwohl kein Laut zu hören war.

Seine Miene entspannte sich ein wenig. »Wir können zusammen fortgehen. Über das Meer nach Armorica vielleicht, wie es schon so viele Britannier getan haben. Ich kann uns ernähren. Ich kann mein Schwert verkaufen, wenn es nötig wird. Wir brauchen nicht viel zu unserem Glück, du und ich.«

Ein langes Schweigen entstand, während sie ihn ansah. Dann

streckte sie die Hand aus und berührte die Haarsträhne, die ihm in die Stirn gefallen war. Tränen liefen ihre Wangen hinab, und sie schüttelte den Kopf. »Nein«, sagte sie mit verengter Kehle. »Nein, Arthur. Das kann ich nicht zulassen.«

Er legte ihr die Hände auf die Schultern. »Hör mir zu, mein Liebes.« Sein Griff war so fest, daß auf ihrer Haut Spuren zurückbleiben würden. »Nichts von alledem ist wichtig für mich, wenn ich dich nicht bekommen kann. Ich wäre lieber ein namenloser Lohnempfänger mit dir an meiner Seite, als Hochkönig von Britannien ohne dich. Das weißt du!«

»Ja, das weiß ich.« Ihre Stimme klang sehr dünn. Die Tränen waren versiegt, aber ihr Gesicht zeigte noch immer deren Spuren. »Und wenn wir beide tun, was du eben ausgemalt hast, Arthur, was wird dann aus Britannien?«

Bei diesen Worten stand er auf und trat ans Fenster. Er schaute mit starrem Rücken hinaus. »Britannien ist bis jetzt sehr gut ohne mich ausgekommen«, sagte er über die Schulter hinweg. »Es wird auch in Zukunft ohne mich auskommen.«

Sie gewann ihre Fassung wieder. »Und wenn nicht?« fragte sie seinen abweisenden Rücken. »Wenn nach Uthers Tod Lot den Thron übernimmt? Du weißt genausogut wie ich, was dann geschieht. Es wird einen Bürgerkrieg geben. Und die Seewölfe werden das Land erobern.« Ihre Stimme bedrängte ihn unaufhörlich. »Wie wirst du dich fühlen, Arthur, wenn du in Armorica sitzt und davon hörst?« Er fuhr herum. Die Empfindungen, die ihn zu zerreißen drohten, waren ihm deutlich ins Gesicht geschrieben. »Verstehst du nicht, Morgan? Ich kann es nicht ohne dich tun. Ich kann es… einfach nicht.«

»Du kannst«, sagte sie. »Du mußt.«

Er trat einen Schritt auf sie zu, dann einen weiteren. »Nein! Morgan, nein. Du mußt mir zuhören.«

Irgendwo tief in sich fand sie den Mut zu sagen, was gesagt werden mußte, zu tun, was getan werden mußte. Den Kopf hoch erhoben, das Rückgrat kerzengerade, sagte sie: »Und was glaubst du, wie ich mich fühlen werde? Britannien ist auch mein Land.«

Er antwortete nicht. Er fühlte sich plötzlich wie betäubt, als habe ihn der gewaltige Stoß eines Eiswindes bis auf die Knochen gefrieren lassen. All das konnte nicht wahr sein…

Seine Augen waren so dunkel, daß sie fast schwarz wirkten. »Du bist viel zu wertvoll für mich, Arthur«, sagte sie. »Du bist für größere Dinge bestimmt.« Und sie schloß die Augen, um dem Ausdruck seines Gesichts zu entgehen. »Wir können immer noch Freunde bleiben«, fügte sie unsicher hinzu.

Ein erschreckendes Schweigen entstand. Dann murmelte er: »Sei nicht so dumm, wie du grausam bist.« Seine Stimme klang hart vor Bitterkeit. »Ich könnte dich niemals als Freund ansehen.« Mit einer Heftigkeit, die ihn erschreckte, wollte er sie berühren und sie küssen. Er wollte sie zwingen zu verstehen, was er empfand.

Sie öffnete die Augen. Er konnte sehen, daß sie zitterte. Vielleicht, wenn sie wirklich verstand, was sie tat… »Es scheint also«, sagte sie, »daß es überhaupt keine Möglichkeit für uns gibt.«

Schmerz durchfuhr seinen Leib wie ein Messer. »Wenn du mich heute nacht fortschickst, werde ich nicht wieder zurückkommen.« Er erkannte seine eigene Stimme nicht wieder. Er atmete mühsam, durch zusammengepreßte Nasenflügel.

Sie mußte ihre Hände fest ineinander verschränken, um nicht die Arme nach ihm auszustrecken. Was gab es noch zu sagen? Daß sie ihn immer lieben würde? Aber das wußte er bereits. »Sei der König, der zu sein du geboren wurdest«, sagte sie schließlich.

Er stand einen Moment lang da, beherrscht und angespannt wie ein Pfeil, wandte sich dann um und verließ den Raum so leise, wie er ihn betreten hatte.

Er ging zum Stall und nahm eines der Ponies. Er war schon am Fluß, bevor er erkannte, wohin er eilte. Er stieg ab, band das Pony an einen Baum und stellte sich ans Ufer. Lange schaute er in das langsam fließende, trübe Gewässer.

Die Dämmerung malte den Himmel rot. Die Vögel lärmten in den Bäumen. Um ihn hing der anregende Geruch von Tau und

Hölzern. Die Flußrinne war hier felsig und bedeckt von Flußsteinen, die das fließende Gewässer glattgeschliffen hatte.

All das kann nicht wahr sein, dachte er. Morgan kann nicht meinen, was sie gesagt hat.

Anstatt des Wassers sah er ihr Gesicht vor sich, sah es, wie es ausgesehen hatte, als sie gesagt hatte: »Du bist viel zu wertvoll für mich.« Sie meinte es so. Sie wollte, daß sie beide sich zum Wohle Britanniens opferten.

Sie irrte sich. Er hatte gemeint, was er gesagt hatte. Er könnte seine Aufgabe nicht ohne sie erfüllen. Sie war sein ganzes Herz. Ohne sie... ohne sie... Er schloß die Augen, und er fühlte sich, als fiele er in einen unergründlich tiefen Brunnen der Verzweiflung, ohne Hilfe, ohne Hoffnung, ohne Fluchtmöglichkeit. Er öffnete die Augen wieder und betrachtete den Fluß.

Flucht.

Der Camm war hier in der Mitte sehr tief. Tief genug, daß er es tun könnte. Er würde hinauswaten, bis ihm das Wasser bis über den Kopf reichte, und sich dann dem Fluß überlassen.

Flucht. Flucht vor dem Schmerz, der sein Innerstes in Eis verwandelte. Dieser Schmerz der Einsamkeit. Er schritt in den Fluß. Das Wasser reichte ihm am Rand bis zu den Knöcheln. Es war dort noch von der Sommersonne erwärmt, fast angenehm. Er ging etwas weiter. Der Fluß umspülte seine Beine und füllte seine Schuhe. Er schaute hinab und beobachtete, wie das Wasser den Wollstoff seiner Hose dunkel färbte.

Wenn er das tat, würde Morgan wissen, daß sie der Grund dafür gewesen war.

Er hielt inne. Ihr Verhalten war ein großartiger Akt der Selbstlosigkeit gewesen, damit er Britannien erhalten blieb. Wenn er jetzt in diesen Fluß hineinginge, würde er ihr ihr Geschenk ins Gesicht schleudern. Er würde sie dazu verdammen, mit seinem Tod auf dem Gewissen leben zu müssen.

Das konnte er ihr nicht antun.

Er starrte auf das tiefere Wasser hinaus. Nicht jetzt, dachte er. Nicht hier. Vielleicht später, bei einem Kampf, wenn sie niemals den Grund dafür erfahren würde...

Er legte die Hände vors Gesicht, um sein Schluchzen zu ersticken.

## 12. KAPITEL

Die Dämmerung senkte sich bereits herab, als Arthur an diesem Abend nach Venta zurückkehrte. Er sagte nichts, als er vor dem Prätorium abstieg und die Zügel einem Wächter übergab. Er war erst zehn Minuten in seinem Zimmer, als der Wächter vor der Tür seinen Großvater anmeldete.

»Komm herein«, rief Arthur scharf, und Merlin trat ein und sah, daß Arthur sich über ein Becken mit Wasser beugte. Er richtete sich auf, als sein Großvater hereinkam, und griff nach einem Handtuch. Arthur war nackt bis auf die kurze Unterhose, und während Merlin ihm zusah, wie er sein Gesicht abtrocknete, betrachtete er auch den halbnackten Körper des Jungen. Trotz seines schmächtigen Körperbaus, der schmalen Hüften und des flachen Bauchs, waren seine Schultern und seine Brust sehr muskulös, wie auch die langen Reiterbeine. Arthur war sehr stark, wie Merlin wußte. Schließlich legte der Junge das Handtuch beiseite und ließ seinen Großvater sein Gesicht sehen.

Er wirkte erschöpft.

»Wann hast du zum letzten Mal geschlafen?« fragte Merlin.

Der Junge zuckte die Achseln. »Vorletzte Nacht vermutlich.« Die grauen Augen enthielten eine unmißverständliche Warnung. »Ich wollte gerade zu Bett gehen, als Ihr hereinkamt.«

»Dann will ich dich nicht aufhalten.« Merlin wußte, ohne daß ein Wort gesagt worden wäre, wo Arthur gewesen und was geschehen war. Und Arthur wußte, daß er es wußte. Der Mann hätte sehr gern ein Wort oder eine Geste des Trostes angebracht, aber er erkannte in Arthurs Augen, daß der es nicht zulassen würde. Es war am besten für den Jungen, wenn er ihn zum Schlafen allein ließ. Und daher wandte er sich mit einem kurzen Gute-Nacht-Gruß um und verließ den Raum.

Arthur war seinem Großvater im stillen dankbar für sein

Taktgefühl. Er fühlte sich schwer vor Müdigkeit. Er trat zum Bett, legte sich hin und war in wenigen Augenblicken eingeschlafen.

Er wußte nicht, daß Merlin später zurückkam, um nach ihm zu sehen. Der alte Mann stand eine ganze Weile da und schaute auf die schlafende Gestalt seines Enkels hinab. Er breitete sanft eine Decke über den Jungen. Arthur rührte sich nicht. Schließlich ging Merlin zur Tür. Morgen würde Arthurs neues Leben als Prinz von Britannien beginnen. Es war bedrückend, daß es mit einer solchen Belastung beginnen mußte.

Am nächsten Morgen traf Arthur mit Uther und Claudius Virgilius zusammen und schlug vor, die bestehenden Kavallerieeinheiten zu erweitern. Claudius, der kein Interesse daran hatte, daß der junge Prinz bei seinen Fußsoldaten mitredete, unterstützte ihn. Nachdem Uther ebenfalls zugestimmt hatte, stellte Arthur eine Liste der gegenwärtigen Kavalleriebefehlshaber zusammen und ging davon, um mit Bedwyr und Cai darüber zu sprechen.

Aber nicht die Männer waren das Problem, sondern die Pferde. »Die derzeitigen Kavalleriepferde sind nicht geeignet«, sagte Cai. »Die meisten sind zu klein, um in der Schlacht einen Mann in voller Rüstung zu tragen. Uther hat die Kavallerie hauptsächlich als Hilfstruppe verwendet. Die Reiter tragen Schwerter, aber keine Lanzen.«

»Die Römer haben den Einsatz schwerer Kavallerie niemals richtig gelernt«, erklärte Arthur Bedwyr. »Außerdem hat die römische Kavallerie niemals Steigbügel benutzt. Es ist nicht möglich, unter dem Stoß einer schweren Lanze im Sattel zu bleiben, wenn man keine Steigbügel hat.«

Bedwyr runzelte die Stirn. »Was sind Steigbügel?«

»Fußstützen«, erwiderte Arthur. »Sie hängen vom Sattel herab. Die Menschen in den Steppen benutzen sie schon sehr lange. Die Goten haben jedoch die alten Steigbügel aus Seilen verbessert und fertigen ihre aus Leder und Eisen.« Er sah Cai an. »Erinnerst du dich an den Architekten, den Merlin angestellt hatte, um uns den Bau von Brücken und Straßen beizubringen?«

»Ich erinnere mich«, erwiderte Cai sofort. »Ich habe mich für die Brücken und Straßen interessiert. Du hast ihn laufend über Steigbügel ausgefragt.«

»Brücken und Straßen?« fragte Bedwyr verblüfft.

»Der halbe Krieg besteht aus dem Wissen über die theoretische Seite der Kriegsführung«, erwiderte Arthur nüchtern. »Nun, dieser Architekt war in Rom, als Alarich einfiel, und er wußte alles darüber, wie die Goten Steigbügel benutzen. Ich konnte ihn dazu überreden, mir einige Zeichnungen anzufertigen, und dann haben Cai und ich uns zusammengetan und heimlich geübt.«

Cai grinste. Die drei waren in Arthurs Schlafraum versammelt, dem einzigen Platz im Prätorium, wo sie ungestört waren. Arthur hatte einen Tisch hereinbringen lassen und saß jetzt dahinter. Das Licht vom Fenster fiel ihm über die Schulter, eine Papierrolle war vor ihm ausgebreitet, und ein Schreibstift lag in seiner Hand. Cai und Bedwyr saßen auf zwei hochlehnigen Stühlen vor ihm. Sie waren beide zu groß, um es sich auf Schemeln bequem machen zu können. Cai wandte sich jetzt an Bedwyr und sagte: »Merlin schien nichts von Steigbügeln oder schwerer Kavallerie zu halten. Er würde niemals zugeben, daß die Goten den Römern in irgendeiner Weise überlegen waren.«

Bedwyrs Stimme klang leicht verächtlich. »Rom ist erledigt«, sagte er. »Nur ein Narr klammert sich an eine sterbende Welt.«
Arthurs Gesichtsausdruck war sehr ernst. »Mein Großvater ist vieles, aber er ist kein Narr.«

»Nun, er irrt sich«, beharrte Bedwyr.

»Nicht unbedingt.«

Bedwyrs blonde Augenbrauen hoben sich. »Du betrachtest dich doch sicherlich nicht als Römer, Arthur. Ich habe dich niemals Lateinisch sprechen hören!«

»Er tut es, wenn er mit Merlin spricht«, warf Cai humorvoll ein. »Das tun wir alle.«

»Ich spreche Lateinisch, wenn ich mich mit meinem Großvater unterhalte«, stimmte Arthur zu, »aber das ist nicht der Punkt, Bedwyr. Wir sprechen nicht über eine Sprache, und auch nicht über ein Imperium. Es geht um die Idee der Romanitas, wofür Rom steht. Rom steht für Gesetz, für Zivilisation, für Frieden. Tacitus schrieb, daß es die Aufgabe Roms sei, ein bis dahin verstreutes, unzivilisiertes und daher zum Kampf neigendes Volk dazu zu bewegen, mit Freuden nach Frieden und Ruhe zu streben.

Wir haben heute in Britannien zwei Aufgaben zu erfüllen. Die eine besteht darin, die Angelsachsen zurückzuschlagen. Und die andere besteht darin, die Briten zu lehren, in Frieden zusammenzuleben.«

Bedwyr verzog das Gesicht. »Die erste Aufgabe ist vielleicht die leichtere.«

»Vielleicht.« Arthur legte den Schreibstift hin und verschränkte die Finger. »Aber die Angelsachsen sind kein leichter Gegner. Uther war ein guter Kriegsführer, aber trotz all seiner Anstrengungen sind die Seewölfe sogar noch weiter nach Britannien eingedrungen. Wenn wir sie aufhalten wollen, müssen wir eine schlagkräftige Kavallerie aufbauen.« Er hielt sie einen Moment mit seinem Blick fest. Dann lehnte er sich in seinem Sessel zurück, und seine Stimme wurde hart und geschäftsmäßig.

»Zuerst die Pferde. Es muß doch einige größere Pferde unter den Kavalleriereittieren geben, Cai. Ich möchte, daß sie ausgesondert werden. Und auch die Männer, die wir zuvor erwähnt haben.« Als Cai nickte, wandte sich Arthur an Bedwyr. »Können wir einige Pferde aus der Herde deines Vaters nehmen?«

»Ja«, antwortete Bedwyr sofort. »Und auch Männer, die sie reiten können.«

Arthur lächelte ihn flüchtig an. »Gut. Die restlichen Pferde werden wir in Gallien kaufen müssen.«

»Aber womit?« fragte Cai direkt. »Münzen sind in Britannien schon seit Jahren nicht mehr im Umlauf. Womit könnten wir handeln, um Pferde einzutauschen?«

Arthurs Gesichtsausdruck änderte sich nicht, obwohl die

Knöchel seiner ineinander verschränkten Hände plötzlich unter Druck weißlich hervorstanden. »Morgan hat eine Perlensammlung, die sie mir überlassen will«, sagte er tonlos. »Sie hat ihrer Mutter gehört.« Cai pfiff durch die Zähne. »Morgans Perlen! Aber sie stammen von Maximus.«

Arthur nickte.

»Weiß Merlin, daß Morgan sie dir versprochen hat?«

»Das ist nicht seine Sache«, sagte Arthur. »Die Perlen gehören Morgan, und sie kann damit tun, was sie will.«

»Über welche Perlen redet ihr eigentlich?« fragte Bedwyr.

»Über die Perlen, die der Kaiser Maximus von Gallien nach Hause gesandt hat, als er davonritt, um Rom zu erobern«, antwortete Cai. »Morgan hat sie von ihrer Mutter geerbt.«

Bedwyr sah Arthur an. »Werden sie genügen?«

»Wir werden uns mit ihnen den Grundstock einer Kavallerie erkaufen.« Arthur schaute vollkommen unbeteiligt drein. »Sie sind besonders wertvoll.«

»Du wirst auch ein Zuchtgestüt aufbauen müssen«, sagte Bedwyr.

»Ich weiß. Und eine eigene Reitschule.« Arthur betrachtete die beiden Gesichter vor ihm. »Ich möchte junge Männer für diese Einheit gewinnen«, sagte er. »Eine Elitetruppe von Offizieren, die in der Lage sein müssen hinauszuziehen und andere auszubilden, sobald wir sie fertig ausgebildet haben.«

Bedwyrs Augen glänzten wie Saphire. »Ich werde dir die Hälfte der walisischen Fürsten bringen«, sagte er, »alle auf großartigen Pferden und bereit, für dich zu sterben, Arthur.«

»Nicht für mich«, erwiderte Arthur nüchtern. »Für Britannien.«

Nach einer Woche begann Morgause sich zu fragen, warum sie nichts von Lot hörte. Morgan sandte ihrem Vater eine Botschaft und fragte, was sie ihrer Schwester sagen solle. Als Antwort kam Merlin nach Avalon.

Er war eine Woche lang bei Arthur gewesen und hatte gesehen, wie die Trennung von Morgan den Jungen schmerzte. Als er jetzt kurz nach seiner Ankunft in der Bibliothek mit seiner Tochter sprach, erkannte er betrübt, daß die sich in keiner Weise besser fühlte.

Ihre Augen waren schon immer groß gewesen, aber jetzt schienen sie ihr Gesicht vollkommen einzunehmen. Die Schatten unter ihren Augen zeugten von derselben Schlaflosigkeit, die ihre Spuren auf Arthurs Gesicht hinterlassen hatte. »Es tut mir so leid, Morgan«, sagte er hilflos zu ihr. Dann, als sie von ihm fortschaute: »Es war eine sehr mutige Handlungsweise.«

»Ja. Mutig.« Ihre Lippen waren weiß. »Wie... wie geht es ihm?«

»Er kommt zurecht. Cai und Bedwyr sind bei ihm. Er plant die Kavallerieeinheit, die für ihn so wichtig ist.«

Sie nickte. Ihr Blick verschwamm, ihre Lippen blieben zusammengepreßt. Nichts hätte die Tatsache besser verdeutlichen können, daß der Bund zwischen ihnen zerrissen war, als die Frage an ihren Vater, wie es Arthur ginge. Früher hätte sie es selbst gewußt. Aber diese gefühlsmäßige Verbundenheit, die stets zwischen ihnen bestanden hatte, sogar wenn sie getrennt gewesen waren, war auf einmal zerrissen. Arthur hatte sie zerrissen, und sie mußte seine Wünsche respektieren.

Merlin räusperte sich. »Uther geht es nicht gut«, sagte er, und bei diesen Worten kehrten ihre Gedanken zurück.

»Und was ist mit Lot?« fragte sie.

»Ich gehe voll und ganz davon aus, daß Lot einen Krieg anzetteln wird«, sagte Merlin offen. »Er hat nicht einmal das Ende des Konzils abgewartet, bevor er seine Männer versammelt hat. Und Edun folgte ihm alsbald. Sie werden Arthur herausfordern. Es ist nur zu offensichtlich, daß Uthers Tage gezählt sind. Lot wird seinen Traum vom Hochkönigsamt nicht ohne Kampf aufgeben.«

»Und was sollen wir mit Morgause und den Kindern machen?« Morgans Augen waren umschattet. »Ich fühle mich wie eine Verräterin, daß ich sie so belügen muß.«

Merlin glättete seine edle, blaue Tunika. »Ich werde ihr die Wahrheit sagen. Ich werde ihr sagen, daß wir sie durch einen

Trick und gegen den Willen ihres Mannes hergelockt haben. Es war eine Taktik, die uns Zeit verschaffen sollte, und sie hat so ja auch funktioniert. Wenn sie jetzt nach Lothian zurückzukehren wünscht, werde ich sie ziehen lassen.«

Morgan seufzte. »Ja. Ich vermute, das wird am besten sein.«

Morgause überraschte ihren Vater und ihre Schwester jedoch, indem sie eine andere Möglichkeit unterbreitete. »Wenn Lot dort wäre, dann würde ich natürlich nach Lothian zurückkehren«, sagte sie einige Stunden später zu Morgan. »Nach dem, was Vater gesagt hat, wird er jedoch nicht dort sein. Er wird irgendwo kämpfen. Du hast keine Ahnung davon, wie langweilig das Leben dort ist, wenn Lot nicht da ist, Morgan. Ich werde in Avalon weitaus mehr Vergnügen finden.«

Morgause war in den kleinen Garten hinausgekommen, wo Morgan Kräuter für ihre Arzneien züchtete. Die Kräuter, die für das Würzen der Speisen verwendet wurden, wuchsen zusammen mit dem Gemüse im Küchengarten und wurden von Sklaven versorgt. Die Heilkräuter waren Morgans Reich. Jetzt legte sie die kleine Grabschaufel, die sie benutzt hatte, beiseite und betrachtete erstaunt das lebhafte Gesicht ihrer Schwester. Dann stand sie auf und schüttelte die Erde vom Rock ihres alten braunen Kleides. »Aber wird Lot dir nicht Untreue vorwerfen, wenn du hierbleibst?« fragte sie.

Morgause schaute verwirrt drein. »Warum sollte er das denken? Wenn ich in Lothian etwas für ihn tun könnte, würde ich natürlich zurückkehren. Aber es gibt nichts zu tun. Ich sehe keinen Sinn darin, eine lange Reise zu unternehmen, nur um in einem leeren Bett zu schlafen.«

Morgan strich sich eine Haarsträhne zurück, die sich gelöst hatte. Ihre Finger hinterließen einen Schmutzfleck auf ihrer Wange. »Morgause«, sagte sie sehr behutsam, »vielleicht hat Vater es nicht deutlich genug gesagt: Lot wird wahrscheinlich gegen Arthur kämpfen.«

Morgause wischte mit der geübten Hand einer Mutter den Schmutz von der Wange ihrer jüngeren Schwester. »Lot kämpft immer gegen irgend jemanden«, sagte sie.

Morgan starrte sie an. »Und lebst du üblicherweise während dieser Feindseligkeiten bei seinen Feinden?«

Sarkasmus war bei Morgause sinnlos. Sie lächelte nur. »Wenn Lot siegt«, erklärte sie, »wird er nach Venta kommen und zum Hochkönig ernannt werden. Es wird sehr viel praktischer für mich sein, hier in Avalon auf ihn zu warten, als nach Lothian zurückzukehren und dann wieder in den Süden kommen zu müssen.«

»Ich verstehe«, sagte Morgan ein wenig bissig. »Und wenn Lot unterliegt?«

»Lot unterliegt niemals«, erwiderte seine Frau mit kindlichem Vertrauen.

Morgan biß sich auf die Zunge, um die Worte zurückzuhalten, die ihr zu entschlüpfen drohten: Aber Lot hat noch niemals gegen Arthur gekämpft. Statt dessen kniete sie sich erneut nieder und pflückte einen Stengel aus einem Büschel heraus. »Hier«, sagte sie bedrückt, »du wolltest doch wissen, wie ich aus Thymian Öl für die Behandlung von Wunden gewinne.«

Die Tage vergingen. Merlin kehrte nach Venta zurück, und Ector kam ebenfalls nach Hause, nach Avalon, um seine Aufgabe, die Ländereien zu beaufsichtigen, wieder aufzunehmen. Er wußte nichts von dem, was zwischen Morgan und Arthur vorgefallen war, und sprach daher offen und begeistert über Arthurs Pläne. Morgan klammerte sich an jedes seiner Worte. Neuigkeiten über Arthur waren wie Wasser für ihre von Dürre heimgesuchte Seele.

Sie hatte ihr Glück geopfert, damit er Hochkönig wurde. Es war für sie wichtig, daß sie hörte, daß er in seinem neuen Leben Erfolg hatte. Sie selbst fühlte sich in ihrem Leben nicht sehr erfolgreich.

Aber Arthur würde in der Arbeit, die er begonnen hatte, seine Erfüllung finden, und vielleicht auch ein gewisses Maß an Glück. Wenn er erst über den anfänglichen Schmerz, sie verloren zu haben, hinweggekommen wäre, würde der Verstand über das Gefühl siegen. Er hatte den Einsatz der Kavallerie schon so lange studiert, hatte schon so viele Scheinschlachten gekämpft, hatte seinen Körper so zielstrebig trainiert. Es war ihm bestimmt, schließlich Befriedigung darin zu finden, daß er tun konnte, was er sich schon so viele Jahre lang ersehnt hatte. Cai würde ihm beistehen. Cai liebte ihn auch. Er würde nicht allein sein.

Sie dagegen...

Die Tage waren fast unerträglich. Nur Morgause und die Jungen hielten sie aufrecht. Ihnen gegenüber mußte sie sich verstellen und sich zwingen, den Anschein der Normalität zu wahren. Nachts träumte sie von Arthur. Es war fast noch unerträglicher, daß alle ihre Träume glückliche Träume waren: Sie waren wieder Kinder, spielten im Baumhaus, oder sie waren älter, und er hielt sie in seinen Armen. Sie erwachte mit einem Lächeln aus dem Traum zum Alptraum. Denn es war ein Alptraum, daß sie lebte, und jeden Morgen, wenn sie die Augen öffnete, stellte sie schmerzlich fest, daß der Alptraum nicht vergangen war.

Sie begann sich körperlich krank zu fühlen. Ihr war übel, und sie konnte nichts essen. Müdigkeit schien ihre Knochen bis ins Innerste zu durchdringen. Es war morgens eine fast unerträgliche Anstrengung, aufstehen und sich anziehen zu müssen. Justina umsorgte sie wie eine Glucke und brachte ihr heißen Molketrank, den Morgan ausgoß, wenn Justina nicht hinsah. Sie wußte, was ihr fehlte. Arthur fehlte ihr.

Ihre Schwester kam als erste darauf, daß es einen bestimmten Grund für ihre Übelkeit und Müdigkeit geben könnte. Morgan und Morgause saßen eines Abends nach dem Essen zusammen in dem kleinen Salon, als Morgause das Thema anschnitt. Sie legte die Harfe beiseite, die sie gespielt hatte, weil Morgan vorgegeben hatte, sie würde ihr gern zuhören, und fragte sanft: »Brauchst du Hilfe, Morgan? Du kannst mit mir reden, weißt du. Wir sind nicht sehr oft zusammen, das stimmt, aber ich bin deine Schwester. Ich möchte dir helfen.«

Morgans Augen waren halb geschlossen gewesen, aber bei Morgauses Worten öffneten sie sich weit. »Ob ich Hilfe brauche?« echote sie. »Was meinst du?«

»Ich habe drei Kinder geboren«, sagte Morgause. »Ich weiß, woran man eine Schwangerschaft erkennen kann, und wenn ich mich nicht sehr irre, meine Liebe, bist du schwanger.«

Morgan spürte alles Blut aus ihrem Kopf weichen. Sie fror plötzlich. Der Raum schwankte um sie herum. Sie zwang sich, aufrecht zu sitzen. Ich werde nicht schwach werden, sagte sie sich zornig, ich werde nicht schwach werden.

Morgause stand mit einem Becher Wasser neben ihr. Morgan nahm ihn entgegen und hob ihn an die Lippen. Ihre Hand zitterte. Während sie ihn zurückgab, sagte sie mit ebenfalls zittriger Stimme: »Ich weiß nicht, ob ich schwanger bin oder nicht. Ich hatte an diese Möglichkeit bisher nicht gedacht.«

»Könntest du es denn sein?«

Morgans Nasenflügel bebten. »Ja.«

»Ich möchte dir einige Fragen stellen«, sagte Morgause, und anschließend hatte keine der beiden Schwestern noch große Zweifel an Morgans Zustand.

Morgause hatte auch sofort einen praktischen Ratschlag parat: »Nun, wir sollten besser dafür sorgen, daß du verheiratet wirst.«

Morgan senkte den Kopf. In dem großen Sessel aus Weidengeflecht wirkte ihre zerbrechliche Gestalt wie die eines Kindes. »Ich fürchte, das ist unmöglich.«

Morgause sah sie mitleidig an. »Warum?« Dann, als Morgan nicht antwortete: »Du hast doch sicher nicht mit einem Sklaven geschlafen?«

Morgan schüttelte den Kopf.

»Ist er verheiratet?«

Morgan schüttelte erneut den Kopf.

»Warum kannst du ihn dann nicht heiraten?« Morgause fragte sehr geduldig.

»Vater hat es verboten«, kam die geflüsterte Antwort.

Morgause zuckte die Achseln. »Vater wird seine Meinung ändern müssen.«

»Nein, du verstehst nicht.« Morgan preßte die geballten Fäuste gegen ihre Schläfen. »Es ist unmöglich.«

»Es ist unmöglich, es ist unmöglich! Ist das alles, was du sagen kannst?« Morgauses Geduld schwand. Als Morgan nicht antwortete, fuhr sie fort: »Wenn also diese Heirat unmöglich ist, wird Vater eben eine andere arrangieren müssen.«

»Nein!« Morgan schaute auf. Ihre Erstarrung wandelte sich in Panik. »Nein, ich könnte niemals jemand anderen heiraten! Daran ist gar nicht zu denken, Morgause.«

»Es ist auch nicht daran zu denken, einen Bastard zur Welt zu bringen.«

Morgan senkte erneut den Kopf, so daß ihr Haar ihr Gesicht verbarg. Morgause hatte recht, aber nicht aus dem Grund, den sie genannt hatte. Die Schande für sie selbst war überhaupt nicht wichtig. Wichtig war als einziges, daß ihre Schwangerschaft Gefahren für Arthur barg.

Er würde niemals schweigen. Wenn er wüßte, daß sie ein Kind bekam, würde er sofort da sein. Er würde niemals zulassen, daß sie dies allein durchstand.

Arthur durfte es niemals erfahren.

»Du kennst dich mit dem Gebrauch von Kräutern aus«, sagte Morgause gerade. »Vielleicht könntest du es loswerden.«

Es loswerden, es töten. Ihr Kind und Arthurs?

»Nein! Das kann ich nicht tun!« Sie sah ihre Schwester aus tief umschatteten Augen an. »O Gott, Morgause. Du sagtest, du wolltest mir helfen. Was soll ich nur tun?«

Morgause setzte sich neben sie und legte ihr tröstend einen Arm um die Schultern. Morgan ließ sich in die weiche Sicherheit an der Brust ihrer Schwester ziehen. »Sei ganz ruhig«, sagte Morgause. »Wir werden eine Lösung finden, keine Angst. Gräme dich nicht, Morgan. Ich werde nach Vater schicken, oder?« Sie streichelte Morgans Haar, und Morgan nickte stumm.

Morgan schlief, als Merlin drei Tage danach am späten Nachmittag in Avalon ankam. Morgause hatte Morgan dazu gebracht, sich auszuruhen, und Morgan hatte ihrer Schwester still gehorcht, als sei sie eines ihrer Kinder. Folglich sprach Morgause zuerst mit Merlin. Er trank im Wohnzimmer gerade einen Becher Wein, als sie hereinkam. Der Ritt von Venta hierher hatte Farbe in seine Wangen gebracht, und seine Augen hatten die gleiche Farbe wie der blaue Sommerhimmel. Sein großer Körper hatte noch immer kein Gramm Fett angesetzt. Er war jetzt dreiundsechzig Jahre alt, sah aber zehn Jahre jünger aus. Morgause lächelte, als sie ihn sah und sagte bewundernd: »Ich hoffe, ich halte mich genauso gut wie du, Vater.«

Merlins Antwort klang wehmütig. »Das ist ein Trugbild. Dieser Ritt nach Venta und zurück läßt mich mit jeder Minute älter werden.« Er setzte seinen Weinbecher ab. »Nun, Morgause, was ist geschehen, daß du mich so unbedingt hierhaben wolltest? Hast du deine Meinung geändert? Willst du nun doch nach Lothian zurückkehren?«

Morgause setzte sich in einen Korbsessel und faltete die Hände in ihrem Schoß. Sie war achtundzwanzig und noch in der Blüte reifer Weiblichkeit. »Nein, es hat nichts mit mir zu tun, Vater«, erwiderte sie. »Es geht um Morgan.«

Merlin wirkte sofort alarmiert. »Was ist mit Morgan? Geht es ihr nicht gut? Marcus sagte, daß sie im Bett bleiben mußte.«

»Sie ist schwanger«, sagte Morgause und beobachtete, wie alles Blut aus dem Gesicht ihres Vaters wich.

Ein entsetzliches Schweigen entstand.

»Sie hat es nicht selbst erkannt«, sagte Morgause schließlich, einfach um die Stille zu unterbrechen. »Ich habe es zuerst bemerkt.«

»Du hast es bemerkt?« Merlin war noch immer blaß. »Hat es sonst noch jemand bemerkt?«

»Das glaube ich nicht. Sie hat noch keinen Bauch, wenn du das befürchtest. Aber sie hat diese weiten Augen und die hohlen Wangen.« Morgause wirkte selbstzufrieden. »Ich kenne das gut«, fügte sie hinzu.

»Du kannst dich wirklich nicht irren?« Er sah sie grimmig an.

»Ich glaube nicht. Alle anderen Anzeichen sind ebenfalls vorhanden. Und sie sagt, es sei nach ihren... eh... Aktivitäten sehr gut möglich.«

Merlin barg das Gesicht in den Händen. »Das ist furchtbar«, hörte sie ihn stöhnen. »Furchtbar.«

Morgause lehnte sich in ihrem Korbsessel zurück und betrachtete ihren Vater mit einer Mischung aus Belustigung und Neugier. Als er schließlich wieder aufschaute, sagte sie: »Es ist nicht das Ende der Welt, Vater. Es ist nur ein wenig geschicktes Taktieren unsererseits notwendig.«

Merlin sah seine Tochter an. Sie war sehr hübsch, wie sie ihm da in dem Raum gegenübersaß, das lange kastanienbraune Haar vom Sonnenlicht feuerrot gefärbt. »Hat sie dir gesagt, wer es war?« fragte er.

Sie schüttelte den Kopf. »Sie hat mir nur gesagt, daß du ihr nicht erlauben würdest, ihn zu heiraten.«

»Eine Heirat steht außer Frage.« Das Trugbild der Jugendlichkeit war auf einmal von Merlin abgefallen. Er wirkte jetzt genau wie dreiundsechzig.

»Wenn sie den Vater des Kindes nicht heiraten kann, dann muß sie jemand anderen heiraten«, sagte Morgause.

»Jemand anderen heiraten«, wiederholte er.

»Mein Gott, Vater. Das ist sicherlich die beste Lösung. Du mußt doch jemanden kennen, der als Gegenleistung für die Ehre, mit unserer Familie verbunden zu werden, bereit wäre, sie zu heiraten und dem Kind einen Namen zu geben.«

Merlin schloß seine Hände um die Stuhllehnen. »Wenn ich sie tatsächlich zu einer Heirat bringen könnte... Du hast recht, Morgause. Das würde das Problem lösen.«

»Es ist sicherlich gut, daß ich hier bin. Du bist fast genauso hilflos wie Morgan, Vater. Jetzt überlege. Kennst du jemanden, der bereit wäre, sie zu heiraten?«

»Ja«, sagte Merlin. »Ich kenne jemanden.«

»Gut. Aber ich muß dich warnen, denn sie wird Schwierigkeiten machen.« Morgauses blaue Augen schauten ihn grübelnd offen an. »Sie hat diesen Mann offensichtlich sehr geliebt. Ich habe ihr vorgeschlagen zu versuchen, das Baby loszuwerden, aber sie hat sich sofort geweigert. Sie würde nicht auf diese Art empfinden, wenn sie ihn nicht geliebt hätte.«

Merlin wich ihrem Blick aus. »Ja. Ich glaube, sie liebt ihn.«

»Wenn sie sich weigert, jemand anderen zu heiraten, dann sage ihr dies. Sage ihr, daß die einzige Möglichkeit, die sie sonst noch hat, die ist, fortzugehen, das Kind heimlich zu bekommen und es jemand anderem zum Aufziehen zu überlassen. Das wird häufig so gehandhabt, wie du weißt.«

Merlin wirkte wie ein eifriger Schüler, der einen Rat von einem erfahrenen Lehrer bekommt. »Ja. Das werde ich ihr sagen.«

»Vater.« Ihre Stimme klang sehr sanft. »Wer ist dieser Mann, den Morgan nicht heiraten kann?«

Blaue Augen begegneten blauen Augen. »Das kann ich dir nicht sagen, Morgause«, sagte Merlin schließlich.

Und Morgause erwiderte, diesmal noch sanfter: »Das macht nichts. Ich glaube, ich weiß es.«

## 13. KAPITEL

Merlin klopfte sanft an die Tür zu Morgans Schlafraum. Als keine Antwort kam, stieß er die Tür auf und betrat leise den Raum. Sie lag zusammengerollt wie ein Kätzchen auf ihrem Bett und schlief fest. Ihr kurzärmliges Gewand mit dem runden Halsausschnitt offenbarte die Magerkeit ihrer Arme und ihres Halses. Ihre langen braunen Wimpern wirkten vor der Blässe ihrer Wangen sehr dunkel. Er weckte sie nicht auf, sondern trat zu dem Sessel am Fenster, setzte sich und wartete.

Weitere zehn Minuten vergingen, bevor sich ihre Lider öffneten. Als sie eine Gestalt vor dem Fenster bemerkte, versteifte sich ihr ganzer Körper. »Ich bin es, Vater, Morgan«, sagte er schnell und erkannte aus ihrem Gesichtsausdruck, daß sie einen Moment gedacht hatte, er sei jemand anderer.

Kurz darauf setzte sie sich auf, wobei ihre bloßen Füße nicht ganz bis auf den Boden reichten. »Hallo, Vater.« Sie strich sich das offene Haar aus dem Gesicht. »Hast du mit Morgause gesprochen?«

»Ja.«

»Nun, dann weißt du Bescheid.« Ihre braunen Augen, die seinen Blick festhielten, blickten ein wenig herausfordernd. Sie war so mager, dachte er. Es schmerzte ihn, sie anzusehen.

»Ich weiß sehr gut, daß dies meine Schuld ist, Morgan«, sagte er zu ihr. Seine Stimme klang rauh. »Ich hätte Arthur sagen müssen, wer er ist. Ich hätte euch beiden nicht die Freiheit geben dürfen, die ich euch gegeben habe. Aber, beim Kreuze Christi, ich hatte keine Ahnung davon, daß ihr beide euch als etwas anderes ansaht als Schwester und Bruder.«

Bei diesen Worten wandte sie den Kopf zur Seite und schloß die Augen, eine Geste, die so überdeutlich um Schweigen bat, daß er sofort still wurde. Schließlich fragte sie mit noch immer abgewandtem Gesicht: »Was soll ich tun?«

Er atmete tief ein und sprach die Worte aus, die er gedacht hatte, seit er mit Morgause gesprochen hatte: »Heirate Cai.«

Ihr Kopf fuhr herum. »Was hast du gesagt?«

»Ich sagte, heirate Cai.« Er beugte sich vor, und seine Stimme verriet, wie sehr er bestrebt war, sie zu überzeugen. »Cai liebt dich, Morgan. Ich habe das schon vor langer Zeit erkannt. Tatsächlich habe ich einmal gedacht, daß ich zustimmen würde, wenn du mich jemals bitten solltest, ihn heiraten zu dürfen. Er ist nicht von fürstlicher Abstammung, aber er ist ein guter Junge, und ich mag ihn. Er würde auf dich aufpassen.«

Sie schürzte ein wenig spöttisch die Lippen. »Und wie sollen wir ihm von Arthurs Baby erzählen?«

Er wich ihrem Blick nicht aus. »Er würde dich dennoch heiraten. Und er wäre dem Baby ein guter Vater.«

Schließlich wandte sie den Blick ab. »Nein. Das geht nicht, Vater. Arthur kann rechnen, weißt du.«

»Was würde das ausmachen, wenn du verheiratet wärst? Er würde dich weder verraten noch würde er Cai der Lächerlichkeit preisgeben. Er würde schweigen. Er würde schweigen müssen.«

»Nein«, sagte sie erneut. »Ich werde Cai nicht heiraten ... und niemanden sonst, was das betrifft. Du wirst dir etwas anderes ausdenken müssen.«

Er konnte spüren, daß er allmählich die Geduld verlor. Er hatte ihr gerade die perfekte Lösung angeboten. »Nun, dann mußt du fortgehen und dieses Kind heimlich zur Welt bringen. Ich werde jemanden finden, der es aufnimmt.«

Sie wurde, wenn möglich, noch blasser. »Ja«, antwortete sie schließlich, und ihre Stimme klang hart und gallenbitter. »Darin bist du sehr gut, nicht wahr? Vielleicht hätte Esus Lust.« Und sie wandte sich ab.

»Morgan!« Er war aufgesprungen und hatte einen Schritt auf das Bett zu gemacht, bevor er innehalten konnte. »Im Gegensatz zu dem, was du glaubst, macht es mir keinen Spaß, meine Enkelkinder fortzugeben.«

Ein langes Schweigen entstand. Dann murmelte sie: »Vermutlich nicht. Es tut mir leid, daß ich das gesagt habe.«

Er legte ihr eine Hand auf die Schulter und sah zum ersten Mal, was sie mühsam vor ihm zu verbergen versucht hatte, die Tränen, die ihr mageres, bleiches Gesicht hinabliefen. »Lieber Gott.« Er setzte sich neben sie und legte einen Arm um ihre starren Schultern. »Willst du, daß ich nach Arthur schicke?« fragte er. Er spürte das Erschaudern, das sie bei diesen Worten durchlief. Alles war zerstört, dachte er traurig. All die Jahre harter Arbeit, die Jahre der Vorbereitung, in denen er den Jungen so sorgfältig und gewissenhaft für die Nachfolge Uthers erzogen hatte. Er hatte nicht nur einen König geschaffen, dachte er. Er hatte einen großen König geschaffen.

Alles umsonst. Wegen eines kleinen Mädchens und ihrem Baby.

Morgans Stimme war kaum ein Flüstern. »Nein.«

Hoffnung rührte sich in seiner Brust. »Du läßt mir wenig Wahl, Morgan.«

Sie glitt von dem Bett herab und entzog sich seiner Umarmung. Auf dem Tisch neben dem Bett stand ein tönerner Krug, und sie trat hinzu und benetzte ihr Gesicht mit etwas Wasser. Dann wandte sie sich erneut zu ihm um. »Ich bin nicht schwierig, nur um schwierig zu sein, Vater. Ich könnte Cai heiraten, ja. Und vielleicht wäre es das Beste für mich. Cai ist nett und fürsorglich. Ich mag ihn. Vielleicht könnten wir eine Familie werden.« Ihre braunen Augen waren jetzt auf sein Gesicht gerichtet. »Und du hast auch recht damit, daß Arthur nichts unternehmen würde. Aber was glaubst du, Vater, wie er empfinden würde?«

Merlin machte eine Handbewegung und schaute dann von ihr fort.

»Er würde das Gefühl haben, daß ich ihn betrogen habe«, fuhr sie fort, »und er hätte recht damit.« Sie trat ans Fenster und schaute in den Septemberhimmel hinaus. Ohne den Blick vom Himmel zu wenden, sagte sie: »Ich kenne ihn besser als irgend jemanden sonst«, sagte sie, »und ich weiß, wenn ich ihm das antäte, würdet ihr ihn verlieren. Britannien würde ihn verlieren. Es ist schwer genug für ihn, wie es jetzt ist. Dann... wäre es unmöglich.«

Merlin betrachtete ihre schmale Gestalt vor dem Fenster und sah im Geiste Arthurs Gesichtsausdruck, als er von seinem letzten Besuch bei Morgan zurückgekehrt war. Er seufzte tief. »Vielleicht hast du recht«, sagte er. Dann: »Was sollen wir tun?«

Sie wandte sich zu ihm um. »Wenn ich mein Kind aufgebe, dann muß es jemand Vertrauenswürdiges übernehmen. Und ich muß mich selbst davon überzeugen können. Ich möchte nicht, daß Arthurs Kind so aufwächst, wie er aufgewachsen ist.«

Seine Erleichterung war so groß, daß es ihm fast den Atem nahm. »Natürlich«, sagte er kurz darauf. »Hast du schon an jemanden gedacht?«

Sie lächelte gequält. »Morgause wäre perfekt, wenn Lot nicht wäre.«

»Morgause?« Er sah sie überrascht an.

»Morgause ist eine gute Mutter. Das habe ich während der letzten Wochen selbst gesehen. Aber ich kann Arthurs Kind nicht der Gnade oder Ungnade von Lot ausliefern.«

Merlins Gesicht nahm einen abwesenden Ausdruck an. »Lot könnte davon überzeugt werden, daß das Kind seines ist. Seines und Morgauses. Er hat sie seit Venta nicht mehr gesehen.« Er hob die Brauen. »Warum sollte Morgause nicht diejenige sein, die schwanger ist?«

Sie biß sich auf die Lippe und schwieg.

»Je mehr ich darüber nachdenke, desto perfekter scheint diese Lösung.« Merlin rieb sich die Hände. »Und Lot zieht in den Krieg. Die Chancen stehen gut, daß er nicht zurückkehren wird, um unangenehme Fragen zu stellen.« Er mußte unter vier Augen mit Cai sprechen, sagte sich Merlin, um sicherzustellen, daß Lot nicht zurückkehrte. Morgan hatte recht. Es wäre das beste, wenn Arthurs Kind überhaupt nicht in dessen Hände gelangte.

»In Ordnung«, sagte Morgan vom Fenster her. »Wenn Morgause einverstanden ist, das Kind als ihres anzunehmen, werde ich es aufgeben.«

Der absolute Gleichmut in ihrer Stimme rührte ihn. Ihr Gesicht war ausdruckslos, aber Merlin konnte ihre Qual durch den ganzen Raum hindurch spüren.

»Es tut mir so leid, mein Kind«, sagte er mit sanfter Stimme, denn jetzt, wo die Angelegenheit in seinem Sinn erledigt werden konnte, konnte er sanft sein. »Aber so ist es am besten. Glaube mir.«

Sie wandte ihm erneut den Rücken zu, um aus dem Fenster zu sehen, und kurz darauf überließ er sie der Einsamkeit, die sie offensichtlich ersehnte.

Bald darauf erreichte Venta die Nachricht, daß der König von Lothian seine Kräfte sammelte.

»Gebt mir ein Heer und ich werde nach Luguvallium marschieren«, sagte Arthur zu seinem Vater. »Lot hat einen Vertrag mit den Barbaren ausgehandelt, und sie schließen sich ihm an. Sie dürfen nicht über den Wall gelangen.«

Es gab nur einen Wall in Britannien, von dem man allgemein als »der« Wall sprach – die von Kaiser Hadrian vor über dreihundert Jahren quer durch den Norden erbaute Befestigungsanlage. Der Wall war achtzig Meilen lang und durchquerte Britannien vom Tyne zum Solway. Die Sicherung dieses gewaltigen

Steingebildes hatte in der Zeit der römischen Besatzung ungefähr neuntausendfünfhundert Legionssoldaten erfordert. Uther hatte ein Kommando von fünfhundert Mann in Corbridge und eine Garnison in Luguvallium stationiert, um diese Aufgabe zu erfüllen.

Der Wall war lange als Grenzlinie zwischen den zivilisierten und den unzivilisierten Teilen Britanniens angesehen worden. Nördlich des Walls lebten die Pikten und die Schotten, die tätowierten Stämme, die die Britannier die tätowierten Barbaren nannten. Nördlich des Walls befanden sich auch die keltischen Königreiche Lothian und Manau Guotodin, die jetzt offenbar entschlossen waren, durch eine Hochkönigschaft ihren Einflußbereich nach Süden auszudehnen.

»Es heißt auch, ein angelsächsischer Vorstoß nach Osten sei geplant«, sagte Uther schließlich zu seinem Sohn. »Ich kann dir nicht das gesamte Heer geben, Arthur, und den Süden ungeschützt lassen.«

Vater und Sohn waren allein im Empfangsraum des Prätoriums. Uther saß in seinem Sessel auf dem Podium, und Arthur stand vor ihm, mit bloßem Kopf, die schmalen, muskulösen Hände leer an den Seiten herabhängend. Er kam gerade von einem Treffen mit Claudius Virgilius und war daher über Uthers Worte nicht überrascht. »Das ist mir klar, Mylord«, erwiderte er. »Gebt mir zweitausend Fußsoldaten und die Kavallerieeinheit, die ich aufgestellt habe.«

Uther bekam jetzt kaum noch ausreichend Luft. »Zweitausend?« flüsterte er. »Lot soll die doppelte Anzahl Soldaten zur Verfügung haben.«

Arthur lächelte. »Wenn Ihr mir mehr als zweitausend Mann geben könnt, werde ich sie freudig annehmen.«

»Nein.« Uthers Gesicht glich einer Maske. »Ich kann dir nicht mehr als zweitausend Mann überlassen.«

»Ich werde auch die Garnisonen in Corbridge und Luguvallium in Marsch setzen«, erklärte Arthur. »Und wir können während unseres Vorrückens nach Norden vielleicht einige weitere Rekruten für uns gewinnen.«

Uther versuchte ein Lächeln. »Du nimmst vermutlich Prinz Bedwyr und seine Männer mit? Und deinen Freund Caius?«

»Sie würden diese Gelegenheit nicht um alles auf der Welt missen wollen«, erwiderte Arthur fröhlich. Er zögerte und betrat dann das Podium. Er kniete sich hin und beugte den Kopf. »Ich danke Euch«, sagte er. »Vater.«

Uther legte eine Hand auf das schimmernde schwarze Haar. »Ich wünschte, ich könnte noch einmal von vorn beginnen«, sagte er, und seine Stimme klang schmerzlich.

Er spürte den Schauder, der den Körper des Jungen durchlief. Dann schaute Arthur auf. »Ich werde mein Bestes tun«, sagte er, und seine grauen Augen blickten klar und furchtlos. Er nahm die Hand seines Vaters, küßte sie und erhob sich. »Auf Wiedersehen, Vater.«

Unfähig zu antworten, nickte Uther lediglich. Arthur wandte sich um und verließ den Raum.

»Wir brechen übermorgen auf«, sagte Arthur am selben Nachmittag zu Cai und Bedwyr. Er hatte seine Befehlshaber in seinen Raum berufen, nachdem er ein weiteres Gespräch mit Claudius Virgilius geführt hatte. Sowohl Bedwyr als auch Cai trugen die Ledertunika der Heereskleidung, obwohl sie nicht ihre Harnische trugen.

Arthur trug seine übliche weiße, langärmlige Wolltunika mit dem Ledergürtel, den Morgan ihm zu seinem fünfzehnten Geburtstag gefertigt hatte. Cabal, der Jagdhundwelpe, lag zu seinen Füßen und schlug gelegentlich mit dem Schwanz, wenn sich der Tonfall seines Herrn änderte.

»Der König hat mir die Achte, Neunte, Zwölfte und Fünfzehnte Fußeinheit überlassen. Und wir können unsere Kavallerie mitnehmen.« Arthur sah Bedwyr an. »Das sind die einhundertfünfzig Mann aus Wales sowie die fünfzig aus den Einheiten des Königs.«

Bedwyr nickte. Er rekelte sich in seinem Sessel, die langen, lederbedeckten Beine vor sich ausgestreckt. »Wie viele Männer soll Lot haben?« fragte er.

Arthurs Antwort klang nüchtern. »Mindestens dreitausend von Lothian und Manau Guotodin. Ich weiß nicht, wie viele Stammesangehörige er hat.«

Bedwyr grinste. »Das wird ein Spaß.«

Cai lächelte nicht. »Wir können in Elmet und Rheged vielleicht weitere Truppen erheben.«

Arthur hob eine schwarze Augenbraue. »Es heißt, daß die Könige von Elmet und Rheged abwarten, wer als Sieger hervorgeht, bevor sie sich erklären.«

»Feiglinge.« Bedwyrs blaue Augen waren voller Verachtung.

»Sie nennen es besonnen«, sagte Cai.

»Nun, wie immer man es nennen will, ich fürchte, daß wir dort nicht auf Hilfe hoffen können. Ich hoffe eher auf die Garnisonen in Corbridge und Luguvallium. Dort sollten wir zusätzliche Truppen erheben können, Truppen, die das Land kennen.« Arthurs Stimme klang geschäftsmäßig, als er fortfuhr: »Hier habe ich die Ordonnanzlisten aller Kompanien, die wir mitnehmen, und ihrer Offiziere.« Er berührte eine der ordentlich aufgeschichteten Schriftrollen vor sich. »Und eine Liste aller Vorräte, die wir benötigen werden.« Sein Zeigefinger berührte eine weitere Schriftrolle. Bedwyr richtete sich in seinem Sessel auf, als Arthur eine Reihe von Instruktionen zu erteilen begann. Als die beiden jungen Männer zwanzig Minuten später den Raum verließen, hatten sie genug zu tun, um bis zu ihrem Aufbruch beschäftigt zu sein.

Im Gang vor Arthurs Tür wartete ein Soldat, den sie beide kannten. Er grinste sie freundlich an. »Gerade rechtzeitig fertiggeworden, wie ich sehe«, sagte er heiter. »Ich bin der nächste. Der Prinz will alles über das Gebiet im Norden wissen.«

Sowohl Bedwyr als auch Cai beobachteten, wie Uthers Kartenmacher, Gerontius, an die Tür zu Arthurs Raum klopfte. Auf den Befehl einzutreten veränderte sich seine Haltung wie magisch von forscher Sorglosigkeit zu Respekt. Bedwyr und Cai tauschten einen belustigten Blick, bevor sie davongingen, um die Befehle auszuführen, die sie erhalten hatten.

Arthur beendete seine Unterredungen und die Schreibarbeiten um Mitternacht und legte sich schließlich erschöpft zum Schlafen nieder. Er erwachte zwei Stunden später, die Glieder noch immer schwer von Müdigkeit, aber sein Geist war schon wieder rege. So war es jede Nacht. Er schlief zwei Stunden lang wie betäubt und lag dann wach und zählte die Stunden bis zur Dämmerung, wo er aufstehen und einem neuen Tag entgegentreten mußte.

Er dachte erneut an seine Listen, an den Marschplan, den er und Gerontius ausgearbeitet hatten, an die Offiziere, mit denen er sprechen und die er ermutigen mußte. Sein Geist raste, und das Blut pulsierte fieberhaft durch seinen müden Körper. Es war nicht an Schlaf zu denken. Er konnte seinen Geist zwingen, sich zu leeren, und seine Glieder zwingen, ruhig zu liegen, aber der Schlaf wollte dennoch nicht kommen.

So konnte er nicht weiterleben. Er senkte seine Hand und legte sie auf den warmen Kopf des Jagdhundes, der neben seinem Bett schlief.

Er war gefangen. Es war, als lebte er in einer dunklen Höhle, aus der es kein Entkommen gab. Das Gewicht des Schmerzes war zuviel. Niemand konnte das ertragen. Das Gewicht ihrer Abwesenheit. Es wurde nicht leichter, es wurde schwerer.

So konnte er nicht weiterleben. Neben ihm schnarchte der Welpe im Schlaf. Arthur stand auf und zündete die Lampe auf seinem Tisch an. Er wollte noch einmal die Vorratsliste durchsehen.

## 14. KAPITEL

»Wo ist sie?« Arthur platzte mit wildem Blick in Merlins Raum im Prätorium. Es war fast Mitternacht, und Merlin lag bereits im Bett. Arthurs Heer sollte Venta am darauffolgenden Morgen verlassen. Merlin, der nicht geschlafen hatte, starrte die über ihm aufragende Gestalt seines Enkels an. Die Öllampe in Arthurs Hand leuchtete das Gesicht des Jungen aus. Merlin verspürte einen Stich von Furcht. Er richtete sich mühsam auf und schob sich ein Kissen in den Rücken. »Meinst du Morgan?« fragte er schließlich gespielt ruhig.

»Natürlich meine ich Morgan! Ich habe einen Boten nach Avalon geschickt, und er ist gerade mit der Nachricht zurückgekehrt, daß sie nicht dort ist. Wo ist sie? Was habt Ihr mit ihr gemacht?«

Merlin schloß die Augen, ein unfreiwilliger Reflex der Erleichterung. Es war gut. Arthur wußte es nicht. Er betrachtete den Jungen erneut und sagte: »Ich habe sie nach Wales geschickt, damit sie einmal etwas anderes sieht. Es war auch für sie schwierig, Arthur. Du hast deine Arbeit und die Ablenkung durch einen neuen Ort und neue Gesichter. Morgan war in Avalon von Erinnerungen umgeben.«

Das schmale Gesicht des Jungen spiegelte die Mühsal seines Atmens wider. »Warum hat mir niemand gesagt, daß sie fortgeht?«

»Das hätte ich tun sollen, aber ich fürchte, ich habe es durch die Aufregungen bei der Vorbereitung des Heers vergessen. Es tut mir leid.«

Er hatte es natürlich nicht vergessen. Er hatte niemals die Absicht gehabt, es Arthur zu sagen. Jetzt betrachtete er das angespannte Gesicht seines Enkels. Er hätte wissen müssen, daß Arthur sich immer über Morgans Ergehen informieren würde.

Arthur verzog noch immer die Stirn. Merlins lapidare Antwort hatte ihn nicht ganz überzeugt. Die Gefahr war noch nicht abgewendet, wie Merlin erkannte. »Warum Wales?« fragte Arthur.

»Morgans Mutter hat einige Besitztümer in Wales als Mitgift eingebracht«, antwortete Merlin und bemühte sich, geduldig zu bleiben. »Da das Anwesen eines Tages Morgan gehören wird, habe ich vorgeschlagen, daß sie es sich einmal ansieht. Morgause ist mit ihr gereist. Sie brauchten beide etwas zu tun, und dies schien eine gute Lösung.« Er hielt inne. Wenn er zuviel sagte, würde er Arthurs Mißtrauen nur noch steigern.

In dem kurzen Schweigen, das seinen Worten folgte, betrachtete Merlin das Gesicht seines Enkels. Höhlungen waren unter den hohen Wangenknochen zu sehen und der Schatten eines Männerbarts auf Oberlippe und Kinn. Die äußerlichen Zeichen der Müdigkeit waren unübersehbar.

»Du wirst den Marsch nach Norden nicht überleben, wenn du nicht ein wenig schläfst!« rief Merlin aus. »Du treibst dich zu hart an, Junge.«

Arthur lächelte wenig freundlich. »Wo in Wales?«

»Powys. Das Anwesen nennt sich Dinas-Cymri.«

Arthur nickte langsam. Merlin unterdrückte einen erleichterten Seufzer. Selbst wenn Arthur jemanden nach Wales schickte, um diese Angaben zu überprüfen, was er unzweifelhaft vorhatte, würde das in Ordnung sein. Morgan und Morgause sollten auf ihrem Weg nach Dinas-Cymri ihre Identität tauschen. Wenn Arthur erführe, daß eine der Schwestern schwanger war, würde der Name, der damit in Verbindung gebracht wurde, Morgause lauten.

»Wann wird sie zurückkommen?« fragte Arthur.

»Im Frühjahr. Ich möchte nicht, daß sie im Winter durch die Berge reisen. Und es ist auch gut, Morgause aus dem Weg zu haben, bis wir Vereinbarungen mit Lothian getroffen haben.« Kurz darauf fügte er hinzu: »Die Jungen sind noch in Avalon.«

Arthurs Gesichtsausdruck wurde etwas freundlicher. »Ihr seid Euch des Ausgangs der Auseinandersetzung sehr sicher, Sir.«

»Ja. Das bin ich.« Merlin ließ ein wenig von seinen Empfindungen in seine Stimme einfließen. »Ich wünschte, ich könnte mit dir kommen, das aber um meinetwillen, nicht um deinetwillen. Du wirst sehr gut ohne mich zurechtkommen. Was jedoch Lothian betrifft…« Er sprach seine Gedanken aus, und Arthur hörte ihm mit der üblichen, höflichen Aufmerksamkeit zu. Als sein Großvater geendet hatte, nickte Arthur. »Ich werde mich an Eure Worte erinnern. Es tut mir auch leid, daß Ihr nicht mitkommen könnt, aber…« Graue Augen hielten blaue Augen in vollkommenem Verstehen fest. »Ich fürchte, Ihr werdet hier in Venta dringender gebraucht«, schloß Arthur.

»Ja«, sagte Merlin. Die Tatsache, daß Uther nicht mehr lange genug leben würde, um seinen Sohn noch einmal zu sehen, war ihnen beiden zwar klar, blieb aber unausgesprochen. Wenn Arthur weit fort im Norden war, würde es Merlin überlassen bleiben, sich um die Regierungsgeschäfte in Venta zu kümmern. Merlin strich mit einer Hand durch sein noch immer volles, graues Haar und runzelte die Stirn. »Nun geh zu Bett, mein Junge«, ordnete er schroff an. »Du brauchst Schlaf...«

»Ja«, erwiderte Arthur. »Das werde ich.« Und wandte sich zu schnell ab, als daß Merlin die Bitterkeit, die seine Mundwinkel verzog, hätte sehen können.

Der Himmel war grau und bedeckt, als die Truppen am nächsten Morgen abmarschierten. Venta zu verlassen, das bedeutete bereits Rom zu verlassen. Es würde keine quadratischen, von Kolonnaden umgebenen und mit Geschäften und Amtsräumen ausgestatteten Foren mehr geben. Keine öffentlichen Bäder, Wirtshäuser mit gutem Essen oder den Bauern, der seine Waren auf dem Markt feilbot. Venta war eine der letzten wirtlichen Städte Britanniens, und das nur dadurch, daß es sowohl unter Ambrosius, als auch unter Uther Regierungssitz gewesen war. Luguvallium, ihr Ziel, war nur eine Legionsfestung ohne die Annehmlichkeiten, derer sie sich in Venta erfreuten.

Ihr Marsch nach Norden würde jedoch von einem der Vermächtnisse Roms für alle Vorposten des Reichs erheblich erleichtert werden. Sie konnten auf römischen Straßen marschieren, zuerst nach Calleva, dann westlich nach Glevum, von wo aus sie die Straße direkt nach Norden nach Luguvallium nehmen würden, der letzten britischen Festung vor dem Wall.

Die Fußsoldaten, die Ledertuniken, Kettenpanzer und von sorgfältigem Polieren glänzende Waffen trugen, marschierten zu viert nebeneinander. Die Kavallerie ritt mit den Vorrätewagen voraus und der Troß bildete die Nachhut. Arthur ritt die Reihen der Männer auf seinem Rappen auf und ab, sorgte für gute Stimmung, und sein scharfer Blick überprüfte die Ausrüstungen und den Zustand der Waffen.

Es regnete, aber sie waren Britannier und an Regen gewöhnt. Die Stimmung in den Zelten war heiter, wenn sie nachts lagerten. Es gab reichlich warmes Essen, und der junge Prinz schien zu wissen, was er tat. Die Soldaten fühlten sich alle auf unerklärliche Weise ermutigt, wann immer sie des schwarzen Kopfes, der weißen Tunika und des scharlachroten Umhangs ihres Befehlshabers ansichtig wurden. Er wußte auch einfach das Richtige zu sagen, um einen Mann zum Lachen zu bringen.

Sie marschierten in Rheged ein, durch das bucklige, karge, typische Hochland, und sahen kein Zeichen vom König oder seinen Gefolgsleuten. Die einzigen Leute, die sie trafen, waren Bergbauern, deren Anwesen die Straße überschauten.

Sie befanden sich nur noch zwanzig Meilen von Luguvallium entfernt, als Arthur einen Tagesmarsch beendete. Sie lagerten in einem kleinen Tal namens Glein und aßen gerade ihre Mahlzeit, als Kundschafter Arthur die Nachricht überbrachten, daß sich die Garnison in Luguvallium für Lot ausgesprochen hatte. Genauso die fünfhundert Mann in Corbridge.

Diese Nachricht hatte Arthur nicht erwartet, und er war nicht glücklich darüber. »Sie sind alle Männer des Nordens«, sagte Cai bedächtig, während sie sich in Arthurs Zelt niederließen, um über den ärgerlichen Bericht zu sprechen.

»Sie haben während des Frühjahrsangriffs mit Uther gekämpft!« sagte Bedwyr verärgert.

»Vermutlich, weil Lot damals auch für Uther gekämpft hat.« Arthurs Stimme klang kühl. »Es ist bedauerlich, aber es scheint, daß wir ohne sie zurechtkommen müssen.«

»Mehr als das.« Cais normalerweise ruhiges Gesicht wirkte äußerst besorgt. »Wir werden sie bekämpfen müssen.«

»Wie viele Männer hat Lot dann jetzt?« fragte Bedwyr Arthur.

»Nach allen Berichten, die wir bekommen haben, ungefähr viertausendfünfhundert«, erwiderte Arthur.

Bedwyr fluchte. Das war mehr als die doppelte Anzahl ihres Heers. Arthur sah ihn an und hob eine schwarze Augenbraue. »Aber wir haben die Kavallerie.«

Bedwyr strich sich mit einer Hand ungeduldig durchs Haar und ließ damit einige blonde Strähnen über seine Stirn fallen. »Die Kavallerie hat noch keine Übung«, sagte er. »Das weißt du, Arthur.«

Arthur betrachtete das Gesicht des Mannes, den er zu seinem Kavalleriebefehlshaber erwählt hatte und erwiderte: »Du wirst das tun können, was ich brauche.« Bedwyrs Nasenflügel bebten, und dann nickte er. »Du wirst dir etwas ausdenken«, sagte Cai zu dem Gefährten seiner Kindheit. Das besorgte Stirnrunzeln war geschwunden. »Wie immer.«

Arthur gelang annähernd sein altes Grinsen. Dann sagte er: »Ich muß mit Gerontius sprechen.« Er erhob sich, während auch die beiden Befehlshaber aufstanden. Sie schauten von ihrer überragenden Höhe auf ihn herab, und er sagte grinsend zu Bedwyr: »Wenn alles andere fehlschlägt, bin ich sehr gut darin, unterzutauchen und mich zu verbergen. Frage Cai.«

»Soll ich Gerontius schicken?« fragte Cai dagegen.

Arthur schüttelte den Kopf. »Ich denke, er wartet bereits«, erwiderte er, und tatsächlich sahen Cai und Bedwyr den kleinen Kartenmacher draußen warten, als sie das Zelt verließen.

All die Pläne, die Arthur mit Gerontius so sorgfältig ausgearbeitet hatte, waren jedoch umsonst, da er am nächsten Morgen mit der Nachricht geweckt wurde, daß Lot einen geheimen Nachtmarsch unternommen habe und jetzt nur noch sieben Meilen entfernt stehe. Arthur fluchte und rief nach seinem Pferd.

Während die Hörner sein Heer weckten und seine Offiziere ihre Männer auf den Kampf einstimmten, erkundete Arthur das Gelände. Dann, als die Truppen zusammengezogen und bereit zum Abmarsch waren, rief er Bedwyr und Cai herein, damit sie sich die Karte ansahen, die er gezeichnet hatte.

»Hier«, sagte er und deutete auf eine Stelle auf der Karte, »Hier werden wir die Mitte postieren. Es ist eine ziemlich starke Position, es gibt viele Büsche und Felsen als Rückendeckung.« Er sah Cai an. »Die Mitte wird deinem Befehl unterstehen.«

Cai war zutiefst überrascht, üblicherweise war die Mitte der

Posten des Truppenführers. »Es ist mir eine Ehre…« begann er, als Arthur ihn unterbrach.

»Das ist nicht nötig. Ich habe dir die schlimmste Aufgabe von allen übertragen, denn du wirst nur die Zwölfte Fußeinheit zur Verfügung haben.«

Cai und Bedwyr starrten ihn verblüfft an. Die Mitte war üblicherweise auch die Position mit der größten Schlagkraft. »Fünfhundert Mann und mein Banner«, fuhr Arthur grimmig fort. »Ich möchte, daß Lot seinen Hauptangriff gegen dich führt, Cai. Ich möchte ihn glauben machen, daß ich dort sei. Und ich möchte, daß du ihn so lange aufhältst wie möglich.«

Bedwyr gewann seine Stimme wieder. »Das ist ein Unterschied von acht zu eins.«

»Ich weiß.« Arthur wandte sich dem Kelten zu. »Bedwyr, die Kavallerie wird hier stationiert sein, in dieser Senke. Die Landschaft wird euch vor Lots Sicht verbergen.« Der Finger deutete auf eine weitere Markierung auf der Landkarte. »Ich werde hier sein, mit den restlichen Fußsoldaten. Hinter dem Hügel.« Die grauen Augen betrachteten kritisch die beiden Gesichter.

»Aus eurer Position, Bedwyr, werdet ihr mich sehen können. Wenn ich das Signal gebe, müßt ihr wie die Teufel aus der Hölle herausreiten und Lots Kräfte zerschmettern.« Bedwyr nickte und Arthur fuhr fort: »Aber erst, wenn ich das Signal gebe. Verstanden?«

Bedwyr schaute an seiner hoch erhobenen Nase vorbei zu Arthur herab. »Verstanden.«

Arthur wandte sich seinem ältesten Freund zu. »Der Hauptteil ruht auf dir, Cai. Du mußt sie weiterlocken. Und du hast nicht genug Männer, es richtig zu tun.«

Cai grinste. »Nun, wenn du mich versinken siehst, kannst du zu meiner Rettung herbeieilen.«

Arthur lächelte ebenfalls. »Das werde ich.«

Es war einer jener kobaltblauen Morgen, die es im Norden manchmal gibt, aber Arthur hätte Nebel und Regen vorgezogen. Der gesamte Erfolg seines Plans hing davon ab, ob Lot dazu gebracht werden konnte, anzunehmen, der Hauptteil von Arthurs Streitkräften befände sich in der Mitte bei Cai.

Er wußte, daß er mehrere von Uthers Offizieren beleidigt hatte, indem er die Mitte Cais Befehl unterstellt hatte. Cai war unter Uther nur ein niederrangiger Offizier gewesen, und Arthurs Politik war bisher gewesen, sich Heeresveteranen gegenüber so versöhnlich wie möglich zu zeigen, aber dennoch hatte er Cai jetzt ein Kommando übertragen. Er kannte Cai, kannte seinen Verstand und seine Fähigkeiten. Cai hatte die moralische Kraft, Schläge einzustecken und nicht Vergeltung zu üben. Das war etwas, was Bedwyr zum Beispiel niemals fertigbringen würde. Vielleicht hätte es doch jemanden unter den älteren Offizieren von Uther gegeben, der die Mitte heute erfolgreich hätte befehligen können, aber Arthur kannte keinen von ihnen gut genug, um sicher zu sein. Er kannte Cai, und er wußte, daß Cai die Aufgabe erfüllen konnte.

Als der schrille Klang der lothianischen Flöten das Tal hinabhallte, hatte Arthur alle seine Männer in Position gebracht. Von seinem vorteilhaften erhöhten Standort aus konnte Arthur Bedwyr und die Kavallerie sehen, die sich in der Senke weiter das Tal hinauf verbarg. Lot sollte unmittelbar an ihm vorbeimarschieren, wodurch die Rückfront frei wäre für Bedwyrs Überraschungsangriff. Arthur konnte Cai nicht sehen, der sich rechts von seinem und Bedwyrs Standort befand, auf der anderen Seite des Hügels, der Arthur und seine Männer von Lot abschirmte.

Ein Triumphschrei erklang, als Lots Kräfte Cais Banner erblickten. Die Kriegsflöten schrillten noch lauter. Dann begann sich der Lärm das Tal in ihre Richtung hinabzuwälzen. Die Flöten und das Brüllen aus Tausenden von Kehlen kamen immer näher. Lot griff mit der vollen Stärke seines Heers die Mitte an.

Bevor sie in die Schlacht verwickelt wurden, hatte Arthur Zeit, sich an etwas zu erinnern, was alle anderen offensichtlich vergessen hatten: Er hatte noch niemals selbst an einer Schlacht teilgenommen, geschweige denn eine Schlacht befehligt.

Der ohrenbetäubende Lärm von der anderen Seite des Hügels

wurde plötzlich von dem Klang gegeneinanderschlagender Schwerter verstärkt. Dann erklangen, weitaus schauerlicher, die Schreie der Verwundeten. Arthur übergab seinen Rappen Dun einem Untergebenen und legte sich auf dem Gipfel des Hügels zum Beobachten auf den Bauch.

Cai konnte durch den Schweiß, der ihm das Gesicht hinab und in seine Augen lief, kaum etwas sehen. Um ihn herum tobte hart und schrecklich das Kampfgetümmel. Er erwog, sich zurückzuziehen, und als es unmöglich wurde, eine Linie zu halten, wich er tatsächlich zurück, suchte Schutz hinter Büschen und Felsen und rief seinen Männern, die von der auf sie eindringenden Überzahl überrannt wurden, ermutigende Worte zu.

Beim Zurückweichen stolperte Cai über eine hingestreckte Gestalt. Der Mann stöhnte, und Cai, der das Gleichgewicht verlor, fiel hin. Aus dem Augenwinkel sah er ein Schwert auf sich zukommen. Die Ausbildung in Avalon rettete ihn. Während er fiel, riß er automatisch sein eigenes Schwert in einer Abwehrgeste hoch, die ihm während seiner von Merlin geführten, längst vergangenen Gesellenjahre eingebleut worden war. Blut spritzte, und es war nicht seines.

Eine Hand unter seinem Ellbogen zog ihn hoch. »Das ist verrückt!« schrie ihm der Führer der Zwölften Einheit ins Ohr. »Schickt nach Verstärkung!«

»Nein!« schrie Cai mit rauher Kehle zurück. »Wir können noch etwas länger standhalten!«

Der Geruch von Blut stieg ihm in die Nase. Gott, dachte er, als er die Standarten zu seiner Linken sah, die Bastarde kreisen uns ein. »Zurück!« schrie er seinen Männern zu. »Weicht zurück!«

»Bei allen Göttern der Unterwelt«, stieß Bedwyr grimmig durch zusammengebissene Zähne hervor. »Wann wird er das Signal geben?« Bedwyr hätte schon fünf Minuten vorher angegriffen. Tatsächlich hatte er Arthur einen Boten mit der Frage gesandt, ob er jetzt angreifen könne. Die Antwort war eindeutig gewesen. »Rührt euch nicht, bis ich das Signal gebe.« Also wartete Bedwyr ab, war wütend und fluchte. Cai, der arme Bastard, wurde dort draußen umgebracht, während er hier saß...

»Mylord!« Peredur, der ihm am nächsten war, deutete auf den Hügel. Er konnte Arthur auf sein Pferd steigen sehen. Dann schaute die Gestalt auf dem großen Rappen in seine Richtung, hob einen Arm über den Kopf und senkte ihn entschlossen.

Bedwyr lachte grimmig erfreut. »Das ist es!« Er wandte sich um und lächelte Peredur mit blitzenden blauen Augen kurz an. Dann stellte er sich in die Steigbügel und wandte sich an seine Männer. »*Für Arthur!*« rief er, riß sein Pferd herum und trieb es direkt den Hang der Senke hinauf und auf die massierten Kräfte der lothianischen Rückfront zu.

Arthur saß oben auf dem Hügel auf dem Pferderücken und beobachtete Bedwyrs gewagten Angriff. Die Kavallerie prallte in die lothianischen Linien, und Lots Männer wichen vor ihnen zurück. Arthur wandte sich an seine Leute.

»Sollen die Zwölfte und die Kavallerie den ganzen Ruhm dieses Tages einheimsen?« rief er.

»*Nein!*« erklang die Antwort, und Arthur trieb Dun zu einem schnellen Trab an und ritt hügelabwärts. Die Achte, Neunte und Fünfzehnte Fußeinheit strömten hinter ihm auf den Gegner ein. Die lothianischen Kräfte, sicher, daß dieser Tag ihnen gehörte, waren von dem doppelten Angriff verunsichert. Bedwyrs Pferde trampelten sie an der Rückfront nieder, während die frischen Truppen unter Arthur von links auf sie eindrangen. Für kurze Zeit war der Kampf ausgewogen.

Arthur drängte Dun durch die Reihen der Männer in karierter Kleidung und schlug mit einem bis zu Hadrians Rubin hinauf blutigen Schwert einen Pfad für die nachdrängenden Soldaten. Die Zeit der Strategie war vorüber. Jetzt ging es nur noch darum, wer besser kämpfen konnte.

Der Lärm an Bedwyrs Flanke des Schlachtfeldes veränderte sich schlagartig. Arthur schaute hin und sah, fast ohne es glauben zu können, daß die lothianischen Kräfte aufgerieben wurden und das Feld fluchtartig verließen. Er wandte sich wieder seinen Männern zu und drängte sie mit noch größerer Wildheit vorwärts.

Als die Hauptwucht der Schlacht von seinen Schultern

genommen war, atmete Cai tief ein und nahm sich die Zeit, sich umzusehen. Dort, auf der rechten Seite der gegnerischen Reihen, war die Standarte zu sehen, die er gesucht hatte. Mit seinem scharfen, weitsichtigen Blick konnte Cai die Gestalt des Königs von Lothian ausmachen. Er rief einige Männer zu sich und begab sich auf die andere Seite des Schlachtfeldes.

Fünfzehn weitere Minuten vergingen, bevor Arthur sicher sein konnte, daß die Schlacht gewonnen war. Lots Kräfte wichen überall auf dem Feld zurück und flüchteten in die umliegenden Hügel. Arthur hielt inmitten des Feldes einen Augenblick inne, um die Lage zu prüfen, und da geschah es.

Ein Mann in einem karierten Tartanumhang, der scheinbar tot vor Dun gelegen hatte, sprang mit gezogenem Schwert auf und zielte direkt auf Arthurs freiliegende Kehle. Es war ein Bild, das sich in Arthurs Gehirn einbrannte, noch während seine Hand als Reaktion automatisch zu seinem Schwert fuhr.

*Nein*, erklang es plötzlich in seinem Geist. *Laß es geschehen.* Er sah das Gesicht des anderen Mannes sehr deutlich, den Schmutz und das Blut und die haßerfüllten Augen. Dies wird alles lösen, dachte er, und ließ die Schwerthand leer hinabsinken. Er schaute nicht fort, als die Klinge des Feindes auf ihn zukam.

Ein silbernes Aufleuchten in der Sonne, und der Lothianer lag wieder am Boden, dieses Mal unverkennbar tot. Arthur wandte sich um und begegnete Bedwyrs zornigen blauen Augen.

»Was, zur Hölle, machst du da eigentlich?« schrie ihn der Kelte an. Dann begann er zu fluchen.

Bedwyr bot einen furchteinflößenden Anblick, als er jetzt seinen großen schwarzen Hengst in die Mitte des Schlachtfeldes führte. Er hatte seine Lederkappe verloren, und sein blondes Haar schimmerte in der Sonne wie ein Bronzehelm. Seine Schultern wirkten unter dem Kettenpanzer sehr breit. Seine Arme und die Lederhose waren mit Blut bedeckt.

Die kleinere, schmächtigere schwarzhaarige Gestalt auf einem sehr ähnlichen schwarzen Hengst sah ihn finster an und antwortete nicht. Arthur wartete, bis Bedwyr die Worte ausgingen und sagte dann: »Ruf die Männer zurück. Ich möchte nicht, daß die Lothianer verfolgt werden. Und finde heraus, was mit Lot geschehen ist.« Ohne ein Wort des Dankes wandte Arthur sich dann ab und führte sein Pferd im Galopp vom Schlachtfeld.

## 15. KAPITEL

Das Heer war guten Mutes, als es am frühen Nachmittag ins Lager zurückkehrte. Sie hatten ihre Aufgabe eindeutig erfüllt und einen ihnen zahlenmäßig zweifach überlegenen Feind besiegt. Die Namen der jungen Männer, die sie zum Sieg geführt hatten, waren in aller Munde, während die Soldaten um die Lagerfeuer versammelt waren, aßen und die Ration Bier tranken, die Arthur angeordnet hatte.

Die Nachwirkungen der Schlacht wurden genauso wirkungsvoll behandelt wie der eigentliche Kampf geführt worden war. Die Verwundeten, hauptsächlich Angehörige der Zwölften Fußeinheit, wurden von einem von Uthers Militärärzten versorgt und einige auch vom Troß. Die Toten wurden vom Schlachtfeld fortgetragen und begraben. Noch immer mit seiner Ledertunika und der blutigen Hose bekleidet, besuchte Arthur jedes Lazarettzelt und sprach persönlich mit jedem Verwundeten.

Bedwyr kümmerte sich genauso um seine Männer und seine Pferde. Während er im Lager umherging, erregte seine wuchtige blonde Gestalt ehrfürchtige Aufmerksamkeit. Sein Kavallerieangriff war von der Art gewesen, aus der Legenden entstehen. Aber Bedwyr war nicht zufrieden.

»Sie sind natürlich vor den Pferden zurückgewichen«, sagte er zu Cai, während sie sich am Ende dieses Tages in ihrem gemeinsamen Zelt einen Krug Bier teilten. »Aber wir sollten die schweren Lanzen wirkungsvoller einsetzen. Das bedarf vieler weiterer Monate der Übung, für mich genauso wie für die Männer.« Seine blauen Augen leuchteten. »Diese Steigbügel von Arthur sind wundervoll.«

Cai grunzte und nahm einen großen Schluck Bier. »Geübt oder nicht«, sagte er, »ich war verdammt froh, dich zu sehen.«

»Na, darauf hätte ich jede Wette gehalten.« Bedwyr stellte seinen Krug neben sich auf den Boden und sah Cai nachdenklich an. »Ich wollte früher angreifen, weißt du. Er hat so lange gewartet...«

»Das mußte er.«

»Ich weiß, aber Götter...«

Cais staubiges Gesicht verzog sich zu einem Grinsen. »Er hat die Situation absolut richtig eingeschätzt. Gerade, als ich erkannt hatte, daß ich keine Minute länger würde standhalten können, kam sein Signal.«

Bedwyr lächelte als Antwort kläglich. »Er schätzt alles absolut richtig ein. Er hat dich und mich bis aufs Mark absolut richtig eingeschätzt.« Sowohl er als auch Cai saßen mit gekreuzten Beinen auf einer Decke, die auf dem Grasboden ihres Zeltes ausgebreitet war. Jetzt zog Bedwyr die Beine an und legte das Kinn auf die Knie. Sein helles Haar war vom Schweiß stumpf und matt. Weder er noch Cai hatten bisher die Kraft gefunden, ein Bad zu nehmen. »Ich hätte deine Aufgabe nicht erfüllen können«, sagte Bedwyr der Löwe.

Cai sah ihn an. »Und ich hätte deine Aufgabe nicht erfüllen können.«

»Und keiner von uns hätte Arthurs Aufgabe erfüllen können.«

Bedwyr erwiderte Cais Blick nicht, sondern betrachtete statt dessen angestrengt seine Füße.

»Du und ich, wir sind gut«, sagte Cai. »Aber Arthur ist ein Genie.«

»Cai...« Bedwyrs Stimme war leise und angespannt. »Heute ist etwas geschehen. Am Ende der Schlacht.«

Cai betrachtete stirnrunzelnd Bedwyrs gesenkten Kopf. »Was ist geschehen?« fragte er, als es schien, als wollte Bedwyr nicht weitersprechen.

»Es war gegen Ende der Schlacht«, wiederholte Bedwyr schließlich. »Einer von Lots Männern zog ein Schwert und richtete es auf Arthur, und er... saß einfach da. Er sah es, sah es auf sich zukommen, aber er tat nichts. Wenn ich nicht dagewesen wäre, hätte der Bastard ihm den Kopf abgeschlagen. Und dann, als ich ihn anschrie, weil er sich nicht verteidigt hatte, sah er mich an, als haßte er mich.«

Ein langes Schweigen entstand. Die Luft in dem Zelt war durch den Geruch nach Schweiß und Bier beißend. Schließlich hob Bedwyr den Blick und sah Arthurs ältesten Freund an.

Unter der Staubschicht war Cai sehr blaß. »Ich hätte nicht gedacht, daß er so weit gehen würde«, lautete seine einzige Antwort. Bedwyr strich mit einer großen Hand durch sein schmutziges Haar. »Aber *warum*? Warum, wo der Tag doch gewonnen, der Sieg sein war? Warum sollte er so etwas tun?«

»Das hat mir niemand gesagt«, erwiderte Cai stockend, »aber ich habe Augen und Ohren, und ich kenne Arthur.« Sein Blick war von einer unerklärlichen Traurigkeit überschattet. »Du hast Morgan sicherlich schon mal gesehen.«

»Ja.« Bedwyr richtete sich auf.

»Nun, weißt du, Arthur und Morgan...« Cai schien die richtigen Worte nicht finden zu können.

»Ja«, sagte Bedwyr wieder. »Ich erinnere mich an Arthur und Morgan. Das konnte man nicht gut übersehen.«

»Merlin hat es übersehen. Sonst hätte er Arthur sicherlich gesagt, wer er ist.« Cai rieb mit dem Daumen über den Rand seines Bechers. »Nicht, daß er etwas hätte ändern können«, fügte er hinzu. »Ich hätte ihn vielleicht warnen können, aber da war es bereits zu spät. Arthur und Morgan hätten ihre Gefühle wohl kaum geändert.«

Bedwyrs Augen wirkten sogar in der Dunkelheit des Zeltes blau. »Ich verstehe nicht«, sagte er.

»Es ist ganz einfach. Sie können nicht heiraten. Sie sind zu nah miteinander verwandt.«

Bedwyr atmete tief ein.

»Ja«, sagte Cai und goß sich einen weiteren Becher Bier ein.

»Glaubst du, daß das der Grund dafür ist, warum er sich heute nicht verteidigt hat? Weil er Morgan nicht heiraten kann?«

»Ich glaube schon«, sagte Cai und leerte seinen Becher in einem Zug.

Bedwyr saß einige Momente schweigend da. »Er hat sich verändert. Nach dem Konzil war er ganz begeistert, fast entbrannt. Dann… hat er sich verändert.«

Cai legte eine Hand an die Stirn, als wollte er seine Augen abschirmen. »Er war fast einen ganzen Tag lang verschwunden. Ich würde meine Seele darauf verwetten, daß er nach Avalon gegangen ist, um Morgan zu sehen.«

»Ich erinnere mich an sie«, sagte Bedwyr bedächtig. »Ein kleines Mädchen mit großen braunen Augen. Sie trat zu dem bösartigen Untier von einem Hengst, dem Biest meines Vaters, und er ließ sich von ihr die Nüstern streicheln.«

Cai verzog den Mund. »Das ist Morgan.« Er goß noch mehr Bier in seinen Becher.

»Wenn es so wichtig ist, dann sollte er sie heiraten«, sagte Bedwyr.

»Und bei seinen Feinden den Vorwurf des Inzests heraufbeschwören?«

Ein langes Schweigen entstand. Dann sagte Bedwyr in völlig verändertem Tonfall: »Dann muß er mit ihr brechen. Er trägt eine zu große Verantwortung, als daß er sich von einer enttäuschten Liebe sein Leben zerstören lassen dürfte.«

Cai sah Bedwyr über den Rand seines Bechers hinweg spöttisch an. »Und das willst du ihm wirklich sagen?«

Sie saßen noch immer schweigend da, als sie eine Stimme am Zelteingang davon in Kenntnis setzte, daß der Prinz sie sofort zu sehen wünschte.

Anders als seine Befehlshaber hatte Arthur die Zeit gefunden, sich zu waschen und umzuziehen. Er saß hinter dem kleinen Tisch, der das Hauptmöbelstück in seinem Zelt darstellte, und schrieb auf eine Schriftrolle. Er bedeutete Cai und Bedwyr, sich auf die Stühle zu setzen, die vor dem Tisch standen, beendete seine Schreibarbeit, legte den Stift beiseite und schenkte ihnen, das Papier noch immer entrollt vor sich, seine Aufmerksamkeit.

»Es ist offenbar so«, sagte er, »daß der König von Lothian tot ist.« Er sah Cai an.

Aus dem Augenwinkel konnte Bedwyr sehen, daß Cai sehr gleichmütig dreinschaute. Ein deutlich unbehaglicher Unterton war aus Arthurs Stimme herauszuhören. Bedwyr versuchte, einen Teil von Arthurs Aufmerksamkeit auf sich zu ziehen. »Gut«, sagte er. »Dann haben wir uns um ein Problem weniger zu kümmern.«

Cai warf ihm einen schnellen Blick zu. »Genauso empfinde ich es auch«, murmelte er.

Ein langes, nervenzermarterndes Schweigen entstand. Die Luft im Zelt war kühl, aber sowohl Cai als auch Bedwyr konnten spüren, wie Schweiß auf ihre Stirnen trat. Dann schaute Arthur auf den Bericht hinab und begann ihn langsam einzurollen. Cai atmete erleichtert aus. Aus welchem Grund auch immer, Arthur würde das Thema nicht weiter verfolgen. Obwohl er, dachte Cai bekümmert, während er zusah, wie die schmalen braunen Hände sich mit der Schriftrolle beschäftigten, dafür gesorgt hatte klarzustellen, daß er wußte, daß Lots Tod faktisch eine Hinrichtung gewesen war.

Arthur hatte das Papier fertig eingerollt und schaute auf. Sein Gesicht hatte sich verändert, und seine Stimme klang ungewöhnlich warm, als er sagte: »Ihr beide wart heute großartig. Die Schlacht hätte ohne euch nicht gewonnen werden können. Ich danke euch.«

Warum, dachte Bedwyr unwillkürlich, bedeutete ein lobendes Wort von Arthur so viel? Neben sich hörte er Cai schroff antworten: »Es war uns ein Vergnügen.«

*Jetzt*, dachte Bedwyr plötzlich. Jetzt war es soweit. Und wie es typisch für ihn war, folgte er seinen Instinkten und tauchte unmittelbar hinein. »Wir werden immer für dich da sein, Arthur. Aber eine Frage brennt mir auf der Zunge: Wirst du auch immer für uns da sein?«

Alle Wärme wich aus dem fein geschnittenen Gesicht vor ihm. Die Spuren der Schlaflosigkeit unter den grauen Augen, die ihn so kalt ansahen, waren so dunkel wie Quetschungen.

Bedwyrs Hände ballten sich, unter der Tunika verborgen, zu Fäusten. Aber er war nicht umsonst Bedwyr der Löwe. »Wirst du für uns dasein?« fragte er erneut.

Die grauen Augen betrachteten Cai, und Arthur erkannte, daß der es auch wußte. Dann sank sein Blick auf die Schriftrolle auf dem Tisch vor ihm. »Ja«, sagte Arthur dann sanft. »In Ordnung, Bedwyr.«

Die Sanftheit überraschte sie mehr, als es ein Ausbruch bewirkt haben könnte. Cai sprach in den plötzlich stillen Raum hinein. »Du wirst gebraucht«, sagte er. Ohne Nachdruck.

Arthur legte seine Stirn in die Hände. »Ja.« Seine Stimme enthielt nur Müdigkeit. »Ich weiß.«

Bedwyr öffnete den Mund zu einer weiteren Bemerkung, als Cais Hand auf seinem Arm ihn aufhielt. »Wie willst du dich den Regimentern in Luguvallium und Corbridge gegenüber verhalten?« fragte Cai nüchtern.

Arthur hob den Kopf. »Darüber wollte ich mit euch sprechen.« Ein leichter Hauch von Farbe wurde unter seiner gebräunten Haut sichtbar. Er atmete tief und beruhigend ein.

Aber Bedwyr wollte die Angelegenheit nicht so ungeklärt lassen. Er sah Arthur durchdringend an und fragte unbarmherzig: »Keine Leibgarde nötig?«

Arthur sah Cai an. »Das Wort ›Takt‹ gehört nicht zu Bedwyrs Wortschatz.« Er klang, als hätte er nicht genug Atem zum Sprechen.

Cai gab ihm die Zeit, die er brauchte. »Du solltest die Geschichten hören, die sie bereits über ihn erzählen«, sagte er heiter. »Die Männer glauben, er sei Ysbaddaden, der Anführer der Riesen, selbst.«

Arthur lächelte seinen ältesten Freund leicht an. Dann war er in der Lage, sich Bedwyr zuzuwenden. »Keine Leibgarde nötig«, sagte er. »Ich verspreche es.«

*

Am nächsten Tag suchte Arthur die Garnisonen in Luguvallium und Corbridge auf. Gegen den Einspruch sowohl Bedwyrs als auch Cais ritt er nur mit Gerontius und einem kleinen Begleittrupp von vier Mann aus Glein hinaus. Er zog zunächst nach Luguvallium und folgte dann durch brodelnde, verlassene Moore und Hügel dem Wall, bis er nach Corbridge gelangte. Er kam in beiden Garnisonen früh genug an, um die meisten der Männer zu erwischen, bevor sie ihre Habe zusammengepackt hatten und geflohen waren – das heißt jene, die einen Ort hatten, wohin sie hätten fliehen können. Sie hatten den Angriff einer großen Streitmacht erwartet. Wenn sie kämpfen müßten, erwarteten sie, vernichtet zu werden. Wenn sie sich ergeben würden, erwarteten sie, hingerichtet zu werden. Statt dessen ritt der Prinz, den sie verraten hatten, allein herein und erteilte ihnen einen ernsthaften Verweis für ihre Fahnenflucht. Dann inspizierte er die Garnison und strich jeden Makel der Instandhaltung heraus. Er überprüfte die Waffen jedes einzelnen Mannes. Er belehrte sie darüber, daß sie in Zukunft für ihn kämpfen würden, ohne Fragen zu stellen und sobald sie dazu aufgefordert würden. Dann ging er.

»Das war ein Bild«, berichtete Gerontius Cai und Bedwyr aus der Erinnerung heraus, als sie nach Glein zurückgekehrt waren. Das runzlige Gesicht des kleinen Kartenmachers wirkte im Licht der einzigen Öllampe des Zeltes weich. »Wie er zu ihnen gesprochen hat! Sowohl die Offiziere in Luguvallium als auch die in Corbridge haben mir erzählt, daß es ihnen lieber gewesen wäre, er hätte sie mit der Peitsche ausgepeitscht, als so mit Worten, wie er es getan hat.«

Gerontius nahm einen weiteren Schluck Bier. »Als er ging, wären sie bereit gewesen, ihr Leben für ihn zu geben«, fügte der Kartenmacher hinzu und erhob sich dann. Er lächelte Cai und Bedwyr ironisch an. »Was natürlich die ganze Zeit über seine Absicht war.« Er trat auf den Eingang zu. »Danke für das Bier«, sagte er und ging davon.

Das Problem, wie man mit Lothian verfahren sollte, war nicht so einfach zu lösen wie das der abtrünnigen Heeresregimenter. Lot war tot. Arthur, der sich an das Gespräch mit seinem Großvater an dem Abend, bevor er gen Norden aufgebrochen war, erinnerte, vermutete sehr richtig, wer Cai den Befehl für diese spezielle Hinrichtung erteilt hatte. Merlin hatte sehr sicher gewirkt, daß Lot eine Schlacht gegen Arthur nicht überleben würde.

Merlins Rat war ganz klar gewesen. »Du mußt einen König benennen, der Lots Platz einnehmen kann«, hatte sein Großvater gesagt. »Jemanden, der sowohl für Lothian annehmbar, als auch dir treu ergeben ist.«

Solch ein Inbegriff der Vollkommenheit war jedoch nicht leicht zu finden. Und Arthur war auch noch nicht bereit, seine Cousins, Lots Söhne, zu enterben. Merlin hatte darauf beharrt, daß Gawain mit acht Jahren zu jung war, zum König ernannt zu werden. »Es wäre für jeden charakterstarken Mann leicht, ihn zu manipulieren«, hatte Merlin gesagt. »Du mußt jemanden nach Lothian bringen, der den Norden in Ordnung halten kann.« Dann, als sich Arthur noch immer als widerwillig erwiesen hatte: »Benenne einen neuen König und verheirate ihn mit Morgause. Dadurch wird Gawain seine ihm zustehende Position als Erbe behalten, und dein neuer Mann wird mehr Macht haben, als wäre er nur zum Regenten berufen.«

Arthur erinnerte sich, wie sehr er über den Vorschlag erschrocken gewesen war, daß Morgause einen Mann heiraten sollte, den sie für Lots Thronräuber halten mußte. Aber Merlin hatte nur ironisch gelächelt. »Erwähle einen Mann, der jung genug ist und stark genug und stattlich genug, und sie wird ihn nehmen. Morgause ist nicht lang mit einem leeren Bett zufrieden.«

Daher plante Arthur, nachdem er aus Corbridge zurückgekehrt war, sein Heer nördlich des Walls zu führen, um in Lothian zu überwintern. Er brauchte Zeit, um die Männer, die mit Lot gekämpft hatten, zu treffen und sie kennenzulernen. Er mußte Edun, den König von Manau Guotodin, der der Schlacht von Glein noch lebend entkommen war, treffen und sich ein Urteil über ihn bilden. Er mußte feststellen, wie ernst die Bedrohung für den Süden durch die kaledonischen Stämme war, die von Lot angeworben worden waren. Und schließlich mußte er sich der Treue Gwyls von Elmet und Uriens von Rheged versichern.

Genau fünf Tage nachdem er seine erste Schlacht geschlagen und gewonnen hatte, erteilte Arthur seinem Heer den Marschbefehl nach Lothian. In der Nacht, bevor sie nach Lothian aufbrechen wollten, erreichte ihn ein Bote aus Venta mit Nachrichten von Merlin. Arthur nahm den Bericht entgegen und wartete, bis er allein war, bevor er das Siegel erbrach und das Schreiben las. Es konnte keine Antwort auf seine Nachricht über die Schlacht sein. Dafür war nicht genug Zeit vergangen. Er nahm die Schriftrolle mit zu seinem Schreibtisch und las sie im Licht der Öllampe. Dann rollte er sie wieder ein und legte sie sorgfältig in eine Kiste auf dem Boden. Er stützte seine Ellbogen auf den Schreibtisch auf und legte die Stirn in die Hände. Das Öl in der Lampe war fast verbraucht, als er sich schließlich erhob und auf den Stapel Felle zuging, die während des Feldzugs sein Bett waren. Cabal gähnte unendlich erleichtert, als sich sein Herr zum Schlafen zurechtmachte. Der Jagdhund hatte während der letzten Stunden pflichtbewußt zu Arthurs Füßen Wache gehalten, aber er wollte sich lieber in der Wärme der Felle und Dekken zusammenrollen.

Arthur schaute auf den Hund hinab. »Du hättest nicht auf mich warten müssen«, sagte er ernst.

Cabal schlug mit dem Schwanz auf den Boden und sprang dann begeistert ins Bett. Arthur stieg über den ruhenden Körper des Hundes hinweg und zwängte sich zwischen den Jagdhund und die Zeltwand. Cabal leckte ihm das Gesicht und kuschelte sich dann tief in das Nest aus Wolle und Fellen hinein. Kurz darauf begann er zu schnarchen.

»Wenigstens ein Bettgenosse«, bemerkte Arthur zu der Dunkelheit über sich. Als Antwort schnarchte Cabal erneut. Arthur lächelte ein wenig schmerzlich.

Er war müde, aber diese Müdigkeit war die normale Schwäche von einem Tag harter körperlicher und geistiger Arbeit. Er würde heute nacht schlafen, das wußte er. Sein Bett war kein

Feind mehr, tatsächlich seit dem Tag der Schlacht nicht mehr, als er den Tod heraufbeschworen und Bedwyr ihn abgewehrt hatte.

Er hatte Bedwyr sein Versprechen gegeben, und er würde es halten. Er würde diesen Ausweg nicht erneut suchen. Er würde die Aufgabe erfüllen, die zu erfüllen er freigestellt worden war. Er würde versuchen, sie stolz auf sich zu machen.

Solange er lebte, würde nichts jemals das Gewicht ihrer Abwesenheit erleichtern. Aber die überwältigende Dunkelheit in seiner Seele, die ihn zu verschlingen gedroht hatte, war geschwunden. Sei der König, der zu sein du geboren wurdest, hatte sie gesagt. Ich werde es versuchen, Morgan, antwortete er ihr jetzt, tief in der Dunkelheit der nordischen Nacht, und der Hund, den sie ihm geschenkt hatte, schnarchte an seiner Seite.

Er war König. Die Nachricht von Merlin hatte ihn darüber informiert, daß Uther tot war.

# II
# Gwenhwyfar
(462–465)

## 16. KAPITEL

Der Regen hörte nicht auf. Bedwyr konnte ihn auf das Dach des Prätoriums trommeln, gegen das verglaste Fenster seines Schlafraumes schlagen und die Mauern des Gebäudes in den schlammigen Garten hinablaufen hören. Er strich mit den Fingern durch sein noch feuchtes Haar, nahm einen weiteren Schluck Wein aus dem Becher in seiner Hand und betrachtete aufmerksam seinen Vater. Vater und Sohn hatten sich seit mehr als drei Jahren nicht mehr gesehen. Ban von Dyfed verließ seine Berge selten, und die Kämpfe, die Bedwyr hatte bestehen müssen, hatten ihn von Wales ferngehalten. Die Tatsache, daß sein Vater die Reise nach Venta unternommen hatte, war so außergewöhnlich, daß Bedwyr auf der Hut war. Und er fühlte sich auch dadurch nicht erleichtert, daß Cador von Dumnonia und Dubricius, der Erzbischof von ganz Britannien, zusammen mit dem König von Dyfed im Prätorium logierten.

Bedwyr selbst war erst vor wenigen Stunden in Venta eingetroffen. Arthur wollte das Heer zum Überwintern in die Stadt verbringen und hatte Bedwyr vorausgesandt, damit er die Unterkünfte vorbereiten und Vorräte für eine so große Zahl von Männern beschaffen konnte. Diese Aufgabe wäre normalerweise Cai zugefallen, aber Cai war zu Beginn des Herbstes verwundet worden und hielt sich zur Erholung in Avalon auf.

Also trank Bedwyr seinen Wein und beobachtete seinen Vater über den Rand des Bechers hinweg. Er hatte das unangenehme Gefühl, bereits zu wissen, was Ban im Sinn hatte. Der König wiederum musterte die große Gestalt seines Sohnes mit deutlichem Mißfallen. Bedwyr saß bequem auf einem mit Schnitzereien versehenen Holzstuhl, die langen Beine vor sich ausgestreckt, die wuchtigen Schultern gegen die hohe, gepolsterte Rückenlehne gelehnt. Er hatte seine nasse, schmutzige

Kleidung gegen eine saubere, trockene Tunika und seine Lederhose gegen eine weiche Wollhose vertauscht. Er schien sich in dem behaglichen Schlafraum sehr wohlzufühlen, der tatsächlich stets sein Raum war, wenn er Venta besuchte. Prinz Bedwyr war einer der wenigen, die ein ständiges Quartier im Prätorium besaßen. Das offensichtliche Wohlbefinden seines Sohnes schien König Ban jedoch nicht zu erfreuen. »Ich denke, du kannst dir vorstellen, warum ich hier bin«, sagte er jetzt. Seine Augen leuchteten hell und kalt.

Bedwyrs Augen, von einem weitaus strahlenderen Blau, funkelten, aber er antwortete nicht.

»Er muß heiraten«, sagte Ban. »Ich habe dir wegen dieser Angelegenheit unzählige Male geschrieben. Da es dich offenbar mit Widerwillen erfüllt, dem Hochkönig dieses Thema zu unterbreiten, bin ich selbst gekommen.«

Bedwyr nahm einen weiteren Schluck Wein. Es war sein dritter Becher innerhalb der letzten Stunde. »Hast du irgendwelche Vorschläge bezüglich unserer zukünftigen Königin?« fragte er respektlos.

König Bans mißbilligendes Stirnrunzeln vertiefte sich noch. »Ja. Maelgwyns jüngste Tochter. Gwenhwyfar.«

»Ich wußte nicht, daß Maelgwyn noch Töchter zum Verheiraten hat«, murmelte Bedwyr über seinen Weinbecher hinweg. »Wie alt ist sie?«

»Siebzehn.«

Bedwyrs blonde Brauen hoben sich ein wenig. »Siebzehn und noch unverheiratet? Welcher Makel haftet an ihr, Vater?«

»Kein Makel haftet an ihr«, fauchte Ban. »Sie wurde mit Magachs Sohn verlobt, als sie fünfzehn war, aber der wurde bei einem Kampf mit Arthur getötet. Im Moment gibt es keine anderen unverheirateten, walisischen Prinzen« – Bans Stirnrunzeln verstärkte sich noch mehr – »außer dir natürlich.«

Abrupt setzte Bedwyr seinen Becher ab. »Ich habe nicht den Wunsch zu heiraten.«

»Du kannst tun und lassen, was du willst«, erwiderte Ban kurz angebunden. »Ich habe von deinen Brüdern genügend

Enkel.« Die blaßblauen Augen bohrten sich in Bedwyrs widerstrebendes Gesicht. »Aber der König kann in dieser Angelegenheit nicht tun und lassen, was er will. Er muß heiraten. Gwenhwyfar ist von guter Herkunft. Ich bin ihr niemals begegnet, aber ich weiß, daß sie sehr schön ist. Sie ist sowohl für Cador als auch für Wales annehmbar. Und...« Er machte eine bedeutungsvolle Pause, bevor er hinzufügte: »Maelgwyn gibt ihr einhundert Pferde aus Gallien als Mitgift.«

»Einhundert Pferde.« Bedwyrs Augen glänzten wie Saphire.

»Ja.«

»Nun«, sagte Bedwyr, »Arthur wird noch in dieser Woche nach Venta kommen. Viel Glück für dich. Und für Gwenhwyfar und ihre einhundert Pferde.« Er griff erneut nach seinem Weinbecher.

König Ban stützte die Hände auf die Knie, beugte sich vor und fixierte seinen Sohn mit einem durchdringenden Blick. »Würdest du mir bitte freundlicherweise erklären, warum es dir so sehr widerstrebt, Arthur das Thema Heirat zu unterbreiten?« fragte er. Bedwyr sagte nichts. »Er ist schon seit zehn Jahren König«, fuhr Ban fort. »Er ist sechsundzwanzig Jahre alt. Es ist höchste Zeit, daß er heiratet.«

Bedwyr setzte seinen Becher erneut ab und erhob sich. »Er ist während dieser letzten zehn Jahre sehr beschäftigt gewesen«, sagte er von seinem neuen Standplatz beim Fenster aus über die Schulter hinweg zu seinem Vater. Er stellte fest, daß sich die Windrichtung geändert hatte. Durch das beschlagene Glas konnte Bedwyr durch Regenschleier hindurch undeutlich das Licht der Laternen vor dem Stall erkennen.

»Es braucht nicht lang, einen Sohn zu bekommen«, sagte Ban, der König von Dyfed.

»Vermutlich nicht.« Bedwyr wandte sich wieder um. »Es scheint, als würden sich die Angelsachsen nun endlich einmal zurückhalten«, bemerkte er in der Hoffnung, das Thema wechseln zu können. Bans besorgtes Gesicht erhellte sich. »Tatsächlich?«

»Zumindest scheint es so. Offa hat alle seine Kräfte nach Kent zurückberufen. Und Cynewulf und Cerdic sind ebenfalls zu ihren Gütern zurückgekehrt. Vielleicht liegt tatsächlich eine längere Zeit des Friedens vor uns.«

»Die Seewölfe sind ans angelsächsische Ufer zurückgetrieben worden«, sagte Ban verwundert. »Das haben weder Ambrosius noch Uther zustande gebracht.«

Bedwyr straffte die Schultern und schien eine Entscheidung zu treffen. »Vielleicht ist dies wirklich die richtige Zeit, um mit Arthur über eine Heirat zu sprechen.« Er begann in dem Raum auf und ab zu schreiten, und sein weicher Löwengang ließ den Raum klein erscheinen. »Er hatte eine perfekte Entschuldigung, nicht heiraten zu müssen, solange Igraine hier in Venta an seiner Statt regierte. Es wäre schwer für sie gewesen, hinter einer jungen Königin zurückzustehen. Und Igraine und Merlin haben ihre Aufgabe ausgezeichnet erfüllt, indem sie eine Art Zivilverwaltung aufrechterhalten haben, während Arthur im Feld war. Ohne die Hilfe der beiden wäre er nicht zurechtgekommen. Aber Igraine ist schon seit über einem Jahr tot.«

»Bedwyr.« Die Stimme des Königs von Dyfed enthielt einen Unterton, der seinen Sohn im Schritt innehalten ließ. »Arthur hat keine... größeren Probleme, nicht wahr?«

Es dauerte einen Moment, bevor Bedwyr die Bedeutung der Frage erkannte. Dann: »Nein!« Die Heftigkeit seines Gefühls spiegelte sich im lodernden Blau seiner Augen wider. »Welches Schwein hat dir das nur erzählt?« fragte er grimmig.

Ban unterdrückte den Drang, vor seinem Sohn zurückzuweichen. Es hieß, Bedwyr sei der gefürchtetste Mann in Britannien, und in diesem Augenblick konnte sein Vater erkennen, warum das so war. »Niemand«, antwortete er hastig. »Es hat keine Gerüchte gegeben, wirklich nicht. Es ist nur so, daß mir seine Abneigung gegen eine Heirat sehr seltsam scheint...«

Langsam erstarb die blaue Glut in Bedwyrs Augen. »Götter«, sagte er und ließ seine Finger erneut durch sein bereits zerzaustes Haar gleiten. »Arthur hat ganz normale Neigungen«, sagte er dann mit ruhigerer Stimme. »Tatsächlich ist mir bekannt, daß es um die Frage, ob für das Königszelt eine Frau benötigt wird, einen regelrechten Machtkampf im Troß gibt. Und es wäre dasselbe, wenn er nicht König wäre, oder zumindest sagen sie es. Nein« – Bedwyrs Gesicht wirkte jetzt starr anstatt verärgert – »es gibt wahrhaftig keinen Grund, sich in dieser Beziehung Sorgen zu machen, Vater.«

»Um so besser.« König Ban konnte seine Erleichterung kaum verbergen. »Wenn der König in Venta ankommt, werden wir ihm diese Angelegenheit unterbreiten.«

»Nicht wir«, sagte Bedwyr sofort. »Ich möchte mit diesem speziellen Thema nichts zu tun haben. Du und Cador, ihr beiden dürft diese Aufgabe gern erledigen. Und der Erzbischof natürlich. Ich nehme an, daß er ebenfalls hier ist, um mit Arthur über seine ›Pflicht‹ zu sprechen.«

»Der König ist ein Christ«, sagte Ban steif. »Soweit ich weiß, werden Christen von ihrem Bischof geleitet. Es war Cadors Idee, Dubricius mitzunehmen«, fügte er kurz darauf hinzu.

»Nun, ich wünsche dir und Cador und dem Erzbischof Glück«, sagte Bedwyr herzlich. »Aber laßt mich da heraus. Ich bin sein Kavalleriebefehlshaber, nicht sein politischer Berater oder sein Eheberater.«

Der König von Dyfed stand auf und sah seinen Sohn gereizt an. Es ärgerte ihn, daß er, der selbst ein großer Mann war, zu dem Jüngeren aufschauen mußte. »Angeblich bist du mehr als nur sein Kavalleriebefehlshaber. Angeblich bist du sein Freund.«

»Oh, das bin ich auch«, antwortete Bedwyr freundlich. »Und so soll es auch bleiben. Daher habe ich auch nicht die Absicht, weder jetzt noch irgendwann, mit Arthur über Heirat zu sprechen.«

König Ban zog seinen Umhang zurecht und verließ den Raum in schweigender Würde.

Drei Tage später ritt Arthur, der König, in Venta ein. Die Stadtbewohner säumten die Hauptstraße der Stadt, um ihn willkommen zu heißen. Bedwyr, der auf der Vordertreppe des Prätoriums wartete, konnte den Lärm ihrer begeisterten Begrüßung die

Straße heranrollen hören, während die Prozession näherkam. Dann kam der Reiter auf dem großen schwarzen Pferd in Sicht. Hinter Arthur ritt ein ausgesuchtes Kontingent schwerer Kavallerie. Die Fußsoldaten waren sicherlich in einem Lager außerhalb der Stadttore zurückgelassen worden.

Bedwyr beobachtete Arthurs Ankunft und versuchte zum vielleicht tausendsten Male, das Geheimnis seiner Anziehungskraft zu ergründen. Er saß entspannt im Sattel und schien die Menschen, die seinen Namen riefen, kaum wahrzunehmen. Und dieses Vertieftsein war auch nicht vorgetäuscht. Er bemerkte seine Bewunderer wirklich nicht. Er dachte wahrscheinlich bereits über die Aufgaben nach, die er im Heer verteilen würde, um die Männer beschäftigt zu halten, damit sie während des Winters nicht in Schwierigkeiten gerieten.

Er schien die Menschen niemals bewußt bezaubern zu wollen, und doch konnte niemand die Männer so bewegen und begeistern wie er. Er hatte Männer aus dem ganzen Land zusammengezogen und zu einer Einheit zusammengeschweißt. Vor seiner Zeit hatten die Männer für ihre Stämme, für ihre Stammesfürsten, gekämpft. Sie hatten für Rom gekämpft. Aber während dieser letzten zehn Jahre hatten sie für Britannien gekämpft.

Oder sie hatten für Arthur gekämpft. Für die meisten von ihnen bestand kein Unterschied zwischen beidem.

Die kleine Prozession hatte das Prätorium fast erreicht, und Arthurs Kavalleriebefehlshaber stieg die Treppe hinab, um den König offiziell zu begrüßen.

Bedwyr war bei dem ersten Treffen zwischen Arthur und den Königen von Dyfed und Dumnonia anwesend. Die zeitweilige Abwesenheit des Erzbischofs vertrieb seine Bedenken, ob er daran teilnehmen sollte. Er rechnete damit, daß die Könige jenes Thema, das er vermeiden wollte, nicht aufbringen würden, solange der Überzeugendste in ihrer Runde fehlte.

Sie trafen sich im Empfangsraum des Prätoriums. Arthur nahm, wie üblich, nicht den Platz auf dem erhöhten Podium in

Anspruch, sondern schloß sich den Männern in einem Kreis in der behaglichen Nähe der Kohlenpfanne an, die gegen die kalte Novemberluft anglühte. Arthur brauchte keinen Staatssessel, um seine Autorität zu zeigen, dachte Bedwyr. Seine bloße Anwesenheit genügte. Das Treffen sollte sich eindeutig auf militärische Angelegenheiten beschränken. Cador, der während mehrerer Einsätze unter Arthur die dumnonianischen Truppen angeführt hatte, wollte etwas über die zukünftigen Pläne des Königs erfahren. »Ihr habt die Seewölfe erfolgreich zur Küste zurückgetrieben«, sagte der König von Dumnonia. »Das ist eine großartige Leistung. Aber was sollen wir jetzt tun?«

Arthur sah Cador gedankenvoll an. »Ich möchte ein Abkommen mit ihnen schließen«, erklärte er schließlich.

»Was!« Bans Stimme grollte über Cadors gedämpfteren Einspruch hinweg. »Ein Abkommen! Ihr wollt sie nicht ins Meer zurückdrängen?«

Eine Pause entstand. Dann sagte Arthur ruhig und entschieden: »Das können wir nicht.«

In der plötzlichen Stille konnte Bedwyr das mühsame Atmen seines Vaters hören. Arthur verschränkte die Hände und wartete ab.

»Werden sie ein Abkommen einhalten?« fragte Cador. »Es sind Wilde«, fügte er mit Abscheu hinzu. »Barbaren. Sie haben keine Ehre.«

»Sie entstammen einer Rasse von Räubern und Vandalen, sicher«, stimmte Arthur zu. »Aber viele der Angelsachsen, die heute leben, sind in Britannien geboren und aufgewachsen. Sie haben keine andere Heimat. Sie werden nicht vertrieben werden. Ihr und ich, meine Herren, wir müssen die Tatsache akzeptieren, daß es innerhalb Britanniens immer angelsächsische Königreiche geben wird.«

»Nun, ich zum Beispiel werde das niemals akzeptieren!« Es war erneut Ban, der mit rotem Gesicht und schweratmend gesprochen hatte. »Ich werde nicht eher zufrieden sein, als bis wir sie wieder über die Meerenge zurück und bis zu dem Ort zurückgedrängt haben, woher sie gekommen sind.«

»Ich werde Euch gern die Männer Dyfeds überlassen«, erwiderte Arthur freundlich. »Ihr könnt natürlich den Versuch unternehmen.« Ein beredtes Schweigen entstand.

»Wir werden ein Abkommen mit ihnen treffen«, fuhr Arthur fort, als habe die Unterbrechung durch Bans Einwand niemals stattgefunden, »und die Grenzen ihrer Länder genau festlegen. Dann ist es unsere Aufgabe sicherzustellen, daß diese Grenzen sicher sind und auch eingehalten werden.«

»Sie werden nicht immer an der Küste bleiben«, sagte Ban.

Bedwyr hielt den Atem an. Er kannte Arthurs Meinung zu diesem Thema und hielt es nicht für klug, sie seinem Vater zu unterbreiten. *Nicht, Arthur,* flehte er den König schweigend an.

Arthurs lange, schlanke Hände lösten sich voneinander und er antwortete: »Es ist meine Aufgabe, dafür zu sorgen, daß sie dort bleiben. Ihr habt mich nach meinen Plänen für das Militär gefragt. Ich muß Euch sagen, meine Herren, daß militärische Angelegenheiten während der nächsten Jahre zweitrangig sein werden. Was Britannien braucht, ist eine starke Zentralregierung.« Bedwyr begann wieder zu atmen.

Cador runzelte unheilvoll die Stirn. »Was meint Ihr damit?«

»Ich meine, daß der Hochkönig mehr als nur ein Kriegsführer werden muß. Wenn uns eine Zeit des Friedens bevorsteht, muß er die zentrale staatliche Autorität im Lande werden.«

Cadors bulliger Kopf wurde auf dem dicken Hals vorgereckt. »Ihr wollt Euch zum Kaiser ernennen?« fragte er drohend.

»Nein.« Arthurs Gesicht war vollkommen ruhig. »Ich möchte Hochkönig von Britannien sein, nicht nur Comes Britanniarum. Ich möchte für diese Nation eine Hauptstadt erbauen, die nicht römisch sein wird wie Venta, sondern rein britisch. Die Hauptstadt muß Unterkünfte für das Heer aufweisen, aber sie wird nicht nur eine Garnisonsstadt sein. Sie muß ein Regierungssitz sein.« Die hellgrauen Augen schauten von Cador zu Ban und dann wieder zurück zu Cador. »Wenn wir eine Nation sein wollen«, sagte Arthur, »müssen wir uns einig sein. Wenn wir mit anderen Nationen verhandeln wollen, müssen wir einer Meinung sein. Wenn wir Britannien aus der Verheerung durch den Krieg heraus neu aufbauen wollen, müssen wir einen gemeinsamen Baumeister haben.«

»Ihr würdet damit die Macht der ortsansässigen Könige beschränken«, sagte Cador.

»Ich stimme damit überein, daß wir einen Kriegsführer brauchen«, warf Ban ein. Seine hellen Augen betrachteten die Gestalt dieses Kriegsführers von Kopf bis Fuß. »Und Ihr habt Eure Aufgabe gut erfüllt, das gebe ich zu.« Arthur hob eine gerade schwarze Augenbraue, und Ban fügte widerwillig hinzu: »Ihr habt getan, was niemand sonst hätte tun können. Seid damit zufrieden. Wir sind vollkommen in der Lage, unsere Königreiche ohne Euch zu regieren.«

»Tatsächlich?« Der Tonfall von Arthurs Stimme veränderte sich kaum merklich, und beide Könige horchten auf. »Habt Ihr bemerkt, was mit Britannien geschehen ist, seit die Römer abgezogen sind, meine Herren? Die meisten Städte sind verfallen, Häuser sind verlassen worden, das Gewerbe ist zusammengebrochen. Durch das Bemühen des Heers während der letzten zehn Jahre ist das Eisengewerbe zumindest wiederaufgebaut worden, aber es muß über die reine Herstellung von Waffen hinaus ausgebaut werden. Vor allem müssen die Straßen instandgesetzt werden. Die Landwirtschaft kann sich nicht mehr selbst erhalten, sie muß soweit wiederbelebt werden, daß wir erneut Weizen ausführen können. Schiffe müssen gebaut werden.«

Arthur legte die Hände auf die Stuhllehnen. »Ich möchte den ortsansässigen Königen nicht alle Autorität nehmen. Ihr kennt Eure Stämme und die Bedürfnisse Eurer Leute besser. Aber dieses Land muß zu einer Geldwirtschaft aufgebaut werden, wenn wir unseren Platz unter den Nationen der Welt einnehmen wollen. Nur mit wirtschaftlicher Stärke werden wir den Kampf gegen die Angelsachsen letztendlich gewinnen. Und nur mit einer Zentralregierung können wir wirtschaftliche Stärke erlangen.«

»Würdet Ihr die ortsansässigen Könige als Konzil einsetzen?« fragte Cador.

»Natürlich«, erwiderte Arthur sofort. »Ich plane wahrhaftig

nicht, mich zum Kaiser zu ernennen. Aber ich halte es für unbedingt wichtig, daß wir unser Hauptaugenmerk auf den Wiederaufbau unserer Ressourcen richten, und ich glaube, daß ich am besten geeignet bin, dies durchzuführen.«

»Die Straßen sind in einem schändlichen Zustand«, sagte Ban widerstrebend.

Cador betrachtete den jungen Hochkönig forschend. »Glaubt Ihr wirklich, daß wir Frieden haben werden?«

»Ja«, sagte Arthur. »Das glaube ich.«

Bedwyr schaute den beiden Königen nach, als sie sich zur Nacht zurückzogen. »Du hast sie ganz sicher vor den Kopf gestoßen«, sagte er halb scherzhaft zu Arthur, nachdem sich die Tür hinter seinem Vater geschlossen hatte. »Zuerst ein Abkommen mit den Angelsachsen, dann eine neue Hauptstadt, von der aus du über das ganze Land regieren willst.«

»Sie werden sich an den Gedanken gewöhnen müssen«, sagte Arthur ein wenig ungeduldig. »Cador ist von allen Königen am besten informiert. Ich glaube, er wird zu der Einsicht gelangen, daß mein Vorschlag nur vernünftig ist.«

»Und dann soll er die anderen überzeugen?«

Eine schwarze Augenbraue wurde gehoben. »So ungefähr.«

»Du warst in bezug auf die Angelsachsen sehr zuversichtlich.«

Arthur zuckte die Achseln und streckte die Beine vor sich aus. »Wenn wir Glück haben, bleiben uns vielleicht noch hundert Jahre. Aber das wird es dann wohl sein.«

»Das hast du ihnen nicht gesagt.«

Ganz plötzlich grinste Arthur. Er lächelte so selten, daß es außergewöhnlich wirkungsvoll war, wenn er es tat. »Nein«, sagte er. »Das habe ich nicht.«

»Gute Sache.« Bedwyr lächelte ebenfalls. »Mein Vater würde deine Ansicht zu diesem Thema zum Beispiel nicht gutheißen.«

»Ich habe aber alles andere, was ich gesagt habe, ernst gemeint.« Arthurs Gesicht wurde wieder schwermütig. »Je stärker wir sind, desto länger können wir das Unabwendbare hinauszögern. Und das Unabwendbare muß, wenn es kommt, nicht zwangsweise in der Form von Verheerung und Schrecken kommen. Die Stärke des Reichs lag schon immer im Zustrom neuer Menschen.«

»Die Angelsachsen sind nicht die Goten«, sagte Bedwyr.

»Gib ihnen hundert weitere Jahre Zeit, und sie werden genauso zivilisiert sein wie die Goten. Du bist selbst kein Christ, aber auch du mußt den enormen, zivilisierenden Einfluß der Kirche anerkennen. In gewissem Sinn ist Roms Mission der Zivilisation, über die mein Großvater so oft zu sprechen pflegte, der Kirche übertragen worden. Es gab einen Patrick für Irland, es wird auch einen Apostel für die Angelsachsen geben. Und das wird den Unterschied ausmachen.«

»Nur ein zeitlicher Aufschub«, sagte Bedwyr.

»Das ist nun mal unsere Aufgabe.« Arthur lehnte sich in seinem Sessel zurück, betrachtete Bedwyr unter gesenkten Wimpern hervor und fragte: »Was macht eigentlich dein Vater in Venta?«

Bedwyr ärgerte sich, als er das Blut in seine Wangen steigen spürte. »Ich weiß es nicht«, murmelte er.

»Ban und Cador. Und Erzbischof Dubricius ebenfalls. Ich verstehe. Sie wollen sich morgen mit mir treffen. Sie alle drei.«

Bedwyr wünschte, er hätte ein Glas in der Hand.

»Haben sie eine bestimmte im Sinn, Bedwyr?« erklang die kühle Stimme des Königs. »Oder soll es einfach eine allgemeine Erörterung werden?«

Bedwyr hob ruckartig den Blick.

»Ich verstehe«, sagte Arthur. »Wer ist sie?«

»Eine von Maelgwyns Töchtern«, sagte Bedwyr widerwillig. »Gwenhwyfar.«

Ein kurzes Schweigen entstand. Dann: »Eine Prinzessin von Gwynedd. Was haben sie noch anzubieten?«

Bedwyr sah ihn an. »Einhundert Pferde aus Gallien.«

Die langen Wimpern hoben sich. »Sie meinen es also ernst.«

»Sehr ernst.« Wider besseres Wissen fuhr Bedwyr fort: »Du könntest es schlechter treffen. Sie ist siebzehn und guter Herkunft. Maelgwyn ist Christ, so daß es in Ordnung wäre. Mein Vater und Cador sind eindeutig dafür.« Er hielt jäh inne, als er sich der Belustigung in Arthurs Blick bewußt wurde.

»Und dann sind da noch die einhundert Pferde«, sagte der König.

Bedwyr runzelte verwirrt die Stirn: »Ich werde dich niemals verstehen. Du hast die letzten fünf Jahre damit verbracht, jegliche Erwähnung einer Heirat geschickt zu vermeiden. Bei einer oder zwei Gelegenheiten, als jemand das Thema aufzubringen wagte, hast du ihnen fast die Köpfe abgerissen. Und jetzt bist du plötzlich bereit, für einhundert Pferde nachzugeben.«

Arthur zuckte die Achseln. Er schien vollkommen entspannt, während er sich in seinem Sessel zurücklehnte, aber Bedwyr, der ihn sehr gut kannte, konnte seine Anspannung daran erkennen, wie seine Hände die geschnitzten Sessellehnen umklammerten. »Wie auch bei den Angelsachsen, kann man das Unvermeidliche nur eine gewisse Zeit hinauszögern«, sagte Arthur. »Ich vermute, Gwenhwyfar wird genauso gut sein wie jede andere. Und wenn ich die Art fester Zentralregierung aufbauen will, die ich geplant habe, werde ich einen Erben brauchen.«

Der Raum war noch immer ruhig. Im Licht der Öllampe wirkte Arthurs Gesicht plötzlich müde.

»Ich habe dich niemals darüber sprechen hören, daß du eine neue Hauptstadt errichten willst«, sagte Bedwyr zögernd. »Wann hast du beschlossen, das zu tun?«

»Ich denke schon geraume Zeit darüber nach. Venta ist für den König eines Staatsgebildes, wie ich es im Sinn habe, nicht geeignet. Hier ist einfach nicht genug Platz. Und das Prätorium ist zu klein, um die Art Regierung, wie ich sie plane, aufzunehmen.« Bedwyr wirkte besorgt. »Wenn du das tust, wird Cador nicht der einzige sein, der dir unterstellen wird, du wolltest dich zum Kaiser ernennen«, warnte er.

»Es ist mir gleichgültig, was sie mir unterstellen«, erwiderte Arthur. »Aber ich will dir folgendes sagen, Bedwyr.« Seine grauen Augen waren so kalt wie Eis. »Ob es den keltischen Königen gefällt oder nicht: es ist meine Absicht, zu herrschen.«

Er würde heiraten müssen. Wie er Bedwyr an diesem Abend gesagt hatte, konnte man das Unvermeidliche nur eine gewisse Zeit aufschieben. Er brauchte eine Frau. Um Britannien einen Erben zu schenken, brauchte er eine Frau. Um Britannien eine Königin zu schenken, brauchte er eine Frau.

Der König wußte, daß er heiraten mußte. Es war sein privates Ich, das vor dem Gedanken zurückschreckte.

Eine walisische Prinzessin von Gwynedd. Wie Bedwyr gesagt hatte, hätte er es schlechter treffen können. Eine solche Heirat würde ihm die Unterstützung von Wales sichern. Und, abgesehen von Dumnonia, war Maelgwyns Hof der kultivierteste und romanisierteste im Lande. Dieses Mädchen würde sehr wohl verstehen, daß die Heirat eine Frage der Dynastie war. Sie würde wissen, welche Rolle sie in seinem Leben zu spielen hätte.

»Ist das alles, Mylord?« Es war Gareth, sein Leibdiener, der seine Kleider aufgeräumt hatte. Arthur wandte sich von der grübelnden Betrachtung der Schriftrollen auf dem Schreibtisch ab und lächelte den Jungen flüchtig an.

»Ja, danke, Gareth. Du kannst dich jetzt zurückziehen.«

Der Junge lächelte strahlend zurück und verneigte sich. »Gute Nacht, Mylord.«

»Gute Nacht«, erwiderte Arthur und stand noch einige Minuten da und starrte auf die Tür, die sich hinter dem Jungen geschlossen hatte. Gareth war jetzt... wie alt... sechzehn. Arthur war sich einer tiefgreifenden Verwunderung bewußt. Es schien beinahe erst gestern gewesen zu sein, als der zwölfjährige Junge aus dem nördlichen Nebel aufgetaucht war und darum gebeten hatte, ins Heer eintreten zu dürfen. Er erinnerte sich recht lebhaft an den Ausdruck auf Gareths geschundenem und schmutzigem Gesicht, wie er sich an den Steigbügel des Königs geklammert hatte und sich auch von Cai nicht hatte vertreiben lassen.

Sechzehn. Mit sechzehn war Arthur bereits Hochkönig gewesen. Gareth war zu alt, um weiter als sein Leibdiener zu arbeiten. Es war an der Zeit für ihn, seinen Platz unter den Männern einzunehmen. Er würde Bedwyr bitten, das in die Hand zu nehmen. Cai hatte schon genug zu tun.

Cai. Er war während ihres letzten Kampfes mit Cerdic am Bein verletzt worden. Die Wunde war noch nicht verheilt, weshalb Cai nach Avalon gesandt worden war.

Glücklicher Cai.

Gareth hatte auf dem Marmortisch neben der Kohlenpfanne einen Becher Wein für ihn zurückgelassen, und Arthur nahm ihn im Vorübergehen auf. Cabal, der auf dem Teppich vor den glühenden Kohlen schlief, hob den Kopf, als sich sein Herr näherte, streckte sich dann wieder aus und schloß erneut die Augen.

Avalon. Avalon mit den Apfelbäumen. Der einzige Ort auf der Welt, an dem er wirklich sein wollte, und der einzige Ort, an dem er nicht sein durfte.

Die Lady von Avalon, so wurde sie nun während der letzten zehn Jahre genannt. Sie war in ganz Britannien für ihre Heilkunst berühmt. Die Hälfte seiner verwundeten Offiziere hatten einige Zeit in Avalon verbracht, und sie hatte sie ihm alle vollkommen gesund zurückgesandt.

Er wußte alles über sie. Er wußte, wann sie Avalon verließ, um ihre Schwester Morgause in Lothian zu besuchen, und wann sie zurückkehrte. Er hatte sie seit der Nacht, in der er ihr Schlafzimmer fluchtartig verlassen hatte und beinahe in den Fluß Camm gegangen wäre, nicht mehr gesehen.

Er hatte ihr in zehn Jahren zweimal geschrieben. Einmal, um ihr für die Perlen zu danken, die sie ihm vor seiner Krönung gesandt hatte. Und er hatte ihr noch einmal geschrieben, als Igraine gestorben war, und hatte sie erneut gefragt, ob sie ihn heiraten wolle. Sie hatte abgelehnt.

Sein Großvater, der krank war und jetzt in Avalon lebte, war nicht mehr das Haupthindernis zwischen ihnen, sondern Morgan war es selbst. Er hatte das deutlich aus ihrem letzten Brief herausgelesen. Sie hatte ihm überdeutlich erklärt, daß er jemand anderen heiraten müsse.

Also konnte er genausogut Gwenhwyfar heiraten.

Die Botschaft aus Avalon traf zwei Wochen, nachdem Cador und Ban und der Erzbischof Venta verlassen hatten, dort ein. Cai kam durch die kalte Winterdämmerung geritten, um dem König die Nachricht zu überbringen, daß sein Großvater im Sterben lag.

»Morgan glaubt, daß ihm höchstens noch eine oder zwei Wochen bleiben«, sagte Cai, als er und Arthur in dem privaten Empfangsraum, der Uther gehört hatte, allein waren. Cai glättete die Falten seiner Tunika, zog den Ledergürtel enger und zögerte, Arthur ins Gesicht zu sehen. »Er will dich sehen.«

»Ich werde morgen hinreiten«, sagte Arthur. Cai sah ihn schließlich an und schien erleichtert über das zu sein, was er sah.

»Er hat keine Schmerzen«, sagte er. »Der Anfall, oder was immer es war, scheint vorbei zu sein. Er ist nur sehr schwach. Er ist… alt. Ganz plötzlich, Arthur, ist er so alt.«

»Er ist über siebzig«, sagte Arthur. »Ich denke, wir konnten nicht erwarten, daß er ewig weiterlebt.«

»Nein, vermutlich nicht.«

Arthur trat an den Tisch neben dem Fenster und goß zwei Becher Wein ein. Er trug einen Becher zu Cai hinüber und reichte ihn ihm. Als Cai dankbar lächelte, fragte Arthur: »Was macht dein Bein? Als ich dich das letzte Mal sah, wurdest du auf einer Bahre davongetragen.«

Cais Lächeln verwandelte sich in ein Grinsen. »Ich erinnere mich an dein Gesicht über mir. Du wirktest besorgt, und ich dachte: Gott, ich muß wohl sterben, wenn er so dreinschaut.«

»Ich dachte, du würdest das Bein verlieren«, sagte Arthur hart.

»Das dachte Morgan zuerst auch. Sie sagt, es sei fast ein Wunder, daß die Entzündung zurückgegangen ist.«

Arthur setzte sich wieder und nahm einen Schluck Wein. Der

Raum, in dem sie saßen, war der Raum, in dem er seinem Vater zum ersten Mal begegnet war, vor mehr als zehn Jahren. Er sah noch genauso aus wie zu Uthers Lebzeiten. Arthur hatte nicht genug Zeit in Venta verbracht, um etwas zu verändern. Und es waren auch stets Igraines Gefühle zu berücksichtigen gewesen. Er sagte jetzt, mit dem betonten Gleichmut, den er immer wahrte, wenn er von ihr sprach: »Morgan ist das Wunder. Sie hat bisher jeden meiner Männer geheilt, der es lebend bis Avalon geschafft hat.«

»Die Leute in unserer Gegend sagen, sie besäße das Wissen der Magie«, sagte Cai amüsiert. »Morgan findet das lustig.«

Arthur betrachtete seinen Becher aus samischer Töpferware, als hätte er ihn noch niemals zuvor gesehen. »Unterhält sie noch immer ein Krankenhaus für verletzte Tiere?« fragte er, und seine Stimme klang ein wenig gedämpft. Er erlaubte sich sehr selten, über Morgan zu sprechen.

»Oh, ja«, erwiderte Cai leichthin. »Gegen den Hund, den sie jetzt hat, war Horatius ein reinrassiges Tier.«

Als Arthur aufschaute, wirkten seine grauen Augen ungewöhnlich strahlend. »Wirst du morgen mit mir kommen?«

Cai schüttelte den Kopf. »Ich habe mich bereits von Merlin verabschiedet. Und ich werde hier gebraucht, hoffe ich.«

»Du wirst gebraucht.« Arthur setzte seinen Becher ab und legte eine Hand auf Cais breite Schulter. »Ich habe dich vermißt«, sagte er. »Es ist gut, dich wiederzuhaben.«

Arthur verließ Venta am nächsten Morgen ganz früh, und er ritt allein. Bedwyr hatte gegen diese Entscheidung protestiert und hatte Arthur gedrängt, eine bewaffnete Eskorte mitzunehmen. Aber Arthur hatte sich geweigert.

»Es ist Wahnsinn, wenn der Hochkönig von Britannien allein und ohne Schutz über öffentliche Straßen reitet«, sagte Bedwyr in der Nacht vor Arthurs Aufbruch wütend zu Cai. »Nimm einmal an, er wird von einer Diebesbande angegriffen? Wir können es uns nicht leisten, daß er wegen einer dummen Laune getötet oder verletzt wird.«

»Mir tut die arme Diebesbande, die Arthur angreift, jetzt schon leid«, erwiderte Cai belustigt. »Er ist vielleicht nicht so flammend wie du, Bedwyr der Löwe, aber er ist genauso gefährlich. Du weißt das.« Dann, als Bedwyr lediglich vor sich hin knurrte und weiterhin besorgt wirkte: »Es gibt Zeiten, Bedwyr, in denen wir ihm Raum zum Atmen lassen müssen.« Die Belustigung war aus Cais Stimme verschwunden. »Er muß allein sein. Störe ihn nicht dabei.«

»Das würde ich nicht wagen«, erwiderte Bedwyr. »Er hatte diesen sehr stillen Gesichtsausdruck, als ich mit ihm sprach, und ich war klug genug, mich eilig zurückzuziehen, bevor er mir den Kopf abreißen konnte. Aber es gefällt mir trotzdem nicht, Cai.« Er runzelte die Stirn. »Glaubst du, wir können ihm in angemessenem Abstand eine kleine Eskorte nachschicken?«

»Ist das dein Ernst?« fragte Cai ungläubig. »Entgegen seinen ausdrücklichen Befehlen?«

»Nein. Das können wir vermutlich nicht tun«, sagte Bedwyr. »Wenn er jemals herausfände…«

»Genau. Belasse die Dinge, wie sie sind, Bedwyr. Arthur ist vollkommen in der Lage, allein sicher nach Avalon zu gelangen.« Er seufzte. »Mich beunruhigt eher, was nach seiner Rückkehr geschieht.«

»Er hat versprochen, Gwenhwyfar zu heiraten. Mein Vater und Erzbischof Dubricius sind abgereist, um Gwynedd die gute Nachricht zu überbringen.«

»Die gute Nachricht«, wiederholte Cai. »Ja, vermutlich ist es eine gute Nachricht. Nun komm«, sagte er fast verzweifelt, »wir sollten irgendwo hingehen und uns betrinken.«

Arthur dachte an keinen seiner Befehlshaber, während er an diesem Morgen die Straße nach Avalon entlangritt. Er erinnerte sich an das letzte Mal, als er diese Reise unternommen hatte, als sein Rappe noch ein junges Tier gewesen war und sie durch die Nacht galoppiert waren, als hätte ihr Leben davon abgehangen, Avalon noch vor der Dämmerung zu erreichen.

Vor zehn Jahren.

Er war nicht mehr der Junge, der er noch gewesen war, als er das letzte Mal nach Avalon geritten war. Ein Teil von ihm würde immer Morgan gehören, aber er hatte sein Leben ohne sie eingerichtet. Wie sie ihres ohne ihn lebte. Vielleicht war es an der Zeit, daß sie sich erneut trafen, daß sie sich im vollen Besitz ihrer Stärke als Erwachsene trafen und nicht mehr als verzweifelte, unglückliche Kinder, die Angst hatten, sich dem Leben allein zu stellen.

Die kahlen Apfelbäume wirkten im fahlen Wintersonnenschein verloren. Aus irgendeinem seltsamen Grund hatte er erwartet, sie in voller Blüte vorzufinden. In seinen Erinnerungen an Avalon hatten die Apfelbäume stets geblüht. Was natürlich lächerlich war. Er preßte wegen seiner wehmütigen Einfältigkeit die Lippen zusammen und trieb Dun zum Galopp an. Er wollte das Haus plötzlich unbedingt noch sehen, bevor die Dunkelheit hereinbrach.

Sie verlangsamten ihren Schritt, während sie die Allee hinabritten, und so gelangten sie leise in den Hof des Hauses. Arthur sah sich um und betrachtete das sonnenüberflutete Steingebäude. Er erinnerte sich erstaunlich lebhaft daran, wie das Haus auf ihn gewirkt hatte, als er zum ersten Mal hinter Merlin in diesen Hof eingeritten war.

Die Haustür wurde geöffnet, und zwei Menschen traten heraus. Im ersten erkannte er sofort Marcus. Der zweite war Ector. Die Tür wurde geschlossen, und dann kamen sie über den Hof auf ihn zu. Er schloß kurz die Augen. Gott sei Dank mußte er sie nicht in der gnadenlosen Öffentlichkeit des Hofes wiedersehen.

»Arthur!« rief Ector mit erfreutem Lächeln aus. Dann, als er sich erinnerte: »Mylord.«

Arthur grinste, stieg ab und umarmte den alten Mann kurz. »Es tut gut, dich zu sehen, Ector«, sagte er und fuhr gedankenlos fort: »Es tut gut, zu Hause zu sein.«

Sie brachten ihn sofort zu seinem Großvater.

»Arthur?« fragte Merlin von seinem Bett aus.

»Wie fühlt Ihr Euch, Sir?« fragte Arthur. Er nahm die zerbrechliche, alte Hand, so weiß und von blauen Venen durchzogen, in seine starken Hände. Er hatte seinen Großvater nicht mehr gesehen, seit Merlin im Frühjahr in Venta einen Anfall erlitten und Morgan ihren Vater nach Avalon zurückgeholt hatte. Arthur war plötzlich froh, daß sein Großvater die Apfelbäume noch einmal in Blüte gesehen hatte.

»Ich fühle mich alt«, sagte Merlin. Eine Seite seines Gesichts wirkte starrer als die andere, und seine Aussprache war ein wenig undeutlich.

Arthur zog sich einen Stuhl nah ans Bett und setzte sich. Er erzählte seinem Großvater die eine Neuigkeit, die ihn, wie er dachte, erfreuen würde. »Ich werde die Prinzessin Gwenhwyfar heiraten.«

Merlins blaue Augen loderten vor Freude auf. »Eine gute Wahl«, sagte er kurz darauf. »Maelgwyn ist ein guter Mann.«

»Ja«, stimmte der König zu.

Es entstand eine Pause, während Merlin seine Gedanken sammelte. »Ich hinterlasse Avalon Morgan, Arthur. Sie wird niemals heiraten, und sie soll ihren eigenen Besitz haben. Ich verlasse mich darauf, daß du es für sie beschützt.«

»Natürlich«, versicherte Arthur ihm.

Die blassen, von blauen Venen durchzogenen Finger zupften an der roten Wolldecke. »Ich wünschte, ich könnte dir etwas hinterlassen, mein Junge.«

Arthur antwortete wohlüberlegt, aber die unterdrückten Gefühle waren dennoch spürbar. »Ihr hinterlaßt mir ein Königreich«, sagte er, »und die Fähigkeit, es zu leiten. Ihr hinterlaßt mir einen Traum. Ich hoffe nur, Großvater, daß ich ihn für Euch wahrmachen kann.«

Merlins Blick erforschte das sorgfältig beherrschte Gesicht seines Enkels. Schließlich sagte er in seiner langsamen, undeutlichen Sprechweise: »Ich habe niemals erwartet, daß du mir vergibst.«

Arthur senkte den Kopf. »Es war nicht Euer Fehler«, antwortete er mühsam. Merlin sagte nichts, betrachtete nur den gesenkten, tintenschwarzen Kopf. Dies war ein Thema, das zehn lange Jahre nicht erwähnt worden war.

»Mein ganzes Leben lang, fast solange ich mich erinnern kann, habt Ihr stets hinter mir gestanden«, sagte Arthur schließlich mit rauher Stimme. Er hob den Kopf, und die Empfindungen, die er so sorgfältig verborgen gehalten hatte, wurden in seinen Augen sichtbar. »Was soll ich nur ohne Euch tun?« fragte er. Und Merlin, der die Arme ausstreckte und den schlanken, muskulösen Körper seines Enkels umfing, war plötzlich auf heftige Art glücklich.

Morgan kehrte kurz nach Einbruch der Dunkelheit zum Haus zurück und wurde von Ector mit der Neuigkeit empfangen, daß Arthur eingetroffen sei.

»Er war fast eine Stunde lang bei deinem Vater«, berichtete Ector ihr. »Merlin wirkte... sehr friedlich, nachdem der König gegangen war.«

»Wo ist Arthur jetzt?« fragte sie.

»In seinem Zimmer, er zieht sich zum Essen um.« Ector grinste. »Der Koch stellt für ihn die Küche auf den Kopf.«

Morgan zwang sich zu lächeln und sagte: »Nun, ich sollte mich besser auch umziehen«, und ging langsam auf den Schlaftrakt des Hauses zu.

Das Atmen fiel ihr schwer, und sie löste die Spange, mit der ihr Umhang befestigt war, während sie sich ihrer Schlafzimmertür näherte. Sie hatte natürlich gewußt, daß er kommen würde. Sie hatte ihn einfach noch nicht so bald erwartet. Sie hätte es wissen müssen, dachte sie beschämt. Er war sicherlich berühmt für das Tempo, mit dem er sein Heer vorantrieb. Das war einer der Gründe seines Erfolges gegen die Angelsachsen.

Morgan blieb vor ihrer Tür stehen und schaute auf ihre alte Tunika hinab. Sie hatte mehrere Bauernkinder besucht, die krank waren, und ihre Kleidung spiegelte die Art ihrer Tätigkeit wider. Sie wollte eigentlich warten, ihre besten Kleider anziehen, ihr Haar bürsten... Sie trat energisch an die nächste Tür im Gang und klopfte.

Kein Geräusch erklang von drinnen, aber plötzlich öffnete sich die Tür, und er stand da.

»Ector hat mir gesagt, daß du gekommen bist«, sagte sie ohne lange Vorrede. »Ich hielt es für das Beste, wenn wir unser erstes Zusammentreffen allein gestalten.«

»Komm herein«, waren seine einzigen Worte. Sie ging bis zur Mitte des Raumes und hörte ihn die Tür schließen. Sie atmete tief ein und wandte sich dann um.

Er hatte sich nicht von der Tür fortbewegt. Die Lampen in seinem Zimmer waren gefüllt und entzündet worden und verbreiteten ein warmes Licht, in dem sich die beiden begutachten konnten. Er war anders, dachte Morgan sofort. Das dichte schwarze Haar war das gleiche – es fiel ihm sogar noch auf die gleiche Weise über die Stirn, wie sie es in Erinnerung hatte. Die Augen hatten dasselbe helle Grau, die Nase war wie zuvor, die Knochen der Wangen und des Kinns hatten sich nicht verändert, aber er war anders. Auch nicht einfach älter. Härter. Stärker. Entschieden stärker. Sie spürte es sofort.

Er strich sich das Haar aus der Stirn und sagte: »Du hast dich überhaupt nicht verändert.«

Sie glaubte zu lächeln. Ihr Haar verfing sich im Stoff ihrer Tunika, und sie hob eine kleine, tüchtige Hand und strich es hinter die Ohren zurück. »Ich weiß«, sagte sie. »Unordentlich wie immer.«

Die grauen Augen erforschten ihr Gesicht. Er ignorierte ihren Versuch zu scherzen und fragte mit völlig veränderter Stimme: »Wie geht es dir, Morgan?«

Der harte Knoten, der sich in ihrem Magen gebildet hatte, seit Cai nach Venta aufgebrochen war, löste sich. Dieses Mal wußte sie, daß sie lächelte. »Es geht mir gut«, sagte sie. »Meistens.«

Er erwiderte ihr Lächeln nicht. Statt dessen atmete er kurz ein und stieß jäh hervor: »Ich habe mein Versprechen gegeben, die Prinzessin Gwenhwyfar zu heiraten.«

»Gut«, antwortete sie sofort. »Ich hoffe, du hast es Vater erzählt. Er wird sich freuen.«

»Ja, ich habe es ihm erzählt.« Schließlich trat er von der Tür fort und kam auf sie zu. »Allmächtiger Gott«, sagte er. »Morgan! Wie ich dich vermißt habe!«

»Ich weiß.« Er drückte sie so fest, daß ihre Rippen schmerzten. Ihre Wange lag in die Höhlung seiner Schulter gepreßt. Er war größer, als er mit sechzehn gewesen war.

»Ich konnte nicht herkommen«, sagte er über ihren Kopf hinweg. »Ich hatte Angst herzukommen.«

»Ich weiß«, sagte sie erneut. »Ich habe es immer verstanden.«

»Natürlich hast du es verstanden.« Schließlich ließ er sie los und schaute mit hungrigen Augen in ihr aufwärts gewandtes Gesicht. Kurz darauf murmelte er: »Danke für Cai. Ich dachte, ich würde ihn verlieren.«

Die großen braunen Augen betrachteten ihn, wie nur Morgan es konnte. »Das Bein sah sehr schlimm aus. Ich glaube, es war mehr der Glaube als die Heilkunst, der es gerettet hat.«

»Oder Magie«, fügte er ernst hinzu.

Die braunen Augen barsten fast vor Belustigung. »Hast du das Gerücht gehört? Ich habe schon daran gedacht, ein entsprechendes Gewand anzulegen. Vielleicht die Robe eines Druiden. Was meinst du?«

Er grinste und wirkte plötzlich wieder wie sechzehn. »Ich werde dich zur offiziellen Magierin des Königs ernennen.« Sie lachten beide, als Justina an die Tür klopfte, um Morgan darauf hinzuweisen, daß sie zu spät zum Essen kommen würde.

Nur sie beide und Ector nahmen an der Mahlzeit teil. Zuerst achtete der alte Verwalter sehr genau darauf, den König »Mylord« zu nennen. Doch schließlich sagte Arthur klagend: »Es gibt auf der ganzen Welt nur fünf Menschen, die mich Arthur nennen. Du willst diese Zahl doch wohl nicht auf vier reduzieren?«

Ector strahlte. Doch bald darauf sagte Morgan traurig: »Sie wird nur zu bald auf vier reduziert werden, Arthur.«

Alle drei Gesichter überflog ein Schatten. »Ich weiß«, antwortete Arthur. »Ich habe ihn heute nachmittag gesehen.«

»Vor acht Monaten hat er sich in Venta noch um alles gekümmert«, sagte Ector. »Es ist so… schnell gegangen.« Er starrte brütend auf seine große Hand, die vor ihm auf dem Tisch lag. »Er ist zehn Jahre älter als ich«, fügte er hinzu.

Morgan und Arthur tauschten einen Blick und schwiegen.

Ector schaute auf. »Ich dachte, er würde ewig weiterleben.«

»Ich glaube, das haben wir alle gedacht«, erwiderte Arthur.

Sie schwiegen. Morgan spielte mit den Austern auf ihrem Teller. Dies war eines von Arthurs Lieblingsgerichten und war heute abend ihm zu Ehren serviert worden. »Iß sie«, sagte Arthur zu ihr, »oder der Koch wird sehr beleidigt sein.«

Sie schaute auf, und der Schatten hob sich von ihren Augen. Geschickt legte sie die Austern auf seinen Teller hinüber. »Sie wurden für dich serviert«, sagte sie. »Iß du sie.« Sie hatte ihm schon immer ihre Austern überlassen. Sie lächelten einander an, und Arthur begann zu essen.

Während des Hauptgangs, der aus gebratenem Keiler, einem weiteren von Arthurs Lieblingsgerichten, Wildbret mit Apfelsoße, die aus den Äpfeln Avalons gemacht war, und Gemüse aus dem Küchengarten Avalons bestand, wandte sich das Gespräch hauptsächlich Arthurs Krieg gegen die Angelsachsen zu.

»Wir haben gehört, daß du Offa nach Kent und Cynewulf nach Sussex zurückgetrieben hast«, sagte Ector. »Ist das wahr? Und werden sie sich in Zukunft an ihre eigenen Grenzen halten, Arthur?«

»Ich glaube schon«, erwiderte der König. Ganz offensichtlich genoß er den gebratenen Keiler. »Ich hoffe es. Aber ich habe nicht die Absicht, mein Heer jetzt schon zu verabschieden.«

»Die angelsächsischen Herrscher haben sich niemals zu einer Streitmacht zusammengeschlossen, nicht wahr?« fragte Morgan. »Sie haben immer für sich gekämpft.«

Arthur legte sein Messer hin und sah sie an. »Du hast gerade meinen schlimmsten Alptraum dargelegt. Einer der Gründe, warum wir gesiegt haben, ist, daß wir vereint sind und sie geteilt. Wenn sie sich jemals entschließen sollten, ihre Rivalitäten zu vergessen und sich zusammenzuschließen, dann wird es wirkliche Schwierigkeiten geben.« Er zwang sich, den Blick von ihrem kleinen ernsten Gesicht loszureißen. Kurz darauf wandte er sich an Ector und erzählte: »Cai war maßgeblich an unserem Erfolg in den letzten Jahren beteiligt.«

Ectors wettergegerbtes Gesicht glühte vor Stolz. »Es freut mich, daß er sich für dich als nützlich erwiesen hat«, antwortete er bescheiden.

»Nützlich!« rief Arthur aus, und Ector legte die Bescheidenheit ab und strahlte ohne jede Hemmung. Arthur fuhr fort: »Cai hat alle theoretischen Arbeiten für die Wiederaufrüstung der alten Bergfesten überall im Land übernommen. Und das war, das dürft ihr mir glauben, der Hauptgrund für unseren Erfolg. Hätten wir nicht die wichtigsten Festungen und die darin errichteten Eisenschmieden zur Herstellung der benötigten Waffen gehabt, dann wären Offa und Cynewulf und Cerdic heute nicht auf die angelsächsische Küste beschränkt.«

»Die Hälfte allen Erfolges ist die Theorie«, sagte Morgan. Sie rümpfte die Nase. »Ich glaube mich zu erinnern, daß jemand das einmal zu mir gesagt hat. Oder zweimal.«

Seine Augen schimmerten vor Belustigung. »Welch ein langweiliger Gesprächspartner muß ich gewesen sein. Wenn es nicht die Theorie war, dann war es die Kavallerie.«

»Du konntest nichts dafür«, sagte Morgan tiefsinnig. »Es war Vaters Fehler, wirklich. All jene Fachleute, die er zu deiner Unterweisung heranzubringen pflegte! Ich fand den am besten, der mit der Statue der Venus aus dem Garten geflüchtet ist.«

»Das war der Architekt«, erklärte Arthur sofort. »Nur ein Architekt konnte diese Statue von ihrem Platz bewegen.«

Ector kicherte. »Erinnert ihr euch...«, begann er, und sie beide sahen ihn gleichzeitig bestürzt an. Einen Moment hatten sie beide vergessen, daß er anwesend war.

## 18. KAPITEL

Die Glastonburyabtei, das bekannteste Kloster Britanniens, lag nicht weit von Avalon entfernt, und am nächsten Tag kamen zwei seiner bedeutendsten Mönche nach Avalon, um Merlin zu besuchen. Gildas, der Abt, war der Sohn eines Fürsten und in ganz Britannien berühmt für seine geschickte Führung. Bruder

Iltud, der Sohn von Bauern, war fast gleichermaßen berühmt für seine einfache Frömmigkeit. Merlin war stets ein großzügiger Wohltäter des Klosters gewesen, und offensichtlich waren die Mönche von Glastonbury der Ansicht, daß ihm in seinem Krankheitszustand alle mögliche Aufmerksamkeit gebührte.

Sie waren gekommen, um Merlin zu besuchen, aber Morgan sagte sich, daß Gildas wohl auch den König zu sehen hoffte. Der Abt war ein scharfgesichtiger Mann in mittleren Jahren, und er war ehrgeizig, sowohl für sich selbst, als auch für sein Kloster. Arthur war jedoch nicht in der Stimmung, sich ansprechen zu lassen. Morgan gab den Mönchen drei Minuten Zeit, bevor sie sie in den Schlaftrakt zu ihrem Vater führte.

Arthur wartete bereits auf sie, als sie in den Salon zurückkehrte, und er beschwor sie, mit ihm auszureiten. Er wollte die Ländereien wie früher durchstreifen.

Morgan gab im Stall Anweisung, daß sie Pferde benötigten. Dann zogen sie und Arthur sich für den Ausritt um. Sie trafen sich in der klaren, kalten Luft des Hofes erneut, und Morgans Hund, ein struppiger, orangebrauner Mischling mit gekrümmten Ohren und stark hinkend, schloß sich ihnen ebenfalls an. Arthur betrachtete ihn verwundert. »Cai hat mich schon vorgewarnt«, sagte er. »Du hast dich selbst übertroffen, Morgan.«

»Sein Name ist Gwyll«, erwiderte sie. »Er ist sehr klug.«

Arthur schnippte mit den Fingern, und der Hund kam sofort zu ihm. Arthur schaute zu Morgan hoch und sah, daß auch sie sich an sein erstes Zusammentreffen mit Horatius erinnerte. Sie lächelten einander an, und Arthur beugte sich hinab, um den Hund hinter den Ohren zu kraulen.

»Du hast Cabal nicht mitgebracht«, sagte Morgan kurz darauf.

Er schüttelte den Kopf. »Er wird alt. Er fährt jetzt die meiste Zeit in den Wagen mit. Es wäre zuviel für ihn gewesen, mir bis hierher zu folgen.«

Morgan betrachtete einen Moment den gebeugten schwarzen Kopf und schwieg. Schließlich schaute Arthur von dem Hund auf. »Ist das noch immer meine Hose?« fragte er.

Sie lachte. Wenn sie bei kaltem Wetter ausritt, trug sie stets wollene Hosen, und sie hatte alle ausgewachsenen Hosen von Arthur geerbt, als sie Kinder waren. »Nein«, sagte sie. »Ich mußte neue anfertigen lassen. Deine waren alle aufgetragen.«

Er wollte etwas erwidern, aber in diesem Moment erklang das Geräusch von Pferdehufen, und sie schauten auf und sahen, daß zwei Ponies über den Hof geführt wurden. Arthur wollte Dun einen Tag Ruhe gönnen und daher ebenfalls ein Pony reiten.

Der Sklave, der die Pferde führte, kannte Arthur aus früheren Zeiten, und sein runzliges altes Gesicht strahlte vor Freude.

Arthur sprach vielleicht fünf Minuten mit ihm, schenkte ihm also weitaus mehr Aufmerksamkeit als dem Abt, wie Morgan belustigt feststellte, und dann stiegen sie auf und ritten zusammen aus dem Hof hinaus, während Gwyll dicht hinter Morgans Pony hertrottete. Um sich warmzuhalten, trugen sie mehrere Tuniken unter ihren Umhängen, waren aber auf typisch britische Art beide barhäuptig. Ihr Atem hing weiß in der Luft.

»Laß uns zuerst durch die Felder reiten«, schlug Morgan vor, und Arthur stimmte zu.

Es war eine reine Freude, wieder mit ihr zusammenzusein, dachte Arthur, während ihre Ponies Seite an Seite liefen und die Wintersonne auf ihr schönes, langes Haar schien. Der harte Untergrund knirschte unter den Pferdehufen, und Gwyll ging auf der Jagd nach einem Vogel oder einem Eichhörnchen gelegentlich seine eigenen Wege. Ohne daß er fragen mußte, erzählte sie ihm alles über sich selbst, über das Haus, über ihre Tiere und ihr Studium der Kräuter und Blumen, über die Leute, die sie aufsuchten. Er hörte ihr begierig zu. Er wollte alles wissen.

Eines erwähnte sie jedoch nicht, und er brachte das Thema selbst auf, nachdem sie schon über eine Stunde unterwegs waren. »Du reist jeden Sommer nach Lothian.« Ihre Ponies suchten sich hintereinander am Fluß entlang ihren Weg. Arthur ritt voran und hatte über die Schulter gesprochen, so daß er den kurz aufflackernden Schrecken in ihren Augen nicht sah.

»Ja«, antwortete sie nach einer ganz kurzen Pause. »Morgause und ich sind uns in jenem Winter, in dem du gegen Lot gekämpft hast, ziemlich nahegekommen. Ich versuche einmal im Jahr nach Norden zu reisen, um sie zu besuchen.«

Der Pfad verbreiterte sich, und er wartete, bis sie wieder neben ihm war. »Hat sie sich denn als gut erwiesen«, fragte er, »diese Heirat zwischen Morgause und Pellinore?«

»Ja.« Sie wußte sofort, daß ihn etwas störte, und Angst stach ihr erneut ins Herz. »Warum fragst du?« Ihre Stimme klang ein wenig atemlos.

»Weil ich Zweifel hatte. Es war zu meinem Nutzen, sicherlich. Pellinore hat dafür gesorgt, daß mir Lothian während all dieser Jahre die Treue gehalten hat. Ich konnte die Angelsachsen bekämpfen, ohne ein Messer in meinem Rücken befürchten zu müssen.« Er zuckte leicht die Achseln. »Vermutlich ist das meine Rechtfertigung.«

Sie runzelte die Stirn. »Rechtfertigung wofür, Arthur?«

»Dafür, daß Lot getötet wurde, natürlich.«

Sie betrachtete forschend sein Gesicht. »Du hattest keine andere Wahl. Er hat ein Heer gegen dich gesandt.«

»Ich weiß das«, antwortete er, »und du weißt das. Aber es ist schwer, es einer Frau und ihren Kindern zu erklären.«

Schließlich verstand sie ihn. »Bist du deshalb während all dieser Jahre nicht nach Lothian gereist?« fragte sie. Daß er Morgauses Hof ferngeblieben war, war eine Tatsache, derer sie sich sehr wohl bewußt war und für die sie sehr dankbar gewesen war. Das jüngste lothianische Kind, Mordred, hatte erschrekkende Ähnlichkeit mit dem Hochkönig.

»Ich kann bei Morgause oder ihren Söhnen nicht sonderlich gut angeschrieben sein«, antwortete Arthur ihr. »Und ich habe es nicht für richtig gehalten, Morgause in die Situation zu bringen, daß sie mich empfangen muß.«

Morgans feine Brauen hoben sich ironisch. »Arthur, Morgauses Söhne sind alle wild darauf, Lothian zu verlassen, um an deiner Seite zu kämpfen.«

Sie konnte erkennen, wie sehr ihn das verblüffte. Er verhielt sein Pony und starrte sie an. »Ich dachte, sie würden mich hassen«, sagte er.

Sie verzog ironisch die Lippen. »Sie verehren dich. Gawain am meisten. Sein Hauptziel im Leben ist, mit deiner Kavallerie reiten zu dürfen.« Dann, als er weiterhin verblüfft schien: »Weißt du nicht, daß in Britannien jeder Junge aus guter Familie davon träumt, an deiner Seite zu reiten?«

Sein Haar glitt über die Stirn, und er schob es mit der Hand zurück. Sie schaute von ihm fort zu der Stelle, wo Gwyll ein Eichhörnchen jagte. Mordreds Haar wurde genauso. »Morgause kann ihre Begeisterung natürlich nicht so ganz verstehen«, fügte sie hinzu. »Es war sehr umsichtig von dir, sie nicht dazu zu zwingen, dich empfangen zu müssen.«

Es war eine Lüge. Morgause war vollkommen glücklich in ihrer neuen Ehe. Morgan bezweifelte, daß sie je einen Gedanken an Lot oder an die Art seines Todes verschwendete. Aber Arthur mußte unter allen Umständen von Lothian ferngehalten werden. Von Mordred. Morgan beobachtete weiterhin Gwyll. Sie glaubte nicht, daß sie Arthur jemals zuvor angelogen hatte. Sie konnte spüren, daß er sie beobachtete. Er wußte, daß etwas nicht stimmte. »Und sei nicht überrascht, wenn dein Cousin Gawain eines Tages in Venta auftaucht«, sagte sie bemüht leichthin. »Pellinore versucht ihn zum König von Lothian zu erziehen, aber Gawains Herz ist bei dir.«

»Ich wäre glücklich, ihn zu sehen«, antwortete er. Er beobachtete sie noch immer. Sie rief Gwyll und drängte ihr Pony erneut vorwärts. »Du hast Lot doch nicht getötet«, sagte sie plötzlich. »Cai hat es getan.«

»Das ist dasselbe. Cai ist mein Mann.«

»Ich glaube, bei dieser speziellen Angelegenheit war er Vaters Mann.«

Das überraschte ihn. Er hatte schon öfter überlegt, daß Merlin offenbar Cai den Befehl gegeben hatte, Lot zu töten. Aber woher wußte Morgan…?

Schließlich sah sie ihn an. »Ich bin eine Zauberin«, sagte sie. »Wußtest du das nicht?«

Ihre Augen waren von einem klaren, reinen Braun, und er grinste. »Ich glaube, das könnte stimmen.«

»Willst du als nächstes ins Tal reiten?« fragte sie, und er stimmte zu.

Als sie einige Zeit später nach Avalon zurückkehrten, erfuhren sie, daß Merlin einen weiteren Anfall erlitten hatte.

Er starb zwei Tage später. Er erlangte das Bewußtsein nicht wieder, aber seine Finger erwiderten einen leichten Druck, wenn jemand seine Hand hielt, so daß sich Arthur und Morgan und Ector reihum zu ihm setzten. Sowohl Arthur als auch Morgan waren bei ihm, hielten auf jeder Seite des Bettes eine Hand, als er starb. Am Tage von Merlins Beerdigung regnete es. Vater Gildas und Bruder Iltud waren beide noch geblieben und konnten so die Totengebete sprechen. Anschließend ging die kleine Gruppe, die am Grab gestanden hatte, durch den winterdurchdrungenen Tag in die Wärme des Hauses zurück.

Das Essen verlief schweigsam. Alle waren müde und waren sich auch schmerzlich des leeren Platzes am Kopf des Tisches bewußt, auf dem stets Merlin gesessen hatte. Der Platz war natürlich schon seit langer Zeit leer, aber jetzt war diese Leere dauerhaft. Der Abt, der ein privates Wort mit dem König hatte wechseln wollen, warf einen Blick auf Arthurs gedankenverlorenes Gesicht und beschloß, auf einen günstigeren Moment zu warten. Er und Bruder Iltud entschuldigten sich sofort nach dem Essen und suchten ihre Räume auf.

Ector schloß sich Arthur und Morgan an, aber er wirkte erschöpft. Als Morgan vorschlug, er solle ebenfalls zu Bett gehen, sah er sie dankbar an und verließ sie, ohne daß weitere Überredungskünste notwendig gewesen wären.

Morgan und Arthur saßen schweigend da und lauschten auf das Trommeln des Regens auf dem Dach. Schließlich sagte Arthur: »Ich bin froh, daß er im Frühjahr hierher zurückgekehrt ist. Ich bin froh, daß er die Apfelbäume noch einmal in Blüte gesehen hat.«

»Ja«, sagte Morgan weich. Sie saß auf einem Stuhl vor seinem

Sessel, beugte jetzt den Kopf und bedeckte ihre Augen mit den Händen. Ihr Haar teilte sich, und durch die seidigen Strähnen konnte Arthur ihren weißen Nacken sehen.

Seine Abwehr war geschwunden, sonst wäre es vielleicht nicht geschehen. Aber er war müde und betrübt und betrachtete ihren Nacken und konnte seine weiche Zartheit unter seiner Hand spüren, konnte das schimmernde braune Haar über sein Handgelenk fallen spüren. Plötzlich war es mehr, als er ertragen konnte. Er hatte gedacht, daß er diese besondere Tür hinter sich geschlossen hätte, aber er wußte jetzt, daß es nicht der Fall war.

»Morgan«, sagte er. »Es hat keinen Sinn. Ich kann es nicht tun. Ich dachte, ich könnte es, aber ich kann es nicht.«

Ihr Kopf fuhr herum. Sie schaute ihm in die Augen und wußte sofort, was er meinte. Er sah sie schlucken. »Du mußt es tun, Arthur.« Ihre Stimme klang nicht annähernd so fest, wie seine geklungen hatte. »Du... mußt es tun.«

»Warum?«

Sie sah ihn an wie ein stummes Tier und antwortete nicht.

»Ich habe dir geschrieben, als Igraine starb«, fuhr er mit derselben bedachten, festen Stimme fort, »und habe dich erneut gefragt, ob du mich heiraten willst. Du hast ganz entschieden abgelehnt.« Sie konnte aus der bemühten Bedachtsamkeit in seiner Stimme heraushören, wie sehr ihn diese Ablehnung verletzt hatte. »Ich glaubte, ich hätte es akzeptiert. Aber das habe ich nicht. Und du hast mir niemals gesagt, warum.«

»Du weißt warum, Arthur. Wir haben dies alles schon zuvor einmal besprochen.«

»Das war vor zehn Jahren. Die Dinge haben sich geändert. Meine Einstellung hat sich geändert. Niemand wird jetzt noch einen Aufstand gegen mich anzetteln. Warum kann ich dann nicht heiraten, wen ich will? Wenn überhaupt von Inzest die Rede sein wird, so wird auch das schnell vergehen. Die Kirche wird uns ihren Segen geben. Ich habe in diesen letzten zehn Jahren ausreichend viele Klöster gerettet, daß sie mir etwas schuldet.«

Sie wollte den Blick von ihm abwenden, konnte es aber nicht.

Er probierte seine volle Willenskraft an ihr aus, und sie konnte nicht fortschauen. »Ich kann dich nicht heiraten, Arthur«, sagte sie. »Ich kann nicht.«

Er gab nicht nach. »Warum nicht? Sage mir, warum nicht.«

Sie atmete tief und zitternd ein und sagte ihm die Wahrheit. »Weil ich keine Kinder haben werde, und du brauchst Söhne.«

Diese Worte wirkten auf ihn, wie sie es erwartet hatte. Eine wie von einem Schwert gezogene Linie erschien auf seiner Stirn. »Woher weißt du das?«

Sie schob sich das Haar hinter die Ohren. »Oh, ich habe Ärzte aufgesucht. Und ich weiß jetzt selbst genug über diese Dinge. Ich kann keine Kinder bekommen, Arthur. Darum werde ich dich nicht heiraten.«

Sie konnte sehen, wie er diese Nachricht zu verarbeiten suchte. Das Stirnrunzeln glättete sich etwas. »Da ist Gawain«, sagte er nachdenklich. »Ich könnte Gawain zu meinem Erben ernennen.«

»Nein!« Sie war aufgestanden. Der Stuhl schaukelte von der Heftigkeit ihrer Bewegung. »Nein«, wiederholte sie mit ruhigerer Stimme. »Du mußt deine eigenen Söhne haben, Arthur. Und ich kann sie dir nicht geben.«

»Morgan.« Er war ebenfalls aufgestanden. Das Stirnrunzeln war vollständig verschwunden, und sie konnte sehen, daß er mit ihr handeln wollte, sie überzeugen wollte, sie erobern wollte. Er dachte, er könnte sie beruhigen. Er irrte sich. Er nahm ihre beiden kalten Hände in seine und schaute in ihre Augen hinab. »Meine teuerste Liebe« – seine Stimme klang sehr sanft – »erkennst du es nicht? Verstehst du nicht? Es ist mir gleichgültig.«

Ihre Stimme spiegelte die Bitterkeit wider, die ihr Herz erfüllte. »Aber mir ist es nicht gleichgültig, Arthur«, sagte sie. »Mir nicht.«

Er verstand noch immer nicht. »Britannien ist voller Prinzen, die meine Nachfolge antreten könnten«, sagte er überlegt. »Der nächste Hochkönig muß nicht von mir abstammen.«

Ihre Hände ruhten schlaff in seinen. »Du bist Britannien.

Und wenn du keinen Erben nach Geburtsrecht hinterläßt, werden wir wieder in Chaos und Zwietracht verfallen, und die Stammesführer werden sich untereinander bekämpfen, so daß Britannien in Dunkelheit versinkt. Ich habe es dir schon einmal gesagt, ich möchte dafür nicht verantwortlich sein.«

Er ließ ihre Hände los. Schließlich verstand er es. Sie wandte das Gesicht von ihm ab. »Ich wünschte, ich wäre ein Bauer oder ein Wirt«, sagte er mit einer Bitterkeit, die der ihren entsprach. »Dann würdest du mich heiraten.«

Sie schüttelte den Kopf. »Wünsche dir nicht, etwas anderes zu sein, als du bist. Du bist es, den ich liebe.«

Er wandte sich ab und trat zu dem leeren Korbsessel, in dem Merlin immer gesessen hatte. »Heirate Gwenhwyfar«, sagte sie, während er ihr den Rücken zuwandte, »und bekomme ein Dutzend Söhne für Britannien.«

Er ließ seine Finger über die hohe Rückenlehne des Sessels gleiten. »Ich bin noch nicht mit Gwenhwyfar verheiratet.« Er wandte sich um und sah sie an, und sein Gesicht war weiß und sehr starr.

Sie konnte spüren, daß sie zu zittern begann. Die Tiefe seines Blicks war wie ein Schlag. »Arthur…«, sagte sie. Ihre Knie gehorchten ihr kaum noch. »Macht es das besser?« fragte sie. »Oder schlechter?«

Sein Haar war ihm über die Stirn gefallen. Seine Augen zeigten einen furchtbaren Ausdruck. »Nichts kann es schlimmer machen.« Sie beugte den Kopf, um diesem Blick zu entkommen.

»Morgan.« Niemand sprach ihren Namen jemals so aus wie er. Sie hörte, daß er vortrat, und dann hielt er sie an sich gepreßt, hielt sie und küßte sie, als bedeute sie für ihn das Leben selbst. Sie drängte gegen ihn, jede Faser ihres Seins, Körper und Seele, reagierten auf diesen Kuß.

Falsch oder richtig, klug oder dumm, sie wußte es nicht. Und es kümmerte sie nicht mehr.

Das letzte Mal, als sie zusammen in ihrem Bett geschlafen hatten, waren sie Kinder gewesen, vor denen sich die Welt wie eine

Blume geöffnet hatte, die gepflückt werden wollte. Jetzt waren sie zehn Jahre älter, und dies war nicht das fröhliche, fast unbeschwerte Lieben, das sie früher geteilt hatten. Dies war tief, hungrig, getrieben. Und doch war da nach der fast verzweifelten Leidenschaft noch immer das eine, das sie immer miteinander und mit niemand anderem gefunden hatten. Friede.

Arthur hielt sie an sich gepreßt und küßte sie zärtlich auf den Kopf. Ihr Haar roch wie immer nach Lavendel.

Hier war sein Zuhause, sein Hafen, der Ort, nach dem sein Herz sich gesehnt hatte. Hier in ihren Armen und nirgendwo sonst. Es war solch ein vollkommener Friede, solch ein unendliches Glück, sie halten zu können, noch immer bei ihr zu sein, einfach und vollständig zusammen zu sein.

All jene anderen Male, wenn sein Körper ihn dazu getrieben hatte, eine andere Frau in sein Bett zu nehmen, war es nur körperliche Befriedigung gewesen und danach der dringende Wunsch, allein zu sein.

Er spürte ihre Lippen an seinem Hals, an seiner Schulter. Er ließ seine Hand unter ihr Haar gleiten und führte sie ihren Rükken und die Hüften entlang. Die Beschaffenheit ihrer Haut, ihre zarten, vollkommen gestalteten Knochen waren für ihn das Wundervollste auf der Welt.

Er wandte sie um, küßte ihre Augen, ihren Mund, ihren Hals. Sie zu haben... sie zu lieben... Er versank langsam in ihr, und ihr Atem klang an seinem Ohr tief und regelmäßig. Er flüsterte ihren Namen, und sie antwortete, und dann waren sie erneut ineinander verloren.

Der Regen hatte am frühen Morgen aufgehört, und es war für ihn an der Zeit, in sein Zimmer zurückzukehren. Als er sich von ihr losriß und zur Tür ging, wußte er, daß er sich in dem, was er zuvor im Salon zu ihr gesagt hatte, geirrt hatte. Er hatte es noch schlimmer gemacht. Für sie beide.

## 19. KAPITEL

Arthur war nach seiner Rückkehr von Avalon nach Venta zwei Wochen lang unnahbar. Seine Befehlshaber schrieben seine scheußliche Stimmung dem natürlichen Kummer über Merlins Tod zu und hielten sich von ihm fern. Diese Taktik wurde durch die Tatsache erleichtert, daß der König die meiste Zeit in seinen Räumen verbrachte und am Schreibtisch arbeitete. Am Ende der beiden Wochen sandte er nach Cai und übergab ihm eine Schriftrolle. »Hier sind die Pläne für unsere neue Hauptstadt«, sagte er. »Ich möchte, daß du sie durchsiehst.«

Cai sah Arthur an und beugte dann den Kopf über die Zeichnungen auf der Schriftrolle. Minuten vergingen. Schließlich schaute Cai auf. »Als du sagtest, daß du bauen wolltest, hast du es auch so gemeint.«

Das ruhige Gesicht des Königs veränderte sich nicht. »Ich möchte, daß es innerhalb von zwei Jahren getan ist.«

»Zwei Jahre.« Cai betrachtete erneut die Schriftrolle. »Wo soll diese Hauptstadt liegen?« fragte er, den Blick noch immer auf die Zeichnungen gerichtet.

Arthur stand auf. »Geh und hol deinen Umhang«, sagte er, »und ich werde es dir zeigen.«

Sie verließen Venta noch in der gleichen Stunde mit einer Eskorte von fünf Mann und nahmen die Straße nach Amesbury. Als sie sich südlich wandten und auf die römische Straße nach Durovarium einbogen, sah Cai Arthur an, schwieg aber. Abgesehen von einigen wenigen Bemerkungen war der König, seit sie losgeritten waren, schweigsam geblieben. Als sie sich gen Westen wandten, von der römischen Straße fort und auf einen schmalen, ausgefahrenen Weg, konnte Cai einen Ausruf der Verwunderung nicht unterdrücken.

Arthur warf ihm einen kühlen Blick zu. »Wir reiten nicht nach Avalon«, sagte er. »Wir reiten zu der alten Bergfestung.«

Die alte Bergfestung. Cais haselnußbraune Augen weiteten sich. Er dachte an die Zeichnungen, die Arthur ihm gezeigt hatte. »Natürlich«, sagte er bedächtig. »Das ist der perfekte Platz.«

»Wir werden sehen«, sagte Arthur kurz angebunden und drängte sein Pferd zum Trab.

Der Ort, von dem sie sprachen, war eine alte keltische Festung, die kurz nach der römischen Besetzung Britanniens verlassen worden war. Sie war nur zwölf Meilen von Avalon entfernt, und Cai und Arthur waren als Kinder gelegentlich auf ihren Ponies dorthin geritten.

Der Weg, dem sie folgten, führte sie nach rechts zu einem Berg, der ungefähr fünfhundert Fuß hoch anstieg, bevor er oben zu einem Plateau auslief. Es gab noch immer Erdwälle, die rund um den Berg aufgehäuft worden waren. Sie hatten als Jungen auf diesen Verteidigungsanlagen gespielt.

»Wir können die Erdwälle wieder verstärken«, sagte Arthur, während sie langsam darum herumritten. »Aber ich will auch eine Mauer errichten lassen. Eine unverputzte Steinmauer, sechzehn Fuß dick, mit römischen Mauerblöcken zur Verstärkung.« Er nahm einen Stock vom Boden auf, und streckte, während sie weiterritten, die Hand aus. »Hier sollten Wachtürme stehen« – und noch ein Stück weiter – »hier… und hier.« Sie gelangten an die Stelle, an der der Aufstieg am leichtesten war. »Das Tor wird hier sein«, sagte er, »mit einem Wachhaus.«

Sie ließen ihre Pferde und die Eskorte zurück und erklommen den Berg. »Ich möchte, daß ein gepflasterter Weg von den Toren zum Plateau führt«, erklärte Arthur. Dann hatten sie den steilsten Teil des Berges bewältigt. Der Boden war hier sehr uneben, aber bebaubar. »Hier werden die Unterkünfte entstehen« – er deutete mit dem Stock in die entsprechende Richtung – »und hier die Unterkünfte der Offiziere.« Cai nickte. »Die Stallungen werden auf der anderen Seite des Hügels entstehen, sowie Koppeln und eine Reitschule.«

Sie erreichten das Plateau. Der Wind auf dem Gipfel war sehr kalt, und Cai zog seinen Umhang fester um sich. Die Aussicht auf das Land ringsum war hervorragend. Im Nordwesten war der Glastonburyfels, dieser seltsame Berg, deutlich sichtbar, der von der Insel emporragte, auf der sich das Kloster befand. Im Südwesten erstreckten sich die Ländereien Avalons.

»Ich habe schon immer gedacht, daß dieser Berg der perfekte Ort für eine befestigte Stadt sein könnte«, sagte Arthur.

Cai war genauso oft hier gewesen wie Arthur, aber die militärischen Möglichkeiten dieses Ortes hatten ihn niemals beschäftigt. Jetzt schaute er sich um. Nicht mit den Augen eines Jungen, sondern mit den Augen eines Architekten. Er betrachtete die uralten Erdwälle, die um den Rand des Plateaus aufgehäuft waren, den unterhalb gelegenen unebenen Boden, wo Arthur die Militärenklave geplant hatte, den steilen Berghang darunter. Das Plateau hier auf dem Gipfel würde ohne weiteres eine große Halle und eine Reihe kleinerer Gebäude und Gärten aufnehmen können. Er schaute zum König zurück. »Du hattest recht«, sagte er.

»Kannst du sie in zwei Jahren errichten?«

»Sollen die Gebäude aus Holz erbaut werden?«

»Ja.«

»Und ich kann so viele Männer vom Heer heranziehen, wie ich für die Arbeiten brauche?«

»Ja.«

Cai schaute sich erneut um, dieses Mal, um die Entwässerung zu berechnen. Am Fuß des Berges floß im Westen in kurzer Entfernung der Fluß Camm vorbei.

»Ja«, sagte er. »Ich denke, ich kann es in zwei Jahren schaffen.«

Arthur lächelte ihn an. Es war das erste Lächeln, das Cai bemerkte, seit der König von Avalon zurückgekehrt war. »Ich werde Gerontius aus Luguvallium zu deiner Hilfe holen lassen«, sagte er. »Und ich werde dir Bedwyr aus dem Weg halten.«

Cai hob eine Augenbraue. Es war eine Nachahmung von Arthurs Mienenspiel, das von allen seinen Offizieren unbewußt übernommen worden war. »Und wie willst du das bewerkstelligen?« fragte er ironisch. Wenn Bedwyr nicht kämpfte, neigte er dazu, wilde Spiele zu organisieren, nach denen häufig die halbe Kavallerie kampfunfähig war. Alle Belustigung wich aus

Arthurs Gesicht. »Ich werde ihn nach Wales schicken«, sagte er, »um Prinzessin Gwenhwyfar für mich herzubringen.«

Als ihr Vater ihr zum ersten Mal gesagt hatte, daß sie den Hochkönig heiraten sollte, war Gwenhwyfar glücklich gewesen. Sie war schon zu lange eine unverheiratete Tochter, und sie war des Alleinseins müde. Es war wenig ehrenvoll, eine Prinzessin und unverheiratet zu sein. Natürlich war es schmeichelhaft für sie, daß ihr Vater sie zu hoch schätzte, um sie mit einem niedriger gestellten Mann zu vermählen, aber seine Stellung konnte man nachts nicht mit ins Bett nehmen. Gwenhwyfar war mehr als bereit für einen Ehemann.

Der Hof von Gwynedd war erfreut, daß er Britannien eine Königin geben sollte. Besonders die Frauen machten sich sofort an die Arbeit. Die Hochzeit war für das Frühjahr geplant, und den ganzen langen Winter hindurch webten die Frauen und schnitten zu und stickten und nähten, fertigten Kleidung und Decken und Kissen und Wandbehänge, die nach Venta geschickt werden sollten, wenn ihre Prinzessin in den Osten ging, um den König zu heiraten.

Zuerst war Gwenhwyfar glücklich gewesen, aber als sich die Näharbeiten stapelten und der Schnee von den Bergen schmolz, begann ihr die Wirklichkeit der Heirat bewußt zu werden. Sie war niemals weiter als zwanzig Meilen von zu Hause fortgewesen, und jetzt sollte sie Gwynedd vollständig verlassen und an einem Ort leben, der nicht einmal mehr zu Wales gehörte. Sie sollte Königin von ganz Britannien werden. Was im Herbst noch wunderbar geklungen hatte, war im Frühjahr beängstigend.

Ihr Vater machte ihr ihre Pflichten deutlich klar. »Arthur braucht Söhne«, sagte er. »Das ist deine Rolle, Gwenhwyfar. Schenke ihm Söhne, und alles wird gut werden.«

Arthur. Sie hatte den Namen schon gehört, solange sie sich erinnern konnte. Arthur. Der König. Und sie fragte sich, wie er wohl war. Er würde ihr Ehemann sein, und sie wußte nicht einmal, wie er aussah. Sie fragte Peredur, ihren Bruder, der mehrere

Jahre unter dem König gekämpft hatte. Es war ein milder Nachmittag, der nasse, schwere Schnee fiel von den Bäumen, und die Bäche rannen wieder die Berge hinab. Die Wege würden jetzt bald wieder passierbar sein, und sie würde zu ihrer Hochzeit nach Venta reisen können.

»Er ist mehr Römer als Kelte«, antwortete ihr Bruder. »Sehr dunkel, nicht übermäßig groß…« Als sie enttäuscht wirkte, setzte er hinzu: »Ich sage dir folgendes, Gwenhwyfar, er ist vielleicht kein großer Mann, aber wenn er im Raum ist, siehst du niemand anderen mehr an.«

»Aber sieht er gut aus, Peredur?«

Bei diesen Worten grinste ihr Bruder und tätschelte ihre Wange. »Er ist genauso gutaussehend wie du«, antwortete er neckend. Was ihr gar nichts sagte.

Ende März kam ein Bote nach Gwynedd. Der Hochkönig sandte Nachricht, daß er Prinz Bedwyr mit entsprechendem Gefolge schicken werde, der Gwenhwyfar und ihre Hochzeitsgesellschaft nach Venta begleiten solle. Die Hochzeitszeremonie selbst werde Mitte Mai stattfinden, und Erzbischof Dubricius solle sie vollziehen. Gwenhwyfars Frauen waren bei der Aussicht, Bedwyr zu empfangen, fast so aufgeregt, wie sie gewesen wären, wenn Arthur selbst gekommen wäre. Bedwyrs Heldentaten waren in Wales bereits Legende.

Olwen, eine der jungen Gesellschafterinnen von Gwenhwyfar, war die Hauptinformationsquelle über Bedwyr. Olwens Bruder war während der letzten vier Jahre mit der Kavallerie geritten, und bei zwei kurzen Besuchen zu Hause hatte er viele Geschichten erzählt. Olwen, selbst die geborene Geschichtenerzählerin, wurde es niemals müde, die Heldentaten Culwychs mit Bedwyr erneut zu erzählen.

Die Lieblingsgeschichte aller Frauen war die Geschichte von der Flucht der Kavallerie vor Cerdic im letzten Winter. Olwens Stimme nahm einen hypnotisierenden Klang an, wenn sie diese Geschichte erzählte, und die anderen Frauen saßen mit großen Augen voller Spannung da, während ihre geschäftigen Finger an Webstuhl und Nadel ruhten.

»Prinz Bedwyr und seine Männer waren in den unzugänglichen Bergen eingeschlossen von der gesamten angelsächsischen Kriegsschar«, begann Olwen stets. »Es gab für Mensch und Tier nicht genug zu essen, und der Winter war tödlich kalt. Sie konnten nirgendwo hingehen, da sie die Berge und die Angelsachsen im Rücken hatten, die ein Zehnfaches ihrer Anzahl zur Verfügung hatten und ihren einzigen Fluchtweg bewachten.« Olwens schlanke Finger gestikulierten und beschworen ein angelsächsisches Lager herauf. »Die Seewölfe saßen bequem in ihren warmen Lagern, versteht ihr, und warteten darauf, daß Prinz Bedwyr sich ergeben oder an Hunger und Kälte sterben würde.«

Sie hatten diese Geschichte schon viele Male zuvor gehört, und doch zog sie alle noch immer in ihren Bann. Als Olwens Stimme tiefer wurde, richteten sie sich alle auf und hörten mit atemloser Aufmerksamkeit zu. »Dann, in einer fürchterlichen Winternacht, als die Kälte in den Bergen am schlimmsten war und der Hunger scharf in ihre Mägen biß und die angelsächsischen Feuer hell und freundlich in der Dunkelheit brannten, versammelte Prinz Bedwyr seine Männer um sich. Sie mußten die Reihen der Seewölfe durchbrechen, sagte er, oder sie würden sterben. Und so bestiegen sie ihre Pferde, die jetzt vom mangelnden Futter dünn und ausgezehrt waren, ergriffen ihre Waffen und galoppierten den verschneiten Berghang hinab.«

Olwens dunkelgraue Augen betrachteten den Kreis der Gesichter. »Es befanden sich zehnmal so viele wie sie in dem angelsächsischen Lager, aber sie schlugen sich ihren Weg hindurch, töteten Männer mit ihren Lanzen, ihren Äxten, ihren wuchtigen Schwertern. Die Angelsachsen kämpften ebenfalls, aber sie konnten gegen Prinz Bedwyr nichts ausrichten. Unsere Männer stürmten durch das Lager, ließen ihre Pferde über den zwanzig Fuß breiten Fluß am Rande des Lagers springen und waren frei.«

Ein allgemeiner Seufzer der Zufriedenheit durchlief den Kreis der Frauen. Sie nahmen ihre vernachlässigte Arbeit wieder auf. »Culwych sagt, daß kein britischer Mann außer Bedwyr einen solchen Angriff hätte führen können«, schloß Olwen. »Sie waren dreihundert gegen dreitausend. Und zweihundert von ihnen kamen durch.«

»Es heißt, er sei der meistgefürchtete Mann in ganz Britannien«, ergänzte eine der anderen Frauen. »Es gibt niemanden sonst, der seine körperliche Kraft, seine Waffengewandtheit hat.«

Eine große, dunkelhaarige Frau betrachtete Gwenhwyfar, die während der letzten halben Stunde sehr still gewesen war, von der Seite. »Nicht einmal der König?« fragte sie.

»Ah, der König!« rief Olwen aus. Sie betrachtete Gwenhwyfar ebenfalls.

Die Flammen unterstrichen den Glanz des prächtigen Haars der Prinzessin. Sie erwiderte Olwens Blick und sagte kühl: »Ja, Olwen. Was sagt dein Bruder über den König?«

Olwen lächelte. »Mylady«, sagte sie. »Er sagt, sie bewundern und fürchten Prinz Bedwyr. Aber für den König würden sie barfuß über heiße Kohlen laufen.«

Es war ein kalter und stürmischer Märztag mit schnell dahinziehenden Wolken, die hin und wieder die Sonne verdunkelten, als Bedwyr und seine Gesellschaft in Dinas Emrys, Maelgwyns Hauptfestung in Gwynedd, einritten. Erd- und Holzwälle umgaben den gesamten Bezirk von Dinas Emrys, und jedermann, der Einlaß begehrte, mußte durch dieses Tor gelangen. Olwen befand sich auf einem Botengang zufällig in der Nähe des Wachhauses, als Bedwyr und sein Trupp ankamen, und sie lief den ganzen Weg zurück zum Haus der Frauen, um es der Prinzessin zu erzählen.

»Sie führen ihn natürlich zum Haus Eures Vaters«, berichtete sie Gwenhwyfar atemlos. »Ich weiß nicht, wann sie nach Euch schicken werden, aber Ihr solltet Euch bereithalten, Prinzessin.«

Der übliche Kreis der Frauen saß nähend um den Herd, und alle Gesichter glühten erwartungsvoll. »Wie sieht er aus?« fragte eine der Frauen und sprach damit aus, was sie alle dachten.

Olwen, die Geschichtenerzählerin, atmete zur Vorbereitung tief ein. Bevor sie jedoch mit ihrer Beschreibung beginnen konnte, unterbrach Gwenhwyfar sie. »Wir wollen keine Legende hören, Olwen. Wir wollen einfach nur wissen, wie er aussieht. Kurz, bitte.«

Olwen wirkte enttäuscht. »Nun, er ist groß«, begann sie widerwillig, denn sie haßte es, die großartige Geschichte, die sie im Sinn gehabt hatte, einfacher erzählen zu müssen. »Der größte Mann, den ich je gesehen habe. Sein Haar ist hell wie die Sonne.« Ihre Stimme wurde etwas wärmer. »Seine Augen sind so blau wie...« Gwenhwyfar unterbrach sie erneut. »Das genügt, Olwen. Zweifellos werden wir die Möglichkeit bekommen, ihn selbst kurz zu sehen.« Sie erhob sich und betrachtete kritisch ihr Alltagsgewand und die Tunika. »Vielleicht kann mir jemand helfen, mich umzuziehen?«

Sie war umgezogen und bereit, als der Ruf kam. Sie sollte zum Haus des Königs kommen, um Prinz Bedwyr vorgestellt zu werden, dem Abgesandten des Königs, der sie zu ihrer Hochzeit begleiten sollte.

Gwenhwyfar glättete ihre bestickte Tunika und legte den weichen Ledergürtel um. Sie schaute nicht einmal in das polierte Metall, das ihr als Spiegel diente. Gwenhwyfar mußte sich niemals um ihr Aussehen sorgen. Sie hatte immer schon gewußt, daß sie wunderschön war. Olwen legte ihr einen Umhang um die Schultern, und sie schritt mit hoch erhobenem Haupt ihrer Zukunft entgegen.

Er stand inmitten von kleineren Männern am Herdfeuer ihres Vaters, und sie verstand Olwens Hang zur Übertreibung sofort. Wenn man ihn sah, glaubte man sofort jede Geschichte, die man jemals über ihn gehört hatte. Er gehörte zu jener Art von Männern, die ein ganzes Heer niederreiten konnten.

Er kam mit ihrem Vater an seiner Seite auf sie zu. Als Maelgwyn zu Ende gesprochen hatte, reichte sie Bedwyr die Hand. »Willkommen in Dinas Emrys, Prinz«, sagte sie. Und betrachtete mit unschicklicher Offenheit sein Gesicht.

Es war ein hübsches, hochmütiges Gesicht mit lebhaften blauen Augen und einem festen, sinnlichen Mund. Er betrachtete sie auf die Art, wie Männer dies immer taten, und sie senkte zögernd die Wimpern, um ihre grünen Augen zu verbergen. Er hatte vergessen, ihre Hand loszulassen, und sie entzog sie sanft seinem starken Griff.

»Danke, Prinzessin«, antwortete er schließlich. Seine Stimme klang sehr tief. Sie war eine große Frau, aber er ragte über ihr auf. Er räusperte sich. »Die Wege sind schlammig, aber passierbar«, sagte er. Er sprach jetzt zu ihrem Vater.

»Gut«, sagte Maelgwyn. »Wir werden noch diese Woche zum Aufbruch bereit sein.«

Am Tag, bevor sie nach Venta aufbrechen sollten, ritten Gwenhwyfar und Bedwyr zusammen aus. Maelgwyns Festung war zwar eine Verteidigungsanlage, aber tatsächlich verlief das Leben in Wales sehr friedlich. Außerhalb der Tore von Dinas Emrys gab es weitläufige Felder, die von freien Bauern und Maelgwyns Pächtern bewirtschaftet wurden. Es gab Weiden, auf denen Schafe und Rinder unter der strahlenden Frühjahrssonne friedlich grasten. Zwei von Maelgwyns Zwangsrekrutierten ritten hinter ihrer Prinzessin und dem Abgesandten des Königs her, aber in ausreichend taktvoller Entfernung, daß die Unterhaltung nicht gestört wurde.

Gwenhwyfar und Bedwyr hatten während der letzten vier Abende beim Essen nebeneinander gesessen, und so weit war auch das Ausmaß ihrer Bekanntschaft gediehen. Die höfliche Unterhaltung inmitten eines Raumes voller Menschen hatte Gwenhwyfar nicht die ersehnte Möglichkeit geboten, Bedwyr nach dem König zu fragen, und so hatte sie diesen gemeinsamen, ruhigen Ausritt durch die walisische Landschaft vorgeschlagen.

»Ist der Kampf wirklich vorüber?« lautete ihre erste Frage, während sie ihre Pferde über ein aufgeweichtes, schlammiges Feld direkt außerhalb von Dinas Emrys lenkten.

»Es scheint so«, erwiderte er. »Zum ersten Mal, seit ich mich erinnern kann, befinden sich keine Kriegsscharen im Landesinneren. Und es hat in diesem Frühjahr bisher keine Aktivitäten gegeben, die darauf schließen lassen würden, daß die Angelsachsen von der Küste einen Angriff planen. Arthur hofft, ein Abkommen mit ihnen treffen zu können.«

Bedwyr klang bedauernd. Gwenhwyfar betrachtete ihn neugierig. »Der Gedanke gefällt Euch nicht?« fragte sie.

Er sah sie mit seinen blauen Augen von der Seite an. »Wenn wir Frieden haben«, antwortete er, »werde ich mich zu Tode langweilen.«

Sie betrachtete sein Profil und dachte, er habe wahrscheinlich recht. Sie sagte: »Wir haben viel über Euch gehört, Prinz Bedwyr. Ihr seid ein großer Held in Wales.« Er wirkte belustigt, und das ärgerte sie. »Die Geschichte von Eurer berühmten Flucht vor Cerdic hat unsere Herdfeuer den ganzen Winter lang belebt«, fügte sie mit merklich kühlerer Stimme hinzu.

Er sah sie an. »Culwych«, sagte er. »Habe ich recht?«

»Ja, Culwych.«

Er nickte. »Er ist ein netter Kerl. Ein guter Kämpfer.«

»Das behauptet er.« Bedwyr verzog bei ihrer Bemerkung belustigt den Mund. Eine feine Linie kräuselte Gwenhwyfars glatte Stirn. »Eines war mir jedoch stets ein Rätsel.« Sie sah ihn an. »Wo war der König? Wie konnte er Euch in einer so gefährlichen Situation alleinlassen?«

Als Antwort richtete er seine blauen Augen vollends auf sie. »Nun ja«, sagte er und rieb sich den Hinterkopf. Er hob eine blonde Augenbraue. »Arthur war wegen dieser speziellen Eskapade nicht sehr zufrieden mit mir.«

Sie war erstaunt. »Warum nicht?«

»Sie reicht für eine gute Wintererzählung am Feuer, das garantiere ich Euch, aber ich hätte mich zunächst einmal niemals auf diese Art in die Enge treiben lassen dürfen. Die Wahrheit ist, daß Cerdic mir überlegen war und ich mit dem Verlust eines Drittels meiner Männer und Pferde aus dieser Sache hervorgegangen bin.«

»Ihr wart zehn zu eins unterlegen«, wandte Gwenhwyfar ein.

Er zuckte die Achseln. »Arthur wäre das niemals passiert.«

Sie schwieg. Sie ließ ihre Hand den Zügel hinab- und wieder hinaufgleiten und sagte dann ein wenig fragend: »Mein Bruder Peredur sagt, er sei ein sehr großer Heerführer.«

»Das ist er«, erwiderte Bedwyr sofort. Er grinste sie an, sehr blond und blau in der Märzsonne. »Im Gegensatz dazu bin ich nur ein sehr großer Kavallerieführer.«

Sie lächelte zurück. Sie ritten einige Minuten schweigend weiter, bevor er halb scherzhaft sagte: »War es das, was Ihr mich fragen wolltet?«

Sie war bestürzt. »Euch fragen?« wiederholte sie.

»Als Ihr diesen kleinen Ausritt arrangiert habt, dachte ich, daß Ihr mich sicherlich etwas fragen wolltet.«

»Oh.« Jetzt sah sie ihn nicht mehr an. »Es ging um nichts Spezielles«, sagte sie ein wenig atemlos.

»Etwas Allgemeines also?«

Bei diesen Worten wandte sie sich ihm zu. Seine Augen waren so strahlend blau wie der Himmel und wirkten verständnisvoll. Sie lächelte zaghaft. »Allgemein«, antwortete sie, »alles. Es ist wirklich nicht leicht, wißt Ihr, wenn man einen Mann heiraten soll, dem man niemals begegnet ist. Und wenn dieser Mann der Hochkönig ist… nun, das ist fast erschreckend.«

Er nickte. Sie hatte das seltsame Gefühl, ihn schon sehr lange Zeit zu kennen, und es war dieses Gefühl, das sie dazu verleitete, ihn zu fragen: »Wie wird er über mich denken, Bedwyr?«

Er wirkte überrascht. »Ihr besitzt einen Spiegel. Wie denken Männer im allgemeinen über Euch?«

»Aber der Hochkönig ist anders.«

»Woher wollt Ihr das wissen, wenn Ihr ihm noch niemals begegnet seid?«

»Wenn die Leute über ihn reden«, antwortete sie, »dann verändert sich ihre Stimme.«

Die blauen Augen zeigten Verstehen. Sie hatten die freiliegenden Felder verlassen und ritten jetzt um einen von Steinen gesäumten Bauernhof herum. »Ich weiß nicht, ob ich es Euch erklären kann«, sagte er.

»Versucht es.«

Bedwyr runzelte vor Konzentration leicht die Stirn. »Er ist ein König, Gwenhwyfar. Er war schon ein König, als ich ihn zum ersten Mal traf. Er war damals fünfzehn Jahre alt und ein unbedeutender Pflegling Merlins, ohne Eltern und ohne Stellung.« Das Stirnrunzeln glättete sich. »Man konnte es sogar damals schon in ihm spüren. Er war niemand, und ich war ein Prinz, und ich habe mich ihm an diesem selben Tag verschrieben.«

»Ich verstehe«, sagte sie.

Er beobachtete ihr Gesicht. Sie war die schönste Frau, die er jemals gesehen hatte. Ihre hohen Wangenknochen waren perfekt gestaltet, ihr Mund voll und üppig, ihre Augen wie tiefgrüne Juwelen. Aber am auffälligsten war die Farbe ihres Haars, nicht Rot, nicht Blond, sondern eine wunderschöne Verschmelzung aus beidem, an die man sich immer erinnern würde. Jedesmal wenn er sie sah, war er erneut bewegt.

Was, im Namen aller Götter, würde Arthur aus ihr machen? Sie war nicht nur wunderschön, sie schien auch verständnisvoll zu sein. Das würde ihm sicherlich überhaupt nicht gefallen, dachte Bedwyr. »Er ist ein sehr verschlossener Mann«, sagte er. »Das muß ein König vermutlich sein.«

Sie dachte einen Moment darüber nach, bevor sie das andere Thema anschnitt, das sie beunruhigte. »Er hat sich viel Zeit gelassen, bis er beschlossen hat zu heiraten. Ich habe meinen Vater mit anderen darüber sprechen hören.«

Bedwyr wirkte entschieden gereizt. »Ich weiß. Es scheint niemandem jemals in den Sinn zu kommen, daß Arthur all seine Energie in den Kampf gegen die Angelsachsen eingebracht hat. Er konnte weder Zeit noch Gedanken an etwas anderes verschwenden. Und wenn Ihr schon davon sprecht, der Mann ist erst sechsundzwanzig!«

Gwenhwyfar schenkte ihm ein außergewöhnlich süßes Lächeln. »Ihr mögt ihn sehr gern, nicht wahr?«

»Ja«, sagte Bedwyr. »Das tue ich.«

# 20. KAPITEL

Bedwyr brauchte zwei Wochen, um die Prinzessin von Gwynedd nach Venta zu bringen. All die Kissen und Wandbehänge und bestickten Stühle mußten auf Sänften befördert werden, da die Wege noch immer zu schlammig waren, um Wagen über die Bergstraßen zu bringen. Gwenhwyfars Hochzeitsgesellschaft bestand aus ihrem Vater, ihrem Bruder Peredur, einer Auswahl von Männern, die irgendwann mit Arthur gekämpft hatten, und vier ihrer Frauen. Olwen, Elaine, Cara und Ruta reisten in Sänften. Gwenhwyfar stand ebenfalls eine Sänfte zur Verfügung, aber sie verbrachte mehrere Stunden eines jeden Tages im Sattel und ritt neben Bedwyr. Bedwyrs Männer waren solch langsames Vorankommen nicht gewohnt, aber der Prinz ließ sich diesmal nicht seine übliche Ungeduld anmerken.

»Wenn Prinzessin Gwenhwyfar neben mir ritte, hätte ich es auch nicht eilig«, murmelte Gwynn zu Lionel, als sie eines grauen Nachmittags sittsam hinter den Sänften der Frauen einhertrabten.

Lionel sah seinen Kamerad vielsagend an. »Eine der walisischen Frauen, die dunkle, hat letzte Nacht schon eine Bemerkung darüber gemacht.«

Gwynn sah ihn mit erhobenen Augenbrauen an, und er fuhr fort: »Sie fragte sich, ob Arthur klug daran getan hat, einen so hervorragenden Mann wie Prinz Bedwyr als Begleiter der Prinzessin zu senden.«

Gwynn senkte die Augenbrauen und zuckte die Achseln. »Es ist nicht die Prinzessin, um die ich mir Gedanken mache.«

»Bedwyr?« Lionel schüttelte den Kopf. »Sorge dich nicht um Bedwyr. Er würde niemals etwas anrühren, was dem König gehört.«

Gwynn wirkte ungeduldig. »Natürlich nicht. Das wollte ich damit auch nicht sagen. Aber du kennst den Prinzen und die Frauen... und das ist eine Frau, Lionel. Kannst du dir vorstellen, was Bedwyr nach Wochen solch mannhafter Beherrschung wahrscheinlich für uns ersinnen wird, wenn wir erst wieder in Venta sind?«

Lionel grunzte. »Der König wird im Palast sein«, sagte er kurz darauf. »Das ist unsere einzige Hoffnung. Arthur wird Bedwyr die Zügel anlegen, wenn er über die Stränge schlägt.«

»Das ist wahr.« Gwynn seufzte und schaute über die Sänften der Frauen hinweg zu der Stelle, wo ein roter und ein goldener Kopf Seite an Seite ritten. »Sie ist...« Er suchte nach dem richtigen Wort.

»Ich weiß«, sagte Lionel.

»Gott«, sagte Gwynn. »Halten sie schon an?«

Es schien so.

Gwenhwyfar genoß ihre Zeit mit Bedwyr. Er gab ihr Sicherheit. Das mußte so sein, dachte sie, bei seiner Größe, der Art, wie auch sein beiläufigster Befehl sofort von seinen Männern ausgeführt wurde. Sogar ihr Vater, der ein König und ein älterer Mann war, stellte niemals Bedwyrs Recht in Frage, die Richtung ihrer Reise zu bestimmen. Als sie den Prinzen darauf ansprach, lächelte er sie betörend an und sagte: »Ich bin schließlich daran gewöhnt, auch größere Gesellschaften als diese zu begleiten, Gwenhwyfar. Und durch weitaus rauhere Gegenden.»

Ihr kam der verräterische Gedanke, daß sie weitaus glücklicher wäre, wenn sie Bedwyr hätte heiraten sollen.

Je näher sie Venta kamen, desto unruhiger wurde sie. Das war kein Zustand, der ihr vertraut war. Sie war Gwenhwyfar die Schöne, Gwenhwyfar, das Juwel von Gwynedd. Männer hatten um ihre Hand angehalten, seit sie dreizehn Jahre alt gewesen war. Sie hatte sich in dem Wissen, daß sie begehrenswert war, stets sicher gefühlt.

Aber der König war anders. Er ist ein König, hatte Bedwyr gesagt. Gwenhwyfar wollte jedoch nicht nur einen König heiraten, sie wollte einen Mann heiraten. Einen Mann, der sie begehrte. Sie betrachtete erneut den schimmernd blonden Schopf und die breiten Schultern des Mannes, der neben ihr ritt. Hätte ihr Vater doch nur Bedwyr erwählt!

An einem Spätnachmittag erreichten sie schließlich Venta. Gwenhwyfar hatte noch nie eine römische Stadt gesehen, und sie betrachtete neugierig und verwundert das öffentliche Badehaus, das Forum und dann die mit Kolonnaden versehene Frontseite des Prätoriums. Bedwyr lächelte ihr beruhigend zu und sagte: »Ich werde Euch und Eure Frauen in Eure Privatgemächer bringen lassen. Dann werde ich dem König von Eurer Ankunft berichten.«

Gwenhwyfar lächelte dankbar zurück. Sie wollte Arthur beim ersten Mal nicht in ihrer von der Reise verschmutzten Kleidung begegnen. Eine ältere Frau führte sie zu Igraines ehemaligen Räumen, die offensichtlich für ihre Ankunft vorbereitet worden waren. Die Wände waren frisch gestrichen. Die bronzenen Lampen waren poliert worden, und der Mosaikboden war makellos. Ein Diener brachte ihr heißes Wasser, und Olwen half ihr beim Waschen und Anziehen. Sie trug ein für diese Gelegenheit gefertigtes goldenes Gewand mit einer bestickten Tunika. Nachdem sie es angezogen hatte, bürstete Olwen ihr den Staub der Straße aus dem Haar und frisierte es mit zwei goldenen Kämmen. Dann war sie bereit. Sie setzte sich in einen hochlehnigen Sessel am Fenster und wartete.

Der Ruf wurde ihr von einem sehr großen, breitschultrigen Mann überbracht, der sich als Cai vorstellte. Gwenhwyfar erkannte den Namen sofort. Es hieß, nach Bedwyr sei er der wichtigste Mann in Britannien. Nach Bedwyr und dem König. Natürlich.

Cai lächelte sie freundlich an und sagte: »Der König bittet Euch in die Audienzhalle, Mylady.«

»Gewiß«, erwiderte Gwenhwyfar. Sie setzte ihren ernstesten Gesichtsausdruck auf, während sie eine Hand auf den von Cai angebotenen Arm legte. Er war fast so groß wie Bedwyr, dachte sie, während sie mit ihm den Gang hinabschritt und nur mit einem Ohr seinen Worten lauschte. Sie durchquerten mehrere Gänge und blieben schließlich vor einer Tür stehen. Cai sah sie geheimnisvoll an und öffnete schwungvoll beide Flügel. »Mylord«, sagte er förmlich, »die Prinzessin Gwenhwyfar ist hier.« Sie atmete tief ein, um sich zu beruhigen und betrat den Raum. Bedwyr war dort, stand dicht hinter dem König, und sie warf ihm einen kurzen Blick zu, bevor ihre Augen zu Arthurs schlanker, schwarzhaariger Gestalt abschweiften. Er trug eine einfache weiße Tunika aus wunderschön gewebter Wolle und keinen Schmuck. Er trug nicht einmal das königliche, goldene Diadem. Es schien ihr, daß er zögerte, und sie ging über den Mosaikboden stetig vorwärts und blieb erst unmittelbar vor ihm stehen.

»Mylord«, sagte sie mit ihrer bezaubernd rauhen Stimme, beugte den Kopf, hob ihn dann wieder und schaute ihm direkt ins Gesicht.

Er war dunkel, wie ihr Bruder gesagt hatte. Und nicht übermäßig groß. Sie war nur wenig kleiner als er. Während sie das ruhige, beherrschte Gesicht ihres zukünftigen Ehemannes betrachtete, sah sie noch etwas anderes. Es war Peredur tatsächlich ernst gewesen, als er gesagt hatte, Arthur sei schön. Er begrüßte sie mit freundlichen und höflichen Worten. Die Freundlichkeit spiegelte sich jedoch nicht in seinen überraschend hellen Augen wider. Und diese Augen zeigten auch keine Spur des Schimmerns, das Gwenhwyfar sonst in den Augen aller Männer, die sie ansahen, entdecken konnte.

Er beendete seine Rede, und sie schenkte ihm ihr lieblichstes Lächeln. »Danke, Mylord. Ich freue mich, hier zu sein.«

Der Ausdruck von Vorsicht wich nicht aus seinen Augen, und er erwiderte auch ihr Lächeln nicht. »Kommt, setzt Euch und nehmt eine Erfrischung«, sagte er. Er hatte eine wunderschöne Stimme. »Ihr müßt nach der langen Reise erschöpft sein.« Während sie zusammen langsam auf den Stuhlkreis zugingen, bemerkte sie, daß Bedwyr und Cai sich ihnen anschlossen. Arthur schien mit seiner zukünftigen Frau nicht allein sein zu wollen.

An diesem Abend fand ihr zu Ehren ein großes Bankett statt. Sie saß neben dem König am Tisch, Bedwyr saß auf ihrer anderen Seite und ihr Vater neben Arthur. Das Essen war ausgezeichnet, aber sie war nicht hungrig. Der König war unfehlbar höflich und freundlich. Aber die meiste Zeit unterhielt sie sich mit Bedwyr.

Am darauffolgenden Tag war ihr Gepäck von den Sänften abgeladen, und sie richtete sich mit ihren Frauen in ihren neuen Räumen ein. Vom Fenster aus sah sie Arthur auf einem großen schwarzen Pferd davonreiten. Sie sah ihn nicht zurückkommen, aber beim Abendessen war er anwesend. Sie saß erneut zwischen ihm und Bedwyr und war zu beiden höflich.

Am nächsten Tag fand eine bedeutende Jagd statt, und alle Männer verschwanden bis zum späten Abend. Das Abendessen wurde Gwenhwyfar und ihren Frauen in ihren Privaträumen serviert.

Mit einer Schriftrolle unter dem Arm erschien Cai am darauffolgenden Tag an ihrer Tür. Er wollte die Planung für die Hochzeitsfeier mit ihr besprechen, und sie setzte sich neben ihn und lächelte und nickte und stimmte allen seinen Vorschlägen zu.

An diesem Abend erschien sie beim Essen mit dem üblichen ernsten, wunderschönen Gesicht, aber hinter dem Lächeln wuchs ihre Verärgerung. Niemals in ihrem siebzehnjährigen Leben war Prinzessin Gwenhwyfar auf die Art behandelt worden, wie Arthur sie jetzt behandelte. Sie war eine Prinzessin, die zukünftige Frau des Königs, kein notwendiges Übel. Während des Mahls schob sie ununterbrochen das Essen auf ihrem Teller hin und her und hörte Arthur zu, der sich mit ihrem Vater unterhielt. Als er sich schließlich ihr zuwandte, sagte sie, ohne darüber nachzudenken: »Ich würde Euch gern allein sprechen, Mylord.«

Verblüfftes Schweigen entstand. Dann sagte er knapp: »Natürlich.« Seine Stimme enthielt nur die peinliche Höflichkeit, die sie so verabscheute. »Wenn Ihr Euch in den kleinen Empfangsraum begeben wollt? Ich werde Euch in wenigen Augenblicken folgen.«

Sie nickte und murmelte Olwen eine Entschuldigung zu. Sie ging zu dem von ihm benannten Raum und setzte sich auf einen der im Kreis angeordneten Stühle am Rande des Mosaiks. Ihre Verärgerung begann zu verblassen, und ein anderes Gefühl, beunruhigend wie Angst, machte sich in ihrer Magengrube breit. Was hatte sie getan? Und was, in Gottes Namen, sollte sie zu ihm sagen? Sie verschränkte die Hände fest ineinander, und im selben Moment trat er durch die Tür.

»Setzt Euch«, sagte sie und biß sich auf die Lippen. Er ging langsam auf sie zu und wählte den Stuhl im Kreis, der ihrem genau gegenüber stand. Wenn er sich neben sie gesetzt hätte, hätte sie vielleicht noch etwas anderes sagen können, hätte sie den Mund halten können. Aber er saß so weit von ihr fort wie nur möglich. »Wenn Ihr nicht die Absicht hattet, mich zu heiraten«, sagte sie mit rauherer Stimme als gewöhnlich, »hättet Ihr mich nicht hierher bringen lassen sollen.«

Sein Gesichtsausdruck änderte sich nicht: die geraden schwarzen Brauen, der vorsichtige Blick, der ernste Mund. »Ich habe niemals gesagt, daß ich nicht die Absicht hätte, Euch zu heiraten«, antwortete er.

»Das brauchtet Ihr auch nicht zu sagen. Eure Empfindungen sind deutlich erkennbar.« Ihre Hände waren kalt, und sie verschränkte sie noch fester. Ihr Herz pochte vor Anspannung und vor Angst. »Was ist es?« Sogar für ihre Ohren klang ihre Stimme hart. »Mögt Ihr keine Frauen?«

Das überraschte ihn. Die grauen Augen weiteten sich. »Sicherlich mögt Ihr mich nicht«, sagte sie. Wider Willen zitterte ihr Mund.

»Gwenhwyfar.« Er sah sie jetzt an, sah sie wirklich an. Sie biß sich auf die zitternden Lippen. »Oh, Gott«, sagte er, und die bemühte Höflichkeit war fast völlig aus seinem Gesicht verschwunden. »Es tut mir leid. Ich habe nicht gedacht...« Eine Strähne schwarzen Haars war ihm in die Stirn gefallen. Er wirkte menschlicher, als er jemals zuvor auf sie gewirkt hatte. Sie schluchzte. »Was habt Ihr nicht gedacht? Daß ich es nicht bemerken würde?«

Die grauen Augen blickten gequält drein. »Ich habe überhaupt nicht an Euch gedacht, was unentschuldbar ist, und wofür ich mich dennoch entschuldige.« Er schob das Haar aus seiner Stirn. »Es hat mich nervös gemacht, Euch zu treffen.

Darum habe ich mich so flegelhaft benommen. Und natürlich möchte ich Euch heiraten.« Sie fühlte sich, als sei ein Gewicht von ihrer Brust genommen worden. »Nervös, mich zu treffen?« Sie starrte ihn ungläubig an. Er wirkte nicht wie ein Mann, der die Bedeutung des Wortes »nervös« kannte.

»Nun«, erwiderte er, »der Gedanke, jemanden zu heiraten, der einem völlig fremd ist, ist ziemlich nervenaufreibend.«

»Das braucht Ihr mir nicht zu erzählen«, sagte sie, und er lächelte.

»Ich war ein selbstsüchtiger Rohling, Gwenhwyfar. Wollen wir einen neuen Versuch wagen?« Er erhob sich und trat vor sie hin. Das war nicht das Lächeln, das er ihrem Vater hatte zukommen lassen. Sie empfand plötzlich Scheu. »Das würde ich gern, Mylord.« Ihre Stimme klang sehr sanft.

»Arthur«, sagte er.

»Arthur«, wiederholte sie und lächelte ebenfalls.

Drei Wochen würde es bis zu ihrer Hochzeit noch dauern, und Gwenhwyfar war glücklich. Mit wiedergewonnenem Selbstvertrauen versprühte sie den Glanz ihrer Schönheit über den ganzen Hof. Arthur strengte sich sehr an, um die Tatsache wiedergutzumachen, daß er sie während ihrer ersten Tage in Venta nicht beachtet hatte. Er nahm sie mit auf Ausritte. Er zeigte ihr die kleine christliche Kirche, in der sie ihren Eheschwur leisten würden. Er war freundlich und charmant, ein vollständig anderer Mann als der zurückhaltende Fremde, dem sie zuerst begegnet war.

Eine Woche vor der Hochzeit gab es Aufregung wegen eines Scheinkampfes, den Bedwyr arrangiert hatte, und der Fürst verschwand aus Venta. Als sie Arthur danach befragte, erzählte er ihr beiläufig, daß er Bedwyr mit einer Jagdgesellschaft ausgesandt habe, frisches Fleisch für die Hochzeit heranzubringen. Culwych, Olwens Bruder, wußte eine andere Geschichte zu erzählen. Er sagte, daß Arthur dem Scheinkampf ein Ende gemacht und Bedwyr aus Venta fortgeschickt hätte, um ihn aus Schwierigkeiten herauszuhalten.

»Der Prinz langweilt sich, wenn er niemanden bekämpfen kann«, sagte Culwych. Dafür war Bedwyr offensichtlich bekannt, und jedermann akzeptierte das.

Der Prinz kehrte am Tag vor der Hochzeit zurück. Das Prätorium war voller Gäste, und Gwenhwyfar war den ganzen Tag damit beschäftigt gewesen, Leute zu begrüßen. Arthur war nicht ins Prätorium gekommen, und sie sah ihn erst beim Abendessen wieder, als er den Speisesaal mit Bedwyr betrat.

Die Gesellschaft hatte sich noch nicht niedergelassen, sondern wartete auf die Ankunft des Königs. Arthur trat zuerst durch die Tür, dann folgte Bedwyr, dessen wuchtige Gestalt den Türrahmen vollkommen ausfüllte. Er mußte seinen blonden Kopf neigen, um sich nicht am Türrahmen zu stoßen. Gwenhwyfar betrachtete die beiden Männer, während sie zum Tisch herüberkamen, und erinnerte sich der Worte ihres Bruders Peredur. Er hatte recht, dachte sie. Wenn Arthur im Raum war, sah man niemand anderen mehr an.

## 21. KAPITEL

Für Arthur war sein Hochzeitstag weniger eine persönliche, als vielmehr eine Staatsangelegenheit. Er kannte die Bedeutung seiner Heirat für Britannien sehr wohl. Sie bedeutete die Gründung einer Dynastie, sie bedeutete die Errichtung einer stabilen Regierung, sie bedeutete Frieden für das Land. Aufgrund all dieser Überlegungen hatte er Cai von seiner Arbeit an der neuen Hauptstadt herbeigerufen und ihn gebeten, einen Hochzeitstag zu gestalten, den nur wenige vergessen würden.

Fünf Könige kamen zu diesem Anlaß nach Venta, außerdem zahllose Prinzen und Fürsten. Gwenhwyfar fand es jedoch seltsam, daß kein Mitglied von Arthurs eigener Familie anwesend sein würde. Seine Eltern waren natürlich tot. Und Merlin, sein Großvater, ebenfalls. Aber er hatte zwei Tanten. Morgause lebte im fernen Norden, und Gwenhwyfar sagte sich, daß man ihren Widerwillen, eine solche Reise zu unternehmen, vermutlich verstehen müsse, aber die andere Tante lebte ganz in der Nähe, in Avalon. Gwenhwyfar wunderte sich darüber, daß sie an der Feier nicht teilnahm.

»Meine Tante?« fragte Arthur verblüfft, als sie ihn danach fragte. Dann, als sie sich deutlicher geäußert hatte: »Oh. Ihr meint Morgan.«

»Ja«, erwiderte Gwenhwyfar ein wenig schüchtern. Arthur hatte sich zwar nicht bewegt, aber sie hatte dennoch den deutlichen Eindruck, daß er sich gerade einige hundert Meilen von ihr zurückgezogen hatte. »Ich dachte nur, da sie so nah wohnt…« Ihre Stimme versagte.

»Morgan befindet sich zur Zeit in Lothian, wo sie ihre Schwester besucht«, sagte er. »Sonst würde sie sicherlich kommen.«

Gwenhwyfar hielt es für absolut seltsam, daß Arthurs Tante einen solchen Augenblick für eine Reise nach Lothian gewählt haben sollte. Die Straßen wären später im Jahr sicherlich weitaus besser passierbar, und sie hätte die Hochzeit ihres Neffen nicht versäumt. Es bestand offensichtlich Zwietracht zwischen Arthur und dieser Tante. Sein Gesicht trug den zurückgezogenen, abweisenden Ausdruck, den sie fürchtete, und sie wechselte rasch das Thema.

»Morgan kommt nicht?« fragte Bedwyr Cai am Abend vor der Hochzeit. Sie saßen in Cais Schlafraum im Prätorium.

»Nein«, sagte Cai. »Sie ist nach Lothian gereist, um Morgause zu besuchen. Was natürlich bedeutet, daß Morgause und Pellinore auch nicht nach Venta kommen konnten. Dennoch« – Cai zuckte die Achseln – »schien das die beste Lösung.«

»Vermutlich.« Bedwyr sah Cai über den Rand seines Bechers hinweg an. »Gwenhwyfar hat Fragen gestellt. Ich habe ihr gesagt, daß Morgause Arthur wegen Lots Tod nicht mag und daß Morgan aus Treue zu ihrer Schwester nach Lothian gereist ist.«

»Gut.« Cai hatte das Kinn auf die Brust gesenkt. »Also wird diese Hochzeit nach allem doch noch gut verlaufen.« Er beobachtete, wie sich Bedwyr einen weiteren Becher Wein eingoß. »Gwenhwyfar ist vielleicht genau das, was er braucht.«

»Er braucht tatsächlich etwas.« Bedwyr leerte seinen Becher zur Hälfte. »Es war die Hölle, den Winter über mit ihm zusammenzusein.«

Cai grinste. »Mit dir war es genauso.«

Bedwyr lächelte verzerrt. »Ich fange an, mich zu langweilen. Das ist jedoch nicht Arthurs Problem. Er hat eher zuviel zu tun.«

»Er braucht eine Frau«, schloß Cai. »Ich habe ihm während dieses Winters einige Frauen in sein Schlafzimmer geschleust, aber das hat ihn nur verärgert.« Er schaute in die glühenden Kohlen der Kohlenpfanne. »Ich glaube, diese Frau wird ihm guttun.«

Bedwyrs Antwort klang merkwürdig nachdenklich. »Aber wird er auch ihr guttun?«

Cai sah ihn überrascht an. »Er hat sich bemüht, ihr zu gefallen. Zuerst war es schrecklich, aber er hat sich in letzter Zeit erheblich gebessert. Gwenhwyfar hat ihn genau richtig behandelt.«

»Ja. Das hat sie.«

»Wo liegt dann das Problem?« fragte Cai. »Sie kann immerhin nicht erwartet haben, eine Liebesheirat einzugehen. Und Arthur hat offensichtlich beschlossen, das Beste daraus zu machen. Warum sollte es dann nicht klappen?«

Bedwyr leerte seinen Becher. »Aus keinem besonderen Grund.« Er erhob sich. »Wenn wir noch mehr von diesem Wein trinken, werden wir den großen Tag morgen nicht erleben. Gute Nacht.«

»Gute Nacht«, erwiderte Cai und beobachtete stirnrunzelnd, wie Bedwyr sein Zimmer verließ.

Arthurs Hochzeitstag begann mit strahlendem Sonnenschein und Maiblüten. Cai war sehr erleichtert. Es war zu wenig Platz, alle Gäste im Speisesaal des Prätoriums unterzubringen, und so waren für die weniger wichtigen Gäste Zelte aufgebaut worden. Es war angenehm, im Sonnenschein in einem Zelt zu speisen. In Regen und Schlamm wäre es weitaus weniger erfreulich gewesen. Einlaß in die kleine Kirche bekamen nur wenige Auserwählte, und nachdem die eigentliche Zeremonie vorüber war, sollte sich jedermann zu einem prächtigen Bankett entweder in den Speisesaal oder in ein Zelt begeben.

Arthur hatte den Prunk dieses Tages sehr ernst genommen. Es gab einen feierlichen Umzug zur Kirche und zurück, und der König trug ein goldenes Diadem auf der Stirn und einen Umhang aus königlichem Purpur. Gwenhwyfar sah in einem schimmernden, goldenen Gewand, das aber nicht so strahlend war wie die Wolke bronzefarbenen Haars um ihre Schultern und ihren Rücken hinab, wunderschön aus. Die Straße war von Hunderten von Gästen und Stadtbewohnern gesäumt, die den Vorbeizug beobachteten.

Die Köche hatten sich mit dem Essen, das überwiegend auf römische Art zubereitet war, selbst übertroffen. Der erste Gang, ein Appetitanreger, bestand aus Eiern und Austern, die mit einem nach Honig schmeckenden Wein gewaschen worden waren. Der Hauptgang der Mahlzeit bestand aus gebratenem Wildschwein, Wildbret, Rindfleisch und Hammel, wozu eine Vielzahl von Gemüsen und Brotsorten serviert wurde. Cai hatte den Wein aus Italien eingeführt. Als letzten Gang, den Mensae Secundae, hatte Cai Pudding, Torten, Kuchen, Konfekt, frisches und getrocknetes Obst und noch mehr Wein bestellt.

Der Appetitanreger wurde serviert, und Arthur spielte mit den Austern auf seinem Teller. Er schaute zu Gwenhwyfar hinüber, die neben ihm am Tisch saß, und sah, daß sie ihre Austern mit offensichtlichem Genuß aß, während sie mit dem Erzbischof sprach. Er fühlte sich plötzlich schlecht. Schweiß stand auf seiner Stirn, und er biß die Zähne zusammen.

»Geht es Euch gut?« Es war die Stimme von Gwenhwyfars Vater, der auf seiner anderen Seite saß. Maelgwyns freundliches Gesicht wirkte besorgt. Arthur zwang die Übelkeit zurück. »Es geht mir gut. Ich glaube, mir sind nur die Austern nicht bekommen.« Er legte sein Messer hin. Er glaubte nicht, daß er jemals wieder Austern essen würde.

Das Fest ging noch sehr lange Zeit weiter. Schließlich erhoben sich Gwenhwyfars Frauen, um sie fortzubringen. Sie zog seinen Blick auf sich, bevor sie den Tisch verließ. Es war ein furchtsamer, flehentlicher Blick. Sie war natürlich noch Jungfrau, und sie würde Angst haben.

Er dachte an ein anderes Mal, als der Regen herabgeprasselt war und die Luft nach Getreide gerochen hatte. Morgan hatte keine Angst gehabt.

Nicht jetzt, sagte er sich heftig. Vergiß es im Moment.

Die Männer um ihn herum lachten und scherzten. Er zwang sich zu lächeln und zu antworten. Sie alle johlten.

Er würde sich zusammenreißen müssen, oder er würde heute nacht einen Fehler begehen. Er wollte sie nicht verletzen oder ängstigen.

Er war seit dem Treffen mit Morgan mit keiner Frau mehr zusammen gewesen. Das war ein Fehler gewesen. Heute nacht mußte er die Kontrolle bewahren. Aber er hatte keine jener anderen Frauen ertragen können… Alle Männer sahen ihn an, und er erkannte plötzlich, daß es an der Zeit war. Nun, er würde sein Bestes geben.

Er wollte nicht, daß jemand mit ihm das Bankett verließ. Das letzte, was er gerade jetzt gebrauchen konnte, war Publikum, dachte er mit bitterem Humor, während er den Gang zu ihren Räumen hinabging.

Sie saß aufrecht im Bett, als er hereinkam, und ihr herrliches Haar lag ihr lose um die Schultern. Sie trug eine Art dünnes Leinengewand. Er durchquerte den Raum und trat an ihre Seite des Bettes.

Ihr Gesicht war makellos, das Versprechen unendlicher Süße in den Schwüngen ihres wunderschönen, vollen Mundes. Sie war klug, wie er entdeckt hatte, und sie hatte sich ihm tapfer entgegengestellt, als er sie nicht so beachtet hatte, wie sie es erwarten konnte. Es hätte weitaus schlimmer sein können, dachte er. Sie hatten eine gute Chance, Freunde zu werden. Wenn er jetzt nichts falsch machte.

Er lächelte ihr zu. »Viele der Gäste wollten mitkommen, aber ich habe es nicht zugelassen.«

»Gott sei Dank.« Die Besorgnis schwand aus ihren Augen, sobald er lächelte.

Er setzte sich neben sie auf das Bett. »Ihr seid sehr schön«, sagte er und legte seine Hände um ihr Gesicht. Er hielt sie sanft umfangen und beugte dann den Kopf zu ihren Lippen hinab.

Sie reagierte fast sofort. Er ließ seine Hände ihre Wangen hinabwandern, an ihrem Hals entlang, dann zu ihren Schultern. Er zog sie näher an sich, und ihre Arme legten sich um seinen Hals. Kurz darauf drängte er sie, ohne ihre Lippen loszulassen, auf das Bett zurück.

Gwenhwyfar konnte spüren, daß er um Kontrolle über seinen Körper kämpfte. Sie war jedoch weit davon entfernt, sich zu ängstigen, sondern sein offensichtliches Verlangen brachte ihr Befriedigung und Freude. Er begehrte sie. Alle ihre Zweifel schwanden, und sie bog sich ihm entgegen, übergab sich den Gefühlen, die seine Berührung in ihr erweckt hatte; ihr Blut antwortete dem Ruf des seinen.

Es tat weh, als er zum ersten Mal zu ihr kam, aber sie war darauf vorbereitet gewesen. Sie war aber nicht auf die Wonne vorbereitet gewesen, die dann in ihr aufbrach. Es erstaunte und erregte und demütigte sie gleichzeitig. Sie kuschelte sich in seine Arme, legte ihre Wange an seine Schulter und lauschte auf den langsamer werdenden Schlag seines Herzens. Er strich ihr mit sanfter Hand das Haar aus der Stirn. Diese Zärtlichkeit überraschte und erfreute sie gleichermaßen.

Sie schlief in seinen Armen geborgen ein. Er wartete, bis er ganz sicher sein konnte, daß sie schlief, löste sich dann von ihr und stand auf, um ans Fenster zu treten. Dort stand er lange Zeit, die Stirn gegen das kühle Glas gepreßt, in das verschwommene Licht der Laternen am Forum starrend. Schließlich wandte er sich wieder dem Bett zu.

Er schlief noch, als Gwenhwyfar am nächsten Morgen erwachte. Sie öffnete langsam die Augen und sah die Sonne durch das durchscheinende Glas des Fensters strahlen. Die Kohlen in der Kohlenpfanne waren erloschen, und die Luft in dem Raum war kalt, aber sie selbst lag warm und geborgen unter den Wolldecken, die sie von zu Hause mitgebracht hatte. Der Mann neben ihr rührte sich nicht und sie wandte ganz behutsam den Kopf und sah ihn an.

Zunächst sah sie nur eine nackte Schulter und ein Gewirr schwarzer Haare auf dem Kissen. Vorsichtig richtete sie sich auf einen Ellbogen auf, so daß sie sein Gesicht sehen konnte. In diesem Moment bemerkte sie zum ersten Mal die Narben.

Sie waren offensichtlich alt, aber die dünnen weißen Linien waren auf der glatten, braunen Haut seiner Schulter noch immer deutlich sichtbar. Gwenhwyfar runzelte die Stirn. Sie sahen wie Spuren von Peitschenhieben aus. Ihr Blick wanderte von der Schulter zu seinem Gesicht, das im Schlaf entspannt und wehrlos wirkte. Er schien ihren Blick jedoch zu spüren, denn seine Lider öffneten sich fast sofort.

Zunächst dachte sie, er würde sie nicht erkennen. Dann richtete er sich auf, schüttelte sich das Haar aus der Stirn und lächelte sie warm und herzlich an. »Nun, Mylady«, sagte er, und seine Stimme war ebenfalls voller Wärme. »Hast du heute nacht gut geschlafen?«

Ihre Sorge schwand. »Ja.« Sie war sich seines nackten, schlanken Körpers und ihrer eigenen Nacktheit unter den Dekken sehr bewußt. Er hatte ihr die Kleider letzte Nacht mit fieberhafter Eile abgestreift.

Er konnte in ihren Augen deutlich lesen und reagierte, indem er eine Hand ausstreckte und ihr Haar berührte. Es war so fein, daß es wie eine rotgoldene Wolke um ihre Schultern floß. »Dies ist der eine Morgen meines Lebens«, sagte er, »an dem ich sicher sein kann, daß niemand kommen und an die Tür klopfen wird, um mich zu wecken.« Seine Hand glitt von ihrem Haar zu ihrem Arm. »Komm her«, sagte er sanft, und sie kam.

Das Frühjahr ging in den Sommer über. Die Arbeit an Arthurs neuer Hauptstadt schritt voran. Die angelsächsische Küste war ruhig, und Arthur trat vorsichtig in Verhandlungen mit Offa, Cynewulf und Cerdic ein. Morgan war wieder nach Avalon zurückgekehrt.

Der Sommer wurde zum Herbst. Im Oktober reiste Cai nach Avalon, um sie zu besuchen.

Sein Vater begrüßte ihn, und Cai erschrak darüber, wie sehr Ector in den Monaten seit Arthurs Hochzeit gealtert war.

»Bist du krank, Vater?« fragte er fast sofort, nachdem er sich aus Ectors Umarmung gelöst hatte.

»Nein, nein«, versicherte Ector ihm herzlich. Ein wenig zu herzlich, dachte Cai. Er runzelte die Stirn, während er das faltige Gesicht seines Vaters betrachtete. Ector schien ihm kleiner als sonst und entschieden weniger schwer.

»Du hättest es mich wissen lassen sollen, wenn es dir nicht gut ging«, sagte Cai ernst. »Dann wäre ich früher gekommen.«

»Es geht mir ausgezeichnet. Und du bist mit der Arbeit des Königs beschäftigt gewesen, wie ich weiß.« Sein Gesicht strahlte vor reinem Stolz.

Cai verspürte einen schmerzlichen Stich von Schuld. Er war beschäftigt gewesen, ja, aber den größten Teil des Sommers war er nur zwölf Meilen entfernt gewesen. Er hätte schon früher nach Avalon kommen sollen. Er hätte es getan, wenn Morgan nicht gewesen wäre. Er hatte warten wollen, ihr Zeit geben wollen… Ector legte einen Arm um seine Schultern. »Komm jetzt«, sagte der alte Mann. »Ich möchte, daß du mir alles erzählst, was du gemacht hast. Wie ist diese neue Stadt, die Arthur baut?« Sie betraten den Salon und sprachen noch immer miteinander, als Morgan eine Stunde später hereinkam.

Sie lächelte erfreut, als sie Cai sah, trat sofort zu ihm und küßte ihn auf die Wange. Er hob den Kopf und sah sie an. Ihr Blick suchte seinen, und er wußte, daß sie erkannte, wie besorgt er um seinen Vater war.

Niemand sieht einen so an wie Morgan, dachte er, sie sieht durch einen hindurch bis in die Seele. Was natürlich bedeutete, daß sie auch andere Dinge sah, immer gesehen hatte. Aber er hatte immer gewußt, daß er keine Geheimnisse vor ihr haben konnte. Er lächelte ein wenig verzerrt und sagte: »Es tut gut, dich zu sehen, Morgan.« Erst viel später, als Ector zu Bett gegangen war, hatten sie Gelegenheit, allein miteinander zu sprechen. Dabei zogen sie ihre Sessel nahe zueinander und senkten die Stimmen.

»Vater sieht furchtbar aus«, sagte er.

Sie seufzte. »Er hat abgenommen, ich weiß.« Sie sah ihn traurig an. »Er vermißt Merlin, verstehst du. Er ist nicht mehr derselbe, seit mein Vater gestorben ist.«

»Aber er ist doch nicht krank?«

»Er wird nur alt, Cai. Und das scheint sehr schnell zu gehen.«

»Ich hätte ihn früher besuchen sollen.«

»Nun, jetzt bist du hier. Und er ist so stolz auf dich, darauf, wie sich Arthur auf dich verläßt.«

So unauffällig dieser Name auch in die Unterhaltung eingeworfen worden war, so schien er doch zwischen ihnen widerzuhallen. Er sprach ihn erneut aus: »Arthur.«

Spuren von Anspannung zeigten sich um ihre Augen. »Wie geht es ihm?« fragte sie.

»Es geht ihm gut.« Er war nicht sicher, was sie hören wollte, aber er hatte beschlossen, ihr die Wahrheit zu sagen. »Ich denke, diese Ehe tut ihm gut«, sagte er bedächtig.

Die braunen Augen schlossen sich, und es gab eine Pause, die Cai wie eine kleine Ewigkeit erschien. Dann murmelte sie: »Gott sei Dank. Ich habe mir solche Sorgen gemacht.«

Cai bemerkte, daß er den Atem angehalten hatte. Er atmete tief ein und stieß den Atem wieder aus. »Ich habe mir auch Sorgen gemacht. Als Gwenhwyfar kam, war es zuerst… furchtbar. Du weißt, wie er sein kann, Morgan.« Sie schenkte ihm ein trauriges Lächeln. »Aber irgendwie hat sie es geschafft, das Eis zu brechen, und seitdem kommen sie sehr gut miteinander zurecht. Er ist weitaus entspannter als früher.« Cai sah Morgan schweigend an.

»Ich bin so froh.« Ihre Augen schimmerten vor unvergossenen Tränen, aber ihre aufrichtige Erleichterung war nicht mißzuverstehen. Er betrachtete das kleine Gesicht mit den großen, glänzenden Augen. »Morgan«, sagte er. Die braunen Augen blinzelten und sahen ihn mit verstärkter Aufmerksamkeit an. »Morgan«, wiederholte er und war sich nicht bewußt, wie verwundbar er plötzlich klang, »nachdem Arthur nun geheiratet hat, hast du da jemals selbst an Heirat gedacht?«

Es war heraus, das Thema, über das er schon seit dem Mai letzten Jahres mit ihr hatte sprechen wollen. Er fuhr hartnäckig fort, denn er war entschlossen, nachdem er jetzt einmal begonnen hatte, alles zu sagen. »Ich liebe dich. Ich habe dich immer geliebt. Du weißt das. Und ich weiß, daß ich von dir nur Freundlichkeit erwarten kann..., aber das würde mir genügen.«

Seine Worte erfüllten sie mit unendlicher Traurigkeit. »Cai«, sagte sie und schaute in sein liebes, vertrautes Gesicht. »Wenn ich überhaupt jemanden heiraten würde, dann dich.«

»Und warum dann nicht?« fragte er. »Die Heirat war gut für Arthur. Warum sollte sie für dich nicht auch gut sein?« Er beugte sich herüber, nahm ihre Hände in seine und hielt sie fest. Seine Hände waren so groß, daß sie die ihren umgaben. Es waren wunderschöne Hände, dachte sie, starke, stete, fähige Hände. Hände, denen man vertrauen konnte. »Ich bezweifle nicht, daß eine Heirat mit dir gut für mich wäre«, sagte sie und betrachtete noch immer ihre ineinander verschränkten Hände, »aber ich weiß nicht, ob es für dich gut wäre.«

Ihre Worte waren ein seltsamer Widerhall von Bedwyrs Bemerkung über Gwenhwyfar und Arthur. »Warum sagst du das?« fragte Cai.

Ihre langen Wimpern lagen auf ihren pfirsichfarbenen Wangen. Sie war so viel draußen, daß ihre Haut sogar jetzt im Oktober leicht gebräunt war. »Es ist nicht leicht«, sagte sie, »stärker zu lieben, als man geliebt wird.«

Seine Stimme klang rauh, als er antwortete: »Ich weiß, daß ich niemals seinen Platz einnehmen kann, Morgan. Das würde ich auch nicht erwarten. Ich weiß, daß du mich nicht liebst...«

»Natürlich liebe ich dich«, unterbrach sie ihn. »Nach Arthur bist du mir wichtiger als jeder andere. Aber Arthur kommt an erster Stelle, Cai, und deswegen kann ich niemals heiraten. Dich nicht und niemanden sonst.«

Er versuchte sie zu verstehen. »Weil du es nicht ertragen könntest, jemanden zu heiraten, der nicht Arthur wäre?«

»Weil er es nicht ertragen könnte«, antwortete sie und sah ihm ins Gesicht.

Er errötete leicht. »Arthur würde dir niemals dein Glück mißgönnen, Morgan.«

»Natürlich würde er das nicht.«

»Aber dann...«

»Cai.« Ihre braunen Augen blickten freundlich. »Wenn du der Meinung bist, daß es während dieses Winters schwer war, mit ihm zu leben, dann solltest du dir nicht wünschen, ihn zu erleben, wenn ich dich heiraten würde.«

Er runzelte die Stirn. »Ich glaube nicht... Unsinn.«

»Es ist kein Unsinn. Ich kenne Arthur.«

Er ließ ihre Hände los. »Er hat doch selbst geheiratet.«

»Er hatte keine Wahl. Und ich war diejenige, die ihn dazu gezwungen hat, Cai. Ich wollte ihn nicht heiraten.«

Sie war unter der leichten Bräune blaß, aber ihre Stimme klang gefaßt. Dies war eindeutig etwas, worüber sie schon lange nachgedacht hatte. »Warum, Morgan?« Er stellte die Frage, über die er schon so lange nachdachte. »Warum wolltest du ihn nicht heiraten? Vor zehn Jahren hätte ich es verstehen können. Aber jetzt... Arthur hat die Kirche unter Kontrolle. Es hätte keine Schwierigkeiten gegeben.«

Ein leichtes Zittern durchlief sie, aber ihre Stimme klang fest. »Ich kann keine Kinder bekommen«, sagte sie.

»Oh...« Es war ein langer, gedehnter Laut des Verständnisses und des Mitgefühls. »Ich verstehe«, sagte er, zog sie hoch und dann in seine Arme.

Sie lehnte sich gegen ihn, wobei ihr Kopf nicht einmal seine Schulter erreichte. »Du kennst ihn doch auch, Cai.« Ihre Stimme klang an seiner Brust ein wenig gedämpft. »Er ist ein König. In einigen Dingen ist er allerdings sehr besitzergreifend. Er kann nichts dafür. Es liegt in seiner Natur.«

Cai hielt sie dicht an sich gepreßt, spürte die Wärme und Weichheit ihres Körpers an seinem, dachte an Arthur und wußte, daß sie recht hatte.

## 22. KAPITEL

Das Flackern der Fackeln war im Hof des Prätoriums zu sehen, und dann erklang das Klappern von Hufen auf Stein.

»Der König ist zurück!« Die Nachricht verbreitete sich wie ein Lauffeuer im Haus und in den Ställen, und die Männer liefen herbei, um die Pferde in Empfang zu nehmen. Es war eine kalte Dezembernacht, und während die Männer ins Haus gingen, hing ihr Atem weiß in der Luft. Die Pferde wurden weggeführt, und Ruhe senkte sich erneut über den Hof.

Im Prätorium liefen Diener hin und her. Essen wurde bestellt. Es sollte für Arthur und Bedwyr in den Privaträumen des Königs serviert werden. Dann lief Gareth eilig davon, um Lionel und Valerius von ihrem Heerlager herbeizurufen. Cai hatte sich dem König und Bedwyr bereits angeschlossen. Das Essen wurde abgeräumt, und die fünf Männer setzten sich zum Gespräch zusammen.

Unterdessen ging Gwenhwyfar ungeduldig in ihrem Zimmer auf und ab. Sie hatte die Nachricht von Arthurs Rückkehr erhalten, aber er war nicht gekommen, um sie zu begrüßen. Die Diener hatten gesagt, er wolle Cai und Lionel und Valerius sehen.

Gwenhwyfar sagte sich, daß sie das wohl verstehen müßte. Arthur und Bedwyr kehrten von einer Begegnung mit Offa von Kent zurück. Sie hatten sich getroffen, um die Bedingungen für einen Vertrag auszuhandeln, der für die angelsächsischen Königreiche feste Grenzen innerhalb Britanniens festsetzen würde. Es war ein Treffen von außerordentlicher Bedeutung für ganz Britannien. Natürlich würde Arthur seine Männer schnellstens über den Verlauf der Ereignisse unterrichten wollen.

Er war wochenlang fortgewesen. Er würde zu ihr kommen, sobald er mit seinen Leuten fertig war. Das wußte sie. Plötzlich konnte sie jedoch nicht mehr warten.

»Olwen, hole mir meinen Umhang«, sagte sie mit äußerst gebieterischer Stimme. Olwen wirkte überrascht, schwieg aber, während sie der Königin einen tiefgrünen Umhang reichte und zusah, wie Gwenhwyfar ihn sich um die Schultern legte. Die Königin wandte sich um und schaute flüchtig in den Spiegel.

»Soll ich Euch begleiten, Mylady?« fragte das Mädchen.

»Nein.« Gwenhwyfar schwebte königlich zur Tür. Dann sagte sie über die Schulter: »Ich gehe zum König«, und die Tür schloß sich hinter ihr.

Ihre vier Frauen sahen einander an. Dann sagte Elaine: »Bedwyr ist auch zurück.« Sie schaute in den Spiegel der Königin.

Olwen seufzte. »Ich hoffe, daß die Rückkehr des Königs Myladys Laune verbessert.«

»Sie hat ihn vermißt«, sagte Cara weich.

»Ja.« Olwen wandte den Kopf. »Elaine, geh von diesem Spiegel weg. Egal wie sehr du dich herausputzt, du wirst niemals so schön sein wie die Königin.«

»Aber die Königin hat bereits einen Ehemann«, sagte Elaine selbstzufrieden, während sie zurückkam und ihre Näharbeit wieder aufnahm.

»Laß die Finger von Bedwyr, Elaine«, warnte Olwen sie. »Der Prinz hat nicht die Absicht zu heiraten.«

Elaine lächelte. »Wir werden sehen«, erwiderte sie.

Cara sagte: »Olwen, erzähle uns eine Geschichte.«

Der Wächter vor Arthurs Tür ließ Gwenhwyfar sofort ein. Sie stand einen Moment auf der Schwelle und betrachtete den lampenbeleuchteten Raum mit den fünf Männern, die sich am anderen Ende des Raumes in einem Kreis versammelt hatten, und ihr gesetztes Äußere verbarg ihre innere Unsicherheit. Vielleicht hätte sie nicht kommen sollen.

Fünf männliche Köpfe wandten sich ihr zu. Arthur erkannte sie zuerst und stand auf, da er sich sofort der Höflichkeit erinnerte, die Merlin ihm eingebleut hatte. Die anderen Männer taten es ihm augenblicklich nach. »Gwenhwyfar«, sagte ihr Ehemann mit leicht erstauntem Unterton in der Stimme.

Sie trat einen Schritt in den Raum hinein. »Ich habe gehört, Ihr wärt zurück…« Ihre Stimme versagte, aber dann lächelte er und streckte die Hand aus, und sie wußte, daß alles gut war.

»Kommt zu uns und erfahrt alles über unser bedeutungsvolles Treffen mit den Bretwalda.« Es gab für sie in dem Raum keinen besonderen Sitz, und daher rückte er einen Stuhl dicht an seinen heran, und Gwenhwyfar setzte sich. Sie schaute sich im Kreise der Gesichter um und lächelte.

Bedwyrs Blick hielt den ihren am längsten fest, und er schenkte ihr das liebliche, träge Lächeln, das sie so mochte. Das Lächeln von Lionel und Valerius war etwas einfältig. Nur Cai schien von ihrer Anwesenheit unberührt. Er nickte ihr ruhig und höflich zu und wandte sich erneut Arthur zu.

»Wie ich gerade sagte«, wiederholte Arthur für seine Frau, »wurde viel über den sichersten Treffpunkt diskutiert. Wir haben uns schließlich auf die Isle of Wight geeinigt.« Seine Stimme hatte einen leicht belustigten Unterton. »Auf diese Weise konnte keiner von uns meuchelmordende Heere in den Wäldern verborgen halten.«

Cai grunzte. »Das ergibt einen Sinn.«

»Ja. Beide Gruppen fuhren mit ihren eigenen Booten auf die Insel, und wir trafen uns in einem Zelt am Strand.«

»Wen hatte Offa mitgenommen?« fragte Cai.

»Drei seiner Brüder. Und eine aus fünf weiteren Kriegern bestehende Leibwache. Sie waren natürlich alle unbewaffnet. Ich hatte nur Bedwyr bei mir, aber er genügte vollauf.«

Eine Pause entstand. Cai schaute von Arthur zu Bedwyr. »In Ordnung«, sagte er resigniert. »Was ist geschehen?«

Arthurs Gesichtsausdruck blieb ernst. »Offa hat Bedwyr zum Armdrücken herausgefordert.«

»Zum Armdrücken?«

»Du kennst diesen Wettkampf?« fragte Arthur. Offensichtlich amüsierte er sich.

»Ja«, erwiderte Cai und sah Bedwyr mürrisch an. Die blauen Augen des Prinzen funkelten unübersehbar voller Mutwillen. Es gab keinen Mann im Heer, Cai eingeschlossen, den Bedwyr nicht schon beim Armdrücken besiegt hatte. Viele Male.

»Es scheint, als hätte Offa von der Tapferkeit unseres Helden gehört«, fuhr Arthur genüßlich fort, »und er war bestrebt, Bedwyrs Ruf selbst zu prüfen.« Arthur betrachtete das verwunderte Gesicht seiner Frau. »Offa«, erklärte er, »ist stark wie eine Eiche.«

»Das ist er wirklich.« Cai hatte den Bretwalda viele Male im Kampf gesehen. Er sah Bedwyr an. »Also«, fragte er, »hast du ihn besiegt?«

Bedwyr hob eine blonde Augenbraue. »Natürlich habe ich ihn besiegt. Ich habe auch seine Brüder besiegt. Ich habe sogar angeboten, mit den Leibwächtern fortzufahren, aber an diesem Punkt waren sie bereits überzeugt.«

Cai lachte. »Genau«, sagte Arthur, und seine Stimme klang belustigt. Gwenhwyfar schaute von Cai zu Bedwyr und wandte dann den Kopf, um ihren Ehemann anzusehen. Nur in Gegenwart dieser beiden Freunde offenbarte er diese unbeschwerte, humorvolle, nahbare Seite.

»Also haben wir«, fuhr Arthur fort, »nachdem diese wichtigste Seite des Geschäftlichen geregelt war, dann auch begonnen, einen Vertrag auszuhandeln.«

»Dafür also hast du Bedwyr mitgenommen!« rief Cai plötzlich aus, und Erkenntnis dämmerte in seinen haselnußbraunen Augen. Daß Arthur den Prinzen als Begleiter zu den Vertragsverhandlungen erwählt hatte, hatte viele Leute verblüfft, da Bedwyr eigentlich nicht für sein diplomatisches Geschick bekannt war.

Arthur grinste. »Natürlich. Ich wußte nichts von dem Armdrücken, aber ich wußte, daß Bedwyr der einzige wirklich gefürchtete Mann in unserem ganzen Heer ist. Offa hat zu viele von Bedwyrs verrückten Kavallerieangriffen einstecken müssen, als daß er nicht wüßte, wie gefährlich unser Prinz sein kann.« Seine grauen Augen musterten den großen blonden Mann neben sich herzlich. »Ihn einfach dabeizuhaben, zu wissen, daß er neben mir aufragte, war eine angemessene Erinnerung für Offa, daß es zu seinem eigenen Besten war, den Vertrag auszuhandeln.«

Zum ersten Mal ergriff jetzt auch Lionel das Wort. Er sagte zu Bedwyr: »Es ist gut, daß du nicht unterlegen bist.«

Bedwyr blieb gelassen. »Ich unterliege niemals«, erwiderte er, und dieser Feststellung mochte niemand widersprechen, da sie nur zu bedrückend wahr war.

Cai wandte seine Aufmerksamkeit wieder dem König zu. »In Ordnung«, sagte er energisch. »Was geschah dann?«

Die Männer sprachen über Grenzen und Zugänge und Schutzvorrichtungen, und Gwenhwyfar lehnte ihre Schultern an Arthurs Knie und dachte verträumt, wie froh sie war, daß er wieder zu Hause war. Sie achtete nicht auf das Gespräch, bis sich der Tonfall der Männerstimmen veränderte.

»Nein«, sagte Arthur, »ich traue ihm nicht.« Gwenhwyfar wandte den Kopf und sah ihren Mann an. Er runzelte leicht die Stirn und schien sich ihrer Anwesenheit gar nicht mehr bewußt zu sein. Er sprach jetzt zu Cai. »Wir haben alle Verhandlungen mit Hilfe eines Übersetzers geführt. Ich habe ihnen nicht gesagt, daß ich angelsächsisch spreche. Und es wurden doch einige Dinge gesagt, die mir nicht gefallen haben.«

»Glaubst du, daß er uns in falscher Sicherheit wiegen will?« fragte Cai.

»Ich denke, daß das durchaus eine Möglichkeit ist.«

»Sie waren fast zu entgegenkommend«, sagte Bedwyr.

Ein kurzes Schweigen entstand. Gwenhwyfar verschränkte in ihrem Schoß fest ihre Hände. Sie war so sicher gewesen, daß die Kämpfe vorüber waren.

»Das Heer muß in vollständiger Bereitschaft gehalten werden«, sagte Arthur gerade. »Da wir nun schon so viel erreicht haben, möchte ich nicht wieder alles verlieren.«

»Gott nein!« sagte Lionel.

»Strenge Schulung, Valerius, so lange das Wetter anhält«, sagte Arthur. »Und ich werde allen Königen die Botschaft senden, sich darauf einzustellen, daß wir vielleicht erneut etliche ihrer Gefolgsleute herbeirufen werden.«

»Ja, Mylord.« Valerius, der Sohn von Uthers ehemaligem Befehlshaber Claudius Virgilius, war für die Fußsoldaten verantwortlich.

»Lionel. Ich will Späher in Kent haben. Mehr Männer, als wir bereits haben und tiefer im Land. Wenn es irgendein Anzeichen dafür gibt, daß dort ein Heer zusammengezogen wird, will ich es sofort erfahren.«

Während der Jahre war Lionel Arthurs Hauptkundschafter geworden. »Ja, Mylord«, sagte er sofort. »Ich werde mich darum kümmern.«

Die Männer erhoben sich. Gwenhwyfar lächelte höflich, als sie ihr eine gute Nacht wünschten. Dann war sie endlich mit Arthur allein. »Ich hoffe, es hat dich nicht gestört, daß ich zu dem Treffen erschienen bin«, sagte sie. »Es ist nur… ich habe dich so lange nicht mehr gesehen.«

»Natürlich hat es mich nicht gestört.« Seine Stimme klang ein wenig abwesend. Er dachte noch immer über das Treffen nach, erkannte sie verdrießlich.

»Nun« – sie ließ die Verdrießlichkeit in ihrer Stimme durchklingen – »dann sage ich gute Nacht.«

Das erregte seine Aufmerksamkeit, wie sie erfreut feststellen konnte. »Einen Moment.« Er streckte die Hände aus und legte sie ihr auf die Schultern. Sie schaute ihm ins Gesicht, das jetzt ganz auf sie konzentriert war.

Sie kannte dieses Gesicht so gut: die hellen Augen, die schmale gerade Nase, den wirklich schönen Mund. Und dennoch war sie nie ganz sicher, was er dachte. Das war die römische Seite an ihm, dachte sie oft, die ihn für sie zu einem solchen Rätsel machte. Die Kelten zeigten ihre Gefühle weitaus offener.

»Habe ich dich mißachtet?« fragte er, und seine Stimme klang sowohl entschuldigend als auch belustigt. »Es tut mir leid. Das ist die Schuld meines Großvaters. Er hat mir eingetrichtert, daß die Pflicht vor dem Vergnügen zu stehen hat.«

»Ich habe dich vermißt«, sagte sie weich.

»Ich habe dich auch vermißt«, antwortete er prompt. Zu prompt, dachte Gwenhwyfar. Er klang, als erwidere er nur eine Höflichkeit. Es war keine Liebe in seiner Stimme. Natürlich, Liebe war kein Bestandteil ihrer Ehevereinbarung gewesen. Nur daß sie… »Es ist lange her«, murmelte er. Seine Finger streichelten ihre Wange. »Zu lange.« Er beugte den Kopf und küßte sie. »Laß uns in dein Zimmer gehen«, sagte er dann, und sie antwortete stumm mit einem Nicken.

Sie ging mit einstudierter Schicklichkeit neben ihm her, und als sie ihre Räume erreicht hatten, entließ sie ihre Frauen. Und endlich lag sie in seinen Armen.

Nur in Momenten wie diesen, dachte sie, war sie sicher, daß er sie genauso brauchte wie sie ihn. Bitte, Gott, betete sie, während seine geübten Hände sie zum Höhepunkt der Leidenschaft führten, bitte, Gott, laß mich ein Kind empfangen.

Zwei Wochen später kam Arthurs Cousin Gawain nach Venta. Arthur war unten mit Bedwyr mit der Kavallerieausbildung beschäftigt und sprach dort zu einigen neuen Rekruten, so daß Gwenhwyfar Gawain in dem kleinen, offiziellen Empfangsraum begrüßte.

Er ist ein hübscher Junge, dachte sie, während sie ihn anlächelte und ihn bat, sich zu setzen. Sein Haar war kastanienbraun und seine Augen ein klares Himmelsblau. Jene Augen enthielten einen sehr verwirrten Ausdruck, als er sie ansah, und er war offensichtlich sehr schüchtern. Gwenhwyfar, die im selben Alter war wie der achtzehnjährige Cousin ihres Mannes, hatte jedoch schon lange gelernt, wie man schweigsamen jungen Männern das Reden erleichterte, und kurz darauf unterhielt er sich angeregt mit ihr.

»Sicherlich würdet Ihr gern die Kavallerieschule besichtigen«, sagte sie schließlich und stand auf.

Gawains Gesicht strahlte. »Oh, ja!«

Gwenhwyfar lächelte. Sie hatte sehr schnell festgestellt, daß alle jungen Männer, die Venta besuchten, die Kavallerieschule besichtigen wollten. »Ich werde uns Pferde bringen lassen«, sagte sie. »Wahrscheinlich ist sogar der König dort.«

Die Königin hüllte sich in einen dicken, wollenen Umhang und führte Gawain in den Sonnenschein hinaus. Sie ritten die Hauptstraße von Venta hinab, und Gwenhwyfar deutete auf interessante Einzelheiten am Weg. Das Kavallerielager lag mehrere Meilen jenseits der Stadttore, und Gwenhwyfar führte

Gawain direkt zu dem großen regendurchweichten Exerzierplatz, weil sie glaubte, daß es dort vielleicht etwas für ihn zu sehen geben könnte. Tatsächlich waren dort Pferde im Einsatz, und Gwenhwyfar leitete Gawain an, sein eigenes Pferd hinter das Seil zu führen, das den Platz umgrenzte. Auf der ihnen am nächsten gelegenen Seite des Platzes war eine Gruppe junger Männer auf Pferden zu sehen, die ihre Tiere alle in engen Kreisen herumlenkten. Eine weitere Gruppe auf Pferden befand sich auf der anderen Seite des Platzes und führte eine andere Übung aus. Arthur und Bedwyr beobachteten sie von der Mitte aus, beide auf ihren eigenen schwarzen Hengsten sitzend. »Das müssen neue Kavallerierekruten sein«, erklärte Gwenhwyfar Gawain. »Dort ist der König mit Prinz Bedwyr.« Die beiden schwarzen Hengste standen bemerkenswert ruhig. »Der König ist derjenige mit dem schwarzen Haar«, fügte Gwenhwyfar freundlich hinzu.

»Ich weiß«, sagte Gawain. Während er sprach, brach eines der Pferde auf der entgegengesetzten Seite des Platzes aus der Figur aus, die es gehen sollte.

»Oje«, sagte Gwenhwyfar, als das Pferd den Kopf hochwarf und zurückwich. Der Mann auf seinem Rücken fluchte und griff dann zur Peitsche. Das Pferd, ein heller Kastanienbrauner, bukkelte. Dann buckelte es erneut, und der Reiter segelte durch die Luft. Das reiterlose Pferd begann auf dem Platz umherzugaloppieren.

Alle anderen hielten inne. Der abgeworfene Reiter stand langsam auf. »Komm her«, sagte der König.

Der Reiter humpelte herüber und stand dann unglücklich vor Arthur. »Bist du in Ordnung?« fragte der König.

»Ja.«

»Du bist zu hart. Ich habe dich während der letzten Minuten beobachtet, und ich bin nur überrascht, daß sich das Pferd nicht schon früher gegen dich aufgelehnt hat.« Arthur sah sich auf dem Platz um. »Du bist außerdem nicht der einzige, der Fehler macht. Dein Pferd war einfach empfindlicher als die anderen.« Der König sprach inzwischen zu allen Rekruten. »Ihr müßt den

Pferden die Arbeit schmackhaft machen, sonst werden sie nicht für euch arbeiten wollen. Und in der Kavallerie ist ein williges, gehorsames, gut geübtes Pferd im wörtlichen Sinne lebenswichtig.« Arthur stieg von Dun ab und übergab die Zügel dem Reiter, der zuvor gestürzt war. Dann schritt er auf den Kastanienbraunen zu, der jetzt in der Mitte des Platzes stand. Das Pferd schreckte zurück, aber der König sprach leise auf es ein, und als er nach den Zügeln griff, ließ sich der Kastanienbraune einfangen. Absolute Stille herrschte auf dem Platz, als Arthur aufstieg.

»Ich weiß, daß ihr alle die Lehren Xenophons gelernt habt«, sagte Arthur, während er das Pferd um die Mitte des Platzes herumführte. Der Kastanienbraune war noch immer aufgeregt und tänzelte, anstatt ruhig voranzugehen. Arthur tätschelte seinen Hals. »Damit ein Pferd im Kampf hilfreich sein kann«, fuhr Arthur an die Rekruten gewandt fort, »muß man Kontrolle darüber haben. Xenophon ist in diesem Punkt recht genau. Wenn man Kontrolle über es haben will, muß das Pferd jederzeit vollkommen gefügig sein. Ein Pferd, das im Kampf in Aufregung gerät, wird euch töten.« Der Kastanienbraune begann ruhiger zu gehen. Als Arthur das Pferd in ihre Richtung führte, bemerkte er zum ersten Mal die Anwesenheit seiner Frau. Er hob eine Hand, und sie winkte zurück.

»Was meint Xenophon mit der Kontrolle über das Pferd?« fragte Arthur die Männer auf dem Platz.

Zögernd antwortete jemand: »Das Pferd muß ausreichend ausgewogen gehalten werden, damit es genausogut seitwärts wie vorwärts gehen kann.«

»Das ist ein Teil davon«, stimmte Arthur zu. »Prinz Bedwyr wird euch zeigen, was das für euch bedeutet.«

Gawain sah mit offenem Mund zu, wie Bedwyr mit Sluan in die Mitte des Platzes ritt. Die Muskeln des schwarzen Hengstes glänzten, als er hochsprang und mit den Hinterbeinen austrat. Die Vorführung dauerte fünf Minuten und ließ alle Rekruten, wie auch Gawain und Gwenhwyfar, voll sprachloser Verwunderung zurück.

»Natürlich sind nicht alle Pferde so begabt wie Sluan«, sagte

Arthur freundlich, nachdem Bedwyr seine Vorführung beendet hatte. »Und es sind auch nicht alle Reiter so geübt wie Prinz Bedwyr.«

Der Kastanienbraune ging jetzt vollkommen ruhig, und Arthur trieb ihn zu einem Trab an. Das Pferd lief bereitwillig und weich weiter.

»Hat irgend jemand gesehen, daß Prinz Bedwyr seine Hände oder Beine gebraucht hat?« fragte Arthur, während er den Kastanienbraunen in großen Kreisen traben ließ.

»Nein, Mylord«, erklang die einstimmige Antwort.

»Mit Gewalt werdet ihr nichts erreichen«, sagte Arthur. »Das wußte Xenophon schon vierhundert Jahre vor Christi Geburt. Schaut euch den Kastanienbraunen an. Lehnt er sich gegen mich auf?«

»Nein, Mylord«, erklang der Chor erneut.

»Seid sanft«, sagte Arthur. »Niemals hart. Immer sanft. Jetzt wollen wir unsere vorherige Arbeit wieder aufnehmen.«

Der humpelnde Reiter führte Dun zum Stall, und die übrigen Reiter kehrten wieder an ihre Arbeit zurück. Arthur ritt den Kastanienbraunen weiter, während er die Rekruten beobachtete. Bedwyr kam zu Gwenhwyfar herüber.

»Das war eine sehr beeindruckende Vorführung«, sagte sie bewundernd zu ihm.

Er grinste. »Arthur und ich machen das mit jeder neuen Gruppe Rekruten. Wir warten, bis sich das erste Pferd auflehnt, dann steigt Arthur auf und bringt es dazu, sanft wie ein Lamm zu gehen, und Sluan und ich zeigen unsere ausgefallensten Manöver. Das wirkt immer.«

Gwenhwyfar lachte. »Ihr meint, Ihr habt das schon früher getan?«

»Jeden Winter während der letzten acht Jahre«, erwiderte Bedwyr vergnügt.

Gwenhwyfar schaute zu ihrem Mann hinüber, der so unbekümmert in der Mitte des Platzes ritt. »Ich habe nicht gewußt, daß er so sehr in die Übung einbezogen ist«, sagte sie. »Ich dachte, er…«

Sie brach ab, als Bedwyr tief und heftig kicherte. »Ihr dachtet, er gebe nur die Befehle.«

Gwenhwyfar sah in sein belustigtes Gesicht und lächelte. »Ja, vermutlich habe ich genau das gedacht.«

»Dieses Heer ist Arthurs Heer«, sagte Bedwyr eindringlich. »Von den niedersten Rängen aufwärts. Und es gibt keinen Mann im Heer, der das nicht weiß.«

Gawain räusperte sich, und Bedwyr sah ihn an. »Es tut mir leid, Gawain«, sagte Gwenhwyfar reumütig. »Bedwyr, dies ist Prinz Gawain von Lothian. Er ist erst vor einer Stunde in Venta angekommen.«

»Gawain?« Bedwyrs blaue Augen blickten schärfer drein. »Lots Sohn?«

»Ja.« Gawain sah eindeutig nichts Schlechtes darin, Lots Sohn zu sein. »Ich bin gekommen, Prinz Bedwyr«, verkündete er stolz, »um mich dem Heer anzuschließen.«

Bedwyr war überrascht. »Weiß Pellinore davon?«

Sofort überzog Röte Gawains Wangen. »Ja. Ich habe sogar einen Brief von ihm für den König.«

Bedwyr entschied: »Der König wird dich sehen wollen«, sagte er, wandte sich um und führte seinen Hengst im Trab zu Arthur hinüber. Die beiden Männer sprachen einen Moment miteinander, und dann kam Arthur auf sie zu geritten, während Bedwyr dort blieb, um die Rekruten weiter zu überwachen.

»Morgan sagte mir bereits, daß ich dich eines Tages erwarten kann«, sagte Arthur, sobald er am Zaun angekommen war. »Willkommen in Venta, Cousin.« Und er schenkte dem Jungen sein seltenes, warmes Lächeln.

Gawains Augen weiteten sich, und er schaute bestürzt drein, als er das Gesicht des Königs von nahem sah. Einiges der Wärme schwand aus Arthurs Blick. »Stimmt etwas nicht?« fragte er.

Das auf Gawains Wangen tanzende Licht verschwand unter erneuter Röte. »Nein, Mylord«, stotterte er. »Es ist nur… nur… Ihr seht genau wie mein Bruder Mordred aus!«

»Oh.« Arthurs Lächeln kehrte zurück. »Ich sehe meiner Mutter sehr ähnlich«, erklärte er. »Ich vermute, daß Mordred ihr auch ähnlich sieht. Immerhin waren meine Mutter und deine Mutter Schwestern.«

Die Verwirrung schwand aus Gawains Blick. »Natürlich«, sagte er. »Das wird der Grund sein.«

»Bedwyr sagte mir, du hättest einen Brief von Pellinore für mich?«

»Ja, Mylord. Er befindet sich bei meinen Sachen im Prätorium.«

Arthur wandte sich seiner Frau zu. »Ich werde jetzt mit Euch zurückreiten, wenn Ihr wollt.«

»Gut«, erwiderte sie zögernd, und Arthur lenkte den Kastanienbraunen um die Absperrung herum. Als er sich ihnen auf der anderen Seite angeschlossen hatte, wandten sie sich alle drei um und ritten den Weg nach Venta zurück. »Also bist du gekommen, um dich meinem Heer anzuschließen?« fragte Arthur Gawain, und sein Cousin grinste erfreut.

Gwenhwyfar drängte ihre Stute, mit Arthurs Pferd mitzuhalten, und betrachtete aus den Augenwinkeln das Profil ihres Mannes. Er war sichtlich erfreut, Gawain zu sehen. Genauso eindeutig war die Ankunft seines Cousins für ihn nicht so ein Schock wie für Bedwyr.

»Morgan sagte mir bereits, daß ich dich erwarten kann...« Gwenhwyfar hatte den Eindruck gehabt, daß Arthur nicht gut auf seine Tante zu sprechen war. Offensichtlich hatte sie sich geirrt. Eine ganz schwache Falte erschien auf ihrer Stirn, während sie schweigend neben den beiden Männern einherritt und ihrer Unterhaltung lauschte.

## 23. KAPITEL

Es war eine Zeit des Wartens. Der König wartete auf Nachrichten von den Angelsachsen, doch die kamen nur zögernd herein und blieben unklar. Boten eilten zwischen den drei Bretwaldas hin und her, und im März trafen sich Offa, Cynewulf und Cerdic für zwei Tage in Sussex.

»Sie treffen sich vielleicht wegen des Vertrages, oder sie planen etwas anderes«, sagte Arthur zu Bedwyr, als ihm die Neuigkeit von einem von Lionels Spähern überbracht wurde.

»Wäre es nicht blanker Hohn, wenn unsere Friedensvorschläge genau das wären, was notwendig ist, damit sie sich gegen uns verbünden?« fragte Bedwyr.

Arthurs gerade schwarze Brauen hoben sich ein wenig. »Wahrhaftig«, sagte er sehr trocken.

Bedwyr grinste.

Die beiden Männer kehrten vom Kavallerieübungsplatz zum Prätorium zurück. Bedwyr ritt Sluan und Arthur seinen Kastanienbraunen, Ruadh, den er zum ersten Mal während jener Übungsstunden geritten hatte, die Gwenhwyfar und Gawain vor wenigen Monaten beobachtet hatten. Arthur mochte das Pferd und nahm es als zweites Reittier. Die Pferde gingen langsam Seite an Seite voran, und Bedwyr betrachtete erneut Arthurs hageres, dunkles Gesicht. »Du denkst, sie werden kommen, nicht wahr?« fragte er.

»Ja«, sagte der König, »das denke ich.« Jetzt lag kein Hohn mehr in seiner Stimme.

»Wenn sich Kent und Sussex und Anglia vereinen«, sagte Bedwyr nüchtern, »werden sie sich gegen Dumnonia wenden.«

»Ja.«

Bedwyr atmete tief durch. »Ambrosius' Wall hat sie schon einmal aufgehalten.« Der Wall, von dem er sprach, war von Arthurs Onkel, Constantinus' ältestem Sohn, erbaut worden, um Dumnonias verletzliche Ostseite vor Angriffen von der angelsächsischen Küste zu schützen. Der Rest Dumnonias wurde durch natürliche Hindernisse wirkungsvoll geschützt: der Süden und Westen durch das Meer, der Norden durch die Aildonberge. Ambrosius' Wall, eine fünfzig Meilen lange Erdaufschüttung mit einem Graben, hatte für Dumnonia das bewirkt, was Hadrians Wall mehrere Jahrhunderte lang im Norden bewirkt hatte – er hatte die barbarischen Eindringlinge zurückgehalten.

»Sie werden über den Wall gelangen müssen«, fuhr Bedwyr

fort. »Das ist der einzig mögliche Zugang vom Themsetal in den Südwesten. Wir sollten unsere Abwehr dort zusammenziehen. Wir haben ihnen schon früher standgehalten. Es wird uns erneut gelingen.«

Ruadh scheute wegen etwas, was sich seitlich der Straße befand, und Arthur tätschelte abwesend seinen Hals. Er betrachtete einen Moment schweigend seine Hand auf dem hellen Fell des Pferdes und sagte dann: »Tatsächlich gibt es vom Themsetal aus zwei Wege nach Dumnonia hinein.«

»Zwei Wege?« Bedwyr sah ihn verwirrt an. »Meinst du, vom Meer aus?«

»Nein. Der eine Weg ist der, den du erwähnt hast, die römische Straße nach Calleva. Um nach Calleva durchzukommen, müßten sie jedoch zuerst Ambrosius' Wall und die Befestigungsanlagen davor überwinden. Keine unmögliche Aufgabe, aber schwierig.«

»Und der zweite Weg?«

»Die römische Straße nach Corinium.«

Bedwyr wirkte weiterhin verwirrt. »Die Aildonberge befinden sich zwischen der Straße nach Corinium und Dumnonia. Und sie liegen hoch im Westen, bis zu tausend Fuß hoch. Kein Heer könnte dort hindurchgelangen.«

»Es wäre möglich, wenn sie den Badonpaß nehmen.« Er schaute von seinen Händen auf in Bedwyrs Gesicht. »Verlasse die Straße nach Corinium, brich südwärts durch den Paß hindurch, und du wirst dich genau auf der römischen Straße nach Venta befinden.«

»Götter«, sagte Bedwyr. »Das stimmt.«

»Wenn wir uns alle am Wall befinden und uns nach Osten wenden, kann Offa hinter uns hereindringen. Wir würden dann zwischen die Angelsachsen und den Wall gelangen, und jenseits befänden sich noch mehr Angelsachsen.«

Bedwyrs blaue Augen brannten. »Götter«, sagte er. »Ich habe niemals auch nur im entferntesten an diesen Paß gedacht.«

»Ich möchte ihn mir ansehen«, sagte Arthur.

»Ich werde mitkommen.«

»Sehr gut, aber ich möchte nicht, daß jemand erfährt, wohin wir reiten, Bedwyr.«

Bedwyr nickte. »Wann willst du aufbrechen?«

»In zwei Tagen. Ich werde mir nicht die Mühe machen, Cai von Camelot herbeizurufen.« Das war der Name, den sie für Arthurs neue Hauptstadt ausgewählt hatten. »Gwenhwyfar ist sehr wohl in der Lage, sich während meiner Abwesenheit in Venta um alles zu kümmern.«

Einen Augenblick war Stille. Dann sagte Bedwyr bedächtig: »Warum willst du geheimhalten, wohin wir reiten? Sicherlich wäre es eine Möglichkeit, Offa davon abzuhalten, den Paß zu benutzen, ihn wissen zu lassen, daß wir uns seiner bewußt sind.«

»Aber ich will Offa ja gar nicht davon abhalten, den Paß zu benutzen«, erhielt er die prompte Antwort.

Bedwyr starrte ihn an. »Beide Seiten des Badonpasses sind sehr steil, Arthur. Dort kannst du keine Kavallerie einsetzen.«

»Ich brauche die Kavallerie nicht.«

»Dein ganzer Erfolg gegen die Angelsachsen beruhte auf dem Einsatz der Kavallerie.«

Arthur sah ihn ruhig an. »Bedwyr, ein Heer, das im Badonpaß gefangen ist, ist, wenn ich mich recht erinnere, ein Heer, das in einer Todesfalle gefangen ist. Wenn ich Offa in den Badonpaß locken kann, werden wir keine Kavallerie brauchen. Wir werden nur Schaufeln brauchen, um die Toten zu begraben.« Und als Bedwyr ihn weiterhin anstarrte, trieb der König sein Pferd im Trab die Hauptstraße von Venta hinauf.

Die Königin wartete auf etwas weitaus Persönlicheres als der König. Sie wartete von Monat zu Monat und hoffte verzweifelt, daß dieses Mal kein Blut kommen würde, daß dies der Monat wäre, in dem sie ein Kind empfangen hatte.

Am grausamsten war es, wenn sie spät dran war, wenn ihre Hoffnungen gestiegen waren, wenn sie sich einbildete, daß ihr morgens übel war… und dann war es wieder da, das verhaßte Zeichen des Versagens.

Das Schicksal einer unfruchtbaren Frau war stets tragisch, dachte sie verzweifelnd, aber zumindest gehörte ihre Tragödie nur ihr und ihrem Mann. Wenn eine Königin unfruchtbar war, berührte die Tragödie eine ganze Nation.

Arthur beruhigte sie stets. Jeden Monat, wenn sie ihm berichten mußte, daß sie noch kein Kind empfangen hatte, sagte er ihr, sie solle sich keine Sorgen machen, sie würde schließlich doch noch eines empfangen. Aber Gwenhwyfar begann zu befürchten, daß dies nie eintreffen könnte. Und mehr noch, sie begann zu befürchten, daß Arthur innerlich nicht so zuversichtlich war, wie er ihr gegenüber auftrat. Er hatte sie geheiratet, um Erben für Britannien zu bekommen. Was würde er tun, fragte sie sich, wenn sie niemals ein Kind haben könnte? Würde er sie fortschicken? Eine andere Frau nehmen? Nein. Das würde nicht geschehen. Es konnte nicht geschehen. So grausam konnte Gott doch nicht sein.

Maria, betete sie. Mutter unseres Erlösers. Hilf mir. Laß mich ein Kind empfangen.

»Du nimmst keine Leibwache mit?« fragte Gwenhwyfar. Arthur hatte sie gerade davon in Kenntnis gesetzt, daß er und Bedwyr für einige Tage nach Camelot reisen würden, um nachzusehen, welche Fortschritte während der letzten Monate gemacht worden waren. Er sagte niemandem etwas vom Badonpaß. »Ist das klug, Arthur?« fuhr seine Frau fort. »Sicherlich würde es nicht schaden, eine Kavallerieeskorte mitzunehmen.«

Arthurs Gesicht zeigte echte Belustigung. »Bedwyr wäre furchtbar beleidigt, wenn er dich hören könnte, Gwenhwyfar. Er glaubt, er selbst wiege einen ganzen Kavallerietrupp auf. Und das tut er auch. Wir werden vollkommen sicher sein, das verspreche ich dir.«

Sie seufzte. »Nun gut. Es hat keinen Sinn zu streiten, wie ich sehe.«

Seine Belustigung steigerte sich. »Überhaupt keinen Sinn.«

»Wer wird denn hier das Kommando führen, während du fort bist? Valerius?«

»Valerius wird sich natürlich um das Heer kümmern. Aber ich überlasse dir die Aufsicht über das Prätorium.« Sie wirkte erfreut. »Ich glaube nicht, daß etwas Ungewöhnliches vorfallen wird«, fügte er hinzu. »Fürst Meliagrance will nach Venta kommen, um mit mir zu sprechen, und wird möglicherweise in meiner Abwesenheit ankommen. Wenn das so ist, dann beherberge ihn einfach, bis ich zurückkomme.«

»Meliagrance«, sagte Gwenhwyfar nachdenklich. »Ist er nicht der Stammesfürst der Verica?«

»Seit sein Vater im Januar gestorben ist. Der alte Col war niemals sehr nützlich für mich, aber ich denke, daß Meliagrance vielleicht andere Auffassungen haben wird.«

Gwenhwyfar sah ihn lange an. »Er könnte dir vielleicht einige Soldaten zur Verfügung stellen, meinst du.«

Arthur antwortete heiter: »Genau.«

Gwenhwyfars hübsches Gesicht zeigte wenig Erheiterung. »Du denkst, sie kommen, nicht wahr?« fragte sie und wiederholte damit Bedwyrs frühere Worte.

Er gab ihr dieselbe Antwort, die er Bedwyr gegeben hatte: »Ja, das denke ich.«

Sie nickte und versuchte den Angstschauer zu verbergen, der ihr Rückgrat hinablief. »Gut«, sagte sie. »Ich werde mich hier für dich um alles kümmern und diesen Fürsten beherbergen, falls er kommen sollte.«

»Das ist mein Mädchen.« Er lächelte sie anerkennend an und schlug ihr kameradschaftlich auf die Schulter, bevor er ging, um sich um andere Dinge zu kümmern.

Dunkle Stürme begannen in ihr zu toben. Sie wollte diese Anerkennung nicht. Sie wollte nicht sein Kamerad sein. Sie wollte seine Liebe sein. Aber sie hatte gelernt, ihn nicht zu bedrängen, ihm nicht zu deutlich zu zeigen, was sie fühlte. Die wenigen Male, wo sie versucht hatte, die unsichtbare Linie, die er zwischen ihnen gezogen hatte, zu überschreiten, hatte er sich so schnell zurückgezogen, daß er sie geängstigt hatte.

Sie hatte sein Vertrauen. Sie hatte seine Freundschaft. Sie hatte seine Leidenschaft. Aber sie hatte nicht seine Liebe.

Wenn sie nur ein Kind bekommen könnte! Das war es, was zwischen ihnen stand, dessen war sie sich sicher. Er konnte sich ihr nicht ganz überlassen, denn wenn sie unfruchtbar war... wenn sie unfruchtbar war... würde er sie vielleicht fortschicken müssen. Sicher in diesem Monat, betete sie. Sicher würde sie in diesem Monat empfangen.

Meliagrance kam nach Venta, während Arthur fort war, und Gwenhwyfar kümmerte sich um ihn, bis der König zurückkehrte. Während dieser Zeit verliebte sich der junge Stammesfürst der Verica heftig in sie, aber Gwenhwyfar war so sehr daran gewöhnt, daß Männer sich in sie verliebten, daß sie es kaum bemerkte.

Es war früh am Abend, als Arthur und Bedwyr nach drei Tagen wieder in Venta einritten. Arthur verbrachte eine Stunde mit Meliagrance und suchte dann seine Frau auf. Sie hatte sich früh zurückgezogen, wie ihm mitgeteilt worden war, da sie sich nicht wohlfühle. Der Wächter vor ihrer Tür öffnete diese für ihn, und er betrat das private Empfangszimmer, das einmal Igraine gehört hatte.

Er war überrascht, Gwenhwyfar allein vorzufinden. Sie saß in einem Sessel neben der Kohlenpfanne. Nein, dachte er, sie kauerte neben der Kohlenpfanne. »Was ist los?« fragte er scharf, während er den Raum durchschritt und neben sie trat. »Bist du krank? Wo sind deine Frauen?«

»Ich habe sie fortgeschickt«, erwiderte sie dumpf.

»Geht es dir gut?« Er hatte sie jetzt erreicht und ging in die Hocke, um ihr ins Gesicht sehen zu können.

Sie mied seinen Blick. »Ja.« Unmißverständliche Bitterkeit schwang in ihrer Stimme mit. »Es geht mir ausgezeichnet.«

Da wußte er, was los war. Sie hatte erneut feststellen müssen, daß sie kein Kind erwartete.

Arthur schloß die Augen und schloß so den Anblick seiner leidenden Frau aus. Er hatte sich nicht darum kümmern wollen, aber jetzt war es wohl so, daß er sich darum kümmern mußte.

Die Ironie in alledem war fast mehr, als er ertragen konnte.

Morgan hatte sich geweigert, ihn zu heiraten, weil sie keine Kinder haben konnte, und jetzt schien es, als ob Gwenhwyfar... Er öffnete die Augen und betrachtete das abgewandte Profil seiner Frau. Sie brauchte seinen Trost. Aber er wußte nicht, ob er ihn ihr geben konnte. Es war zuviel Leere in ihm. Er erfüllte seine Rolle als König. Er konnte in sich sogar die Fähigkeit finden, Freundschaft zu erwidern, aber was Gwenhwyfar von ihm brauchte... von ihm wollte... hatte er nicht.

Er würde es versuchen müssen. Es war zu grausam, sie so sich selbst zu überlassen.

»Gwenhwyfar«, sagte er sehr sanft. »Meine Liebe. Nicht. Nicht. Ich kann es nicht ertragen, dich so unglücklich zu sehen.«

Sie hob den Kopf, sah ihn an und lag dann in seinen Armen. Sie saßen zusammen auf dem Boden vor der Kohlenpfanne, und sie barg ihr Gesicht an seiner Schulter und schluchzte – tiefe, heftige Schluchzer, die zu hören ihn schmerzte. Er hielt sie sanft, streichelte ihr wunderschönes Haar, das über seine Brust und Schultern floß und murmelte einfache, tröstliche Laute in ihr Ohr. Als die Kraft ihres Kummers verbraucht war, lag sie erschöpft an seiner Schulter und lauschte dem ruhigen Schlag seines Herzens. »Ich bin nicht schwanger. Wieder nicht.« Ihre Stimme klang noch immer belegt.

Er strich ihr das Haar aus der Stirn. »Nächsten Monat«, sagte er.

Aber sie schüttelte den Kopf. »Was ist, wenn es nächsten Monat auch nicht geschieht, Arthur?« Sie hatte solche Angst gehabt, dies zu sagen, aber jetzt, wo sie seine tröstlichen Arme spürte, fand sie den Mut. »Was ist, wenn ich unfruchtbar bin?« Er antwortete nicht, und sie preßte ihr Gesicht an ihn. »Ich glaube, ich kann es nicht ertragen, wenn du mich fortschickst«, flüsterte sie.

Sie konnte die Überraschung spüren, die ihn durchlief. »Dich fortschicken? Wer hat denn etwas davon gesagt, daß ich dich fortschicken will?«

Seine weiße Wolltunika war von ihren Tränen naß geworden.

Sie kauerte sich dicht an ihn und sagte mit kleiner, ängstlicher Stimme: »Du brauchst einen Sohn. Jeder weiß das. Darum hast du mich geheiratet. Und wenn ich nicht... wenn ich nicht... vielleicht solltest du dir dann eine andere Frau nehmen.«

Er legte ihr die Hände auf die Schultern und schob sie von sich, damit er sie ansehen konnte. Dies war zumindest ein Punkt, in dem er sie beruhigen konnte. »Du bist meine Frau.« Obwohl ihr Gesicht vom Weinen geschwollen war, war es wunderschön. »Nichts kann daran etwas ändern. Ich habe nicht die Absicht, weder jetzt noch irgendwann, dich fortzuschicken.«

Es war, als seien Kerzen hinter ihren Augen entzündet worden. »Meinst du das ernst? Ich habe solche Angst gehabt.«

»Natürlich meine ich es ernst. Und es gehören zwei dazu, ein Kind entstehen zu lassen. Der Fehler kann genauso gut bei mir liegen wie bei dir.«

Der Gedanke war ihr niemals gekommen. Ihre Augen weiteten sich. Er lächelte und berührte sanft ihre feuchte Wange. »Du bist die Königin von Britannien. Niemand wird dir das jemals nehmen.«

»Oh, Arthur.« Sie kuschelte sich wieder in seine Arme. »Es ist mir gleichgültig, daß ich Königin bin. Wichtig ist für mich nur, dich nicht zu verlieren.«

Arthur betrachtete das wunderschöne, rotgoldene Haar, das über seinen Arm und seine Hand fiel, und sein Gesichtsausdruck war freudlos. Er hätte dies vorhersehen müssen, dachte er. Sie war jung. Er war der Mann, der ihren Körper erweckt hatte, der sie die Bedeutung der Leidenschaft gelehrt hatte. Und er war der Hochkönig, der mächtigste Mann in Britannien. Es war nur natürlich, daß sie sich einbildete, ihn zu lieben.

Er mochte sie. Er war ihr dankbar. Sie war ehrlich und leidenschaftlich, und sie hatte ihm geholfen, einen Teil der furchtbaren Anspannung seines Körpers zu lösen, selbst wenn sie die Leere in seiner Seele nicht hatte füllen können.

Er sagte sich, daß es sehr einfältig war zu glauben, er könnte mit ihr nur befreundet sein, wie er mit Bedwyr und Cai befreundet war. Die Triebkraft zwischen einem Mann und einer Frau ließ keine einfache Freundschaft zu. Er hätte das von allen am besten wissen müssen.

Das Problem war, daß Freundschaft das einzige war, was er ihr anbieten konnte. Und Treue. Das schuldete er ihr, und er würde sein Wort halten. Außerdem war eine andere Frau das letzte, was er brauchte.

Und vielleicht würden Freundschaft und Treue mit der Zeit genügen. Sie verehrte ihn tatsächlich wie einen Helden, wie auch so viele seiner Männer. Sie konnte ihn nicht lieben. Sie kannte ihn nicht gut genug, um ihn lieben zu können. Nur ein Mensch kannte ihn dafür gut genug.

Gwenhwyfar spürte den Schauder, der ihn durchlief. »Was ist?« fragte sie und hob den Kopf.

Sein Gesicht zeigte den zurückgezogenen, strengen Ausdruck, den sie fürchtete. »Nichts«, antwortete er. Sein Mund lächelte sie an, aber seine Augen blieben abwesend. »Bist du genauso hungrig wie ich?« fragte er.

Ein seltsam überraschter Ausdruck überzog ihr Gesicht. »Ja«, sagte sie erstaunt. »Ich glaube, das bin ich.«

Sein Lächeln wurde natürlicher. »Gut. Warum essen wir dann nicht hier zusammen?«

Sie lächelte, strahlend schön, zurück. »Gut«, sagte sie, »ich werde uns etwas bringen lassen.«

## 24. KAPITEL

Ende Mai war klar, daß sich ein angelsächsisches Heer in Sussex sammelte. Zum ersten Mal in der Geschichte vereinten die drei angelsächsischen Bretwaldas ihre Kräfte für einen konzentrierten Angriff gegen Dumnonia, das Kernland der römisch-keltischen Herrschaft in Britannien. Dies würde keine Schlacht werden wie früher. Dieses Mal würden die beiden Heere stürmen, anstatt eine breit gefächerte Aktion an vielen Fronten zu führen. Alles lief auf eine Entscheidungsschlacht zu, Stärke gegen Stärke, wobei die Siegestrophäe Britannien selbst war.

Anfang Juni sandte Arthur Valerius mit zwei Divisionen Fußsoldaten aus, um die Befestigungsanlagen an Ambrosius' Wall zu besetzen. Er sandte auch Bedwyr mit der gesamten Kavallerie aus. Arthur selbst blieb mit dem Hauptteil der Fußsoldaten in Calleva. »Ich überlasse euch den schlimmsten Teil dieser Schlacht«, teilte er seinen beiden Befehlshabern nüchtern mit. »Ich zweifle nicht daran, daß Offa den Wall angreifen wird. Er wird unsere Stärke testen wollen. Es ist eure Aufgabe, ihn davon zu überzeugen, daß er den Wall nicht ohne erhebliche eigene Verluste überwinden kann. Und ihr müßt dies allein mit der Kavallerie und zwei Divisionen Fußsoldaten bewerkstelligen. Es ist eure Aufgabe, die Angelsachsen zu zwingen, den Badonpaß zu wählen.«

Bedwyrs Augen wurden mitternachtsblau, aber er sagte nichts. Valerius antwortete Arthur. »Was geschieht, wenn Offa sich nicht zurückzieht, Mylord? Was geschieht, wenn er sich entschließt, einen großen Schlag zu führen und weiter vordringt?«

»Dann«, erwiderte der König gemessen, »müßt Ihr ihn aufhalten, bis ich mit den restlichen Fußsoldaten zu Euch stoßen kann.«

Bedwyr grinste. »Mach dir keine Sorgen, Arthur. Wir werden die Bastarde aufhalten.«

Arthurs Augen, so hell in seinem tief gebräunten Gesicht, begegneten denen Bedwyrs. Er wußte, und er war sich sicher, daß Bedwyr das auch wußte, daß Bedwyr, wenn Offa sein ganzes Heer gegen den Wall führen würde, sein gesamtes Kommando würde opfern müssen, um es aufzuhalten. Mit einer seltenen Geste der Zuneigung legte Arthur eine Hand auf den Arm seines Kavalleriebefehlshabers. »Bedwyr der Löwe«, sagte er. Bedwyr lachte.

Ambrosius' Wall war stets besetzt, und es gab auf seiner ganzen Länge von fünfzig Meilen eine Reihe bemannter Befestigungen. Bedwyr und Valerius versuchten nicht, den ganzen Wall zu schützen, sondern konzentrierten ihre Kräfte an dem sanft abfallenden Hügel, wo der Wall auf die römische Straße nach Calleva traf. Eine Woche, nachdem ihr Kommando postiert war, erschien das angelsächsische Heer.

Gareth, den Bedwyr auf Arthurs Bitte hin unter seine Fittiche genommen hatte, überbrachte dem Prinzen die Neuigkeit. Bedwyrs weiße Zähne blitzten unter einem befriedigten Grinsen auf. »Gut«, sagte er. »Jetzt wird es spannend.« Gareth, der noch nie zuvor an einer Schlacht teilgenommen hatte, betrachtete verwundert Bedwyrs erfreutes Gesicht. Es hieß, daß die gesamten vereinten Kräfte Offas, Cynewulfs und Cerdics dort draußen seien. Und Bedwyr lächelte! Es war ein dunstiger, nebliger Morgen, als sich die Angelsachsen zum Angriff entschlossen. Die britischen Fußsoldaten, unter denen sich auch mehrere von Meliagrances Männern befanden, die die Angelsachsen noch nie im Kampf erlebt hatten, wurden hinter dem Schutz des großen Erdwalls postiert. Viele von ihnen konnten den Feind nicht sehen, aber sie konnten die Schreie der angelsächsischen Krieger hören, die das Blut gefrieren ließen, und dann den Klang der Hörner vernehmen. Der Lärm kam näher. Die erste Linie Männer auf dem Wall hob die Bogen. Sobald die Angelsachsen in Schußweite waren, gab Valerius den entsprechenden Befehl, und ein mörderischer Todesregen schoß auf die herannahenden angelsächsischen Reihen zu. Männer fielen, aber die herannahende Wand schreiender Krieger kletterte einfach über die eigenen Toten hinweg und eilte weiter voran. Und dann gab Bedwyr der Kavallerie den Angriffsbefehl.

Er hatte heute alle drei Pferdearten unter seinem Befehl: seine eigenen schweren Pferde, die so wirkungsvoll angelsächsische Fußlinien zerschmettern konnten, mittelgroße Pferde unter Peredur, die schneller, aber auch leichter waren als die großen Pferde aus Gallien, und schließlich leichte Pferde unter Gwynn. Sie alle waren Bedwyr zuvor schon in den Kampf gefolgt, und sie alle wußten, was sie erwartete. Insgesamt zählten sie knapp tausend Pferde und Männer. Es schien Gareth, der die herannahende Horde mit pochendem Herzen beobachtete, als ob ihnen die Angelsachsen um ein Zehnfaches überlegen wären.

Bedwyr erkannte sofort, daß dies kein Vorhutgeplänkel war. Dieser Angriff war gefährlich, und wenn sie ihn nicht fast augenblicklich abwandten, würden sie in sehr ernsthafte Schwierigkeiten geraten. Mit einem Brüllen, das sogar die Schreie der angelsächsischen Massen übertönte, führte Bedwyr Sluan den sanften Hang des aufgehäuften Walls hinunter, übersprang den dahinterliegenden Graben und prallte voller Wucht in die Wand der herannahenden Feinde hinein. Seine Männer folgten ihm.

Bedwyr war auf dem Schlachtfeld schon immer furchteinflößend gewesen, und seine Größe und enorme körperliche Kraft verschafften ihm Vorteile, deren sich kaum ein anderer Mann erfreute. Niemals zuvor hatte er jedoch so grausam gekämpft wie heute. Er köpfte die ersten Männer, gegen die er das Schwert führte, beinahe und schlug einem von hinten angreifenden Mann mit einem Hieb die Hand ab. Gareth hielt sein Pferd dicht hinter Bedwyrs und betete. Selbst in seinen schlimmsten Alpträumen hatte er sich niemals vorstellen können, daß etwas so furchtbar sein konnte wie dies. Der Lärm… der Geruch… das Blut. Die einzige Sicherheit in der Welt schien es hinter dem breiten Rücken des blonden Mannes auf dem schwarzen Hengst zu geben. Bedwyr selbst schien die Bedeutung der Angst nicht zu kennen, während er sich mit seiner scharfen Klinge, die jetzt bis zum Heft blutig war, durch die Linien der Angelsachsen schlug, bis sie in Panik davonstürmten. Gareth schwang ebenfalls sein Schwert und hielt mühsam Schritt mit dem Prinzen. Die restliche Kavallerie, vom verwegenen, rasenden Mut ihres Anführers entflammt, drang hinter ihm heran.

Es war jedoch nicht Kampfgier, die Bedwyr trieb, sondern die klare, mit kühlem Kopf gewonnene Überzeugung, daß sie die Angelsachsen überhaupt nicht würden zurückschlagen können, wenn sie sie nicht in den ersten zehn Minuten des Kampfes zurückschlügen. Und es standen nur zwei Divisionen Fußsoldaten zur Verfügung, um sie aufzuhalten, wenn sie erst einmal an der Kavallerie vorbeigelangt waren. Also zwang er mit seinem blutigen Schwert Männer in die Knie und ließ sie dann von den gleichermaßen blutigen Hufen seines Hengstes zertrampeln. Er drang unaufhörlich vorwärts, ein erbarmungsloses Werkzeug des Schreckens und des Todes, und nach fünf Minuten begann die angelsächsische Linie zu schwanken. Bald darauf erklang ein Horn. Offa befahl den Rückzug. Die Angelsachsen brauchten weitere fünf Minuten, um sich zu befreien. Während dieser Zeit ließ die britische Kavallerie in ihrem Angriff nicht nach. Gareth beobachtete, wie Bedwyr sein Schwert weiterhin durch die verbliebene Frontlinie der Krieger zog, tötete, verstümmelte... und dann war es vorbei. Die Angelsachsen wandten ihnen den Rücken zu und flohen, und Bedwyr rief die Kavallerie zum Wall zurück.

Als sie erst wieder hinter den willkommenen Schutz des Grabens und der großen Erdaufschüttung gelangt waren, glitt Bedwyr aus dem Sattel. Gareth erhaschte einen kurzen Blick auf flammende blaue Augen, bevor sich der Prinz abwandte und mit Valerius sprach.

»Schickt mir einen Boten«, sagte er. »Ich habe eine Nachricht für den König.« Dann begann er, an die wuchtige, schweißbedeckte, blutbefleckte Schulter seines Hengstes gelehnt, zu lachen.

Die Nachricht, die Bedwyr an den König gesandt hatte, war nur kurz: »Sie haben ihre gesamten Kräfte gegen uns eingesetzt, und wir haben sie zurückgeschlagen. Es ist alles in Ordnung.«

Nachdem der Bote diese einfachen Worte wiedergegeben hatte, wandte sich Arthur an Cai. »Bedwyr der Löwe«, sagte er mit strahlenden Augen.

Cai grinste. »Die Angelsachsen sagen, er sei der Teufel.«

»Vielleicht haben die Angelsachsen recht.« Arthur betrachtete das friedliche Lager seiner Soldaten. »Ich glaube nicht, daß Offa sich so schnell zurückgezogen hätte, wenn er nicht noch einen weiteren Plan im Sinn gehabt hätte.« Er fuhr sich mit einer Hand durch sein dichtes, glattes Haar. »Wir werden es bald erfahren. Lionel hat Kundschafter auf der Straße nach

Corinium postiert. Wenn Offa sich rührt, werden wir es erfahren.«

Der Kundschafter galoppierte wie erwartet am Mittag des darauffolgenden Tages in Calleva ein. Er überbrachte die Nachricht, daß Offa und Cerdic Dreiviertel des Heeres auf der Straße nach Corinium postiert und Cynewulf zurückgelassen hatten, damit er die Linie am Wall hielt. Als Arthur dies hörte, dirigierte er seine eigenen Männer nordwärts. Seine Soldaten hatten den Badonpaß auch innerhalb weniger Stunden erreicht.

Der fragliche Paß war ein tiefes Tal, das zwischen den Höhen des Mount Badon und denen des Mount Dal verlief. Es war besonders schmal, und beide Berghänge fielen steil ab. Es gab Stellen, an denen nur zwei Männer nebeneinander gehen konnten. Der gesamte Paß war vom Anfang bis zum Ende fünf Meilen lang.

Noch vor Einbruch der Dunkelheit postierte Arthur Pfeil- und Bogenschützen rundum auf den Höhen des Mount Badon und des Mount Dal. Die Befehle lauteten, daß sie sich verborgen halten sollten, bis der König das Zeichen zum Angriff gab.

Die Britannier blieben die ganze Nacht an den Hängen. Arthur hatte Cai am Eingang des Passes postiert, auf der Seite des Mount Dal, während er selbst sich auf den Höhen des Mount Badon befand, ungefähr in der Mitte des Passes.

Als die Sonne am darauffolgenden Morgen aufging, wurden Arthurs Männer, die sich die ganze Nacht lang unter ihre Umhänge gekauert und zum Frühstück nur Brot gegessen hatten, aufmerksamer. Die Sonne beleuchtete die Hänge der Berge und zog am Himmel langsam westwärts. Erst zwei Stunden nach Sonnenaufgang erschien das angelsächsische Heer. Es kam aus der Richtung der Straße nach Corinium heran.

Es war acht Uhr morgens, als die ersten Angelsachsen den Paß betraten. Die britischen Bogenschützen verhielten sich ruhig. Arthur wollte abwarten, bis Offa vollständig in seiner Hand war, bevor er den Kampf eröffnete.

Die Angelsachsen lachten und unterhielten sich, während sie vorangingen. Als Arthur die Linie der Krieger zum ersten Mal sehen konnte, erkannte er in ihnen Cerdics Männer. Die Linie zog unter ihm vorbei, und Arthur ließ sie weiterziehen. Er betrachtete den Himmel und schätzte die Zeit ab. Noch eine halbe Stunde, dachte er, und sie würden fast über die ganze Länge des Passes verteilt sein. Als er dem Stand der Sonne entnehmen konnte, daß es an der Zeit war, stand Arthur auf und rief seinen Bogenschützen zu, sie sollten den Pfeilhagel eröffnen. Seine Stimme trug weit, denn Merlin hatte dafür gesorgt, daß er sie für solche Situationen ausbildete. Auf beiden Seiten hörten seine Befehlshaber das Tal hinauf und hinab seinen Ruf. Der erste Pfeil surrte durch die Luft, und ein Angelsachse fiel.

Es waren vielleicht siebentausend Angelsachsen über den Paß verteilt, und der Tod regnete aus dem Himmel auf sie herab. Sie suchten verzweifelt Schutz, aber es gab keinen. Selbst als sie unter den überhängenden Felsen des Mount Badon Schutz suchten, konnten sie von den auf dem Mount Dal postierten Bogenschützen erreicht werden. Die Angelsachsen starben auf jedem Meter des Weges, kletterten über ihre eigenen Toten hinweg, während sie vorwärtszukommen versuchten, um die Sicherheit der Ebenen jenseits des Passes zu erreichen.

Als Offa erkannte, was geschah, mußte er eine schnelle Entscheidung treffen: sich zurückzuziehen und so viele Männer zu retten wie möglich oder weiterzugehen und zu versuchen, durch den Paß hindurchzubrechen. Wenn er sein Heer irgendwie durch dieses Tal des Todes hindurchbringen könnte, würde er zwischen Arthur und seine Versorgungsbasis gelangen, zwischen Arthur und seine Kavallerie. Das Ergebnis dieses Hinterhalts würde sich vollständig umwandeln können.

Seine Männer starben, aber er war den Britanniern gegenüber erheblich in der Überzahl. Offa beorderte die Vorratswagen in den Paß, um seinen Männern darunter Schutz zu gewähren, und schickte sein Heer weiter voran. Er beorderte auch seine eigenen Kundschafter auf die Höhen der Berge, um möglichst viele von Arthurs Bogenschützen aufzustöbern und zu töten. Fünfzehn seiner besten Männer erteilte er eine Sonderaufgabe: den Hochkönig von Britannien zu finden und zu töten.

Der britische Angriff war mörderisch. Arthur hatte nicht die Absicht, Offa genügend Männer zu lassen, daß er von der jenseitigen Ebene aus einen wirkungsvollen Gegenangriff starten konnte. Als der König erfuhr, daß Offa die Vorratswagen als Schutz benutzte, befahl er, sie mit Feuerpfeilen zu beschießen. Bald war der unter ihm liegende Paß von Rauch erfüllt.

Die Sonne erreichte nur den Grund des Badonpasses, wenn sie unmittelbar darüberstand. Als ihre ersten Strahlen zwischen den Höhen der beiden Berge herabschienen, war das Gemetzel bereits mehrere Stunden im Gange. Obwohl sich Offas Kundschafter um einige der britischen Bogenschützen gekümmert hatten, konnten sie die Beständigkeit des mörderischen Pfeilhagels nicht beeinträchtigen. Arthur hatte Tausende von Bogenschützen auf den Höhen über dem Paß postiert. Der Badonpaß wurde ein gewaltigeres Leichenhaus, als irgend jemand aus den beiden betroffenen Heeren jemals gesehen hatte.

Offa klammerte sich jedoch noch fast eine Stunde lang an die Hoffnung, daß er das Ende des Passes erreichen und das Ergebnis dieses Tages umwandeln könnte. Seine Kundschafter liefen über die Berge hin und her und brachten ihm Nachrichten über das, was dort unten geschah. Fast genau zu demselben Zeitpunkt, als Offa erkannte, daß er verloren hatte, daß er niemals genügend Männer übrigbehalten würde, um einen wirkungsvollen Gegenangriff starten zu können, richtete einer seiner Sonderkundschafter seinen Pfeil auf den ungeschützten Rükken des Hochkönigs von Britannien.

Es war nicht schwer gewesen, Arthur zu finden. Seine Stimme scholl das Tal hinauf und hinab und schien den sterbenden Männern im Paß direkt aus dem Himmel zu kommen. Offas Mann hatte ihn daher leicht ausmachen können und hob jetzt, verborgen hinter einem Fels und von den den König flankierenden Britanniern unbemerkt, seinen Bogen, den Blick fest auf den schwarzhaarigen Mann vor sich gerichtet.

Im allerletzten Moment spürte Arthur die Gefahr. Er wirbelte herum, um sich ihr zu stellen, und der Pfeil traf ihn daher nicht in den Rücken, sondern in die Brust. Aus dieser kurzen Entfernung durchdrang der Pfeil auch seine Ledertunika. Der König fiel geräuschlos zu Boden.

Gawain, der neben Arthur gestanden hatte, wandte sich blitzartig um, zog sein Schwert und lief auf den Meuchelmörder zu. Er tötete ihn mit grimmigem Vergnügen.

Ein Kreis von Männern kniete um Arthur herum, als Gawain an die Seite des Königs zurückkehrte. Sie machten ihm Platz. »Schickt nach Drusus«, sagte Gawain, während er neben seinem Cousin auf die Knie sank.

»Bors ist schon unterwegs«, erklang sofort die Antwort. Dann wurden sie still, als sich Arthurs Wimpern auf seinen Wangen bewegten. Sie hoben sich, und schmerzerfüllte graue Augen schauten zu Gawain hinauf. »Cai«, flüsterte der König. Es war kaum zu hören, und so beugte Gawain den Kopf tief zu Arthurs Lippen hinunter. »Sage Cai, er soll dies beenden.«

»Das werden wir, Mylord«, sagte Gawain fest, und Arthurs Augen schlossen sich erneut. Gawain ging jedoch davon aus, daß er noch immer bei Bewußtsein war, denn er verzog schmerzhaft Stirn und Mund. Jemand lief los, um Cai die Nachricht zu überbringen, und nach wenigen Minuten war Drusus, der Militärarzt, an der Seite des Königs. Er erschrak, als er Arthurs hingestreckte Gestalt sah, aus deren Brust noch immer der Pfeil herausragte. Sie hatten Angst gehabt, ihn herauszuziehen. Zu viele hatten schon gesehen, daß darauf oft der Tod erfolgte. Aber natürlich mußte es getan werden.

Drusus zog den Pfeil unter leisem Murmeln heraus. Arthur wurde, wenn möglich, noch bleicher, aber der entsetzliche Blutschwall, den sie alle befürchtet hatten, blieb aus. Drusus sagte mit deutlich hörbarer Erleichterung in der Stimme: »Er muß auf dem Brustbein aufgetroffen sein.«

Die umstehenden Männer machten ihrer Erleichterung lautstark Luft.

Drusus schaute auf. »Er muß von diesem Berg fortgebracht werden.« Die Männer tauschten grimmige Blicke. Sie befanden sich zweieinhalb Meilen innerhalb des Passes.

Gawain ergriff das Wort. »Verbindet die Wunde, so gut Ihr

könnt«, befahl er dem Arzt. »Wir werden aus einem Umhang eine Trage knüpfen und ihn so hinausbringen.«

Während Drusus die Verbände anzulegen begann, sank Gawain wieder neben Arthur auf die Knie. Erneut hoben sich die langen Wimpern. »Ich habe diesen mordenden Bastard erledigt, Mylord«, sagte Gawain grimmig.

Ganz schwach schimmerte Anerkennung in den ernsten, grauen Augen auf. »Du machst es sehr gut, kleiner Cousin«, murmelte Arthur. Und verlor barmherzigerweise das Bewußtsein.

Sie brachten Arthur nach Calleva, eine römische Stadt, die in jüngster Zeit als Truppenunterkunft benutzt wurde. Calleva war einst ein blühender Markt für die umliegende Landwirtschaft gewesen. Heute war es nur noch eine Hülle seines früheren Selbst, eine kleine Stadt mit geringer Bevölkerungszahl, die sich hinter den vor Hunderten von Jahren von römischen Legionen erbauten Mauern ausgebreitet hatte.

Die Versammlungshalle war in gutem Zustand, und dorthin trugen sie den verletzten König. Drusus säuberte und verband Arthurs Wunde erneut und setzte sich dann zu ihm, um Wache zu halten. Er saß noch immer dort, als Cai kurz nach Mitternacht in Calleva eintraf. Drusus empfing ihn an der Tür zu Arthurs Zimmer. »Wie schlimm steht es um ihn?« fragte Cai.

»Er hat zu kämpfen«, erwiderte Drusus. »Der Pfeil hat das Brustbein getroffen und ist dann abgerutscht. Aber ich bin ziemlich sicher, daß keine wichtigen Organe verletzt worden sind. Wir müssen einfach hoffen, daß keine Infektion eintritt.«

Cai nickte. »Schläft er? Kann ich ihn sehen?«

»Ja, Ihr könnt ihn sehen. Er hat nicht geschlafen. Ich glaube, er wartet auf Nachricht von Euch.«

Cais sonnenverbranntes Gesicht war finster, als er auf das Bett zuschritt, auf das sie den König gelegt hatten. Arthur hatte die Augen geschlossen, aber als Cai seinen Namen nannte, öffnete er sie.

»Die Angelsachsen sind erledigt«, sagte Cai. »Die wenigen,

die es bis zum Ausgang des Passes geschafft haben, wurden von Antonius und seiner Einheit in Empfang genommen, wie du es geplant hattest. Sie wurden vollständig vernichtet. Offa hat die restlichen seiner Männer um sich versammelt und sich dann an die Küste zurückgezogen. Er hat achtzig Prozent seines Heers in Badon gelassen, Arthur. Es wird viele Jahre dauern, bis die Angelsachsen erneut angreifen werden.«

Arthurs Blick drückte Verstehen aus. Dann sagte er mit leiser, aber klarer Stimme: »Überbringt Bedwyr die Nachricht, er soll bleiben, wo er ist, bis Lionel sicher ist, daß sich die Angelsachsen auch vom Wall zurückgezogen haben.«

»In Ordnung«, sagte Cai.

Ein schwaches Lächeln erschien auf dem schmal gewordenen Gesicht auf dem Kissen, und dann schlossen sich die grauen Augen erneut. Am darauffolgenden Tag traf Gwenhwyfar am Spätnachmittag in Calleva ein. Es hatte geheißen, daß der König verletzt worden sei, aber nicht schwer, und die Stimmung im Land war voller Begeisterung. Dies war ihr Tag der Befreiung. Eine ganze Generation von Angelsachsen war in Badon gefallen. Zum ersten Mal, seit Vortigern Hengist und sein Volk aufgefordert hatte, in Britannien zu siedeln, war die angelsächsische Bedrohung von ihnen genommen.

Gwenhwyfar hatte nicht erwartet, Arthur so krank vorzufinden. Er war halb bewußtlos, als sie zu ihm kam, und er schien sie nicht zu erkennen. Sie wandte sich an Drusus, der neben ihr stand. »Sie sagten, es sei nur eine Fleischwunde!«

»Wir hielten es für das beste, das Land nicht in Schrecken zu versetzen, Mylady. Und die Wunde ist wirklich nicht schlimm. Aber es wird einige Zeit vergehen, bis sie heilt.«

Gwenhwyfar legte eine schlanke Hand auf die Stirn ihres Mannes und stellte erleichtert fest, daß sie kühl war. Sie lächelte Drusus an. »Ich werde eine Weile bei ihm bleiben. Ihr seht müde aus, Drusus. Ruht Euch ein wenig aus.«

Nachdem der Arzt gegangen war, setzte Gwenhwyfar sich auf den Stuhl neben Arthurs Bett. Er schien zu schlafen, und Gwenhwyfar betrachtete sein bewußtloses Gesicht mit hungrigem Blick. Er war unrasiert, seine sonnengebräunte Haut wirkte fahl, sein Haar fiel ihm wirr in die Stirn, und dennoch war er wunderschön. Sie liebte ihn so sehr. Wenn ihm etwas geschehen sollte... Ihr Herz krampfte sich zusammen, und sie ergriff seine schlaff auf der Decke ruhende Hand. Sie war allein, und so senkte sie den Kopf und preßte ihre Wange gegen seine schmalen, starken Finger. »Mach dir keine Sorgen, mein Liebster«, flüsterte sie entschlossen. »Es wird dir wieder besser gehen. Ich werde sehr gut für dich sorgen, das verspreche ich.« Das Gesicht auf dem Kissen veränderte sich jedoch nicht.

## 25. KAPITEL

»Das gefällt mir überhaupt nicht«, sagte Drusus zu Cai, als sie sich drei Tage später vor dem Schlafraum des Königs berieten. »Er macht keine Fortschritte.«

Cai hatte sich gezwungen, vor anderen eine zuversichtliche Miene beizubehalten, aber ihm gefiel es ebenso wenig. »Ist eine Infektion eingetreten?« fragte er besorgt.

»Nein. Und genau das verstehe ich nicht. Er hat kein Fieber. Die Wunde ist sauber. Es ist, als ob... es ist, als versuchte er es nicht, als wollte er nicht, daß es ihm besser geht. Das klingt vielleicht dumm, aber ich fürchte, daß wir ihn verlieren werden, wenn es so weitergeht. Und ich verstehe nicht, warum!«

»Herr im Himmel«, sagte Cai. »Wir dürfen ihn nicht verlieren.«

Drusus wirkte gequält. »Nun, es ist meine Pflicht, Euch darüber zu informieren, Befehlshaber, daß ernstlich die Gefahr besteht, daß genau dies geschieht. Er reagiert weder auf mich noch auf die Königin. Er verläßt uns ganz einfach.«

Cai war sehr blaß geworden. »Das habe ich nicht erkannt«, sagte er. »Ich dachte, es wäre die Wunde.«

»Ich wünschte bei Gott, sie wäre es«, rief Drusus gequält aus. »Die Wunde könnte ich behandeln. Doch hier... hier versagt mein Können.«

»Es gibt nur einen Menschen, der dagegen etwas bewirken kann«, sagte Cai. »Die Lady von Avalon.«

Drusus schüttelte den Kopf. »Sie ist eine große Heilerin, da stimme ich Euch zu. Aber nicht das körperliche Gebrechen des Königs ist im Moment unser Problem.«

»Ich weiß. Darum brauchen wir sie.« Er schaute zu der reglosen Gestalt auf dem Bett hinüber. »Ich werde sofort losreiten«, sagte er zu Drusus. »Paßt gut auf den König auf, bis ich zurückkehre!«

Gwenhwyfar saß an seinem Bett, als Cai am folgenden Nachmittag mit Morgan in Arthurs Raum kam. Die Königin hörte, wie sich die Tür öffnete, wandte sich um und sah die beiden im Eingang stehen. Sie erhob sich von ihrem Stuhl und trat zu ihnen, um leise mit ihnen zu sprechen.

Als Drusus ihr gestern gesagt hatte, daß Cai die Lady von Avalon herbeiholen würde, war Gwenhwyfar darüber froh gewesen. Sie wußte nicht, ob Morgan helfen konnte oder nicht, aber ihr Ruf als Heilerin war ausgezeichnet. Und Arthur lag im Sterben. Das spürte Gwenhwyfar sehr deutlich, wenn sie endlose Stunden lang neben seiner reglosen Gestalt saß. Er lag im Sterben, und sie konnten alle nichts tun, um ihn zu retten.

Daher schaute sie jetzt hoffnungsvoll von Cai zu der schlanken Gestalt neben ihm, aber die Worte, die sie sich zurechtgelegt hatte, erstarben ihr auf den Lippen. Dies war ganz sicher nicht Arthurs Tante! Dieses Mädchen schien nicht älter zu sein als sie selbst. Cai fragte: »Irgendwelche Veränderungen?«

»Nein«, brachte Gwenhwyfar gerade noch heraus. Sie betrachtete Morgans kleine, leere Hände. »Seid Ihr die Lady von Avalon?« fragte sie.

Große, braune Augen schauten ernst zurück. »Ja, die bin ich«, antwortete Morgan gemessen. »Kann ich bitte Arthur sehen?«

»Natürlich.« Gwenhwyfar wandte sich um, als wolle sie sie zum Bett führen, aber Cai ergriff ihren Arm.

»Wartet hier«, sagte er bestimmt. »Laßt sie allein.«

Gwenhwyfars Augen weiteten sich, doch dann nickte sie. Sie beide blieben im Gang und sahen zu.

Seit Tagen war Arthur jetzt bereits tiefer und tiefer gesunken. Es war hier in der warmen Dunkelheit so friedlich. So ruhig. In der Ferne konnte er noch immer den gedämpften Klang von Stimmen hören, aber er war jetzt tief genug gesunken, daß sie ihn nicht störten. Er schwebte in der Dunkelheit, hinab, hinab, hinab...

*Arthur.* Jemand rief ihn. *Arthur.* Erneut, deutlich.

*Arthur.* Beharrlich, drängend, und er wußte, wer es war. Er würde diesem Ruf antworten, wenn er unmittelbar an der Schwelle des Todes stünde, und so weit war er noch nicht gegangen. Er öffnete halb die Augen.

Sie war dort. Er konnte ihr Gesicht über sich schweben sehen, konnte ihre Augen sehen. *Nein*, sagte sie zu ihm. Er konnte ihre Stimme in seinem Geist hören, obwohl sich ihre Lippen nicht bewegt hatten. *Nein, Arthur. Das darfst du nicht tun.*

*Warum nicht?* Seine Antwort war wie ihre Worte stumm, von Geist zu Geist. Sie hatten dies niemals zuvor getan, sich in Worten, aber ohne Sprache zu unterhalten. Es war überraschend einfach.

*Ich werde es nicht zulassen*, sagte sie.

*Morgan.* Er mußte es ihr verständlich machen. *Ich bin so müde. Ich bin das alles so müde. So müde, allein zu sein. Laß mich gehen.*

*Nein.*

Er konnte die Kraft ihres Willens spüren, und er suchte ihr zu entkommen. *Meine Arbeit ist getan. Britannien ist sicher. Laß mich gehen.*

*Nein*, sagte sie. *Noch nicht. Es ist noch immer Arbeit für dich übrig.*

*Welche Arbeit?* Aber sie erreichte eine Schranke zwischen ihnen und verbarg ihre Gedanken. *Welche Arbeit, Morgan?*

Sie griff zu der Bitte, von der sie wußte, daß sie Erfolg haben würde. *Verlaß mich nicht, Arthur. Verlaß mich nicht.*

Er spürte ihre Angst. *Ich kann nicht* – wollte er sagen.

*Verlaß mich nicht, Arthur. Verlaß mich nicht.*

Jetzt war es Panik. Morgan in Angst. Das konnte er nicht zulassen. *In Ordnung. In Ordnung.* Er versuchte sie zu beruhigen. *Hab keine Angst.* Er sammelte seine Kräfte, strengte sich ungeheuer an und kämpfte sich durch die Dunkelheit aufwärts. Er schloß die Augen und öffnete sie dann ganz. Er konnte sie jetzt deutlich sehen und konnte die Tränen auf ihrem Gesicht erkennen. »Morgan!« Seine Lippen bewegten sich, obwohl nur die Andeutung eines Lautes hervordrang.

Ihre großen, dunklen Augen erforschten sein Gesicht. Sie hatte auf dem Rand seines Bettes gesessen, und jetzt beugte sie sich vor und barg ihr Gesicht an seiner wunden Schulter. Er wandte leicht den Kopf, so daß seine Wange ihr Haar berühren konnte. Es roch nach Lavendel.

Er war plötzlich erschöpft. *Es ist alles gut, mein Liebes.* Sogar bei vollem Bewußtsein konnte er sie noch immer in seinem Geist hören. *Jetzt darfst du schlafen*, sagte sie. Und er schloß die Augen.

Gwenhwyfar spürte kalte Angst in ihrem Herzen, während sie beobachtete, wie Morgan den Kopf hob, sich vom Bett abwandte und unkontrolliert weinte. Drusus, der sich in dem Gang zu Cai und der Königin gesellt hatte, betrat sofort den Raum. Gwenhwyfar, die mit scharfer, angstvoller Stimme »Arthur!« rief, erreichte das Bett vor ihm.

Er atmete, das sah sie sofort. Atmete normal, nicht das flache, langsame Atmen, das sie während dieser letzten Tage so geängstigt hatte. Sein Gesicht hatte ein wenig Farbe bekommen, und es wirkte nicht mehr so fahl wie zuvor. Drusus beugte den Kopf, um nach dem Herzschlag des Königs zu horchen, und als er zu Gwenhwyfar hochschaute, zeigte sein Gesicht einen Ausdruck des Erstaunens. »Er schläft ganz natürlich«, sagte er. »Es scheint ihm… besser zu gehen.«

Die Königin und der Doktor wandten sich beide im gleichen Augenblick zu der schmalen, weinenden Gestalt um, die jetzt in Cais Umarmung geborgen war.

»Ich weiß«, sagte der große Mann mit einer Stimme, die Gwenhwyfar noch nie bei ihm gehört hatte. »Aber es mußte sein, Morgan.«

»Ja«, erklang die erstickte Antwort, kaum hörbar für die beiden anderen, die noch am Bett des Königs standen. »Aber... oh, Cai...«

»Komm mit.« Cai hob Arthurs Tante wie ein Kind hoch und trug sie aus dem Raum.

Arthur schlief stundenlang und wachte dann normal auf. Er sah seine Frau an, die neben ihm saß, und lächelte ihr schwach erkennend zu.

»Oh, Arthur.« Gwenhwyfars Stimme zitterte vor Erleichterung. »Gott sei Dank. Wir haben uns solche Sorgen um dich gemacht.« Sein Gesicht wirkte so schmal, dachte sie. Die Höhlungen unter seinen wunderschönen Wangenknochen waren furchtbar eingefallen, aber seine Augen waren klar und blieben direkt auf ihr Gesicht gerichtet. »Magst du ein wenig Brühe trinken?« fragte sie.

»Ja«, sagte er. »Danke. Sehr gern.«

Er ließ sich von ihr füttern, was sie sehr freute. Sie stellte die leere Schale auf einen Tisch in einer Ecke des Raumes, als Morgan eintrat. Die Lady von Avalon schien nicht zu bemerken, daß sich die Königin im Raum befand. Sie hatte nur Augen für Arthur. Gwenhwyfar unterdrückte eine Begrüßung, stand still da und beobachtete sie.

Morgan trat an Arthurs Seite und stand einen langen Moment lediglich stumm da. Sie sahen einander nur an, keiner von beiden sprach ein Wort. Dann ließ Morgan ihre Hand in die schmale, muskulöse Hand gleiten, die so ruhig auf der Decke lag. Von dort, wo sie stand, konnte Gwenhwyfar deutlich erkennen, wie sich seine Finger fest schlossen.

Sie setzte die Schale hart auf dem Tisch ab, und zwei Augenpaare sahen sie mit dem gleichen erschreckten Ausdruck an. Dann lächelte Morgan. »Es tut mir leid, Mylady. Ich habe Euch nicht gesehen.«

Gwenhwyfar trat langsam wieder auf das Bett zu. Morgan hatte ihre Hand aus Arthurs Fingern zurückgezogen und sah Gwenhwyfar anerkennend an. »Oh, gut«, sagte sie. »Ihr habt ihn zum Essen gebracht.«

»Ja.« Gwenhwyfar schaute von Morgan zu ihrem Mann. »Er hat ein wenig Brühe getrunken.«

»Ich protestiere«, sagte Arthur mit erstaunlich klarer Stimme, »daß über mich gesprochen wird, als wäre ich nicht hier.«

»Du bist nicht in der Verfassung, gegen irgend etwas zu protestieren«, belehrte seine Tante ihn streng. »Tu einfach, was dir gesagt wird.«

Gwenhwyfar starrte sie an. Bisher hatte sie niemanden auf diese Weise mit Arthur sprechen hören.

»Das ist das Geheimnis ihres Erfolges als Heilerin«, sagte Arthur zu seiner Frau. »Sie zwingt ihre Patienten durch Tyrannei zur Gesundung.« Erstaunlicherweise klang er belustigt.

»Was ist los?« fragte Morgan, denn Arthur sah sich auf einmal in dem Raum um, als suche er nach etwas.

»Cabal«, sagte er. Seine schwarzen Brauen waren zusammengezogen. »Wo ist Cabal?«

»Wir mußten ihn hinausbringen«, erwiderte Gwenhwyfar mit belegter Stimme. »Als du so krank warst... hat er ständig gewinselt...«

Arthurs Wimpern bedeckten seine Augen. »Ach«, sagte er. »Also, ihr könnt ihn wieder hereinlassen. Ich bin bald wieder ganz gesund.« Er hob die Lider und sah Morgan an.

»Ich verstehe nicht, wie Ihr das geschafft habt«, sagte Gwenhwyfar später am Abend zu Morgan, bevor sie sich beide zur Nacht zurückzogen. Sie hatten zuvor für Drusus und die Königin Betten in angrenzende Räume gebracht, und Cai hatte gerade in einem der alten Büros noch eines für Morgan aufstellen lassen. »Ihr habt keine Medizin gebraucht«, fuhr Gwenhwyfar fort.

Morgan lächelte Arthurs Frau an. »Die einfachen Leute sagen, ich besäße Magie. Ich glaube natürlich nicht an Magie, aber Gott hat mir eine besondere Heilkraft gegeben. Ich verstehe es selbst nicht immer.« Ihre großen, braunen Augen waren weit und unschuldig. Morgan hatte nicht vor, Gwenhwyfar zu erzählen, was zwischen Arthur und ihr vorgegangen war.

Gwenhwyfars grüne Augen betrachteten die Tante ihres Mannes mit Skepsis. Hinter diesem wunderschönen Gesicht verbarg sich Intelligenz, erkannte Morgan. Außerdem liebte Gwenhwyfar Arthur. Das hatte Morgan sehr schnell erkannt. Sie würde vorsichtig sein müssen. »Ich wußte nicht, daß Ihr so jung seid«, sagte Gwenhwyfar.

»Ich bin nicht wirklich so jung«, sagte Morgan. »Ich bin sechsundzwanzig.«

Gwenhwyfar wirkte überrascht.

»Arthur und ich, wir haben unsere Kindheit zusammen verbracht«, fuhr Morgan fort. »Wir sind beide in Avalon aufgewachsen, wißt Ihr.«

Gwenhwyfar wußte das nicht. Arthur sprach selten über seine Kindheit. »Nun, ich bin Euch für Eure... Hilfe sehr dankbar«, sagte sie und hatte selbst das Gefühl, steif und unfreundlich zu klingen. Sie versuchte, lockerer zu werden. »Er... ich... ich hatte Angst, ihn zu verlieren.«

Die großen, strahlenden, braunen Augen schienen zu verstehen, was sie empfand. Morgan legte eine schmale, rissige Hand auf Gwenhwyfars Ärmel. Die Königin lächelte. »Gute Nacht.«

»Gute Nacht«, erwiderte Morgan, und beide Frauen wandten sich ihren jeweiligen Räumen zu.

Sie kehrten nach Venta zurück. Drusus und Gwenhwyfar wollten, daß Arthur in einer Sänfte reiste, aber Arthur wollte reiten. Sowohl die Königin als auch der Arzt baten Morgan um Hilfe, die der einzige Mensch zu sein schien, auf den Arthur jemals hörte.

»Laßt ihn reiten«, sagte Morgan. »Es ist nicht so weit. Außerdem müßtet Ihr ihn fesseln, um ihn in eine Sänfte zu bekommen, und ich glaube nicht, daß jemand die Kraft hat, das zu tun.«

Sie hatten die Kraft nicht, und daher ritt Arthur die wenigen Stunden, die man benötigte, um von Calleva nach Venta zu gelangen. Seine Frau ritt neben ihm und beobachtete ihn besorgt auf jedem Meter des Weges. Morgan und Cai ritten hinter ihnen und unterhielten sich unbekümmert, während sie Meile um Meile hinter sich ließen. Arthur war still, und Gwenhwyfar unterließ es rücksichtsvoll, eine Unterhaltung in Gang bringen zu wollen. Sie glaubte, daß er seine Kraft brauchte, um sich auf dem Pferd zu halten.

In Venta erwartete man ihn: seine Soldaten, die Kaufleute der Stadt und die ortsansässigen Bauern, die in die Stadt gekommen waren. Sie säumten die Hauptstraße von Venta in Zehnerreihen, und den ganzen Weg über hieß es *Arthur! Arthur! Arthur!* Der König schaute von einer Seite des Weges zur anderen und erkannte Gesichter in der schreienden Menge. Die Stimmung in der Stadt war voll von überschwenglicher Bewunderung. »Sie lieben dich«, sagte Gwenhwyfar, als sie schließlich den Hof des Prätoriums erreicht hatten. »Du bist ihr Befreier.«

»Im Moment«, erwiderte er. Er schüttelte den Kopf, als Cai ihm helfen wollte, und stieg allein ab.

»Was meinst du mit ›im Moment‹?« fragte Gwenhwyfar scharf. »Ich dachte, die Angelsachsen wären vernichtet und wir endlich befreit.«

Er sah sie von der Seite seltsam an. »Oh, wir sind frei«, erwiderte er. »Aber die Freiheit bringt ihre eigenen Bürden mit sich, Gwenhwyfar. Und der Frieden seine eigenen Probleme.« Er zuckte die Achseln. »Laß sie diesen süßen Moment auskosten. So etwas werden sie wahrscheinlich niemals wieder in gleichem Maße empfinden.« Er wandte sich von ihr ab, um die Stufen des Prätoriums hinaufzusteigen.

Bedwyr kehrte einen Tag nach Arthur nach Venta zurück und erfuhr die ganze Geschichte um Badon aus erster Hand. Er wurde auch noch einmal Morgan vorgestellt, die er seit dem Herbstmarkt in Glevum vor so vielen Jahren nicht mehr gesehen hatte.

»Ich erinnere mich sehr gut an Euch«, sagte er. »Sodak ließ sich von Euch die Nase reiben. Das habe ich niemals vergessen.« Er sah Arthur mit seinen blauen Augen von der Seite an, bevor er fragte: »Was führt Euch nach all den Jahren nach Venta?«

Eine deutliche Pause entstand. Dann erklärte Gwenhwyfar ruhig: »Arthur war weitaus kränker, als wir verkündet haben, Bedwyr. Wir haben Morgan und ihren Heilkünsten sein Leben zu verdanken.«

»*Was?*« Bedwyr wandte sich mit anklagendem Blick an Cai. »Davon hast du mir nichts gesagt. Du hast gesagt, es wäre nur eine Fleischwunde.«

»Es war eine Fleischwunde, und es geht mir ausgezeichnet«, sagte Arthur in kühlem Tonfall. »Und ich bin es langsam leid, daß alle ständig über meinen Gesundheitszustand reden.«

»Worüber sollen wir dann reden?« fragte Morgan freundlich. »Über das Wetter?«

Arthur schaute auf sie hinab und hob die Brauen.

»Nein, doch lieber nicht über das Wetter.« Morgan schaute sinnend in die Ferne. »Ich weiß. Wir können über deine neue Hauptstadt reden. Wie heißt sie? Camelot?«

Graue Augen begegneten braunen Augen. Dann wandte sich Arthur an Cai. Sie saßen zu fünft in Arthurs Raum, und die Sommersonne strömte durch die geöffneten Fenster. »Meine neue Hauptstadt«, sagte er weich. »Wie weit ist sie, Cai?«

»Na ja, ich war in letzter Zeit mit anderen Dingen beschäftigt«, erwiderte Cai. Bedwyr grunzte. »Ich habe jedoch von Gerontius gehört, daß sie fast vollendet ist.« Er schaute zu Morgan hinüber. »Sie sollte bis zum späten Frühjahr bewohnbar sein.«

Morgan lächelte ihn an und wandte sich dann an die Königin. »Freut Ihr Euch auf Euer neues Zuhause?« fragte sie. Gwenhwyfar schaute von Morgan zu ihrem Mann und dann wieder zu Morgan. Sie zwang sich, ruhig zu antworten.

Morgan blieb eine Woche in Venta, bevor sie nach Avalon zurückkehrte. Für Gwenhwyfar war es eine beunruhigende

Woche. Sie war eifersüchtig auf die Beziehung zwischen ihrem Mann und seiner Tante, und sie schämte sich dafür, eifersüchtig zu sein. Morgan und Arthur waren zusammen aufgewachsen, sagte sie sich. Sie waren wie Bruder und Schwester. Es war selbstsüchtig von ihr, ihm die Freude zu neiden, die er in Morgans Gesellschaft so offensichtlich empfand.

Aber er war anders, wenn er mit ihr zusammen war. Das konnte nicht verborgen bleiben. Er war entspannter, als sie ihn jemals gesehen hatte... glücklicher.

Zwei Tage, bevor Morgan Venta verließ, ging sie zu ihnen hinein. Sie befanden sich in Arthurs Zimmer, und Cabal hatte etwas erwischt, was er nicht haben sollte. Morgan versuchte es ihm abzujagen. Gwenhwyfar öffnete die Tür und fand Arthur von Lachen geschüttelt, während er Morgan und Cabal beobachtete, die sich auf dem Boden vor seinem Schreibtisch balgten. Gwenhwyfar war abrupt stehengeblieben und musterte das Gesicht ihres Mannes. Er wirkte wie ein Junge.

Der Hund spürte ihre Anwesenheit zuerst und bellte einmal kurz. Arthurs dunkler Kopf wandte sich der Tür zu. Sein Gesicht veränderte sich nicht, als er seine Frau sah. »Komm herein, Gwenhwyfar«, sagte er atemlos vor Lachen.

»Ich habe es!« erklang ein triumphierender Schrei vom Boden, und Morgan erhob sich. Ihr braunes Haar war zerzaust, und ihre Wangen zeigten eine gesunde Farbe. In ihrer erhobenen Hand schwenkte sie einen Schuh.

»Morgan Victoria«, sagte Arthur auf Lateinisch. Gwenhwyfar war sich nicht sicher, was es bedeutete, aber sie verstand den Ausdruck seiner Augen, und eine Klinge senkte sich in ihr Herz.

Es war gut für den Seelenfrieden der Königin, daß sie nicht Zeuge der Szene wurde, die sich am darauffolgenden Nachmittag zwischen Arthur und Morgan abspielte. Dieses Mal hatte Arthur jedoch sichergestellt, daß sie allein sein würden, indem er Morgan aus Venta fortgeführt hatte, ins offene Land jenseits des Heerlagers. Sie sprachen wenig, während sie in der Sommersonne ausritten, und als Arthur die Straße verließ, folgte ihm Morgan einen holprigen Pfad zu einem kleinen Fluß hinab. Es gab keinerlei Anzeichen menschlicher Besiedelung. Schließlich verhielt Arthur sein Pferd und sagte: »Hier.«

Sie stiegen ab, ohne ein Wort zu sprechen und pflockten ihre Pferde auf einem kleinen Grasplatz an. Ohne daß sie es abgesprochen hätten, traten beide zu einem Flecken getrockneten Grases vor einem großen Felsbrocken, setzten sich dort und lehnten ihre Rücken nebeneinander gegen die sonnenerwärmte Glätte des Felsens.

Morgan nahm seine Hand. »Ich wußte nicht, daß es so schlimm sein würde«, sagte sie, den Blick auf seine Finger gerichtet. »Cai hat mir gesagt, daß es dir gut ginge, daß du und Gwenhwyfar... daß ihr zurechtkommt.«

Er betrachtete ihren gesenkten Kopf. »Nein«, sagte er. Sie schaute auf. »Es ist, als befände man sich auf dem Grund eines Brunnens«, erzählte er ihr. »Ohne Hoffnung, jemals gerettet zu werden.«

Sie sah die Qual in seinen Augen. »Du hättest es mich wissen lassen sollen.«

»Du wußtest es. Du mußtest es wissen. War es für dich denn besser, Morgan?«

Zögernd schüttelte sie den Kopf, und er faßte ihre Hand und zog sie näher zu sich heran. »Ich wollte es vermutlich nicht wissen«, sagte sie mit gedämpfter Stimme.

»Es war dieser Sieg am Badon«, erklärte er. »Ich konnte solange weitermachen, wie ich wußte, daß ich gebraucht wurde, aber danach dachte ich, es würde... sicher sein.«

Ein langes Schweigen entstand. »Ich habe eigentlich immer gewußt, was du empfindest«, sagte sie schließlich. »Aber ich habe niemals zuvor gewußt, was du denkst.«

Er legte seine Wange an ihr Haar. »Also waren wir stets zusammen. Du brauchtest keine Berichte.«

»Das stimmt.«

»Du hättest mich heiraten sollen.«

»Ja.« Ihre Stimme klang belegt. »Sie kann keine Kinder bekommen?«

»Anscheinend nicht.«

Sie lehnte sich gegen ihn. »Wir brauchen doch keinen Geistlichen, um uns miteinander verheiratet zu fühlen, du und ich.«

Er hob den Kopf und schaute in ihr Gesicht hinab. »Woran denke ich?« fragte er sanft.

Ihre braunen Augen glitzerten ein wenig und wandten sich dann wie in weite Fernen ab. Dann lächelte sie. »An die Getreidescheune«, sagte sie. »Und an einen regnerischen Tag.«

Er lächelte zurück. »Wenn ich nach Camelot ziehe, ist Avalon nur noch zwölf Meilen entfernt.«

Sie sahen einander voller Verständnis an. Dann sagte sie einfach: »Wir haben es versucht.«

»Weiß Gott, wir haben es wirklich versucht.« Seine Stimme klang grimmig. »Gwenhwyfar muß es niemals erfahren«, fügte er hinzu. »Avalon ist das Zuhause meiner Kindheit. Du und ich, wir sind zusammen aufgewachsen. Es wird nicht seltsam erscheinen, wenn ich Avalon besuche.«

Er ließ seine Hände in ihr Haar gleiten. Er liebte das Gefühl seiner seidigen Fülle, die Form ihres Kopfes unter seinen Händen.

»Woran denke ich?« fragte sie.

Er strich mit den Daumen über ihre schönen Wangenknochen. »Ich liebe dich auch«, erwiderte er ein wenig zitternd, und dann lag sein Mund auf ihrem, und er küßte sie mit heftiger, hungriger Qual. Morgans Arme legten sich um seinen Hals, und er preßte sie auf das sommertrockene Gras.

## 26. KAPITEL

Der Sommer schritt voran. Arthur sandte die Truppen zurück, die er von den regionalen Königen rekrutiert hatte und behielt nur sein eigenes festes Heer mit seinen Befehlshabern in Venta. Anfang Oktober zogen die Truppen in ihre neuen Quartiere in Camelot.

Arthur überließ die Ausstattung des neuen Heims, das er mit dem britischen Wort für Palast benannte, seiner Frau.

Gwenhwyfar stürzte sich mit all ihrer Energie auf diese Aufgabe. Sie war glücklich, etwas zu haben, worum sie sich Gedanken machen mußte.

Sie war noch immer nicht schwanger. Arthur war in ihr Bett zurückgekehrt, aber er war nicht mehr derselbe. Sie machte sich zu viele Sorgen um alles, was ihn betraf, als daß sie hätte getäuscht werden können. Die Leidenschaft, das Begehren waren vergangen. Freundlichkeit war an ihre Stelle getreten, aber Freundlichkeit war nicht das, was sie von ihm wollte.

Wenn sie doch nur ein Kind bekommen könnte! Sie haßte die abschätzenden Blicke, mit denen die Leute ihre Taille bedachten, haßte die Vermutungen, die sie in jedermanns Augen zu sehen glaubte. Wenn sie in der Stadt eine schwangere Frau sah, mußte sie gegen die Tränen ankämpfen.

Der einzige, in dessen Gegenwart sie sich wohlfühlte, war Bedwyr. Seine blauen Augen glänzten, wenn er sie ansah, und es waren keine Hintergedanken in diesem Glänzen. Er neckte sie und spaßte mit ihr, und sie war glücklich, wenn sie mit ihm zusammen war. Sie waren immerhin gleicher Abstammung, waren beide Waliser, ohne den beunruhigenden, geheimnisvollen, römischen Hauch in ihrem Äußeren. Sie fühlte sich mit Bedwyr tatsächlich wohler als mit ihrem eigenen Mann. Sie verstand Bedwyr. Sie kam allmählich zu der Überzeugung, daß sie Arthur niemals verstehen würde.

Dann entdeckte sie Elaine eines Tages, wie sie sich an einem Becken übergab. Es dauerte nicht lange, bis das Mädchen gestand, schwanger zu sein.

»Ich habe dir gesagt, daß du dich von dem Prinzen fernhalten sollst«, sagte Olwen. »Du kennst seinen Ruf. Aber du wolltest nicht hören…«

Gwenhwyfar war zornig. Sie hatte das Gefühl, noch nie in ihrem Leben zorniger gewesen zu sein. Sie ging zu Arthur.

»Elaine?« fragte er. »Die Schwarzhaarige?«

»Ja. Die Schwarzhaarige.« Sie hatte ihn abgefangen, als er vom Ausbildungsplatz zurückgekehrt war. Es war ein heißer Tag, und sein Haar und seine Tunika waren schweißnaß. Ein

Schmutzstreifen zog sich über eine Wange. »Bedwyr hat ihr das Kind angehängt«, sagte sie erneut und sah ihn aus flammend grünen Augen an.

Er seufzte. »Und was soll ich deiner Meinung nach dagegen unternehmen?« fragte er geduldig.

Sie hatte in seinem Zimmer auf ihn gewartet, und sie waren allein. Sie sah ihn einen Moment ärgerlich und enttäuscht an. Sie war nicht ganz sicher, was sie darauf antworten sollte, was sie überhaupt erwartete, aber sie wollte, daß er etwas unternahm. »Hat er gesagt, daß er sie heiraten will?« fragte Arthur.

»Nein.« Gwenhwyfar wandte ihm den Rücken zu. »Nein, aber er sollte es sicherlich. Immerhin wird da ein Baby sein…« Ihre Stimme zitterte ungewollt.

»Gwenhwyfar.« Sie konnte das Mitleid in seiner Stimme nicht ertragen. »Es tut mir so leid, mein Liebling. Aber darum sollte Bedwyr sich am besten selbst kümmern. Und ich glaube, ehrlich gesagt, nicht, daß es allein sein Fehler war. Das Mädchen hat ihn geradezu verfolgt. Jedermann konnte das merken.«

Gwenhwyfar hatte es nicht gemerkt. Sie hatte immer gedacht, daß sie diejenige sei, die Bedwyr… »Er sollte mit der Reitpeitsche bestraft werden«, sagte sie.

»Ich schlage meine Pferde niemals«, erwiderte Arthur ernst. »Und ich werde Bedwyr gewiß nicht schlagen. Ich werde jedoch mit ihm sprechen, und wenn er Elaine nicht heiraten will, werde ich sie nach Hause, nach Gwynedd, schicken. Du wirst das Baby nicht um dich haben müssen.«

Es sollte überhaupt nicht geboren werden! Gwenhwyfar preßte die Finger auf ihren zitternden Mund. Elaine wollte dieses Baby nicht einmal, während sie…

Ihr Mann umarmte sie. »Gräme dich nicht so«, sagte er sanft, und sie legte ihr Gesicht an seine Schulter und weinte.

Bedwyr wollte Elaine nicht heiraten, und sie wurde weinend und elend nach Wales zurückgeschickt. Gwenhwyfar führte wegen Elaine ein Gespräch mit Bedwyr, und es ließ sie beide nicht gerade guter Stimmung zurück.

»Ihr seid wirklich ein übler Verführer«, sagte sie.

»Macht Euch nicht lächerlich, Gwenhwyfar«, antwortete er. »Wenn überhaupt, dann war ich derjenige, der verführt wurde. Das Mädchen kam in mein Schlafzimmer. Ich habe ihr nur gegeben, was sie wollte. Es tut mir leid, daß es… diese Folgen gehabt hat, aber daran hätte sie denken sollen, bevor sie in mein Bett geschlüpft ist.«

Diese Folgen! Das war kein Thema, bei dem Gwenhwyfar sachlich bleiben konnte, und sie griff ihn mit bitteren, verletzenden Worten an.

»Ihr klingt wie ein eifersüchtiges, zänkisches Weib«, warf er ihr kalt vor.

»Eifersüchtig!« Nun begann sie zu schreien. »Was bildet Ihr Euch ein, Prinz! Ich wäre niemals wegen Euch auf Elaine eifersüchtig!«

»Nicht wegen mir.« Seine Augen waren kaltes, blaues Eis, und sein Mund war schmal vor Zorn. Dies war ein Bedwyr, den sie niemals zuvor gesehen hatte. »Ihr seid eifersüchtig, weil sie ein Baby bekommt und Ihr nicht. Darum geht es doch.«

Sie war außer sich vor Zorn. Sie ergriff einen samischen Becher und warf ihn nach ihm. Er duckte sich, und der Becher zerschellte auf den Mosaikfliesen.

Bedwyr lachte. »Eure Zielsicherheit ist miserabel«, sagte er. »Genau wie Eure Stimmung.« Und damit verließ er den Raum.

Am darauffolgenden Tag kam Meliagrance, der Stammesfürst der Verica, wieder einmal in Venta an. Die Verica waren vor der Ankunft der Römer einer der wichtigsten Stämme im östlichen Dumnonia gewesen, und ihr Stammesführer war daher einst ein sehr wichtiger Mann gewesen. In den letzten Jahren war die Bedeutung der Stammesführer geschwunden, während die Macht des Hochkönigs zugenommen hatte. Meliagrances Vater, Col, hatte Uther oder Arthur niemals Truppen zur Verfügung gestellt, sondern hatte sich geweigert, die Stellung des Hochkönigs von Britannien anzuerkennen. Meliagrance selbst hatte Arthur während des letzten großen Angriffs der Angelsachsen eine Truppe zur Unterstützung geschickt. Dieses Zugeständnis hatte Arthur gefreut, denn er hatte es als ein Zeichen der Aussöhnung zwischen den Verica und dem Hochkönig angesehen.

Als Meliagrance jetzt wieder in Venta erschien, begrüßte Arthur ihn huldvoll. Es wurde jedoch bald offensichtlich, daß Meliagrance nicht den König sehen wollte.

Gwenhwyfar war es gewohnt, daß Männer sich in sie verliebten, und normalerweise beachtete sie sie kaum. Aber sie fühlte sich von Arthur ausgeschlossen und von Bedwyr betrogen, und Meliagrances Bewunderung war wie Balsam auf ihre wunde Seele. Daher war sie freundlicher zu ihm, als sie es sonst wohl gewesen wäre. Sie ließ es zu, daß er morgens mit ihr ausritt, und sie plazierte ihn beim Essen neben sich und lauschte mit schmeichlerischer Aufmerksamkeit jedem seiner Worte. Sie war es müde, Arthur und Bedwyr zuzuhören. Sie sprachen jetzt nur noch über die Verwaltung des Heeres, wenn es erst einmal nach Camelot gezogen wäre.

Arthur und Bedwyr schien es nichts auszumachen, daß Meliagrance ihre ganze Zeit beanspruchte. Zu Gwenhwyfars besonderer Verärgerung schienen sie die Verliebtheit des Stammesführers der Verica einfach amüsant zu finden. Da sie sich nicht um sie zu sorgen schienen, fühlte sich Gwenhwyfar veranlaßt, sogar noch freundlicher zu dem vernarrten jungen Mann zu sein.

Der Umzug von Venta nach Camelot zog sich über sechs Wochen hin. Die Fußsoldaten zogen als erste in ihre Baracken. Dann führte Bedwyr Ende Oktober die Kavallerie in ihre ständigen Quartiere. In der zweiten Novemberwoche war der Palast für den Einzug bereit.

Gwenhwyfar gefiel die Aussicht, ein neues Heim einrichten und schmücken zu können, und sie wählte sorgfältig die Möbel aus, die vom Prätorium in Venta mit nach Camelot genommen werden sollten. Arthur hatte ihr die Skizzen des Palastes gegeben. Da er fast dreimal so groß war wie das Prätorium, würde eine große Anzahl zusätzlicher Möbel benötigt werden. Arthur war mit ihr in Venta geblieben, und sie hatte ihn wenige glückselige Wochen lang für sich. Schließlich war jedoch alles eingepackt, die letzten Wagen waren in Richtung Camelot aufgebrochen, und der König und die Königin waren bereit, jetzt selbst ebenfalls den offiziellen Umzug zu vollziehen.

Doch dann beschloß Arthur, den Befestigungsanlagen entlang der angelsächsischen Küste einige kurze Besuche abzustatten, bevor der Winter hereinbräche. Gwenhwyfar versicherte ihm, daß sie seine Begleitung nicht brauche, um sicher nach Camelot zu gelangen, und er versprach, sie dort eine Woche später zu treffen. Er ließ eine Eskorte von zehn Kavalleristen für sie zurück und brach selbst mit fünf weiteren zu einem Kontrollritt auf.

Gwenhwyfar verließ Venta nicht sofort nach Arthur, wie sie es ursprünglich geplant hatte. Olwen hatte schlimmes Fieber, und da das Wetter sehr schlecht war, beschloß Gwenhwyfar, zu warten, bis sich ihre Vertraute wieder besser fühlte.

Vier Tage nach Arthurs Aufbruch verließ Gwenhwyfar Venta mit ihrer Begleitung. Es war ein feuchter und kalter Novembertag, und Olwen kauerte sich in ihrem Umhang zusammen und zitterte. Gwenhwyfar unterhielt sich mit Gareth, der zu ihrer Eskorte gehörte, und als sie Amesbury erreichten, hielt sie am Kloster an, um etwas zu essen und Olwen die Möglichkeit zu geben, sich aufzuwärmen.

Am frühen Nachmittag erreichten sie die Kreuzung, an der sie die westliche Straße verlassen und sich auf der römischen Straße nach Durovarium nach Süden wenden mußten. Als sie jedoch dort ankamen, hörten sie das Geräusch galoppierender Pferdehufe, die die Straße unmittelbar vor ihnen herabdonnerten. Gareth und die Männer von Gwenhwyfars Eskorte zogen ihre Schwerter und umstellten schützend die Königin und Olwen.

»Wir sind Freunde! Freunde!« Der Ruf kam von dem Anführer der herannahenden Reiter. »Gott sei Dank habe ich Euch gefunden, Mylady! Ich war auf dem Weg nach Venta. Es geht um den König…«

Gwenhwyfar hatte Meliagrance bereits nach seinem ersten Ausruf erkannt. Jetzt sagte sie scharf: »Laßt ihn durch!« Sie war sehr blaß. »Was ist mit dem König?« fragte sie, während Meliagrance sein Pferd heranführte.

»Er ist gestürzt, Mylady. Als er auf seinem Weg nach Camelot gestern spät hier vorbeikam. Sein Pferd strauchelte. Seine Männer haben ihn nach Clust gebracht, da es am nächsten lag.

»Oh, mein Gott.« Gwenhwyfar wirkte bestürzt. »Bringt mich zu ihm«, forderte sie. »Sofort.«

»Natürlich, Mylady. Wenn Ihr und Eure Eskorte mir folgen wollt...«

»Mylady«, sagte Gareth. Eine tiefe Falte stand zwischen seinen Augenbrauen. »Vielleicht sollte ich dem Anführer der Verica allein folgen, und Ihr zieht weiter nach Camelot.« Es war etwas an diesem Bericht, das für Arthurs früheren Leibwächter unglaubhaft klang. Der König stürzte niemals vom Pferd.

»Macht Euch nicht lächerlich, Gareth«, fauchte Gwenhwyfar. »Wenn der König verletzt ist, dann muß ich natürlich zu ihm.« Sie drängte ihr Pferd vorwärts, und Meliagrance folgte ihr. Gwenhwyfar wandte sich während des Ritts zu ihm um und begann ihn mit Fragen zu bombardieren: »Wie schwer ist er verletzt? Habt ihr nach Camelot geschickt? Nach Drusus? Ist er bei Bewußtsein?...«

Gareth führte die Nachhut an, während die ganze Gesellschaft den Weg im Trab hinaufzusteigen begann. Es gefiel ihm noch immer nicht, aber er konnte nichts tun, um die Entscheidung der Königin zu ändern. Er beobachtete den Vericareiter neben ihm, und als der Mann nicht hinsah, nahm er seinen Dolch heimlich aus der Scheide an seinem Gürtel und verstaute ihn an einem verborgenen Platz unter seiner Tunika.

Als die Legionen Britannien regiert hatten, waren die Verica einer der romanisierteren keltischen Stämme gewesen. Damals hatte ihr Stammesfürst Clust erbaut. Zuerst war das Haus nur der Landsitz der Stammesführer gewesen, aber während der letzten fünfzig Jahre, als die staatliche Unordnung im Land ihren Zoll von den Städten gefordert hatte, hatte Meliagrances Familie das Haus zu ihrem Hauptsitz gemacht. Clust war noch immer bewirtschaftetes Bauernland, obwohl zu einem weitaus geringeren Teil als in früheren Zeiten.

Das Haus selbst war nicht besser als ein einfaches Bauerngehöft. Es hatte nichts von der römischen Pracht von Avalon. Ein Graben und ein Wall trennten das Ackerland und das Vieh von der Straße, und der Hof war nicht gepflastert. Als die Gesellschaft der Königin in den schmutzigen Hof einritt, liefen Männer aus dem Haus herbei, um ihre Pferde in Empfang zu nehmen. Die Männer der Verica lächelten und waren höflich, aber als Gareth hinter sich sah, erkannte er, daß der Weg aus dem Hof hinaus von den sie begleitenden Männern wirkungsvoll blockiert worden war. Er dachte einen Moment daran, durch die Reihe der Reiter hindurchzubrechen, zögerte jedoch, und dann lag bereits jemandes Hand auf seinem Zügel. Der Mann lächelte, aber er hielt Gareths Pferd mit unbarmherzigem Griff fest. Langsam glitt Gareth zu Boden. Die Königin hatte mit Meliagrance das Haus betreten, und die Männer der Verica drängten ihre Eskorte auf eine andere Tür zu. Gareth merkte sich, wohin sie die Pferde brachten, bevor er unsanft hinter seinen Gefährten hergeschoben wurde.

Als Gwenhwyfar erkannte, daß sie hereingelegt worden war, reagierte sie zunächst einmal zornig. »Seid Ihr verrückt?« fragte sie Meliagrance. »Was wolltet Ihr durch dieses außergewöhnliche Betragen denn erreichen?«

Sie waren allein in einem kleinen Schlafraum. Gwenhwyfar war in der Erwartung, ihren verletzten Ehemann vorzufinden, durch die Tür geeilt. Aber statt dessen hatte sich die Tür geschlossen, und sie war auf einmal mit Meliagrance allein.

»Ich liebe Euch«, antwortete der Stammesfürst der Verica mit erschreckender Heftigkeit. »Ihr seid für mich zu einer Besessenheit geworden, Gwenhwyfar. Und Ihr mögt mich auch. Ich habe das während des letzten Monats in Venta deutlich erkannt. Ihr mögt mich mehr als Euren kalten, römischen Ehemann.«

Gwenhwyfar wollte gerade sagen, wie sehr er sich irrte, überlegte es sich dann aber anders. Meliagrance war nur mittelgroß, aber stark gebaut. Und in seinen weit auseinanderstehenden braunen Augen war ein Glitzern zu erkennen, das ihr überhaupt nicht gefiel. Plötzlich erkannte Gwenhwyfar, daß sie in Gefahr war.

Sie schluckte. »Natürlich mag ich Euch.« Ihre Stimme klang sanfter als zuvor. Es kostete sie große Anstrengung, sie ruhig zu halten. »Aber war es wirklich notwendig, mich durch einen Trick hierherzubringen?«

Er lächelte. Offensichtlich gefiel ihm ihre Antwort. Dann winkte er mit einer dicken Hand. »Bitte setzt Euch, Gwenhwyfar. Macht es Euch bequem.«

Gwenhwyfar setzte sich vorsichtig auf den Rand des Bettes. Meliagrance sah sie an, und das Glitzern in seinen merkwürdigen Augen schien noch zugenommen zu haben. Seine Stimme klang jedoch vernünftig. »Wie sonst sollte ich Euch hierherbringen?« fragte er.

Gwenhwyfar verschränkte ihre Hände ineinander und antwortete einen Moment lang nicht. Dann schaute sie ihm in die Augen und fragte tapfer: »Was wollt Ihr, Meliagrance?«

Er lächelte, und ein Schaudern lief ihr Rückgrat hinab. »Ich will Euch.«

Sie würde versuchen müssen, ihn zur Vernunft zu bringen. »Meliagrance, denkt nach. Wenn Ihr mich über Nacht hierbehaltet, wird Arthur es mit Sicherheit herausfinden. Ich bin es nicht wert, daß Ihr Euch für mich töten laßt. Laßt mich jetzt gehen, und ich schwöre, daß ich schweigen werde...«

Ihre Stimme versagte. Er lächelte auf sehr seltsame Art. »Ihr versteht nicht, Gwenhwyfar. Ich habe keine Angst vor Arthur. Es ist mir absolut gleichgültig, ob er diese Geschichte mit uns herausfindet.« Gwenhwyfar verschränkte ihre Hände fester, um ihr Zittern zu unterdrücken. »Seht Ihr«, fuhr der Stammesfürst der Verica mit ungebrochener Zuversicht fort, »ich werde der neue Hochkönig sein. Und Ihr werdet meine Königin.«

Gwenhwyfar starrte ihn an. Er war bestimmt verrückt. »Ich verstehe nicht...«, gelang es ihr schließlich zu flüstern.

»Arthurs Aufgabe ist beendet«, antwortete Meliagrance. »Er war ein guter Kriegsführer, das halte ich ihm zugute. Er hat die Angelsachsen erfolgreich zerschlagen. Aber mit dieser neuen Hauptstadt hat er sich übernommen, Gwenhwyfar. Er ist ein Narr, wenn er glaubt, daß er uns im Frieden genauso regieren kann wie im Krieg.«

»Uns?« fragte Gwenhwyfar zaghaft.

»Ja, uns. Die keltischen Anführer Britanniens. Es ist an der Zeit, diesen römischen Eindringling zu verbannen.«

»Meliagrance«, sagte Gwenhwyfar, »Arthur hat das Heer.«

»Er hat einen Teil des Heeres«, hielt er dagegen. »Den Rest, die Stammestruppen nämlich, die er so schlagkräftig ausgebildet hat, hat er zu ihren rechtmäßigen Anführern zurückgeschickt.«

Zum ersten Mal verspürte Gwenhwyfar eine Angst, die nicht nur sie selbst betraf. Konnte es möglich sein, fragte sie sich entsetzt. Konnte Meliagrance tatsächlich der Anführer einer keltischen Konspiration gegen Arthur sein? Hatten die anderen Könige und Fürsten Britanniens daran etwa Anteil?

»Wer sind Eure Verbündeten?« fragte sie.

»Ich erwarte, daß sich mir innerhalb kürzester Zeit Truppen aus dem ganzen Land anschließen. Ich habe alle benachrichtigt, sobald ich Euch hatte.«

»Ich kann es nicht glauben«, sagte sie erschüttert. »Ich kann nicht glauben, daß sie Arthur das antun würden. Nach allem, was er für sie, für Britannien getan hat.« Ihre grünen Augen lagen wie Smaragde in ihrem wunderschönen, bleichen Gesicht.

Meliagrance runzelte die Stirn. »Er ist ein Römer. Natürlich werden sie dem Ruf eines der ihren folgen.«

Gwenhwyfar musterte sein Gesicht. Er sah nicht schlecht aus, dachte sie, aber diese weit auseinanderstehenden Augen ließen sein Gesicht seltsam unbeständig wirken. Warum hatte sie das nicht schon zuvor bemerkt? Sie würde sehr vorsichtig sein müssen. Er sah sie jetzt mißtrauisch an. »Was Ihr sagt, ist natürlich wahr«, sagte sie, und sein Stirnrunzeln verging. »Aber habt Ihr, eh... Sicherheiten, daß sich der Rest des Landes mit Euch gegen Arthur verbünden wird?«

»Ich habe sie gerade erst über mein Vorgehen informiert«, sagte Meliagrance bereitwillig. »Aber ich bezweifle nicht, daß sie meinem Ruf folgen werden. Glaubt mir, Gwenhwyfar, niemand mag diesen Römer, der sich als unser aller Kaiser aufspielt.«

Gwenhwyfar sank vor Erleichterung fast in sich zusammen. Es gab keine Konspiration. Das alles spielte sich nur im Kopf dieses Narren ab. Arthur war in Sicherheit. Meliagrance trat einen Schritt auf sie zu, und sie erkannte mit jäher Angst, daß Arthur vielleicht in Sicherheit war, wie wenig aber sie. »Meliagrance«, sagte sie drängend, »Arthur wird sehr wahrscheinlich vor Euren Gefolgsleuten hier eintreffen. Er ist näher.«

»Ja, aber er weiß nicht, wo Ihr seid.« Er streckte seine dickliche Hand aus und berührte ihr Haar. Gwenhwyfar unterdrückte ein Schaudern. »Ich habe alle Eure Männer in strenger Haft, meine Liebe. Keine Angst. Er wird Euch nicht finden.«

Gwenhwyfar gefror vor Angst. Er würde sie vergewaltigen. Sie starrte in seine seltsam glitzernden Augen hinauf und wußte, daß er sie deshalb hierher gebracht hatte. Welch einfältige Närrin sie gewesen war, ihn glauben zu machen... Plötzlich setzte ihr Denken wieder ein. Er dachte nicht gleich an Vergewaltigung. Er hatte erklärt, daß er sie liebe. Sie würde sich bei ihm einschmeicheln müssen. »Meliagrance«, sagte sie sanft, »wie unglaublich klug Ihr seid.«

Er strahlte. Seine Hand streichelte weiterhin ihr Haar. »Aber ich bin so schmutzig und müde«, fuhr sie fort. »Könntet Ihr mir meine Sachen schicken lassen? Ich würde mich so gern waschen und die Kleidung wechseln.«

Seine Augen schienen ein wenig klarer zu werden. »Natürlich«, sagte er sofort. Er trat zurück, und seine Hand glitt von ihrem Haar. Seine Arme waren unnatürlich lang. Er sieht aus wie ein Affe, dachte Gwenhwyfar. »Vergebt mir, meine Liebe. In meiner Begeisterung, Euch zu sehen, habe ich meine Pflichten als Gastgeber vergessen.«

Er ist vollkommen verrückt, sagte sich Gwenhwyfar verzweifelt, während sie lächelte und ihm dankte. Das einzige, was sie tun konnte, war, so viel Zeit wie möglich zu gewinnen. Und zu Gott zu beten, daß Arthur sie retten könnte.

## 27. KAPITEL

Nicht Arthur, sondern Bedwyr ritt zu Gwenhwyfars Rettung herbei. Gareth hatte seinen Dolch gegen den Wächter gebraucht, der ihm etwas zu essen gebracht hatte, und hatte es dann geschafft, unbemerkt zu den Ställen zu gelangen. Als der tote Wächter entdeckt wurde, hatte Gareth bereits eine halbe Stunde Vorsprung. Er war direkt nach Camelot geritten. Bedwyr hatte eine Truppe leichter Kavallerie genommen und war durch die Nacht galoppiert. Bei Tagesanbruch erreichte er Clust. Als Meliagrance erkannte, daß Gefahr bestand, postierte er seine Männer hinter dem Graben und dem Wall, die sein Land von der Straße abschirmten. Als Bedwyr und seine Männer sich im Morgennebel näherten, hoben die Bogenschützen der Verica ihre Waffen. Bedwyr verhielt Sluan zwanzig Meter vor dem Wall. Die Straße hinter ihm war von Männern und schweißnassen Pferden erfüllt. Bedwyr sagte mit einer Stimme, die wie Trompetenklang durch die dunstige Morgenluft schnitt: »Ich bin gekommen, um die Königin zu holen. Legt eure Waffen nieder, oder ich werde euch zerschmettern.«

Die Mehrheit von Meliagrances Bogenschützen hatten an Ambrosius' Wall mit Bedwyr gekämpft, als er die Angelsachsen mit nichts mehr als der Kavallerie zurückgeschlagen hatte. Und hier war er jetzt, eine wuchtige Gestalt auf einem riesigen, schwarzen Hengst. Sie konnten die Helligkeit seines Haars sogar durch den Nebel erkennen. »Ihr habt eine Minute Zeit, die Waffen niederzulegen«, dröhnte seine Stimme, und der erste Bogen fiel zu Boden.

Bedwyr galoppierte an der Spitze seiner Einheit durch die Tore. Der schmutzige Hof war leer, aber eine Reihe von Männern hatte sich vor dem Haus postiert, die Schwerter gezogen.

Bedwyr verhielt Sluan. »Meliagrance!« rief er und ignorierte die Wache der Verica, als sei sie nicht vorhanden. »Meliagrance, kommt sofort heraus!«

Der Hof war jetzt von Pferden erfüllt. Einige der Männer der Verica vor dem Haus hatten ebenfalls mit Bedwyr am Wall gekämpft, andere sahen ihn zum ersten Mal. Sie alle hatten Angst. Der Prinz stieg ab und schritt auf die Tür des Hauses zu. Die Wachen wichen mit schreckensbleichen Gesichtern vor ihm zurück. Keiner von ihnen dachte auch nur daran, sein Schwert zu gebrauchen. Bedwyr stieß die Tür mit solcher Wucht auf, daß sie aus den Angeln fiel. Sie konnten ihn in der Halle rufen hören: »Gwenhwyfar! Wo seid Ihr?« Aber sie hörten nicht das atemlose »Hier« der Königin. Und sie sahen auch nicht, wie Gwenhwyfar in die Halle gelaufen kam und sich in Bedwyrs Arme warf.

»Bedwyr. Oh, Bedwyr.« Ihre Stimme zitterte. »Oh, Gott sei Dank, daß Ihr gekommen seid.« Sie zitterte unkontrolliert und klammerte sich fest an ihn. Er war so groß. So sicher.

»Hat er Euch verletzt?« Durch den Ansturm der Gefühle, die in ihr tobten, drangen seine Worte zu ihr. Sie hörte vor allem seinen Tonfall. Sie lockerte ihre Umklammerung, um ihm ins Gesicht sehen zu können. Er war bleich vor Zorn. »Hat er Euch verletzt?« wiederholte er.

»Nein.« Sie sah ihn fasziniert an. »Nein, Bedwyr. Ich konnte Zeit schinden. Aber wenn Ihr nicht gekommen wäret…« Sie drängte sich wieder näher an ihn und preßte ihr Gesicht an seine starke Schulter. Seine Arme legten sich sofort fest um sie. Über sich hörte sie ihn sprechen. Nur zwei Worte. »Findet Meliagrance.« Schritte waren in der Halle zu hören. Dann wandte sich Bedwyr wieder an sie: »Kommt, Gwenhwyfar. Wir sollten uns einen Ort suchen, wo wir reden können. Ich will wissen, was geschehen ist.«

»Gut.« Sie haßte es, die Sicherheit seiner Arme zu verlassen, aber sie zwang sich, zurückzutreten. »Hier entlang«, sagte sie. »Zu dem Schlafraum, den er mir zugewiesen hat.«

»Ich habe ihm gesagt, daß ich mich bei Olwen angesteckt hätte«, erzählte sie wenig später gerade, als es an der Tür des Schlafraums klopfte.

Bedwyr rief, und die Tür wurde geöffnet. »Wir haben ihn gefunden, Prinz«, sagte ein Kavallerist an der Tür. »Er hatte sich im Keller versteckt.«

»Dieser erbärmliche Kerl«, sagte Bedwyr verächtlich. »Sperrt ihn irgendwo sicher ein.«

»Das haben wir bereits getan, Mylord.«

»Und seine Männer?«

»Sie befinden sich alle im Hof.« Ein Ausdruck der Geringschätzung überzog das helle Gesicht des keltischen Kavalleristen. »Sie machen sich in die Hosen, solche Angst haben sie.« Er schaute zu Gwenhwyfar. »Verzeiht, Mylady.«

»Ich komme gleich«, sagte Bedwyr. Nachdem sich die Tür wieder geschlossen hatte, wandte er sich der Königin zu. »Werdet Ihr zurechtkommen?«

»Ja.« Sie lächelte mühsam. »Was… was werdet Ihr mit ihm tun, Bedwyr?«

»Was ich gern tun würde«, erwiderte Bedwyr durch zusammengebissene Zähne, »ist, ihm bei lebendigem Leibe das Herz herauszuschneiden. Aber das kann ich nicht. Ich muß auf Arthur warten.«

»Kommt Arthur auch?« Ihre Stimme zitterte.

»Ich habe Reiter ausgesandt, die ihn suchen sollen.« Er schaute auf sie hinab. »Wartet hier. Ich werde nicht lange fort sein.«

Als er ging, trat Gwenhwyfar ans Fenster und starrte blind hinaus. Es hatte zu regnen begonnen. Ihr Schlafraum befand sich an der Rückseite des Hauses, so daß sie nicht sehen konnte, was im Hof geschah. Es kam ihr vor, als wäre Bedwyr sehr lange Zeit fort. Dann klopfte es an der Tür, und er war wieder da. Seine Schultern füllten den Eingang aus. Er lächelte sie an. »Es ist alles erledigt.« Sie lächelte ebenfalls, und er betrat den Raum. »Könnt Ihr es ertragen, noch einen weiteren Tag in diesem Hause zu verbringen?« fragte er. »Es regnet jetzt sehr stark. Ich glaube nicht, daß Ihr gern stundenlang durch dieses Wetter reiten werdet.«

»Ich kann noch bleiben«, erwiderte sie, »solange Ihr bei mir seid.« Er schloß die Tür, stand da und betrachtete sie aus sehr blauen Augen. »Was hättet Ihr getan«, fragte sie, »wenn Meliagrance mich vergewaltigt hätte?«

»Ihn getötet«, kam die sofortige Antwort.

»Ohne auf Arthur zu warten?«

»Ohne auf Arthur zu warten.«

Er kam auf sie zu und erfüllte den Raum mit seiner gewaltigen Männlichkeit. Sowohl körperlich als auch gefühlsmäßig war sie mit ihrer Kraft am Ende, und als er seine Arme um sie legte, sank sie gegen ihn wie schwankendes Schilfrohr. Er streichelte ihr Haar, und als sie diese Berührung spürte, wandte sie ihr Gesicht und lehnte es gegen seine Hand. Seine andere Hand umfaßte fest ihre Schulter.

Sein kräftiger Körper drängte sich gegen ihren, während er ihr Gesicht anhob. Sie erblickte kurz flammende, blaue Augen, und dann senkte sich sein Mund auf ihren. Der Kuß brannte sich bis in ihre Seele. Gwenhwyfar schloß atemlos und benommen die Augen. Seine ganze, gewaltige männliche Kraft besiegte sie, und sie gab ihr nach.

Alle Empfindungen der letzten zwei Tage schienen ihr zu diesem Moment geführt zu haben. Nichts war jetzt mehr wichtig, außer dieser körperlichen Leidenschaft, die voller Heftigkeit zwischen ihnen aufflammte. Sie legte ihre Arme um seinen Hals, und als er sie hochhob, um sie zum Bett zu tragen, wehrte sie sich nicht.

Gwenhwyfar lag still und lauschte dem Regen. Er klang so trostlos, dachte sie. So trist. Sie schaute auf den zerzausten, blonden Schopf hinab, der an ihrer Brust ruhte, und es schien ihr, als ob die Trostlosigkeit des Regens bis in ihre Seele kroch. Was hatten sie getan?

Ihre Hand bewegte sich instinktiv zu seinem Haar, aber sie hielt inne. Sein Gewicht drückte sie auf das Bett und plötzlich hatte sie Angst, ihm ins Gesicht zu blicken. Sie wollte den Blick in seinen Augen nicht sehen. Niemand liebte Arthur so sehr wie Bedwyr. Er würde sich hierfür hassen. Er würde sie hassen.

Der Regen schlug noch heftiger gegen das Dach. »Bedwyr«, sagte sie zögernd. Als er sich noch immer nicht rührte, fuhr sie zögernd fort: »Ich weiß nicht, wie das geschehen konnte…«

Der blonde Schopf rührte sich schließlich doch noch, wurde angehoben, und Bedwyr schaute auf sie hinab. Seine Augen waren voll blauer, entflammter Heiterkeit. »Nein?« fragte er. »Götter, ich wollte dies, seit ich dich zum ersten Mal gesehen habe, Gwenhwyfar. Das müßtest du eigentlich wissen.«

Er hatte sein Gewicht von ihr genommen, lehnte sich auf seine rechts und links von ihr aufgestützten Hände. Die gewaltigen Muskeln seiner bloßen Schultern und Arme zeichneten sich unter der hellen Haut deutlich ab. Sie antwortete nicht, sondern sah ihn nur weiterhin erstaunt an. Er lächelte, ein warmes und zärtliches Lächeln, senkte den Kopf, um sie sanft zu küssen, und sagte: »Schau nicht so besorgt drein.«

»Aber Bedwyr, was ist mit Arthur?« Sie war völlig verwirrt.

Die Heiterkeit schwand aus seinem Gesicht, und er wurde vollkommen ernst. »Stimmt. Ich sollte besser nicht länger hierbleiben. Obwohl« – seine Augen verschlangen sie – »ich gern den ganzen Tag bleiben würde.«

Ein Gedanke huschte durch Gwenhwyfars Geist: *Arthur kann es nicht erwarten, mich zu verlassen.* Sie beobachtete, wie Bedwyr sich anzog. Als er seinen Gürtel angelegt hatte, kehrte er zum Bett zurück, beugte sich hinab und küßte sie verlangend. »Mach dir keine Sorgen«, sagte er erneut. Seine blauen Augen bezwangen sie. »Wenn jemand schuld an alledem hat, dann ich. Du brauchtest Trost, und ich habe meinen Vorteil daraus gezogen.« Er richtete sich auf und grinste. »Ich kann jedoch nicht behaupten, daß ich auch nur eine Minute dieser Zeit bedaure.« Er trat zur Tür. »Du solltest besser hier drinnen bleiben, Gwenhwyfar. Ich werde Olwen in fünfzehn Minuten zu dir schicken.« Er hob die blonden Brauen. »Zieh dich an«, befahl er zärtlich und ging.

Gwenhwyfar beobachtete, wie die Tür sich schloß und saß noch einige weitere Minuten da, starrte hinter ihm her und versuchte zu verstehen, was gerade geschehen war. Eines war jedoch sicher. Bedwyr litt nicht unter Gewissensbissen, weil er mit der Frau seines besten Freundes ins Bett gegangen war. Während sie… sie war nicht sicher, was sie empfand. Es war ihr niemals in den Sinn gekommen, daß dies geschehen könnte. Wie sollte sie Arthur gegenübertreten?

Die Tür blieb sicher geschlossen, aber vor ihrem geistigen Auge sah sie erneut Bedwyrs Gestalt. Bedwyr hatte Elaine ein Kind angehängt, dachte sie. Vielleicht, vielleicht… Sie legte sich in ihre Kissen zurück und schaute unverwandt zur Tür, die Augen nachdenklich geweitet.

Arthur ritt beim Anbruch der Dämmerung in Clust ein. Wie zuvor Bedwyr, war auch er durch die Nacht geritten. Das Geräusch von Pferden im Hof weckte die Königin nicht auf, da sich ihr Raum an der Rückseite des Hauses befand, aber das Geräusch von Schritten und Stimmen in der Halle weckte sie. Gwenhwyfar stand auf und öffnete die Tür ihres Raumes, um zu lauschen. Das tiefe Poltern männlicher Stimmen war zu hören. Dann hob sich Arthurs Stimme deutlich hervor. »Wo ist er?« fragte der König. Gwenhwyfar schloß ihre Zimmertür und kroch wieder ins Bett. Er war hier.

Wie sollte sie ihm gegenübertreten? Seit sie sich das letzte Mal gesehen hatten, war sie fast von Meliagrance vergewaltigt worden, und sie und Bedwyr hatten… Ein Klumpen, schwer wie Blei, drückte auf ihren Magen, und sie rollte sich unter den Decken wie ein Kind zusammen. Sie zitterte vor Kälte und Angst.

Er kam eine halbe Stunde später. Sie hörte, wie ihre Tür geöffnet wurde, öffnete halb die Augen und sah, wie er die Tür langsam wieder hinter sich zudrückte. Er schaute nach, ob sie wach war. Der Raum war noch dunkel. Sie zwang sich dazu, sich aufzusetzen und zu sagen: »Komm herein.«

Er trat an ihr Bett, setzte sich und betrachtete sie ernst. Seine

Augen wirkten in dem hageren, unrasierten Gesicht sehr hell. »Bedwyr hat mir gesagt, daß du nicht verletzt worden bist«, sagte er. Sie schüttelte den Kopf. Sie war mit den Nerven am Ende. »Ich habe Meliagrance gesagt, ich sei krank.«

Er hielt eine Kerze in der Hand und erhob sich jetzt, um die Lampe auf ihrem Nachttisch anzuzünden. »Tapferes Mädchen«, sagte er anerkennend.

»Es war mein Fehler, Arthur«, sagte sie hastig, als er sich wieder neben sie setzte. »Ich war zu nett zu ihm. Ich hätte mehr Verstand beweisen müssen.«

»Meine Liebe, wenn du mit keinem der Männer, die sich in dich verliebt haben, mehr sprechen wolltest, hättest du bald niemanden mehr zum Sprechen.«

Ihre Augen wichen seinem belustigten Blick aus. Er wußte sehr gut, daß sie mehr als nur höflich zu Meliagrance gewesen war. Sie biß sich auf die Lippen.

»Gwenhwyfar.« Er beugte sich zu ihr. »Bedwyr hat gesagt, daß mehr an Meliagrances Plan gewesen sei, als sein Verlangen nach dir.«

»Ja.« Sie nickte heftig. »Er hatte die verrückte Idee, sich zum Hochkönig ernennen zu wollen, Arthur. Kurze Zeit hatte ich wirklich den Eindruck, daß eine keltische Konspiration gegen dich besteht.«

»Erzähle mir davon«, sagte er.

Er hörte ihr aufmerksam zu, und als sie geendet hatte, stand er auf und stellte sich ans Fenster. Sie beobachtete ihn schweigend. Sie kannte seinen Anblick so gut, dachte sie, den Schwung seiner Schulter, seinen einfach wunderschönen Mund, die langen Wimpern vor den hohen Wangenknochen. Er war ihr so vertraut – und so unergründlich.

Er war offenbar zu einem Entschluß gekommen, denn er wandte sich zu ihr um und sagte: »Nun, wir müssen Gott danken, daß Gareth da war.«

»Ja«, erwiderte sie inbrünstig. »Er wollte nicht, daß ich nach Clust gehe, Arthur. Aber Meliagrance sagte, du seist verletzt. Was hätte ich sonst tun sollen?«

Er nickte abwesend, als dächte er nicht über das nach, was sie gesagt hatte, sondern über etwas völlig anderes. »Meliagrance hat sich diesen ganzen Plan sehr sorgfältig ausgedacht.«

»Ja«, erwiderte sie. »So schien es.«

Er kam zum Bett zurück, stand dann da und schaute auf sie herab. »Es tut mir so sehr leid, daß du Angst haben mußtest, meine Liebe. Aber du hast dich wahrhaft als Königin erwiesen. Du bist hervorragend mit ihm fertig geworden.«

Seltene Wärme lag in seiner Stimme. Der Tonfall, die Lobesworte, das alles hatte die gewünschte Wirkung. Sie strahlte über das ganze Gesicht. »Was wirst du mit Meliagrance tun, Arthur?« fragte sie.

»Ich werde ihn töten müssen.«

»Ihn töten?«

»Ja.« Seine schwarzen Brauen waren nachdenklich zusammengezogen. »Und es sollte besser noch heute morgen geschehen. Ich möchte, daß sein Schicksal bekannt wird, bevor die anderen keltischen Anführer eine Chance haben, über seinen Aufruf nachzudenken.«

»Sie würden sich nicht auflehnen. Nicht gegen dich! Nicht nach allem, was du für sie getan hast.«

Seine grauen Augen blickten freudlos. »Ich habe es dir bereits erklärt, Gwenhwyfar, der Friede bringt seine eigenen Probleme mit sich, und dies ist eines davon. Wir haben nicht mehr den Krieg gegen die Angelsachsen als Grund, uns zu vereinen. Mit ein wenig Ermutigung wird Britannien schnell wieder in seine alten Muster der Stammeskämpfe verfallen.«

»Weißt du, Arthur«, sagte sie, »ich glaube wirklich, daß Meliagrance ein wenig verrückt ist.«

»Nun, verrückt oder nicht«, erwiderte er grimmig, »wenn der Morgen vorüber ist, wird er tot sein.«

»Wie?« fragte sie, als er zur Tür ging.

»Auf die herkömmliche Art. Im Einzelkampf.«

»Wirst du einen guten Kämpfer erwählen?« fragte sie atemlos.

»Nein. Du bist meine Frau. Ich werde es selbst tun.« Und dann ging er.

## 28. KAPITEL

Innerhalb einer Stunde war der Hof in Clust von Zuschauern erfüllt. Unberittene Kavalleristen säumten die rechte Seite des Hofes, während der Ausgang zur Straße von einer Linie von Berittenen blockiert wurde. Meliagrances Männer, die im Gegensatz zu den Truppen aus Camelot unbewaffnet waren, standen schweigend auf der linken Seite des Hofes aufgereiht. Unter den Stammesangehörigen der Verica befand sich auch Meliagrances Cousin Kile, der in der Erbfolge der Stammesführerschaft auf Meliagrance folgte.

Die Stammesangehörigen schauten ernst, aber nicht hoffnungslos drein. Wenn Meliagrance den König im Einzelkampf besiegte, hätten sie vielleicht eine Chance. Und Meliagrance war ein außergewöhnlich guter Schwertkämpfer.

Der Regen hatte sich verzogen, und der Himmel war aufgeklart. Die Zuschauer standen in fast völligem Schweigen da, ihre Blicke auf die Tür des Hauses gerichtet. Schließlich öffnete sie sich, und Meliagrance trat, gefolgt von Gwynn, dem Befehlshaber der Kavallerieeinheit, in den kühlen Sonnenschein. Meliagrance trug ein Schwert bei sich. Sie gingen bis zur Mitte des Hofes, blieben stehen und warteten.

Im letzten Augenblick waren Gwenhwyfar und Olwen zu einem der Räume gelaufen, die ein Fenster zum Hof hatten, und kamen gerade rechtzeitig, um den König in Begleitung von Bedwyr aus der Eingangstür des Hauses treten und sich den beiden Männern in der Mitte des Hofes anschließen zu sehen. Bedwyr schien Arthur etwas aufdrängen zu wollen, aber sie konnten deutlich sehen, wie der König den Kopf schüttelte und den beiden anderen Männern bedeutete, sie sollten beiseite treten. Bedwyr und Gwynn gingen zu den Kavalleristen an den Seiten, und Arthur und Meliagrance blieben sich selbst überlassen, allein in der Mitte des Hofes.

Gwenhwyfar atmete tief und hastig ein. Sie war fast sicher, daß Bedwyr an Arthurs Stelle gegen Meliagrance hatte kämpfen wollen, und sie wünschte, Arthur hätte ihn gelassen. Wie sie wußte, war Bedwyr bei den verschiedenen Übungskämpfen, die das Heer durchführte, stets siegreich. Sie hatte Arthur noch niemals ein Schwert führen sehen, aber sie war sicher, daß er nicht so gut sein konnte wie Bedwyr. Er hatte zum Beispiel nicht Bedwyrs Größe. Sie betrachtete jetzt Meliagrance, und Angst schüttelte sie. Der Anführer der Verica war nicht viel größer als Arthur, aber seine Schultern und Brust waren erheblich breiter. Und er hatte diese langen, affenartigen Arme. Eine große Reichweite war ein entschiedener Vorteil beim Schwertkampf, wie Gwenhwyfar sehr wohl wußte.

»Er hätte Bedwyr kämpfen lassen sollen«, sagte sie. »Er sollte nicht sein eigenes Leben aufs Spiel setzen.«

»Er will Euch selbst rächen, Mylady«, erwiderte Olwen. Ihre dunkelgrauen Augen leuchteten angesichts der romantischen Seite dieser Angelegenheit. Sie schien ihr Fieber ganz vergessen zu haben.

Gwenhwyfar warf ihrer Dienerin einen ungeduldigen Blick zu, bevor sie sich erneut auf die Szene vor ihr konzentrierte.

Meliagrance hob sein Schwert zuerst an und begann den König zu umkreisen. Er sah wirklich wie ein Affe aus, dachte Gwenhwyfar, und erschauderte erneut.

Arthur hob sein Schwert, daß der Rubin in der Sonne glänzte, und machte dann einen Schritt nach rechts. Er war zwei Jahre älter als Meliagrance, aber von ihrem Platz am Fenster aus fand Gwenhwyfar, daß er mit seiner leichten, schlanken Gestalt und seinem schwarzen, im frostigen Novemberwind wehenden Haar wie ein Junge wirkte. Er bewegte sich auch wie ein Junge, geschmeidig und anmutig, das Gewicht auf den Fußballen perfekt ausbalancierend.

Meliagrance führte einen Scheinangriff, und Arthur wich aus.

»Meliagrances Arme sind zu lang«, sagte Gwenhwyfar verzweifelt. »Der König kann ihn nicht erreichen.«

Meliagrance war offensichtlich zu demselben Schluß gelangt, denn er begann zu lächeln. Er schlug auf Arthur ein, und der König parierte, wich dem Schwert des anderen aus, war aber nicht in der Lage, in dessen Kreis hineinzugelangen, um angreifen zu können. Er wich weiter zurück, und Meliagrance folgte ihm und schlug wieder und wieder zu, während Arthur parierte.

Gwenhwyfars Nägel schnitten in ihre Handflächen ein. Während sie in hilflosem Entsetzen zusah, ließ Meliagrances Angriff Arthur das Gleichgewicht verlieren, und der Verica hob sein Schwert zum letzten Schlag. Mit dem vollen Gewicht seines Körpers ließ er es auf den König hinabschnellen.

Es bohrte sich aber nicht in lebendes Fleisch, sondern landete statt dessen auf unbeweglichem Stahl. Dann machte Arthur eine Bewegung, die nichts mit Gewicht, aber alles mit einem geschickten Handgelenk zu tun hatte, schlug Meliagrances Schwert beiseite und trieb seine eigene Klinge mit einer Hand in die kurzzeitig ungeschützte Brust des Stammesführers der Verica. Meliagrance fiel. Arthur zog seine Klinge zurück, stand da und betrachtete den zusammengesunken zu seinen Füßen liegenden Mann. Dann schaute er zu den Reihen der Verica.

Niemand zweifelte an Meliagrances Schicksal. Arthurs Schwert hatte sich genau in sein Herz gebohrt.

Hinter ihrem Fenster begann Gwenhwyfar zu zittern. Olwen riß ihren Blick lang genug vom König los, um sie zu fragen, ob sie friere. Gwenhwyfar schüttelte den Kopf und beugte sich ein wenig vor, um hören zu können, was im Hof gesprochen wurde.

Einer der Männer der Verica beugte sich gerade über Meliagrance und schaute nur lange genug vom Körper des Stammesführers hoch, um zu verkünden, was jedermann bereits wußte. Meliagrance war tot.

Arthur schaute die Linie der Stammesangehörigen hinauf und hinab. Die Angst in dem Hof war so deutlich spürbar, daß Gwenhwyfar sie riechen konnte. »Der Stammesführer der Verica hat sich des Verrats schuldig gemacht«, sagte Arthur mit vollkommen ruhiger Stimme zu den versammelten Männern. Er atmete nicht einmal schwer. »Und so werde ich mit jedem umgehen, der sich desselben Verbrechens schuldig macht.«

Gwenhwyfar konnte ein Erschaudern durch die Reihen von Meliagrances Männern laufen sehen.

»Kile«, sagte Arthur.

Ein braunhaariger Junge, der nicht älter als achtzehn war, trat vor. »Ja, Mylord«, sagte er tapfer. Er stand auch mutig da, absolut korrekt, die Schultern zurückgedrückt und das Kinn erhoben.

»Seit Vortigerns Fall hat sich der Stamm der Verica geweigert, die Macht des Hochkönigs anzuerkennen.« Arthurs Stimme klang sanft, aber unerbittlich. »Euer Stammesführer hat versucht, die Königin zu entführen und einen Aufstand gegen mich anzuzetteln. Könnt Ihr Euch einen Grund denken, warum ich Euer Leben verschonen sollte?«

»Mylord«, erwiderte der Junge. »Meliagrance war unser Stammesführer. Ob es uns gefiel oder nicht, wir waren verpflichtet, ihm zu folgen.«

»Und du, Kile.« Die Stimme des Königs klang jetzt sehr leise, obwohl sie in den hintersten Winkeln des Hofes gehört werden konnte. »Wenn du der Stammesführer der Verica wärest, würdest du dann auch versuchen, einen Aufstand gegen mich zu beginnen?«

»Oh, nein, Mylord!« Die Antwort kam sofort, atemlos und ungestüm. »Wenn ich der Stammesführer der Verica wäre, wäre ich stolz, Euer Mann zu sein.«

Arthur stützte die Spitze seines Schwertes auf den Boden auf und betrachtete Kile nachdenklich. Gwenhwyfar konnte das Gesicht des Jungen sehen, aber nicht das ihres Mannes. »Die Königin«, sagte Arthur, »sagte mir, sie sei überzeugt, daß Meliagrance wirr im Kopfe war.«

»Mylord«, sagte Kile sofort. »Das glaube ich auch.«

Arthurs Blick wanderte von dem Jungen zu den Reihen der hinter ihm stehenden Männer. Hinterher sollte jeder Stammesangehörige der Verica schwören, daß der König nur ihn angesehen habe. »Von jetzt an habt Ihr Euch an erster Stelle als Britannier zu betrachten und erst an zweiter Stelle als Angehöriger der Verica. Ist das klar?«

»Ja, Mylord.« Kiles Antwort wurde von den hinter ihm stehenden Männern laut wiederholt.

Arthur schaute die Linie erneut hinauf und hinab. »Wenn ich jemals wieder höre, daß die Verica Verrat planen, werde ich nicht ruhen, bis auch der letzte von euch um den Tod bittet.« Die Worte wirkten wie der Schlag einer Peitsche. Keiner der Zuhörenden bezweifelte, daß der König jede Silbe auch so meinte.

»Ihr werdet niemals wieder von einem Verrat der Verica hören, Mylord«, sagte Kile. »Ich schwöre es beim Grab meines Vaters.«

»Sehr gut.« Arthur wandte etwas den Kopf. »Bedwyr. Sorge dafür, daß diese Männer ihre Waffen zurückerhalten. Und dann können sie Meliagrance begraben, wie immer sie wollen.«

Eine spürbare Woge der Erleichterung durchlief den Hof. Bedwyr trat vor. »Ja, Mylord.«

»Kile.« Arthur klang jetzt vollkommen freundlich. »Komm mit mir ins Haus. Wir müssen miteinander reden.« Das Gesicht des Jungen leuchtete auf, als er an die Seite des Königs trat.

Am Fenster begann Gwenhwyfar wieder normal zu atmen.

»Oh, Mylady«, sagte Olwen mit einem tiefen Seufzer. »Ist er nicht wundervoll?«

Er ist so klug, dachte Gwenhwyfar, während sie langsam durch die Halle zu ihrem kleinen Schlafraum ging. Er weiß genau, wie er sich Männer verpflichten kann. Der junge Kile würde ihn bewundern, wie alle seine Männer ihn bewunderten. Er hatte diese Situation, die verhängnisvoll hätte enden können, in einen Triumph verwandelt. Die Verica würden ihm von jetzt an keine Schwierigkeiten mehr machen.

Er hatte dies alles bereits überdacht, als er den Entschluß faßte, Meliagrance zu töten. Wie immer war seine Reaktion königlich gewesen.

Bedwyr mit den flammend blauen Augen hatte gesagt: »Ich würde ihm am liebsten bei lebendigem Leibe das Herz herausschneiden.« Und Bedwyr hätte es für sie getan.

Arthur ließ Bedwyr und Gwynn in Clust zurück und ritt mit Gwenhwyfar und einer Eskorte leichter Kavallerie nach Camelot. Der Morgensonnenschein war erneut tiefhängenden grauen Wolken gewichen, und als sie die Tore von Arthurs neuer Stadt passierten und ihre Pferde den steilen Hügel zu dem Palast auf dem Gipfel erklommen, mußte Gwenhwyfar sehen, daß sich rund um sie herum Düsterkeit und Schlamm erstreckten. Sie fror und war müde, und diese Müdigkeit ergriff sowohl ihre Seele als auch ihren Körper. Sie erschauerte, als sie das riesige Holzgebäude sah, das ihr neues Heim werden sollte. Sie wünschte von ganzem Herzen, wieder in Venta zu sein und die anmutige Kolonnade des Prätoriums betrachten zu können.

Cai führte sie durch das Gebäude. Die meisten der Räume waren leer, da Cai nicht gewußt hatte, wohin sie die Dinge haben wollte, und einfach alles in die große Halle hatte bringen lassen. Er wollte es ihr überlassen, sie dort auszusortieren. Die vornehmen römischen Möbel wirkten durch die gewaltige Größe der Halle klein, dachte Gwenhwyfar. Das ganze Gebäude war so riesig. Sie würde sich sicherlich niemals daran gewöhnen, an einem solchen Ort leben zu müssen. Raum folgte auf Raum, und obwohl sie die Pläne des Gebäudes bereits gesehen hatte, war sie zu müde, um sich daran zu erinnern.

Keine römische Stukkatur an den Wänden. Kein Marmor. Keine farbenprächtigen Mosaiken auf den Böden. Nur einfaches, ungestrichenes Holz.

»Das Holz muß noch bearbeitet werden«, sagte Cai freundlich, während er sie durch eine kleinere Halle führte, die aber immer noch größer war als der Hauptempfangsraum in Venta. »Aber es ist wetterfest, und alle Rauchabzüge funktionieren.«

»Na ja«, sagte Gwenhwyfar mit ihrem bezauberndsten Lächeln, »solange die Soldaten und die Pferde bequem untergebracht sind, was macht es da schon aus, daß wir vielleicht eine Weile leiden müssen?«

So sah Cai es auch, und er lächelte sie anerkennend an. Arthur sah es noch nüchterner. Nachdem sie sich zurückgezogen und schließlich zum Schlafen in ihrem eigenen Bett zurechtgemacht hatte, machte er ihr schließlich seine Aufwartung. Olwen ließ den Kamm noch ein weiteres Mal durch

Gwenhwyfars Haar gleiten, legte ihn dann nieder und wünschte der Königin eine gute Nacht. Die Eheleute waren allein.

»Zumindest haben sie dein Bett in den richtigen Raum gestellt«, stellte er fest. Er sah sich in dem Schlafraum um, betrachtete den blanken Boden, das spärliche Mobiliar, das Gewirr von Weidenkörben, die ihre Kleidung und die Wandbehänge enthielten. Das einzig Erfreuliche in dem ganzen Raum war die glühende Holzkohlenpfanne. »Nun, erwarte nicht, es heute nacht mit mir zu teilen.« Die Worte waren gesagt, bevor sie auch nur wußte, daß sie sie sagen würde. Sie hatte ihn überrascht. Manchmal hatte sie das Gefühl, daß sie nur dann seine volle Aufmerksamkeit erhielt, wenn sie ihn überraschte. Sie wünschte, er würde zu ihr kommen und sie in die Arme nehmen, sie halten und trösten. Sie war so müde... sie hatte in der letzten Nacht fast überhaupt nicht geschlafen.

Natürlich hatte er auch nicht geschlafen. Er war die Nacht durch nach Clust geritten.

»Es tut mir leid.« Seine Stimme klang ruhig. »Es tut mir leid, Gwenhwyfar, daß du hierher in ein unfertiges Haus kommen mußtest. Ich weiß, wie müde du sein mußt.«

Er stand inmitten des großen Raumes, Leere überall um ihn herum. Sie saß vor einem kleinen Tisch und hatte ihren Stuhl umgewandt, um ihn ansehen zu können. Sie trug ihr Nachtgewand mit einem wärmenden Umhang darüber. Arthur hatte seine Reitkleidung abgelegt, und er hatte sich rasiert.

Er hatte vorgehabt, mit ihr zu schlafen.

Sie sehnte sich nach ihm. Sie sehnte sich nach ihm, um die Bedenken beiseiteschieben zu können, sehnte sich danach, ihre Müdigkeit in seiner warmen Kraft zu bergen, getröstet zu werden, Verzeihung zu erlangen und geliebt zu werden.

Leere war überall um ihn herum, und er stand da und betrachtete sie. Es war immer Leere um ihn herum, erkannte sie traurig. Und er war am glücklichsten, wenn niemand versuchte, die äußeren Grenzen dieser Leere niederzureißen. Er war heute nacht zu ihr gekommen, weil er dachte, sie könnte ihn brauchen, aber nicht, weil er sie brauchte.

Sie betrachtete ihre Hände. »Ich möchte mich nicht beklagen. Du hast recht, Arthur. Ich bin müde. Ich brauche eine Nacht richtigen Schlaf.«

Schließlich trat er neben sie. »Morgen sieht schon wieder alles anders aus«, sagte er tröstend. »Ich werde dir mehrere Männer zur Verfügung stellen, und du kannst das Haus so gestalten, wie du möchtest.« Sie lächelte ihn flüchtig an, und er beugte sich herab und küßte sie sanft auf den Mund. »Gute Nacht, meine Liebe.«

»Gute Nacht.« Sie beobachtete, wie er den Raum verließ, barg das Gesicht in den Händen und weinte.

Am folgenden Tag schien die Sonne. Gwenhwyfars Frauen begannen auszupacken, und Bedwyr kehrte nach Camelot zurück. Er sah am Nachmittag bei der Königin herein, als sie gerade Möbel in ihren privaten Salon bringen ließ.

Er schien den Sonnenschein mit sich zu bringen.

»Bedwyr!« Gwenhwyfar begrüßte ihn mit warmem Lächeln.

Er schaute von ihr zu den fleißig Tische verrückenden Männern, und zu Olwen hinüber, die Anweisungen gab, wo sie die Tische hinstellen sollten, und sagte: »Kommt eine Weile mit mir hinaus. Der Himmel ist wunderschön.«

Die Sonne würde bald untergehen. »Ein wenig Luft würde mir guttun«, stimmte Gwenhwyfar zu. »Olwen, hole meinen Umhang.«

Sie spazierten langsam an der Seite des Palastes entlang, wo im Frühjahr die Gärten entstehen sollten. Der Boden war schlammig, aber Gwenhwyfar schien es nicht zu bemerken. Der Himmel war mit rötlichem Feuer überzogen, und die untergehende Sonne hing wie ein großer roter Flammenball unmittelbar über dem Horizont. Gwenhwyfar betrachtete den Himmel und stieß den Atem in einem langen, schwermütigen Seufzer aus. Angesichts der Schönheit der sterbenden Sonne fühlte sie sich plötzlich sehr allein und unsagbar traurig. Unmittelbar hinter ihrer Schulter erklang Bedwyrs sanfte Stimme: »Erzähle es mir.«

Sie antwortete, den Blick noch immer zum Himmel gerichtet: »Erinnerst du dich daran, wie du nach Gwynedd kamst, um mich zu meiner Hochzeit zu geleiten, und ich dir Fragen über Arthur stellte?«

»Ja.«

»Damals hast du zu mir gesagt: ›Er ist ein König.‹ Und du hast auch gesagt: ›Er ist ein sehr verschlossener Mann.‹ Ich habe aber erst vor kurzem erkannt, was du meintest.«

Bedwyr schwieg, und sie wandte sich zu ihm um und sah ihn an. »Ich kann ihn nicht erreichen, Bedwyr. Er hält stets einen Leerraum um sich herum aufrecht, und wenn man versucht, diesen Leerraum zu betreten, errichtet er eine Mauer. Ich habe immer geglaubt, daß er sich ändern würde, wenn ich ein Kind haben könnte. Aber inzwischen glaube ich nicht einmal, daß das noch einen Unterschied machen würde.«

»Es liegt nicht an dir, kleiner Vogel.« Seine Stimme klang sehr ruhig. »So verhält er sich jedem gegenüber.«

Sie betrachtete erneut den Himmel. »Morgan gegenüber hat er sich nicht so verhalten.«

Bedwyr hatte das Gefühl, daß er jetzt trügerischen Untergrund betrat. Gwenhwyfars Profil war starr. »Er und Morgan sind zusammen aufgewachsen«, sagte er schließlich. »Das macht einen Unterschied.«

Ein Bild flammte vor ihren Augen auf: Arthur, wie er hilflos vor Lachen Morgans Balgerei mit Cabal beobachtete.

»Ich habe Brüder, aber sie sind nicht die einzigen, mit denen ich glücklich sein kann«, sagte sie verbittert.

Er drehte sie zu sich um. »Du bist als Kind auch nicht im Stich gelassen und brutal behandelt worden«, sagte er. »Du hast doch seine Narben gesehen. Sie sind ihm zugefügt worden, als er noch nicht neun Jahre alt war, Gwenhwyfar. Avalon muß ihm danach wie der Himmel erschienen sein. Morgan war wahrscheinlich der erste Mensch, dem er jemals trauen konnte.«

Gwenhwyfar schwieg. Dann murmelte sie trotzig: »Ich weiß nicht.« Ihre Stimme klang belegt. »Mir wollte er niemals etwas über diese Narben erzählen.«

Bedwyrs Gesicht war genauso hart wie seine Stimme, seine Augen von dem tiefen Blau, das verriet, daß starke Gefühle in ihm tobten. Sie hatte zuvor verärgert gesprochen, weil es so sehr schmerzte, dieses Bild von Arthur und Morgan. Und jetzt war hier Bedwyr, der einzige, der sich um sie kümmerte, und sah sie mit diesen harten, blauen Augen an. »Es tut mir leid«, flüsterte sie. Der Ausdruck seiner Augen wurde sanfter. »Ich wollte nicht schreien. Und er würde auch mir niemals etwas über die Narben erzählt haben. Ich weiß es von Cai.«

Arthur war genauso mit Cai aufgewachsen wie mit Morgan, aber er sah Cai nicht so an wie... Sie wollte nicht daran denken. »Du liebst Arthur sehr, nicht wahr?« fragte sie statt dessen.

»Ja«, erwiderte er einfach. »Das tue ich.«

Er war so herrlich unkompliziert, dachte sie. So leicht zu verstehen. »Ich weiß, daß du das tust. Darum hatte ich erwartet, daß du über das, was in Clust zwischen uns geschehen ist, entsetzt sein würdest. Aber das warst du nicht. Ich konnte es zunächst nicht verstehen. Aber jetzt kann ich es.« Sie schaute auf, begegnete seinem Blick und ließ nicht zu, daß er sich abwandte. »Du wußtest, daß es Arthur nichts ausmachen würde«, sagte sie.

»Gwenhwyfar...« Das Eingeständnis lag in seinen Augen und in der Hilflosigkeit seiner Stimme.

Sie barg ihr Gesicht an seiner Schulter. »Bedwyr.« Es war ein Schmerzensschrei. »Oh, Gott, Bedwyr. Ich bin so einsam!«

Er legte seine Arme um sie. Warm, stark, liebevoll. »Nicht, kleiner Vogel. Nicht. Er liebt dich, weißt du. Aber auf die Art eines Königs. Meine ist nur die eines Mannes.« Bei diesen Worten hob sie den Kopf von seiner Schulter und schaute auf. Seine Augen waren wie Saphire.

Diese Worte und sein Blick waren Balsam für ihr wundes Herz. Als er den Kopf herabbeugte, um sie zu küssen, neigte sie sich ihm sofort und verzweifelt entgegen.

Sie dachten, sie seien vom Haus aus nicht zu sehen, und das war auch so. Keiner von beiden sah, daß die Gestalt des Königs sich vor dem Hügel hinter ihnen abzeichnete. Arthur war ebenfalls herausgekommen, um den Sonnenuntergang zu beobachten.

Er stand vielleicht fünf Sekunden lang bewegungslos da. Dann wandte er sich ab und ging still zurück in den Palast.

Zwei Tage später brach er nach Avalon auf.

Dieses Mal kam Morgan ihm entgegen. Sie stellte sich neben Dun, während er zu Boden glitt. Dann war er neben ihr, und seine grauen Augen schauten in das geliebte Gesicht hinab. »Willkommen in Avalon, Arthur«, sagte sie und lächelte. »Willkommen zu Hause.«

# III
# Mordred
(467–470)

## 29. KAPITEL

Die Morgenluft war klar, als Arthur Avalon verließ, und ein frischer Wind blies weiße Wolken über den blauen Sommerhimmel. Er nahm sich Zeit und ritt gemächlich den vertrauten Weg entlang, der durch die Felder zurück nach Camelot führte. Die Lerchen trillerten hoch am Himmel, der Wind zauste sein Haar, und er war glücklich.

Vor zwei Tagen war seine Stimmung bedeutend anders gewesen, als er durch die Dämmerung in die entgegengesetzte Richtung geritten war. Die Erinnerung an das, was seinen überstürzten Besuch bei Morgan ausgelöst hatte, kam ihm in den Sinn, und er runzelte die Stirn. Seine heitere Stimmung wurde von diesem Gedanken verdorben.

Urien, der Prinz von Rheged, hatte ihn um Erlaubnis gebeten, Morgan heiraten zu dürfen. Urien hatte den letzten Monat wegen eines Blutgeschwürs, das Drusus nicht heilen konnte, in Avalon verbracht. Morgan hatte das Geschwür geheilt, und Urien wollte sie nun heiraten.

Diese Bitte war nicht unbegründet gewesen. Urien war Morgan von der Geburt her gleichgestellt. Er war jung, jünger als sie, gutaussehend, tüchtig, ein wirklich angemessener Kandidat für die Hand jeder britischen Prinzessin.

Arthur hätte ihn am liebsten getötet.

Im nachhinein hoffte er jetzt, daß er sich keinen Feind geschaffen hatte. Er befürchtete, daß er viel zu hart mit dem Jungen umgegangen war. Er hatte nicht vernünftig gehandelt, er hatte nur gedacht, daß er gerne seine Hände um Uriens Hals legen würde, weil er es auch nur gewagt hatte...

Er war in einem Tempo nach Avalon geritten, das für seinen geliebten alten Hengst zu schnell gewesen war. Morgan war deswegen ziemlich schlecht auf ihn zu sprechen gewesen. Aber sie hatte auch deutlich gemacht, daß sie nicht die Absicht hatte, Urien oder sonst jemanden zu heiraten.

Arthur tätschelte Duns Hals. Die Vögel sangen lauter. Nach einiger Zeit wurden die Mauern Camelots in der Ferne sichtbar, und der König betrachtete sie mit freudigem Besitzerstolz. Eine große Flagge mit dem roten Drachen seines Hauses flatterte im hellen Sonnenschein strahlend über dem Tor. Gwenhwyfar hatte diese Flagge für ihn gefertigt, hatte ihn eines Tages zu Beginn dieses Frühjahrs damit überrascht. Er erinnerte sich daran, daß sie ihn gefragt hatte, wohin er ginge, als sie ihn den Palast vor zwei Tagen hatte verlassen sehen. Er befürchtete, daß er auch mit ihr zu hart umgegangen war. Er wollte es wiedergutmachen. An einem Morgen wie diesem war er in Frieden mit der ganzen Welt. Ständige Läden waren innerhalb der Stadtmauern eingerichtet worden, aber außerhalb der Tore war zusätzlich eine Art Basar entstanden, auf dem sehr vieles verkauft wurde, von Lebensmitteln bis zu Schmuck, Waffen, Kleidung, Augengläsern, Töpferwaren und Weissagungen. Während sich Dun durch das farbenprächtige Gewirr von Ständen und Wagen und Waren schlängelte, machte die Nachricht die Runde: »Der König ist hier! Der König ist hier!«

Arthur erwiderte die Jubelrufe mit einem Kopfnicken und hob eine Hand, und dann war er am Tor angekommen, das während des Tages geöffnet war. Die Wachen salutierten, und der König ritt durch das Tor.

Die Straße, die vom Tor zu dem Plateau und dem Palast auf dem Hügel führte, war im letzten Frühjahr mit Kies bestreut worden. Auch Gras war gesät worden, und Arthurs Blick schweifte erfreut über die wogende grüne Landschaft, die zu beiden Seiten neben ihm abfiel. Er und Dun hatten jetzt den steilsten Teil des Hügels hinter sich gelassen, und die Straße teilte sich in drei Richtungen. Arthur ritt auf dem Weg weiter, der ihn zum Palast bringen würde, aber er konnte unterdrückte Rufe und das Zusammenschlagen von Stahl von dem linken Weg hören, der zu dem Übungsgelände der Fußsoldaten führte.

Gut, dachte Arthur. Die Männer übten. Die Unterkünfte der

Kavallerie lagen zur Rechten, außer Sicht und außer Hörweite, aber er war sicher, daß dort genauso viel Aktivität herrschte wie im Lager der Fußsoldaten. Bedwyr hatte seine Männer während dieser letzten Wochen unaufhörlich angetrieben. Arthur hatte ein großes Fest geplant, um seine neue Hauptstadt zu präsentieren, und sein Heer sollte den Gästen mehrere Vorführungen zeigen. Er ritt weiter hügelaufwärts bis zu dem ebenen Plateau auf dem Gipfel. Dort, am Ende des Aufweges, stand der Palast von Camelot hinter einem weiten, kiesbestreuten Hof. Flaggen flatterten von den Dächern. Auch sie waren von der Königin und ihren Frauen angefertigt worden. Die verglasten Fenster, deren Läden alle weit geöffnet waren, glänzten in der hellen Sommersonne. Arthur verhielt Dun einen Moment und betrachtete freudig sein Heim. Wäre er nicht König, dann wäre er gern Architekt geworden, sagte er sich und lachte über seine eigene Selbstzufriedenheit.

Er hatte jedoch Grund, stolz zu sein. Der Palast war ein glänzendes Beispiel für eine römische Architektur, die an das rauhere britische Klima angepaßt war. Arthur und Cai hatten viele Stunden damit verbracht, in Merlins Bibliothek aufmerksam Vitruvius' *De Architectura* zu studieren, Aufrisse zu studieren, Theorien zu erörtern und zu entscheiden, was für Arthurs Belange zweckmäßig wäre und was nicht.

Es hatte damit geendet, daß sie den grundsätzlichen römischen Grundriß beibehalten hatten, der einen Innenhof vorsah, um den herum die Haupträume angeordnet waren. Die römischen Bauten hatten jedoch einen offenen, von einer Kolonnade umgebenen Hof. Dieses Element, so erfreulich es bei einem Haus in südlichen Gefilden war, hatte sich für ein kälteres, nasseres Klima als unpraktisch erwiesen, und so war aus dem Innenhof eine große Halle geworden, und aus der Kolonnade eine Reihe verzierter hölzerner Säulen. Eine weitere britische Ergänzung hatten die römischen Vorlagen erfahren: Feuerstellen zum Verbrennen von Holz wurden in den meisten Räumen installiert. Holzkohlenpfannen waren nicht geeignet, um Räume von der Größe, wie sie in Camelot erbaut waren, zu heizen, und ein Heizsystem wie das römische Hypokaustum in Venta lag jenseits ihrer Mittel.

Arthur übergab Dun im Hof einem der Wachhabenden und betrat den Palast durch den Haupteingang. Die Tür führte in eine Vorhalle, von der ein weiterer Wachraum abging, und von dort erreichte Arthur die große Halle. Dieser Raum war stets gut besucht: Diener eilten auf Botengängen hindurch, Menschen warteten, um den König zu sprechen oder Cai oder die Königin. Der Boden der großen Halle war gefliest und mit einigen der schönsten Statuen aus dem Prätorium in Venta geschmückt. Es war ein großer Raum mit einer Bodenfläche von fünftausend Quadratfuß. Die meisten öffentlichen Empfangsräume gingen davon ab. Hinter den Säulen der inneren Kolonnade befanden sich die Türen zum Speisesaal, zum Versammlungsraum, zum Arbeitsraum des Königs, zu Cais Arbeitsraum und zu mehreren kleinen Empfangsräumen.

Arthur ging langsam durch die Halle und achtete kaum auf die dort versammelten Gruppen. Am anderen Ende der großen Halle befand sich ein Gang, der zu einem anderen Bereich des Palastes führte, zu der kleinen oder privaten Halle, die der Mittelpunkt des Familientraktes des Hauses war. Die kleine Halle war nur dreitausend Quadratfuß groß, und davon gingen drei getrennte Zimmerfluchten ab. Eine gehörte dem König, eine der Königin, und Bedwyr und Cai teilten sich die dritte. Zusätzliche Schlafräume gingen von diesem Gang ab und wurden als Gästezimmer für wichtige Besucher benutzt. Gänge zwischen den beiden Teilen des Hauses führten zu weiteren Wirtschaftsräumen und den Küchen. Die Diener, deren es viele gab, schliefen an verschiedenen Orten. Persönliche Diener schliefen in der Nähe ihrer Herrschaften, die meisten anderen Diener schliefen in Mansarden. Die kleine Halle war genauso bevölkert wie die große, aber hauptsächlich von Frauen. Arthur ging direkt zum Vorraum des Trakts der Königin, bog in einen kleinen Gang ein und erreichte bald ihren Arbeitsraum. In diesem Raum sprach Gwenhwyfar mit ihrem Personal und setzte den komplizierten Mechanismus des privaten Haushalts im Palast in Gang. Die meisten öffentlichen Aufgaben wurden Cai übertragen, aber sie beide hatten zusammen an dem bevorstehenden Fest gearbeitet.

Als Arthur den Raum betrat, saß Gwenhwyfar hinter ihrem Schreibtisch, einen Schreibstift in der Hand und die Stirn nachdenklich gefurcht, während sie die vor ihr liegende Schriftrolle betrachtete. »Arbeitest du an dem Fest?« fragte er leichthin, während er zu dem Stuhl vor ihrem Schreibtisch ging. Er setzte sich. »Du hast Tinte am Kinn«, fügte er hinzu.

Gwenhwyfar sah ihren Ehemann an. »Du bist früh zurück«, sagte sie. Er war vor zwei Tagen in einem Anfall kaum verhaltener Wut aus Camelot hinausgeritten. Und jetzt scherzte er über Tinte an ihrem Kinn.

»Der Abt von Glastonbury will mich heute sprechen«, erinnerte er sie.

»Oh, ja.« Sie schaute auf ihre Schriftrolle hinab. »Ich habe gerade versucht, das Feld für die Spiele zu skizzieren.«

»Laß mich sehen.« Er kam um den Schreibtisch herum und beugte sich über ihre Schulter, um das Papier auf ihrem Schreibtisch studieren zu können. »Wo liegt das Problem?« fragte er kurz darauf. »Alles scheint mir perfekt.«

Sie konnte die Hitze seines Körpers spüren, den schwachen männlichen Geruch von Schweiß und Leder und Pferden riechen. »Ich weiß nicht, ob genügend Sitzgelegenheiten vorhanden sind«, sagte sie. »Ich habe mich gefragt, ob ich vielleicht noch einige weitere Bänke hier hineinzwängen könnte.« Sie deutete auf die Stelle. »Nein.« Seine Antwort kam schnell und entschieden. »Dadurch würde der Zugang zum Feld verengt werden. Es wäre gefährlich mit den Pferden.« Er richtete sich auf und erklärte: »Wenn wir zu wenige Sitzgelegenheiten haben, werden einige Leute eben stehen müssen. Es sind einfach zu viele Leute!«

Er lachte. »Bleibt irgend jemand in Britannien zu Hause?«

»Ich glaube nicht.« Sie beobachtete ihn, als er zu seinem Stuhl zurückkehrte. »Das ist doch das, was du wolltest. Du kannst das Land nicht mit dem Glanz deiner Hauptstadt beeindrucken, wenn niemand kommt, um sie anzusehen.«

Er hob eine Augenbraue. »Stimmt.«

Als sie ihn das letzte Mal gesehen hatte, war sein Gesichtsausdruck dazu angetan gewesen, ihr Blut gefrieren zu lassen. Jetzt lächelte er sie mit diesem seltenen Jungen-Lächeln an, das ihr der liebste Gesichtsausdruck an ihm war. »Ich vermute, daß Morgan Urien nicht heiraten wird.«

Er schüttelte den Kopf, und das Haar fiel ihm in die Stirn. »Nein«, antwortete er mit heuchlerischem Bedauern. »Ich fürchte, Morgan wird niemals heiraten, Gwenhwyfar. Sie ist zu sehr mit ihrer Arbeit verbunden.« Seine Stimme erwärmte sich in wahrer Begeisterung. »Sie hat begonnen, ein Handbuch für Kräutermedizin zu schreiben. Ist das nicht eine fabelhafte Idee? Zu diesem Thema gibt es nichts mehr, seit Dioscorides vor vierhundert Jahren das *De Materia Medica* geschrieben hat.«

Gwenhwyfar sagte mit beherrschter Stimme: »Es sollte ein sehr wertvolles Werk werden, wenn man ihren Erfolg als Heilerin bedenkt.« Sie wandte den Blick von seinem Gesicht ab. »Morgan hat Glück, daß sie ein Talent hat, das nur wenige andere Frauen haben. Ich weiß es, denn ich wünsche mir immer häufiger, lesen und schreiben zu können. Es ist so lästig, daß ich mich immer auf Marius, den Schreiber, verlassen muß.«

»Merlin hatte sehr fortschrittliche Vorstellungen über die Ausbildung von Frauen«, sagte Arthur. »Alle seine Töchter haben lesen und schreiben gelernt. Aber es ist noch nicht zu spät, daß auch du es lernen kannst, Gwenhwyfar. Ich glaube auch, daß es ein Vorteil für dich wäre. Ich fürchte, ich habe dir zuviel Verantwortung aufgebürdet. Du solltest nicht für so vieles zuständig sein – dann hättest du weniger zu tun.«

So brachte er sie alle dazu, sich für ihn aufzuopfern, dachte Gwenhwyfar. Einige wenige, gemessene Lobesworte, eine Möhre für das Arbeitspferd. Und es funktionierte. »Ich weiß nicht«, sagte sie ein wenig mürrisch. »Ich werde wohl Marius bitten, es mir beizubringen.«

»Ich werde es dir beibringen«, antwortete er sofort.

»*Du?*« Das hätte sie niemals erwartet. »Du hättest gar nicht die Zeit dazu, Arthur.«

»Ich werde mir die Zeit nehmen.« Er stand auf. »Ich frage mich, welche Klagen Gildas heute morgen vorbringen wird.«

»Er will, daß du einen Geistlichen im Palast wohnen läßt, und er will mehr Geld für sein Korn«, erwiderte Gwenhwyfar.

»Ich würde nicht dagegen wetten.«

Die Tür schloß sich hinter ihm, und Gwenhwyfar begann die Schriftrolle einzurollen. Als sie damit fertig war, legte sie sie ordentlich in einen Korb neben sich, richtete sich auf und setzte sich in ihrem Sessel zurück. Ihr Blick begann zu verschwimmen, während sie die Tür betrachtete.

Sie hatte gedacht, er hätte nicht mehr die Macht, sie zu verletzen. Es war erschreckend und erniedrigend, daß sie entdecken mußte, daß sie noch immer so verwundbar war.

Ganz Britannien glaubte, er liebe sie. Sie war kinderlos, und er hatte sich geweigert, sie fortzuschicken. Es war ihm angetragen worden, das wußte sie. Aber er hatte sich geweigert. Alle glaubten, er liebe sie. Nur die wenigen Leute, die bei ihnen lebten und ihnen am nächsten waren, kannten die Wahrheit. Die Wahrheit, daß es Bedwyr war und nicht Arthur, der nachts in ihr Schlafzimmer kam.

Arthur und sie hatten niemals ein Wort über dieses Thema verloren. Er hatte jedoch fast von Anfang an von Bedwyr und ihr gewußt. Und hatte seitdem nicht mehr mit ihr geschlafen. Und doch… vertraute er ihr. Sie war Bedwyr und Cai in diesen inneren Kreis der Freunde gefolgt, bei denen er einfach Arthur sein konnte und nicht »der König«.

Das war sehr, sehr viel. Sie hatte gedacht, es wäre genug. Bis sie Arthurs Reaktion auf Uriens Bewerbung um Morgans Hand gesehen hatte.

Morgan. Diese kleine, braunäugige Hexe, die Arthurs Herz gefangen hielt. Sie kam niemals nach Camelot, aber es verging kaum eine Woche, in der Arthur nicht Avalon einen Besuch abstattete. Die Ländereien und Obstgärten Avalons lieferten einen großen Teil der Nahrung für Camelot, und seit Ectors Tod im vorigen Herbst half Arthur Morgan vermutlich dabei, das Anwesen zu führen.

Gwenhwyfar hatte sich nicht einmal die Mühe gemacht, Arthur vorzuschlagen, er solle als Ersatz für Ector einen Verwalter benennen. Sie wußte nur zu gut, warum ihr Mann nach Avalon ritt.

Er würde es niemals zulassen, daß Morgan jemanden heiratete. Aber sie... Er war nur zu froh gewesen, sie Bedwyr überlassen zu können.

Sie verspürte einen scharfen Stich eifersüchtigen Hasses und versuchte verzweifelt, den Schmerz zu unterdrücken. Sie hatte ihr Glück bei Bedwyr gefunden. Das durfte sie jetzt nicht aufs Spiel setzen.

Es klopfte an der Tür. »Mylady.« Es war der Zimmermann. »Ihr wünschtet mich zu sprechen?«

»Ja«, sagte Gwenhwyfar und zwang ihre Aufmerksamkeit auf das Problem der zusätzlichen Bänke für das Fest.

Gildas wollte nicht nur mehr Geld für sein Korn, er wollte auch derjenige sein, der das Fest segnen sollte. Arthur sagte ihm freundlich, daß Erzbischof Dubricius bereits gebeten worden sei, das Fest mit einem Segensspruch zu eröffnen, aber daß der Abt den Schlußsegen sprechen könne. Gildas, der der Meinung war, Glastonbury sollte wegen seiner Nähe zu Camelot in der Kirche die erste Stelle einnehmen, war nicht sehr glücklich darüber.

»Er ist niemals zufrieden«, sagte Bedwyr eine halbe Stunde später, als Arthur zur Kavallerieschule hinuntergekommen war, um den Männern beim Üben zuzusehen. »In Wirklichkeit«, fuhr der Fürst fort, »ist er einer der Gründe, warum ich niemals in Versuchung geraten bin, Christ zu werden. Er ist solch ein kritteliger, sauertöpfischer alter Bastard.«

»Darüber kann ich mit dir nicht streiten«, erwiderte Arthur belustigt, wurde aber gleich darauf ernster: »Aber jede Glaubensrichtung wird man wohl für mangelhaft halten müssen, beurteilte man sie nur nach ihren irdischen Vertretern.«

Bedwyr beobachtete aufmerksam das Gesicht des Königs, der so plötzlich ernst geworden war. »Das ist vermutlich wahr.« Die beiden lehnten an einem Holzzaun, der den Übungsplatz der Kavallerie umgab. Auf dem Platz übte eine Gruppe von Pferden und Reitern eine kurze Vorführung für das Fest. »Was glaubst du denn, Arthur?« fragte Bedwyr jäh.

Arthurs Gesichtsausdruck veränderte sich nicht. »Ob ich an irgend etwas anderes als an die kulturelle Mission der Kirche glaube?«

»Ja.«

Arthur stützte seinen Ellbogen auf dem Zaun auf. »Vermutlich schon«, antwortete er nachdenklich.

Bedwyr schaute von Arthur weg zu den Männern auf dem Platz. »Ich brauche keine Religion«, sagte er. »Ich habe die Kavallerie.«

Die Strenge wich aus Arthurs Gesicht, und er lachte. »Wir sind nicht alle so aufrichtig wie du, Bedwyr.«

Schweigen senkte sich herab, als die beiden Männer Seite an Seite dastanden und die Manöver beobachteten. Die Reiter waren sich der Blicke ihres Königs bewußt und strebten nach Perfektion. Die Pferde trabten zu zweit bis zur Mitte des Platzes, trennten sich und überquerten den Platz dann diagonal, trafen sich und kreuzten sich genau in der Mitte. Arthur beobachtete, wie sie sich in perfektem Einklang umeinander fädelten und sagte zu Bedwyr: »Sehr gut.«

»Ja. Dieses Fest hat sich als Glücksfall erwiesen. Die Männer haben sehr hart dafür gearbeitet.«

Ein schwaches Lächeln spielte um Arthurs Mundwinkel. Er antwortete jedoch nicht, sondern beobachtete weiterhin die Übungen. Die Pferde beschrieben alle einen weiten Bogen und kehrten in die Mitte zurück, um einen Kreis innerhalb eines Kreises zu bilden, wobei beide Reihen in entgegengesetzter Richtung trabten. Bedwyr schaute aufmerksam zu. »Wir haben das gerade erst eingefügt. Es gefällt mir.«

»Mir gefällt es auch.« Arthur wandte sich ab. »Also, ich muß jetzt gehen, um Valerius zu treffen. Er hat da eine Gruppe von Männern, die innerhalb einer halben Stunde ein ganzes Lager errichten können.«

»Werden sie das bei dem Fest vorführen?«

»Vermutlich. Valerius sagt, es sei sehr beeindruckend.«

»Na also«, grinste Bedwyr, »genau das wollen wir doch. Beeindrucken.«

»Genau.« Arthur stieß sich vom Zaun ab. »So gern ich auch bleiben und deine Übungen weiterhin bewundern würde, Bedwyr, so muß ich doch hinübergehen und Valerius' Männer bewundern.« Er warf Bedwyr einen belustigten Blick zu, während er nach seinem Pferd schickte. »Die Fußsoldaten werden eifersüchtig, wenn ich zuviel Zeit bei der Kavallerie verbringe.«

Die Sonne brannte warm auf Arthurs bloßen Kopf, während er Ruadh zu dem ebenen Feld lenkte, das sie als Übungsplatz für die Fußsoldaten in den Berg gegraben hatten. Wenn die Atmosphäre im Lager der Fußsoldaten genauso geschäftig und zielbewußt war wie hier bei der Kavallerie, dann konnte er sicher sein, daß das Fest tatsächlich die beabsichtigte Wirkung hatte: Es hielt das Heer in Atem.

Die Idee war ihm an einem regnerischen Januarabend gekommen, als er und Morgan bei Lampenlicht in der Bibliothek von Avalon gesessen hatten. Die Kohlenpfanne hatte geglüht, und der Regen hatte hart wie Sand gegen die geschlossenen Läden geschlagen. Er hatte ihr vom Heer erzählt. »Ich muß ein ständiges Heer unterhalten, da führt kein Weg daran vorbei«, hatte er gesagt. »Ein Heer ist meine einzige Versicherung gegen den Aufstand eines der unbedeutenderen Könige. Wenn ich ein Heer unterhalte, werden wir Frieden haben. Wenn ich das Heer auflöse, wird es Aufstände geben, und Britannien wird seine einzige Chance verlieren, seinen früheren Wohlstand wiederzuerlangen. Das einzige Problem ist« – er hatte halb besorgt und halb belustigt die Augenbrauen gehoben – »es gibt niemanden, den das Heer bekämpfen könnte.«

»Ich verstehe dein Problem«, hatte Morgan gemurmelt. »Der einzige Zweck eines Heeres ist der Kampf.« Sie hatte die Unterlippe ein wenig vorgeschoben, wie sie es immer tat, wenn sie scharf nachdachte. »Sind die Männer ruhelos?«

»Noch nicht. Aber das wird kommen, wenn ich nichts unternehme, um ihre Energien umzulenken.«

Er war sich im nachhinein niemals ganz sicher, wer von ihnen beiden zuerst den Vorschlag gemacht hatte, ein großes Fest zu veranstalten, um die Erbauung Camelots zu würdigen. Ihre Gedanken befanden sich dermaßen im Einklang, daß es ihnen manchmal schwerfiel, die Gedanken des einen von denen des anderen zu trennen. Er hatte die Idee des Festes seinen Befehlshabern als einen Weg präsentiert, die regionalen Könige und Fürsten mit der fortdauernden Bereitschaft des Heeres zu beeindrucken. Der einzige Mensch außer ihm und Morgan, der den Hauptgrund dafür verstand, daß er all diese Schwierigkeiten und Kosten auf sich nahm, war Cai, der seine Vermutungen hatte.

Auch wenn sich das Fest selbst als weniger spektakulär erweisen sollte, würde es dennoch seinen Sinn erfüllt haben, dachte Arthur. Die gesamte Bevölkerung von Camelot war schon seit Februar eifrig mit den Vorbereitungen beschäftigt. Das große Ereignis selbst sollte in der dritten Juliwoche stattfinden.

Während Arthur den Geräuschen all der Aktivitäten lauschte, die durch die warme Juniluft summten, dachte er bedrückt, daß er sich etwas anderes würde ausdenken müssen, wenn dieses Fest vorüber wäre.

## 30. KAPITEL

Spät im Juni stürzte der König von Lothian, Pellinore, einige Steinstufen hinab, brach sich den Hals und starb.

Gawain, Lots ältester Sohn, war nächster Anwärter auf den Königsthron, aber Gawain hatte jahrelang fern von Lothian gelebt und hatte niemals irgendeine Neigung gezeigt, zurückzukehren. Gaheris, Lots zweiter Sohn, hatte die Rolle des Erben Pellinores übernommen. Die vorherrschende Meinung im Lande war, daß Gaheris König werden sollte.

»Gawain muß eine Chance erhalten«, sagte Morgause an dem Nachmittag, an dem sie Pellinore beerdigt hatten, zu ihren

Söhnen. Die vier saßen in der Halle des Königshauses, einem Steinbau, in dem es sogar an einem sonnigen Junitag kühl war. »Wenn er nach Hause kommen möchte, um Pellinores Platz einzunehmen, dann ist das sein Recht«, fuhr sie fort.

»Aber wenn er es nicht tut, dann muß er das Königsamt an Gaheris übergeben.«

»Er wird nicht kommen«, sagte Agravaine. »Er wäre ein Narr, wenn er es täte.«

Gaheris betrachtete seinen blonden Bruder voller Abneigung. »Es gibt schlimmere Orte auf der Welt als Lothian«, sagte er.

»Nenne mir einen«, kam sofort Agravaines boshafte Erwiderung. »Aber, Agravaine«, sagte Morgause besänftigend. Sie trat immer wieder zwischen diese beiden Söhne. »Du bist vielleicht in Lothian nicht glücklich, aber das bedeutet doch nicht, daß auch andere es nicht als angenehm empfinden dürfen.«

Gaheris' blaue Augen blickten hart. »Du gehst, nehme ich an?« wandte er sich an Agravaine.

»Ich wäre schon vor Jahren gegangen, wenn der alte Mann mich hätte gehen lassen. Du weißt das.«

Sie wußten es alle. Aber sie wußten nicht, warum Pellinore Agravaine an Lothian gebunden gehalten hatte. »Ich traue ihm nicht«, hatte Pellinore zu Morgause gesagt. »Er ist nicht so unschuldig wie Gawain. Er wird die Ähnlichkeit zwischen Arthur und Mordred sofort erkennen, und ihn wird man nicht mit einer Geschichte über eine Ähnlichkeit mit Igraine abspeisen können. Nein. Agravaine muß in Lothian bleiben.«

Aus diesem Grund war Agravaine geblieben und hatte Pellinore dafür gehaßt, daß er ihn festgehalten hatte.

Gaheris' Augen blickten noch härter. »Wo warst du eigentlich, Bruder, als Pellinore jene Stufen hinunterfiel?« fragte er mit einem Tonfall, der dem Ausdruck seiner Augen entsprach.

»Gaheris!« Es war Mordreds entsetzte Stimme. Dann wandte der sich an Agravaine: »Das hat er nicht so gemeint, Agravaine. Er ist durch Pellinores Tod nur erregt.«

»Doch, er hat es so gemeint.« Eine weiße Linie zog sich um

Agravaines Mund. Er sah Morgause an. »Ich werde morgen früh abreisen, Mutter.«

»Wohin abreisen?« fragte sie.

»Zum Mittelpunkt der Welt.« Seine dunkelblauen Augen glühten. »Nach Camelot.« Eine Pause entstand, während er Mordred ansah. »Warum kommst du nicht mit mir, kleiner Bruder?«

Morgause verlagerte ihr Gewicht auf dem harten Holzstuhl und schaute besorgt ihren jüngsten Sohn an. Mordred war der Grund, warum Pellinore Lothian so bereitwillig vom Rest Britanniens abgeschottet hatte, obwohl der Junge das sicherlich nicht wußte.

Pellinore hatte bereits geahnt, daß Mordred Arthurs Sohn sein müsse, als der Junge erst zwei Jahre alt war. Das Kind hatte schon damals eine auffallende Ähnlichkeit mit dem Hochkönig gehabt. Pellinore war jedoch der einzige in Lothian, der Arthur gut genug kannte, um die Ähnlichkeit zu sehen, und er hatte sichergestellt, daß niemand sonst aus dem Norden mit dem König in Kontakt kam. Und Arthur selbst war, aus welchem Grund auch immer, Lothian ferngeblieben. Auf diese Weise war das Geheimnis sicher gewesen. Aber wenn Mordred mit Agravaine nach Camelot ging…

»Wir wurden immerhin zu dem Fest eingeladen«, sagte Agravaine gerade. »Es ist nicht zu spät, wenn wir sofort aufbrechen.« Mordred fing bei dem Gedanken an zu strahlen. Es war schwer für ihn gewesen, daß Pellinore die Einladung zu dem Fest abgesagt hatte… Mordred war in Lothian zufrieden, aber das bedeutete nicht, daß er Camelot und den König nicht gern einmal gesehen hätte. »Würdest du mich wirklich mitnehmen?« fragte er Agravaine jetzt.

Agravaine lächelte und antwortete leichthin: »Warum nicht?«

Mordred war der einzige seiner Brüder, den Agravaine mochte. Morgause nahm an, daß es daran läge, daß Mordred wunderschön war. Agravaine verlangte von den Menschen in seiner Umgebung, daß sie schön waren. Sicherlich, weil er selbst so wunderschön war, dachte seine Mutter, während sie das lächelnde Gesicht und die strahlenden Augen ihres dritten Sohnes betrachtete.

»Möchtest du mit nach Camelot reisen, Mordred?« fragte sie.

»Dürfte ich, Mutter?« Die hellgrauen Augen wandten sich ihr in funkelnder Erwartung zu. »Nur für das Fest, weißt du. Dann könnte ich auch nach Avalon reiten und Morgan besuchen. Sie sagte, es sei nicht weit von Camelot. Ich würde nicht bleiben. Ich würde vor dem Winter zurückkehren.«

Morgause sah Morgans Sohn an. Wenn Mordred jetzt Camelot besuchen würde, würde das Geheimnis, das sie fünfzehn Jahre lang so gut bewahrt hatte, verraten werden. Aber vielleicht auch nicht! Gawain hatte Arthurs Erklärung, daß Mordred Igraine ähnlich sehen müsse, ja auch geglaubt. Warum sollte das den anderen nicht ebenfalls genügen? Morgause war über Pellinores Absage auf die Einladung zu dem Fest ebenfalls enttäuscht gewesen. »Ich denke, ich werde auch mitkommen«, sagte sie. »Es wäre sicherlich das beste für mich, Gawain persönlich zu sehen und herauszufinden, was er vorhat.« Sie sah Gaheris an. »Wenn er nicht nach Hause kommen möchte, werde ich ihn bitten, ein formelles Dokument zu unterzeichnen, in dem dir seine Rechte übertragen werden.«

Ein Lächeln zog über Gaheris' sommersprossiges Gesicht und erhellte seine steten, ruhigen Augen. »Danke, Mutter.«

»Wir werden ein Familientreffen feiern«, sagte Agravaine belustigt. Mit einem Hauch von Boshaftigkeit fügte er hinzu: »Wird Gawain da nicht überrascht sein?«

*

Es war das erste Mal in seinem Leben, daß Mordred aus Lothian herauskam. Der Anlaß, der ihnen diese Reise ermöglicht hatte, war natürlich traurig, aber Mordred hatte dem Mann seiner Mutter niemals nahegestanden und empfand Pellinores Tod nicht als persönlichen Verlust. Sein Geist konnte die Aussicht auf einen Besuch am Hof des Helden seiner Kinderzeit und im Heim seiner liebsten Verwandten frei genießen.

Sie nahmen die alte, römische Straße, die die Westküste Britanniens hinabführte, durch das Königreich Rheged und südlich nach Dumnonia hinein. Es gab einige wenige Wirtshäuser entlang des Weges. Aber meist errichteten sie ein Zelt für Morgause, und Mordred und Agravaine schliefen mit der Eskorte unter den Sternen.

Agravaine war guter Stimmung, und wenn er guter Stimmung war, konnte niemand eine bessere Gesellschaft bieten. Mordred hatte es immer leid getan, daß sein Bruder unter Pellinore wie ein Gefangener hatte leben müssen. Er hatte Pellinores Weigerung, Agravaine gehen zu lassen, niemals verstanden.

»Bist du genauso aufgeregt wie ich?« fragte er Agravaine, als sie früh am Morgen aus Glevum hinausritten.

Agravaine warf ihm einen belustigten Blick zu. »Das bezweifle ich. Du siehst aus, als wolltest du gleich aus deiner Haut springen.«

Mordred lachte. »Ich fühle mich auch, als könnte ich gleich aus meiner Haut springen. Denk nur, vor nur zwei Wochen haben wir es noch für unmöglich gehalten, daß wir zu dem Fest in Camelot gehen könnten.«

»Vor zwei Wochen war der alte Mann noch zuständig. Jetzt jedoch nicht mehr.« Eine Art höhnische Wildheit war aus Agravaines letzten Worten herauszuhören, und Mordred musterte ihn verwundert. Aber das Gesicht seines Bruders war ausdruckslos. »Wenn du dich der Kavallerie anschließt«, sagte er zu Mordred, »wirst du aber nicht mehr die ganze Zeit Vögel beobachten und Harfe spielen können.«

»Ich werde mich nicht der Kavallerie anschließen«, erwiderte Mordred. »Ich möchte nur Camelot und den König sehen. Und ich möchte nach Avalon reisen, um Morgan zu besuchen. Dann werde ich wahrscheinlich nach Hause zurückkehren.«

»Was bist du doch für eine einsiedlerische, kleine Maus«, sagte sein Bruder unbedacht belustigt. »Vielleicht wird Morgan dir alles über Kräuter beibringen.«

»Das würde mir gefallen«, antwortete Mordred ernst. »Danke, daß du mich mitgenommen hast, Agravaine.«

»Aus irgendeinem Grund, den ich nicht einmal selbst benennen könnte, mag ich dich.« Agravaine wandte sich im Sattel um. »Wir werden Mutter zur Eile antreiben müssen, wenn wir Camelot erreichen wollen, bevor die Tore geschlossen werden.«

»Ich werde neben ihr reiten und sie vorwärts drängen«, bot Mordred an und führte sein Pferd im Trab zu Morgause zurück.

Morgause beklagte sich über das Tempo, gab aber zu, daß sie nicht noch eine weitere Nacht im Freien verbringen wollte. Sie werde zu alt, um in unbequemen Betten zu schlafen, jammerte sie, oder noch schlimmer, auf dem Boden.

»Du bist überhaupt nicht alt, Mutter«, sagte Mordred treuherzig. Morgause hatte sich ihr kastanienbraunes Haar und ihre wunderschöne, cremefarbene Haut tatsächlich erhalten. Sie hatte mit den Jahren an Gewicht zugenommen, aber die zusätzlichen Pfunde ließen sie nur sinnlicher wirken. Igraine hatte im selben Alter älter ausgesehen, obwohl sie früher schöner gewesen war.

Früh am Abend erreichte die kleine Gruppe aus Lothian schließlich die Tore von Camelot. Sie waren geschlossen.

Morgause sackte in ihrem Sattel zusammen, und Mordreds Herz sank. Sie waren alle müde, und jetzt schien es, als könnten sie die Stadt nach all den Strapazen erst am Morgen betreten.

Aber Agravaine war nicht so leicht zu entmutigen. »Hallo da!« rief er. »Die Königin von Lothian ist hier. Öffnet sofort die Tore!«

Ein Mann erschien auf den Brustwehren hinter der Mauer. Unter seiner Ledertunika trug er das Scharlachrot der Fußsoldaten. »Wir können die Tore erst am Morgen öffnen«, rief er zurück.

»Ihr solltet sie lieber jetzt öffnen«, erwiderte Agravaine frech. »Der König wird wenig erfreut sein, wenn er hören muß, daß seine Tante, Königin Morgause, und seine beiden Cousins die ganze Nacht wie gewöhnliche Bauern vor seinen Toren campieren mußten.«

Der Mann auf der Mauer wandte den Kopf, und sie konnten erkennen, daß er sich mit jemandem beriet, den sie jedoch nicht sehen konnten. Dann vergewisserte er sich: »Königin Morgause, sagtet Ihr?«

»Ja. Und Agravaine und Mordred von Lothian. Die Cousins des Königs.«

»Ich werde Euch drei hereinlassen«, rief der Wächter nach weiterer Beratung zurück. »Eure restliche Gesellschaft wird bis zum Morgen warten müssen.«

»In Ordnung«, erwiderte Agravaine. Kurz darauf konnte Mordred hören, wie die schweren Balken, die das Tor geschlossen hielten, angehoben wurden. Er schaute seinen Bruder bewundernd an. Er hätte niemals den Mut gehabt, die Männer des Königs auf diese Art herauszufordern.

Schließlich schwang das Tor langsam auf. Agravaine drängte sein Pferd als erster voran, und Morgause und Mordred folgten ihm. Als sie sich innerhalb der Mauern befanden, schlossen vier Männer das Tor wieder.

»Wir sind hier, um meinen Bruder, Prinz Gawain, zu besuchen«, sagte Agravaine. »Könnt ihr mir sagen, wo wir ihn finden?«

Die Wächter sahen jedoch nicht Agravaine an, sondern Mordred. »Er wird gerade jetzt oben im Palast sein«, antwortete einer von ihnen gemächlich. »Der König gibt heute abend ein Essen für seine Offiziere.«

Mordred bewegte sich unbehaglich im Sattel. Warum starrte jedermann ihn an? Und mit solch seltsamem Gesichtsausdruck? Er wandte den Blick von den Gesichtern der Männer ab und betrachtete statt dessen die Ohren seines Pferdes.

Weder Agravaine noch Morgause schienen zu bemerken, daß etwas nicht stimmte. »Dann werden wir zum Palast reiten«, sagte Agravaine. »Wie finden wir ihn?«

»Folgt dieser Straße bis zum Gipfel des Hügels. Ihr könnt ihn nicht verfehlen.«

Mordred warf den Männern des Königs noch einmal einen Blick zu. Er bildete es sich nicht ein. Sie starrten ihn tatsächlich an. Er war dankbar, daß Agravaine sein Pferd vorwärtstrieb und er ihm folgen konnte.

»Habe ich Schmutz im Gesicht?« fragte er Agravaine, während ihre Pferde langsam den kiesbestreuten Weg erklommen. Die armen Tiere waren müde.

»Natürlich nicht. Warum fragst du?«

»Ich weiß nicht.« Mordred wußte, daß Agravaine nur eine scharfe Erwiderung für ihn haben würde, wenn er ihm sagte, daß die Männer am Tor ihn angestarrt hätten, und wechselte daher das Thema. »Die Stadt ist gut geschützt, nicht wahr?«

»Mmm.« Agravaine hörte offensichtlich nicht hin, und daher wandte Mordred seine Aufmerksamkeit der Umgebung zu. Der steilste Anstieg des Hügels war überwunden, und allmählich konnten sie die ersten Anzeichen von Wohnhäusern sehen. Eine Reihe langer, niedriger Gebäude lag zu ihrer Linken. Die Unterkünfte des Heeres wahrscheinlich, dachte Mordred. Die stille, frühabendliche Luft war vollkommen ruhig. Dann hatten sie das Plateau auf dem Hügel erreicht und ritten durch einen terrassenförmig angelegten Garten. Schließlich sahen sie den Palast.

Die Gesellschaft aus Lothian staunte. Der Palast war weitaus größer, als sie ihn sich jemals vorgestellt hatten. Allein die Zahl seiner Fenster war beeindruckend. Zwei kleine Wachhäuser waren auf beiden Seiten der Straße errichtet worden, bevor sich diese vor dem Palast zu einem großen, kreisförmigen Hof erweiterte. Als sie ihre Pferde in den Hof führten, kamen Männer aus den Toren des Wachhauses zur Rechten und kamen herüber, um sich ihnen in den Weg zu stellen.

»Die Königin von Lothian ist gekommen, um ihren Sohn, Prinz Gawain, zu besuchen«, sagte Agravaine überheblich zu dem Befehlshaber der Wachen. »Ich bin Prinz Agravaine, und dies ist Prinz Mordred.«

Die vier Wächter sahen Mordred an, und dieses Mal bemerkte auch Agravaine ihre Blicke. »Mylady«, sagte einer der Wächter freundlich, den Blick noch immer auf Mordred gerichtet. »Wenn Ihr bitte absteigen und den Palast betreten wollt! Ich werde jemanden schicken, der Prinz Gawain für Euch sucht.«

Morgause lächelte dankbar und ließ sich von einem Wächter

beim Absteigen helfen. Dann bedeutete der Mann, der mit ihnen gesprochen hatte, seinen Gefährten, sie könnten gehen, und wandte sich um, um sie in den Palast zu führen.

Sie traten durch ein doppelflügeliges Tor und fanden sich in einer großen und beeindruckenden Vorhalle wieder. Seitlich der Vorhalle befand sich ein kleiner Raum, vor dem ein weiterer Wachhabender stand. Die beiden Männer berieten sich kurz, dann betrat der Soldat durch seine Wachstube den dahinterliegenden Raum und verschwand. »Acton wird Prinz Gawain über Eure Ankunft informieren«, sagte der Wachtposten zu Mordred. »Bitte wartet hier.«

Morgause bedankte sich, und die drei warteten schweigend, bis sie allein waren.

Mordred und Morgause sahen sich in ihrer Umgebung um, während Agravaine Mordred betrachtete. »Ist es nicht großartig, Mutter?« fragte Mordred.

Die Vorhalle selbst war mit all ihren Gemälden aus dem Prätorium und ihrem rotgefliesten Boden tatsächlich großartig. Es war jedoch der dahinterliegende Raum, der Mordreds Aufmerksamkeit fesselte. Es war eine riesige Halle mit anmutig gestalteten Bogengängen rundum und einem ebenfalls wunderschön gefliesten Boden. Bis auf einige wenige Statuen und Bänke war die große Halle leer. Der Klang von Gesprächen und Gelächter drang von einer Tür herüber, die sich auf der linken Seite der Halle befand. Acton war jedoch nicht durch die große Halle gegangen, sondern durch eine Tür auf der anderen Seite seiner Wachstube verschwunden.

Er kehrte auch auf diesem Wege zurück, aber jetzt war Gawain bei ihm. Mordred seufzte erleichtert auf, als er seinen ältesten Bruder sah. Die Größe und Pracht des Palastes bewirkten, daß er sich auf einmal unbehaglich fühlte. Gawain gehörte hierher. Gawain würde wissen, was sie tun sollten.

Agravaine überbrachte ihm die Neuigkeit, derentwegen sie so weit gereist waren. »Pellinore ist tot.«

»Tot?« Gawain sah seinen Bruder überrascht an. »Wie?«

Agravaine erzählte es ihm. Schließlich sagte Morgause: »Du

wirst dich entscheiden müssen, was du tun willst, mein Sohn. Ein König in der Fremde ist nicht gut für Lothian.«

»Ja«, erwiderte er. »Das weiß ich.« Er legte einen Arm um seine Mutter. »Es tut mir leid«, sagte er. »Er war ein guter Mann. Du mußt ihn vermissen, Mutter.«

Morgause lehnte sich an ihn, und einige wenige Tränen schimmerten in ihren Augen.

Gawain sah seine beiden Brüder an. »Sicherlich seid ihr nicht nur nach Camelot gekommen, um mir diese Neuigkeit mitzuteilen?«

»Nein«, erwiderte Agravaine weich. »Wir sind gekommen, um den König zu sehen.«

»Nun, dieser Wunsch wird bald gewährt. Er sagte mir, ich solle euch mit zum Speisesaal bringen.«

Morgause trat von ihrem Sohn zurück. »Aber er speist mit seinen Offizieren, Gawain. Das hat uns der Mann am Tor jedenfalls gesagt.«

»Das Essen ist beendet. Und als ich ihm sagte, ich müsse den Speisesaal verlassen, weil ihr gekommen seid, hat er insbesondere darauf gedrungen, daß ich dich mit zurückbringe.«

»Oh, Lieber.« Morgause glättete ihr Haar. »Ich muß wie eine Hexe aussehen.«

»Du siehst sehr hübsch aus, Mutter«, erwiderte Mordred, und sie streckte die Hand aus, um etwas Staub von der Schulter seiner Tunika zu streifen. Dann zog sie seinen Gürtel fest. Agravaine sah sie nicht einmal an. Agravaine sah immer makellos aus.

»Bist du bereit, Mutter?« fragte Gawain geduldig, und sie nickte lächelnd.

Solange er lebte, würde Mordred die folgenden Minuten niemals vergessen. Gawain führte sie durch die Wachstube zurück in eine kleinere Vorhalle an deren anderem Ende. Von dort gelangten sie zu einer Tür, die seitlich in den Speisesaal hineinführte. Diesen Weg hatte offensichtlich auch Gawain genommen. Es war ein weniger öffentlicher Eingang als der weite offene Bogengang, der von der großen Halle hereinführte.

Sie traten leise ein und gingen zwischen zwei Tischen voller Männer hindurch, die Wein tranken und sich unterhielten. Einige Männer schauten auf, um Gawain etwas zu sagen, sahen dann aber Mordred und schwiegen plötzlich. Sie gingen bis zum Mittelgang vor, der von dem Bogengang zu der erhöhten Tafel führte, und Mordred hob den Blick und sah den König.

Schweigen hatte sich über den vorderen Teil des Raumes gesenkt. In der Stille konnte Mordred Gawains Stimme hören, der seine Mutter und seine Brüder vorstellte. Mordred konnte seinen Blick nicht von Arthurs Gesicht losreißen. Es war wie ein Spiegelbild seines eigenen.

Gwenhwyfar hatte den Jungen vor Arthur gesehen, da der zunächst nur Morgause ansah. Sie starrte das junge Gesicht voller Verblüffung an. Es konnte nicht sein... es war nicht möglich... dieselbe gerade Nase und dieselben edel gestalteten Wangenknochen... dasselbe Haar. Er erreichte den Tisch, schaute auf, und Gwenhwyfars Kelch entglitt plötzlich ihren kraftlosen Fingern, traf mit solcher Wucht auf dem Tisch auf, daß sich etwas Wein über das Holz ergoß. Er hatte auch Arthurs Augen.

Sie wandte den Kopf, um ihren Mann anzusehen, und tat dies gerade rechtzeitig, um den furchtbaren Schock auf seinem Gesicht widergespiegelt zu sehen, als er den jüngsten Prinzen von Lothian erblickte.

»Mylord«, sagte Gawain, der die Atmosphäre um sich herum offensichtlich nicht bemerkte, »darf ich Euch meine Mutter, die Königin von Lothian, und meine Brüder Agravaine und Mordred vorstellen.«

Arthur nahm sich sichtbar zusammen und sagte einige Begrüßungsworte. Er war sehr blaß, aber seine Stimme klang kontrolliert. Der Junge sah Arthur mit einer Mischung aus Bestürzung und Angst an. Der Junge mußte hier herausgebracht werden, dachte Gwenhwyfar. Fort von diesen unaufhörlich forschenden, öffentlichen Blicken. Sie wandte sich an Arthur. »Mylord, ich bin sicher, daß die Königin von Lothian und ihre Söhne nach ihrer anstrengenden Reise müde sein müssen.« Ihre

Stimme klang ganz normal, Gott sei Dank. »Wenn Ihr gestattet, werde ich ihnen für die Nacht Räume zuweisen.« Ihre Belohnung war die offensichtliche Erleichterung in dem Blick, den Arthur ihr zuwarf. »Ja, das ist eine ausgezeichnete Idee, Mylady. Danke.«

Gwenhwyfar stand auf und trat um den Tisch herum. Sie sah Morgause an und sagte: »Wenn Ihr mit mir kommen wollt?« Während die Gesellschaft aus Lothian ihr den Gang hinab folgte, sagte Arthur nur ein Wort: »Gawain.«

Gawain, der seiner Familie folgen wollte, blieb stehen. »Ja, Mylord?«

»Setz dich einen Moment hierher.«

»Ja, Mylord.« Gawain nahm Gwenhwyfars leeren Platz ein. Bedwyr, der an Gawains anderer Seite saß, wandte den Kopf und begann eine Unterhaltung mit Lionel. Die restlichen Zuschauer im Raum folgten dem Beispiel des Fürsten schnell und nahmen die Unterhaltungen wieder auf, die sie bei Mordreds Eintreten unterbrochen hatten. Unter dem Schutz des Gemurmels vieler männlicher Stimmen konnte Arthur Gawain nun das fragen, was ihn bewegte. »Wer ist dieser Junge?« fragte er mit gedämpfter Stimme.

Gawain sah den König verwirrt an. »Er ist mein Bruder, Mylord. Mein jüngster Bruder. Mordred.«

Arthurs Finger waren so fest um den Boden seines samischen Bechers verkrampft, daß seine Knöchel und Nägel weiß hervortraten. Sein Gesicht war ebenfalls weiß und starr. Nur seine Augen bewegten sich seltsam glänzend in diesem blassen, starren Gesicht. »Er sieht aus wie ich«, sagte er.

»Ich weiß, Mylord. Das habe ich selbst bemerkt. Erinnert Ihr Euch nicht, als ich Euch zum ersten Mal sah, sagte ich, Ihr sähet meinem Bruder Mordred sehr ähnlich.« Gawain sprach aufrichtig wie immer. Er konnte den Grund für die offensichtliche Fassungslosigkeit des Königs nicht verstehen. »Und Ihr sagtet, Mordred sähe höchstwahrscheinlich wie Eure Mutter aus. Wie auch Ihr. Erinnert Ihr Euch nicht?«

Arthur betrachtete Gawains offenes, leicht sommersprossiges

Gesicht. Er erinnerte sich vage, etwas Ähnliches gesagt zu haben. »Ja«, brachte er mühsam hervor. »Ja. Das hatte ich vergessen.« Gawain lächelte erleichtert. »Meine Mutter sagt immer, daß Mordred ihrer Schwester Igraine wie aus dem Gesicht geschnitten ist. Ich glaube, das erklärt es.«

»Ja, ich verstehe.« Die Muskeln unter Arthurs Gesichtshaut spannten sich an. »Wie alt ist Mordred?« fragte er.

»Fünfzehn, Mylord.«

Gawains Gesicht wankte, wurde verschwommen, als Arthur darum kämpfte, sich unter Kontrolle zu bekommen. »Danke, Gawain«, zwang er zwischen starren Lippen hervor. »Du kannst gehen.«

Gawain stand auf, verbeugte sich leicht und ging mit großer Würde den Mittelgang hinab. Niemand sah ihm nach. Aller Augen waren verstohlen auf den König gerichtet.

Neben ihm sagte Cai: »Ich verstehe das nicht. Die Augen, das Haar: die sind von Uther, nicht von Igraine.«

»Cai«, sagte Arthur und sogar für ihn selbst klang seine Stimme eigenartig. »Ich muß hier heraus.«

Cai grunzte. »Gib mir zehn Minuten, dann kannst du gehen.«

Arthur nickte stumm und saß in gequältem Schweigen da, während Cai den letzten Gang servieren und gleich darauf wieder abtragen ließ.

Es dauerte tatsächlich dreißig Minuten, bevor Arthur aufstehen und das Offiziersessen offiziell verlassen konnte, das für ihn scheinbar vor einer Ewigkeit begonnen hatte.

## 31. KAPITEL

Gwenhwyfar führte Morgause und ihre Söhne durch die große Halle, einen Gang hinab und in eine kleinere Halle, die ebenfalls von einer mit Kolonnaden versehenen Galerie umgeben war. Mordred war so verwirrt, daß er wenig mehr tat, als sich immer wieder bestürzt umzusehen. Dann gelangten sie durch eine Tür in einen Vorraum und schließlich in einen weiteren

Raum, in dem drei Frauen saßen, nähten und sich unterhielten. Die Unterhaltung wurde jäh unterbrochen, als die Königin mit ihren Besuchern eintrat.

Gwenhwyfar sagte zu einer der Frauen: »Olwen, die Königin von Lothian stattet uns einen Besuch ab, und sie ist müde von ihrer langen Reise.« Gwenhwyfar lächelte Morgause zu. »Ich werde Euch einen Raum hier in meinem Trakt zur Verfügung stellen, Mylady. Olwen wird dafür sorgen, daß Ihr alles bekommt, was Ihr braucht.«

»Ich danke Euch.« Morgause sah besorgt Mordred an. »Und meine Söhne?«

»Zweifellos werden sie gern bei Gawain wohnen wollen. Diese Nacht werde ich sie jedoch ebenfalls im Palast unterbringen.«

»Ich danke Euch«, sagte Morgause erneut. Sie hatte offensichtlich beschlossen, die Dinge so geschehen zu lassen, wie sie geschehen würden. »Die Wächter an Euren Toren haben uns die Packpferde nicht mit hineinnehmen lassen, so daß ich Eure Freundlichkeit werde in Anspruch nehmen müssen, Mylady.«

»Die Männer haben Anweisung, nach sieben Uhr niemanden mehr einzulassen«, erwiderte Gwenhwyfar. »Ich bin sicher, ich kann Eure Sachen früh am Morgen in den Palast heraufbringen lassen.« Olwen ging voran, und Morgause folgte der Dienerin der Königin nach einem letzten Blick auf Mordred aus dem Raum.

Gwenhwyfar wandte sich daraufhin den beiden Prinzen zu. Das hübsche Gesicht des älteren Jungen, Agravaine, zeigte einen sehr nachdenklichen Ausdruck. Zu ihm sagte Gwenhwyfar: »Wenn Ihr mir folgen wollt?« Sie gingen durch die kleine Halle zurück zu dem Gang, den sie schon zuvor entlanggegangen waren. Gwenhwyfar öffnete eine Tür und betrat den dahinterliegenden Raum, während die beiden Prinzen ihr folgten. Sie befanden sich offensichtlich in einem Vorraum, von dem zwei weitere Türen abgingen. »Dies ist Euer Zimmer, Prinz«, sagte die Königin zu Agravaine und öffnete eine der Türen, die einen Schlafraum freigab. Agravaine sah sie bedachtsam an, bevor er langsam eintrat. »Ein Diener wird gleich hier sein, um sich um

Eure Belange zu kümmern«, sagte Gwenhwyfar und schloß die Tür fest hinter ihm. Dann wandte sie sich an Mordred und sagte: »Hier entlang.«

Mordred war überrascht, als sie sich wieder dem Gang zuwandte. Dies war offenbar eine Zimmerflucht, warum sollte er nicht in dem Raum neben Agravaine schlafen? Die Antwort wurde ihm klar, als er ihr über den Gang zu einer weiteren Tür und in einen weiteren Vorraum folgte. Sie wollten ihn von seiner Familie getrennt halten. Er verstand nicht, warum das geschah.

Er betrat den Raum, den sie ihm angewiesen hatte, und wandte sich um. Wachsam beobachtete er die Königin, während sie ihm in den Raum folgte. Er wünschte, Agravaine wäre bei ihm.

Gwenhwyfar spürte einen stechenden Schmerz in sich, als sie den Augen des Jungen begegnete. Genauso mußte Arthur ausgesehen haben, als er in diesem Alter war. Genauso hätte vielleicht ein Sohn von ihr ausgesehen. »Ihr habt große Ähnlichkeit mit dem König«, sagte sie, und auf einmal klang ihre Stimme nicht mehr normal.

»Ich weiß.« Er blieb trotz aller Verwirrung wachsam. »Gawain hat mir einmal gesagt, daß ich wie der König aussehe, aber ich hatte keine Ahnung, wie stark die Ähnlichkeit ist.«

Seine Verwirrung ist echt, dachte sie. Er hatte wirklich keine Ahnung, wer er war.

Gwenhwyfar wußte es. Er war Arthurs Sohn. Er mußte es sein. Es konnte keine andere Erklärung für solch eine Ähnlichkeit geben. Arthur war nicht darauf vorbereitet gewesen. So gut er sonst auch seine Gefühle verbergen konnte, so war er doch bei Mordreds Anblick nicht in der Lage gewesen, seine Bestürzung zu verbergen.

Der Junge war Arthurs Sohn. Von Morgause? Gwenhwyfar glaubte es nicht. All ihre weiblichen Instinkte sagten ihr, daß ihr wählerischer Ehemann wohl kaum jemals von Morgauses sinnlichen Reizen angezogen worden war. Der stechende Schmerz durchfuhr sie erneut. Sie glaubte zu wissen, wer Mordreds Mutter war. Nicht Morgause, sondern Morgauses Schwester. Die Hexe. Morgan.

Der Junge sah sie mit Arthurs Augen an. Es lag jedoch mehr in diesen Augen als nur Verwirrung. Da war auch die benommene Verwunderung, die die meisten Männer ihrer außergewöhnlichen Schönheit zollten. Sie hatte diesen Ausdruck niemals auf Arthurs Gesicht gesehen, aber er war unmißverständlich auf dem Gesicht seines Sohnes zu sehen.

Sie zwang sich, diesen merkwürdig vertrauten Augen mit einem Anschein von Gleichmut zu begegnen. »Es ist eine frappierende Ähnlichkeit. Ich wundere mich, daß Eure Mutter es niemals bemerkt hat.«

»Meine Mutter ist dem Hochkönig niemals begegnet«, erklang die einfache, niederschmetternde Antwort.

»Das erklärt es dann«, sagte Gwenhwyfar. »Ich wünsche Euch eine angenehme Nachtruhe, Prinz. Bittet den Diener um alles, was Ihr vielleicht braucht.«

»Gute Nacht, Mylady«, erwiderte der Junge höflich. Zumindest hat er nicht Arthurs Stimme, dachte sie, während sie die Tür seines Raumes hinter sich schloß.

Sie ging den Weg zu ihren eigenen Räumen zurück, schaute schnell zu Morgause hinein und sandte Olwen dann auf einen letzten Botengang. Sie sollte Arthurs Leibwächter, Gereint, sagen, daß die Königin den König so schnell wie möglich zu sehen wünsche. Sie wartete zwei Stunden, bevor sie Olwen mit einer weiteren Nachricht losschickte. Das Essen mußte schon lange beendet sein.

Die Antwort kam von Gereint, nicht von Arthur. Der König könne heute abend nicht zu seiner Frau kommen. Der König sei vor einer Stunde aus Camelot hinausgeritten. Gwenhwyfar wußte sofort, wohin er geritten war. Nach Avalon.

Arthur hegte über Mordreds Identität genauso wenig Zweifel wie Gwenhwyfar. Während er Ruadh durch die milde Julinacht jagte, arbeitete sein Geist. Er erinnerte sich, addierte, subtrahierte und kam zu einem unausweichlichen Schluß.

Ein Kind von Morgause und Lot hätte niemals wie Mordred ausgesehen. Nicht Morgause hatte vor fünfzehn Jahren einen Sohn geboren, sondern Morgan.

Darum reiste sie jedes Jahr so pflichtgetreu nach Lothian. Nicht um Morgause zu besuchen, sondern um Mordred zu besuchen.

Mordred war sein Sohn. Sein Sohn und Morgans.

Warum hatte sie es ihm niemals gesagt?

Der letzte Rest des noch verweilenden Julisonnenuntergangs war vom Himmel verschwunden, als Arthur in den Hof von Avalon einritt. Alles war ruhig. Der Haushalt, einschließlich Morgan, stand sehr früh auf. Es war jetzt nach elf Uhr, und sie waren wahrscheinlich alle schon vor einer Stunde zu Bett gegangen.

Arthur führte Ruadh zum Stall, weckte einen der Stallknechte auf, die in den Mansarden schliefen, und befahl ihm, sich um sein Pferd zu kümmern. Dann ging er zum Haus hinüber.

Die Nachtluft war kühl, und er trug nur eine kurzärmelige Tunika, aber er fror nicht. Sein Geist beschwor eine andere Nacht für ihn herauf, ein anderes Mal, als er allein nach Avalon geritten war. Damals war er sechzehn gewesen, nicht viel älter als der Junge in Camelot. Er war jetzt einunddreißig, und die Gefühle, die an ihm zerrten, hatten sich während der Jahre nicht allzu sehr verändert. Es war Sommer, und alle Fensterläden waren geöffnet. Arthur ging zur Rückseite des Hauses herum, zu dem Fenster, von dem er wußte, daß es zu Morgans Zimmer gehörte. Es war leicht geöffnet. Der Hochkönig von Britannien öffnete es ganz, zog sich mit den Händen hoch und kletterte in den Raum.

Er landete sehr sanft innen auf dem Boden, zu sanft, um eine Schlafende zu wecken. Aber obwohl der Raum dunkel war, schlief sie nicht. »Arthur?« fragte sie mit sanfter, besorgter Stimme. »Ja. Du wußtest, daß ich kommen würde?« Er ging zu dem Tisch, auf dem immer eine Lampe stand. Sie hörte ihn eine Zunderbüchse aufnehmen.

»Ich wußte, daß etwas geschehen ist, was dich bekümmert.

Vor wenigen Stunden. Ich wußte jedoch nicht, ob du herkommst.« Die Lampe war entzündet, und er wandte sich um und sah sie an. Sie trug ein dünnes, weißes Gewand mit rundem Halsausschnitt, und ihre bloße Kehle und die bloßen Arme waren rund und schlank wie die eines jungen Mädchens. Eine Haarsträhne hatte sich in ihren Wimpern verfangen, und sie schob sie beiseite. Sie hatte sich hingelegt. Die leichte Decke war bis zu ihrer Taille hochgezogen, und das Kissen war eingedrückt. Aber sie wirkte hellwach.

»Morgause ist heute abend nach Camelot gekommen«, sagte er. »Sie hat Mordred mitgebracht.« Er sah, wie sich ihr Gesicht verwandelte.

Sie schwiegen lange. »Es tut mir leid. Ich habe niemals gewollt, daß du es auf diese Weise herausfindest.«

Seine Gefühle überwältigten ihn. »Wie konntest du, Morgan? Wie konntest du mir das antun? Ihn von mir fernhalten? Es mir nicht sagen? Wie konntest du zulassen, daß ich ihm dann auf diese Weise begegnen muß, vor allen anderen!«

Sie wandte ihr Gesicht ab, als könne sie es nicht ertragen, ihn anzusehen. »Ich wußte es nicht, Arthur. Ich wußte nicht, daß sie nach Camelot kommen würden.«

»Nun, sie haben es getan.« Seine Stimme klang verbittert. »Gawain brachte sie in den Speisesaal. Ich habe ihn im vollen Blickfeld aller meiner Offiziere zum ersten Mal gesehen.«

Sie zuckte zusammen, als sie sich die Szene vorstellte. Er trat vom Tisch ans Fußende ihres Bettes. Sie spürte seinen Blick auf ihrem Gesicht. Er sagte: »Ich habe mir immer geschworen, daß keines meiner Kinder jemals auf die Art aufgezogen werden soll, wie ich aufgezogen wurde.«

Sie hob sofort den Blick. »Das war auch nicht der Fall! Ich hätte es niemals zugelassen! Er war glücklich, Arthur. Bitte glaube mir.«

»Ich weiß nicht, was ich glauben soll.« Er hatte dunkle Schatten unter den Augen und war um den Mund herum bleich. »Ich kann immer noch nicht glauben, daß du mir das angetan hast.«

Sie atmete tief durch. »Ich habe es getan, weil es das einzige war, was ich tun konnte«, antwortete sie fest. »Wir konnten nicht heiraten. Du kennst die Gründe dafür. Dann entdeckte ich, daß ich ein Kind bekommen würde.« Sie hielt ihre Stimme ruhig und leidenschaftslos, denn sie wollte ihn nicht die Qual spüren lassen, die sie damals erfüllt hatte und die sie jetzt noch erfüllte. »Tatsächlich hat Morgause es als erste bemerkt. Ich war zu einfältig oder zu unglücklich, um die Zeichen zu deuten. Sie bemerkte sie und sagte es Vater. Er wollte, daß ich Cai heirate.«

Sie sah und verstand nur zu gut den Ausdruck, der blitzartig auf seinem Gesicht erschien. Ihre ruhige Stimme fuhr fort: »Ich habe mich geweigert. Ich habe mich auch geweigert, auch nur den Gedanken an eine Abtreibung zu erwägen. Vater sagte dann, die einzige Möglichkeit, die mir bliebe, wäre die, fortzugehen, das Kind im Verborgenen zu bekommen und es jemand anderem zum Aufziehen zu überlassen.« Es war so schwer, das alles zu sagen. Es brachte den Schmerz zu lebhaft zurück. Sie räusperte sich. »Als ich mich auch dagegen aussprach, sagte Vater, er würde nach dir schicken.« Sie begegnete seinem Blick. »Er hätte es getan, Arthur. Du darfst ihm sein Verhalten in dieser… Situation nicht vorwerfen.«

»Du wolltest es nicht.« Seine Stimme war ausdruckslos.

»Ich wollte es nicht. Ich erklärte, ich würde mein Kind nur dann aufgeben, wenn ich sicher sein könnte, daß es geliebt und umsorgt würde. Ich hatte gesehen, wie Morgause mit ihren eigenen Kindern umging. Als sie versprach, sie würde das Baby aufnehmen und als ihr eigenes ausgeben, stimmte ich zu.«

Das Lampenlicht beleuchtete sein Gesicht von unten, ließ die Wangenknochen höherliegend, die Wangen hohler wirken, als sie wirklich waren. »Du hast mir doch gesagt, du könntest keine Kinder bekommen.«

»Ich kann keine Kinder mehr bekommen. Mordreds Geburt war sehr schwer. Ich wurde innerlich verletzt.«

Sein Kopf fuhr hoch. »Was meinst du damit, seine Geburt war sehr schwer?« Als sie nicht antwortete, stieß er hervor: »Mein Gott! Deine Mutter ist bei der Geburt eines Kindes gestorben, nicht wahr?«

»Arthur…« begann sie, aber er unterbrach sie wütend.

»War Merlin verrückt? Was hat er sich dabei gedacht? Er hat dich fortgeschickt. In irgendeinen abgelegenen Winkel von Wales. Du hättest sterben können!«

»Nun, ich bin nicht gestorben. Tatsächlich hat Morgause mir da hindurchgeholfen. Sie war besser als jeder Arzt.«

Er kam um das Bett herum und setzte sich. »Ich habe es nicht gewußt.« Es kam ihm unglaublich vor. »Du hast das alles durchgemacht, und ich wußte es nicht.« Er begann zu zittern.

»Ich wollte nicht, daß du es weißt.«

»Ich verstehe nicht.« Sogar seine Zähne klapperten. »Damals in Calleva, als ich fast gestorben wäre, sagtest du, es gäbe Arbeit für mich. Dann hast du deine Gedanken verborgen. Du hast an ihn gedacht, nicht wahr?«

»Ja.«

»Warum hast du es mir nicht gesagt?«

Sie sah ihn aus ernsten, braunen Augen an. »Ich habe es dir nicht gesagt, weil ich wußte, was du tun würdest. Du hättest ihn niemals in Lothian gelassen, Arthur. Du hättest ihn anerkannt und zu deinem Erben gemacht.«

Er zwang seine Zähne durch reine Willenskraft zur Ruhe. »Er ist mein Erbe. Ich habe keinen anderen Sohn.«

Sie schloß kurz die Augen. »Ich weiß. Und es tut mir leid.«

»Nun, mir nicht.« Seine Augen brannten. »Ich bin froh, daß Gwenhwyfar keine Kinder bekommen hat. Ich möchte, daß unser Sohn mein Nachfolger wird.« Er sah sie mit zusammengepreßten Lippen an.

»Warum wolltest du mich nicht heiraten, Morgan? Warum hast du mich zu Gwenhwyfar geschickt? Es war unwichtig, daß du keine weiteren Kinder haben konntest. Wir hatten einen Sohn. Wir hätten ihn legitimieren lassen können.«

»Du verstehst nicht«, begann sie.

»Nein«, fauchte er mit beißender Bitterkeit zurück. »Ich verstehe nicht. Ich wünschte bei Gott, ich könnte es.«

»Es ist wirklich ganz einfach«, erwiderte sie und wich keine Handbreit vor seinem Zorn zurück. »Ich habe nicht an deine

Belange in dieser Angelegenheit gedacht, Arthur. Ich habe an seine gedacht. Es war besser für Mordred, daß er in Lothian blieb. Er war glücklich. Zumindest konnte ich ihm das geben: eine glückliche Kindheit.«

Schweigen senkte sich herab. Morgan konnte nur das Klappern eines losen Fensterladens hören, der in der leichten Nachtbrise gegen das Haus schlug.

»Er wäre bei dir und mir auch glücklich gewesen«, sagte Arthur schließlich. Seine schmalen Nasenlöcher waren noch immer vor Verärgerung verengt, aber seine Stimme klang jetzt ruhiger.

»Nein.« Der Fensterladen klapperte jetzt heftiger. »Er war bei Morgause in Lothian besser dran. Glücklicher. Sicherer. Wie du in Avalon glücklicher und sicherer warst, als du es bei Uther und Igraine gewesen wärst.«

»Ich war in Avalon glücklich, weil ich dich hatte.«

Sie beugte ihren zerzausten Kopf. »Ich weiß.«

Er streckte die Hand aus und legte sie auf ihre, die auf der Decke über ihrem Schoß ruhte. Er hob die Hand hoch, küßte einmal fest die Handfläche und ließ sie dann wieder los. »Du hast recht«, sagte er. »Ich hätte ihn nicht in Lothian gelassen. Ich habe noch nie gut aufgeben können, was mir gehört.«

Ihre Hand prickelte von der Heftigkeit seiner Liebkosung. »Ich hatte viel Übung darin«, sagte sie.

Dann bewegte er sich, und sie lag in seinen Armen. Sie schloß die Augen und preßte ihre Stirn an seine Schulter. Er legte den Mund an ihr Haar. »War es sehr schlimm?« fragte er.

Sie hatte noch niemals mit jemandem über diese Zeit gesprochen, aber sie hatte sie niemals vergessen. »Ja«, sagte sie. »Sehr schlimm. Das Schlimmste, was ich jemals in meinem Leben durchgemacht habe.« Seine Arme legten sich fester um sie. »Selbst als er noch ein Baby war«, fügte sie sehr leise hinzu, »sah er schon so aus wie du.«

Es war sehr still. Sie konnte seinen Herzschlag an ihrer Schläfe spüren. Offenbar hatte jemand den Fensterladen befestigt, denn er schlug nicht mehr gegen das Haus.

»Er muß die Wahrheit erfahren«, sagte Arthur.

Morgan erwiderte nichts. Sie hatte immer gewußt, was geschehen würde, wenn Arthur Mordred entdeckte.

»Er hält sich für den Sohn von Lot und Morgause?«

»Ja.«

»Wer kennt die Wahrheit noch?«

»Niemand außer Morgause und Pellinore.«

Ihr Gesicht lag noch immer an seiner Schulter. Sie wandte den Kopf ein wenig und machte es sich in seinen Armen bequemer. Er wiegte sie sanft. »Morgan«, sagte er, die Lippen an ihrem Haar, »er muß es erfahren.«

Sie seufzte. »Ja, ich weiß. Armer Junge. Er ist durch dich sicherlich vollkommen verwirrt worden.«

»Mmm.« Er dachte an etwas anderes. »Ich werde Mordred die Wahrheit sagen. Das ist sein Recht. Aber es wird das beste sein, jedermann sonst weiterhin in dem Glauben zu lassen, daß Morgause seine Mutter sei.«

Er spürte, wie sie den Kopf unter seinen Lippen bewegte, und schaute in ihr aufwärts gewandtes Gesicht hinab. »Aber warum?« fragte sie bestürzt. »Es bedeutet für die Welt doch sicherlich keinen Unterschied, ob Morgause seine Mutter ist oder ich.«

»Denk nach«, sagte Arthur sanft. »Wenn die Welt weiß, daß wir beide einen Sohn hervorgebracht haben, dann wird sie den Grund für meine Besuche in Avalon kennen.«

Ihre Augen weiteten sich. »Daran hatte ich nicht gedacht.«

Er strich das Haar von ihrer Wange zurück. »Ich werde mit Morgause sprechen, bevor ich Mordred aufsuche.«

»Aber du bist Morgause noch nie begegnet. Wie kannst du erwarten, daß die Leute glauben, daß du ein Kind mit ihr hast?«

»Wer weiß sicher, daß wir uns noch nie begegnet sind?« erwiderte er.

Morgan runzelte vor Anstrengung, sich genau zu erinnern, die Stirn. »Das stimmt vermutlich, aber...«

»Niemand wird erwarten, daß wir genau den Tag anführen«, beruhigte er sie. »Mach dir deswegen keine Sorgen. Es wird genügen, wenn ich Mordred als meinen Sohn und Morgause als seine Mutter anerkenne. Niemand wird mein Wort in Frage stellen.«

Und das würde auch niemand tun, dachte sie. Man würde den Hochkönig nichts fragen, was er nicht gefragt werden wollte. Sie schaute jetzt zu ihm auf und versuchte ihn so zu sehen, wie er jemandem erscheinen mußte, der ihn nicht kannte. Sein dichtes schwarzes Haar war von seinem Ritt durch die Nacht zerzaust, und er trug keinen Schmuck, kein Zeichen seines Ranges, außer dem purpurfarbenen Saum um den Halsausschnitt und an den Ärmeln seiner Tunika. Und doch konnte niemand, der ihn in dieser Aufmachung sah, auch nur einen Moment daran zweifeln, wer er war. Arthur trug die Macht wie einen unsichtbaren Umhang. Sie war jetzt stärker spürbar, als zu der Zeit, als er ein Junge gewesen war, aber selbst damals war sie ein Teil von ihm gewesen.

Das war eine Eigenschaft, die sein Sohn nicht besaß. Sie würde es Arthur niemals sagen, aber das war der Grund, warum sie versucht hatte, Mordred in der Sicherheit von Lothian zu belassen. Mordred war der liebste Junge der Welt, aber er würde niemals ein guter König sein.

Jetzt, wo Arthur das Problem Mordred für sich selbst gelöst hatte, wandte sich sein Geist anderen Dingen zu. »Warst du jemals versucht«, fragte er, »Cai zu heiraten?«

Sie lächelte und schüttelte den Kopf.

Der angespannte Ausdruck war auf sein Gesicht zurückgekehrt. »Du hast mich Gwenhwyfar überlassen. Ich fürchte, ich bin nicht so großzügig.«

Sie berührte mit sanften Fingern seinen Mund. »Ich weiß.«

»Du hättest vor fünfzehn Jahren mit mir davonlaufen sollen. Dann wären alle diese Täuschungen, diese Heimlichkeiten nicht nötig gewesen…«

»Und es hätte auch keinen Kampf in Badon gegeben«, erwiderte sie fest. »Wie auch immer die Welt uns beurteilen mag, Arthur, wir beide zumindest werden immer wissen, daß wir im besten Interesse unseres Landes gehandelt haben.«

»Du hast das getan«, erwiderte er. »Ich wollte nach Armorica davonlaufen.«

»Du wärst unglücklich geworden. Du wurdest dazu geboren, Britanniens König zu sein.«

»Du bist mehr Merlins Schüler als ich, Morgan«, sagte er trübsinnig.

Der Raum war jetzt vollkommen dunkel, und die Lampe nur ein kleiner Lichtteich. Morgan schaute zum Fenster. »Arthur. Du mußt vor dem Morgen nach Camelot zurückkehren. Wenn die Leute erfahren, daß du heute nacht hier warst, wird es nicht mehr möglich sein, unser Geheimnis zu bewahren.«

»In Ordnung.« Seine hellen Augen wirkten in seinem konzentrierten dunklen Gesicht schmal. »Ich werde gehen.« Er streckte die Hand nach ihr aus, so daß sie beide mit einer schnellen und flüssigen Bewegung aufs Bett sanken. »Aber noch nicht jetzt.«

## 32. KAPITEL

Arthur kam vor der Dämmerung nach Camelot zurück. Er mußte natürlich das Tor passieren, und die Wächter, die es für ihn öffneten, würden ihren Kameraden erzählen, daß der König in dieser Nacht ausgeritten war, aber niemand würde sicher wissen können, wohin er geritten war. Und es würde ihn auch nie jemand danach fragen. Er sattelte Ruadh selbst ab und führte den Kastanienbraunen in den Stall. Dann ging er vom Stall zum Palast hinüber, den er durch das geöffnete Fenster seines Schlafraumes betrat. Einen Moment sagte er sich belustigt, daß er langsam zu alt dafür wurde, soviel Zeit mit dem Hinein- und Herausklettern von Schlafzimmerfenstern zu verbringen. Als er hineingelangt war, entledigte er sich seiner Kleidung, warf sie auf einen Stuhl, fiel ins Bett und schlief sofort ein.

Gereint weckte ihn drei Stunden später mit einem überraschten Ausruf: »Mylord! Ich wußte nicht, daß Ihr zurückgekehrt wart!«

Arthur öffnete halb die Augen und betrachtete seinen jungen

Leibdiener. »Ich entschuldige mich dafür, daß ich mich nicht bei dir zurückgemeldet habe, Gereint.«

Der Junge grinste. Während er die Kleidung aufzusammeln begann, die Arthur in einem Haufen auf den Stuhl geworfen hatte, sagte er: »Die Königin wollte Euch gestern abend sprechen, Mylord.«

Bei diesen Worten öffnete Arthur die Augen vollends und setzte sich auf. Er rieb sich den Kopf, gähnte und streckte sich. Gereint beobachtete bewundernd, wie sich die Muskeln an den Schultern und Armen des Königs unter der glatten braunen Haut bewegten. »Ich möchte ein Bad nehmen«, sagte Arthur. Der Blick des Jungen wanderte zum Gesicht des Königs. Aller Humor war daraus verschwunden. »Zuerst ein Bad«, wiederholte Arthur. »Dann werde ich die Königin sprechen.«

Der Palast hatte keinen privaten Bädertrakt wie Avalon. Es gab in Britannien niemanden mehr, der die kunstvollen Leitungen für ein traditionelles römisches Bad legen konnte. Aber Arthur war mit dem römischen Ideal von Sauberkeit aufgewachsen, und selbst bei kältestem Wetter bestand er auf einem Bad in der großen Holzwanne, die von Hand gefüllt und geleert werden mußte.

Nachdem er gebadet und sich rasiert und angezogen hatte, nahm Arthur sein übliches Frühstück aus Brot und Früchten ein. Dann sandte er Gereint zu den Räumen der Königin, um nachfragen zu lassen, ob seine Frau ihn empfangen wolle.

Sie wollte es. Es war noch sehr früh, und die kleine Halle war von Dienern, die Wasser und Frühstück zu den verschiedenen Schlafräumen trugen, erfüllt. Arthur durchquerte die Halle und trat durch die Tür, die zur Zimmerflucht der Königin führte. Olwen erwartete ihn im Vorraum. »Die Königin befindet sich in ihrem Salon, Mylord«, sagte sie, und Arthur nickte und ging den Gang hinab. Eine schwache Falte zeigte sich zwischen seinen Augenbrauen. Er hatte gehofft, Gwenhwyfar würde nicht fragen, wo er letzte Nacht gewesen war.

Gwenhwyfar war allein. Sie stand neben einem kleinen Tisch mit einer Marmorplatte, auf dem eine besonders ungewöhnliche Messinglampe aus Rom stand. Sie hatte einst Igraines Räume in Venta geziert. Einen kurzen, lebhaften Augenblick beschwor der Anblick der Lampe das Bild seiner Mutter für ihn herauf, und er konnte sie sehr deutlich sehen: das schmale, feinknochige Gesicht, die geschwungenen Augenbrauen und die dunkelblauen Augen. Ein Falke in einem Käfig – das war es, woran sie ihn immer erinnert hatte. Sein Blick glitt langsam von der Lampe zu der Frau neben ihr. Gwenhwyfar trug eine hellgelbe Tunika und ein ebensolches Gewand, und ihr Haar schimmerte heller als das polierte Messing von Igraines Lampe. Sie war blasser als gewöhnlich und sah nicht so aus, als hätte sie gut geschlafen. Zunächst betrachtete sie ihn schweigend und wartete darauf, daß er zuerst spräche.

Er verspürte kurzzeitig Dankbarkeit für Gwenhwyfars praktische Vernunft. Sie würde niemals unangenehm und verbittert werden, wie seine Mutter es werden konnte. Egal, wie enttäuscht sie war. Sie besaß die Fähigkeit, sich Glück zu suchen, etwas, was Igraine nicht gekonnt hatte. Er lächelte sie kurz voller Wärme an. »Danke, daß du gestern so klug reagiert hast. Du hast uns alle aus einer besonders verwickelten Situation errettet.«

Sie erwiderte sein Lächeln nicht. »Wer ist er, Arthur?« fragte sie.

»Du kannst es sicherlich vermuten.« Er ging durch den Raum auf sie zu, schritt so leicht dahin, daß seine Füße auf dem blanken Boden kein Geräusch verursachten. Er blieb vor ihr stehen und sagte: »Er ist mein Sohn.«

Sie schien zurückzuschrecken, und er wandte den Blick von ihr ab und betrachtete erneut die Lampe seiner Mutter. »Ich wußte bis gestern selbst nichts von seiner Existenz«, sagte er und bemühte sich, ihr Zeit zum Erholen zu lassen. »Und ich glaube auch nicht, daß er etwas wußte. Er hält sich für den Sohn von Morgause und Lot.«

»Er weiß nichts.« Ihre Stimme klang flach vor schwer bezähmbaren Empfindungen. »Als ich ihn gestern abend in sein Zimmer brachte, war er durch seine bemerkenswerte Ähnlichkeit mit dir offensichtlich verstört.« Arthurs Haare, die von seinem Bad noch immer feucht waren, fielen ihm in die Stirn. »War Morgause verrückt«, fuhr Gwenhwyfar fort, »ihn dir auf solch öffentliche Art zu präsentieren? Sie weiß doch sicherlich, wer er ist.«

Arthur schob sich das Haar aus der Stirn und trat ans Fenster. Er hob eine Hand und berührte den dünnen Vorhang davor, wandte sich dann zu ihr um und sagte: »Sie dachte vermutlich, dies sei ein sicherer Weg, mich dazu zu bringen, ihn anzuerkennen. Niemand in jenem Raum gestern abend kann große Zweifel an seiner Identität hegen.«

»Und wirst du ihn anerkennen?«

»Wie ich gerade sagte, glaube ich nicht, daß ich eine Wahl habe.«

»Du könntest behaupten, daß er Igraine ähnelt.« Sie machte einen Schritt auf ihn zu. »Das hast du doch Gawain gesagt, als er die Ähnlichkeit erwähnte. Erinnerst du dich nicht? Es war damals, als ich ihn dir zum Übungsplatz der Kavallerie brachte.«

Arthur sagte freundlich: »Es tut mir leid, meine Liebe, aber Cai hat mir gestern abend klargemacht, daß Mordred meine Augen hat. Und die sind von Uther, nicht von Igraine.«

Sie ballte die Hände zu Fäusten. »Also wirst du ihn anerkennen. Und was dann?«

»Gwenhwyfar.« Sie hörte das Mitleid in seiner Stimme, und bittere Galle stieg in ihr auf. »Versuche doch, dies von einem politischen und nicht von einem persönlichen Standpunkt aus zu sehen. Du grämst dich, weil du keine Kinder hast, das weiß ich nur zu gut. Und du weißt auch um das Problem, das unsere Kinderlosigkeit für Britannien bedeutet. Dieser Junge bedeutet für mich einen Erben, einen blutsverwandten Abkömmling, der von allen regionalen Königen und Anführern als der nächste Hochkönig anerkannt werden kann.«

Sie sah ihn aus feindselig glitzernden Augen an. »Du willst ihn zu deinem Erben ernennen?«

»Ja.«

»Aber er ist ein Bastard!«

Sein Mund wurde zu einer schmalen Linie, und alle Freundlichkeit wich aus seiner Stimme. »Er ist der einzige Sohn, den ich habe.«

Ihre Bitterkeit brach sich in ärgerlichen Worten Bahn. »Dein Sohn, und wessen noch, Arthur? Versuche nicht, mir zu sagen, du hättest ein Kind von Morgause bekommen! Ich weiß sehr gut, wer ihn geboren hat – deine kostbare Morgan. Und sie hat es dir nie gesagt. Sie hat ihn all diese Jahre von dir ferngehalten. Wirst du ihr das vergeben, Arthur? Hatte sie letzte Nacht eine gute Entschuldigung für dich parat? Sind irgendwo in Britannien noch mehr kleine Bastarde verborgen?«

»Sei still.« Arthur sprach diese beiden Worte sehr ruhig aus, aber sie ließen Gwenhwyfar sofort innehalten. »Morgause ist Mordreds Mutter«, sagte er mit derselben sanften, tödlichen Stimme. »Verstehst du?«

Unter dem hübschen, blaßgelben Gewand zitterte sie unkontrolliert. »Ja«, gelang es ihr zu sagen. Sie hatte nicht gewollt... sie war nur so verletzt... und jetzt sprach Arthur auf diese kalte, gefühllose Art mit ihr und sah sie an, als haßte er sie.

»Ich möchte Morgause sprechen, sobald sie aufgewacht ist«, sagte er. Er hatte aufgehört, mit ihr zu sprechen. Jetzt gab er nur noch Befehle.

Ihr Magen hob sich. »Gut.«

Seine grauen Augen blickten eisig. »Du bist die Königin von Britannien, Gwenhwyfar. Es wäre gut, wenn du dich daran erinnertest.« Dann war er fort.

Gwenhwyfar kauerte sich in einen Sessel und hob ihre zitternden Hände vors Gesicht. Du Feigling, schalt sie sich selbst. Er muß dich nur mit hartem Gesichtsausdruck ansehen, und du zitterst, als hättest du Schüttelfrost. Warum hast du dich ihm nicht widersetzt? Du hast recht. Du weißt, daß du recht hast.

Aber sie kannte die Antwort, bevor sie die Frage auch nur gestellt hatte. Sie hatte keine Angst vor seinem Zorn, sie hatte Angst, ganz von ihm ausgeschlossen zu werden. Er war sicherlich dazu in der Lage, ihre Freundschaft und ihre Partnerschaft zu leugnen und sie für den Rest ihres gemeinsamen Lebens wie eine unwillkommene Fremde zu behandeln. Er würde so leben können, aber sie nicht. Sie empfand zuviel für ihn. Sie konnte es nicht ertragen, das kleine Stück zu verlieren, das sie von ihm hatte.

Wenn sie ihn zurückhaben wollte, würde sie Mordred akzeptieren müssen. Den Sohn der Hexe. Sie wußte noch nicht, ob sie das fertigbringen würde.

Sie sehnte sich mit ihrem ganzen wunden und schmerzenden Herzen nach Bedwyrs Trost.

Arthur sandte einen Boten mit der Anweisung zu den beiden Prinzen von Lothian, sie sollten in ihren Räumen bleiben, bis nach ihnen geschickt würde. Dann ging er in seinen Arbeitsraum, um angeblich die wöchentlichen Berichte von den rundum im Land stationierten Garnisonen zu lesen, aber in Wahrheit, um seinen Schreibtisch anzustarren und nachzudenken.

Gwenhwyfar hatte ihm einen unerfreulichen Schock versetzt. Er hatte nicht erwartet, daß sie Mordred sehr leicht akzeptieren würde. Allein Mordreds Existenz mußte für sie eine Zumutung sein, ein Beweis und eine Erinnerung an ihre Unfruchtbarkeit. Darauf war er vorbereitet gewesen. Er war sogar darauf vorbereitet gewesen, daß sie ahnen würde, daß Morgan Mordreds Mutter war. Aber er war nicht auf die Eifersucht und Bitterkeit vorbereitet gewesen, die Gwenhwyfar Morgan gegenüber offensichtlich empfand. Er hatte gedacht, sie sei mit ihrer häuslichen Vereinbarung glücklich. Er hatte gedacht, sie sei mit Bedwyr glücklich. Natürlich hatte er niemals die Geheimnisse ihres Herzens erfahren wollen, das gestand er sich ehrlich ein. Es genügte ihm, wenn ihr gemeinsames Leben oberflächlich friedlich verlief. Alle seine Gefühle waren mit Morgan verbunden. Es war schon immer so gewesen. Er dachte, Gwenhwyfar hätte aufgehört, ihn zu mögen.

Das Schwert, das Merlin ihm gegeben hatte, das Schwert, das er während aller angelsächsischen Kriege getragen hatte, hing an der Wand seines Arbeitsraums. Sein Blick blieb genauso daran haften, wie zuvor an der Lampe seiner Mutter. Es schien ein Tag der Erinnerungen zu sein, und jetzt dachte er an seinen Großvater, der ihn gerettet und unterwiesen und zum König gemacht hatte. Merlin, nicht Uther, war sein wirklicher Vater gewesen. Hadrians großer Rubin glitzerte im Heft des Schwertes. Ein König ist eine öffentliche Person, hatte Merlin ihm gesagt. Während er jetzt das Schwert betrachtete, das ihm so viele Siege eingebracht hatte, dachte er, daß dies auch für eine Königin galt. Morgan hatte Verzicht geübt, und das zu einem weit höheren Preis, als der, den er von Gwenhwyfar verlangte. Sie würde Mordred akzeptieren müssen. Britannien brauchte einen Erben.

Der Krieg gegen die Angelsachsen war gewonnen, richtig, aber der Sieg würde wertlos sein, wenn er nicht weitere fünfzig Jahre Frieden sicherstellen konnte. Britannien brauchte Zeit, Zeit, um die Barbaren zu zivilisieren und für die unvermeidliche Umwandlung der Angelsachsen zu friedlichen und nützlichen Bürgern dieses Landes, damit das Reich, genau wie durch die Einbeziehung der Goten und der Visigoten, erneut gestärkt und belebt würde. Der Schlüssel zu solchem Frieden war ein starker Hochkönig. Das war der Grund, warum er diese Hauptstadt gebaut hatte. Das war der Grund, warum er Verhandlungen mit den Anführern in Gallien und mit dem Kaiser in Rom begann. Das war der Grund, warum er einen Sohn brauchte.

Gwenhwyfar würde das einsehen müssen. Vielleicht konnte Bedwyr es ihr verständlich machen.

Er stützte die Ellbogen auf den Tisch und legte die Stirn auf die Hände. In weniger als einer Stunde würde er seinen Sohn treffen. Es war einer der bedeutendsten Momente seines ganzen Lebens. Er hatte keine Vorstellung davon, was er sagen würde. Er preßte seine Finger so fest gegen seine Stirn, daß die Haut weiß wurde. Auf einmal öffnete sich die Tür. »Mylord«, sagte einer seiner Diener, »die Königin von Lothian wünscht Euch zu sprechen.« Arthur stand auf. »Bittet sie herein.«

Er war überrascht gewesen, als er Morgause gestern abend zum ersten Mal gesehen hatte. Sie sah überhaupt nicht aus wie

Morgan oder Igraine. Die Königin war eine große, füllige Frau, hatte Gawains kastanienbraunes Haar und etwas hervorstehende blaue Augen. Ihre Haut war rein wie die eines Mädchens, und feine Linien waren um die Augen und den Mund herum zu erkennen. Sie lächelte Arthur an, und er überlegte, daß die Linien vom Lachen und nicht von Sorgen stammen mußten.

»Mylord«, sagte sie mit kräftiger Altstimme.

Er deutete auf einen Stuhl. »Möchtet Ihr Euch nicht setzen, Mylady?«

Morgause setzte sich mit all der stolzen Gelassenheit eines in den Hafen einlaufenden Schiffes. Ihre blauen Augen betrachteten ihn mit unverhüllter Neugier. »Es scheint seltsam, daß wir uns nie zuvor begegnet sind«, sagte sie.

Arthur nahm ebenfalls wieder Platz. »Seht Ihr«, sagte er entschuldigend, »Morgan sagte mir, daß Ihr mir Lots Tod nicht vergeben hättet. Das ist der Grund, warum ich mich all diese Jahre von Lothian ferngehalten habe.«

»Morgan ist so klug«, sagte Morgause bewundernd. Sie schaute auf ihre perfekt gepflegten Hände hinab, und Arthur konnte leichte Ansätze eines Doppelkinns erkennen. »Pellinore hat ebenfalls darauf bestanden, daß wir uns von Euch fernhalten. Er war wohl der einzige in Lothian, der Euch kannte, und er vermutete schon vor einigen Jahren, daß Ihr Mordreds Vater seid.« Morgause betrachtete offen das Gesicht des Königs. »Die Ähnlichkeit ist recht bemerkenswert. Ich habe es nicht gewußt, sonst hätte ich Mordred niemals auf diese Art zu Euch gebracht.«

»Aber warum hat Pellinore ihm erlaubt zu kommen?« fragte Arthur. »Nach all diesen Jahren der Sorge scheint es seltsam ...« Er brach ab, als er ihren Gesichtsausdruck sah.

»Ich hatte vergessen, daß Ihr es nicht wußtet«, sagte Morgause traurig. »Pellinore ist tot, Mylord. Das ist der Grund, warum meine Söhne und ich nach Camelot gekommen sind. Wir wollten meinem ältesten Sohn, Gawain, die Nachricht überbringen.«

Sie schwiegen. »Es tut mir leid, von Pellinores Tod zu hören. Er war ein guter Mann und ein guter König.«

»Ja«, sagte Morgause. »Ich werde ihn vermissen.«

Arthur nahm einen Stift von seinem Schreibtisch auf und begann ihn zwischen den Fingern zu drehen. »Aber Ihr habt nicht alle Eure Söhne mit nach Camelot gebracht?«

»Nein. Gaheris, mein zweiter Sohn, ist in Lothian geblieben. Wenn Gawain nicht heimzukehren wünscht, dann wird Gaheris König. Agravaine ist mitgekommen, weil er sich Eurer Kavallerie anschließen möchte, Mylord. Das ist schon lange sein Ehrgeiz.«

»Und Mordred?« fragte Arthur. »Warum ist er mitgekommen?«

»Er wollte natürlich den König sehen. Und Camelot. Aber hauptsächlich, denke ich, wollte er Morgan besuchen. Er hat ein enges Verhältnis zu ihr, versteht Ihr.«

Arthur betrachtete den Schreibstift in seiner Hand. »Ich vermute, Ihr habt bemerkt, daß ich bis gestern nichts von Mordred wußte.«

Morgause seufzte. »Ich weiß. Morgan wird mit mir nicht sehr zufrieden sein.« Er schaute auf. »Vermutlich habt Ihr die Geschichte erraten, sobald Ihr ihn gesehen habt.«

»Ich bin letzte Nacht nach Avalon geritten, um Morgan aufzusuchen. Sie hat mir alles erzählt.«

Morgauses blaue Augen waren voller Neugier. Sie hatte diesen Moment nicht heraufbeschwören wollen, aber nachdem es nun geschehen war, genoß sie die Situation offensichtlich. »Sie tat mir so leid«, sagte sie zu Arthur. »Wir hatten ihr angeboten, einen Ehemann für sie zu suchen, aber sie wollte nicht heiraten. Sie weigerte sich auch, zu versuchen, das Kind loszuwerden. Dies schien die beste Lösung zu sein.« Arthurs Wimpern senkten sich und schirmten seine Augen vor ihr ab. »Sie liebt Euch sehr, wißt Ihr«, fügte sie hinzu.

Seine Wimpern flackerten, aber er antwortete nicht. »Also reisten wir nach Wales und vertauschten unsere Identität«, fuhr sie in aller Offenheit fort, »und als die Kämpfe in Lothian vorüber waren, kehrte ich mit einem Neugeborenen nach Hause zurück.«

Er legte den Schreibstift hin und schaute langsam zu ihr hoch. »Morgan hat mir erzählt, daß sie bei der Geburt hätte sterben können, wenn Ihr nicht gewesen wäret. Ich schulde Euch viel, Morgause. Ich werde das wahrscheinlich niemals an Euch wiedergutmachen können, aber wenn es etwas gibt, was ich für Euch tun kann, dann braucht Ihr nur zu fragen.«

Morgause strahlte. »Sie ist meine Schwester. Ich war glücklich, ihr helfen zu können.«

»Nun«, sagte Arthur, »zu Mordred.«

Morgause blinzelte und sammelte ihre Gedanken. »Ja«, sagte sie. »Mordred.«

»Ich glaube nicht, daß man die Tatsache, daß er mein Sohn ist, länger geheimhalten kann.«

»Das hat Pellinore auch immer gesagt.«

»Er ist mein Sohn und muß von jedem, der ihn sieht, als mein Sohn erkannt werden. Das ist eine Tatsache. Die zweite Tatsache ist, daß ich keine anderen Kinder habe und wahrscheinlich niemals welche haben werde.«

»Also ist die Königin unfruchtbar?«

»Ja.«

Morgause schürzte ihre vollen Lippen. »Armes Ding.« Es lag mehr als nur ein Hauch Selbstzufriedenheit in ihrer Stimme.

»Es ist ihr großer Kummer«, sagte Arthur gleichmütig. »Und es hat ebenfalls stets ein großes Problem für den Staat bedeutet. Ich brauche einen Nachfolger als Hochkönig.« Er hielt ihren Blick fest. »Jetzt scheint es, als hätte ich einen Nachfolger.«

Die etwas hervorstehenden Augen traten noch etwas weiter hervor. »Ihr wollt Mordred zu Eurem Erben ernennen?«

»Er ist mein einziger Sohn.«

Morgause saß sehr aufrecht. »Das ist er.« Dies war offenbar eine Möglichkeit, die ihr noch nie in den Sinn gekommen war.

»Morgause.«

»Ja, Mylord.«

»Ich möchte nicht, daß bekannt wird, daß Morgan Mordreds Mutter ist«, sagte er. »Ihr seid ihm eine Mutter gewesen. Werdet Ihr weiterhin sagen, er sei Euer Kind?«

Sie sah ihn nachdenklich an. »Aber warum?«

»Warum nicht?« konterte er. »Es ist eine beneidenswerte Position, die Mutter des nächsten Hochkönigs zu sein.«

»Ich müßte sagen, daß ich Lot untreu gewesen sei.«

»Ja, das müßtet Ihr. Aber das war vor vielen Jahren. Und Ihr seid eine sehr schöne Frau. Niemand wird die Wahrscheinlichkeit einer Anziehung zwischen uns beiden in Frage stellen.«

»Wie denkt Morgan darüber?«

»Wenn Ihr zustimmt, wird sie dankbar sein.«

Er konnte an Morgauses Gesichtsausdruck ablesen, daß sie begriffen hatte, warum er sie darum bat. Sie war vielleicht in taktischen Angelegenheiten nicht übermäßig geschickt, aber Angelegenheiten der Geschlechter waren eine völlig andere Sache. Sie sagte kurz darauf: »Aber wir sind uns bis jetzt nie begegnet.«

»Ihr wart mehrere Monate in Avalon. Wer will behaupten, daß ich Euch dort nicht getroffen habe? Ich war sehr jung, Ihr seid sehr schön...«

»Halt!« Sie lachte. »Ihr macht mich beinahe glauben, daß es geschehen ist.« Ihr Gesicht verdüsterte sich. »Gut. Ich werde es tun. Wie Ihr sagt, ist es zu viele Jahre her, als daß es jetzt noch von großer Wichtigkeit wäre. Und Lot ist schon lange tot.«

Arthur lächelte sie an. »Morgan hat mir immer gesagt, daß Ihr wunderbar seid«, sagte er. »Ich stimme dem vollkommen zu.«

Plötzlich war sie unheimlich froh, daß sie dies für ihn tat. Woher, so fragte sie sich, hatte er eigentlich seinen Charme? Sicherlich nicht von seiner Mutter.

»Ich werde Mordred die ganze Wahrheit sagen«, sagte er. Sie hätte gedachte, Mordred müsse einer der letzten Menschen sein, dem er die Wahrheit mitteilen wollte. Sie sah ihn überrascht an. »Ihr werdet ihm von Morgan erzählen? Aber warum?«

Die ansteckende Fröhlichkeit war fast völlig aus seinem Gesicht gewichen. »Er verdient zu wissen, wer er ist. Ich weiß besser als jeder andere, wie wichtig das ist.«

Die Wahrheit dieser Feststellung traf Morgause zum ersten Mal. »Wirklich«, sagte sie, »wenn man darüber nachdenkt, ist es eher außergewöhnlich. Sowohl Ihr als auch Mordred wart

Euch nicht der Tatsache bewußt, Söhne von Hochkönigen zu sein.« Ihre blauen Augen waren vor Erstaunen geweitet. »Ist das nicht außergewöhnlich?« wiederholte sie.

Arthur betrachtete sie mit einer Mischung aus Belustigung und etwas anderem, was sie nicht ganz deuten konnte. »Ja«, sagte er trocken. »Das ist es.«

## 33. KAPITEL

Zwanzig Minuten später begleitete Cai Mordred zu Arthurs Arbeitsraum. Gwenhwyfar hatte die Packpferde zum Palast bringen lassen, und Mordred war angemessen mit einer Tunika bekleidet, die jedem Prinzen gerecht geworden wäre. Cai fand, daß er sehr jung und sehr einsam wirkte. Er lächelte Arthurs Sohn warm und ermutigend zu, bevor er die Tür zum Arbeitsraum des Königs öffnete. »Prinz Mordred ist hier«, sagte er kurz, drängte den Jungen mit einer Hand auf dessen Rücken sanft vorwärts und schloß dann die Tür hinter Vater und Sohn.

Während Cai durch die große Halle davonging, drang eine lange verschüttete Erinnerung an die Oberfläche seines Geistes: Arthur an dem Tag, an dem er das erste Mal nach Avalon gekommen war. Er war sechs Jahre jünger gewesen als der Junge, den Cai gerade im Büro des Königs zurückgelassen hatte, aber selbst damals hatte Arthur schon Schutzwälle um sich errichtet, von denen dieser Junge nichts wußte. Es war niemals etwas Verletzliches an Arthur gewesen.

Im Arbeitsraum des Königs allein gelassen, hielt Mordred einen Moment bei der Tür inne und schaute sich mit vorsichtiger Neugier um. Der Raum war einfach gehalten, offensichtlich für Arbeitszwecke eingerichtet und nicht zur Repräsentation. An der Fensterseite rechts von ihm stand ein langer Walnußtisch, der mit Hunderten ordentlich gestapelter Schriftrollen bedeckt war. An den Wänden hingen Landkarten. Der König saß hinter einem weiteren großen Walnußtisch in einem Sessel, dessen hohe Rückenlehne mit einem geschnitzten Drachenkopf geschmückt war. Sessel mit geschnitzten Lehnen standen vor dem Tisch des Königs. Arthur stand auf und kam um seinen Schreibtisch herum, während Mordred an der Tür stehenblieb. Arthur winkte den Jungen dann zu sich und stellte zwei Stühle einander gegenüber vor den Schreibtisch. »Kommt und setzt Euch, Mordred«, sagte er.

Der Junge kam heran und setzte sich auf den Stuhl, auf den Arthur gedeutet hatte. Das erste Mal, seit er den Raum betreten hatte, schaute er den König direkt an.

Arthur hatte plötzlich das seltsame Gefühl, in der Zeit zurückzuschauen: Das Gesicht dieses Jungen war sein Gesicht, und er war erneut der Junge, der er gewesen war. Jener Junge und dieser Junge, sie beide trafen sich zum ersten Mal, ein Vater und ein König. Einen Moment lang verschmolzen Vergangenheit und Gegenwart und wurden zu einem. Es machte ihn einen Augenblick benommen, doch dann verging der Moment, und er war wieder er selbst.

»Ich möchte Euch eine Geschichte erzählen, Mordred«, sagte er. Sein Gesicht zeigte einen ernsten und gefaßten Ausdruck, nur die strahlenden Augen verrieten seine Gefühle. »Sie handelt von mir, aber sie betrifft auch Euch, also habt Geduld.«

»Ja, Mylord«, erwiderte der Junge. Seine Stimme klang wie die eines erwachsenen Mannes, hatte sich aber noch nicht zuverlässig in der Erwachsenentonlage eingerichtet.

Arthur verschränkte die Hände locker im Schoß und begann. »Als ich ein Kind war, schickten mich meine Eltern, Uther und Igraine, fort und verkündeten dem Land, ich sei tot. Ihr kennt die Geschichte vielleicht. Ich war zu bald nach ihrer Hochzeit geboren, und sie hielten es für das beste, einen Erben zu haben, dessen Geburt unbefleckt war.« Mordred nickte. Jedermann in Britannien kennt die Geschichte von Arthurs Kindheit, dachte er. Der König fuhr fort: »Jahre vergingen, und Igraine gebar keine weiteren lebenden Kinder. Daher holte mich mein Großvater, Merlin, aus meinem Versteck in Cornwall hervor und brachte mich nach Avalon, um mich zum König auszubilden. Aus Gründen der Sicherheit hielt er meine wahre Identität geheim. Nur er und Uther wußten, daß ich der Sohn des Hochkönigs war. Es wurde weder mir noch sonst jemandem jemals gesagt. Und so lebte ich von meinem neunten bis zu meinem sechzehnten Lebensjahr in Avalon.«

Arthur hatte den Blick auf seine Hände gesenkt. Er löste sie und verschränkte sie dann wieder. »Zu dieser Zeit wuchs noch ein anderes Kind in Avalon auf. Merlins Tochter, Morgan.« Der König hielt inne. Der Raum war so still, daß Mordred das Geräusch seines eigenen Atems hören konnte. »Morgan und ich, wir liebten uns, seit wir neun und acht Jahre alt waren. Wir liebten uns als Kinder, und dann, als wir älter wurden, liebten wir uns als Mann und Frau. Wir dachten, wir könnten heiraten. Wie Ihr Euch erinnern werdet, wußten wir beide ja nicht, wer ich war.«

Der König schaute von seinen Händen auf, und graue Augen schauten in graue Augen. »Dann fand ich es heraus. Ich fand heraus, daß ich der Prinz von Britannien und der nächste Hochkönig war. Ich fand ebenfalls heraus, daß ich Morgan nicht heiraten konnte.«

»Warum nicht?« Mordred war so von der Geschichte gefangengenommen, daß er es nicht für dreist hielt, dem König eine Frage zu stellen, und auch Arthur empfand es nicht als ungehörig.

»Merlin und Uther sagten, wir seien zu nah verwandt«, antwortete er. »Damals war der König von Lothian einer der mächtigsten regionalen Könige, und er war nicht erfreut, als er erfahren mußte, daß Uther einen Sohn hatte. Er hatte selbst auf die Hochkönigschaft gehofft, versteht Ihr, und er hätte mich des Inzests bezichtigt, um mich in Verruf zu bringen.«

»Der König von Lothian«, wiederholte Mordred. »Meint Ihr meinen Vater?«

»Ich meine Lot.« Arthurs Gesicht wirkte plötzlich angespannt. »Um die Geschichte fortzuführen: Ich wollte Morgan trotz der Argumente meines Vaters und meines Großvaters heiraten. Ich bat sie, mit mir fortzugehen. Nach Armorica. Sie wollte es nicht. Ich sei Britannien verpflichtet und nicht ihr, sagte sie und schickte mich fort.« Ein Muskel an Arthurs Kinn zuckte. »Sie opferte mich Britannien und hat mir niemals gesagt, daß sie mein Kind unter dem Herzen trug.«

Der Junge machte eine plötzliche Bewegung und saß dann wieder still. Um ihm Zeit zu lassen, stand Arthur auf und trat an den langen Tisch, auf dem seine Korrespondenz und Berichte lagen. Er nahm eine Schriftrolle und betrachtete sie nachdenklich. »Sie wußte, daß nichts auf der Welt mich hätte aufhalten können, Anspruch auf sie zu erheben, wenn sie es mir gesagt hätte. Aber Morgan ist, vor allem anderen, Merlins Tochter. Die Verpflichtung ihrem Land gegenüber ist ihr in die Wiege gelegt worden, Mordred. Sie wollte sich nicht zwischen mich und die Hochkönigschaft stellen, für die ich, wie sie glaubte, geboren war. Also ging sie heimlich nach Wales, gebar das Kind und überließ es einer anderen Frau, die es als ihr eigenes aufzog.« Er legte die Schriftrolle hin und sah seinen Sohn an. »Ich glaube, Ihr müßtet jetzt wissen, wer diese Frau war.«

Der Junge war so blaß, als wollte er ohnmächtig werden. Er sagte, wobei seine Stimme ein fast unverständliches Krächzen war: »Morgause?«

»Morgause«, bestätigte der König sanft. »Morgause war ihre Schwester. Morgause war eine warmherzige und liebende Mutter. Und Morgan konnte ihren Sohn immer wieder sehen und sich von seinem Wohlergehen überzeugen. Also zogst du mit Morgause nach Hause und wurdest allen als Sohn Lots präsentiert, der nach dessen Tod geboren worden war.«

Zwei hellrote Flecke erschienen auf Mordreds Wangen, als Arthur das Wort »du« gebrauchte.

»Morgan und Morgause bewahrten das Geheimnis deiner Geburt fünfzehn Jahre lange«, fuhr Arthur fort. »Bis gestern abend, als du in meinen Bankettsaal spaziert bist, wußte ich nichts von deiner Existenz. Aber ich erkannte im selben Moment, in dem ich dich sah, wer du bist. Du weißt sicherlich, wie sehr du mir ähnelst.«

»Also bin ich Euer Sohn?«

»Du bist mein Sohn.«

Der Junge bekam wieder Farbe. »Sie haben mich alle so angestarrt. Zuerst die Männer am Tor.« Er wirkte ein wenig verwirrt. »Ich habe Agravaine sogar gefragt, ob ich Schmutz im Gesicht hätte!« Arthur betrachtete ihn ernst.

»Habt Ihr... habt Ihr schon mit meiner Mutter gesprochen?«

»Ich bin letzte Nacht nach Avalon geritten. Morgan hat mir alles erzählt.«

Mordreds Blick flackerte, und Arthur erkannte, daß Mordred nicht Morgan gemeint hatte. »Ich habe auch mit Morgause gesprochen«, fuhr er leichthin fort. »Also du siehst, Mordred, es gibt keinen Zweifel.«

Mordred atmete tief durch. »Es scheint unmöglich. Wenn Ihr nur wüßtet, Mylord, wie wir Euch verehrt und geliebt haben. Es erscheint mir unglaublich wundervoll, daß ich tatsächlich Euer Sohn sein soll.«

Arthurs Augen strahlten. »Es erscheint mir auch unglaublich wundervoll«, sagte er.

Die Worte klangen nicht außergewöhnlich, die Stimme nicht dramatisch, aber plötzlich hämmerte Mordreds Herz, und er rang nach Atem. Bevor er erkannte, was er tat, lag er zu Füßen seines Vaters auf den Knien, seine Lippen auf die Hand des Königs gepreßt. Arthur berührte mit der anderen Hand das dichte, seidige schwarze Haar des Jungen. »Ich war Uther gegenüber nicht so versöhnlich eingestellt«, sagte er.

Mordred schaute auf. »Es gibt nichts, was zu vergeben wäre, Mylord. Wie hättet Ihr eher Anspruch auf mich erheben können? Ihr sagtet selbst, daß Ihr nichts von meiner Existenz wußtet. Außerdem« – sein junges Gesicht errötete plötzlich – »gibt es keinen Jungen in Britannien, der nicht erfreut wäre, wenn er erfahren würde, daß er Euer Sohn ist.«

Arthur lachte ein wenig gezwungen und legte seine Hand auf Mordreds Schulter, um ihn zum Aufstehen zu bewegen. »Ich glaube, du hast die volle Bedeutung dessen, was dies alles für dich bedeutet, noch nicht begriffen, Mordred«, sagte er gefaßter, als der Junge erneut aufrecht vor ihm stand. Der König war nur um wenige Zentimeter größer. »Du bist nicht nur mein

Sohn, du bist mein einziger Sohn. Du bist der Erbe Britanniens, Mordred.«

Das junge Gesicht wirkte bestürzt. »Aber Ihr seid verheiratet, mein König. Sicherlich kommen doch Eure rechtmäßigen Söhne in der Erbfolge vor mir.«

»Ich glaube nicht, daß ich rechtmäßige Söhne haben werde«, erwiderte Arthur sehr ruhig. »Die Königin ist unfruchtbar.« Ein Moment verwirrten Schweigens entstand. Dann legte Arthur eine Hand auf die Schulter seines Sohnes und führte ihn zu den Stühlen zurück. »Ich verstehe, wie du dich fühlen mußt, Mordred«, sagte er, als der Junge dankbar auf den Sitz sank. »Dasselbe ist mir widerfahren. Aber ich werde noch einige Jahre regieren. Als ich erfuhr, daß ich Hochkönig sein würde, gab Uther sich nur noch sechs Monate.«

Mordred schaute seinen Vater ziemlich benommen an. »Sechs Monate!«

Arthur nickte und setzte sich ebenfalls wieder hin. »Und ich kann dir sagen, das war erschreckend.«

Mordred gelang ein Lachen. »Ja, das kann ich mir vorstellen.«

»Ich möchte dir einen Vorschlag unterbreiten«, sagte Arthur sachlich. »Dann sagst du mir, wie du darüber denkst.«

»In Ordnung.«

»Erstens: Ich habe mit der Königin gesprochen, und sie hat zugestimmt, dich als meinen Sohn und Erben anzuerkennen. Du wirst sie mögen, sie ist eine sehr liebenswerte Frau. Zweitens: Es ist ein Fest geplant. Ich erwarte, daß innerhalb kurzer Zeit viele der regionalen Könige und Prinzen nach Camelot kommen werden, und ich werde dich ihnen als den zukünftigen Erben Britanniens präsentieren. Es kann kein Zweifel über deine Abstammung entstehen. Du trägst dein Erbe im Gesicht.«

Jetzt kam der schwierige Teil. »Drittens: Ich habe mit Morgause gesprochen, und sie hat zugestimmt, die bisherige Erklärung, daß sie deine leibliche Mutter sei, aufrechtzuerhalten. Wir werden der Welt erzählen, daß du mein und ihr Sohn bist.« Arthurs Stimme klang jetzt kühler, befehlender. Sie ließ keine Diskussion zu. »So wird es nicht so schwierig werden.«

»Ja, Mylord«, sagte Mordred kaum wahrnehmbar stotternd.

Arthurs Blick wurde wieder wärmer, und er lächelte seinen Sohn an. »Möchtest du Morgause jetzt sehen?«

»Ja, bitte«, sagte Mordred leise.

»Komm mit mir, und ich werde dich zu ihr bringen«, sagte Arthur, und Mordred erhob sich gehorsam und folgte seinem Vater aus dem Raum hinaus.

Morgause hatte einen großen, sonnigen Raum im Trakt der Königin zugewiesen bekommen, in dessen behagliche Ungestörtheit Arthur Mordred jetzt brachte, um ihn gleich darauf zu verlassen. Mordred hielt voll plötzlicher Unsicherheit vor der Tür inne. Fünfzehn Jahre lang hatte er geglaubt, daß Morgause seine Mutter sei. Plötzlich war sie es nicht.

Er öffnete die Tür, und sie war da, saß am Fenster und wärmte sich in der Sonne wie eine Katze. Sie lächelte, als sie ihn sah. »Mein armer Lieber. Du siehst aus, als hättest du einen Schlag auf den Kopf bekommen.«

Er lächelte ein wenig unsicher zurück. »Ich fühle mich auch, als hätte ich einen Schlag auf den Kopf bekommen. Es ist ein wenig... beunruhigend, plötzlich zu entdecken, daß die Menschen, die man sein ganzes Leben lang für seine Eltern gehalten hat, nicht wirklich die Eltern sind.«

Der Raum war in üppigen Rot- und Blautönen gehalten, ein angemessener Hintergrund für Morgauses lebhaften Teint. Sie erhob sich. »Es wäre besser gewesen, wenn du es nicht auf diese Weise hättest herausfinden müssen, ich weiß. Aber ich habe nicht gewußt, wie sehr du Arthur ähnelst, Mordred. Ich verstehe jetzt, warum Pellinore so sehr darauf geachtet hat, dich von hier fernzuhalten.«

»Also hat Pellinore es gewußt?« Er fühlte sich in ihrer vertrauten Gegenwart seltsam unsicher. Er wußte nicht, wie er sie nennen sollte.

»Ja. Pellinore hat es bereits vermutet, als du noch ein kleines Kind warst. Er kannte Arthur und bemerkte natürlich die Ähnlichkeit.« Sie sprachen so ruhig und vernünftig darüber. Mordred sah sich in dem Raum um, als versuche er sich selbst davon zu überzeugen, wo er war. Dann murmelte er: »Der König sagt, daß Morgan meine wirkliche Mutter ist.«

»Morgan hat dich sicherlich geboren«, sagte sie, »aber ich bin deine Mutter.« Sie streckte die Arme aus.

Ihre stattliche Brust war weich und beschützend, ihr Geruch vertraut und tröstlich. Er schloß einen Moment die Augen. »Es ist alles so verwirrend.«

»Mein armes, kleines Lamm«, sagte Morgause und tätschelte seinen Rücken.

Er richtete sich auf und sah ihr ins Gesicht. »Wenn du mich nicht auf diese Art hierher gebracht hättest, hätte Morgan es ihm dann jemals gesagt?« fragte er.

»Ich weiß es nicht. Sie hätte es vermutlich doch einmal tun müssen. Du bist sein einziger Sohn.«

»Sie hätte es ihm sagen sollen!«

»Vielleicht.« Morgauses blaue Augen blickten sinnend drein. »Arthur möchte, daß wir weiterhin vorgeben, ich sei deine leibliche Mutter. Hat er dir das gesagt?«

»Ja. Aber ich verstehe nicht, warum er das wünscht.«

»Er will Morgan natürlich schützen.«

Mordreds gerade schwarze Brauen zogen sich zusammen. »Aber er schützt Morgans Ruf auf Kosten des deinen.« Er hatte sie noch immer nicht »Mutter« genannt.

Morgause beschloß, nichts mehr dazu zu sagen. »Es ist mir gleichgültig«, erwiderte sie ruhig. »Das verpflichtet ihn mir, und es ist keine schlechte Sache, wenn der Hochkönig in meiner Schuld steht. So werden wir mit ihm auskommen können.«

Mordreds Stirnrunzeln war noch nicht verflogen. »Was werden wir Gawain und Agravaine sagen?«

»Je weniger Menschen die Wahrheit kennen, desto besser. Wir sollten sie weiterhin glauben lassen, daß du ihr Bruder bist.«

Die grauen Augen blickten unglücklich drein. »Ich wünschte, der König würde uns die Wahrheit sagen lassen. Ich lebe nicht gern mit einer Lüge.«

»Unsinn«, sagte Morgause mit dem klaren Verstand eines Menschen, der sich niemals unnötige Probleme bereitet. »In deinem Herzen mußt du doch spüren, daß ich deine Mutter bin und daß Gawain, Gaheris und Agravaine deine Brüder sind. Du wirst nach der Wahrheit deines Herzens leben.«

»Vermutlich.« Die Sorge war nicht von seinem Gesicht gewichen. »Was werden sie denken, wenn sie hören, daß ich der Sohn des Hochkönigs bin?«

»Sie werden erfreut sein.« Morgause nahm seine Hand und drückte sie. »Warum gehen wir jetzt nicht zu Agravaine und erzählen es ihm?«

»In Ordnung«, stimmte Mordred zu – und keiner von ihnen fand es seltsam, daß sie zuerst an den jüngeren Bruder dachten.

## 34. KAPITEL

Camelot war brechend voll. Die große Halle summte vor Aktivität. Jeder Schlafraum im Palast beherbergte einen König oder einen Prinzen. Man konnte sich im Familientrakt des Hauses, wo die Ehefrauen und Töchter untergebracht waren, kaum bewegen. Das Gebiet um den Palast war mit Zelten belagert, die einer Masse von Menschen Unterschlupf gewährten, die nicht bedeutend genug waren, um im Palast selbst wohnen zu dürfen. In den Unterkünften schlief man zu zweit in einem Bett. Wie Arthur einst scherzhaft bemerkt hatte, schien es so, als sei niemand in Britannien zu Hause geblieben.

All diese Leute zu nähren war eine übermenschliche Aufgabe, und Gwenhwyfar verbrachte ihre Zeit damit, ihren Gästen huldvoll zuzulächeln und die Küchen zu beaufsichtigen. Das zweite Hauptproblem war die Hygiene, aber das überließ sie dankbar Cai. Die Versammlungen und die Unterhaltung unterstanden Arthurs Verantwortung. Zum ersten Mal seit Jahren waren alle regionalen Könige versammelt, und Arthur hatte, schon bevor Mordred auf dem Plan erschienen war, ein Konzil einberufen wollen. Diese Versammlung war tatsächlich der wichtigste Punkt auf seiner Tagesordnung und war für den Nachmittag des ersten Tages der Feierlichkeiten geplant. Gwenhwyfars Vater, Maelgwyn, war da, und auch Bedwyrs Vater, Ban. Cador von Dumnonia und die Könige von Elmet und Rheged und Manau Guotodin waren ebenfalls anwesend. Das einzig fehlende Mitglied des Konzils war der König von Lothian, und daher informierte Arthur die anderen zunächst über Pellinores Tod. Dann berichtete er ihnen von Mordred.

Die Versammlung wurde in dem neuen Versammlungsraum abgehalten, einem der wichtigsten öffentlichen Räume des Palastes. Seine Ausstattung bestand hauptsächlich aus einem großen runden Buchentisch, den Arthur bei den Tischlern des Palastes in Auftrag gegeben hatte. Sich stets der Befürchtungen der Kelten bewußt, daß er sich zum neuen Kaiser erheben könnte, hatte Arthur es sich zur Aufgabe gemacht, alle Fallstricke, die auf entsprechende Bestrebungen von seiner Seite hindeuten könnten, zu umgehen. Sie würden als Gleichgestellte an einem Tisch sitzen und mit behaglichem Mangel an Zeremoniengehabe alles diskutieren, was diskutiert werden mußte. Arthur hatte nicht das Gefühl, daß er einen Thron oder ein Podest nötig hatte, um seine Autorität zu festigen.

Nach der ersten Überraschung, und nachdem sie Mordred selbst gesehen hatten, war die überwiegende Reaktion der Könige offenbar Erleichterung. Keinem von ihnen gefiel die Aussicht auf den unausweichlichen Machtkampf, der folgen würde, wenn der Hochkönig keinen Erben hinterließe. Außerdem gewöhnten sie sich, wie Ban scherzhaft bemerkte, allmählich daran, daß die Hochkönige Söhne aus dem Nichts herbeizauberten.

Maelgwyn fragte: »Was ist, wenn Gwenhwyfar noch einen Sohn gebären sollte?«

Arthur sah ihn unter halb geschlossenen Augenbrauen an. »Ich glaube nicht, daß sie einen Sohn gebären wird«, sagte er.

Fleckenartige Röte sprenkelte Maelgwyns Gesicht unter seinem Bart. Es war sehr leicht, die Besucher von den ständigen Einwohnern Camelots zu unterscheiden: Die Kelten trugen alle

Bärte, während die Hauptstadt dem römischen Stil des Hochkönigs folgte, so daß alle Männer glattrasiert waren. Gerade jetzt war Maelgwyns Gesicht fast so rot wie sein Bart. Er empfand die Unfruchtbarkeit seiner Tochter als persönlichen Makel und war noch nicht bereit zuzugeben, daß sie Britannien niemals einen Erben schenken würde. »Aber wenn sie einen Sohn gebären sollte?« beharrte er.

Es entstand eine kurze Pause. »Das Kind der Königin wäre rechtmäßig und würde daher natürlich Vorrang haben.«

Ban und Cador tauschten Blicke. Sie hatten Arthur beide zu irgendeinem Zeitpunkt vorgeschlagen, Gwenhwyfar fortzuschicken und eine andere Königin zu nehmen. Sie waren noch immer dieser Ansicht, besonders jetzt, wo bewiesen war, daß der König sehr wohl Kinder haben konnte. Es war eindeutig, daß Gwenhwyfar unfruchtbar war, und eine unfruchtbare Königin war für niemanden von Nutzen. Sie unterließen es jedoch, diese Meinung in Maelgwyns Gegenwart zu vertreten, und das Konzil endete friedlich.

*

An jenem Abend fand ein großes Bankett mit Unterhaltung durch einen berühmten Harfenisten statt, und sowohl die Gastgeber als auch die Gäste gingen müde, aber zufrieden über den gelungenen Auftakt des Festes zu Bett.

Auch der zweite Tag begann vielversprechend mit hellem Sonnenschein und einer angenehmen Brise, die gerade ausreichend stark war, um die Flaggen an den Mauern, am Palast und an den Zelten zu tragen. Dieser Tag gehörte der Kavallerie. Ein kleines Amphitheater mit hölzernen Sitzen war um einen großen Platz, auf dem die Fußsoldaten exerzierten, errichtet worden, und dies sollte der Schauplatz für alle militärischen Vorführungen sein. Wie Gwenhwyfar bereits befürchtet hatte, standen nicht genügend Sitzplätze für alle zur Verfügung, und die überzählige Menge wurde auf dem Hügel über dem eingeebneten Platz und rund um das Amphitheater postiert. Die Stimmung der Menge war überall gleichermaßen heiter.

Gwenhwyfar saß in der vordersten Sitzreihe, genau in der Mitte des Platzes, während Arthur auf ihrer einen und Mordred auf ihrer anderen Seite saß. Bedwyr und Gawain befanden sich natürlich bei der Kavallerie. Morgause saß neben Mordred, und auf Morgauses anderer Seite saß ihr Sohn Agravaine.

Ein friedliches Familienbild, dachte Gwenhwyfar zynisch. Glücklicherweise war Morgan nicht gekommen. Sie war erwartet worden, hatte aber die Nachricht gesandt, daß sie sich in Avalon um einen kranken Diener kümmern müsse. Gwenhwyfar war sehr erleichtert gewesen.

Mordred sprach sie jetzt an. »Wo werden sie hereinkommen, Mylady?«

»Dort drüben.« Sie wandte sich zu ihm um. Er lächelte und strich sich das schwarze Haar mit einer Geste aus der Stirn, die Arthur eigen war. Gwenhwyfars Herz klopfte heftig.

»Ich habe noch niemals etwas so Großartiges gesehen«, vertraute er ihr an.

Sie lächelte zurück. »Ich freue mich, daß es dir gefällt.«

Sie hatte gedacht, sie würde diesen Sohn von Arthur nur hassen können, aber das tat sie nicht. Tatsächlich war das Gegenteil der Fall: Sie stellte fest, daß sie ihn sehr mochte. Er wiederum war offensichtlich durch sie verwirrt. Es war eher angenehm, stellte Gwenhwyfar fest, einen jungen Arthur zu ihren Füßen zu haben. Morgause beugte sich ein wenig an Mordred vorbei und fragte sie etwas. Gwenhwyfar antwortete leichten Herzens. Sie mochte auch Morgause eher, als daß sie sie abgelehnt hätte. Tatsächlich kam ihr zynischer Gedanke der Wahrheit sehr nahe. Wie seltsam auch immer ihre Verbindung war, sie boten ein friedliches Familienbild.

Solange Morgan fernblieb.

»Was kommt zuerst?« fragte Mordred.

Agravaine erwiderte: »Zuerst wird eine Parade der schweren Kavallerie in voller Rüstung gezeigt. Dann folgen Vorführungen der mittelschweren und der leichten Kavallerie. Anschließend wird eine Präzisionsübung gezeigt. Das ist das Morgenprogramm.«

Gwenhwyfar schaute zu Mordreds Bruder hinüber und sah nur den oberen Teil seines glatten, blonden Kopfes an der anderen Seite seiner Mutter. Agravaine hatte sich bei Gawain unten bei den Kavalleriequartieren aufgehalten, und sie hatte seit seiner Ankunft in Camelot kaum etwas von ihm gesehen. Er unterschied sich sehr stark sowohl von Gawain als auch von Mordred. Es war seltsam, wie verschieden drei Brüder sein konnten. Aber Mordred, korrigierte sie sich, war natürlich gar nicht ihr Bruder.

Glücklicherweise war Morgan nicht gekommen.

Ein Horn erklang, und eine Linie Pferde trabte auf den Platz. Gwenhwyfar, wie auch das restliche Publikum, beugte sich erwartungsvoll vor.

Die morgendlichen Vorführungen waren sehr erfolgreich, wobei die Präzisionsübung offensichtlich am meisten Beifall bei der Menge fand. Als das Publikum seine Plätze für die Nachmittagsdarbietungen einnahm, bemerkte Gwenhwyfar, daß Cai fehlte, der am Morgen auf Arthurs anderer Seite gesessen hatte.

»Wo ist Cai?« fragte sie ihren Mann.

Sein Gesicht blieb unbewegt. »Ich habe ihn gebeten, sich für mich um etwas zu kümmern.«

»Es ist nichts schiefgegangen?«

»Nein. Es geht nicht um solche Dinge.« Ein Horn erklang, und ein einzelner Reiter kam auf den Platz. Gwenhwyfar erkannte Bedwyr sofort. Wie auch fast jeder andere im Publikum. Die Menge brüllte, und Arthur wandte sich seiner Frau zu und grinste. »Das wird ihre Augen hervortreten lassen«, sagte er jungenhaft. »Schau hin.«

Es war die Vorführung, die sie einmal gesehen hatte, als Bedwyr sie den Kavallerierekruten gezeigt hatte. Nur daß das Pferd jetzt nicht mehr Sluan war, sondern ein anderer großer, schwarzer Hengst, der Sugyn hieß. Die Darbietung war sogar noch beeindruckender, als sie sie in Erinnerung hatte.

Bedwyr trug die blaue Tunika der Kavallerie, ohne Rüstung oder Helm. Die Sonne spiegelte sich in dem Goldton seines Haares und dem polierten Ebenholz der Panzerung seines Pferdes wider, und sie beide hielten die Aufmerksamkeit des Publikums vollständig gefangen, während Sugyn das glatt ausgearbeitete Programm durchlief. Sie waren beide so groß und kraftvoll, dachte Gwenhwyfar, und wirkten so perfekt aufeinander abgestimmt. Der Hengst glänzte überall vor Schweiß. Rund um das Amphitheater wurde hörbar der Atem angehalten, als Sugyn vom Boden abhob und kräftig mit den Hinterbeinen ausschlug. Die Hufeisen blitzten silbern in der Sonne auf, und Gwenhwyfar erkannte, daß sie eine Waffe in Aktion sah. Diese Hufe waren genauso tödlich wie jedes Schwert.

Mann und Pferd ritten jetzt in leichtem Galopp um den Platz, wobei das Pferd wirkte, als wollte es bei der kleinsten Herausforderung in die Sitzreihen hineinspringen. Die Menge brüllte ihre Anerkennung heraus, und der Hengst sprang bei jedem Galoppschritt höher. Bedwyr wirkte vollkommen entspannt.

»Er ist großartig«, sagte Agravaine mit offensichtlichem Ernst, und Mordred wandte sich ihm ziemlich überrascht zu. Agravaine hielt sonst nichts von Komplimenten.

Arthur beugte sich ein wenig vor, um seinem Cousin zu antworten. »Er ist mehr wert als ein ganzes Regiment, wenn er im Kampf steht«, sagte er. »Ich bezweifle, daß irgend jemand sonst Bedwyr als Anführer der Kavallerie jemals das Wasser reichen könnte.«

Gwenhwyfar betrachtete Arthurs Gesicht. Seine grauen Augen waren voll von Bewunderung, während er seinen Kavalleriebefehlshaber den Platz hinab auf sich zukommen sah. Bedwyr und Sugyn hielten direkt unterhalb der Gesellschaft des Königs an. Bedwyr bedeutete dem Publikum, sich ruhig zu verhalten, und seine Macht konnte man daran messen, daß die Menge fast augenblicklich verstummte. Gwenhwyfar konnte Ruadh vom Eingang auf den Platz traben sehen.

Arthur sagte neben ihr: »Was zum Hades…?«

Dann sprach Bedwyr. »Die Kavallerie möchte den König gern dazu auffordern, dem Publikum ebenfalls eine Darbietung zu zeigen«, verkündete er mit donnernder Stimme, die sogar die Zuschauer auf dem Hügel erreichte.

Die Menge brüllte ihre Anerkennung heraus. Gwenhwyfar hörte Arthur vor sich hin murmeln. Sie beugte sich zu ihm hinüber. »Ich wußte gar nicht, daß du vorhattest, heute zu reiten.«

»Ich wußte es auch nicht«, erwiderte er verärgert. »Verdammter Bedwyr.«

Unter ihnen lachte Bedwyr. »Ich habe Gareth gebeten, ihn aufzuwärmen, Arthur«, rief er über den Lärm der Menge hinweg. »Er ist startbereit.«

Arthur erhob sich widerwillig. Die Menge schrie und klatschte. Es gab keine Möglichkeit, da herauszukommen. Er betrachtete den vor ihm stehenden Bedwyr und sagte ungerührt: »Du Bastard.«

Bedwyr grinste. Arthur sprang leicht über die Barriere, landete ebenso leicht und ging zu der Stelle, an der Gareth Ruadh bereithielt. »Du warst also auch eingeweiht«, stellte er fest, während er die Zügel des Kastanienbraunen in die linke Hand nahm.

Gareth lachte und freute sich offensichtlich genauso über ihr Komplott wie Bedwyr. »Es war die Idee des Prinzen, Mylord.«

»Dessen bin ich sicher«, erwiderte Arthur, stellte einen Fuß in den Steigbügel und schwang sich in den Sattel.

»Das ist nicht fair!« sagte Mordred zu Gwenhwyfar. »Es ist nicht fair, daß er gezwungen wird, es Bedwyr auf diese Weise gleichzutun. Ihr habt gesehen, wie überrascht er war. Er ist nicht vorbereitet.«

»Bedwyr würde niemals etwas tun, was den König in Verlegenheit bringen könnte«, erwiderte Gwenhwyfar. Der Lärm im Amphitheater hatte sich gelegt, und Bedwyr lenkte sein Pferd zurück, bis er sich unmittelbar vor Arthurs leerem Platz befand. Er schaute sich erneut um und begegnete Gwenhwyfars Blick. Seine Augen waren voll von blauem Gelächter. Dann wandte er sich wieder dem Platz zu, und Gwenhwyfar sagte zu Mordred: »Mach dir keine Sorgen.«

Der Ritt unterschied sich erheblich von dem von Bedwyr. Wenn Bedwyr und Sugyn den Eindruck von Stärke und Kraft erweckt hatten, so erweckten Arthur und Ruadh den Eindruck von Leichtigkeit und Anmut. Das kupferfarbene Pferd schien über den Boden zu schweben, ging seitwärts, wechselte die Gangart ohne Anzeichen eines Befehls von seinem Reiter. Arthur selbst schien weniger ein Reiter als eine Erweiterung des Pferdes zu sein, und sie beide zusammen schienen mehr ein Wesen der Luft zu sein als eines der Erde. Es war so wunderschön, daß Gwenhwyfar Tränen in ihre Augen treten spürte.

Ruadh kam genau in der Mitte des Platzes zum Stehen, und Arthur tätschelte seinen Hals und schaute zu Bedwyr. Die Menge beobachtete in atemlosen Schweigen, wie der Reiter auf dem großen, schwarzen Hengst in leichtem Galopp auf den König zuritt. Sie sprachen kurz miteinander, und dann ritten beide Pferde Seite an Seite ein letztes Mal in leichtem Galopp um den Platz. Die Menge wurde wild.

»Sehr sauber ausgeführt.« Das war Agravaines Stimme, kaum hörbar über dem Lärm um sie herum. »Man könnte fast schwören, daß sie das nicht geplant hatten.«

»Es war nicht geplant«, erwiderte Gwenhwyfar und beugte sich ein wenig vor, so daß sie Agravaine um Mordred und Morgause herum ansehen konnte. »Der König wußte nicht, daß Bedwyr das vorhatte.«

Der Ausdruck in Agravaines Augen war unergründlich. »Dann ist der Prinz entweder unglaublich großzügig oder ein Narr.«

»Bedwyr ist kein Narr«, erwiderte Gwenhwyfar.

Mordred, der den Wortwechsel verfolgt hatte, sagte jetzt: »Ich finde, sie waren beide wundervoll.«

Gwenhwyfar betrachtete sein strahlendes Gesicht und spürte Zuneigung in sich aufwallen. »Ja«, sagte sie. »Das denke ich auch.«

Als nächstes sollten Rennen stattfinden, und während der Platz dafür vorbereitet wurde, kehrten Gwenhwyfars Gedanken zu ihrem Wortwechsel mit Agravaine zurück. Bedwyr hatte genau gewußt, was er tat, als er Arthur zu dieser Vorführung gezwungen hatte, dachte sie. Sie konnte sich genau vorstellen, was geschehen sein mußte. Arthur hatte sich offenbar geweigert, etwas vorzuführen, und so hatte Bedwyr ihn dazu gezwungen. Sie verstand auch Bedwyrs Beweggründe. Er wollte, daß die Anführer des Landes ihren König so sahen, wie seine Männer ihn sahen.

Unglaublich großzügig, hatte Agravaine gesagt. Es stimmte, dachte sie. Bedwyrs Liebe war unglaublich großzügig. Es hatte ihm überhaupt nichts ausgemacht, seinen Augenblick des Ruhms mit Arthur zu teilen.

Und auch Arthur nicht. Er bezweifle, daß Bedwyr als Anführer der Kavallerie jemals übertroffen werden könnte, hatte er mit ehrlicher Bewunderung zu ihnen gesagt.

Wie klein und erbärmlich all ihre eigenen, weiblichen Eifersüchteleien und Qualen schienen, verglichen mit der Beziehung zwischen Arthur und Bedwyr. Sie würde es in Zukunft besser machen, versprach Gwenhwyfar sich selbst. Sie würde danach streben, Herzensgröße wie Bedwyr zu erlangen.

Sie blieb diesem edlen Ziel während der restlichen Vorführungen des Nachmittags vollkommen verschrieben. Als sie dann jedoch mit Arthur den Palast betrat, sagte ein Diener: »Die Lady von Avalon ist eingetroffen, Mylord.«

Gwenhwyfar sah Arthur an. »Ich dachte, sie kümmert sich um einen kranken Diener«, sagte sie.

»Das war eine Ausrede«, erwiderte er. »Morgan dachte, es wäre bequemer für alle, wenn sie fernbleibt. Ich habe Cai heute nachmittag losgeschickt, damit er sie holt.«

Morgan hatte recht gehabt, dachte Gwenhwyfar. Sie kämpfte darum, vor den Dienern einen unbeteiligten Gesichtsausdruck zu wahren. »Wo soll sie beim Essen sitzen?« fragte sie.

Arthurs Blick begegnete dem ihren. »Neben mir. Setze Cai auf ihre andere Seite.«

Gwenhwyfars Hände ballten sich zu Fäusten. »Sehr gut«, sagte sie und wandte sich ab.

Morgan hatte nicht kommen wollen. »Arthur sagt, du mußt kommen«, erklärte Cai ihr geduldig. »Es sieht dir nicht ähnlich, feige zu sein, Morgan.«

»Das ist es nicht. Es ist nur so, daß meine Anwesenheit so peinlich sein wird.«

»Für wen?« fragte er. Als sie seinen Blick mied, fügte er hinzu: »Du mußt Mordred früher oder später gegenübertreten, meine Liebe.«

Ihr Blick flog zu seinem Gesicht.

»Arthur hat mir nichts gesagt«, versicherte er ihr, »aber ich kenne euch beide zu gut, als daß ich glauben könnte, Morgause sei die Mutter dieses Jungen.«

Ihr Gesicht zeigte noch immer einen Ausdruck von Vorsicht. »Was denken alle anderen?«

»Sie haben keinen Grund, das Wort des Königs anzuzweifeln.« Er betrachtete ihr noch immer besorgtes Gesicht und fragte direkt: »Weiß Mordred, wer du bist?«

»Ja, Arthur hat es ihm gesagt.« Sie lächelte Cai verzerrt an. »Du hast recht. Ich bin ein Feigling.«

»Du mußt ihm früher oder später gegenübertreten«, wiederholte Cai. »Und wenn du nicht mit mir nach Camelot kommst, wird Arthur dich wahrscheinlich persönlich dorthin zerren.«

Sie seufzte. »In Ordnung. Ich komme mit. Warte, während ich einige Sachen einpacke.«

Die Vorführungen der Kavallerie waren noch immer im Gange, als Morgan und Cai am Palast ankamen. Morgan hatte Camelot erst einmal gesehen, bevor Gwenhwyfar dorthin gezogen war. Die Schönheit des vollendeten Hauses lenkte sie fast von dem Grund ihres Besuches ab. Fast.

»Der Palast ist so bevölkert wie ein Rummelplatz«, sagte Cai zu ihr. »Arthur hat dir jedoch einen der vom kleinen Hof abgewandten Schlafräume reservieren lassen.«

»Wo wohnt Mordred?« fragte sie.

»Arthur hat ihm einen Raum in seinem eigenen Trakt zugewiesen. Ich glaube jedoch, daß er nach dem Fest in die Unterkünfte der Kavallerie umziehen wird.« Er betrachtete ihr Gesicht. »Es geht ihm sehr gut, Morgan. Er ist ein netter Junge. Jeder mag ihn.«

»Das freut mich«, sagte sie.

Sie befand sich erst weniger als eine Stunde in dem behaglichen Gästezimmer, als Arthur eintraf. Sie blickte ihm von dem Schrank aus entgegen, in den sie ihre Kleider einordnete, und sagte schroff: »Du wußtest, daß ich nicht kommen wollte. Warum hast du darauf bestanden?«

»Weil du hier sein solltest«, erwiderte er. »Jedermann sonst aus ganz Britannien ist hier.«

Sie preßte die Lippen zusammen und antwortete nicht. Er hatte recht, das wußten sie beide. »Ich werde vermutlich mit ihm sprechen müssen«, sagte sie kurz darauf.

»Ich weiß, wie du dich fühlst«, erwiderte er tröstend. »Ich mußte ihm auch gegenübertreten. Aber er ist ein warmherziger Junge, Morgan. Es wird alles gut werden.«

Schließlich lächelte sie ihn an. »Es freut mich, daß du mit ihm zurechtkommst.«

»Soll ich ihn zu dir schicken? Es wäre besser, wenn du ihn jetzt triffst. Vor dem Essen.«

Sie atmete tief ein. »Ja.«

Nachdem er gegangen war, trat sie zu dem bequemen Korbsessel am Fenster und setzte sich. Es war ein sehr großer Sessel, und wenn sie sich zurücklehnte, war sie fast darin verloren. Sie verschränkte die Hände im Schoß. Die Minuten vergingen langsam. Wie begegnet man einem Kind, das man nach der Geburt fortgegeben hat? Was sagt man zu ihm?

Igraine hatte es geschafft, aber Igraine hatte sich nicht um ihren Sohn gesorgt. Morgan sorgte sich, sorgte sich verzweifelt. Wie konnte sie ihm sagen, daß sie sich all diese Jahre nach ihm gesehnt hatte? Daß ihre Arme nach ihm verlangt hatten? Daß es wie ein kleiner Tod für sie gewesen war, daß sie ihn Morgause überlassen mußte. Wie konnte sie ihm all das sagen und von ihm erwarten, daß er ihr glaubte? Er würde eine Aufrechnung von ihr verlangen, keine rührseligen Beteuerungen.

Sie glaubte nicht, daß er ihr gegenüber so warmherzig auftreten würde wie Arthur gegenüber. Arthur hatte nichts getan, was der Vergebung bedurfte.

Es klopfte leise an der Tür. »Komm herein«, sagte sie und

beobachtete, wie sich die Tür langsam öffnete und ihr Sohn den Raum betrat.

Mordreds Gefühlswelt war in Aufruhr. Er kannte Morgan schon sein ganzes Leben lang und hatte sich jeden Sommer auf ihre Besuche gefreut. Mit ihr hatte er Dinge geteilt, die er mit niemandem sonst geteilt hatte. Eine Art Nähe bestand zwischen ihnen, die er niemals bei jemand anderem empfunden hatte. Sie verstanden einander.

Und all diese Jahre lang hatte sie ihn belogen.

Er betrat den Raum und schloß die Tür. Sie saß in einem großen Korbsessel, sah ihn aus jenen braunen Augen an, an die er sich so gut erinnern konnte. »Hallo, Mordred«, sagte sie.

»Hallo.« Er zögerte. »Mylady.«

Er sah, wie sie zusammenzuckte, und empfand kurz Befriedigung.

»Vermutlich habe ich das verdient«, sagte sie. Er antwortete nicht, sondern stand nur da, die Hände hinter dem Rücken verschränkt, die Breite des Raumes zwischen ihm und ihr. Sein Herz klopfte. Bis zu diesem Moment hatte er nicht gewußt, wie böse er auf sie war.

Die braunen Augen schienen wie immer zu wissen, was er empfand. »Ich erwarte kein Verständnis von dir«, sagte sie. »Ich kann dir nur sagen, daß ich das Gefühl hatte, ich müßte es tun, und daß es sehr schwer war.«

Lange Zeit antwortete er nicht. Dann sagte er verbittert: »Ich verstehe, daß du mich nicht behalten konntest. Aber ich kann nicht verstehen, warum du meinem Vater niemals von mir erzählt hast. All diese Jahre nicht! Er hat nichts von mir gewußt!«

Das war die Sünde, die er niemals vergeben würde. Sie sagte, ohne Verständnis von ihm zu erwarten: »Ich dachte, in Lothian würde es dir besser ergehen. Du warst dort sicher. Du warst glücklich. Wenn die Königin einen Sohn bekommen hätte, wärst du hier in Gefahr gewesen. Und sehr unglücklich, glaube ich.«

»Du hättest es ihm sagen sollen. Du hättest es mir sagen sollen. Ich hätte in Lothian bleiben können. Ich hätte niemals zwischen die Krone und seine rechtmäßigen Söhne treten wollen.«

»Arthur hätte dich niemals in Lothian gelassen, Mordred. Ich wußte das, und darum habe ich es ihm nicht gesagt.« Sie seufzte. »Ich hätte es ihm sicherlich doch einmal sagen müssen. Wenn ich sicher gewußt hätte, wie du dir denken kannst, daß Arthur keinen weiteren Erben hat.«

»Er... er hat mich zu seinem Erben ernannt. Ich werde ihm als Hochkönig folgen.« In Mordreds Gesicht kämpften Stolz und Unsicherheit miteinander.

»Ich weiß. Es scheint, daß die Königin keine Kinder bekommen kann.«

»Aber was wäre, wenn sie doch eines bekäme?« Das war eine Frage, die ihm seit Tagen durch den Kopf ging, und er hatte Angst gehabt, sie zu stellen.

»Würde dich das stören?«

»Ich weiß es nicht.«

»Arthur wird das tun, was für Britannien das Beste ist. Mehr kann ich dir nicht sagen.« Ihre braunen Augen ruhten auf seinem Gesicht. »Das bedeutet es, König zu sein.«

Er fühlte sich besser, und dann ärgerte er sich über sich selbst, weil er sich besser fühlte. Er wollte nicht, daß sie ihn tröstete. Er sah sie mißtrauisch an. »Warum will mein Vater nicht, daß jemand weiß, daß du meine richtige Mutter bist?« fragte er plötzlich. Er atmete jetzt schnell, und die Tunika über seiner Brust hob und senkte sich mit seiner Erregung. Die Brust war schmal, die Arme noch kindlich dünn. Er war nicht annähernd so muskulös wie Arthur in seinem Alter gewesen war.

»Warum fragst du nicht ihn?« erwiderte sie.

Er sog den Atem ein und ließ ihn in großem Schwall wieder heraus. »Wirst du heute abend mit uns essen?«

»Ja.« Ihr Gesicht wirkte sehr ernst. »Ich kann verstehen, daß das alles sehr schwer für dich ist, Mordred. Ich erwarte nicht, daß du für mich genauso empfindest wie für Morgause. Sie hat deine Liebe verdient. Ich nicht.« Aus irgendeinem Grund spürte er Tränen hinter seinen Lidern aufsteigen, und er blinzelte sie schnell fort. »Wenn du es fertig brächtest, dich mir gegenüber so zu verhalten, wie du es der Schwester deiner Mutter gegenüber getan hast, dann genügt das«, sagte sie.

»Ich…« Er machte eine Geste und sagte über die Schulter hinweg: »Wir sehen uns beim Essen.« Dann war er fort.

Sobald sich die Tür hinter ihm geschlossen hatte, preßte Morgan ihre zusammengeballten Fäuste gegen die Schläfen und schloß die Augen. Vorsichtig, dachte sie. Schieb den Schmerz beiseite. Spüre ihn nicht. Denk nicht darüber nach. Vorsichtig, oder Arthur wird im Handumdrehen hier sein, bevor du dich wieder unter Kontrolle hast.

Sie zwang sich, langsam und tief durchzuatmen, sie entleerte ihren Geist, versagte sich, das Gesicht ihres Sohnes vor ihrem inneren Auge aufsteigen zu lassen. Denk an etwas anderes. Denk an die Apfelbäume in Avalon. Denke nicht an Mordred, denk nicht an ihn…

Fünf Minuten später, als sich die Tür öffnete und Arthur hereinkam, saß sie noch immer regungslos in dem großen Korbsessel. Sie wandte den Kopf, als er auf sie zukam. Er trug die blaue Tunika, in der sie ihn schon zuvor gesehen hatte, aber sie wirkte faltig und zerdrückt, als hätte sie auf dem Boden gelegen und wäre eilig wieder angezogen worden. Sein Haar war naß. Sie seufzte resigniert. »Wo warst du? Im Bad?«

»Kümmere dich nicht darum. Was ist geschehen? Warum bist du so bedrückt?«

»Gibt es nicht so etwas Ähnliches wie das Recht, ungestört zu sein?« fragte sie mit gerunzelten Augenbrauen über ihren fragenden braunen Augen.

»Nicht vor mir.« Er ließ sich vor ihrem Korbsessel auf die Fersen nieder, so daß sein Gesicht ihrem ganz nah war. »Was ist geschehen?« fragte er erneut.

Sie beugte sich zu ihm und legte ihre Hände um sein Gesicht. Er sah seinem Sohn so ähnlich, und sie waren doch so verschieden.

»Arthur«, fragte sie sanft, »wie hast du Igraine gegenüber empfunden?«

Sein Blick suchte den ihren. »Das ist nicht dasselbe.«

Sie strich mit ihren Daumen über die edlen Wangenknochen. »Auf die wichtigste Art ist es dasselbe. Ich habe ihn fortgegeben. Das Warum ist nicht wichtig, nicht für ein Kind. Ich habe ihn fortgegeben und, was in seinen Augen vielleicht noch schlimmer ist, ich habe es dir nicht gesagt. Es ist schwer für ihn, mir zu vergeben.«

Er legte seine Hände um ihre Handgelenke. »Ich werde mit ihm sprechen.«

»Du wirst nichts sagen.« Sie schaute ihm Einhalt gebietend in die Augen. »Hörst du mich? Das ist eine Sache zwischen Mordred und mir. Ich möchte nicht, daß du eingreifst. Der arme Junge hat genug zu verarbeiten, ohne daß du ihn noch damit bedrängen mußt, er solle nett zu seiner Mutter sein.«

Sie schwiegen lange Zeit, während sie einander ansahen. »Ich bedränge Menschen niemals«, sagte er, und Morgan wußte, daß sie gewonnen hatte. Sie beugte sich ein wenig vor und küßte ihn leicht auf den Kopf. »Geh und beende deine Vorbereitungen zum Abendessen. Mir geht es gut.«

Er löste den Griff um ihre Handgelenke, und sie ließ ihre Hände von seinem Gesicht herabsinken. Er richtete sich mit der Leichtigkeit eines Jungen auf. »Möchtest du mit uns essen?«

»Ja. Das würde ich gern.«

»Ich habe Gwenhwyfar gesagt, sie soll dich zwischen mich und Cai setzen.«

»Danke. Ich bin nicht allzu sehr in der Stimmung, perfekte Konversation zu betreiben.«

»Cai und mir ist es gleich, was du sagst.« Er stand, und sie saß noch immer, und sie mußte ihren Kopf in den Nacken legen, um zu ihm aufsehen zu können. »Er wird zurechtkommen, Morgan«, sagte er.

»Dessen bin ich sicher. Er hat ein weitaus verbindlicheres Wesen als du.«

Er grinste. »Er muß nach seiner Mutter kommen.« Er berührte sanft ihr Haar und wandte sich dann zur Tür. »Cai wird dich zum Essen abholen.«

»Gehst du jetzt, damit ich mich umziehen kann?«

»Ich gehe«, sagte er und tat dies auch ohne weiteren Aufschub.

## 35. KAPITEL

Die Tische für die Abendmahlzeit waren im Speisesaal an den Wänden entlang aufgestellt worden, um die Mitte des Raumes für die Unterhaltung freizuhalten. Rund um den Raum saßen in sorgfältiger Sitzordnung, die ihren Rang bezeichnete, die Könige und Fürsten des keltischen Britanniens zusammen mit ihren Söhnen und Frauen und Töchtern. Der Hochkönig, dessen Familie an seiner Seite saß, hatte an der Vorderseite des Raumes den Vorsitz.

Cador, der König von Dumnonia, saß, wie es seinem Rang entsprach, an einem der Tische in nächster Nähe des Königs. Wie auch sein Sohn und Erbe, Constantinus, der neben ihm hungrig aß, beobachtete Cador den Tisch des Königs aus seinen tiefliegenden, dunklen Augen. Er dachte erneut über die Möglichkeit nach, den König dazu zu überreden, eine andere Königin zu nehmen.

Der Junge Mordred war zumindest ein Erbe, obwohl Cador einen Sohn weniger fragwürdiger Abstammung vorgezogen hätte. Aber selbst wenn Mordred jüngeren Kindern vorgezogen würde, hielt Cador es für sicherer, wenn noch andere nach ihm kämen. Das Leben war unwägbar.

Es war Arthur nicht möglich, die Mutter des Jungen zu heiraten. Sie war noch immer eine hübsche Frau – und hier flog Cadors Blick anerkennend über die lebenssprühende Gestalt der Königin von Lothian hinweg –, aber zu alt, um noch Kinder zu bekommen. Außerdem bestand noch immer die Frage des Inzests.

Einige wenige Bemerkungen waren laut geworden, als Arthur den Namen von Mordreds Mutter bekanntgegeben hatte, aber im großen und ganzen hatten die keltischen Stammesangehörigen eine nachsichtige Einstellung zu solchen Dingen. Sie waren alle daran gewöhnt, daß Blutsverwandte innerhalb der eigenen Familie heirateten. Es war fast nicht zu verhindern, wenn man die Struktur der keltischen Gesellschaft betrachtete. Aber Morgause konnte niemals seine Frau werden.

Cadors Blick schweifte in die Runde und blieb am Gesicht eines besonders hübschen, jungen Mädchens haften, das fast an der entgegengesetzten Seite des Raumes saß. Nola, Madocs Tochter. Madoc, ein Fürst aus dem äußersten Westen von Wales, war guter Abstammung. Und das Mädchen war sehr hübsch. Sie wäre eine gute Wahl, wenn der König erwägen sollte, Gwenhwyfar fortzuschicken. Cadors Blick wanderte wieder zu Arthurs Tisch, und dort zum Gesicht der Königin. Es war eine reine Freude, sie nur anzusehen, gab er zu. Er konnte Arthurs Zögern, sie fortzuschicken, nur zu gut verstehen. Jeder Mann, der Gwenhwyfar in sein Bett bekommen hätte, würde ähnlich empfinden.

Aber sie war unfruchtbar. Fünf Jahre waren sie jetzt verheiratet, und es gab nicht das kleinste Anzeichen für ein Kind. Nicht einmal eine Fehlgeburt.

Der Junge, Mordred, war ein eindeutiger Beweis. Bis zu seinem Erscheinen war es noch immer möglich gewesen, sich zu fragen, ob der Fehler vielleicht bei Arthur läge. Man hatte niemals etwas davon gehört, daß er während all der langen Jahre seiner Kämpfe gegen die Angelsachsen irgendwelche Bastarde hinterlassen hätte. Aber andererseits war er auch schon als Junge wählerisch gewesen. Cador fragte sich, ob Arthur vielleicht selbst gefürchtet hatte, daß er derjenige sein könnte, der für die kinderlose Ehe verantwortlich war. Vielleicht war das der Grund, warum er sich so hartnäckig geweigert hatte, Gwenhwyfar zu ersetzen. Jetzt, wo der Beweis seiner Zeugungsfähigkeit mit ihm an einem Tisch saß und ihm so unheimlich ähnlich sah, wie er selbst seinem Vater, dachte Arthur vielleicht anders darüber.

Während Cador sie beobachtete, näherte sich der dunkle Kopf des Königs dem rotgoldenen seiner Frau. Gwenhwyfar schaute zu ihm hoch und sagte etwas. Das Grün ihrer Augen war über den ganzen Raum hinweg erkennbar. Cadors Sinne tobten, und er schürzte verzerrt voll Selbsterkenntnis die Lippen. Nein, es würde nicht leicht sein, den König davon zu überzeugen, Gwenhwyfar fortzuschicken.

Der Platz zur Rechten der Königin war leer, und erst als der Hauptgang abgeräumt war, erschien Bedwyr. Cador beobachtete, wie er durch den Raum schritt, den hellen Kopf unbewußt arrogant erhoben, der große Körper so kraftvoll und anmutig wie der eines Löwen. Es hatte Probleme mit einem Pferd gegeben, hatte Cador erfahren. Das war der Grund, warum der Prinz zu spät kam.

»Ich wünschte, ich könnte der Kavallerie beitreten«, sagte Constantinus, und Cador betrachtete seinen Erben.

»Würdest du das gern? Es wird jetzt kaum viele Kämpfe geben, weißt du.«

»Aber unter dem Prinzen zu dienen!« Constantinus' dunkle Augen schimmerten.

Der Prinz. In einem Raum voller Prinzen gab es nur einen, der der Prinz war. In ganz Britannien gab es niemals irgendwelche Zweifel, wer gemeint war, wenn von dem Prinzen gesprochen wurde. Cador sah, wie Bedwyr seinen üblichen Platz neben der Königin einnahm und sich über sie hinwegbeugte, um kurz mit dem König zu sprechen.

Sie sprachen sicherlich über das Pferd.

Gwenhwyfar hörte ruhig zu und schwieg. Dann lächelte Arthur Bedwyr flüchtig zu und wandte sich ab, um mit der Frau an seiner Seite zu sprechen, mit Morgan, der Lady von Avalon. Gwenhwyfar goß Wein in Bedwyrs Becher, während ein Diener seinen Teller füllte. Dann beobachtete die Königin mit belustigter Zuneigung, wie Bedwyr aß. Er schaute von seinem Teller auf, bemerkte, daß sie ihn beobachtete, und sie lachten beide. Ein Gedanke schoß durch Cadors Geist, und er runzelte die Stirn und schaute schnell zu Arthur.

Der König sprach mit Cai. Morgan, die zwischen ihnen saß, schien zuzuhören. Cador hatte Merlins jüngste Tochter niemals zuvor gesehen, und er war überrascht, wie klein sie war, wie jung. Er hatte erwartet, daß die berühmte Lady von Avalon eine weitaus beeindruckendere Gestalt sein müsse. Der Titel paßte irgendwie nicht zu dieser kleinen, zerbrechlichen Frau mit den großen braunen Augen.

Sie schaute plötzlich auf, und ihr Blick begegnete dem seinen. Sie hatte gespürt, daß er sie beobachtete, erkannte er, als sie seinen Blick mit dem ihren festhielt. Sie sahen einander einen langen Moment mit ernsten Gesichtern an, und dann lächelte sie ganz leicht und nickte. Cador hatte das beunruhigende Gefühl, daß sie seine Gedanken gelesen hatte.

Es war offensichtlich mehr an dieser kleinen Gestalt, als oberflächlich erkennbar war.

Die Unterhaltung nach dem Essen wurde von einigen ausgezeichneten Jongleuren, einer Akrobatengruppe und einem Harfenisten bestritten. Als das Programm endete, erhob Arthur sich und sagte liebenswürdig, er habe noch nicht alle Ehefrauen und Söhne und Töchter begrüßen können und wäre erfreut, es jetzt zu tun. Prinz Mordred, fügte er hinzu, wäre ebenfalls erfreut, mit all jenen Fürsten zu sprechen, die noch nicht die Möglichkeit gehabt hatten, ihm vorgestellt zu werden.

Während Cador zusah, füllte sich die Mitte des Speiseraums mit Menschen, die sich in kleinen Gruppen miteinander unterhielten und auf ihre Chance warteten, entweder mit dem König oder mit Mordred zu sprechen. Wie Cador feststellte, schien der Junge seine Rolle sehr gut zu erfüllen. Morgause stand nicht weit von ihm entfernt, aber er schaute nicht einmal ratsuchend zu ihr hinüber.

Er könnte es sehr gut schaffen, dieser Mordred. Er war natürlich nicht Arthur. Man konnte sich nicht vorstellen, daß dieser Junge auf dieselbe Art sofort die Befehlsgewalt übernehmen könnte, wie Arthur sie übernommen hatte. Aber das mußte er auch nicht. Der König war erst einunddreißig. Mordred würde noch viele Jahre Zeit haben, in seine Verantwortung hineinzuwachsen.

Aber es wäre sicherer, wenn es noch weitere Söhne nach ihm gäbe. Arthur sprach jetzt mit Madoc, und Cador beobachtete genau, wie der Fürst von Wales Arthur seine Frau und seine blonde Tochter vorstellte. Der König sagte etwas zu dem Mädchen, und sie lächelte und zeigte schöne weiße Zähne. Dann wandte Arthur den Kopf zur Seite – wie ein Tier, das Gefahr spürt, dachte Cador. Mit einer gemurmelten Entschuldigung trat der König zu der Gruppe um Mordred, zu der sich jetzt auch die Lady von Avalon gesellt hatte.

Bevor Cador sehen konnte, was Arthur so beunruhigt hatte, wurde seine Aufmerksamkeit von Ban von Dyfed in Anspruch genommen. Sie beide zogen sich in eine Ecke zurück und setzten ihre Unterhaltung über die Probleme der Nachfolge fort.

Morgause hatte Mordred und Morgan an ihre Seite gerufen, und das auf eine zu öffentliche Weise, als daß sie hätten Einwände erheben können. Morgan verließ widerwillig eine kleine Gruppe mit früheren Patienten und trat an die Seite ihrer Schwester.

Es war der Königin von Lothian ganz offensichtlich nicht in den Sinn gekommen, daß sich die zuvor gute Beziehung zwischen Mordred und Morgan verändert haben könnte. Mordred war sehr blaß, als Morgan an Morgauses Seite trat. Er sah seine Mutter nicht an. Der Grund für die Aufforderung der Königin war, daß sie einen alten Mann getroffen hatte, der, wie sie ihnen triumphierend mitteilte, tatsächlich in den Konstantinischen Kriegen unter Merlin gekämpft hatte. War das nicht erstaunlich?

Morgan machte eine Bemerkung, die offenbar seine Verdienste würdigte, denn der alte Mann strahlte sie an. Mordred stand starr und bleich da und schwieg. Morgan fragte sich verzweifelt, wie sie aus dieser peinlichen Situation herauskommen könnten, als leise Schritte neben ihr erklangen und Arthur da war.

Er sprach mit dem alten Mann und zeigte sich besonders charmant zu Morgause. Er rief einen Fürsten herbei, dessen Vater ebenfalls unter Merlin gekämpft hatte. Dann entschuldigte er sich und Morgan und sagte, daß noch andere Menschen mit ihr sprechen wollten, und mit einer Geste, die noch aus ihrer

Kindheit stammte, legte er seine Hand auf ihren Nacken und führte sie davon.

Es war albern, durch einen so unbedeutenden Vorfall beunruhigt zu sein, sagte sich Morgan. Aber sie war dennoch dankbar für den tröstlichen Druck von Arthurs vertrauter Hand auf ihrem Nacken. Der Griff festigte sich plötzlich, und sie schaute auf und sah, daß Urien auf sie zukam und sie mit einem anerkennenden Blick aus den hellblauen Augen anstrahlte. Er sah dem König ins Gesicht, zögerte und blieb stehen.

*Sei kein Narr.* Der Gedanke durchlief Arthurs Geist so deutlich, als hätte sie zu ihm gesprochen. Er schaute hinab, sah den Ausdruck in ihren Augen und grinste plötzlich.

»Urien«, sagte er herzlich. »Kommt und begrüßt Lady Morgan.« Das hübsche Gesicht erhellte sich, und der Prinz von Rheged gesellte sich zu ihnen. Arthur nahm seine Hand herunter und wandte sich Uriens Vater zu, der neben ihn getreten war.

Der Menschenauflauf um Mordred schien abgenommen zu haben, und Arthur nahm an, er könnte sich jetzt offiziell aus dem Speisesaal zurückziehen. Er sah sich nach seiner Frau um. Sie war von einer Gruppe von Bewunderern umgeben, darunter auch ältere Festteilnehmer. Sein Blick wanderte weiter und fand Bedwyr, der an der anderen Seite des Raumes mit seinem Bruder sprach. Cai war bereits gegangen, wie Arthur wußte.

Arthur zog Bedwyrs Blick auf sich, und der Prinz trat zu ihm. »Die Königin und ich, wir werden uns zurückziehen«, sagte Arthur. »Wirst du Lady Morgan begleiten?«

»Natürlich«, erwiderte Bedwyr sofort, wandte sich Morgan zu und bot ihr seinen Arm. Urien trat widerwillig zurück. Bedwyr trug eine kurzärmelige Tunika, seine bloßen, muskulösen Arme waren mit kurzen blonden Haaren bedeckt. Morgan legte ihre kleine, feste Hand auf seinen Unterarm und lächelte zu ihm auf. »Es tut mir leid, daß ich Euer Programm heute nachmittag versäumt habe«, sagte sie. »Cai erzählte mir, daß Ihr Arthur auf den Platz gelockt habt. Wie klug von Euch, Bedwyr.«

Er lächelte ebenfalls, sehr blond und blau im Licht des Kronleuchters, und antwortete ihr amüsiert. Sie unterhielten sich angeregt, während sie darauf warteten, daß Arthur Gwenhwyfar abholen und sich standesgemäß zurückziehen würde.

Die Bewunderer der Königin wichen zurück, als der König herankam. Er blieb neben ihr stehen und sagte: »Es ist Zeit, allen diesen Menschen Ruhe zu gönnen«, und bot ihr mit einer formellen, höflichen Geste den Arm. Sie durchschritten würdevoll den Raum. Bedwyr und Morgan schlossen sich ihnen an und schließlich folgten Morgause und Mordred.

Gwenhwyfar betrachtete ihre Hand, die so formell auf dem Arm ihres Mannes ruhte. Er hatte seine Hand in einer Geste auf Morgans Nacken gelegt, die Gwenhwyfar rein instinktiv vorgekommen war. Und doch wußte sie, daß Arthur niemals jemanden berührte, ohne sich bewußt dafür entschieden zu haben.

Eifersucht, so körperliche Eifersucht, daß sie Übelkeit verspürte, stieg in ihr auf. Ich werde nicht so empfinden, sagte sie sich wild. Ich werde nicht so empfinden.

Hinter sich konnte sie Morgan etwas zu Bedwyr sagen hören. Seine tiefe Stimme erwiderte etwas, klang so natürlich, so vertraut, so wohl. Bedwyr, dachte sie und klammerte sich an sein Bild, wie sich ein im Sumpf gefangener Mensch an das eine Stück festen Bodens klammert, das ihm unter seinen versinkenden Füßen geblieben ist.

Am darauffolgenden Morgen baten Cador und Ban um ein Gespräch mit Arthur. Gwenhwyfar sah ihren Vater in der kleinen Halle, sah den verärgerten Ausdruck auf seinem Gesicht und glaubte zu wissen, worum es in diesem Gespräch gehen würde. Sie wollten, daß Arthur eine andere Königin nahm.

Gwenhwyfar verließ die Halle und lief den langen Gang hinab, der zu den Küchen auf der Rückseite des Hauses führte. Dann ging sie um die Nebengebäude herum: das Backhaus, die Vorratshäuser, das Schlachthaus. Sie beobachtete gerade, wie eine Wagenladung Gemüse angeliefert wurde, als sie Cai auf sich zukommen sah. Er blinzelte in der Sonne ein wenig und legte dann schützend eine Hand über die Augen. »Geht es Euch gut?« fragte er. »Ihr seht blaß aus.«

»Ich leide nicht unter morgendlicher Übelkeit, wenn Ihr das meint«, erwiderte sie.

Sie schwiegen beide einen Augenblick. »Begleitet mich auf einem Spaziergang durch den Garten. Hier ist es zu staubig für Euch.«

Sie paßte sich neben ihm seinem Schritt an, und sie schritten schweigend dahin, bis sie die kühle, grüne Oase des Gartens erreicht hatten. »Was ist los?« fragte er dann ruhig. »Kann ich helfen?«

Gwenhwyfar sah ihn überrascht an. Er hatte ehrlich besorgt geklungen. Sie und Cai waren immer recht gut miteinander ausgekommen, aber sie war niemals ganz das Gefühl losgeworden, daß Arthurs Pflegebruder sie mißbilligte. Oder sie und Bedwyr mißbilligte.

Seine haselnußbraunen Augen blickten jedoch sehr freundlich drein, und zu ihrem eigenen Erstaunen sagte sie: »Cador und Ban wollen Arthur bitten, eine andere Frau zu nehmen.«

»Wahrscheinlich.« Er klang unbekümmert. »Das wäre nicht das erste Mal. Das müßtet Ihr doch wissen.«

Sie wandte ihr Gesicht ab. »Ja, das weiß ich. Aber es ist jetzt etwas anderes, Cai. Jetzt, wo Arthur Mordred hat. Jetzt ist es eindeutig klar, warum Britannien noch immer keinen Erben aus Arthurs Ehe hat.«

»Das ist unwichtig.« Er klang echt verwirrt. »Das bedeutet für Arthur keinen Unterschied.«

»Nein?« Ihre Stimme klang gedämpft. »Er hat einmal zu mir gesagt, daß unsere Kinderlosigkeit vielleicht sein Fehler sei, aber jetzt, wo er weiß, daß es nicht so ist…«

»Gwenhwyfar.« Seine Stimme war eine seltsame Mischung aus Ungeduld und Mitgefühl. »Ihr quält Euch grundlos. Arthur wird Euch niemals fortschicken. Ich bin überrascht, daß ich Euch das sagen muß.«

Ihr Blick kehrte zu seinem Gesicht zurück. »Wie könnt Ihr so sicher sein?«

»Weil ich Arthur kenne. Er wird Euch als Königin genauso wenig austauschen, wie er Bedwyr als Befehlshaber der Kavallerie oder mich als seinen stellvertretenden Kommandeur austauschen würde. Arthur verhält sich seinen Freunden gegenüber stets loyal.«

Ein langes Schweigen entstand. Ein Fisch sprang in einem der Zierbecken in ihrer Nähe. »Manchmal«, sagte Gwenhwyfar schließlich, »weiß ich nicht, worin die Loyalität besteht, Cai.« Es war eine Bemerkung, die sie recht nah an die Dinge heranbrachte, von denen sie beide wußten, daß es zu gefährlich war, sie zu erörtern. Und dennoch bat sie um seine Hilfe, das wußte er auch.

»Denkt an ihn als an einen Freund«, sagte er schließlich. »Das empfindet er für Euch und für mich und für Bedwyr. Und man ist nicht eifersüchtig auf seinen Freund. Man freut sich, ihn glücklich zu sehen, und so freut er sich auch für Euch. Ihr werdet keinen besseren Freund auf der Welt finden als Arthur. Er wird bis zum Tode zu Euch stehen. Zweifelt keinen Moment daran.«

Der Fisch sprang erneut und verursachte ein leises, plumpsendes Geräusch, als er wieder in das Wasser des Beckens eintauchte.

»Wie habt Ihr gelernt, so weise zu sein?« fragte Gwenhwyfar.

Er lächelte verzerrt. »Durch eine harte Schule, glaubt mir.«

»Warum schmerzt das Leben so, Cai?« fragte sie plötzlich verzweifelt.

»Es schmerzt stets jene, die tief empfinden«, erwiderte er. »Diesen Preis müssen wir zahlen.«

»Es wäre schön, wenn man sich manchmal nicht sorgen müßte.«

»Leichter sicherlich. Aber wäre das Leben dann wirklich lebenswert?«

Sie lächelte ihn an, ihr wunderschönes Gesicht leuchtete makellos im Morgenlicht. »Vermutlich nicht. Kommt mit mir. Ihr und ich, wir müssen noch einen weiteren Tag dieses Festes hinter uns bringen!«

Cai grinste sie anerkennend an, und sie gingen zusammen auf den Palast zu.

In den Monaten, die auf das Fest folgten, geschah einiges, was für Britannien lebenswichtig wurde.

Cai brach nach Rom auf, um mit dem neuen Kaiser des Westens, Anthemius, zusammenzutreffen. Er war seit der Zeit Constantinus' der erste britische Abgesandte in Rom. Cai war fraglos die erste Wahl für die Rolle eines Botschafters. Merlin hatte er zu verdanken, daß sein Lateinisch gebildet, einwandfrei und vollständig römisch war. Und er war geschickt, intelligent und ein guter Menschenkenner. Cai würde am Hof des Kaisers den richtigen Eindruck hinterlassen.

Gawain beschloß, lieber in Camelot zu bleiben, als in den Norden zurückzukehren, selbst wenn er auf die Königswürde verzichten mußte. Arthur bestand darauf, Gaheris seine Rechte formell zu übertragen und reiste selbst nach Lothian, um die Übergabe der Macht rechtsgültig anzuerkennen. Dort wohnte er der Einführung Gaheris' zum König bei.

Morgause reiste mit Arthur und Gawain, und beschloß, wenn sie erst wieder in Lothian war, dort auch zu bleiben. Im Norden war sie noch immer die unbestrittene Königin und würde es sein, bis Gaheris heiratete. In Camelot war sie von der jüngeren, schöneren Gwenhwyfar in den Schatten gestellt worden. Sowohl Gwenhwyfar als auch Arthur waren insgeheim froh über ihre Entscheidung.

Arthur begann Schiffe bauen zu lassen, die Straßen wurden ausgebessert und Münzen geprägt. Er erhob auch eine Steuer für alle regionalen Herrscher. Sie wehrten sich erbittert, aber am Ende zahlten sie. Die Vorhaben des Königs waren zu wertvoll für die keltischen Anführer, um sie aus Mangel an Mitteln aufs Spiel zu setzen. Zum ersten Mal, seit man sich erinnern konnte, begann Britannien Getreide nach Irland und Gallien auszuführen.

Cador fragte den König, ob er seinen Sohn Constantinus nach Camelot schicken könne, um ihn militärisch ausbilden zu lassen. Was Cador für seinen Sohn wollte, erkannte Arthur, war eine Ausbildung in der Kunst der Führerschaft. Das wollte er auch für seinen Sohn, eine Ausbildung der Art, wie Merlin sie ihm und Cai hatte zukommen lassen. Er besprach diese Angelegenheit mit Bedwyr und sie entschieden, daß Constantinus ein guter Gefährte für Mordred sein würde.

Sobald die anderen Könige und Fürsten erkannten, was vor sich ging, fand sich Arthur von einer Horde weiterer Bewerber belagert.

»Schicke einige von ihnen zu Valerius«, empfahl Bedwyr, als er und Arthur an einem Herbstmorgen die Lage erörterten.

Arthur wirkte belustigt. »Sie wollen keine Fußsoldaten werden, Bedwyr. Die Kavallerie ist es, die sie magisch anzieht. Immerhin paradiert Valerius nicht auf feuerspeienden, schwarzen Hengsten und begeistert das Volk.«

Bedwyr sah ihn an. »Sehr witzig.«

Arthurs Erheiterung nahm zu. »Du bekommst sie aufgebürdet, mein Freund. Ich kann nicht zu Cador ja und zu Edun nein sagen.«

»Was denkst du, was ich tun soll?« fragte Bedwyr. »Eine besondere Kavallerieeinheit für sie einrichten?«

»Ich glaube, wir sollten ihnen vor allem ihre eigenen Unterkünfte geben. Sie werden mehr brauchen als nur die Ausbildung, die wir den gewöhnlichen Kavallerieoffizieren zuteil werden lassen. Es sind immerhin Prinzen, und sie werden die Anführer ihrer Stämme sein. Du brauchst das nicht alles allein zu bewerkstelligen. Wir haben genügend Experten in Camelot. Aber ich möchte, daß du die Verantwortung für dieses Vorhaben übernimmst, Bedwyr. Es wird eine starke Hand nötig sein, um es richtig durchzuführen.«

»Wie viele Prinzen willst du annehmen?«

»Wir sollten besser eine Altersgrenze festsetzen, sagen wir zwischen fünfzehn und achtzehn. Damit verschaffen wir dir eine leicht zu handhabende Gruppe.«

»Ich bekomme damit eine Gruppe rastloser junger Grünschnäbel angedreht, die von morgens bis abends beschäftigt werden muß, wenn sie von Schwierigkeiten ferngehalten werden soll. Leider gibt es keinen Krieg, um sie beschäftigt zu halten.«

Arthur schrie vor Lachen. »Du solltest das Problem besser verstehen als jeder andere«, erwiderte er, als er wieder zu Atem gelangt war.

Bedwyr hatte den Ausbruch des Königs mit gelassener Heiterkeit beobachtet. »Oh, in Ordnung«, sagte er. »Ich werde deine Prinzen für dich anleiten. Aber setze die Altersgrenze auf neunzehn fest. Agravaine ist zu gut, als daß man ihn ausschließen könnte.«

»Neunzehn«, stimmte der König zu, und zu Beginn des Frühjahrs war eine Auswahl von zwanzig adligen Prinzen, darunter der eigene Sohn und der Cousin des Königs, in einem eigenen Haus in der Kavallerieenklave in Camelot untergebracht.

Das Frühjahr ging in den Sommer über. Cai kehrte mit der Nachricht über Schwierigkeiten in Gallien aus Rom zurück. Euric, der König der Visigoten, versuchte das Kaiserreich zu stürzen und Gallien für sich selbst zu erhalten. Der Kaiser Anthemius, der von Arthurs großen Siegen gehört hatte, wollte sich mit Britannien verbünden.

»Das ist fast unglaublich«, sagte Bedwyr, als er von dem Ergebnis von Cais Reise erfuhr. »Rom hat uns verstoßen, hat uns gesagt, wir sollten uns selbst helfen. Und jetzt werden wir von einem Kaiser hofiert!«

»Schmeichelhaft, sicherlich«, erwiderte Arthur. »Ich bin mir jedoch nicht ganz sicher, ob ich die letzte Stütze von Roms wankendem Reich sein will. Es wird einer unmittelbareren Bedrohung Britanniens bedürfen als der durch Euric, um mich dazu zu bewegen, mein Heer über die Meerenge zu schicken.«

Nachdem Britannien diesen ganzen goldenen Sommer und Herbst hindurch in Frieden zusammengearbeitet hatte, schien es nicht möglich, daß irgendeine äußere Bedrohung sie in Schwierigkeiten bringen könnte. Die Angelsachsen hatten einen Vertrag unterzeichnet, und es schien so, als lebten sie bezwungen und fügsam innerhalb der Grenzen ihres Küstenkönigreiches. Das Land war sicher für jene, die es bewohnten. Gehöfte und Dörfer und Städte begannen zu gedeihen. Die Gewerbe wurden wiederbelebt. Der König regierte in Camelot, und die Welt war in Ordnung.

## 37. KAPITEL

Die Prinzen von Britannien saßen um einen langen Tisch im Speiseraum ihrer Unterkunft in Camelot herum, aßen, unterhielten sich und tauschten Witze und Geschichten aus. Sie hatten den ganzen Morgen mit Lanzen geübt und nahmen jetzt ihr Mittagsmahl ein, bevor sie zum Reitplatz hinuntergehen würden. Das Hauptinteresse am Tisch galt wie immer Agravaine. Er war der unbestrittene Anführer der Jungen, seitdem die Schule der Prinzen begonnen hatte.

Mordred saß neben seinem Bruder, denn er konnte bei Agravaine an nichts anderes denken als an einen Bruder, und lauschte amüsiert seiner hellen, spöttischen Stimme, während er eine Geschichte erzählte. Sie brüllten gerade alle vor Lachen, als sich die Tür öffnete und Bedwyr hereinkam.

Agravaine lächelte. »Unser Prinz und Leiter«, sagte er. Er hatte himmelblaue Augen. »Seht uns an, voller Schmerzen und Schwielen, denn wir haben heute morgen jeder mindestens einhundert Lanzen angehoben.«

Bedwyr sah Agravaine spöttisch an. »Seid Ihr in Schweiß ausgebrochen?«

Agravaines weiße Zähne blitzten auf. »Es war sehr kühl auf dem Platz.«

»Götter, was seid Ihr doch für ein träger Haufen.« Bedwyrs Blick wanderte um den Tisch. »Kommt mit. Die Pferde müssen bewegt werden.«

»Meine Verdauung«, beschwerte sich Agravaine.

»Auf«, sagte Bedwyr unerbittlich, und sie erhoben sich und gingen gehorsam zum Reitplatz davon. Agravaine lief wie immer neben Bedwyr.

Sie ritten heute nachmittag ohne Zügel und übten, ihre Pferde nur mit den Beinen und der Sitzfläche anzuleiten. Sollten die Zügel bei einer Schlacht jemals durchtrennt werden, war es wichtig, daß sie nicht die Kontrolle über die Pferde verloren.

Das war eine der Übungen, bei denen Mordred sich hervortat. Er war sogar besser als Agravaine, und er und Cloud ritten den Platz hinauf und hinab Figuren, beide in glückliche Partnerschaft vertieft.

Plötzlich war ein Pferd vor ihm. Cloud blieb abrupt stehen, und Mordreds tiefe Konzentration wurde gestört, als er hochblickte und in Agravaines Gesicht sah. Sein Bruder versperrte ihm den Weg, saß stocksteif in seinem Sattel, die Arme über der Brust gekreuzt. »Sehr hübsch, kleiner Bruder«, sagte Agravaine. Sein Haar umrahmte das Gesicht wie ein hellgelber seidener Wasserfall, und seine Augen waren von einem sehr viel dunkleren Blau als der kobaltblaue Himmel.

Mordred betrachtete ihn wachsam. Er wußte aus langjähriger Erfahrung, daß Agravaine sich nicht gerne übertrumpfen ließ. Der einzige, dem sich Agravaine jemals bereitwillig untergeordnet hatte, war Bedwyr. Aber es konnte auch keiner erwarten, besser als Bedwyr zu sein. Der war unbestritten der Beste.

Außer dem König natürlich, dachte Mordred voll treuer Ergebenheit. Aber Arthur überließ die Ausbildung der Prinzen Bedwyr. Sie versuchten, Bedwyr nachzueifern. Sie wollten Bedwyr beeindrucken. Der König war eine ehrfurchtgebietende Gestalt, die aus der Ferne betrachtet, bewundert und verehrt wurde, aber er war ihnen wenig vertraut.

Mordred war der einzige der Jungen, der auch einige Zeit mit Arthur verbrachte. Er aß zweimal in der Woche mit dem König und der Königin im Palast und verbrachte mindestens einen Vormittag der Woche mit Arthur in seinem Arbeitsraum. Diese spezielle Behandlung unterschied ihn natürlich von den anderen, aber andererseits unterschied er sich ohnehin von den anderen. Sie alle wußten, daß er eines Tages ihr König sein würde.

»Cloud ist ein gutes Pferd«, sagte Mordred jetzt in das herausfordernde Gesicht seines älteren Bruders. »Sehr einfühlsam.«

Die anderen Jungen ritten um sie herum, lachten und schrien auf, wenn sie Zusammenstöße nur knapp verhindert hatten. Auf einmal verfiel Constantinus' Pferd in einen leichten Galopp.

»Nimm deine Zügel auf!« rief Bedwyr, der wußte, daß die restlichen Pferde diesem Beispiel folgen würden, wenn sie nicht zurückgehalten würden. Mordred nahm die um Clouds Hals verknoteten Zügel auf und beobachtete, wie Constantinus dasselbe tat und sein Pferd wieder verlangsamte. Bedwyr rief sie herbei, und sie alle stellten sich im Halbkreis um den Prinzen und Sugyn auf. »Ich denke, das war für heute genug Arbeit ohne Zügel. Als nächstes werden wir ein wenig den Seitwärtsschritt üben. Nun seht zu. Ich werde Sugyn in die Mitte des Platzes führen und ihn dann mit Bein- und ein wenig Zügelarbeit dazu bringen, seitwärts zu gehen, während er dabei gleichzeitig vorwärts geht.«

Bedwyr zeigte es ihnen und sah dann zu, wie jeder der Prinzen versuchte, seinem Beispiel zu folgen. Agravaine hatte wie üblich am ehesten Erfolg. Er war ein beherrschter und bedachtsamer Reiter, und sein Reittier gehorchte ihm normalerweise. Mordred und Cloud waren nicht so erfolgreich. Cloud war nicht sicher, daß er diese Schritte machen wollte, und Mordred bat ihn einfach weiterhin darum, anstatt ihn dazu zu zwingen.

Er reitet wie sein Vater, dachte Bedwyr erfreut. Cloud würde am Ende ein weitaus besseres Pferd sein als Agravaines Azur. Eine halbe Stunde später, als Bedwyr den Unterricht gerade unterbrechen wollte, ritt Gwenhwyfar an den Rand des Platzes. Bedwyr ließ Sugyn zu ihr hinübertraben und blieb vor ihr stehen.

»Was tust du hier draußen allein?« fragte er über den Zaun hinweg.

»Ich war unten auf dem Basar«, antwortete sie. »Und ich hatte zwei Männer bei mir. Ich habe sie zum Palast hinaufgeschickt, als ich den Klang deiner Stimme hörte. Es ist solch ein schöner Tag. Ich war noch nicht bereit, direkt wieder nach Hause zu reiten.«

Ein Pferd wurde neben Bedwyr geführt, und er hörte Agravaines helle, charakteristische Stimme. »Sollen wir die Pferde jetzt fortbringen, Prinz?«

Bedwyr ließ Sugyn ein wenig zurücktänzeln, damit er sowohl Gwenhwyfar als auch Agravaine ansehen konnte. »Ja«, sagte er. »Sie haben für heute genug geleistet.«

»Guten Tag, Mylady«, sagte Agravaine und verbeugte sich im Sattel anmutig.

»Guten Tag, Prinz«, erwiderte Gwenhwyfar. Sie sah Bedwyr in Camelot kaum noch ohne diesen blonden jungen Mann neben sich. Sie bildeten ein auffallendes Gespann, sicherlich, da sie beide so entschieden blond waren. Agravaines Färbung war noch auffallender als Bedwyrs, aber Bedwyrs Größe ließ den jüngeren Mann fast zerbrechlich wirken.

Gwenhwyfar glaubte nicht, daß Agravaine zerbrechlich war. Laut Bedwyr war er der begabteste Schüler der Waffenkunde innerhalb der Gruppe. Er war gutaussehend, charmant, klug und beliebt bei seinen Kameraden. Aber es war etwas an ihm, das sie abstieß.

Sie sagte Bedwyr gegenüber nichts von ihren Empfindungen, einfach weil es schon für sie selbst schwer war, damit umzugehen. Aber einer anderen Sache war sie sich recht sicher. Trotz seiner außergewöhnlichen Höflichkeit mochte Agravaine sie genauso wenig, wie sie ihn mochte.

Ihr Blick wanderte von Agravaine fort und begegnete einem vertrauen Augenpaar, das sie mit ehrlicher Bewunderung betrachtete. Sie lächelte. »Wie geht es Euch, Mordred? War Euer Nachmittag erfolgreich? Ich hoffe, der Fürst hat Euch nicht zu hart üben lassen.«

Das dunkle, hübsche Gesicht erhellte sich. »Oh, nein, Mylady. Nicht härter als gewöhnlich.«

»Gut«, erwiderte Gwenhwyfar belustigt. Dann: »Ich wollte Euren Unterricht nicht stören, Fürst.«

»Wir wollten ihn ohnehin beenden«, erwiderte Bedwyr. »Agravaine, sorge dafür, daß die Pferde ausreichend abgekühlt werden, bevor ihr sie hinausführt.«

»Ja, Mylord«, sagte Agravaine mit leicht spöttischer Achtung.

»Möchtet Ihr ausreiten, bevor Ihr zum Palast zurückkehrt?« fragte Bedwyr die Königin.

»Das wäre wundervoll«, antwortete sie sofort.

Agravaine saß schweigend auf seinem Pferd, während sich Bedwyr von Sugyn herabbeugte, um das Tor zu öffnen. Dann, als der blonde und der rotgoldene Schopf auf die Straße zuritten, wandte er sich den noch immer auf dem Platz befindlichen Männern und Pferden zu.

»In Ordnung. Wir sollten die Pferde zum Stall zurückbringen.«

Sein Gesicht war weiß, und seine Augen brannten, und sie alle gehorchten schweigend, weil sie wußten, daß jegliche Bemerkung nur eine böse Reaktion dieser rasiermesserscharfen Zunge bewirken würde.

»Warum vertraust du Agravaine solche Aufgaben an?« fragte Gwenhwyfar Bedwyr, während sie durch die kühle Märzsonne ritten. »Immerhin ist er weniger bedeutend als die meisten anderen Jungen. Sicherlich weniger als Mordred.«

»Weniger bedeutend vielleicht, aber Agravaine ist der geborene Anführer.« Er schaute strikt geradeaus, direkt zwischen den Ohren seines Pferdes hindurch. Ohne sie anzusehen, fügte er hinzu: »Mordred ist das nicht.«

Sie nahm sofort eine Abwehrhaltung ein. »Er ist noch ein Junge. Du mußt ihm Zeit zum Wachsen geben.«

»Er ist siebzehn. Mit siebzehn war Arthur schon seit einem Jahr Hochkönig.«

»Es ist nicht fair, ihn mit Arthur zu vergleichen.«

»Vielleicht nicht. Es wird niemals einen zweiten Arthur geben. Aber dieser Junge zeigt keine Härte, Gwenhwyfar.«

»Und Agravaine zeigt zuviel Härte! Wenn ich die Wahl hätte, würde ich Mordreds Sanftheit jederzeit vorziehen.«

»Das würde ich auch tun, wenn ich einen Sohn zu wählen hätte. Aber nicht, wenn ich einen König wählen muß. Es ist besser für einen König, zu hart zu sein, als nicht hart genug zu sein.«

»Dann lehre es ihn.«

Schließlich sah er sie an. »Ich versuche es. Arthur versucht es. Wie du bereits sagtest, er ist noch jung. Vielleicht wird er es schaffen.«

»Ist es etwa so, daß er nicht das zustande bringt, was die anderen Jungen zustande bringen? Auf dem Übungsplatz, meine ich?«

»Er führt alle Aufgaben aus, die er ausführen soll. Aber sein Herz hängt nicht daran, Gwenhwyfar. Er möchte Arthur gefallen, also versucht er es, aber er ist nicht wirklich an der Sache interessiert. Es macht ihm Spaß, mit den Pferden zu arbeiten. Und er mag Musik. Er ist ein guter Harfenist.« Bedwyrs Stimme klang ausdruckslos.

Gwenhwyfar ließ die Knöchel über den seidigen Hals ihres kastanienbraunes Pferdes gleiten. Dann sagte sie ganz ruhig: »Arthur liebt ihn.«

Seine Antwort kam genauso ruhig. »Ich weiß, kleiner Vogel. Aber Arthur ist nicht blind. Er sieht, was ich sehe.«

Sie hob ihr Gesicht zum Himmel, als suche sie Rat. »Wie kann das sein, daß Arthurs Sohn keine Führerpersönlichkeit ist? Er braucht einfach Zeit, Bedwyr. Und ich halte es nicht für klug, Agravaine solchen Vorrang zu geben. Er beherrscht Mordred schon seit ihrer Kindheit. Das sollte man nicht noch fördern.«

»Niemand beherrscht Mordred«, widersprach er ihr. »Er ist keine Führerpersönlichkeit, aber er ist auch kein Gefolgsmann. Er ist ein Träumer, und in diesem Punkt unterscheidet er sich am meisten von Arthur, glaube ich. Arthur ist praktisch veranlagt, entschieden praktisch. Das ist seine große Gabe, die Kombination von Visionen und deren praktische Anwendbarkeit.«

Ihre Pferde liefen fast eine Minute lang ruhig nebeneinander her. Dann sagte Bedwyr: »Arthur muß ihm die richtige Frau beschaffen.«

Gwenhwyfar verhielt ihr Pferd. »Ich mag ihn, Bedwyr«, sagte sie sanft. »Er ist ein sehr lieber Junge.«

Bedwyrs Augen waren unheimlich blau. »Ich weiß«, antwortete er. »Das ist das Problem.«

»Ich möchte, daß du bald einmal zum Übungsplatz der Jungen kommst«, sagte Bedwyr zum König. Er und Arthur und Gwenhwyfar aßen zusammen in dem kleinen, vom Hof abgewandten Raum, den sie für die Familienmahlzeiten benutzten. »Früher«, fuhr er fort, »gab es keinen Mann im Heer, der Zweifel an seiner persönlichen Ergebenheit aufkommen ließ. Sie verehrten dich alle, Arthur. Die Veteranen tun es noch immer. Aber diese Jungen kennen dich nicht und sehen dich kaum. Ich bin nicht sicher, ob das klug ist.«

»Früher«, wiederholte Arthur belustigt. »Du sprichst so wehmütig, Bedwyr. Badon ist erst drei Jahre her.«

»Diese Jungen waren nicht in Badon. Und sie werden das nächste Konzil der Prinzen bilden. Du solltest sie besser kennenlernen.«

»Ich war mit anderen Angelegenheiten als mit dem Heer beschäftigt.« Arthurs Stimme klang ungerührt.

»Bedwyr hat recht«, sagte Gwenhwyfar. »Ich glaube auch, daß du mehr Zeit mit den Prinzen verbringen solltest.«

Arthur schaute von einem Gesicht zum anderen. Er hob seine schwarzen Augenbrauen. »Sehr gut. Ich werde kommen und deinen Schülern zusehen, Bedwyr. Soll ich ihnen die Hand halten?«

»Nein«, sagte Bedwyr zufrieden. »Ich möchte, daß du ihnen zeigst, wie man ein Schwert gebraucht.«

Am darauffolgenden Morgen ritt Arthur zum Übungsplatz hinunter. Der Märzwind blies eilig weiße Wolken über den Himmel, und die Luft war frostig, aber alle Jungen auf dem Platz trugen kurzärmelige Tuniken. Sie übten den Schwertkampf, traten gegeneinander und gegen große Sandsäcke an, die mit Zielflächen versehen waren. Arthur stieg ab und beobachtete schweigend die Übungen. Kurz darauf kam Bedwyr zu ihm herüber.

Die beiden Männer lehnten gemeinsam an einem Wagen und sahen zu, wie die Jugendlichen übten. Agravaines hervorragende Fähigkeiten wurden sofort offensichtlich. Er entwaffnete den Prinzen von Elmet, gegen den er angetreten war, senkte sein

Schwert und beobachtete den König und Bedwyr, wie sie beieinander standen und sich unterhielten. Dann trat Arthur von dem Wagen fort und schritt mit Bedwyr an seiner Seite über den weichen Boden. Bedwyr hatte den Kopf zu dem kleineren, schlankeren, schwarzhaarigen Mann neben sich geneigt. Dann hob der Prinz die Stimme und rief die Jungen zu sich.

Sie kamen sofort. Alle waren respektvoll und aufgeregt. Bedwyr ließ dann jeden Jungen ein Manöver ausführen, wobei er den Sandsack als Gegner gebrauchen sollte, und Arthur beobachtete jeden von ihnen voll freundlicher Aufmerksamkeit. Er hatte für jeden Prinzen ein Lob und einen Vorschlag zur Verbesserung bereit. Als sie dann versuchten, die Vorschläge umzusetzen, erkannten sie erst, wie scharfsichtig der König gewesen war.

Agravaine traf den Übungssack genau durch den als Ziel markierten Punkt und wandte sich dann zu Arthur um. Er erwartete eindeutig ein Lob.

»Dein Handgelenk ist ein wenig schwach«, sagte Arthur.

Agravaines Augen weiteten sich. Er wartete, bis der letzte Prinz seine Übung beendet hatte, bevor er seinen Vorschlag machte. »Warum zeigt Ihr und der Prinz uns nicht ein wenig wahre Schwertkunst, Mylord?« Seine Stimme war seidenweich, und seine blauen Augen leuchteten arglos. Arthur wandte sich ihm zu, und sein Gesicht blieb fast unbewegt. Wenn er die Worte als Herausforderung erkannt hatte, zeigte er es nicht.

»Nein, danke, Agravaine«, sagte Bedwyr humorvoll. »Ich möchte mir meinen Ruf der Unbesiegbarkeit bewahren.«

Es war immer wieder dasselbe wie mit der Kavallerievorführung, dachte Agravaine verärgert. Der Prinz mußte all seine Ehren fast zwanghaft mit diesem König teilen.

»Ich werde aber gegen dich antreten«, sagte Arthur.

Agravaine warf das Haar zurück und lachte. Es war ein reiner, melodiöser Laut der Freude. Das war sogar noch besser. Seine Hand zuckte unbewußt zu seinem Schwertheft, während er die Herausforderung annahm.

Die Jungen sahen einander schweigend an. Agravaine hatte gerade letzte Woche den besten Veteran der Kavallerieoffiziere besiegt. Es gab zur Zeit niemanden im ganzen Heer, der ihn im Schwertkampf bezwingen konnte. Außer Bedwyr.

»Du solltest lieber deine Ärmel hochkrempeln«, empfahl Bedwyr dem König. »Du kannst Mordreds Schwert benutzen. Es entspricht deiner Größe und deinem Gewicht.«

Mordred reichte seinem Vater mit kaum wahrnehmbarem Stirnrunzeln das Schwert. Arthur hob es an und versuchte, wie es sich anfühlte. Er lächelte Mordred zu und machte ein paar Schritte auf den Platz hinaus. »Nun?« wandte er sich nachsichtig an Agravaine. »Bist du bereit, Cousin?«

Agravaine betrat den Platz. Er war jetzt einundzwanzig Jahre alt, besaß die volle Kraft seines jungen Mannestums und hatte in etwa die gleiche Größe und das gleiche Gewicht wie der König. Arthur wurde in einem Monat dreiunddreißig, ein Alter, in dem die Reflexe langsamer werden und die Füße an Schnelligkeit verlieren. Die Prinzen, die zusahen, zweifelten kaum daran, daß Agravaine seine Vorteile vollständig ausschöpfen würde.

Arthur hob sein Schwert, und Agravaine tat es ihm nach. Der König wartete darauf, daß sein Gegner den ersten Schritt machte, und Agravaine tat ihm den Gefallen und drang auf ihn ein wie eine Katze, wobei sein Schwert in der strahlenden Sonne immer wieder aufblitzte. Ganz kurz zeigte das Gesicht des Königs eine Regung, und dann begann er Boden aufzugeben.

Mordred spürte, wie das Herz in seiner Brust hämmerte. Er war sich auch sicher, daß das Herz seines Vaters genauso heftig schlug. Arthur war von Agravaines Angriffslust überrascht worden. Und der König hatte noch keine Bewegung gemacht, die nicht ausschließlich der Verteidigung gegolten hätte.

Ein häßliches Lächeln reinen Vergnügens erschien auf Agravaines Gesicht. Er atmete hörbar, während er seinen Angriff auf den noch immer zurückweichenden König verschärfte. Mordred warf einen besorgten Blick zu Bedwyr hinüber, aber der Prinz wirkte gänzlich unbekümmert.

»Sehr gut.« Es war die Stimme des Königs. Sie drang kühl und deutlich durch die klare Luft. Arthur war immerhin nicht außer Atem. Er hielt stand und wehrte einen wilden Schlagregen ab. Agravaine war trotz seines wilden Feuerwerks bisher nicht in der Lage gewesen, durch die Abwehr des Königs hindurch zu gelangen. »Du solltest jedoch nicht ständig von rechts angreifen. Das macht den Angriff leicht vorhersagbar.« Arthurs Schwert blitzte auf, um einen Stoß abzuwehren, der auf die linke Seite gezielt war. »Ja. Das ist besser. Aber das größte Problem ist noch immer dieses Handgelenk.«

Der König trat einen Schritt vor, vollführte zum ersten Mal einen Stoß, der nicht als Abwehr gedacht war, und Agravaines Schwert flog zu Boden. »Du bist so schnell, daß du deine Schwäche gut verbergen kannst«, sagte Arthur freundlich. »Bedwyr wird dir helfen, diese Schwäche zu verbessern.«

Arthur verließ den Platz und war sofort von einem Kreis von ehrfurchtsvollen Jungen umgeben. Er lächelte ihnen gelöst und freundlich zu und begann Fragen zu beantworten.

Mordred wandte sich schließlich um und ging zu seinem Bruder hinüber. Agravaine hielt sich das Handgelenk und beobachtete den König. »Geh weg«, fauchte er, als er Mordred herankommen sah.

Mordred betrachtete Agravaines verkniffenes, blasses Gesicht und die flammenden Augen, seufzte und wandte sich wieder um. Man konnte nicht mit Agravaine reden, wenn er so aufgebracht war.

Als sich Mordred der Gruppe von Prinzen um seinen Vater wieder angeschlossen hatte, begannen sie auf die Ställe zuzugehen. Mordred drängte sich zwischen Constantinus und Lachlan, um neben den Prinzen zu gelangen. »Agravaine«, sagte er mit drängendem Unterton in der Stimme zu Bedwyr.

Der hielt inne, wandte sich um und sah eine einsame Gestalt noch immer auf dem Platz stehen. Er murmelte leise etwas und rief dann Arthur zu: »Geht zu den Ställen voran. Ich treffe Euch dort«, wandte sich um und ging zurück. Bevor er um die Biegung gelangte, die ihm die Sicht auf den Platz versperren würde, schaute Mordred noch einmal zurück, um zu sehen, was vor sich ging.

Agravaine und Bedwyr folgten ihnen, aber sie gingen langsam. Bedwyr hatte einen Arm um Agravaines Schultern gelegt und sagte etwas zu dem jungen Mann. Agravaine ging neben dem Prinzen, den blonden Kopf leicht geneigt, und hörte zu.

## 38. KAPITEL

»Diese Angelsachsen haben merkwürdige Anwandlungen.« Arthur nahm eine Schriftrolle von seinem Schreibtisch und las Cai und Bedwyr deren Inhalt laut vor. Die Botschaft stammte von Syagrius, dem König, der über das nördliche Gallien regierte. Wie Arthur trat auch Syagrius für die Idee der Romanitas ein, ohne die Person des Kaisers zu unterstützen. Und wie Arthur hatte auch er eine grundverschiedene Gruppe von Stämmen unter sich: die Franken, die Burgunder und die Britannier in Armorica als Anführer aller.

»›Odovacar besetzt jetzt das südliche Ufer der Loire und die meisten der Inseln‹« las Arthur laut. »›Seine Anwesenheit dort bedeutet eine direkte Bedrohung aller britannischen Siedlungen entlang der Loire. Das angelsächsische Heer zählt ungefähr fünfzehntausend Mann, was mehr ist, als ich ausheben kann. Childeric, der König der Franken, und ich können vielleicht achttausend Mann aufbringen. Wenn wir der Bedrohung durch die Angelsachsen entgegentreten wollen, brauchen wir den Beistand Britanniens.‹«

»Odovacar«, sagte Cai. »Ein weiterer angelsächsischer Anführer wie Offa. Nie sind sie zufrieden mit dem, was sie haben, immer verlangen sie nach mehr.«

»Wenn Odovacar mehr bekommt«, sagte Bedwyr, »dann kann es sehr wohl sein, daß er als nächstes über die Meerenge nach Britannien schaut.«

»Dieser Gedanke«, sagte Arthur, »ist mir auch schon durch den Kopf gegangen.«

Die drei Männer sahen einander an. »Besser ihn in Gallien bekämpfen als in Britannien.« Cai sprach das aus, was sie alle dachten.

Arthurs dunkles Gesicht wirkte ernst. »Cai, du mußt sofort nach Gallien aufbrechen. Suche Syagrius auf. Finde genau heraus, welche Art Feldzug er plant und auf wieviel Mann er tatsächlich zählen kann.«

Cai nickte. »Welches Schiff?«

»Nimm die *Gull*. Sie liegt jetzt in Portus Adurni. Und gehe sicher, daß du auch mit Childeric sprechen kannst. Ich will nicht in Gallien landen und die Franken an meiner Kehle haben. Nimm Lionel mit dir. Seine Meinung wird nützlich sein.«

Bedwyr grunzte zustimmend, und Arthur wandte sich dem Prinzen zu. »Es sieht so aus, als wären ›die alten Zeiten‹ nach allem doch wieder zurückgekehrt, Bedwyr der Löwe.«

Bedwyrs blaue Augen glitzerten. »Aber die ›alten Zeiten‹ haben uns nicht aus Britannien hinausgeführt. Wenn du nach Gallien ziehst, wer wird dann dein Stellvertreter in Camelot sein?«

»Mordred«, sagte Arthur. »Und Gwenhwyfar.«

Cai und Bedwyr tauschten einen Blick aus, schwiegen aber beide.

»Wir können dabei auch ausloten, ob er diese Aufgabe bewältigen kann«, sagte Arthur. »Wenn nicht, dann müssen wir uns woanders nach dem nächsten Hochkönig umsehen.«

Bedwyr verspürte eine so große Erleichterung, daß er kurzzeitig wie benommen davon war. Arthur sieht, was ich sehe, hatte er einmal zu Gwenhwyfar gesagt. Aber Bedwyr war sich der Klarheit von Arthurs Sichtweise in bezug auf Mordred gar nicht so sicher gewesen, wie er geklungen hatte.

Er hätte wissen müssen, daß Arthur stets in erster Linie König war.

»Wenn Mordred die Angelegenheiten zu Hause nicht führen kann, wird Gwenhwyfar es tun«, sagte Cai nüchtern. »Sie ist genauso fähig dazu, wie Igraine es war.«

»Ich weiß.« Arthur rollte die Schriftrolle langsam zusammen. »Das Heer sollte in voller Bereitschaft gehalten werden, Bedwyr. Ich werde mit Valerius sprechen. Vorräte und Transportmöglichkeiten werden ebenfalls vorbereitet werden müssen.«

Sowohl Cai als auch Bedwyr bemerkten den verabschiedenden Unterton und erhoben sich. Plötzlich grinste Bedwyr. »Ich bin so aufgeregt wie ein altes Schlachtroß, wenn es die Trompeten endlich wieder einmal erklingen hört.«

Cai schlug ihm herzlich auf den Rücken, und Arthur lachte.

Mordred lag auf dem Rücken im Gras, die Augen halb gegen die Augustsonne geschlossen. Er war Camelot an diesem Morgen ganz früh entkommen und hatte Cloud ein Stück den Pfad entlanggeritten, der, wie er wußte, nach Avalon führte. Er wollte allerdings nicht Morgan besuchen, er wollte einfach eine Weile allein sein.

In Lothian war es niemals schwierig gewesen, Einsamkeit zu finden. Niemand hatte seine Schritte überwacht, niemand hatte sich weiter darum gekümmert, woher er kam oder wohin er ging. In Lothian war er frei gewesen.

In Camelot war er nicht frei. Er war kaum jemals allein. Es nagte an seinem Geist, und gelegentlich nahm er ein Pferd und verschwand einfach einen Tag lang. Bedwyr gefiel das nicht, aber er unternahm nichts, um Mordreds periodisches Verschwinden zu verhindern. Es war die einzige Gelegenheit, bei der Mordred seine Stellung als Sohn des Königs ausnutzte.

Dabei fragte er sich, ob er dieses Verlangen nach Ruhe und Einsamkeit von Morgan geerbt hatte. Seinem Vater schien es nichts auszumachen, ein Mann des öffentlichen Lebens zu sein, aber Morgan blieb still in Avalon und führte ihr Leben abseits des geschäftigen Treibens des öffentlichen Lebens. Er war seiner Mutter seit ihrem ersten gefühlsbeladenen Treffen erst einmal wieder begegnet. Sie waren höflich miteinander umgegangen – sehr vorsichtig und sehr höflich.

Morgan kam selten nach Camelot. Zum ersten Mal kam Mordred der Gedanke, daß sie darin, daß sie ein ruhiges Leben vorzog, vielleicht so war wie er. Er hatte zuvor gedacht, daß sie wegen Gwenhwyfar fortbliebe. Es war Mordred ziemlich klar, daß die Königin Morgan nicht mochte.

Gwenhwyfar. Camelot konnte für ihn niemals zum Gefängnis werden, solange Gwenhwyfar dort war. Sein Herz sang, wann immer er an sie dachte. Es beunruhigte ihn keineswegs, daß er solche Gefühle für die Frau seines Vaters hegte. Es kam ihm niemals in den Sinn, daß er jemals mehr als ihr bewundernder Diener sein könnte. Nur sein Vater war so großartig, daß er Gwenhwyfar verdiente.

Er stieß sich auf einen Ellbogen hoch und durchstöberte die Satteltasche nach seiner kleinen Harfe. Er ließ die Finger einmal darüber gleiten und zupfte dann eine kleine Melodie. Er war tief in seine Musik versunken, als ein Hund auf ihn zugelaufen kam und ihm die Hand zu lecken versuchte. Mordred lachte, legte die Harfe beiseite und kraulte dem Hund die Ohren. »Wo kommst du denn her, hm?« fragte er, und der Hund wandte seinen Kopf soweit, daß Mordred eine andere Stelle kraulen konnte.

Auf einmal hörte er ein Pferd hinter sich durch die Bäume herannahen, und er wandte den Kopf. Ein Pony mit Reiter kam aus einem schmalen Pfad hervor, der sich tief in die Wälder hineinwand. Erschreckt und überrascht erkannte er seine Mutter. Nach einer fast unmerklichen Pause kam sie auf ihn zugeritten. »Eine Flucht?« fragte sie freundlich.

Er betrachtete ihr schmales, zartes Gesicht und erinnerte sich plötzlich an das, worüber er so lange nicht hatte nachdenken wollen: an die vielen langen Sommertage seiner Kindheit, die er mit ihr zusammen verbracht hatte. Es war Morgan gewesen, die die Hügel und Wälder Lothians mit ihm durchstreift hatte, Morgan, die neben ihm im Gras gelegen und die Vögel beobachtet hatte und die ihm geholfen hatte, ängstliche Jungtiere wieder in ihr Nest zu setzen. Es war Morgan gewesen, die ihm seine Harfe geschenkt hatte. Er lächelte ganz natürlich und sagte: »Ja.«

Ein zweiter Hund kam aus den Wäldern herbeigelaufen und

gesellte sich zu dem ersten, den Mordred streichelte. Morgan lachte und stieg von ihrem Pony. Die Hunde liefen sofort an ihre Seite.

»Irgendein besonderer Grund?« fragte sie. »Oder einfach allgemeine Atemnot?«

Er warf ihr einen charmanten, aber wehmütigen Blick zu. »Bedwyr und mein Vater sind nach Portus Adurni geritten, um sich Schiffe anzusehen. Das schien mir eine gute Gelegenheit, selbst zu entkommen.«

»Ich verstehe.« Sie ließ ihr Pony grasen und setzte sich neben ihn. Es war das erste Mal seit dieser unglücklichen Unterhaltung, nachdem er zuerst erfahren hatte, daß sie seine Mutter war, daß sie beide allein waren. Er stellte ein wenig überrascht fest, daß er nicht mehr böse auf sie war. Er war jetzt vor allem neugierig. Er betrachtete aus den Augenwinkeln ihr Profil, das lange, schimmernde, gleichmäßig geschnittene braune Haar. Sie wirkte nicht so alt, als könnte sie einen siebzehnjährigen Sohn haben, dachte er.

»Wie alt warst du, als ich geboren wurde?« fragte er ein wenig schüchtern.

»Fünfzehn.«

Fünfzehn. Zwei Jahre jünger, als er jetzt war. Und sein Vater war sechzehn gewesen. Es war schwer für ihn, sie sich vorzustellen, als sie noch jünger war als er selbst.

Er pflückte einen Grashalm und nahm ihn zwischen die Zähne.

»Morgause hat wieder geheiratet«, sagte er.

Sie wandte den Kopf, und die großen braunen Augen sahen ihn an. »Das wußte ich nicht.«

»Gawain hat erst gestern von ihr gehört.«

Eine dünne Linie erschien zwischen ihren Brauen. Wenn man sie aus der Nähe betrachtete, wirkte sie nicht mehr wie ein junges Mädchen.

»Wen?« fragte sie.

Er preßte den Mund zu einer dünnen Linie zusammen. »Lamorak.«

»Lamorak?«

»Ja.«

»Ich verstehe.«

Ein langes Schweigen entstand, bevor sie fragte: »Was hat Agravaine dazu gesagt?«

Lamorak war der Sohn eines niederen lothianischen Stammesfürsten. Er war fünfundzwanzig Jahre alt, zwanzig Jahre jünger als Morgause. Und vor allem waren er und Agravaine ein ganzes Jahr lang unzertrennlich gewesen, bevor Agravaine Lothian verlassen hatte, um nach Camelot zu gehen.

»Er schien es lustig zu finden.« Mordred war deutlich verwirrt. Morgan rief das Pony heran, das sich beim Grasen dem Wald genähert hatte, und es hob den Kopf und schaute zu ihr herüber. Sie verursachte in ihrer Kehle ein Geräusch, und das Pony graste gehorsam in ihrer Richtung weiter.

»Was kann nur in sie gefahren sein, Morgan?« brach es aus Mordred hervor. »Lamorak ist soviel jünger als sie.«

»Vielleicht fühlt sich Morgause mit ihm ebenfalls jung.«

»Ich hätte gedacht, daß zwei Ehemänner genügen«, murmelte er. Er nahm den Grashalm aus dem Mund und betrachtete düster seine Schuhe.

»Offensichtlich war Morgause nicht dieser Meinung.«

»Aber sie wirkt so lächerlich!«

»Ich bin sicher, daß sie es nicht so empfindet. Sie ist wahrscheinlich glücklich. Ich hoffe es für sie. Sie verdient es, glücklich zu sein.«

Sein Blick zuckte von seinen Füßen zu ihrem Gesicht. Seine Wangen waren gerötet. »Du hast recht«, sagte er eilig und zerknirscht. »Ich habe an mich gedacht, nicht an sie.«

»Erzähle mir von dir«, forderte sie ihn auf. »Wie ich höre, wirst du regieren, während der König in Gallien ist.«

Er seufzte schwer. »Ja.«

»Machst du dir Sorgen?«

Er sah sie an. Da waren Arthurs Augen ohne Arthurs Stärke. »Ja. Jedermann scheint zu erwarten, daß ich wie mein Vater werde. Vermutlich ist das so, weil ich ihm so ähnlich sehe. Aber ich bin nicht wie er, Morgan. Er sieht die Dinge so klar, trifft derart schnelle Entscheidungen… ich bin nicht so.«

»Daß du nicht wie Arthur bist, bedeutet doch nicht, daß du kein guter König sein kannst. Du wirst vielleicht ein wundervoller König, aber auf deine Weise, nicht auf Arthurs.«

»Ich würde lieber Arzt werden«, sagte er und warf ihr einen schnellen Blick zu.

Sie beobachtete ihn gelassen. »Du hast deinem Land gegenüber die Verpflichtung, zu versuchen, ein König zu sein.«

Er seufzte erneut. »Ja. Und ich versuche es auch.«

»Gut.« Sie lächelte ihn warm, liebevoll und anerkennend an und stand dann auf. Die Hunde, die im Wald umhergeschnüffelt hatten, kamen eilends an ihre Seite gelaufen. »Ich habe Kräuter gesammelt«, sagte sie, und er bemerkte zum ersten Mal den Sack, der vom Sattel ihres Ponys hinabhing. »Ich muß nach Hause reiten.«

»Ich habe Avalon noch nie besucht«, bemerkte er.

Sie hielt inne, ihre Hand am Zügel, und sah ihn an. »Du bist jederzeit willkommen.«

Er lächelte ihr schüchtern zu. »Danke.«

Eine Gruppe von Mönchen aus Glastonbury ritt jeden Sonntag nach Camelot, um für die Christen in der Hauptstadt die Messe zu lesen. Normalerweise las der Abt Gildas in der großen Halle des Palastes die Messe für den König und die Königin und die Heeresoffiziere, während die anderen Mönche in den Gemeinschaftsräumen der Hauptgarnisonsgebäude die Messe für die normalen Soldaten und Zivilisten abhielten, die Christen waren.

Es war Arthurs Gewohnheit, sich nach der Messe unter die Menschen in der großen Halle zu mischen. Da fand jedermann Gelegenheit, ein persönliches, kurzes Gespräch mit dem König zu führen. Agravaine, der Arthur mit einer Gruppe niederer Fußoffiziere beobachtete, dachte zynisch, daß der König sich sehr wohl seiner persönlichen Macht bewußt war. Er ließ den Männern solch schmeichelhafte Aufmerksamkeit zuteil werden, daß sie vor Stolz und Freude barsten. Narren. Sie hatten keine Ahnung, daß sie manipuliert wurden, daß Camelot mit den Opfern der klug eingesetzten Anziehungskraft des Königs bevölkert war. Sogar der Prinz strahlte wie eine Kerze, als Arthur eine Hand auf seinen Arm legte.

Es erzürnte Agravaine, daß niemand ihn durchschaute. Agravaine jedoch tat es. Er sagte sich, daß er es wahrscheinlich nur sah, weil er selbst seinen Charme genauso rücksichtslos einsetzte wie Arthur.

Gwenhwyfar hatte den Abt in die kleine Halle zurückbegleitet, wo sie ihn stets zum Frühstück empfing. Agravaine sah sich in der bevölkerten Halle nach Bedwyrs wuchtiger Gestalt um. Der Prinz nahm niemals an einer Messe teil, aber er erschien gewöhnlich beim anschließenden Empfang. Der Sonntag war für das Heer ein freier Tag, und er wollte mit Bedwyr auf die Jagd gehen.

Die Zeit verging, und die große Halle begann sich zu leeren. Arthur und Mordred verschwanden in der kleinen Halle. Agravaine zögerte und fragte sich, ob er zu den Unterkünften der Prinzen zurückgehen sollte, um dort auf Bedwyr zu warten. Gerade als er beschlossen hatte, es so zu machen, erschienen Bedwyr und Gwenhwyfar auf der entgegengesetzten Seite der Halle. Gwenhwyfar trug Reitkleidung.

Agravaine stand stocksteif da, während sie auf ihn zukamen. »Ich dachte, wir wollten auf die Jagd gehen«, sagte er zu Bedwyr. Die blonden Brauen hoben sich, und der Prinz schaute zu ihm hinab. »Tut mir leid, Agravaine. Das hatte ich vergessen. Vielleicht geht einer der anderen mit dir. Ich habe versprochen, die Königin auf einen Ausritt zu begleiten.«

Gwenhwyfar lächelte. Ihr Haar floß wie Seide über den grünen Stoff ihrer Reittunika. Ihre Wimpern waren lang und dunkel. Sie war wirklich außergewöhnlich schön, dachte Agravaine, und er haßte sie.

Er schaute erneut zu Bedwyr. »Aber ich wollte mit Euch gehen.« Sogar er selbst konnte hören, daß er unverschämt klang.

Bedwyr runzelte die Stirn. »Geh mit Constantinus. Oder mit Gawain. Ich begleite die Königin auf einen Ausritt.«

Agravaine war sicher, ein triumphierendes Aufflackern in Gwenhwyfars grünen Augen bemerkt zu haben. Dann waren sie an ihm vorbeigegangen und betraten die Vorhalle. Agravaine schaute ihnen nach, und ein Ausdruck des Hasses und des Zorns entstellte die Schönheit des hellhäutigen Gesichts.

## 39. KAPITEL

»Wirst du zum Lossegeln bereit sein, bevor die Stürme über der Meerenge toben?« fragte Morgan. Sie ging mit Arthur Hand in Hand durch den kleinen Hain, der sich eine Meile weit hinter dem Haus von Avalon erstreckte. Der Wald war erhalten worden, als das Haus gebaut worden war, um es vor Lärm und den Gerüchen des Viehbestandes zu schützen. Es gab einen Pfad, der halb in den Wald hineinführte, dann kehrtmachte und zum Haus zurückführte. Dies war Arthurs und Morgans üblicher Spazierweg, den sie unternahmen, bevor sie zu Bett gingen. Auch ein feiner, nebelartiger Regen, wie er an diesem Abend fiel, konnte sie nicht davon abhalten.

»Ich denke schon«, antwortete Arthur. »Alles ist geregelt. Wir sollten in ungefähr zwei Wochen an Bord gehen können.«

»Keine weiteren Schwierigkeiten aus dem Norden?«

»Nein. Dort scheint sich jedermann mit der Notwendigkeit unserer Reise abgefunden zu haben.«

Das Konzil war geteilter Meinung gewesen, ob das Heer nach Gallien ziehen sollte oder nicht. Dumnonia und Wales hatten für die Reise gestimmt, aber die nördlichen Königreiche nicht. Arthur hatte wie immer obsiegt, aber es hatte einiges aufrührerisches Gemurmel über diese »römischen« Bestrebungen gegeben.

»Gut«, sagte sie und schmiegte ihre Hand in seine. Seine Finger schlossen sich. Er war an diesem Nachmittag spät in Avalon angekommen und würde früh am nächsten Morgen wieder fortreiten müssen. Die Vorbereitungen des Heeres hatten ihm weniger Zeit als sonst gelassen, mit Morgan zusammen zu sein. Morgan wünschte, er würde nicht nach Gallien ziehen. Sie hatte in letzter Zeit das ungute Gefühl gehabt, daß es nicht gut für ihn wäre, das Land zu verlassen, aber sie hatte ihm nichts davon gesagt. Arthur, ihr Mann, hätte ihr zugehört, aber der König würde sein Urteil niemals von ihrem »Gefühl« beeinflussen lassen. Es war besser, ihn überhaupt nicht damit zu behelligen, hatte sie sich gesagt. Der Wald roch süß und feucht, und sie hörten den leisen Ruf einer Eule, dann das Geräusch von Schwingen über sich. Die Hunde folgten ihnen dichtauf und wichen nur gelegentlich vom Weg ab, um irgendein kleines Nachttier zu jagen. Sie gingen Seite an Seite, so vertraut mit ihrer Umgebung, daß die Dunkelheit kein Hindernis war. Ihre Schritte paßten sich einander vollkommen an. Arthur hatte seinen Kopf ein wenig zu ihrem gebeugt, und ihre Stimmen klangen leise und innig.

»Mordred ist vor einigen Tagen nach Avalon gekommen«, sagte sie. »Hat er es dir erzählt?«

»Nein.« Er mußte nicht fragen, er konnte spüren, wie glücklich sie dieser Besuch gemacht hatte. »Ich sagte dir, daß er kommen würde.«

»Ich habe ihm unser altes Baumhaus gezeigt.«

»Ich hoffe, du bist nicht hinaufgeklettert. Es kann nach all den Jahren nicht mehr sicher sein.«

»Mach dir keine Sorgen. Wir haben es uns nur vom Boden aus angesehen.« Er konnte die Belustigung in ihrer Stimme hören.

Sie hatten das Ende des Pfades erreicht, und das Haus ragte einhundert Fuß vor ihnen auf. Eine Lampe brannte in der kleinen Vorhalle, zu der sich die Hintertür öffnete, und sie betraten den Lichtkreis und blinzelten, während sich ihre Augen der Dunkelheit anpaßten. Die Hunde kamen hinter ihnen heran und begannen den Regen aus ihrem Fell zu schütteln, wobei sie einen kleinen Tropfenschauer in alle Richtungen schickten.

»Dure hat den Schwanz voller Kletten«, sagte Arthur und beugte sich hinab, um sie herauszuziehen. Morgan beobachtete, wie geschickt seine starken, schlanken Hände arbeiteten. Er hatte selbst keinen Hund mehr gehabt, seit Cabal gestorben war.

Arthur richtete sich auf. »So ist es besser.« Er trat zu der geöffneten Tür des Raumes, in dem die Hunde schliefen, und pfiff nach ihnen. Gehorsam trotteten sie beide hinein. Er schloß die Tür, strich sich das nasse Haar aus der Stirn und lächelte Morgan flüchtig zu.

Sie entzündete eine Kerze, löschte die Lampe, und sie beide gingen auf den Gang zu, der zum Schlaftrakt des Hauses führte. Im Hauptteil des Hauses hatten früher Sklaven in jedem Winkel und jeder Nische geschlafen, aber jetzt war das Haus leer, bis auf einige wenige Diener, die ihre Räume in der Nähe der Küche hatten. Es gab noch immer viele Menschen, die für Avalon arbeiteten, aber sie lebten jetzt in dem Dorf, das Morgan für sie und ihre Leute hatte bauen lassen. Es gab keine Sklaven mehr. Merlin hatte in seinem Testament den letzten Sklaven die Freiheit geschenkt.

»Es ist immer so friedlich hier«, murmelte Arthur. Er hatte seine Hand auf ihren Nacken gelegt, während sie zu ihrem Schlafraum gingen.

Sie hatten schon vor langer Zeit jegliche Verstellung aufgegeben, daß Arthur in seinem eigenen Raum schlafen würde. Bei den seltenen Gelegenheiten, wenn noch jemand anderer als sie selbst im Haus war, hielten sie die Geschichte aufrecht, aber sonst vertrauten sie der Dienerschaft, daß sie Schweigen bewahrte. Jedermann sonst, der im Haus arbeitete, kannte die beiden von Kindheit an. Das Fenster in Morgans Schlafzimmer war geöffnet, und die feuchte Nachtluft hatte den Raum erfüllt. Arthur ging hinüber, um es zu schließen, und Morgan entzündete mit der Kerze, die sie mitgenommen hatte, die Lampe. Sie blies die Kerze aus, legte sie auf den Tisch und wandte sich ihm zu.

Er stand noch immer am Fenster und zog jetzt seine Tunika über den Kopf. Im Licht der Lampe konnte sie die dünnen weißen Narben sehen, die kreuz und quer über die glatte braune

Haut seines Rückens verliefen. Er wandte sich um und warf die Tunika auf einen Korbsessel. »Ich möchte auch nicht nach Gallien ziehen«, sagte er. »Es wird Monate und Monate ohne dich bedeuten.«

Also wußte er, daß sie nicht wollte, daß er ging. Soweit zu dem Thema, einen Gedanken vor Arthur verbergen zu wollen. Sie lächelte ein wenig verzerrt. »Ich habe mich daran gewöhnt, dich zu haben.« Er verließ das Fenster und kam zu ihr. Er antwortete nicht sofort, sondern streckte eine Hand aus und zog die Linie ihres Kinns mit dem Zeigefinger nach. Dann sagte er: »Wir waren glücklich.« Ihre Blicke verschränkten sich, und dann beugte er seinen dunklen Kopf zu ihrem. Seine Lippen waren hart und weich, kühl und brennend. Sie ließ ihre Hände seinen bloßen Rücken hinauf- und hinabgleiten. »Komm ins Bett«, flüsterte er an ihrem Mund.

Sie zogen sich aus und legten sich zusammen auf das Bett, umgeben von der weiten, friedlichen Stille des leeren Hauses. Sie beide hätten die einzigen Lebewesen auf der Welt sein können.

Er war wild, und er war zärtlich. Sie liebte die Berührung seiner Hände, seines Mundes, das Gefühl seines starken, harten Körpers an ihrem. Es wurde niemals weniger bei ihnen, dieses wilde Verlangen, zusammensein zu wollen, vollständig sein zu wollen, wie sie es nur miteinander und mit niemandem sonst sein konnten. Er schlief ein, die Arme um sie gelegt, seinen Kopf auf ihre Brust gebettet.

Morgan lag still, um ihn nicht zu stören, aber sie selbst war hellwach. Sie hatte die Lampe nicht gelöscht, und ihr Schein schimmerte auf der Schwärze von Arthurs Haar. Sie berührte es mit ihren Lippen. Er schlief tief, sein Atem war langsam und gleichmäßig. Er war müde gewesen.

Warum war sie so unruhig? Die Nacht war ruhig. Die Hunde schlugen nicht an. Schließlich besänftigte sie Arthurs sorgloser Atem, und sie sank ebenfalls in Schlaf.

Sie erwachten durch ein drängendes Klopfen an ihrer Tür. »Mylady! Mylady!« Es war Marcus. Arthur schwang bereits die

Beine aus dem Bett und griff nach seiner Kleidung. »Männer von Camelot sind hier, um den König zu holen. Er muß zurückreiten. Etwas Furchtbares ist geschehen!«

An diesem Abend aß Gawain gemeinsam mit Gwenhwyfar und Bedwyr. Arthur war in Avalon, und Bedwyr achtete stets darauf, an solchen Tagen nicht mit der Königin allein zu speisen. Normalerweise war Cai anwesend, aber er befand sich noch immer in Gallien, so hatte Bedwyr Gawain dazu gebeten. Tatsächlich hatte er zunächst Mordred gebeten, aber Mordred hatte sich entschuldigt.

Gwenhwyfar war nicht in der Stimmung, sich mit Gawain zu unterhalten. Bedwyr würde sehr bald nach Gallien aufbrechen, und sie wollte ihn für sich haben, solange er noch in Britannien war. Arthur war ja auch allein nach Avalon gegangen, dachte sie gereizt. Sie konnte nicht einsehen, warum Bedwyr manchmal so beharrlich darauf bestand, nicht mit ihr allein zu sein.

Sie entschuldigte sich bald nach dem Essen und ließ Bedwyr mit Gawain zurück. Sollen die beiden sich gegenseitig unterhalten, dachte sie ungewohnt verdrießlich. Sie war diese Reden über Heeresvorbereitungen und Transportmöglichkeiten leid.

Wie Morgan fürchtete auch Gwenhwyfar den Moment, wo Arthur nach Gallien aufbrechen würde. Die Königin litt jedoch nicht unter bösen Vorahnungen, sondern sie sorgte sich um die Verantwortung, die Arthur ihr übertragen wollte.

»Warum läßt du Cai nicht hier, um Mordred zu helfen?« hatte sie ihn gefragt, als er ihr gesagt hatte, daß sie ihn vertreten sollte.

»Ich möchte, daß Cai für mich nach Gallien geht. Außerdem, wenn ich Cai hierlasse, um Mordred zu helfen, wird der Junge nichts ohne Cais Zustimmung tun. Er wird mehr Stolz entwickeln, wenn es um dich geht, er wird dir als fähiger und tüchtiger Anführer erscheinen wollen. Und ich möchte, daß Mordred wirklich einige Erfahrung als König sammelt.«

»Warum benennst du mich dann überhaupt?«

»Er ist völlig unerfahren, Gwenhwyfar. Er braucht jemanden

an seiner Seite. Und ich muß wissen, daß jemand Verständiges da ist, der die Macht hat, einzugreifen, wenn etwas schiefgeht.«

Mehrere Wochen lang hatte sie sich im Glanz des Stolzes gesonnt, den diese Worte von Arthur in ihr hervorgerufen hatten. Erst jetzt, wo er so bald aufbrechen würde, begann sie sich wegen der Verantwortung zu sorgen. »Laß ihn nichts Dummes tun«, hatte Arthur gesagt.

Sie hoffte zu Gott, daß Britannien ruhig bleiben würde, während sein König fort war.

Sie hatte ihre Frauen fortgeschickt und saß gegen ein Kissen gelehnt aufrecht im Bett, als Bedwyr schließlich hereinkam. »Du hast dir Zeit gelassen«, sagte sie barsch, während er auf sie zukam. »Von mir aus hättest du die ganze Nacht mit Gawain verbringen können.«

Er erreichte das Bett, blieb stehen und schaute auf sie hinab. Ein Aufflackern belustigter Erkenntnis zeigte sich in seinen Augen. »Gawain ist nicht so hübsch wie du«, antwortete er und öffnete seinen Gürtel.

Das Lampenlicht strahlte von dem Gold am Griff seines Messers und dem Gold seines Haars ab. Er ließ den Gürtel zu Boden fallen. Ihr Körper verlangte nach ihm, aber sie war noch immer verärgert wegen des Essens, und so sagte sie, was sie eigentlich nie hatte sagen wollen: »Ich vermute, daß du nicht die Absicht hast, allein zu schlafen, wenn du erst einmal in Gallien bist.«

Er setzte sich auf die Bettkante und begann seine Schnürsenkel aus ungegerbtem Leder zu lösen. »Was soll das denn bedeuten?« Die Schuhe folgten dem Gürtel auf den Boden, und er stand wieder auf. »Du bist verärgert, weil ich Gawain gebeten habe, mit uns zu speisen. Du weißt, warum ich ihn darum gebeten habe. Immerhin ist es dein Ruf, um den ich mich sorge.« Er zog die Tunika über den Kopf.

Sie schaute zu seiner breiten Brust und den breiten Schultern hoch. Sie haßte den Gedanken, daß er eine andere Frau berühren könnte. Er würde ihr keine Treue versprechen, das wußte sie.

»Wenn du so um meinen Ruf besorgt bist«, sagte sie wütend,

»dann kannst du gleich aus meinem Schlafzimmer verschwinden.«

»Das meinst du doch nicht ernst.« Er war durch ihre Feindseligkeit nicht beunruhigt. Er zog sich zu Ende aus und kam zum Bett zurück. Seine Unterarme und Oberschenkel waren wie bei jedem Kavalleristen von Narben übersät. »Du wirst jeden Tag schöner«, murmelte er, und dann beugte er sich über sie, zog das Kissen unter ihr hervor, und sein starker Körper folgte ihr aufs Bett hinab. Sein Gewicht bedrängte sie. Einen Moment lang hatte sie den Drang, sich zu widersetzen, sich gegen ihn zu versteifen, zu kämpfen. Dann schloß sich sein Mund über ihrem, und das alte Feuer brennender Leidenschaft flammte zwischen ihnen auf. Sie bog ihm ihren Hals entgegen, um das Feuer seines Kusses auf ihrer Kehle zu spüren.

Was war wichtig, wenn das zwischen ihnen bestand? Sein Körper vibrierte, angespannt und mächtig während des Höhepunkts seines Verlangens. Sie dachte einen Moment lang, daß sie durch die Intensität des Gefühls, das er in ihrem Körper hervorrief, ohnmächtig werden müsse. Ihre Nägel gruben sich in seinen Rücken, und sie stieß seinen Namen hervor.

Danach lagen sie zusammen und kehrten aus dem unbekümmerten, erschaudernden, von Gefühlen brodelnden Hexenkessel körperlichen Verlangens, in den sie gerade eingetaucht waren, ins Leben zurück. Sie hatten Zeit, zusammen still zu sein. In Nächten, in denen Arthur fort war, blieb Bedwyr bis zur Dämmerung bei ihr. Er richtete sich auf einen Ellbogen auf und schaute in ihr Gesicht hinab. »Was ist los, kleiner Vogel?« fragte er schließlich. »Was beunruhigt dich?«

Sie lächelte ein wenig jämmerlich. »Ich bin nervös. Ich wünschte, Arthur hätte jemand anderen zu seinem Stellvertreter ernannt.«

»Es gibt niemand, der besser sein könnte als du. Außerdem werden wir nicht lange fort sein. Was kann in sechs Monaten schon geschehen?«

Sechs Monate. Sie schaute in sein Gesicht hinauf. Sein dichtes blondes Haar war von ihren Händen zerzaust. Seine Augen waren vollkommen blau. Niemandes Augen waren blauer als die von Bedwyr. »Ich werde dich vermissen«, flüsterte sie.

»Und ich dich.« Er lächelte. »Ich bin in diesen Tagen fast wie ein verheirateter Mann geworden. Ich habe festgestellt, daß ich alles Interesse an Frauen verloren habe, die nicht du sind.«

Ihr Herz machte einen Satz. Sie wollte gerade antworten, als Lärm im Gang ertönte und die Tür zu ihrem Raum auf einmal heftig aufgestoßen wurde. Da waren Rufe und grelles Licht und ein vereinzelter Triumphschrei, und der Raum schien plötzlich von Männern erfüllt.

Sie spürte, wie Bedwyr hochschoß und nach seinem Gürtel auf dem Boden neben dem Bett griff. »Nein!« schrie sie und umklammerte mit beiden Händen und all ihrer Kraft seinen Arm. Sie vergaß für einen Augenblick, daß sie nackt war, daß all diese Männer sie ansahen. Sie wußte nur, daß sie Bedwyr von seinem Messer fernhalten mußte, damit er niemanden ermordete. »Bedwyr!« rief sie. »Nein!«

Sie spürte, wie sich sein Arm etwas entspannte und schaute zum ersten Mal auf, um zu sehen, wer in den Raum eingedrungen war. Agravaine hielt die Lampe. Sie hätte es wissen müssen. Und hinter ihm stand Mordred. Er sah aus, als verspüre er Übelkeit. Es waren noch drei andere dort, in denen sie Prinzen aus Bedwyrs Schule erkannte.

Bedwyr hatte sich glücklicherweise wieder unter Kontrolle und stellte sich der Situation. Er zog die Decke über sie und stand auf. »Mordred, geh und hole Gawain«, sagte er.

Mordred starrte ihn an. Seine grauen Augen waren von Unglauben und Entsetzen erfüllt. »Wie konntet Ihr?« fragte er leise und seine Stimme zitterte. Er sah Gwenhwyfar an und dann wieder den Prinzen. »Wie konntet Ihr meinem Vater das antun?«

Bedwyrs Gesicht war unbewegt. »Geh und hole Gawain«, wiederholte er, und diesmal verließ Mordred den Raum.

Bedwyr wandte sich als nächstes an Agravaine und seine Gefolgsleute. »Raus hier. Geht und wartet in der kleinen Halle auf Gawain. Ich komme gleich.«

Sie waren gewohnt, Bedwyr zu gehorchen, und so traten die drei Prinzen hastig zur Tür. Ihr Ausdruck des Triumphes hatte sich in Unbehagen verwandelt. Nur Agravaine hielt stand, und im Licht der Lampe, die er hielt, konnte Gwenhwyfar sein Gesicht deutlich erkennen. Es war noch immer Triumph sichtbar, aber während er wie verzaubert Bedwyrs strahlende, nackte Schönheit betrachtete, erschien noch ein anderer Ausdruck auf seinem Gesicht. Gwenhwyfar erkannte zutiefst entsetzt, daß Agravaine Bedwyr auf die gleiche Art ansah, wie sie es tat, wenn sie allein waren.

Bedwyr sagte noch etwas, doch sie konnte es wegen des in ihren Ohren rauschenden Blutes nicht hören, und schließlich drehte sich Agravaine um und verließ den Raum. Die Tür schloß sich hinter ihm, und Bedwyr wandte sich ihr zu.

Sie hatte das Gefühl, daß sie noch nie in ihrem Leben solche Angst gehabt hatte. Um sich selbst auch, ja, aber vor allem um ihn. »Was wirst du tun?« flüsterte sie.

»Gawain zu Arthur schicken.« Sein Mund war eine gerade, unheilvolle Linie. »Es war Agravaine.«

»Ja.«

»Aber warum?« Er setzte sich neben sie auf das Bett. »Warum, Gwenhwyfar, sollte er so etwas tun? Welchem Zweck sollte das dienen?«

Er hat es getan, weil du mich liebst statt ihn, und das kann er dir nicht verzeihen. Aber sie sagte es nicht. Später vielleicht. Nicht jetzt. »Was wird Arthur tun?« fragte sie statt dessen. Einen kurzen Moment ruhte seine große Hand auf ihrer Schulter. »Ich weiß es nicht. Ich weiß nicht, was er tun kann.« Er stand auf und begann sich anzuziehen. »Er ist jedoch der einzige, der sich darum kümmern kann. Es besteht wenig Hoffnung, daß es geheimgehalten werden kann.«

»Es geheimzuhalten war nicht Agravaines Absicht.«

»Nein.« Er zog sich die Tunika über den Kopf. »Götter! Und gerade jetzt, wo wir uns bereitmachen, nach Gallien zu segeln!« Zum ersten Mal schwang ein Unterton von Verzweiflung in seiner Stimme mit.

»Arthur wird dich nicht daran hindern, mit dem Heer nach Gallien zu ziehen, Bedwyr. Ich weiß, daß er das nicht tun wird.«

Er strich sich mit der Hand über das Gesicht. »Ich sehe nicht, was er sonst tun könnte, Gwenhwyfar. Aber wir müssen auf ihn warten.« Seine blauen Augen begegneten ihren, und es war, als verabschiedeten sie sich. »Es tut mir leid, kleiner Vogel«, sagte er. Sie antwortete nicht, und er beugte sich hinab, um sie fest auf den Mund zu küssen. Und dann war er fort.

*

Gawain folgte Bedwyrs Rat und wies Agravaine und seinen Freunden einen Raum zu, dem offensichtlich aufgewühlten Mordred einen anderen, und Bedwyr schickte er in seine eigenen Räume. Dann sandte er nach dem König.

Es dämmerte bereits, als Arthur in Camelot einritt. Er fand Gawain in dem kleinen Hof vor, von wo aus er über alle Beteiligten wachte. »Was ist geschehen?« fragte Arthur knapp. Gawain hatte den Männern, die er nach Avalon gesandt hatte, vorsichtshalber nichts weiter gesagt, als daß der König sofort zurückkehren müsse. Jetzt erzählte er Arthur den Vorfall und beobachtete, wie sich das Gesicht des Königs verschloß und hart wie eine Faust wurde. »Wo ist Bedwyr?« fragte er, sobald Gawain geendet hatte.

»In seinen Räumen, Mylord«, stotterte Gawain als Antwort.

Arthur wandte sich ohne ein weiteres Wort um, schritt zu der Tür, die zu Bedwyrs Räumen führte, und öffnete sie. Die Tür knallte hinter ihm zu.

Gawain saß noch einsam und elend da, als Diener mit Wasser für die Schlafräume hin- und herzulaufen begannen. Der Himmel war vollständig hell, als Arthur schließlich aus Bedwyrs Schlafraum herauskam. Gawain verspürte leichte Übelkeit, als er sah, wie der König durch die Halle auf ihn zukam. Für allen Ruhm Cäsars wäre er jetzt nicht gern an Bedwyrs Stelle gewesen, dachte Gawain. Arthur hatte ihm vertraut, ihn geehrt, ihn geliebt. Und er dankte es dem König auf diese Weise! Gawain fragte sich, ob Arthur ihn töten würde. Und Gwenhwyfar auch.

Er hatte sich so standhaft geweigert, sie fortzuschicken, obwohl sie unfruchtbar war. Jetzt würde er sie fortschicken. Nichts würde jemals wieder dasselbe sein.

»Wo ist Agravaine?« fragte Arthur. »Und wo Mordred?«

Gawain sagte es ihm.

»Sehr gut. Du kannst jetzt deine Räume aufsuchen, Gawain. Der Prinz wird noch diese Stunde nach Portus Adurni aufbrechen. Ich schicke ihn nach Gallien, damit er Pferde für das Heer ersteht.«

Gawain spürte, wie sich seine Augen weiteten. »Der Prinz zieht dennoch nach Gallien?«

Arthurs Gesicht war vollkommen unbewegt. »Der Prinz ist mein Kavalleriebefehlshaber. Ich kann mir nicht vorstellen, einen Angriff gegen die Angelsachsen ohne ihn zu führen.«

»Nein. Natürlich nicht, Mylord.« Gawain konnte diesen wintergrauen Augen nicht begegnen.

»Du wirst niemandem etwas von dem erzählen, was heute nacht hier vorgefallen ist, Gawain. Ist das klar?«

Gawains verwirrte blaue Augen zuckten zum Gesicht des Königs hoch. »Ja, Mylord.«

»Danke für deine Hilfe«, sagte Arthur dann. »Wenn wir überhaupt etwas aus dem Debakel dieser Nacht retten können, dann verdanken wir das hauptsächlich deinem Verstand.«

Gawain biß sich auf die Lippen, nickte und floh, bevor er sich dadurch entehrte, daß er in Tränen ausbrach.

Als nächstes ging Arthur zu seiner Frau.

Es war die längste Nacht in Gwenhwyfars Leben. Olwen war mit bleichem und versteinerten Gesicht hereingekommen, und Gwenhwyfar hatte sie wieder fortgeschickt. Dann hatte sie sich selbst angezogen und ihre Haare gerichtet, wobei sie unendliche Mühe darauf verwandt hatte, ein goldenes Band in eine rotgoldene Strähne zu flechten. Als das getan war, saß sie da und wartete. Und versuchte darüber nachzudenken, was sie tun könnte.

Sie machte sich keine Illusionen über den Ernst dieses Vorfalls. Ein Ehebruch der Königin war tatsächlich eine sehr ernste Angelegenheit. Eine Staatsangelegenheit. Agravaine hatte das gewußt, als er seinen kleinen, nächtlichen Besuch arrangiert hatte. Er hatte gewußt, daß er Arthur damit zum Handeln zwingen würde.

Es war ein Angriff gegen sie gewesen, und auf eine Weise war er geglückt. Arthur würde sie fortschicken müssen. Er hatte jetzt keine Möglichkeit mehr, sie ehrenhaft als seine Ehefrau zu behalten. Sie wußte das und akzeptierte es. Ihre größte Angst galt Bedwyr.

Arthur würde Bedwyr niemals körperlichen Schaden zufügen, aber wenn er den Fürsten aus seinen Diensten entließ, würde er ihn genauso sicher vernichten, als hätte er ihn mit einem Schwert durchbohrt. Es würde Bedwyr zerbrechen, von Arthur und seiner geliebten Kavallerie getrennt zu sein.

Wenn sie alle Schuld auf sich nähme, wenn sie anböte, in ein Kloster zu gehen, würde Arthur Bedwyr vielleicht nicht bestrafen müssen.

Gott, was würde Arthur tun?

Er hatte darauf vertraut, daß sie vorsichtig waren, und sie hatten ihn enttäuscht.

Die Dämmerung zog herauf, aber keine ihrer Frauen kam herein, um die üblichen morgendlichen Handgriffe in ihrem Raum auszuführen. Olwen hielt wohl alle von ihr fern. Genau wie sie warteten sie auf den König. Schließlich hörte sie in der Stille einen vertrauten, leichten Schritt im Vorraum, und dann stand Arthur in der Tür.

Sie hatte sich erhoben, sobald sie seinen Schritt gehört hatte, und sie sahen einander jetzt über die Weite des Raumes zwischen sich hinweg an.

»Oh, Gott, Gwenhwyfar«, sagte er. »Es tut mir so leid. Was hast du erleiden müssen!«

Ihre Sicht verschwamm, und ihre Kehle verengte sich. Sie konnte nicht mehr atmen. Bevor sie erkannte, was geschah, hatte er den Raum durchschritten und sie in seine Arme genommen.

Sie konnte nicht glauben, daß sie sich tatsächlich hier befand, geschützt in seinen Armen. Sie erschauderte, und er umarmte sie nur noch fester. Sie barg ihr Gesicht an seiner Schulter und schluchzte heftig und stoßweise.

»Es tut mir so leid«, wiederholte er wieder und wieder. »Gwenhwyfar, es tut mir so leid.«

Sie hatte sich auf diesen zurückgezogenen und abweisenden Ausdruck auf seinem Gesicht vorbereitet, und statt dessen fand sie diese Wärme und Zuneigung vor... Es zerbrach sie, wie Härte es nicht gekonnt hätte. »Wir müssen miteinander reden, Gwenhwyfar«, sagte er jetzt. »Versuche, nicht mehr zu weinen.«

Sie bemühte sich heldenhaft, sich wieder unter Kontrolle zu bekommen. »Gut so, mein Mädchen«, sagte er, führte sie zum Bett und setzte sich neben sie. Er reichte ihr ein Tuch, und sie putzte sich die Nase.

Das erste, was sie sagte, als sie wieder sprechen konnte, war: »Arthur, du darfst Bedwyr nicht fortschicken.«

Sein Gesicht war ruhig. »Ich habe nicht die Absicht, Bedwyr fortzuschicken«, antwortete er.

Seine Ruhe übertrug sich auf sie. Vielleicht war es nicht so schlimm, wie sie befürchtet hatte. Vielleicht würde sie doch nicht in ein Kloster gehen müssen. »Ich werde zu meinem Vater zurückgehen«, bot sie zaghaft an. Als er nicht antwortete, setzte sie hinzu: »Oder wenn das nicht genügt, werde ich in ein Kloster gehen.«

Jetzt wirkte er zum ersten Mal verärgert. »Ich habe auch nicht die Absicht, dich fortzuschicken. Wir werden dies zusammen klären, wir alle drei, so wie wir es immer getan haben.«

»Aber...« Eine ihrer tränennassen Haarsträhnen fiel ihr ins Gesicht, und er streckte wie abwesend die Hand aus, um sie zurückzustreichen. »Aber der Skandal«, sagte sie.

»Es wird keinen Skandal geben. Auf jeden Fall nicht öffentlich. Ich schicke Bedwyr, Agravaine und seine Freunde sofort nach Gallien. Sie werden bei der nächsten Flut lossegeln. Niemand sonst weiß genau, was heute nacht hier geschehen ist, außer Gawain, und ihm können wir vertrauen, daß er Schweigen bewahrt. Gott sei Dank hatte er genügend Verstand, den Männern, die er nach Avalon geschickt hat, nichts Genaueres zu sagen. Es wird natürlich Gerede geben. Die Diener werden nicht ruhig bleiben. Aber wir werden das einfach nicht beachten.«

Sie sah ihn mit ihren strahlendgrünen Augen an. »Bist du sicher, daß du es so handhaben willst? Du hast nicht viel Zeit gehabt, darüber nachzudenken, wenn du das alles eben erst erfahren hast.«

»Ich hatte Gelegenheit, mit Bedwyr zu sprechen. Und ich bin sicher, daß ich es so handhaben will. Vollkommen.«

»Du kannst nicht verhindern, daß diese Geschichte aus den Palastmauern hinaus gelangt, darüber mußt du dir im klaren sein. Und das ist genau die Art von Gelegenheit, auf die sich jedermann stürzen wird, der dir nicht wohlgesinnt ist.«

»Ich weiß, daß es Gerede geben wird, Gwenhwyfar. Aber es wird außer uns niemand in Britannien verbleiben, dem jemand Fragen stellen könnte.« Er erlaubte sich ein kurzes, frostiges Lächeln. »Und ich halte es für nicht sehr wahrscheinlich, daß jemand die Angelegenheit an mich oder dich herantragen wird. Wenn das Heer aus Gallien zurückkehrt, wird die Geschichte schon alt sein. Bedwyr wird unübersehbar weiterhin mein Kavalleriebefehlshaber sein und du noch immer meine vertrauenswürdige und geliebte Frau. Ich denke, die bloße Tatsache, daß ich dich als Stellvertreterin zurücklasse, wird einen großen Teil des Geredes sofort zum Verstummen bringen.«

Sie saßen sehr nah beieinander, Schulter an Schulter, und auf einmal nahm er ihre Hand und drückte sie sanft. »Es wird alles gut werden«, sagte er. »Ich werde nicht zulassen, daß ein zerstörerischer, kleiner Schleicher wie Agravaine vernichtet, was wir all diese Jahre über so sorgfältig aufgebaut haben.«

Ganz plötzlich klangen in ihrem Geist Worte auf, die Cai einst zu ihr gesagt hatte. »Ihr werdet keinen besseren Freund finden als Arthur«, hatte Cai gesagt. »Er wird bis zum Tode zu Euch halten.« Cai kannte diesen Mann.

Sie fuhr sich mit der Zunge über die trockenen Lippen. »Arthur«, sagte sie leise, »da ist aber noch Mordred. Ich glaube, das war das Schlimmste von allem« – ihre Stimme zitterte – »der Ausdruck auf seinem Gesicht, als er sagte: ›Wie konntet Ihr meinem Vater das antun?‹« Sie senkte den Kopf. »Er wird nicht damit einverstanden sein, daß ich dich vertrete. Ich weiß, daß er dagegen sein wird. Und«, fügte sie traurig hinzu, »ich kann es ihm nicht einmal verdenken.«

Er atmete hörbar aus. Ein kurzes Schweigen entstand, bevor er sagte: »Ich werde Mordred die Wahrheit über Morgan und mich sagen. Diese Situation haben wir heraufbeschworen, nicht ihr.«

Zum zweiten Mal innerhalb von zehn Minuten verschlug es ihr den Atem. Niemals hatte er seine Beziehung zu Morgan ihr gegenüber zugegeben. Er wußte natürlich, daß sie es wußte, aber kein einziges Mal hatte er es zugegeben. Und jetzt sagte er: »Diese Situation haben wir heraufbeschworen, nicht ihr!« Das hatte ihr, im wörtlichen Sinne, den Atem verschlagen.

Er hielt noch immer unbewußt ihre Hand, als habe er vergessen, daß sie in seiner ruhte. Niemals zuvor hatte er sie auf diese Weise berührt. Niemals zuvor hatte er sie in den Leerraum hineingelassen, den er um sich aufgebaut hatte. Sie war jetzt darinnen und schritt sehr vorsichtig voran. »Morgan will vielleicht nicht, daß du es ihm sagst«, bemerkte sie schließlich.

Er schob sich das Haar aus der Stirn. »Morgan hat vorgeschlagen, es ihm zu sagen. Er weiß, daß sie seine Mutter ist. Ich habe ihm die Wahrheit darüber gesagt. Er weiß, daß ich nach Avalon reite. Er sollte am besten von allen verstehen, warum es so ist.«

»Er ist ein seltsam unschuldiger Junge.«

»Ich weiß.« Arthur lächelte verzerrt. »Überhaupt nicht wie ich.«

Seine Bemerkung hatte sie betroffen gemacht, und sie wandte sich ihm stirnrunzelnd zu. »Arthur, wie kann Morgan wissen, was hier geschehen ist? Du sagtest, daß dir die Männer, die Gawain nach Avalon gesandt hat, nichts gesagt haben.«

Er ließ ihre Hand los und verschränkte seine Hände um die Knie. Er sah sie nicht an. Er versuchte anscheinend zu entscheiden, ob er ihr etwas sagen sollte oder nicht. Sie betrachtete sein Profil. Er sieht müde aus, dachte sie. Er hatte Schatten unter den Augen. Schließlich sah er auf. Er hatte sich entschieden.

»Sie weiß es, weil ich es ihr erzählt habe«, sagte er.

»Aber du warst doch nicht wieder in Avalon.«

»Ich weiß.«

Seine langärmelige, weiße Tunika war am Hals geöffnet, und das Licht der Hängelampe umspielte die Knochen seines Gesichts. Tief aus ihrem Unterbewußtsein schwebte ein Bild an die Oberfläche ihrer Erinnerungen: Arthur lag dort sterbend, und Morgan stand neben seinem Bett. Sie atmete plötzlich tief durch, so eng war ihr ums Herz. »Willst du damit sagen, daß ihr euch über *Gedanken* verständigen könnt?«

»Ja.« Er sah sie erneut an, ein wenig zögernd, nicht ganz sicher, ob er ihr davon hätte erzählen sollen. Sie erkannte plötzlich, wie erstaunlich dieses Vertrauen war. Nicht nur, was er ihr gesagt hatte, sondern die Tatsache, daß er es ihr überhaupt gesagt hatte. Er war nicht einmal sicher, ob sie ihm glauben würde. Das konnte sie an seinem Gesicht erkennen. Und dennoch hatte er es ihr gesagt.

»Als du nach Badon so krank warst«, sagte sie. »Da hat sie dich auf *diese* Weise zurückgebracht, nicht wahr?«

Der zögernde Ausdruck schwand. »Ja. Die Angelsachsen waren besiegt, und ich war es so leid, allein zu sein. Ich sagte mir einfach, daß es an der Zeit wäre, zu gehen.« Sie erinnerte sich lebhaft daran, wie es gewesen war, das lange ermüdende Wachehalten, die Verzweiflung, während sie zusehen mußte, wie er ihr weiter und weiter entglitt. »Dann kam Morgan, und ich wußte, ich würde nicht mehr allein sein.« Diese einfachen Worte trafen sie wie ein Schlag.

Sie wandte den Blick von ihm ab. »Habt ihr schon immer auf diese Weise miteinander sprechen können?«

»Wir hatten es nie zuvor versucht. Es bestand keine Notwendigkeit, verstehst du. Als wir Kinder waren, waren wir stets zusammen. Dann, als wir getrennt waren, dachten wir beide, daß wir den Rest unseres Lebens getrennt voneinander leben müßten, so daß es besser war, es gar nicht erst zu versuchen.«

Sie verstand. Und, so schmerzlich der Gedanke auch war, es war auch eine Erleichterung. Weder hatte sie Arthur enttäuscht noch hatte Morgan ihn ihr gestohlen. Er hatte zu Morgan gehört, lange bevor sie in sein Leben getreten war.

Wie ungewöhnlich, dachte sie. Sie war gerade beim Ehebruch mit einem anderen Mann ertappt worden, und sie und Arthur waren sich niemals näher gewesen, als sie es in diesem Moment waren. Zum ersten Mal während der vielen gemeinsamen Jahre hatte er sie hereingelassen. Sie war sehr interessiert an dem, was er ihr gerade erzählt hatte, aber sie spürte, daß er nicht weiter darüber sprechen wollte. Sie wechselte das Thema. »Mordred wird es belasten. Er idealisiert dich, Arthur. Das mußt du wissen. Er hält dich für einen Helden.«

»Es ist an der Zeit, daß Mordred lernt, daß es außerhalb der Heldenepen der Literatur keine Helden gibt«, erwiderte sein Vater. »Es gibt nur Männer, die ihr Bestes versuchen, die ihnen übertragenen Aufgaben zu erfüllen.«

Sie seufzte. »Und Frauen.«

Er lächelte sie an mit jenem Lächeln, das sie schon immer hatte umstimmen können. »Und Frauen«, stimmte er zu. »Jetzt iß etwas, wasch dir das Gesicht, und leg deine Reitkleidung an. Sobald Bedwyr fort ist, werden wir beide jeden Winkel und jeden Spalt Camelots besuchen. Zusammen.«

Sie lächelte ihn ebenfalls an. »Ja«, sagte sie, »Mylord.«

## 40. KAPITEL

Arthur suchte als nächsten Agravaine auf. Der lothianische Prinz und die drei Prinzen von Elmet und Manau Guotodin, die ihn bei seinem Besuch im Schlafraum der Königin begleitet hatten, warteten in einem der privaten Empfangsräume seines Trakts auf ihn. Seine Gefolgsleute waren nervös, aber Agravaine empfand nur Triumph. Er hatte sie erwischt wie eine läufige Hündin. Jetzt würde sie nicht mehr stolz an der Seite des Prinzen in Camelot herummarschieren können. Jetzt wußte Arthur davon, Bedwyrs geliebter Freund wußte davon. Wirklich, dachte Agravaine erfreut, es hätte kaum besser kommen können. Und Mordred, der arme, törichte Teufel, wußte davon. Er hatte die Wahrheit über sie ebenfalls herausgefunden.

Die Tür öffnete sich plötzlich, und der König betrat den Raum. Die drei jungen Männer, die bequem im Sessel gesessen hatten, sprangen instinktiv auf. Sogar Agravaine erhob sich, als Arthur hereinkam.

Der König machte nur einen kurzen Schritt in den Raum und betrachtete sie einen Moment schweigend. Sein Gesicht war absolut unbewegt, die grauen Augen funkelten kalt. Mordred hatte seine Gesichtszüge, stellte Agravaine widerwillig fest, aber Mordred konnte niemals so erschreckend wirken.

»Ich habe einen Diener mit der Anweisung, eure Sachen zu packen, in eure Unterkünfte geschickt«, sagte der König, als die Stille die Luft zu dicht zum Atmen werden ließ. »Ihr werdet alle mit der nächsten Flut nach Gallien auslaufen.«

»Nach Gallien?« Der bestürzte Ausruf kam von Baird von Elmet.

»Ja. Ich sende den Prinzen voraus, damit er Zugpferde für die Wagen des Heeres ersteht. Ihr werdet ihn begleiten.«

Jesus Christus, dachte Baird entsetzt. Er wollte sie auf ein Schiff mit dem Prinzen schicken! Nach allem, was sie diesem gerade angetan hatten! Er tauschte einen erschreckten Blick mit seinem Bruder und mit Inis von Manau Guotodin.

Nur Agravaine schienen die Worte des Königs nicht entsetzt zu haben. Er sah Arthur an, und die Pupillen seiner Augen waren so groß, daß die Iris schwarz wirkte, nicht blau.

Er wird nichts unternehmen, dachte Agravaine voll ungeheurem Zorn. Er schickt den Prinzen trotzdem noch nach Gallien. Die Geschichte mit Gwenhwyfar kümmert ihn nicht. Er wird alles vertuschen.

»Ihr werdet in einer halben Stunde nach Portus Adurni aufbrechen«, sagte der König gerade mit unbeteiligter, kalter Stimme. Sein Blick zuckte von einem Gesicht zum anderen wie ein Peitschenhieb. »Ich werde euch nicht daran hindern, euch mit euren Kameraden zu unterhalten, wenn wir erst in Gallien sind. Aber ich würde euch raten, vorsichtig zu sein. Es ist nicht gut, mich zum Feind zu haben.«

In der darauffolgenden, angespannten Stille sah Arthur Agravaine an. Dessen Gesicht zeigte als einziges keine Angst. Nur Zorn, blinden, kranken Zorn. Die beiden Männer sahen einander an, und dann sagte der König sanft: »Wenn du etwas gegen mich im Schilde führst, Agravaine, werde ich dich in Stücke reißen.«

Ein ganz schwaches Flackern war in den starren, schwarzen Augen zu sehen, und dann wandte Agravaine den Blick ab.

»Verlaßt diesen Raum nicht, bis ihr abgeholt werdet«, sagte Arthur, schloß die Tür hinter sich und ließ die vier jungen Männer erneut miteinander allein.

Er hatte sich das Gespräch mit Mordred bis zum Schluß aufgehoben. Es war die Unterhaltung, die er am meisten fürchtete. Der Junge mußte dazu gebracht werden, die Konsequenzen dessen, was er getan hatte, zu verstehen.

Es würde nicht erfreulich werden.

Obwohl Mordred mit den anderen Prinzen unten in der Schule lebte, hatte er trotzdem noch einen eigenen Schlafraum im Palast, und dorthin ging Arthur als nächstes. Der Schlafraum befand sich in Arthurs Privattrakt, nur wenige Türen von dem Empfangsraum entfernt, den Agravaine zugewiesen bekommen hatte. Arthur legte die Hand auf den Türgriff. Wie hatte der Junge es zulassen können, daß Agravaine ihn hatte anstiften können? dachte er. Und drückte den Türgriff hinunter.

Mordred stand am Fenster, eine schlanke, fast zerbrechlich wirkende Gestalt, die ihm den Rücken zugewandt hatte. Er schien den Himmel zu betrachten. Morgan hatte recht, dachte Arthur, er war in Lothian besser dran gewesen. Er schloß die Tür hinter sich und sprach Mordred an.

Der Junge am Fenster wandte sich langsam zu ihm um. Mordreds Gesicht war angespannt und blaß, die Augen vor Trauer und Müdigkeit verschleiert. »Es tut mir leid, Vater«, sagte er jämmerlich. »Ich habe ihm nicht geglaubt, versteht Ihr. Er sagte häßliche Dinge über die Königin und Bedwyr, und ich dachte, ich könnte erreichen, daß er einen Narren aus sich macht, und ihn so ein für allemal zum Schweigen bringen.« Das schmale, wunderschöne Gesicht wirkte unendlich betroffen. »Ich habe keinen Moment daran gedacht, daß er recht haben könnte.«

Arthur unterdrückte unbarmherzig das Mitleid, das er für seinen Sohn empfand. Mordred mußte das ganze Ausmaß dessen erkennen, was er getan hatte. »Ich weiß, daß du nicht absichtlich derartige Schwierigkeiten verursachen wolltest, Mordred«, sagte er mit unbewegter, ruhiger Stimme, »aber du hast mich in eine abscheuliche Lage gebracht. Das mußt du erkennen.«

»Wie konnten sie?« schrie Mordred leidenschaftlich. »Wie konnten sie Euch das antun? Euch betrügen? Euch hintergehen?«

Der König schritt langsam über den gefliesten Boden. »Sie haben mich nicht betrogen«, sagte er. »Du hast es getan.«

Mordreds Kopf fuhr herum, als sei er ins Gesicht geschlagen worden. »Und sie haben mich auch nicht hintergangen«, fuhr Arthur unbarmherzig fort. »Ich wußte seit Jahren von der Königin und Bedwyr.«

Mordreds Gesicht war kalkweiß. »Ich verstehe das nicht.«

Sie standen drei Meter voneinander entfernt. »Wie alt bist du?« fragte sein Vater.

»Siebzehn.«

»Siebzehn. Als ich siebzehn war, war ich bereits Hochkönig und hatte den einzigen Menschen auf der Welt verloren, den ich liebte. Ich habe es niemals jemandem erzählt, aber ich dachte ernsthaft daran, mir das Leben zu nehmen.« Mordreds graue Augen hingen mit erschreckter Aufmerksamkeit an seinem Gesicht. »Ich habe es nicht getan, weil ich Verantwortlichkeit über meine persönlichen Bedürfnisse hinaus hatte. Es ist kein Privileg, König zu sein, Mordred. Es ist eine Verantwortung.

Egal, was geschehen wird, du mußt immer daran denken, daß du ein König bist. Das muß stets Vorrang vor deinen persönlichen Gefühlen haben. Verstehst du, was ich dir damit sagen will?«

»Ich… ja.«

»Du hast es zugelassen, daß Agravaine dich für seine Zwecke mißbrauchen konnte. Du hast wie ein Kind gedacht, nicht wie ein König.«

Mordred strich sich das Haar aus der Stirn. Sein Gesicht hatte wieder etwas Farbe bekommen, und er schaute seinen Vater mit einem Anflug von Trotz an. »Nun, wenn König zu sein bedeutet, daß ich nicht mehr fühlen darf, dann müßt Ihr Euch einen neuen Bewerber für diese Aufgabe suchen. Ich kann sie dann nicht erfüllen.«

Arthurs Antwort war wohlüberlegt. »Ich habe nicht gesagt, daß du nicht mehr fühlen darfst. Ich sagte, daß du deinen Gefühlen nicht erlauben darfst, deine öffentlichen Handlungen zu beeinflussen.«

»Kümmert es Euch denn nicht, was sie getan haben?« Die Frage wurde wild und leidenschaftlich hervorgestoßen.

»Ich habe dir eben erzählt, daß ich, als ich in deinem Alter war, den einzigen Menschen verloren hatte, den ich jemals geliebt habe.« Arthur beobachtete ihn. »Nach zehn langen Jahren habe ich sie wiederbekommen. Was glaubst du wohl, warum ich Avalon besuche, Mordred?«

Das Blut pochte in Mordreds Ohren. »Um… um Morgan zu sehen.«

»Um Morgan zu sehen. Deine Mutter. Ich habe Gwenhwyfar seit Jahren nicht mehr angerührt. Ich habe ihr mit Sicherheit niemals das Glück geneidet, das sie mit Bedwyr gefunden hat.«

Das ist nicht wahr, dachte Mordred. Mein Vater sagt diese Dinge nicht zu mir.

»Wir kamen alle ganz gut zurecht«, sagte Arthur, »bis heute nacht. Erkennst du, wie sehr du sie gedemütigt hast, Mordred? Erkennst du, in welche Gefahr du sie gebracht hast?« Die Stimme klang unbarmherzig und ließ ihm keinen Raum zur

Flucht. »Nach keltischem Recht kann ein Ehebruch der Königin mit dem Tode bestraft werden.«

»Nein!« Es war ein Ausruf entsetzten Protests. »Das würdet Ihr nicht tun!«

»Natürlich nicht. Aber wenn die Nachricht davon, was heute nacht hier geschehen ist, aus diesen Mauern hinausgelangt, wird es welche geben, die nach Bestrafung verlangen. Ich habe Feinde. Niemand kann die Macht innehaben, die ich innehabe, und keine Feinde haben. Es gibt welche, die sie benutzen würden, um gegen mich vorzugehen. Und Gwenhwyfar hat auch Feinde. Sie hat keine Kinder, Mordred, und ist somit besonders verletzlich. Es wird einen Aufschrei geben, daß ich sie fortschikken und eine andere Frau nehmen soll.«

»Würdet Ihr das tun?« Die Worte waren kaum ein Flüstern.

»Nein. Aber du hast es niemandem von uns leicht gemacht, nicht wahr?«

Ich werde nicht weinen, dachte Mordred verzweifelt, ich werde nicht zulassen, daß er mich weinen sieht.

»Ich schicke Bedwyr, Agravaine und die anderen sofort nach Gallien.«

Mordred war von dieser Stimme, diesem souveränen Klang, diesem Fehlen aller Gefühle außer Autorität wie erstarrt. »Wenn ich in zwei Wochen mit dem Heer aufbreche, wirst du als mein Stellvertreter bei der Königin bleiben. Es wird Gerede geben. Das können wir nicht verhindern. Du wirst nicht darauf hören. Du wirst Gwenhwyfar dieselbe Ergebenheit und denselben Respekt erweisen wie bisher. Hast du verstanden?«

»Ja«, flüsterte Mordred.

»Sieh mich an.«

Widerwillig hob Mordred den Blick. Zum ersten Mal, seit er seinen Vater kennengelernt hatte, erkannte er Anzeichen von Erschöpfung in Arthurs Gesicht. Er nahm an, daß er selbst nicht viel besser aussah. Er straffte sich. Ihre Augen waren jetzt fast auf gleicher Höhe. Mordred sagte: »Ich weiß, daß eine solche Erklärung den Schaden nicht wiedergutmachen kann, aber soweit es Sinn hat, möchte ich betonen, daß es mir leid tut.«

Das Gesicht war solch ein Spiegelbild von Arthurs eigenem, plötzlich freundlicherem Gesicht. »Ich weiß«, sagte sein Vater, und die Freundlichkeit erreichte jetzt auch seine Stimme. Mordred spürte das wilde Verlangen, sich in Arthurs Arme zu werfen und um die Zusicherung zu bitten, daß alles gut werden würde. Es würde gut werden, dachte er verzweifelt. Sein Vater würde das schon machen, wie er es stets tat.

»Mordred«, sagte Arthur, »warum hat Agravaine das getan?«

»Ich weiß es nicht«, antwortete Mordred sichtlich verwirrt. »Er verehrt den Prinzen. Ich kann nicht verstehen, warum er ihn verletzen wollte. Aber es war nicht mit ihm zu reden, Vater. Und er hat eine böse Zunge. Er hat mich so zornig gemacht, daß ich nicht nachgedacht habe.«

»In Ordnung.« Arthur wirkte nicht nur müde, dachte sein Sohn, er wirkte, als habe er Schmerzen. »Wir werden einfach so weitermachen, als sei nichts geschehen«, sagte Arthur.

»Was soll ich jetzt tun?« fragte Mordred unsicher.

»Zur Schule zurückgehen. Ich werde bald mit der Königin hinunterkommen. Ich stecke jeden der Prinzen in ein Kavallerieregiment. Die Schule für Prinzen ist jetzt offiziell beendet.«

Er mußte Gwenhwyfar abholen und seine Runde machen, aber er mußte zuerst allein sein. Er ging zu seinem Schlafraum, befahl Gereint, dafür zu sorgen, daß er fünfzehn Minuten ungestört bleiben konnte, und legte sich auf sein Bett.

Sein Kopf pochte, und alle seine Sinne lagen bloß. Er fühlte sich, als sei die ganze Luft voll von fliegendem Glas. Gott! Der Ausdruck auf dem Gesicht des Jungen!

Er schloß die Augen, und aus der Stille und der Dunkelheit kam ein federleichter Liebesregen.

*Morgan?*

*Ja. Es ist in Ordnung. Ich weiß. Er wird es überleben, Arthur. Wir werden es alle überleben.*

Nicht wirklich Worte, sondern Gefühle. Sie wußte. Sie verstand. Er war nicht allein.

Wie hatte er so viele Jahre ohne sie leben können?

Nur ein Teil von ihm hatte während dieser Jahre gelebt, dachte er jetzt, als die Anspannung in seinem Kopf allmählich nachließ. Sein innerster Teil war tot und vertrocknet gewesen wie ein Wasserlauf, der vom Meer abgeschnitten wurde.

Er lag still und hielt die Augen geschlossen. Das Gefühl, als würde ihm die Haut abgezogen und alle Nervenenden der sengenden Luft ausgesetzt, war fort. Er würde jetzt tun können, was getan werden mußte.

Welcher Teufel hatte Agravaine zu seiner Handlung getrieben? Haß hatte heute morgen in den Augen seines Cousins gestanden. Sicherlich war dies alles nicht dadurch gekommen, daß Arthur ihn bei einem Übungskampf mit dem Schwert besiegt hatte. Nicht einmal Lots Sohn konnte so unheimlich anmaßend sein.

Die Versuchung, die vier zu töten, war sehr groß gewesen. Gerettet hatte sie nur die Tatsache, daß Agravaine genauso Morgauses wie Lots Sohn war. Er schuldete Morgause zuviel, als daß er diesen besonderen Weg hätte einschlagen können, wie verführerisch er auch erschienen war.

Keinem von ihnen hatte der Gedanke behagt, mit Bedwyr auf einem Schiff eingeschlossen zu sein. Sie sollten noch erfahren, wie nahe sie dem Tode waren, als er den Raum betreten und ihre Gesichter gesehen hatte. Wenn irgendeine Hoffnung bestanden hätte, die Angelegenheit vollkommen geheimzuhalten, hätte er sie getötet. Aber es gab keine Möglichkeit, die Zungen der Dienerschaft ruhigzustellen. Dafür hatte Agravaine gesorgt.

Er zwang seinen Geist, sich mit praktischen Problemen zu beschäftigen. Er würde für die Pferde sorgen müssen, die sie nach Gallien bringen sollten, jetzt, wo Bedwyr nicht mehr hier war, um sich darum zu kümmern. Er hoffte zu Gott, daß sie eine ruhige Passage haben und er die Pferde sicher über die Meerenge bringen würde. In einem Kampf gegen die Angelsachsen waren die Pferde fast wichtiger als die Männer.

Da sowohl Cai als auch Bedwyr fort waren, würde ihm die gesamte Aufgabe zufallen, das Heer in Bewegung zu setzen.

Er seufzte und schwang die Beine auf den Boden. Es hatte

keinen Zweck, hier herumzuliegen und an all das zu denken, was getan werden mußte. Es war besser, damit zu beginnen.

Er fuhr sich mit der Hand durchs Haar. Verdammter Agravaine. Wenn Bedwyr sie alle vier auf dem Weg nach Gallien ertränkte, würde Arthur kein Wort sagen.

## 41. KAPITEL

Während der folgenden zwei Wochen schien es Mordred, als schliefe sein Vater niemals. Arthur war überall in Camelot, gab Anweisungen und ermutigte alle. Er war dabei ruhig, geduldig und absolut wirkungsvoll. Wenn er nicht beim Heer war, befand er sich in seinem Arbeitsraum und traf sich mit Lieferanten und kämpfte mit einem Papierberg. Niemals wieder sah Mordred Anzeichen von Müdigkeit auf dem Gesicht seines Vaters. Seine Energie schien unerschöpflich. Gegen Ende der zweiten Woche verbrachte Arthur eine Nacht in Avalon. Dann führte er fünftausend Männer und dreihundert Pferde nach Portus Adurni, lud sie auf Schiffe und brach nach Gallien auf. Der Bote, den Arthur nach Camelot zurücksandte, traf zwei Wochen später mit der guten Nachricht ein, daß das Heer die Meerenge sicher überquert hatte und die Mündung der Loire erreicht hatte, wo Arthur von Syagrius formell begrüßt worden war. Der Plan sah vor, daß sich die beiden Heere zusammenschließen und die Loire hinaufziehen sollten, um gegen die Angelsachsen zu kämpfen.

Der Herbst hielt Einzug in Camelot. Arthur hatte nur eine sehr kleine Garnison in der Hauptstadt zurückgelassen, und die fallenden Blätter wurden um leere Unterkünfte und verlassene Übungsplätze herumgeweht. Viele der Geschäfte mußten wegen fehlender Kundschaft schließen, und auch der Basar außerhalb der Tore verlief sich allmählich. Das Herz Camelots war mit seinem König davongegangen.

Mordred stellte fest, daß seine Haupttätigkeit als Regent darin bestand, die Gerüchte über Bedwyr und Gwenhwyfar zu zerstreuen, die sich wie ein Lauffeuer verbreitet hatten. Seinen Härtetest erlebte er mit der Ankunft Cadors, des Königs von Dumnonia, der nach Camelot geritten kam, um selbst die Wahrheit herauszufinden. »Was ist dran an dieser Geschichte, die ich über dich und Agravaine gehört habe, daß ihr die Königin mit Bedwyr im Bett erwischt hättet?« fragte Cador Mordred direkt, sobald er mit Arthurs Sohn allein war.

Es war das erste Mal, daß Mordred direkt mit dieser Frage konfrontiert wurde. Er antwortete unbewegt trotz seines pochenden Herzens: »Nur, daß es das ist, Mylord. Eine Geschichte.«

Cadors Augenbrauen, grau und buschig, zogen sich zusammen. »Also stimmt es nicht?«

»Es stimmt nicht.«

»Wie, zum Hades, konnte eine solche Geschichte dann in Umlauf kommen?«

Mordred hatte Zeit gehabt, über mögliche Fragen nachzudenken. »Die Königin hat Feinde«, erwiderte er. Seine grauen Augen waren unbewegt. »Es gibt welche, die es gern sähen, wenn der König sie fortschicken und eine neue Frau nehmen würde.« Zu seiner Überraschung wirkte Cador unbehaglich. »Vermutlich hat jemand versucht, Vorteil aus ihrer Freundschaft mit dem Prinzen zu ziehen«, schloß Mordred.

»Jemand. Wer ist dieser jemand, Prinz Mordred?« Cador begegnete seinem Blick erneut.

»Ich weiß es nicht. Aber es ist schade, daß die Menschen eine solch häßliche und unwahrscheinliche Geschichte zu glauben bereit sind. Bedwyr ist meinem Vater treu ergeben. Er würde sich eher den rechten Arm abhacken, als daß er etwas tun würde, was den König verletzen könnte.«

Diese letzte Feststellung war so wahr und als wahr auch so allgemein bekannt, daß Cador überzeugt schien. Auf jeden Fall reiste er am darauffolgenden Tag ab. Gleich darauf folgte Bedwyrs Vater, der aus demselben Grund nach Camelot gekommen war. Mordred verfuhr mit ihm auf die gleiche Weise, wie er mit Cador verfahren war.

»Wenn eine solche Geschichte wahr wäre«, sagte er zu Ban, »dann würde der König Bedwyr kaum in seinen Diensten belassen haben. Außerdem hätte er die Königin wohl kaum als Stellvertreterin bei mir gelassen.« Mordred hob seine schwarzen Brauen und sah Arthur einen Moment lang unheimlich ähnlich. »Jemand muß Euren Sohn sehr hassen, Mylord, daß er ein solch häßliches Gerücht in die Welt gesetzt hat.«

»Meinen Sohn oder die Königin.« Bans Gesicht war sehr nachdenklich. »Eine kinderlose Königin ist niemals beliebt.«

Mordred hatte ihm zugestimmt, und nach einem mehrtägigen Besuch waren Ban und sein Gefolge offensichtlich zufriedengestellt wieder nach Wales aufgebrochen.

Gwenhwyfar schrieb ihrem Vater und versicherte ihm, daß die Gerüchte nicht stimmten und daß sie ihn in Camelot nicht brauche. Maelgwyn glaubte ihr anscheinend, denn er blieb zu Hause.

»Dumnonia und Wales sind beruhigt«, sagte Gwenhwyfar zu Mordred, als sie am ersten Abend nach Bans Abreise zusammen beim Essen saßen. »Aber aus dem Norden ist noch nichts zu hören gewesen.«

»Ich habe Gaheris geschrieben und ihm mitgeteilt, daß Agravaine versucht hat, Schwierigkeiten zu machen, indem er ein häßliches Gerücht in die Welt gesetzt hat, daß daran aber nichts Wahres ist. Gaheris liebt Agravaine nicht gerade besonders. Er wird damit zufrieden sein.«

»Sorgen mache ich mir über Elmet und Rheged. Und in geringerem Maße auch über Manau Guotodin. Das sind die Königreiche, die gegen Arthurs Reise nach Gallien gestimmt haben. Und bei ihnen wird das Wort ihrer eigenen Prinzen gegen unseres stehen.«

Mordred seufzte und schaute auf seinen Teller hinab. »Ich weiß. Aber wir können kaum mehr tun, als so weiterzumachen, als wäre nichts geschehen.« Er nahm ein Stück Fleisch auf und legte es dann unberührt wieder hin. Die Diener hatten den Raum einen Moment lang verlassen, und die beiden waren allein. »Ich habe Euch niemals gesagt, wie leid es mir tut, daß ich solche Schwierigkeiten verursacht habe«, sagte er leise. »Wenn ich es ungeschehen machen könnte, würde ich es sofort tun.«

Sie saßen an einem kleinen, runden Tisch im Familienspeiseraum, und Gwenhwyfar betrachtete einen schmerzlichen Augenblick lang Mordreds abgewandtes Gesicht. Sie saßen auf ihren üblichen Plätzen, und sie konnte die harte Linie seines jungen Kinns gut sehen. »Mordred«, sagte sie schließlich traurig, »mir sollte es leid tun.«

»Nein. Mein Vater hat mir alles erklärt. Es war auf jeden Fall mein Fehler, auf Agravaine zu hören.«

Sie versuchte es anders und strengte sich an, unbekümmert zu klingen: »Nun, es hat wenig Sinn, darüber zu streiten, wem es mehr leid tut. Wir müssen einfach so gut wie möglich weitermachen.«

Bei diesen Worten schaute er auf, und ein angedeutetes Lächeln lockerte seinen verkrampften Mund. Einen Moment sah er so sehr wie Arthur aus – nicht nur die Gestalt, sondern auch der Gesichtsausdruck –, daß ihr der Atem stockte. »Ja«, sagte er. »Das müssen wir.«

Sie wusch ihre Finger graziös in der Wasserschale neben ihrem Teller. »Wenn… wenn du Morgan einladen möchtest, irgendwann nach Camelot zu kommen, dann habe ich nichts dagegen«, bot sie ihm scheu an.

Sein Gesicht verschloß sich. »Das wird nicht notwendig sein«, sagte er. Dann kamen die Diener mit dem nächsten Gang herein, und er wechselte das Thema.

Gwenhwyfar erwähnte Morgans Namen nicht wieder, aber sie wußte, daß Mordred seit dieser verhängnisvollen Nacht der Enthüllung nicht mehr mit seiner Mutter gesprochen hatte. Was auch immer Arthur seinem Sohn gesagt hatte, es hatte genügt, daß Gwenhwyfars Sünden in den Augen des Jungen leichter wogen und er die Schuld offensichtlich Morgan zugeschoben hatte. Gwenhwyfar war ziemlich sicher, daß dies nicht Arthurs Absicht gewesen war, aber sie war zu klug, dieses Thema mit Mordred zu erörtern. Er würde selbst entscheiden müssen, wer gesündigt hatte und wer nicht. Bei diesem besonderen Problem konnte sie ihm wahrhaftig nicht helfen.

Die Novemberstürme brachen über die Meerenge herein, und es kam keine Nachricht aus Gallien. Mordred sorgte sich kaum. Arthur war unbesiegbar, jedermann in Britannien wußte das. Mordred wußte wohl, daß er mit Gwenhwyfar allein in Camelot glücklicher war, als er das Recht hatte.

Morgan wußte, was in Gallien geschah. Es schien, daß nicht einmal die Meerenge sie jetzt trennen konnte, und sie konnte in ihrem Geist deutlich erkennen, was Arthur sie wissen lassen wollte. Sie wußte, an welchem Tag die vereinten Heere von Britannien und Gallien die Angelsachsen bei Angers besiegten. Sie wußte, daß Arthur und Bedwyr und Cai in Sicherheit waren, und daß Arthur einen Boten mit der Nachricht über die Schlacht nach Camelot gesandt hatte. Sie wußte, daß Agravaine angeblich auf dem Schlachtfeld gefallen war. Das Heer zog nordwärts, auf Bourges zu, sagte Arthur. Es war alles in Ordnung.

Mordred hatte seit Arthurs Abreise keinen Versuch unternommen, sie zu sehen, und Morgan akzeptierte sein Schweigen. Sie konnte sich sehr gut vorstellen, was er empfand. Besser als Arthur, dachte sie. Sie hatte den Ausdruck in den Augen ihres Sohnes gesehen, wann immer er die Königin ansah. »Wie konntest du meinem Vater das antun?« hatte er Gwenhwyfar gefragt. Gemeint hatte er, wie Morgan dachte: Wie konntest du mir das antun?

Wenn Mordred eine Entschuldigung für Gwenhwyfar finden konnte, würde er sie sich umgehend zu eigen machen. Und Morgan hatte ihm eine geliefert. Es hatte leider keine bessere Möglichkeit gegeben. Und Mordred hatte auch nicht unrecht mit dem, was er dachte. Sie und Arthur hatten Gwenhwyfar ja tatsächlich in Bedwyrs Arme getrieben. Das dachte ihr Sohn, und es war die Wahrheit. Also war es wohl besser, wenn sie ihn in Ruhe ließ.

Folglich versuchte sie auch nicht, ihm die Nachricht von

Arthurs Sieg zu übermitteln. Sollte er sie auf dem üblichen Weg durch einen offiziellen Boten erfahren. Ohne Arthurs wöchentliche Besuche und ohne die Wagen, die mit der Nahrung für das Heer nach Camelot fuhren, war Avalon von der Welt abgeschnitten; eine ruhige, kleine Insel des Friedens. Morgan verbrachte den Winter mit der Arbeit an ihrem Buch über Kräutermedizin.

Agravaine befand sich schon länger als einen Monat wieder in Britannien, bevor sie davon hörte. Und die Nachricht, die er mitgebracht hatte, war genau das Gegenteil von der Wahrheit, die sie kannte.

Agravaine erzählte die Geschichte einer vollkommenen, furchtbaren Katastrophe, daß das britische Heer von einem Zusammenschluß von Angelsachsen und Visigoten zurückgeschlagen worden sei und der König und alle seine Befehlshaber tot seien.

»Was!« sagte Morgan entsetzt zu dem reisenden Harfenisten, der in Avalon um Gastfreundschaft gebeten hatte und der erste war, der ihr diese Nachricht überbrachte.

»Ja, Mylady. Nur Prinz Agravaine und seine Kavallerieeinheit sind der Katastrophe entkommen. Es war Verrat, Lady Morgan. Arvandus, der kaiserliche Präfekt in Gallien, hat den römischen Kaiser verraten, indem er Euric und die Visigoten hineingezogen hat. König Arthur war das Opfer dieses Verrats. Unsere Männer wurden rein zahlenmäßig überwältigt. Prinz Agravaine sah den König selbst fallen. Und Prinz Bedwyr ebenfalls.«

Morgan fühlte sich eiskalt. Genau das hatte sie befürchtet. Verrat. Aber der Verrat war nicht von Gallien verübt worden. Ihre Lippen waren weiß, als sie fragte: »Was plant Prinz Mordred zu tun?«

»Es wird ein Konzil stattfinden, Mylady. Prinz Mordred wird sicherlich zum nächsten Hochkönig ernannt werden.«

Morgan verschloß einen Weg in ihrem Geist. Sie mußte zuerst mit Mordred sprechen, bevor sie Arthur davon wissen ließ.

Agravaine. Arthur hatte ihn tot geglaubt. Er mußte das Schlachtfeld unbeobachtet verlassen haben. Er und seine

Kavallerieeinheit, hatte der Harfenist gesagt. Das war etwas, was er sorgfältig geplant haben mußte.

Sie rief Marcus herbei und bat ihn, dafür zu sorgen, daß der Harfenist ausreichend zu essen bekam, aber die ganze Zeit über war ihr Geist mit dem beschäftigt, was er ihr erzählt hatte. Was, in Gottes Namen, wollte Agravaine wohl durch diese List erreichen? Es würde früher oder später herauskommen, daß er log. Glaubte er, Arthur würde ihm das Königreich einfach überlassen? Zeit. Zeit war es, was Agravaine zu gewinnen hoffte. Die Antwort tauchte fast ebenso schnell auf wie die Frage. Es würde ihm Zeit geben, den Norden gegen Arthur aufzuhetzen. Er war immerhin Lots Sohn.

Sie hatten sicherlich Arthurs eigenen Boten abgefangen.

Lieber Gott. Mordred hatte diesen ganzen letzten Monat geglaubt, sein Vater sei tot. Und sie, die nur zwölf Meilen entfernt lebte, hatte nichts gewußt! Warum hatte er niemanden geschickt, es ihr zu erzählen? Sie konnte nicht glauben, daß er so grausam sein konnte, ihr nichts von Arthurs Tod zu sagen. Er war ärgerlich auf sie, aber das würde er niemals tun. Nicht der Mordred, den sie kannte. Sie ließ einen Diener ihr Pony satteln. Sie mußte Mordred sofort sprechen. Und Gwenhwyfar. Gwenhwyfar sollte von allen am ehesten wissen, was für ein Mensch Agravaine war. Wie hatte die Königin ihm glauben können?

Der gequälte Ausdruck auf Agravaines Gesicht, als er von Bedwyr gesprochen hatte, hatte Gwenhwyfar überzeugt. Seine Augen hatten Entsetzen ausgedrückt. »Es waren einfach zu viele, selbst für den Prinzen«, hatte er gesagt. »Er fiel.«

Und seine dunkelblauen Augen waren ihren mit seltsam gequälter Vertrautheit begegnet. Einen kurzen Moment verbanden sich ihre Blicke in dem Schmerz des Kummers und der verlorenen Liebe, und da hatte sie gewußt, daß Agravaine die Wahrheit sagte.

Niemand hätte sich träumen lassen, daß Arthur unterliegen könnte. Sie fühlte sich manchmal, als liefe sie über den Meeresgrund: nichts war deutlich, alles war so anstrengend. Die Welt ohne Arthur. Es schien nicht möglich.

Sie waren alle fort. Arthur und Bedwyr. Cai. Und an ihrer Stelle war jetzt Agravaine. Agravaine mit dem blonden Haar und den mitternachtsblauen Augen. Jetzt, wo Bedwyr tot war, schien seine Feindseligkeit ihr gegenüber verschwunden zu sein. Manchmal bestand dunkel und unterschwellig und erschreckend sogar eine Art Einverständnis zwischen ihnen. Sie dachte, daß er Bedwyr sah, wenn er sie ansah.

Die Unterkünfte füllten sich langsam mit Männern aus dem Norden. Ein großes Kontingent war von Lothian hereingeritten, angeführt von einem blonden, jungen Mann, den Agravaine spöttisch »Vater« genannt hatte. Mehr und mehr schien Mordred in Agravaines hellem Schatten zu versinken. Er war seit der Nachricht von Arthurs Tod so still gewesen, so entrückt. Als der Kummer und das Entsetzen langsam nachließen, begann Gwenhwyfar zu erkennen, daß sie Angst hatte.

Sie wartete, bis sie sicher war, daß Agravaine nicht im Palast war, und dann sandte sie Olwen zu Mordred. Sie hatten kaum einen Moment allein, und jetzt mußte sie es erzwingen. Arthur hatte darauf gezählt, daß sie seinem Sohn beistehen würde, und es schien Gwenhwyfar, daß er ihren Beistand auch brauchte. Sie wartete in ihrem hübschen Salon auf ihn und überlegte genau, was sie sagen wollte. Sie hatte Olwen angewiesen, dafür zu sorgen, daß sie nicht gestört würden.

Er kam leise herein und schloß die Tür hinter sich. Sein dichtes schwarzes Haar, das länger gewachsen war, als er es üblicherweise trug, war ihm über die Stirn gefallen. Seine Wangen zeigten Höhlungen, die zuvor nicht dagewesen waren. Er wirkte älter, dachte sie. »Mordred«, sagte sie, »ich dachte, wir beide sollten uns einmal unterhalten.«

Er nickte und trat ein wenig weiter in den Raum hinein. Seine grauen Augen wurden von den gesenkten Wimpern verdeckt, und sie konnte seine Stimmung nicht erkennen. Sie versuchte, sehr ruhig zu klingen. »Es scheint mir, als würde Agravaine sich zuviel zumuten.«

Die Wimpern hoben sich und senkten sich dann wieder. »Agravaine ist mein Bruder. Er versucht mir zu helfen.«

»Es hat andere Zeiten gegeben, als Agravaines Hilfe wenig nützlich war«, erwiderte sie.

Sein Blick hing an ihrem Mund. »Agravaine arrangiert das Konzil, und danach meine Krönung. Wenn ich erst wirklich König bin, werde ich mehr Macht haben als im Moment.«

Ein König wartet nicht darauf, daß ihm die Macht gegeben wird, er nimmt sie sich. Aber sie sprach diese Worte nicht aus. Sie mußte vorsichtig mit ihm umgehen. »Was will Agravaine für sich selbst?« fragte sie statt dessen.

»Er will mein Kavalleriebefehlshaber werden.«

»Aha.« Sie beugte leicht den Kopf und dachte nach. Also wollte Agravaine für Mordred Bedwyr spielen. Wenn er Bedwyr nicht haben konnte, dann wollte er Bedwyr sein. Sie empfand einen unerwarteten Ansturm von Mitleid.

»Gwenhwyfar.« Mordred überbrückte den schmalen Raum zwischen ihnen und schaute ihr unmittelbar ins Gesicht. Zum ersten Mal konnte sie seine Augen lesen, und ihr Herz hielt wegen dem, was sie dort sah, mitten im Schlag inne. »Gwenhwyfar«, sagte er erneut, »ich möchte, daß Ihr mich heiratet.«

Ihre wunderschönen, grünen Augen weiteten sich entsetzt. Sie trat zurück. »Mach dich nicht lächerlich, Mordred. Natürlich kann ich dich nicht heiraten.«

»Warum nicht? Es ist ein alter keltischer Brauch, daß die Königin den neuen König heiratet. Und wir sind Kelten, Ihr und ich. Die Tage der Römer sind vorüber. Rom hat meinen Vater getötet.«

»Da spricht Agravaine aus dir«, sagte sie scharf, »nicht du selbst.«

»Ich habe Agravaine vielleicht zugehört, aber ich habe die Dinge auch für mich selbst gedacht. Arthur hat versucht, Britannien über seine eigenen Küsten hinaus auszudehnen, es erneut in den Mittelpunkt der weiteren Welt zu rücken, und ist gescheitert. Dieser Versuch hat uns den größten König gekostet, den wir jemals haben werden. Ich strebe nicht danach, Arthurs Ebenbild zu werden. Ich möchte Britannien nur den Frieden erhalten. Innerhalb seiner Grenzen.«

»Diese Aufgabe ist groß genug«, sagte sie zitternd.

»Ihr könntet mir helfen, Gwenhwyfar.« Sein dunkles Gesicht war so ernst, so leidenschaftlich. »Arthur hat Euch zur Stellvertreterin ernannt, weil er wußte, daß ich Eure Hilfe brauchen würde. Ich brauche sie noch. Heiratet mich.«

»Ich kann dir helfen, ohne dich zu heiraten, Mordred.« Sie wußte, was die Flamme bedeutete, die in diesen grauen Augen brannte, und ihr eigenes Blut begann trügerisch schnell zu fließen. »Ich kann dich nicht heiraten«, setzte sie verärgert hinzu. »Ich bin die Frau deines Vaters.«

»Mein Vater ist tot.«

Schweigen entstand, während sie beide dem Klang jener Worte nachhorchten. Gwenhwyfar rang die Hände. Die Wintertage waren grau, und sie hatte die Hängelampe entzündet, um den Raum zu erhellen, und die warf ihren Schein auf ihr leuchtendes Haar, auf die wunderschöne, zarte Kurve ihrer Wange. Als sie erneut sprach, klang ihre Stimme hart. »Du brauchst eine Frau, die dir Kinder schenken kann. Ich bin keine Frau für den Hochkönig von Britannien.«

Er nahm ihr Gesicht in beide Hände. Diese schmalen, festen Hände. Sie spürte die Schwielen auf den Fingerspitzen und erschauderte. Sein dunkler Kopf war ihrem so nahe. Sie konnte die Jugend an ihm riechen, die frische männliche Jugend. »Ich werde Euch Kinder schenken, Gwenhwyfar«, sagte er. »Ich bin mir dessen sicher.«

Sie konnte seine Worte in ihrem Leib spüren. Ich sollte das nicht tun, sagte ihr ihr Verstand wieder und wieder. Aber er war so seltsam zwingend. Und Arthur und Bedwyr waren fort. »Ist das Agravaines Idee?« fragte sie.

Er schüttelte den Kopf. »Nein. Es ist meine Idee. Gwenhwyfar...« Verlangen und Sehnsucht und Liebe, die sie aus Arthurs Augen ansahen. Sie unternahm einen weiteren Versuch, dieser Falle zu entkommen.

»Du könntest jede haben, Mordred. Es gibt Prinzessinnen, die weitaus jünger sind als ich und die geehrt wären, den Hochkönig zu heiraten.«

»Warum sollte ich jemand anderes wollen, wenn es Euch gibt? Nach Euch kann es niemand geben, der zählt.«

Sie versuchte, logisch zu denken. »Was wird das Konzil sagen?«

»Das Konzil wird das tun, was ich ihm sage.« In diesem kurzen Moment hätte er der wiedergeborene Arthur sein können. Sie hatte wohl ein wenig geschwankt, denn seine Hände ergriffen ihre Schultern. »Werdet *Ihr* tun, was ich Euch sage?« fragte er. »Werdet Ihr mich heiraten, Gwenhwyfar?«

»Ja«, hörte sie sich mit einer Stimme sagen, die sie selbst nicht wiedererkannte. »Das werde ich.«

## 42. KAPITEL

Die zarte Wintersonne schien noch immer hell, als Morgan die Tore von Camelot passierte. Sie war überrascht, wieviel Geschäftigkeit sie sehen konnte, während sie den Hauptweg zum Palast hinaufritt. Es befanden sich weitaus mehr Männer in der Hauptstadt, als sie erwartet hatte. Sie bog vom Weg ab, um an dem großen Übungsplatz vorbeizureiten, auf dem das Fest abgehalten worden war. Trupps von Männern marschierten über das tote Februargras, Männer in dem charakteristischen Karomuster des Nordens. In der Ferne konnte Morgan einen blonden Mann zu Pferde sehen, der die Männer dirigierte.

Zumindest befand sich Agravaine nicht im Palast.

Sie wartete in der großen Halle, während ein Diener Mordred benachrichtigte daß die Lady von Avalon ihn zu sehen wünsche. Er kam selbst zu ihrer Begrüßung. Sein Gesicht war bemüht ausdruckslos, doch sie konnte seine Augen recht deutlich lesen. Sie schaute sich in dem großen Empfangsraum um und sagte: »Ich möchte nicht hier mit dir sprechen, Mordred. Wir sollten in Arthurs Arbeitsraum gehen.«

Er zögerte, nickte dann und ging zu einer Tür voraus, die sich zu einer mit Kolonnaden versehenen Galerie öffnete. Sie trat zuerst ein und beobachtete, wie er die Tür langsam und widerwillig hinter ihnen schloß.

»Ein Harfenist kam heute nach Avalon«, sagte sie ohne lange Vorrede. »Er hat mir erzählt, daß es in Gallien eine große Schlacht gegeben hat und daß Arthur und die meisten Männer des Heeres tot sind. Ist das wahr?«

»Ja. Du wußtest das doch sicher?«

»Ich wußte nichts. Hast du es nicht für nötig gehalten, mich zu informieren?«

Er wirkte entsetzt. »Morgan, es tut mir so leid. Ich dachte, du wüßtest es. Ich hätte niemals... ich hätte niemals zugelassen, daß du es auf diese Art herausfinden mußt. Ich dachte, du wüßtest es.«

Sie betrachtete offen sein bekümmertes Gesicht. »Wie sollte ich das wissen, Mordred, wenn du niemanden zu mir gesandt hast, es mir zu sagen?«

»Gwenhwyfar. Gwenhwyfar sagte, es sei nicht notwendig, dich zu benachrichtigen. Sie erklärte, daß du es vor uns gewußt hättest.«

»Das war es.« Die großen braunen Augen seiner Mutter drückten Verstehen aus. »Hat sie auch gesagt, woher ich es wüßte?«

»Nein. Nur daß du es wissen würdest. Sie war sich dessen sehr sicher.«

»Ich verstehe«, sagte Morgan. Ihr schmales Gesicht wirkte recht gefaßt. Mordred verlagerte sein Gewicht von einem Fuß auf den anderen. »Und eure Quelle für diese Geschichte war Agravaine?«

»Agravaine und die Männer, die mit ihm entkommen sind. Es war Verrat, Morgan. Arvandus, der römische Präfekt, hat die Visigoten hineingezogen. Sogar Arthur konnte gegen eine derartige Übermacht nicht bestehen.«

»Und du hast das geglaubt? Nur auf Agravaines Wort hin?«

Seine Augen weiteten sich. »Natürlich habe ich es geglaubt!

Agravaine hat vielleicht seine Tücken, aber er ist kein Ungeheuer. Und er ist auch kein Narr. Natürlich sagt er die Wahrheit.«

Nicht Agravaine war der Narr. Aber sie zügelte sich und sagte ruhig und überlegt: »Er lügt, Mordred. Es hat einen Kampf gegeben. Aber die Angelsachsen wurden zurückgeschlagen. Dein Vater und Bedwyr und das Heer sind vollkommen wohlauf. Agravaine lügt.«

Er war blaß geworden. »Woher weißt du das?«

»Ich weiß es einfach. Es ist wahr, glaube mir.«

Er sah sie verwirrt und wachsam an. »Was meinst du damit, du wüßtest es einfach? Hast du eine Nachricht von meinem Vater erhalten?«

»In gewisser Weise ja.«

»Hör auf, in Rätseln zu sprechen, Morgan! Wenn du eine Nachricht erhalten hast, möchte ich sie sehen.«

»Sie war nicht niedergeschrieben.«

»Dann laß mich mit dem Boten sprechen.«

»Es gab keinen Boten.«

Ein leichter Hauch von Hysterie schwang in seinem Lachen mit. »Und du erwartest, daß ich dir aufgrund dieses Beweises glaube? Ich weiß doch, welch eine vollendete Lügnerin du bist.«

Sie überbrückte langsam den Raum zwischen ihnen. Sie reichte ihm gerade bis in Augenhöhe und mußte zu ihm aufschauen. Aber trotz ihrer geringen Größe schwang in jedem Ton ihrer Stimme Autorität mit. »Ich möchte mit Gwenhwyfar sprechen. Gwenhwyfar wird es besser verstehen als du.«

Er schüttelte den Kopf. »Oh, nein. Du hast Gwenhwyfar bereits genug Schmerz zugefügt. Ich werde dir nicht die Chance geben, sie erneut zu verletzen.«

Ihre fein geschwungenen Brauen wurden zusammengezogen. »Unsinn, Mordred. Ich habe nicht die Absicht, Gwenhwyfar zu verletzen, ich möchte nur mit ihr sprechen.«

»Du wirst dich von Gwenhwyfar fern halten.« Seine Stimme klang hart. »Was immer du zu sagen hast, kannst du mir sagen.«

Ihr angespanntes Stirnrunzeln vertiefte sich. Hier war etwas... etwas, wovon sie wußte, daß es nicht richtig war... Die Tür des Arbeitsraumes öffnete sich, und Agravaine trat ein. Sein fahlblondes Haar umrahmte ein lächelndes Gesicht, und seine blauen Augen waren ungetrübt. »Tante Morgan«, sagte er. »Ich habe gehört, daß du zu Besuch hier bist. Willkommen in Camelot.«

Morgan ließ ihren Blick langsam von Agravaines Schuhspitzen bis zu seinem glänzenden Scheitel wandern. »Ich habe immer gedacht, es sei ein Fehler von Pellinore«, sagte sie, »wie er dich behandelt hat. Ich sehe jetzt, daß ich mich geirrt habe.«

Das engelsgleiche Gesicht zuckte nur kurz, und dann lächelte er erneut. »Pellinore«, erwiderte er, »war ein Narr.«

»Agravaine«, Mordreds Stimme klang drängend. »Morgan sagt, es habe eine Schlacht gegeben, und wir hätten gesiegt. Sie sagt, daß du lügst und daß mein Vater lebt.«

Agravaine hakte die Daumen hinter seinen Gürtel und sah seine Tante an. »Darf ich die Quelle deines Wissens erfahren?« fragte er übertrieben höflich.

Morgan schaute in die lächelnde Gewalt jener blauen Augen. Bis zu diesem Augenblick hatte sie nicht erkannt, wie tief die Abgründe in Agravaines Charakter waren. »Ich werde der Königin die Quelle meines Wissens nennen.« Mit Mordred oder Agravaine würde sie nicht weiterkommen, erkannte sie. Aber Arthur mußte Gwenhwyfar von der Verbindung zwischen ihnen erzählt haben. Er mußte es getan haben, sonst hätte sie nicht zu Mordred gesagt, daß Morgan zuerst von Arthurs Tod erfahren habe.

»Ach ja, die Königin.« Agravaine sah Mordred an. »Hast du Morgan schon die gute Nachricht mitgeteilt, kleiner Bruder?«

»Welche gute Nachricht?« fragte Morgan scharf.

»Mordred und Gwenhwyfar werden heiraten. Am Tage seiner Krönung. Ist das nicht wunderbar?«

»Was?« Morgan sah ihren Sohn entsetzt an. »Mordred, das kannst du nicht tun. Das mußt du doch sicherlich einsehen. Gwenhwyfar! Ich muß mit Gwenhwyfar sprechen!«

»Nein.« Mordreds junges Gesicht wirkte grimmig und angespannt. »Wenn du einen Beweis hast, daß Arthur lebt, dann zeige ihn mir. Ich möchte nicht, daß du die Königin aufregst. Sie hat durch dich bereits genug erleiden müssen, denke ich.«

Schweigen breitete sich aus, während die beiden jungen Männer sie ansahen. Sie konnte hinter Mordreds zornigen Augen sehen, wieviel Angst und Schrecken er unterdrückte. Aber Agravaine... Agravaine wirkte wachsam. Wachsam und mißtrauisch. Es war nicht gut, Agravaine zu unterschätzen. Sie hatten alle schuld daran, und man konnte sehen, wohin es sie gebracht hatte. »Ich würde es wissen, wenn Arthur tot wäre«, sagte sie schließlich. »Ich würde es spüren.«

Erleichterung flammte in zwei Augenpaaren auf. »Die Intuition einer Frau«, sagte Agravaine verächtlich. »Geh zurück nach Avalon, Morgan, und vergnüge dich mit deinem Garten. Ich sage dir, Arthur ist tot. Ich war da. Ich sah ihn fallen. Und das war's.«

»Agravaine!« Das war Mordred. »Sie hat es gerade erst erfahren. Es besteht kein Grund, grausam zu sein.«

Agravaine zuckte die Achseln.

Arthurs Arbeitsraum war kalt, und keiner von ihnen hatte seinen Umhang abgelegt. Morgan ging an Agravaine vorüber zur Tür. »Wenn du mir mein Pony bringen läßt, werde ich nach Hause zurückkehren«, sagte sie ruhig zu Mordred.

Agravaine öffnete ihr die Tür.

Er ließ sie nicht wieder mit Mordred allein. Das Pony wurde zum Eingang des Palastes gebracht, und die beiden jungen Männer beobachteten sie, wie sie aufstieg und den Weg hinab davonritt.

Sie wartete, bis sie außerhalb der Tore war. Dann zügelte sie das Pony und schloß die Augen. Sie sandte in der Sprache, die nur sie beide verstanden, eine dringende Nachricht hinaus: *Arthur. Du mußt nach Hause kommen. Jetzt. Sofort. Laß das Heer zurück und komm selbst. Gefahr. Du mußt nach Hause kommen!*

Das Konzil kam Anfang März in Camelot zusammen, um Mordred als nächsten Hochkönig zu bestätigen. Die Abstimmung erfolgte einstimmig, und die Könige und Prinzen, die das Konzil bildeten, schlugen vor, noch einige Tage zu bleiben, um der formellen Krönung beiwohnen zu können. Am Tag vor der Krönung erreichte Camelot die Nachricht, daß Arthur mit dreihundert Mann und fünfzig Pferden in Cornwall gelandet sei. Die Nachricht wurde Cador von einigen seiner Männer überbracht, die mit dem König in Kontakt gekommen waren. Sie hatten ihn tatsächlich gesehen. Bedwyr und Cai und Gawain und Constantinus, Cadors Sohn, waren bei ihm. Er hatte Valerius das restliche Heer in Gallien anvertraut. Mordred stand wie festgewachsen. Er lauschte den Worten des Mannes aus Cornwall und dann denen von Cador und Ban, und die ganze Zeit über sah er Agravaine an, und sein Geist wurde von Entsetzen überwältigt. *Er hat gelogen. Arthur ist nicht tot. Agravaine hat gelogen. Nicht tot. Nicht tot. Nicht tot.* Die Worte klangen in seinem Geist, während Cadors ärgerliche Worte ungehört über ihn hinwegrauschten. Dann fiel es ihm wieder ein: *Gwenhwyfar. Ich muß mit Gwenhwyfar sprechen.*

»Kommt Ihr mit uns, Prinz Mordred?« Cador hatte diese Frage gestellt.

Mordred sah ihn verwundert an. »Mitkommen?«

Cador hatte nie zuvor so sehr wie ein zorniger Bulle gewirkt wie jetzt. »Zum König.«

Er konnte seinem Vater nicht begegnen. Noch nicht. Nicht, bevor er mit Gwenhwyfar gesprochen hatte. »S-später«, stotterte er. »Ich komme später nach.«

Nachdem Cador und die walisischen Könige fort waren, wandte er sich Agravaine zu. »Wie konntest du das tun?« Er war nicht einmal verärgert, nur wie erstarrt. »Wie konntest du, Agravaine?«

Sie standen auf entgegengesetzten Seiten des runden Tisches im Konzilraum, und die Augen seines Bruders blickten hart und stechend. »Arthur will das Kaiserreich zurückbringen«, erwiderte Agravaine. »Wir aus dem Norden denken, daß Britannien ein keltisches Land sein sollte. Dieser König hat sich zuviel zugemutet, Mordred. Es ist an der Zeit, ihn zu stürzen und durch jemanden zu ersetzen, der den keltischen Ideen aufgeschlossener gegenübersteht.«

»Aber du hast Arthur immer geliebt. Als wir Kinder waren, wolltest du immer nur einer seiner Befehlshaber werden. Erinnerst du dich nicht?« Er flehte Agravaine fast an und versuchte, ihn das Entsetzliche erkennen zu lassen, was er da ausgelöst hatte. Jetzt verstand Mordred voller Unbehagen, warum die Unterkünfte voller Truppen aus dem Norden waren.

»Ich habe ihn geliebt, als er die Angelsachsen bekämpft hat. Aber nicht, als er für den Kaiser in Gallien gekämpft hat.« Agravaines Augen wirkten wie blaues Glas.

Mordred begann zu verstehen. »Und darum hast du mich für deine eigenen Zwecke benutzt.«

»Ich mache dich zum König, kleiner Bruder. Du solltest dich nicht darüber beklagen.«

Mordred fuhr fort, als habe er ihn nicht gehört. »Du hast mich belogen und dann dafür gesorgt, daß ich genauso bloßgestellt war wie du.« Das Verstehen kam beim Sprechen. »Deswegen hast du mir vorgeschlagen, ich solle Gwenhwyfar heiraten.«

»Du hast sie mit den Augen verschlungen, jedesmal, wenn du sie angesehen hast«, antwortete Agravaine grausam. »Du brauchtest nicht lange überredet zu werden.«

»Nein. Das war nicht nötig, nicht wahr? Ich habe dir alles so leicht gemacht. Es muß ein Kinderspiel gewesen sein.« Er schloß einen Moment die Augen. »Morgan hat mich zu warnen versucht, und ich wollte ihr nicht zuhören.«

»Hör endlich auf zu jammern. Du hast entschieden, bei mir zu bleiben, und wir werden die Frage, wer König sein wird, auf dem Schlachtfeld entscheiden. Ich hatte gehofft, mindestens noch einen weiteren Monat Zeit zu haben, bevor er davon erführe, aber egal. Er hat das Heer in Gallien zurückgelassen. Wir werden immer noch im Vorteil sein.«

»Ich habe mich nicht entschieden, bei dir zu bleiben!« schrie Mordred. »Ich wollte nicht gehen, bevor ich nicht mit der Königin gesprochen habe, das ist alles. Natürlich werde ich zu meinem Vater gehen.«

Eine lange Pause entstand, und dann lächelte Agravaine mit echter Belustigung. »Falsch, kleiner Bruder. Geh und sieh nach der Königin. Wenn ich Arthur besiegt habe, kannst du sie vielleicht sogar heiraten. Aber du wirst Camelot nicht verlassen, Mordred. Nicht, bis wir zum Kampf gegen den König antreten. Wenn Arthur tot ist, werde ich entscheiden, was mit dir geschieht.«

Die Begegnung mit Gwenhwyfar war furchtbar. Sie war so blaß und wirkte so angespannt. Er nahm ihre Hand, und sie ließ sie ihm eine Weile, bevor sie sie sanft zurückzog.

»Bedwyr ist bei ihm. Wußtet Ihr das?« fragte er mit leiser, unsicherer Stimme.

»Ja. Mein Vater hat es mir gesagt, bevor er abreiste.«

»Ich kann das von Agravaine noch immer nicht glauben!« Seine grauen Augen blickten entsetzt drein. »Ich bin mit ihm aufgewachsen, Gwenhwyfar. Ich dachte, ich kenne ihn.«

»Ich kenne ihn«, antwortete sie verbittert. »Ich vor allen anderen hätte ihm nicht trauen dürfen. Aber er schien so... bestürzt. Ich glaubte nicht, daß er das spielen könnte.«

»Ich hätte Morgan an jenem Tag zu Euch lassen sollen. Aber ich wollte nicht, daß sie Euch aufregt.« Er rieb seine linke Schläfe, als schmerze sie. »Nein, der wahre Grund war, daß ich nicht wollte, daß sie Euch unsere Heirat ausredet.«

»Was ist das mit Morgan?« Zum ersten Mal, seit er den Raum betreten hatte, sah sie ihn direkt an.

»Sie hat mich vor nicht allzu langer Zeit aufgesucht. Sie hatte erst an jenem Tag die Geschichte von Arthurs Tod gehört. Ich war entsetzt bei dem Gedanken, daß sie es auf diese Weise erfahren hatte: von einem wandernden Harfenisten und nicht von mir. Dann sagte sie mir, es sei eine Lüge, Arthur sei überhaupt nicht tot. Ich glaubte ihr nicht.« Die grauen Augen waren voller Elend. »Sie hatte keinen Beweis, Gwenhwyfar. Keine Nachricht. Keinen Boten. Dann kam Agravaine herein. Sie wollte Euch sehen und sagte, Ihr wäret die einzige, die sie verstehen könnte.« Er senkte den Kopf. »Wir wollten es nicht zulassen.«

Gwenhwyfar barg den Kopf in ihren Händen. »Ihr hättet es zulassen sollen.«

»Ja, das weiß ich jetzt.« Schweigen senkte sich über sie. Er schaute sich in dem hübschen Raum um. »Was muß er von uns denken?« Seine Stimme war kaum hörbar.

»Er wird denken, was Morgan denkt. Sie hat es ihm natürlich gesagt.«

»Was meint Ihr?«

»Morgan hat ihn nach Hause gerufen. Er kann diese Nachricht von niemandem sonst erhalten haben. Zu dieser Jahreszeit fahren keine Schiffe über die Meerenge, die die Nachricht über das, was in Britannien geschieht, hätten nach Gallien bringen können. Er wußte es, sobald Morgan es wußte. Gott, wenn ich es dich ihr nur hätte sagen lassen, als Agravaine mit dieser Geschichte ankam, dann wäre Arthur schon vor einem Monat hier gewesen!«

»Was wollt Ihr damit sagen, Gwenhwyfar? Daß Morgan den Geist meines Vaters erreichen kann?«

»Ja«, sagte Gwenhwyfar. »Das will ich damit sagen.«

Er wirkte plötzlich jung und sehr verloren. »Und Agravaine hat sich über ihre weibliche Intuition lustig gemacht.«

»Agravaine!« stieß Gwenhwyfar hervor, und Mordred erschauderte unter dem Klang ihrer Stimme.

»Ich habe noch einen anderen Fehler gemacht«, sagte er, »zusätzlich zu meiner ohnehin beachtlichen Sammlung. Ich hätte mit Cador und den Walisern hinausreiten sollen. Agravaine hätte mich nicht daran hindern können. Jetzt bin ich gefangen.«

Ihre grünen Augen weiteten sich. »Er läßt dich nicht gehen?«

»Er läßt mich nicht gehen.«

»Lieber Gott, Mordred«, flüsterte sie. »Was sollen wir nur tun?«

Agravaine betrat Gwenhwyfars Salon als nächster. Gwenhwyfar versuchte, Olwen bei sich im Raum zu behalten, aber Agravaine entließ das Mädchen, und Gwenhwyfar erlaubte ihr zu gehen. Sie wollte wenigstens einen Rest an Würde bewahren.

»Mylady«, sagte er sanft, sobald sie allein waren, und lachte. Er war jetzt in all die glitzernde Pracht eines Kelten gekleidet. Er trug Gold am Hals und an den Armen. Eine Goldspange hielt seinen Umhang, und Gold blitzte an seinem Gürtel auf. Sein Haar war so hell wie sein Schmuck. »Vor Euch hatte ich die größte Angst. Ich fürchtete, daß Ihr mir nicht glauben würdet«, sagte er.

»Ich hätte Euch natürlich nicht glauben sollen. Die Art, wie Ihr von Bedwyrs Tod gesprochen habt, hat mich aber überzeugt. Ihr schient ehrlich bekümmert.«

»Bedwyr ist gestorben, zumindest für mich. Er wollte mich auf dem Weg nach Gallien immer wieder töten. Ihr seid unglücklicherweise die einzige für Bedwyr. Er wollte nach Gallien zu Euch zurückkehren. Es scheint, daß ich einen Fehler begangen habe. Arthur kümmert es nicht.«

Sie schluckte. Es war etwas absolut Lähmendes an ihm. Sie zwang sich, ruhig zu sprechen. »Und daher sorgt Ihr, wenn Ihr Bedwyr nicht haben könnt, dafür, daß auch niemand anderer ihn haben kann. Ist das so?«

»So ungefähr.« Er lächelte boshaft. »Ich frage mich, wie er sich gefühlt haben muß, als er hörte, daß Ihr zugestimmt habt, Mordred zu heiraten.«

»Das war Eure Idee, diese Heirat. Nicht wahr?«

»Natürlich. Mordred hätte niemals den Mut gehabt, an eine Heirat mit Euch zu denken. Es war jedoch nicht viel Überredungskunst nötig, Gwenhwyfar. Er war genauso hungrig wie Bedwyr.«

Er kam auf sie zu, und all sein Gold blitzte im Sonnenschein auf. Bevor sie sich zurückhalten konnte, trat sie einen Schritt zurück.

Ein träges, spöttisches Lächeln erschien auf Agravaines Gesicht. »Ängstlich, kleiner Vogel?«

Ihr Herz stolperte. Kleiner Vogel. Das war Bedwyrs Name für sie. Er sah sie aus plötzlich geweiteten Augen an, und sie bestand wieder zwischen ihnen, diese erschreckende, gnadenlose Vertrautheit, die entweder Haß oder Liebe war, oder beides. »Es wäre interessant«, sagte er, »zu pflügen, wo er gepflügt hat. Würde Euch das gefallen, Gwenhwyfar? Gwenhwyfar, mein Feind, die Liebe meiner Liebe. Würdet Ihr gern mit mir schlafen?«

»Das... würdet Ihr nicht tun.«

»Ich denke doch.« Er hob eine Hand. »Euer Haar ist sehr schön.« Sie war wie ein hypnotisiertes Tier. Er ließ seine Finger durch ihr Haar gleiten. Seine Augen waren jetzt rein schwarz.

Sie zwang ihren Geist zur Tätigkeit. »Tut das, Agravaine, und Ihr werdet Mordred verlieren.«

Seine Hand streichelte weiterhin ihr Haar. »Ich brauche Mordred nicht.«

»Doch, Ihr braucht ihn. Er wird Eurem Kampf gegen Arthur wenigstens den Anschein von Rechtmäßigkeit geben. Und Ihr könnt ihn vielleicht noch auf Eure Seite ziehen. Wie Ihr selbst sagtet, begehrt er mich.«

»Ich handle rechtmäßig. Mit der Rechtmäßigkeit eines Kelten, der sein Land zurückzugewinnen versucht.« Seine Hand wanderte zu ihrem Gesicht. »Vielleicht begehre ich Euch auch.«

*Denk nach.* »Es würde Arthur um so vieles stärker verletzen, wenn er denken müßte, daß Mordred zum Verräter geworden ist.«

Seine Hand sank herab, die glanzlosen Augen erforschten ihr Gesicht, und sie wußte, daß sie das Richtige gesagt hatte. Ihre Augen verengten sich. »Ihr haßt Arthur, nicht wahr?« fragte sie ruhig. »Ihr haßt ihn mehr als mich. Warum? Was hat er Euch getan?«

»Bedwyr liebt ihn«, erklang die vernichtende Antwort. »Ich hätte Bedwyr vielleicht die Geschichte mit Euch vergeben können. Ihr seid schließlich nur eine Frau. Aber nicht den König.« Er sah sie kalt an, und alle erschreckende Vertraulichkeit war aus seinem Gesicht gewichen. »Ihr habt recht. Es wäre das beste, Mordred auf meiner Seite zu haben, und wenn auch nur scheinbar.« Er lächelte sie an. »Zu schade, Gwenhwyfar, es hätte... interessant werden können.«

Sobald sich die Tür hinter ihm geschlossen hatte, sank Gwenhwyfar in einen Sessel. Sie zitterte noch lange Zeit später, als Olwen den Raum betrat.

## 43. KAPITEL

Die Männer von Dumnonia und Wales, von denen viele mit Arthur in den Kriegen gegen die Angelsachsen gekämpft hatten, begannen nach Cornwall einzuströmen, um sich dem Regiment des Königs anzuschließen. Dieser Krieg, die letzte Schlacht für Britannien, würde fast vollständig von Hilfstruppen bestritten werden. Das stehende Heer, das perfekt ausgebildete Kriegsinstrument, befand sich noch immer in Gallien.

Agravaine machte keinerlei Anstalten, von Camelot nach Süden zu ziehen. Seine Strategie bestand eindeutig darin, Arthur zu zwingen, zu ihm zu kommen. Und daher setzte der König sein neu gebildetes Heer Ende April auf der römischen Straße bei Isca Dumnoniorum in Bewegung und zog voran, ohne auf Hindernisse zu treffen, bis er fünfundzwanzig Meilen von seiner besetzten Hauptstadt entfernt war.

Es war ein nasser, grauer Tag, als Morgan die ungefähr zehn Meilen den Camm hinab von Avalon zu Arthurs Lager ritt. Die Wälder waren voll sprießenden grünen Wachstums, voller weißer und gelber und purpurner Blüten. Frisches, neues Leben kam nach Britannien. Morgan atmete die feuchte, kühle Luft ein, die voller Gerüche von Aufbruch und Wachsen war. Zwei Heere standen einander auf beiden Seiten Avalons gegenüber, und ihr Herz sollte schwer sein, aber heute war es leicht. Sie würde Arthur sehen. Im Moment war das als einziges wichtig.

Das Lager des Königs summte vor geschäftiger Zuversicht, wie sie allen Heeren unter Arthur sofort innewohnte. Morgan führte ihr Pony die abgesperrte Straße hinab und sah sich bei der ordentlichen Reihe ordentlicher Zelte, hinter denen ein schützender Erdwall aufgeworfen war, der als Absicherung gegen einen Überraschungsangriff diente, neugierig um. Arthur wußte natürlich, daß sie kommen würde, und hatte Cai geschickt, der nach ihr Ausschau halten sollte.

»Morgan!« Sie hörte Cais vertraute Stimme, wandte sich um und sah ihn auf sich zukommen. Er trug den scharlachroten Umhang der Fußsoldaten, und auf seinem grobknochigen Gesicht lag ein strahlendes Lächeln. Er hob sie aus dem Sattel und umarmte sie fest, bevor er sie auf die Füße stellte.

»Es tut gut, dich zu sehen, Cai«, sagte sie lachend.

Er rief einen Soldaten, der sich um ihr Pony kümmern sollte, und legte eine Hand auf ihre Schulter. »Komm mit zu Arthurs Zelt. Er wird gleich dasein. Er überprüft mit Constantinus die dumnonianischen Truppen. Cador hat sich das Bein gebrochen. Wußtest du das nicht?«

Sie blieben vor einem Zelt stehen, das sich nicht sonderlich von den anderen unterschied, und Cai hielt ihr den Zelteingang auf. Sie ging hinein, und er beugte den Kopf und folgte ihr. »Nein«, sagte sie. »Das wußte ich nicht. Was ist geschehen?«

»Sein Pferd glitt im Matsch aus und fiel auf ihn. Der junge Constantinus wird statt seiner die dumnonianischen Truppen anführen. Bedwyr sagt, er sei sehr tüchtig. Er war einer der Prinzen in Bedwyrs Schule, so daß wir sicher sein können, daß er eine gute Ausbildung erhalten hat.«

Das Zelt war sehr düster, und Cai entzündete die Lampe, die auf dem einzigen Tisch stand. Das Zelt des Königs war sehr einfach eingerichtet. Es gab einen Tisch, einen Stuhl und eine Bettstelle. Cai bemerkte, wie sie sich umsah und sagte beklommen: »Wir haben die Meerenge ziemlich eilig überquert.«

»Es ist gut, daß ihr es getan habt«, erwiderte sie, löste die Spange, die ihren Umhang an der Schulter festhielt, und legte ihn ordentlich gefaltet über die Lehne des einzigen Stuhles. Sie trug die Kleidung, die Cai an ihr seit ihrer Kindheit so vertraut war: Jungenhosen und eine einfache langärmelige Tunika. Morgans Reitkleidung. Sie hatte ihren Geschmack niemals geändert. Sie trat zu der Bettstelle, ließ sich auf die Decken fallen und setzte sich mit der Mühelosigkeit und Beweglichkeit eines kleinen Kindes mit gekreuzten Beinen hin. Cai wandte ihr den Stuhl zu und setzte sich ebenfalls.

Draußen begann es zu regnen. Die Lampe leuchtete das kleine Zelt ausreichend aus, so daß Cai die schlanke Gestalt betrachten konnte, die so bequem auf Arthurs Bett saß. Beide schwiegen.

Ihr langes Haar war noch immer so braun und glatt und an den Enden gerade, wie er es in Erinnerung hatte. Ihr schmales, zartes Gesicht und die großen Augen waren ebenfalls noch immer dieselben. Aber es war jetzt das Gesicht einer Frau, nicht mehr das eines Mädchens, ein Gesicht, das sowohl Leiden als auch Freuden kennengelernt hatte, ein Gesicht, dessen Schönheit mehr war als nur der Gesichtsschnitt und eine schöne Gestalt. Der Unterschied zwischen Morgan und Gwenhwyfar, stellte er plötzlich in Gedanken fest, bestand darin, daß beide zwar geben konnten, aber nur Morgan imstande war, aufzugeben.

Sie ertrug seinen forschenden Blick in geduldigem Schweigen. Dann lächelte sie. »Ich vermute, Syagrius war nicht gerade begeistert, dich gehen zu sehen.«

Er löste sich aus seiner Träumerei und antwortete ihr. Sie besprachen die Situation in Gallien und waren beide bemüht, den Verrat zu Hause nicht zu erwähnen, als sich der Zelteingang erneut öffnete und Arthur eintrat.

Er sah Cai an und nicht sie, aber das Gefühl, das er für sie empfand, war sehr stark. Er sagte etwas zu Cai, und Cai antwortete. Regen glitzerte auf Arthurs Haaren und Wimpern. Er wirkte dünner, als sie ihn in Erinnerung hatte, und härter. Auch sein Umhang war naß. Der Regen strömte jetzt heftig herab.

Schließlich verließ Cai gebückt das Zelt. Morgan konnte seine Stimme draußen sagen hören, daß der König auf keinen Fall gestört werden dürfe. Arthur öffnete seinen nassen Umhang und ließ ihn auf den Stuhl über ihren sinken. Dann gesellte er sich auf den Decken zu ihr.

»Laß mich dich ansehen.« Sie legte die Hände um sein Gesicht. Die grauen, langwimprigen Augen sahen sie hungrig an. Sie ließ die Daumen über seinen Mund und dann ihre Hände um seinen Hals gleiten und umfaßte ihn. Er hielt sie an sich gedrückt, den Mund an ihrem Haar.

»Alle Kräuter in deinem Garten sind keine so gute Medizin wie du selbst«, murmelte er.

»Du bist zu dünn«, sagte sie.

Sie spürte seine Schultern erschaudern. »Ich habe keinen Hunger auf Nahrung.« Sie schaute hoch. Sein Gesicht barst vor Lachen, das ihn plötzlich wieder wie sechzehn aussehen ließ.

»Ich habe dich auch vermißt«, sagte sie.

Sie lagen bereits auf dem Bett, so daß es kein weiter Weg mehr war. Draußen der Himmel war grau, und es regnete, und ein Heer bereitete sich auf den Kampf seines Lebens vor. In dem lampenbeleuchteten Zelt traten Arthur und Morgan unter dem häßlichen Schatten des Betrugs und des Verrats hervor und überließen sich dem strahlenden Sonnenschein der Liebe.

Lange Zeit später schaute Arthur auf den glatten runden Kopf hinab, der so behaglich in seiner Schulterbeuge ruhte. »Morgan«, sagte er, und in seiner Stimme schwang sowohl Verwirrung als auch Verärgerung mit, »warum, in Gottes Namen, hat Gwenhwyfar zugestimmt, ihn zu heiraten?«

Er spürte den weichen, warmen Atem ihres Seufzers, aber das schimmernde Haar, das seine bloße Brust bedeckte, bewegte sich nicht. »Sie dachte, du wärst tot. Und Bedwyr ebenfalls.«

»Ich weiß, aber das erklärt es immer noch nicht. Gwenhwyfar ist gern Königin, aber auch das erklärt es nicht.«

Sie hob den Kopf und sah in sein Gesicht hinab. Ihr Haar strömte um sie herum und schloß sie wie in einem Zelt ein. »Du gibst Gwenhwyfar die Schuld?« fragte sie. »Nicht Mordred?«

»Gwenhwyfar ist die ältere. Sie hätte es besser wissen müssen.« Seine schwarzen Brauen waren zu einer geraden Linie zusammengezogen. »Guter Gott, Morgan, nimm einmal an, Agravaines Geschichte wäre wahr gewesen. Nimm einmal an, ich wäre tot gewesen und Mordred König. Das letzte, was Britannien gerade jetzt braucht, ist noch eine unfruchtbare Königin!« Sie lachte. »Das ist nicht lustig«, fügte er etwas irritiert hinzu.

»Du bist lustig. Du bist so vorhersagbar.«

Er wirkte absolut erstaunt. »Ich? Vorhersagbar?«

»Ja, du.« Sie wurde ernst. »Du denkst stets wie ein König.« Sie berührte seine Augenbrauen mit ihrem Finger. »Ich verstehe Gwenhwyfar«, sagte sie sanft und traurig. Die grauen Augen weiteten sich. »Mordred bewundert sie. Und Mordred sieht genauso aus wie du.«

Sie beobachtete sein Gesicht, während er darüber nachdachte. »Gwenhwyfar liebt doch Bedwyr«, sagte er schließlich.

»Ja.«

Sein Blick erforschte ihr Gesicht. »Woher willst du Gwenhwyfars Beweggründe kennen?«

»Wenn ich an Gwenhwyfars Stelle gewesen wäre, hätte ich wahrscheinlich dasselbe getan.«

Aber er schüttelte den Kopf, ein ganz schwaches Lächeln um die Mundwinkel. »Oh, nein, du sicherlich nicht. Du bist genauso vorhersagbar wie ich, Merlins Tochter.«

Sie sah ihn kläglich an. »Ich fürchte, wir sind beide Merlins Kinder.« Sie setzte sich auf. »Da wir gerade von Kindern sprechen, Arthur, was machen wir mit Mordred?«

Er lag einen Moment still und sah sie an. Dann seufzte er und setzte sich ebenfalls auf. »Glaubst du, du kannst nach Camelot gelangen und ihn aufsuchen?«

»Ja. Das kann ich sicherlich.«

Er schaute sich nach seiner Hose um. Sie grub sie aus dem Gewirr von Decken aus und gab sie ihm. Kurz darauf begann sie sich ebenfalls anzuziehen. »Sage ihm, daß er von Agravaine fort muß«, sagte Arthur schließlich, während er sich den ungegerbten Ledergurt um die Taille band. »Agravaine braucht ihn jetzt, aber er wird dafür sorgen, daß Mordred den Kampf nicht überlebt.«

Genau das dachte sie auch. »Aber wie soll er entkommen?« fragte sie atemlos.

Arthur zog die purpurfarben eingefaßte Tunika über seinen Kopf. »Es muß ihm irgendwo unterwegs zwischen Camelot und dem Schlachtfeld gelingen. Ich kann ihm nicht genau sagen, wo und wie das sein wird, Morgan. Er muß jede nur mögliche Gelegenheit ergreifen. Aber sage ihm, daß er ihm entkommen muß. Wenn es ihm nicht gelingt, ist er ein toter Mann.«

Sein Haar war zerzaust, und sie streckte die Hand aus, um es zu glätten. »Soll er zu dir kommen?«

Sein Gesicht war sehr ernst. »Nein. Noch nicht. Er ist meinen Gefolgsleuten nicht vertraut, Liebste. Die meisten der Männer denken genau das, was Agravaine bezweckt hat. Nein, der sicherste Platz für Mordred ist im Moment Gallien. Sage ihm, er soll sich Valerius und dem Heer in Bourges anschließen. Dort wird er sicher sein. Sie wissen nicht, was hier in Britannien vor sich geht.«

Die Angst, die seine Gegenwart auf so magische Weise vertrieben hatte, legte sich erneut um ihr Herz. »Und nach der Schlacht?«

»Wenn ich hier alles in Ordnung gebracht habe, werde ich nach ihm schicken. Aber ich möchte ihn jetzt in Gallien wissen. Das ist der einzige sichere Ort für ihn.«

Er schien nicht am Ausgang der Schlacht zu zweifeln. Sie fühlte sich ein wenig besser. »In Ordnung. Ich werde es ihm sagen. Aber was ist, wenn er auf der Straße nicht entkommen kann?«

»Dann muß er in dem Moment, in dem die Schlacht beginnt, wie Hades von dem Schlachtfeld fortreiten und auf die Küste zueilen. Agravaine wird ihn die Schlacht nicht überleben lassen, Morgan. Mach ihm das ganz klar.«

»Das werde ich.« Ihr Gesicht war bleich, aber gefaßt. »Mach dir keine Sorgen um Mordred, Arthur. Ich werde dafür sorgen, daß er nach Gallien gelangt.«

»Bist du sicher, daß du ihn sehen wirst?«

»Oh, ja. Agravaine wird Mordred zwar nicht aus Camelot herauslassen, aber er wird mich hineinlassen. Er wird der Gelegenheit zur Häme nicht widerstehen können.«

»Wenn er dich dort festhält, mach dir keine Sorgen. Ich werde innerhalb einer Woche nach Camelot zurückkehren.«

Sie durchforschte sein hartes Gesicht, das jetzt nicht mehr so jung wirkte. »Du glaubst, daß du diese Schlacht gewinnen wirst.«

Es war eine Feststellung, keine Frage, aber er antwortete dennoch. »Ja. Ich bin rechtzeitig hierher gekommen. Ich glaube, daß ich siegen werde.«

Sie streckte die Hand aus, um die Bänder an seinem Hals zu schließen, und er hielt ihre Handgelenke fest. »Morgan«, sagte er drängend, »wenn all das vorüber ist...«

Aber sie schüttelte den Kopf. »Wenn all das vorüber ist, dann müssen wir miteinander reden.«

»Wir können so nicht weiter...«

»Ich weiß. Ich weiß, Arthur. Aber nicht jetzt.« Sie sahen einander lange an, und dann lächelte er.

»In Ordnung. Laß mich zuerst diesen verräterischen Bastard Agravaine loswerden.«

Sie lächelte ebenfalls, wenn auch ein wenig traurig. »Als kleiner Junge war er so ein freundlicher, charmanter kleiner Kerl.«

»Jetzt ist er aber zu einer Viper herangewachsen.« Arthur war eindeutig nicht in der Stimmung, nostalgischen Gefühlen über Agravaines Kindheit nachzuhängen. Unter diesen Umständen konnte sie ihm das kaum vorwerfen.

»Ja«, sagte sie. »Ich fürchte, du hast recht.«

»Arthur!« Es war Cais Stimme. »Gaheris ist gerade mit dreihundert Mann ins Lager eingeritten!«

»Gaheris!« Arthurs Kopf fuhr hoch, und er trat hinaus. Morgan folgte ihm langsamer. Sie wußte, wie wichtig diese zusätzliche Einheit für Arthurs Kräfte war. Wenn sich Gaheris dem König anschloß, bedeutete das, daß in dem bevorstehenden Kampf nicht der Süden und Wales gegen den Norden antreten mußte. Gaheris war weitaus wichtiger für Arthur als bloße dreihundert Mann.

Gaheris, so erinnerte sich Morgan, während sie Arthur in den Regen hinaus folgte, hatte Agravaine niemals gemocht.

Morgan hatte recht gehabt, als sie Arthur gesagt hatte, sie würde keine Schwierigkeiten haben, nach Camelot hineinzugelangen. Sie ließen sie durch das Tor, ohne Fragen zu stellen. Sie kam auf ihrem Weg an zwei Wagenladungen mit Vorräten vorbei, und sie beobachtete genau, welche Landbesitzer wohl Agravaines Heer belieferten. Sie hatte sich geweigert, Vorräte von Avalon zu schicken.

Sie kannte die Männer auf den Wagen nicht. Agravaine mußte gezwungen gewesen sein, Vorräte von weiter her herbeischaffen zu lassen.

Ein Soldat übernahm ihr Pony im Palasthof. Nachdem sie gesagt hatte, sie wolle Prinz Mordred sprechen, ließen sie sie eine Viertelstunde in der Vorhalle warten. Sie sprachen sich mit Agravaine ab, vermutete sie, und hoffte, daß sie mit ihrem Sohn wenigstens einige Minuten allein haben würde.

Das wurde ihr gewährt. Schließlich führten sie sie zu einem der Empfangsräume, die sich in die große Halle öffneten, und nach kurzer Zeit kam auch Mordred dorthin. Er war allein.

Er wirkte jung und einsam und verloren, und ihr Herz blutete für ihn. Wenn er nur nicht so sehr wie Arthur ausgesehen hätte, hätte er sein Leben sicher und glücklich in Lothian verbringen können, dachte sie. »Agravaine läßt mich nicht gehen«, sagte er zu ihr, sobald er den Raum betreten hatte. »Ich weiß, du wirst mir wahrscheinlich nicht glauben, aber es ist wahr. Ich wollte zum König gehen, aber Agravaine will mich nicht fortlassen.«

»Ich weiß«, sagte sie sanft.

»Du weißt es? Aber wieso?«

»Weil ich dich kenne. Ich habe keinen Moment lang geglaubt, daß du deinen Vater stürzen willst. Und Arthur glaubt das auch nicht.« Die unglücklichen, grauen Augen weiteten sich. »Jetzt hör mir zu, Mordred. Ich habe eine Nachricht von deinem Vater für dich. Er sagt, du seist in großer Gefahr. Agravaine kann es sich nicht leisten, zuzulassen, daß du die Schlacht überlebst. Du mußt von ihm fortkommen. Arthur sagt, die beste Möglichkeit böte sich wahrscheinlich auf dem Weg zum Schlachtfeld. Flüchte und geh nach Gallien. Hörst du?«

»Ich… ja.«

»Wenn du auf dem Weg nicht flüchten kannst, dann mußt du das Schlachtfeld verlassen, sobald die Schlacht begonnen hat.« Sie sprach schnell und mit leiser, drängender Stimme. Ihr Blick schweifte immer wieder zur Tür. »Schließ dich dem Heer in Gallien an. Dein Vater wird nach dir schicken, sobald er die Dinge hier in Britannien wieder unter Kontrolle hat.«

Sein Mund zitterte. »Ich verdiene es nicht, daß noch einer von euch an mich glaubt. Ich habe mich vielleicht bezüglich Arthurs Tod narren lassen, aber… Gwenhwyfar…«

Sie sagte: »Von uns allen, Mordred, kann man dir die wenigsten Vorwürfe machen.« Und sie streckte die Arme aus.

Er war sogar noch dünner als Arthur, und seine Schultern waren knochig. Er zitterte am ganzen Körper. »Es tut mir so leid«, sagte er als nächstes an ihrem Ohr. »Mutter. Es tut mir so leid.« Sie tätschelte seinen Rücken. »Ich weiß, Mordred. Wir wissen es beide. Jetzt schnell, bevor Agravaine kommt: Wirst du nach Gallien gehen?«

Sie konnte spüren, wie er sich zusammenriß. »J-ja«, sagte er.

Sie hörte Schritte an der Tür, obwohl sie ganz leise waren, und hatte so noch eine Sekunde Zeit, sich vorzubereiten, bevor eine heitere Stimme spöttisch sagte: »Welch ein rührender Anblick.« Sie spürte Mordred erschaudern und drückte tröstend seine Schultern, bevor sie ihn von sich zurücktreten ließ. »Familienzuneigung ist nichts, was du verstehen würdest«, sagte sie zu den kalten blauen Augen ihres Neffen.

»Tante Morgan.« Sein Lächeln war voll von trügerischem Charme. »Und du bist tatsächlich nur gekommen, um die Hand meines kleinen Bruders zu halten?«

Mordred sah Agravaine jetzt an, und als er sprach, klang seine Stimme vollkommen gefaßt. »Sie ist nicht gekommen, um dich auszuspionieren, Agravaine. Sie ist aus Gründen gekommen, die du niemals respektieren oder verstehen könntest.«

Morgan betrachtete ihren Sohn. Er stand so gerade wie ein Pfeil, und der auf Agravaine gerichtete Blick war voller Verachtung. Wie auch seine Stimme.

Gut gemacht, dachte sie. Und er sah sie schnell und bestürzt an, als hätte er sie gehört.

Agravaines Blick wanderte von Mordreds Gesicht zu Morgan. »Du hast doch wohl nicht gedacht, daß es genauso leicht für dich wird, aus Camelot herauszugelangen, wie du hineingelangt bist?« fragte er sanft.

Sie zuckte die Achseln. »Es ist mir so oder so gleichgültig. Arthur wird innerhalb weniger Tage in Camelot eintreffen.«

Das helle Gesicht verdunkelte sich vor Zorn. »Sei dir dessen nicht so sicher.«

Ihre Augenbrauen waren zwei perfekt gestaltete Bögen über ihren klaren, braunen Augen. »Ich bin mir dessen sehr sicher, Agravaine.«

»Hinaus!« sagte er mit plötzlicher Heftigkeit. »Solange du es noch kannst. Wie du schon zuvor sagtest, habe ich nicht die gleiche Auffassung von Familienbanden wie du. Geh zurück nach Avalon. Wenn diese Schlacht vorüber ist, Morgan, werde ich erwarten, daß deine Ländereien genauso viele Vorräte nach Camelot schicken wie zu Arthurs Zeiten.«

Sie sah ihn nachdenklich an. Er konnte es nicht ertragen, die ganze Zeit so bekämpft zu werden, dachte sie. War Mordred hier wirklich sicher? Und was war mit Gwenhwyfar?

»Geh«, sagte Mordred im Befehlston. »Und... danke, daß du gekommen bist.«

Die Augen ihres Sohnes blickten klar, und sein Gesicht wirkte plötzlich seltsam reif. Der junge, verlorene Ausdruck war fort. Ein wenig hob sich das Gewicht der Angst um ihn, das sie immer mit sich trug, und sie lächelte. »Gott schütze dich, Mordred.«

»Und dich auch«, erwiderte er ernst. Sie eilte an Agravaine vorbei und ging durch die wunderschön mit Kolonnaden geschmückte große Halle hinaus und dann aus den großen Doppeltüren von Arthurs Palast hinaus und trieb ihr Pony zum letzten Mal die Hauptstraße der berühmten Hauptstadt Camelot hinab.

## 44. KAPITEL

Es war ein nasser, nebliger Aprilmorgen, als Agravaines Heer schließlich aus Camelot hinauszog, um gegen den König zu kämpfen. Es mußte einen Kampf geben, das war beiden Seiten klar. Agravaine konnte es sich nicht leisten, sich endlos in Camelot zu verstecken und Arthur Zeit zu geben, sein Heer aus Gallien herbeizurufen.

Mordred ritt neben seinem Bruder an der Spitze der Marschreihen seiner Männer. Wie Arthur Morgan gesagt hatte, brauchte Agravaine den Sohn des Königs. Er brauchte ihn seinem Heer gegenüber, das dadurch überzeugt werden sollte, daß Mordred, der Prinz von Britannien, mit ihnen in den Kampf zog. Zwei von Agravaines Männern ritten neben Mordred und zwei hinter ihm, womit ihm wirkungsvoll jede Chance zur Flucht genommen war. Die Morgenluft lag kalt und feucht auf Mordreds Gesicht. Die Wälder auf beiden Seiten des Weges waren dicht mit nassen, weißen Blüten und purpurfarbenen Zweigen behangen. Mordred beobachtete die Männer neben ihm aus den Augenwinkeln.

Nicht die Gefahr, in der er selbst schwebte, beunruhigte ihn. Eher der Gedanke, daß seine Anwesenheit Agravaine half. Er wandte leicht den Kopf und betrachtete seinen Bruder. Agravaine trug keinen Helm, und selbst in der Morgendämmerung schimmerte sein Haar hell. Er mußte Mordreds Blick gespürt haben, denn er wandte ebenfalls den Kopf. Einen kurzen stummen Moment lang verschränkten sich ihre Blicke. Dann sagte Agravaine bedauernd: »Ich habe dich immer gemocht, Mordred.«

Mordreds Magen schmerzte. »Ich weiß«, sagte er. Aber der Agravaine, mit dem er aufgewachsen war, der große Bruder, den er bewundert und bedauert hatte, hatte nichts zu tun mit dem Mann, der jetzt neben ihm ritt. Oder war er es doch? War er ein so gerissener Heuchler, daß er sie so viele Jahre lang hatte narren können? Oder hatte dieser grausame Egoismus seinem

Charakter schon immer innegewohnt? Plötzlich erinnerte sich Mordred an Gaheris' Frage: »Und wo warst du, als Pellinore jene Stufen hinabfiel?«

Bedauern war gerade in seinen Augen zu sehen gewesen, als er ihn ansah, aber kein Erbarmen. Agravaine würde ihn töten lassen. Es stimmte. Die Möglichkeit, die er niemals ganz geglaubt hatte, wurde jetzt zur Gewißheit. Mordred stand zwischen Agravaine und der Hochkönigschaft. Darum würde Mordred sterben müssen. In Agravaines Vorstellung war das ganz einfach.

Mordred fühlte sich plötzlich angeekelt. Nicht die Gefahr verursachte ihm Übelkeit, denn er besaß großen physischen Mut. Es war Agravaine. Was würde mit Britannien geschehen, falls Agravaine Hochkönig wurde?

Die untergehende Sonne malte den Himmel rot, als Agravaines Heer in das kleine Dorf Camlan, fünf Meilen westlich von Avalon, einmarschierte. Auf einer Seite des Dorfes verlief der Fluß Camm, auf der anderen befanden sich die riesigen, sauber gepflügten Felder der Dorfbewohner, auf denen bereits die Frühjahrssaat ausgestreut war. Nicht Leben, sondern Tod würde morgen auf diesen Feldern ausgestreut werden, denn Arthur hatte dieses flache, fruchtbare Tal als Szenerie für die entscheidende Schlacht um Britannien ausersehen.

Es war ein Schlachtfeld, das keinem einen Vorteil durch die Gegebenheiten des Geländes bot. Mordred war überrascht, daß sein Vater einen Ort gewählt hatte, der dem Heer mit dem zahlenmäßigen Übergewicht entgegenkommen mußte. Agravaine hatte ungefähr achttausend Mann unter sich, und seine Spione hatten berichtet, daß das Heer des Königs zweitausend Mann weniger aufwies.

Mordred hatte unterwegs nicht fliehen können, und so war er dabei, als Agravaine seine Anordnungen für die Schlacht am folgenden Tag traf. Die Männer von Elmet, unter der Befehlsgewalt ihres eigenen Prinzen, Baird, würden die rechte Flanke übernehmen. Bairds Vater, Elmets alter König, war angeblich sehr krank. Mordred bezweifelte, daß er überhaupt von der Unternehmung wußte, an der sein Sohn teilhatte. Es würden morgen zweitausend Männer von Elmet und eintausend von Rheged unter Bairds Befehlsgewalt kämpfen, alles Einheiten, die zu irgendeiner Zeit in Arthurs Kriegen gekämpft hatten. Der linke Flügel unter der Befehlsgewalt von Inis von Manau Guotodin war weniger erfahren. Die Mitte, die von Agravaine selbst angeführt würde, bestand aus einer Mischung aus erfahrenen Veteranen und jungen Männern aus Lothian, die unter Pellinores Herrschaft im Zustand der Isolation aufgewachsen waren. Dies waren die Truppen, die Agravaine so intensiv ausgebildet hatte, und er war zuversichtlich, daß sie in einem tatsächlichen Kampf nicht in Panik geraten würden.

Die Sonne ging unter, als die Soldaten ihre Positionen einnahmen und sich in ihren Umhängen zum Schlafen niederlegten. Auf der anderen Seite des jetzt dunklen Schlachtfeldes handelte das Heer des Königs vermutlich genauso.

Die Nacht schritt voran. Der Mann, der neben Mordred schlief, Agravaines Mann, begann zu schnarchen. Geräuschlos stand Mordred auf und begann auf das bewaldete Ufer des Camm zuzugehen. Er wurde von einem Wächter angesprochen, aber als er sagte, er wolle in den Wald gehen, um sich zu erleichtern, durfte er passieren. Als er erst bei den Bäumen war, verschwendete Mordred keine Zeit mehr. Sein Sehvermögen war sehr gut, und er konnte sich so lautlos wie ein Waldtier bewegen, wenn er es wollte. Wenn er vermißt würde und die Männer auf die Suche nach ihm geschickt würden, würde er bereits weit den Fluß hinab gelangt sein und von der Dunkelheit und vom Wald verborgen bleiben.

Geh nach Gallien, hatte seine Mutter gesagt. Dein Vater versteht alles. Geh nach Gallien, wo du sicher sein wirst.

Er würde jetzt mühelos entkommen und auf die Küste zueilen können, wo sicherlich irgendein Schiff liegen würde, das ihn nach Gallien bringen könnte. Die Zweige der Bäume raschelten über ihm, und er hörte das leise Geräusch der Wasser des Camm, als sie gegen die Felsen am Ufer schlugen. Die Entscheidung war gefallen, und er schritt voran, bevor er bewußt erkannte, welche Entscheidung er getroffen hatte. Er konnte nicht nach Gallien ziehen, bevor er nicht zunächst seinen Vater gesehen hatte.

Er ging ein Stück weiter voran, und der Gedanke setzte sich fest, erhärtete sich und wurde zu einer Überzeugung. Er mußte seinen Vater sehen. Er wußte nicht, warum er das wollte, er wußte nur, daß es notwendig war. Er konnte nicht nach Gallien davonlaufen, bevor er nicht zuerst Arthur aufgesucht hatte.

Er änderte die Richtung und strebte aus einem anderen Winkel zum Schlachtfeld zurück. Sein Orientierungssinn funktionierte stets einwandfrei, und als die Sonne am Himmel aufstieg, fand er sich genau da wieder, wo er hatte hingelangen wollen, verborgen im Dickicht des Waldes, der links von Inis' Flügel emporragte. Er schaute über das ordentlich gepflügte Feld hinweg zu dem Heer, das auf der anderen Seite versammelt war, eine Viertelmeile von ihm entfernt.

Die Morgenluft war klar, und das Drachenbanner des Königs war im Morgensonnenschein deutlich erkennbar. Mordreds weitblickende Augen konnten Arthurs Lageplan mühelos erkennen. Bedwyr und die kleine Kavallerieeinheit befanden sich zur Rechten des Königs. Der Prinz würde Schrecken unter den unerfahrenen Truppen von Manau Guotodin verbreiten, dachte Mordred anerkennend. Er blinzelte ein wenig, um zu erkennen, welche Fußeinheit Arthur Cai zugewiesen hatte, und war überrascht, eine Truppe von Männern unter der Führung von Gawain zu sehen. Gawain sollte bei der Kavallerie sein, dachte er. Er schaute genauer hin und erkannte plötzlich, daß der kastanienbraune Schopf des Mannes, den er beobachtete, gar nicht Gawain gehörte.

*Gaheris.* Er sprach den Namen fast laut aus. Gaheris, der König von Lothian, war gekommen, um mit Arthur zu kämpfen. Mordred verspürte einen Moment wilden Stolz auf seinen Bruder. Dann wandte er seinen Blick dem linken Flügel des Königs zu, wo er Cador und Cai vermutete.

Weder Cai noch der König von Dumnonia kommandierten

jedoch den linken Flügel. Mordred betrachtete den schlanken, dunkelhaarigen Mann, der sein Pferd vor seinen Fußtruppen hin- und herführte, und verspürte ein eifersüchtiges Ziehen in seinem Herzen. Constantinus. Constantinus auf dem Platz, auf dem er selbst stehen sollte. An Arthurs Seite. Und statt dessen war er hier, versteckte sich am Rande des Schlachtfeldes wie ein gebrandmarkter Verräter. Die Überzeugung, daß er seinen Vater unbedingt sehen mußte, brannte sich noch tiefer in ihn ein als zuvor.

Schließlich ließ er seinen Blick fast widerwillig zu der Gestalt unter dem großen Banner schweifen. Arthur ritt Ruadh, wie Mordred sofort erkannte. Die Mitte, die Arthur heute befehligte, war auf einer kleinen Erhebung angesiedelt, und der frühmorgendliche Wind blies von ihrer Rückseite, so daß sich das Drachenbanner fast unmittelbar über dem Kopf des Königs bauschte. Während Mordred ihn beobachtete, führte Arthur Ruadh zum Rand des kleinen Hügels voran. Dort stand er allein vor seinen Männern und erhob seine Stimme.

»Männer des Nordens!« Vollkommenes Schweigen herrschte in Agravaines Rängen, während sie der klaren, kräftigen Stimme lauschten, die auf der Morgenbrise so mühelos zu ihnen getragen wurde. »Ihr habt schon zuvor an meiner Seite gekämpft, jedenfalls viele von euch. Gaheris von Lothian kämpft heute mit mir.« Mordred konnte das überraschte Murmeln hören, das Agravaines Heer durchlief, während Gaheris vor den rechten Flügel trat. Der König hob eine Hand, und es entstand erneut Schweigen. »Britannier!« erscholl Arthurs Ruf. Sein schwarzes Haar wehte im Wind. »Ihr seid von einem verräterischen Prinzen betrogen worden. Schließt euch heute mir an, und ich werde euch wie Kameraden empfangen.«

»Ihr lügt!« Agravaines Stimme klang heller als die von Arthur, aber für seine Männer war sie hörbar. »Ihr seid der Verräter, Diener Roms!« Agravaine führte sein Pferd vorwärts, so daß er für sein ganzes Heer sichtbar wurde. Wie Arthur trug auch er keinen Helm. »Er hat Angst, weil wir in der Überzahl sind!«

Der Klang eines Horns aus Arthurs Linien schnitt über seine Worte hinweg. Agravaine vollführte eine Geste, und seine eigenen Trompeten ertönten. Seine Männer hoben ihre Waffen.

Das war der Grund, warum Arthur dieses Feld gewählt hatte, dachte Mordred, während die beiden Heere aufeinander zuzugehen begannen. Er hatte an Agravaines Männer diesen Appell richten wollen.

Mordred hatte noch niemals zuvor einer Schlacht beigewohnt, und daher beobachtete er zunächst entsetzt, wie die beiden Linien aufeinanderprallten und sich vermischten und die Männer zu töten begannen. Erst nach ungefähr zehn Minuten erkannte er, daß ein beständiger Strom von Männern aus Agravaines Lager das Schlachtfeld verließ. Sie zogen alle auf den kleinen Erdhügel zu, von dem aus Arthur die Truppen angesprochen hatte. Mordred schaute genauer hin und erkannte sofort die Gestalt, die Agravaines Männer so geschickt zu einer Reserveeinheit für den König zusammenfügte. Cai. Ihn kannten alle diese Veteranen und sie vertrauten ihm. Mit einem Triumphschrei erkannte Mordred, daß Agravaines Heer langsam zum König überlief.

Plötzlich konnte Mordred es nicht länger ertragen, ein Außenstehender zu sein. Er ergriff sein Schwert fest mit einer Hand und betrat das Schlachtfeld, um nach seinem Vater zu suchen.

»Gnade, Prinz!« Ein entsetztes Gesicht starrte zu Bedwyr hoch. »Ich möchte mich für den König erklären!«

»Dann geh und schließe dich auf dem Hügel Cai an«, sagte Bedwyr. Er hob die Stimme. »Jeder, der sich dem König anschließen möchte, soll auf den Hügel gehen.«

Die Reihen um ihn herum begannen sich merklich zu lichten. Bedwyr grinste und wandte sich zu Gawain um, der neben ihm stand. »Götter! Ich habe Angst jemanden zu töten, weil er einer von uns sein könnte!«

Gawain lachte. »Es waren mindestens fünfhundert bei Cai, als ich das letzte Mal hinabsah. Die Anzahl wird sich jetzt schon verdoppelt haben.« Seine Augen verengten sich. »Bleib hier. Da ist ein Trupp, der uns nicht freundlich gesinnt ist.«

»Kümmere du dich darum«, sagte Bedwyr. »Ich habe noch etwas anderes zu erledigen.« Und er wirbelte Sugyn herum und trieb ihn von der Kavallerieeinheit fort und auf die Mitte des Schlachtfeldes zu. Es war wie so viele Jahre zuvor, als Cai einst das Schlachtfeld nach Lot abgesucht hatte. Jetzt suchte Bedwyr das Schlachtfeld nach Lots Sohn ab.

Agravaine sah ihn kommen: einen großen, blonden Gott von einem Mann auf einem großen, schwarzen Pferd. Agravaine hob sein Schwert und beobachtete, wie Bedwyr herankam, wie er so einfach durch das Heer aus dem Norden hindurchschnitt wie ein heißes Messer durch Butter.

»Prinz«, sagte Agravaine, als sie sich schließlich gegenüberstanden. Seine blauen Augen blickten furchtlos. »Das ist für Euch«, sagte er und umfaßte mit einer Geste das Schlachtfeld. »Alles für Euch.« Und er lachte.

»Du verräterischer Bastard!« Es war kein Verstehen in Bedwyrs Blick zu erkennen, nur mörderische Wut. Bedwyr würde niemals verstehen, dachte Agravaine. Es war pure Ironie, wirklich, daß der einzige Mensch, der ihn verstanden hatte, Gwenhwyfar gewesen war.

Bedwyrs Schwert fuhr herab, und Agravaine parierte. Der Prinz war außergewöhnlich kräftig, und Agravaines Handgelenk schmerzte von dem Schlag. Als er sein eigenes Schwert anhob, sah er schon einen weiteren Schlag kommen. Er schaffte es gerade noch, seinen Schild rechtzeitig zu heben. Bedwyr war so schnell! Dann ging Sugyn seitwärts, so daß Bedwyr seine Deckung überwinden konnte. »Ihr habt stets die Wichtigkeit der Seitwärtsbewegung betont«, stieß Agravaine noch hervor, bevor der letzte Schlag auf seinen blonden Kopf herabsank.

Mordred strebte auf das Drachenbanner zu. Er bahnte sich seinen Weg durch die verschiedenen kleineren Trupps auf dem Schlachtfeld und reagierte automatisch, so, wie er es gelernt hatte, wann immer ein Schwert gegen ihn erhoben wurde. Das

Drachenbanner schien sich jedoch immer weiter von ihm zu entfernen.

Arthur verließ das Schlachtfeld, wie Mordred erkannte. Panisch drängte er noch härter vorwärts. Seine Gedanken waren nur auf diesen einen Wunsch konzentriert, mit seinem Vater zu sprechen.

Die Schlacht brach um ihn herum auf. Der Tod Agravaines hatte seinen Truppen den letzten Mut genommen. Hier und da wurde noch immer gekämpft, aber der größte Teil der Schlacht war eindeutig geschlagen.

Arthur hatte Ruadh am Rand des Schlachtfeldes verhalten und beobachtete das Geschehen inmitten einer Gruppe von Reitern. Mordred sah Cai zu Fuß herankommen und mit Arthur sprechen. Der König wandte sich ihm zu, stieg von seinem Pferd und übergab Ruadh einem seiner Leute. Während Arthur sich mit Cai unterhielt, begann Mordred zu laufen. Schweiß stach ihm in die Augen, und nur instinktiv wehrte er einen Schlag ab, der auf seinen Rücken gezielt gewesen war. Er wich dem Mann aus und rannte erneut vorwärts, wobei er vor Anstrengung und Aufregung keuchte. Er erkannte nicht einmal, daß er sein Schwert noch immer erhoben hatte.

»Vater!« schrie er, während er den Kreis der Kavalleristen durchbrach, die den König und Cai beobachtet und ihn daher nicht bemerkt hatten.

Arthur fuhr herum. »Ich bin gekommen, um dich zu bitten...« begann Mordred gerade, als ein wütender Aufschrei von einem der Reiter erklang. Mordred schaute benommen auf und sah die Spitze einer Lanze auf sich zuschießen. Dann trat ihr jemand in den Weg.

»*Arthur!*« Es war Cais gequälter Aufschrei. Mordred sah entsetzt, wie sein Vater langsam zu seinen Füßen zu Boden glitt.

Jemand schluchzte. Cai fiel neben dem König auf die Knie. Mordreds Schwert entglitt seiner Hand, die auf einmal wie gelähmt war. Die Lanze, die Arthur gefällt hatte, war aus der Wunde herausgeglitten, als der König gefallen war, und Blut hatte seine weiße Tunika überall vorn befleckt.

»Holt einen Arzt«, sagte Cai, und ein Pferd galoppierte davon. Cai zog seinen Umhang aus und versuchte das Blut zu stillen.

Arthurs Wimpern hoben sich ein wenig.

»Bring den Jungen fort«, sagte er. Seine Stimme war schwach, aber klar. »Nach Gallien.«

»Das werde ich«, sagte Cai. »Ruh dich einfach aus. Wir werden dich im Handumdrehen verbinden.«

»Avalon«, sagte Arthur. »Cai. Bring mich nach Avalon.«

Der Arzt kam angelaufen und ihm folgte ein Donnern von Hufen.

»Arthur?« Selbst durch die Pein und die Angst hindurch erkannte Mordred Bedwyrs Stimme.

»Er ist verletzt«, sagte Cai.

»Verletzt? Aber wie? Die Schlacht ist vorüber.«

»Es war ein Unfall«, sagte Cai kurz. Der Arzt beugte sich über die jetzt bewußtlose Gestalt des Königs. Er sah zu Cai hoch, und Mordred konnte sein Gesicht lesen.

»Nein.« Es war kaum mehr als ein Flüstern. Mordred starrte erschreckt in Arthurs ruhiges Gesicht. »Er ist nicht…«

»Noch nicht«, sagte der Arzt. »Aber es wird nicht mehr lange dauern, glaube ich.«

»Avalon ist nur wenige Meilen entfernt«, sagte Cai. »Dort werden wir ihn hinbringen.«

Dieses Mal erklang Hufeklappern im Trab, und Mordred wandte sich um und sah Gawain. Sein Bruder blieb überrascht stehen, als er ihn erkannte, und dann sah er die Gestalt am Boden. Jemand hatte den schluchzenden Reiter davongeführt, und es war sehr still. Cai sah Gawain an und sagte: »Du mußt deinen Bruder von hier fortbringen, Gawain. Bring ihn nach Gallien. Das war das letzte, was der König gesagt hat, bevor er das Bewußtsein verlor.«

Die Sommersprossen wurden in Gawains Gesicht überdeutlich sichtbar. »Hat Mordred…?« begann er.

»Nein. Es war ein Unfall. Bring Mordred nach Gallien, Gawain. Wirst du das für den König tun?«

»Ja.« Gawain nahm sich sichtbar zusammen. »Wenn er es so will.«

Mordred spürte, wie er in einen Sattel gehoben wurde. Kurz darauf erkannte er, daß er Ruadh ritt. Er wollte nicht gehen, aber er wußte, daß er es mußte. »Wir werden eine Trage bilden«, hörte er Bedwyr sagen, während er und Gawain langsam durch den wunderschönen Aprilmorgen davonritten.

Morgan erwartete sie. Sie hatte es in dem Moment gewußt, als Arthur verletzt worden war, aber erst, als sie ihn sah, wußte sie, wie ernst es um ihn stand.

Sie legten ihn auf das Bett in seinem Raum, dem Raum, der ihm zugeteilt worden war, als er als Junge von neun Jahren zum ersten Mal nach Avalon gekommen war. Morgan warf einen Blick auf die Wunde und erkannte, daß sie nichts tun konnte. Es war ein Wunder, daß er die Reise nach Avalon überlebt hatte.

Arthur war schon zuvor an diesem Ort gewesen, aber da hatte er es gewollt. Jetzt wollte er nicht hier sein, und er kämpfte dagegen an. Er war verletzt und so furchtbar müde, aber er kämpfte. Ein langer dunkler Weg lag vor ihm, und am Ende dieses Weges befand sich ein Licht. Das Licht war so warm, und es hieß ihn willkommen... *Nein,* sagte er. *Morgan. Ich kann Morgan nicht allein lassen.* Das Licht kam näher, und dann war es, als spräche jemand zu ihm. Er hörte es auf dieselbe Art, wie er Morgan hörte, aber dieses Mal war es nicht Morgan. Die Stimme schien von dem Licht zu kommen. Unendlicher Friede lag in dem, was es zu ihm sagte, und Arthur spürte den Frieden in seinen Geist eindringen. Der Schmerz in seiner Brust hob sich, und er öffnete die Augen.

Sie war da. Er hatte gewußt, daß sie da sein würde. Aber da gab es zunächst noch andere Verpflichtungen. *Mordred?* fragte er.

*Gawain hat ihn nach Gallien gebracht.*

Das war eine Erleichterung. *Cai?* fragte er als nächstes. *Bedwyr?*

*Sie warten draußen. Möchtest du sie sehen?*

*Ja.*

Sie kamen herein, die beiden großen Männer, und ihre Sorge hätte ihn bekümmert gemacht, wenn er nicht so voller Frieden gewesen wäre. »Constantinus«, sagte er. Für sie mußte er sprechen. Es war anstrengend. »Ich ernenne Constantinus zu meinem Erben.«

Tränen liefen über Bedwyrs Gesicht. Arthur wollte ihnen sagen, sie sollten nicht trauern, aber das Sprechen fiel ihm zu schwer. Er mußte seine Energie auf das Wesentliche konzentrieren. »Meine Drachenbrosche«, sagte er zu Bedwyr. »Gib sie Gwenhwyfar.« Bedwyr kniete sich hin und drückte sein nasses Gesicht in Arthurs Hand. Langsam wanderte Arthurs Blick zu Cai.

Er ist immer da, dachte er. Wann immer ich ihn gebraucht habe. All diese Jahre lang. »Eines der schönsten Dinge in meinem Leben«, sagte er zu jenen vertrauten, haselnußbraunen Augen, »war, dich als Freund gehabt zu haben.«

Cai weinte nicht, aber mit der eigentümlichen Klarheit, die Arthurs Sichtweise gerade jetzt zu eigen war, konnte er erkennen, wie sich Cais ganzes Gesicht anspannte. Arthur schloß die Augen. *Genug,* sagte er zu Morgan, und er hörte, wie sie die Männer aus dem Raum führte.

Sie brachte sie in ihre Zimmer, so daß sie in der Nähe wären. Später würde sie ihnen sagen, sie sollten niemandem offenbaren, daß Arthurs Wunde tödlich gewesen war. Sie würden ihn heimlich beerdigen und sein Schwert mit ihm. Britannien sollte glauben, daß sie den König verborgen hielten, bis er wieder geheilt war. Alle sollten glauben, daß er eines Tages wiederkommen würde. Es war das letzte, was sie für Arthur, den König, tun konnten.

Sie würde ihnen das später sagen. Im Augenblick starb der Mensch, für den sie ihr ganzes Leben lang gelebt hatten, und sie waren im Dschungel der Verzweiflung verloren.

Und sie selbst?

Sie hatte Verzweiflung verspürt, als sie ihn zuerst hereingetragen hatten, aber das war jetzt vergangen. Er war still und bleich, und Blut war durch die Verbände gesickert, und sie wußte, daß er starb. Dieses Mal konnte sie ihn nicht zurückrufen. Aber er war in Frieden mit sich selbst. Sie konnte das in ihm spüren, und sie war froh darüber. Er war schon fast fort gewesen, und er hatte eine letzte große Anstrengung unternommen, um zurückzukommen. Aber nicht, weil er gegen das Sterben ankämpfte. Er war zurückgekommen, um ein wenig von diesem Frieden mit ihnen zu teilen und um sich zu verabschieden.

Sie trat zum Bett hinüber, und seine schweren Lider hoben sich.

*Leg dich zu mir,* sagte er.

Er spürte keinen Schmerz mehr, und so kam sie seinem Wunsch nach und legte ihren Kopf in seinen Arm. *Wir werden zusammen sein,* sagte er zu ihr. *Glaube daran. Dies ist nur für kurze Zeit. Wir waren stets dafür bestimmt, zusammen zu sein, du und ich.*

Sie glaubte ihm, und ein Teil seines Friedens schlich sich in ihr eigenes Herz. *Arthur,* sagte sie, *Arthur, mein Geliebter.*

Sie spürte, wie er den Kopf bewegte, und seine Gedanken drangen zu ihr durch. Schwach nahm sie sie auf: *Dein Haar riecht immer nach Lavendel.*